Du même auteur, chez le même éditeur :
Le Chien du Forgeron, 2021.

Du même auteur, chez d'autres éditeurs :
Enfin la nuit, L'Atalante, 2011.
Bertram le Baladin, Critic, 2017.
Malboire, L'Atalante, 2018.
Ru, L'Atalante, 2021.

Ce livre a bénéficié d'une bourse du CNL.

Maquette et illustration de couverture : Xavier Collette

Dépôt légal : octobre 2022
ISBN : 978-2-492403-59-0
Site internet : www.argyll.fr
Mail : editions@argyll.fr

Avec le soutien de

Région BRETAGNE

RENNES MÉTROPOLE

Camille Leboulanger

Eutopia

ARGYLL

Eutopia : mot formé par Thomas More au XVIe siècle, à partir du préfixe grec *εὖ*, eu-, « bon » et du radical *τόπος*, tópos, « le lieu, l'endroit ».

Autrement dit : le bon lieu, le bon endroit.

« Le socialisme utopique [...] n'est pas " sans lieu ", mais il cherche à se réaliser, selon les cas, en des lieux et dans des conditions données, donc justement " ici et maintenant " »

Martin Buber, *Socialisme et Utopie*, 1950.

« Aujourd'hui, il nous semble plus aisé d'imaginer l'absolue détérioration de la Terre et de la nature que la décomposition du capitalisme tardif ; peut-être cela est-il dû à quelque faiblesse de notre imagination. [1] »

Fredric Jameson, *The Seeds of Time*, 1994.

« Nous n'avons rien d'autre que notre liberté. Nous n'avons rien d'autre à vous offrir que votre propre liberté. Nous n'avons pas de loi hors l'unique principe de l'aide mutuelle entre individus. [...] Si ce futur est celui que vous désirez, alors je vous dis que vous devez venir à lui les mains vides. Vous devez y venir aussi seul et nu que l'enfant qui vient au monde, à son avenir, sans aucun passé ni aucune propriété, entièrement dépendant des autres pour votre survie. [...] Vous ne pouvez acheter la révolution. Vous ne pouvez faire la révolution. Vous pouvez seulement être la révolution. Elle est au creux de votre âme ou elle n'est nulle part. [2] »

Ursula K. Le Guin, *Les Dépossédés*, 1974.

---

1 Traduction de l'auteur

2 Ibid.

Préambule à la Déclaration d'Antonia

Après délibération, les délégués mandataires réunis déclarent que :

1. Il n'y a de propriété que d'usage.

2. Toute propriété finit à la mort.

3. Le sol, l'eau, l'air, ainsi que les règnes animal et végétal (dans leur globalité et dans leurs composantes) ne sont pas, ni ne peuvent être ou être considérés comme, des ressources.

4. Parmi les créatures vivantes, les actions de l'humanité ont le plus grand effet sur les conditions environnementales. Par conséquent, il est de sa responsabilité de modérer son propre impact, d'en corriger les effets négatifs et de protéger le reste de la vie terrestre en assurant la perpétuation des richesses animale et végétale.

5. L'être humain n'est pas, ni ne peut être ou être considéré comme, une ressource.

6. La santé, l'éducation, la justice, le logement, l'alimentation et la maîtrise du travail sont des droits fondamentaux et inaliénables.

7. Chaque être humain est libre de corps et d'esprit. Aucun préjugé d'ordre moral ou religieux ne peut lui retirer cette liberté. Tout être vivant est libre d'aller et venir à sa guise.

8. Aucun être humain ne peut imposer sa volonté à un autre, par subordination, par coercition ou par force, pour quelque raison que ce soit.

9. Chaque être humain est un travailleur, de l'éducation à la mort. Par conséquent, chaque être humain a droit à un salaire.

10. Chaque être humain est libre d'user de sa force de travail dans quelque entreprise productive que ce soit, individuelle ou collective – tant que celle-ci ne contrevient à aucun des principes énoncés ici.

De ces principes découlent toutes les propositions contenues dans la Déclaration suivante. [...]

MAI

Quand je repense aux années que j'ai passées à Pelagoya, je me souviens surtout du printemps. Au mois de mai, au petit matin, l'eau de la Lina est déjà tiède et de paresseux lambeaux de brume semblent rechigner à se dissiper. L'après-midi, avec les camarades, nous allions nous baigner une fois sortis de la classe et les obligations accomplies. Nous y passions des heures, sans compter le temps. Aucun d'entre nous n'avait de montre. Le compte du temps était la responsabilité des adultes. On ne nous demandait que d'être à l'heure. C'était assez simple. Le matin, cela voulait dire se lever quand on nous le demandait. Le soir, cela signifiait rentrer avant que l'obscurité ne fût totale. Nous attendions donc que le soleil disparût sous l'horizon boisé pour courir, tous ensemble, en direction des maisons. En passant, nous pillions les cerisaies, si bien que nous touchions à peine au repas du soir. Je comprends maintenant que les adultes faisaient semblant de croire à nos excuses, à nos « Non, vraiment, je n'ai pas d'appétit ce soir. C'est dommage. Ça a l'air très bon ! J'en prendrai demain s'il en reste. » Ils étaient patients, ne disaient rien, jouaient le jeu qui consistait à feindre de ne pas voir la trace rouge des cerises sur nos lèvres, que nous étions persuadés d'avoir effacée d'un revers de la main.

Quand je repense à Pelagoya, je sens à nouveau le goût des cerises, la fraîcheur des matins de printemps, la tiédeur de l'eau que le soleil a chauffée pour nous toute l'après-midi et l'odeur entêtante de la vase, que, gamins, nous ramenions avec nous le soir et qui persistait jusqu'à la douche du lendemain matin. Ce sont loin d'être mes seuls souvenirs mais ce sont les plus forts. Tous sont baignés dans un vaporeux camaïeu de bleu, de gris et de vert pâle.

Bien sûr, quand je repense à Pelagoya, je pense à Gob.

Tant de temps s'est écoulé, sa présence m'accompagne si bien et depuis si longtemps qu'il m'est parfois difficile de me souvenir – je devrais presque écrire « de m'imaginer » – qu'il a existé un temps où je ne connaissais pas Gob. Pourtant c'est vrai. M'était-il possible de m'imaginer alors que Gob ne me quitterait plus jamais ? Non. Comme tous les enfants, je n'avais qu'une idée assez vague du temps. Le cours d'une vie était à mes yeux une sorte d'éternité abstraite et lointaine. L'existence était un paradoxe : tout à la fois entièrement tendue vers l'horizon de la majorité et repliée sur l'instant concret, matériel. Je pensais au futur, bien sûr, car nous y pensions tous. Cependant, il nous paraissait de bien peu d'intérêt comparé à la perspective de la baignade du soir. L'avenir et le passé étaient l'affaire des adultes et ils semblaient tous deux les préoccuper gravement. Nous leur enviions cette préoccupation, mais nous les méprisions aussi un peu à cause d'elle. Non pas que les adultes de Pelagoya eussent été graves. Après tout, c'était à eux, aux adultes d'avant eux et aux adultes encore avant qu'elle devait sa tranquillité joyeuse. Toutefois, ils étaient chargés de l'écoulement normal du temps, de nous réveiller le matin, de nous instruire le jour et d'accepter nos pauvres excuses pour sauter le dîner. C'était un poids considérable. Ce poids, du haut de notre enfance, nous leur jalousions et nous leur abandonnions avec une désinvolture égale. Il ne serait pas tout à fait inexact de dire que nous, les enfants de Pelagoya, ne nous souciions de rien.

Il m'est impossible de dire si je me souviens du jour où j'ai rencontré Gob parce qu'il s'agit du jour où Ulf a manqué de se noyer dans la Lina ou bien si c'est précisément la présence de Gob qui maintient en vie le souvenir de la mésaventure d'Ulf. Cette après-midi-là, exceptionnellement, nous nous étions arrêtés et nous nous étions servis sur les branches des cerisiers avant de nous baigner. Le groupe bruissait d'une rumeur vrombissante : quelqu'un – il s'agissait peut-être d'Ulf lui-même, mais j'ai bien peur qu'une anecdote ne contamine ici l'autre – avait aperçu Aster et Lubi, à travers la fenêtre de la maison de ce dernier, en train de faire l'amour. Le témoin de l'affaire avait d'ailleurs probablement employé le mot « baiser » ou « forniquer », ou tout simplement « le faire » : autant de manières de mettre la chose, dont la simple connaissance théorique nous troublait déjà suffisamment, à distance. Nous ne parlions jamais d'amour alors, bien que nous employassions largement le verbe aimer. Nous disions « j'aime les mathématiques » ou bien « j'adore la confiture de pêche », ou encore « j'aime quand tu me tiens la main » ; l'amour, cette idée trop large pour nous et vaguement effrayante, n'avait pas de place dans notre vocabulaire. Par conséquent, Ulf n'avait pas pu dire « faire l'amour ». Ce n'était pas le fait en lui-même d'avoir aperçu l'intimité de deux adultes qui nous troublait autant. Nous ne recevions pas une éducation moralisatrice ou pudibonde. La sexualité ne nous était pas dissimulée. Dès le printemps, et jusqu'à ce que l'extrême fin de l'été rende la chose inconfortable, des garçons et des filles âgées[3] de seulement quelques années de plus que nous occupaient les bords et les abords de Lina pour « le faire » assez ouvertement. Comme devant toute chose que nous ne comprenions pas, nous faisions la grimace pour le principe et la majorité d'entre nous détournait le regard avant de s'en retourner aux cerisaies satisfaire une goinfrerie redoublée. Non, ce qui rendait l'évènement notable, c'était l'identité des participants. Un matin sur deux, Aster nous enseignait les fondamentaux des mathématiques. Les cours de littérature de Lubi occupaient les autres matinées. Bien que conscients, en principe, que les deux hommes pouvaient se connaître, qu'ils échangeaient parfois devant nous, qu'ils pouvaient à la rigueur s'apprécier, il ne nous était jamais venu à l'idée que leurs rapports eussent pu être davantage que cela. Même Pelagoya ne pouvait dissiper chez les enfants que nous étions l'égocentrisme. Oui, en théorie, Aster et Lubi existaient en dehors de la classe. Certains d'entre nous avaient même déjà logé chez l'un ou l'autre. Je suis capable de me persuader avoir passé quelques nuits dans la maison de Lubi, dans ma plus petite enfance. Mais de là à les imaginer faire l'amour ! C'en était trop. Nous ne pouvions pas le concevoir, sans parler de le comprendre. Il n'y avait que deux réactions possibles à une pareille idée : traiter de menteur la personne qui l'énonçait et nous gaver de cerises. Cette deuxième solution était plus facile et plus satisfaisante. Il ne nous vint jamais à l'esprit que les adultes nous laissaient sciemment les chiper. Nous digérions notre orgie de fruits, étendus sur la berge caillouteuse, ressassant interminablement notre incrédulité face la preuve inattendue de la vie sexuelle commune de ces deux adultes qui nous éduquaient, lorsqu'Ulf fit quelque chose de plus inattendu encore.

Entièrement nu, il s'avança dans l'eau sans prendre garde à l'endroit où il mettait les pieds. Arrivé à plus de trois mètres de la berge, avec de l'eau presque jusqu'à la taille, il se retourna vers nous, écarta les bras en croix et clama :

---

3 Voir explications sur la féminisation des accords page 651.

« Regardez-moi ! Je suis le roi de la rivière ! »

Nous le regardâmes, bouche bée, sans comprendre. Il continua pourtant. Un grand sourire éclairait son visage. Il se mit à reculer, toujours un peu plus loin du bord.

« Je suis le roi de la rivière ! Toute la rivière m'appartient ! »

Pourquoi cette idée étrange lui était-elle venue ? Que lui était-il passé par la tête ? Avait-ce un rapport avec la brusque découverte que nous venions de faire ? Aujourd'hui encore, je ne peux le deviner. Il y a bien longtemps que je n'ai pas revu Ulf et, s'il est encore vivant, sans doute ne se souvient-il pas de l'affaire avec autant de netteté que moi. Pour lui, cette fin d'après-midi n'est après tout qu'une ancienne humiliation, une vieille blessure d'orgueil. Ce n'est pas le jour où il a rencontré Gob. Plusieurs d'entre nous se sont redressés sur le coude, perplexes face à cette idée saugrenue.

« Ce n'est pas possible, a dit une fillette dont j'ai oublié le nom. La rivière n'est pas à toi.

— Elle ne peut pas être à toi, a renchéri un autre.

— “Le sol, l'air et l'eau ne sont la propriété de personne” », ai-je récité machinalement.

Je n'avais rien d'un élève brillant mais je mettais un soin presque maniaque à apprendre par cœur les leçons que je recrachais à intervalles réguliers, parfois sans beaucoup d'à-propos.

« Et même si ce morceau de la rivière était à toi, a continué la fillette, l'eau vient de l'amont et part vers l'aval. Quand elle arrive, elle n'est pas à toi. Quand elle repart, elle n'est plus à toi. »

Nous trouvions son idée si étrange que certains se sont mis à rire. Quelques cailloux sont tombés dans l'eau, pas trop près d'Ulf mais suffisamment quand même. Celui-ci, vexé, a fait une grande éclaboussure du plat de la main, comme pour élever une barrière d'eau entre lui et nous.

« Vous êtes juste jaloux, a-t-il craché. Vous êtes jaloux parce que je suis le premier à y penser et, puisque je suis le premier à la réclamer, ça veut dire que la Lina est à moi, en entier, avec l'amont et l'aval. »

J'étais bien trop stupéfait pour intervenir. Les éclats de rire se sont intensifiés et Ulf a continué de reculer. L'eau lui montait jusqu'à la taille quand il s'est soudain figé. Je me souviens qu'en un instant ses traits ont changé d'expression. Toute la bravade, toute la fierté incompréhensible de s'être approprié cette rivière, cette chose que personne ne pouvait logiquement posséder, ce qui signifiait utiliser, ont subitement disparu pour laisser place tout d'abord à de la surprise, puis à de l'incompréhension et enfin à une terreur abjecte. Sur le visage d'Ulf, ce jour-là, j'ai vu la terreur pour la première fois. Nous comprîmes plus tard que son pied s'était coincé entre deux pierres dissimulées par la vase. Il a crié :

« Je ne peux plus bouger ! »

Avec toute notre cruauté enfantine, nous lui avons répondu :

« Tant mieux ! Reste dans l'eau, puisque tu es le roi de la rivière !

— C'est pas drôle ! a-t-il protesté. Je peux plus bouger ! »

Nous avons haussé les épaules. D'un œil un peu désintéressé, nous l'avons regardé se débattre. Il s'est courbé, sa tête a disparu sous l'eau puis elle est ressortie, une fois, deux fois. Rien n'y a fait. Nous avons ri de le voir s'agiter ainsi. Je pense que nous nous sommes persuadés qu'il jouait la comédie. Ou bien nous trouvions que c'était bien fait pour lui. Il devait y avoir une morale à cette histoire : malheur arrive à qui veut s'approprier une rivière. Toujours est-il qu'aucun d'entre nous n'est allé l'aider. Nous sommes restés tranquillement sur la berge pendant encore une heure ou deux. Le soleil a commencé de descendre et nous n'avons pas bougé. Ulf a commencé de grelotter et nous n'avons pas bougé.

Enfin, le moment est venu de rentrer. C'est alors que nous avons compris que quelque chose clochait. L'idée d'aller chercher les adultes a été longue à venir. À Pelagoya comme ailleurs, on encourage les enfants à l'autonomie. Je n'étais pas parmi les plus entreprenants ; aussi regardai-je quatre de mes camarades s'aventurer à leur tour dans l'eau, prenant garde, eux, où ils mettaient les pieds. Ils s'avancèrent jusqu'à saisir les deux bras tendus d'Ulf et tirèrent de toutes leurs forces. Rien n'y a fait. La jambe était bien trop prise. De plus, l'eau qui montait jusqu'à leur taille les handicapait. Finalement, l'une d'entre eux s'est retournée et a crié :

« Il faut aller chercher de l'aide. »

Son appel a agi sur nous comme un choc électrique, un de ceux qu'on ne voyait figurer que dans les dessins animés burlesques et les bandes dessinées. Ceux d'entre nous qui étaient restés assis jusque-là ont bondi sur leurs pieds et, comme les autres, j'ai détalé en direction des maisons. Je me souviens de ce moment comme de ma première expérience de l'angoisse. Dans la lumière descendante de la fin d'après-midi, j'ai couru comme un dératé. Cette course n'a pas duré plus de quelques dizaines de secondes. Elle m'a pourtant semblé interminable. J'ai gravi le talus qui descend à la Lina. Aujourd'hui, je pourrais presque l'enjamber. Ensuite, j'ai bondi à travers les buissons qu'on y laisse pousser pour délimiter le rivage. Puis j'ai traversé la cerisaie déserte qui baignait déjà dans la lumière rosée du presque soir. Enfin, j'ai mis le pied sur la route qui menait aux maisons. Je n'avais qu'à peine conscience des autres qui couraient autour de moi tant mon cœur battait fort. Le sang qui cognait contre mes tempes me faisait comme des œillères.

Par un étrange hasard, le premier adulte que je rencontrai fut Aster qui poussait une brouette de déchets végétaux en direction d'un tas de compost. Je m'arrêtai net devant lui, haletant. En plus de cela, je dus rougir : le récit d'Ulf me revint brusquement en tête. Décidément, il m'était presque impossible de relier les deux images, la nudité intime dont nous avions tant débattu et celle de cet homme aux pantalons tachés de terre et de verdure, dont émanait une puissante odeur d'épluchures et de décomposition végétale.

« Eh bien, me demanda-t-il, que se passe-t-il, Umo ? »

Je balbutiai. Rendu étrangement timide, je n'osai pas le regarder dans les yeux.

« Ulf... la Lina... coincé... »

S'il ne comprit certainement pas les détails de l'affaire, Aster abandonna la brouette et, à longues foulées, partit en direction de la Lina. Hors d'haleine, je trottai tant bien que mal derrière lui. Je n'étais pas seul : je repris soudain conscience que les autres enfants m'accompagnaient. Aster fut le premier à atteindre le rivage mais il ne fut pas le seul. Tous les adultes de Pelagoya convergeaient vers le théâtre de l'incident, ayant tous abandonné les activités. Comme tous les enfants, je connaissais chacun d'entre eux. J'ai oublié certains noms, mais pas leurs traits. J'ai toujours eu une bonne mémoire des visages. Je remarquai seulement l'absence de Dounja et Mouad, avec qui je logeais cette saison. Je ne m'interrogeai pas longtemps sur ce qui pouvait les distraire de l'urgence. Le niveau de la Lina venait de monter brusquement, comme cela arrive quelquefois quand les marées sont trop fortes. La tête levée tant que possible, Ulf avait à présent de l'eau jusqu'au menton. Les camarades qui étaient restés là flottaient autour de lui, battant des pieds pour rester à flot et le soulever de toutes leurs forces. Aster n'hésita pas. Habillé et chaussé, il s'avança dans la rivière. Ses cuisses tracèrent deux longs sillages derrière lui tandis que ses mains brassaient l'eau devant, créant des vagues terribles à mes petits yeux. Les nageurs s'écartèrent devant lui. Quand il se saisit d'Ulf, nous échangeâmes tous un regard dont je ne saurais dire exactement l'émotion qu'il portait. Était-ce de l'étonnement ? De la peur ? De l'inquiétude ? En tout cas, je suis persuadé d'avoir vu Ulf tressaillir lorsque les bras d'Aster passèrent sous ses épaules, se croisèrent dans son dos et le soulevèrent, libérant sa jambe coincée. Il poussa également un cri de douleur : dans le mouvement, sa cheville s'était foulée. Si Aster remarqua lui aussi son tremblement, il n'en montra rien. Peut-être le prit-il pour ce qu'il était en partie : un mouvement de soulagement. Portant Ulf à l'horizontale contre son torse, Aster fit demi-tour et regagna la rive, suivi à quelque distance par les nageurs. Ils ressemblèrent alors à des canetons que l'on voyait l'été nager à la suite des canes, ce qu'ils étaient peut-être. Ce que nous étions tous : des canetons avec une multitude de pères et de mères ou, si l'on préfère, aucun père ni aucune mère.

Aster déposa Ulf sur la rive terreuse. Voilà l'image que je garde de Pelagoya avant l'arrivée de Gob : des enfants entourés d'adultes, des adultes entourés d'enfants, réunis autour d'un accident idiot, heureusement résolu sans conséquence. Quelques minutes plus tard, quelqu'un charge Ulf dans une voiture et il part en direction de l'hôpital le plus proche. Il reviendra souriant, riant de son attelle. Il ne se proclamera plus jamais possesseur de la rivière ou d'autre chose. Cette fantaisie enfantine lui est définitivement passée. Bien qu'il n'y ait pas de réel lien de conséquence entre elle et son entorse, il les associera toujours. Il en gardera le traumatisme diffus toute sa vie.

Parmi les plus jeunes d'entre nous, certains se sont réfugiés contre les jambes des adultes ou dans leurs bras. Il y a quelques pleurs de soulagement et d'impuissance. Milan et Sandrine nous interrogent pour obtenir le récit complet de l'affaire. Nous laissons prudemment de côté les propos qu'Ulf nous a tenus. Les adultes soupirent : que jeunesse se passe ! Je demande où sont Dounja et Mouad. On me répond qu'ils ont dû s'absenter mais qu'ils ne devraient pas tarder à rentrer. C'est Héléna qui me répond cela. Héléna est biologiste, horticultrice : une après-midi par semaine, parfois davantage, elle nous donne un cours de science du vivant qui consiste en majorité à cultiver le potager de l'école et à soigner les fleurs et les plantes grasses. Peu de théorie : elle réserve cela aux plus grands. Je crois encore sottement qu'il y a une quantité finie de savoir à apprendre et que les plus grands apprennent donc moins de choses. J'ai une vague conscience qu'Héléna est ma mère, au sens que c'est elle qui a accouché de moi et que je partage avec elle une moitié de caractéristiques génétiques. L'autre moitié vient de Lukas, qui est donc mon père. Héléna ne vit plus avec Lukas, mais avec Milan. Lukas a quitté Pelagoya quand j'étais très jeune. Je n'ai quasiment aucun souvenir de lui. Il n'est revenu qu'une ou deux fois et je n'ai pas passé beaucoup de temps en sa compagnie. Dans les yeux d'Héléna, je ne perçois pas plus d'attachement, pas de sentiment plus puissant que dans ceux de n'importe quel adulte. Quand je suis triste, apeuré ou juste sonné par l'enchaînement rapide des évènements comme c'est le cas ce soir-là, je n'ai pas de réconfort plus intense à chercher auprès d'elle. Cela ne me manque pas. Je ne conçois même pas que cela puisse être autrement. Il en va différemment de Gob. Gob a toujours eu la sensation que quelque chose lui avait été volé, dérobé, caché.

Lentement, sans empressement, l'attroupement s'est dissipé. Le soir était là. Il était l'heure de rentrer. Chaque adulte a repris le chemin des maisons, accompagné des enfants qui logeaient avec elle ou avec lui. Nous passions d'une maison à l'autre régulièrement et ne séjournions jamais au même endroit plus de quelques mois. Les règles de vie ne changeaient guère d'un foyer à l'autre, d'autant que les adultes eux aussi avaient tendance à bouger au fil des unions ou des désunions, ou simplement du plaisir de passer quelque temps chez un ami. En outre, il y avait dans chaque maison une chambre de visiteur toujours prête en cas d'arrivée inopinée. Quand Milan, avec qui j'étais revenu de la Lina, me déposa devant chez Dounja et Mouad, ils venaient de rentrer et s'affairaient à préparer le dîner. Ils me demandèrent de venir les aider et, alors que je me lavais les mains avant de commencer à éplucher des carottes, ils m'annoncèrent sans cérémonie que la deuxième chambre du premier étage était occupée.

« Par qui ? demandai-je.

— Elle s'appelle Gob. Elle a deux ans de plus que toi. Elle vient d'Antonia où nous sommes allés la chercher. »

Ma curiosité fut tout de suite piquée. Les visiteurs étaient monnaie courante, certes, mais pas les visiteurs enfants ! Pour quelle raison venait-elle à Pelagoya ? Je connaissais suffisamment bien Dounja et Mouad pour savoir qu'ils ne répondraient pas à cette question. « Ses raisons, diraient-ils, sont ses raisons. Ce n'est pas à nous de les dire. » Je biaisai donc :

« Pour combien de temps est-ce qu'elle reste ?

— Autant qu'elle voudra », répondit sommairement Mouad.

Je me dépêchai alors d'achever d'éplucher et de couper les légumes en morceaux grossiers. Je ne devais pas très bien masquer mon excitation car, quand je demandai l'autorisation de monter la rencontrer, celle-ci me fut donnée sur un ton amusé.

Je montai les marches deux par deux. Arrivé sur le palier, je ralentis brusquement, soudain gêné. Dans l'encadrement de la porte, j'aperçus une silhouette de dos. Des cheveux châtain clair tombaient jusqu'au milieu du dos. Debout devant une valise ouverte posée sur le lit, elle en sortait lentement les habits. À l'exception de la conversation étouffée de Dounja et Mouad dans la cuisine au rez-de-chaussée, il régnait un silence total. J'hésitai. Pourquoi cette présence m'impressionnait-elle tant ? Peut-être parce qu'elle venait du monde en dehors de Pelagoya, où je n'étais jamais allé moi-même. Je me doutais bien qu'il devait y avoir des enfants ailleurs, puisqu'il y avait des adultes, mais je n'en avais jamais rencontré. Cela viendrait plus tard, quand je serais « grand ». Cette inconnue, puisqu'elle venait d'ailleurs, devait posséder des connaissances bien plus vastes que les miennes. Gob dut sentir cette timidité chez moi, puisqu'elle ne se priva pas d'en jouer durant les premiers temps que nous passâmes ensemble. Je risquai un pas en avant. Si la cavalcade dans les escaliers n'avait pas déjà annoncé ma présence, le grincement douloureux de la lame de parquet s'en chargea. Elle ne se retourna pas, n'interrompit pas son travail. Je m'avançai encore. Quand je fus parvenu à moins d'un mètre de la porte, elle daigna tourner la tête.

« Je m'appelle Umo, bredouillai-je.

— Gob », répondit-elle simplement.

Ma figure d'incompréhension avait sans doute quelque chose de comique car un léger sourire étira ses lèvres.

« Je m'appelle Gob. »

Je rougis pour de bon et ne produisis qu'un ridicule « Ah » en réponse. Je restai figé sur le seuil de la chambre, attendant pour la première fois une autorisation d'entrer dont je n'avais jamais eu besoin jusque-là. À Pelagoya, toute porte ouverte était une invitation. Sur une porte fermée, on frappait. Aucune n'était jamais verrouillée.

« Entre si tu veux », dit Gob.

J'entrai. Elle me tournait à nouveau le dos.

« Tu peux faire ce que tu veux, dans la chambre, dis-je. Tu peux bouger les meubles, mettre des affiches…

— Je sais. »

Puis, après un temps :

« Merci. Mouad et Dounja me l'ont déjà dit. Et puis c'est pareil à Antonia.

— Vraiment ? »

L'idée qu'un endroit soit semblable à Pelagoya m'avait toujours semblé invraisemblable. Ce devait être un endroit exceptionnel, puisque c'était là que je vivais avec tous les camarades.

« À peu près, oui. »

Je ne parvins pas à retenir une question :

« Si c'est pareil à Antonia, pourquoi tu viens ici ? »

Gob se retourna pour de bon vers moi. Je découvris ses yeux bleus et glaçants.

« Pourquoi ? Ça te gêne ? »

Je sentis mon estomac se nouer. Je n'eus pas le temps de répondre que non, ça ne me gênait pas du tout, pourquoi est-ce que cela me gênerait ? La chambre était faite pour cela. La voix de Dounja me délivra du pétrin dans lequel je m'étais fourré en appelant :

« Umo ! Gob ! À table ! »

Je ne me fis pas prier pour redescendre et dresser la table. Durant toute la durée du repas, je n'osai pas lever le nez. Bien que de nombreux détails de cette soirée se soient gravés dans ma mémoire, je n'ai pas la moindre idée de ce que je mangeai. Le contenu de l'assiette n'était qu'un moyen bien pratique d'échapper au regard d'acier de Gob.

Je décidai que quelque chose chez cette fille me terrifiait, sans vraiment chercher à savoir quoi. Ce soir-là, je me couchai la porte ouverte et l'oreille tendue. Je guettai le moindre bruit en provenance de l'autre chambre où Gob s'était couchée elle aussi. Je ne sais pas ce que je cherchais à entendre. Du rez-de-chaussée montaient, comme souvent, un fond de musique et les conversations à voix basse de Dounja et Mouad. Pour la première fois, je m'efforçais de discerner ce qu'ils racontaient ; sans succès. Parlaient-ils de Gob ? Si c'était le cas, qu'en disaient-ils ? Ils savaient forcément des choses qu'ils ne m'avaient pas dites. Pour la première fois, je soupçonnai que les adultes gardaient certaines choses pour eux : pas tout à fait des secrets, non, mais des vérités qu'ils ne souhaitaient pas que nous connussions. Je mis longtemps à trouver le sommeil, bien après que, de l'autre chambre, me fût parvenu le sifflement tranquille de la respiration endormie de Gob.

Le lendemain, elle me suivit jusqu'en classe. Pour autant que je sache, l'école est toujours la même aujourd'hui à Pelagoya. Peut-être a-t-elle seulement été agrandie. C'était déjà un assez beau bâtiment aux murs de pierres récupérées sur d'antiques et insalubres maisons. La porte, peinte d'un tendre bleu ciel, était évidemment ouverte. Un terrain de sport de cendrée bordeaux occupait l'arrière, tandis qu'une pelouse bien soignée s'étalait à l'avant. Une allée de gravier la traversait, mais nous ne l'empruntions presque jamais. Nous y mettions même un point d'honneur. De part et d'autre de l'école, il y avait des plates-bandes garnies de fleurs que nous entretenions avec Héléna. Chacun à notre tour, nous tondions la pelouse avec une tondeuse manuelle qui nous paraissait aussi vieille que nous, et peut-être davantage. Elle se coinçait souvent. Le jeu devenait alors plus amusant : il fallait arracher à pleine main les brins d'herbe enroulés entre les lames. Ensuite, nous nous les jetions à la figure et nous reniflions nos doigts, ravis de l'odeur d'herbe coupée. Aucune barrière n'entourait l'école, aucun portail n'en barrait l'entrée. Elle était située sur une hauteur au milieu du village. De là, on avait une belle vue sur la majorité de Pelagoya. Un autre de nos jeux était donc de chercher à reconnaître les silhouettes des adultes qui y circulaient au cours de la journée. Évidemment, nous les connaissions tous si bien que personne ne se trompait très souvent. Quand cela finissait par nous lasser, nous levions la tête vers les nuages qui offraient une plus grande variété de formes.

La première personne qui arrivait le matin, fût-elle enfant ou adulte, s'occupait d'abord de laisser sortir Hémon, le chien de l'école. C'est une grosse bête brune et baveuse, de race absolument indéfinissable, dont on ne savait pas vraiment s'il nous tenait compagnie ou l'inverse. De plus en plus ventru avec les années, il semblait bien profiter d'être nourri par autant de mains différentes. Dans sa jeunesse, il s'était parfois enfui et avait été retrouvé un peu partout dans Pelagoya, furetant près des poubelles ou des poules. L'âge avait calmé ses ardeurs et il se satisfaisait pleinement d'une vie confortable entre son épais tapis et les parages immédiats de l'école. « Ce n'est pas Hémon qu'il aurait fallu l'appeler, mais Aimant » a dit Ulf plus tard. Ce chien était, c'est vrai, particulièrement collant.

Les suivants s'occupaient de ramasser les œufs si les poules qui nichaient dans des cabanes contre le mur est avaient pondu. À part peut-être chez les plus grands, ceux qui trépignaient d'impatience de partir au secondaire de Grévi, ces tâches ne nous semblaient jamais des corvées ; d'autant qu'elles ne nous étaient jamais formellement imposées. Nous savions qu'elles nous incombaient à toutes et tous, au même titre que la préparation du repas ou le ménage de la classe. Nous en étions responsables, comme du reste de Pelagoya et du monde tout autour. Si quelqu'un se trouvait un intérêt particulier pour une tâche ou une autre, nous lui laissions de bonne grâce, mais il était très rare que l'adulte du jour eût à décider pour nous qui nourrirait les poules, qui rincerait le riz, qui balaierait la classe. De toute façon, si personne ne préparait le déjeuner, nous ne mangions pas. J'aime penser que c'était l'intérêt commun qui nous aiguillonnait, mais l'appétit n'y était sans doute pas pour rien.

Gob se laissa guider jusqu'à l'école. Ce premier matin, je tentai trois fois d'engager la conversation avant d'abandonner face à son silence. Elle marchait deux mètres derrière moi et je n'osais pas tourner la tête vers elle. Son regard faisait un point brûlant entre mes omoplates. Quand nous arrivâmes devant l'école, elle resta au bout de l'allée alors que je me précipitais sur la pelouse pour rejoindre les autres. Ulf était déjà là, la jambe prise dans une attelle jusqu'au genou, appuyé sur deux béquilles. En le voyant, je m'exclamai :

« On dirait un héron ! »

Ma sortie déclencha l'hilarité des camarades et aussi d'Ulf, qui tenta de me poursuivre, une béquille brandie au-dessus de sa tête. Je fus si bien pris par le jeu que je ne remarquai pas que Gob ne m'avait pas suivi.

Elle restait là où je l'avais laissée, au bout de l'allée. Tandis que nous nous éparpillions sur la pelouse de part et d'autre, absorbés, à peine perturbés dans nos jeux habituels par l'infirmité d'Ulf, elle nous observait, le visage imperturbable et illisible. N'osait-elle pas nous rejoindre ? Ne le voulait-elle pas ? Seule, elle s'avança le long de l'allée d'un pas lent et assuré, une trajectoire rectiligne croisée à intervalles irréguliers par les courses et les mouvements brusques. Lubi arriva quelques instants plus tard et eut simplement le temps de l'apercevoir entrer dans l'école. Sa présence nous arrêta un instant, réactivant la gêne de la veille, celle que nous avions ressentie quand Aster avait sauvé Ulf. S'il le remarqua, il n'en montra rien. Il nous salua tous d'un geste et nous laissa à nos jeux pour quelque temps encore. Sitôt qu'il fut entré, tout malaise disparut. Hémon courait lourdement autour de nous, heureux comme tous les jours de l'exercice et de la sieste qui suivrait.

Je ne sais pas ce que Lubi et Gob se dirent ce matin-là mais, quand nous nous décidâmes enfin à rentrer, profitant de la lenteur d'Ulf pour retrouver notre souffle, Gob était déjà au travail. Elle avait installé une table au fond de la salle, entre la bibliothèque et la fenêtre. Je me souviens qu'un rayon de soleil tombait sur son front. Dans ma mémoire, sa couleur hésite entre le gris et le doré. Je sais que ce n'est guère possible, mais la mémoire est ainsi faite : c'est le lieu où des choses impossibles peuvent arriver. Elle a cela de commun avec les rêves. La présence d'une personne déjà en train de travailler nous a calmés presque tout de suite. Il arrivait parfois que l'un ou l'une d'entre nous se mît à l'étude plus rapidement que les autres. Dans ce cas, nous nous installions calmement, nous saisissions un livre ou un cahier et passions quelques minutes silencieuses jusqu'à ce qu'il ou elle eût terminé ce qu'il était en train de faire. Ensuite seulement le travail collectif commençait-il. Lubi lui-même paraissait très absorbé par un épais dictionnaire ouvert sur la table qu'il avait tirée à côté du tapis d'Hémon. Le chien entra après nous et vint s'y étirer avec délice. Lubi lui donna une caresse distraite du bout des doigts et sembla ignorer notre entrée tout autant. En vérité, il avait relevé brièvement les yeux pour nous observer. Je n'étais pas le seul à être curieux. Plusieurs camarades trépignaient sur les chaises le plus discrètement possible. Pour ma part, je prétendis me plonger dans un roman dont j'ai oublié jusqu'à la couverture, au titre et à l'intrigue. Je sais que je l'ai lu, j'en ai compris les mots et le sens, mais tout cela a glissé sur moi. Je ne pensais qu'à Gob, qui travaillait silencieusement, visiblement indifférente à notre présence. Cela dura quelques minutes – que faisait-elle ? je ne l'ai jamais su –, jusqu'à ce qu'elle posât son crayon et qu'elle relevât le nez de son cahier. Alors, en prenant soin de ne pas montrer qu'il attendait ce moment, finissant paisiblement la page, Lubi se redressa à son tour. La paupière déjà tout alourdie de sommeil d'Hémon se releva à moitié, avant de capituler et retomber dans un soupir.

« Vous avez remarqué qu'une nouvelle personne nous a rejoints. »

Murmure d'assentiment dans la classe.

« Veux-tu te présenter ? »

Alors, se tournant enfin vers nous, se mordant la lèvre inférieure, elle dit :

« Je m'appelle Gob. »

Assise à ma droite, Livia n'y tint plus. Elle demanda :

« D'où tu viens ?

— D'Antonia.

— Et c'est comment, là-bas ? »

La question nous démangeait tous : Ulf, de retour de l'hôpital de Grévi, était celui d'entre nous qui s'était aventuré le plus loin de Pelagoya. Gob était pour nous une extraterrestre. Elle pouvait tout aussi bien venir de la Lune. C'est peu de dire que sa réponse ne satisfit pas notre curiosité.

« C'est grand. Beaucoup plus grand qu'ici. »

Puis elle se tut. Un nouveau murmure nous parcourut.

« Combien de temps tu vas rester ici ? » voulut demander Ulf.

Gob ne répondit pas. Voyant notre impatience, Lubi dut prendre la parole à sa place :

« Gob va rester à Pelagoya autant qu'elle le désire. Pour l'instant, elle dort chez Mouad et Dounja, avec Umo. »

Un léger ricanement se fit entendre et je crois bien que je rougis. Lubi se corrigea tout de suite avec un soupire patient.

« Je voulais dire : elle loge chez Mouad et Dounja, comme Umo. »

Puis il ajouta, avec un petit sourire :

« Vous êtes bêtes. »

Alors, nous avons tous ri, et même Gob a esquissé un rictus qui ressemblait à un sourire.

Ensuite, nous nous sommes mis au travail. Je ne sais plus ce que nous avons fait ce matin-là. Nous avons probablement lu ou travaillé un point de grammaire. Personne ne faisait exactement la même chose. Chacun se levait, allait chercher un stylo ou un cahier dans un tiroir, feuilletait un dictionnaire ou une encyclopédie. Lubi aussi était plongé dans un travail. Il corrigeait des rédactions. Je ne sais plus sur quel sujet elles portaient. Je ne sais pas comment faisaient les enseignants pour arriver à suivre une quinzaine d'élèves à la fois, tout en étant eux-mêmes occupés. Peut-être qu'ils n'y arrivaient pas. Je ne crois pas qu'un des professeurs l'ait jamais prétendu. D'ailleurs

Lubi, lorsque l'un d'entre nous venait le voir ou l'appelait, commençait toujours par nous interroger sur ce que nous faisions. C'était sans doute un moyen de s'y retrouver. Il y avait un tableau blanc dans la classe. Il servait parfois à nous donner à tous une information ou, plus rarement, une consigne. La plupart du temps, il nous servait de brouillon : il était presque entièrement recouvert de gribouillages, de ratures, de croquis, de schémas. Son emplacement trahissait d'ailleurs qu'il était à notre usage : il était installé trop bas pour les adultes. Dans l'école de Pelagoya, le silence ne se faisait jamais tout à fait. Il régnait un perpétuel de bruissement, ponctué çà et là des ronflements ou des pets d'Hémon, immédiatement suivis d'éclats de rire. Quand le volume des conversations montait, cela attirait l'attention de l'adulte qui intervenait alors pour nous demander ce qu'il se passait, et non pour rétablir le silence ou l'ordre. Pour nous, ce mot « ordre » ne signifiait rien d'autre que la succession dans laquelle accomplir les tâches ou ranger le matériel. La discipline, c'était l'enseignement, et nous étions des disciples. La punition, le châtiment n'avaient pas de place là-dedans. L'idée même nous était tout à fait étrangère. De toute façon, rien n'était explicitement interdit ; à l'exception peut-être de la violence, mais nous n'avions guère de motifs de nous battre et nous nous connaissions trop bien pour cela.

Avant mon entrée dans le secondaire, je n'ai jamais reçu de note ni subi la moindre évaluation. Ces termes mêmes m'étaient étrangers. Même au secondaire, à Grévi, nous considérions les examens et les résultats avec une désinvolture certaine. Au mieux, nous étions satisfaits d'avoir trouvé toutes les bonnes réponses ou produit un travail de qualité. Au pire, nous étions déçus, mais jamais longtemps. Les professeurs n'y accordaient pas d'importance non plus. Après tout, ils étaient passés par la même école, le même secondaire. Personne ne nous encourageait à être meilleur qu'un autre. Les rares questions qu'ils nous posaient portaient sur la compréhension et celle des autres enfants que nous étions toujours encouragés à aider, même durant les examens. Quel bien garder une information ou un savoir pour soi aurait-il pu amener ? Ils ne nous appartenaient pas plus que les crayons et les livres avec lesquels nous travaillons. Si, parfois, il m'a paru pénible d'expliquer encore une fois le théorème de Pythagore à Ulf, le faire m'était tout naturel, de même que Gob m'aidait à retenir le nom d'une figure de style complexe. Nous avancions ensemble. L'éducation était une entreprise collective, non pas une course de vitesse. Pourquoi nous serions-nous réjouis de devancer les camarades et de les laisser sur le carreau ? Nous n'étions pas pressés.

J'ai beau savoir – et je le savais déjà – qu'il en allait de même partout ailleurs, je restais un enfant. Par conséquent, j'étais intimement persuadé que la vie que je menais à Pelagoya, à l'école et en dehors, avait un caractère exceptionnel. Puisque c'était là que je vivais, ce devait être un endroit particulier, le plus important du monde. Cette assurance, je l'ai perdue. Cependant, peut-être que cette idée que je me fais de la psyché enfantine, tendant à voir dans ma propre expérience une attitude commune, montre surtout que je ne me suis jamais tout à fait départi de la propension à généraliser à partir de mon cas. Sans doute est-ce pour cela que la présence – je suis tenté d'écrire « l'intrusion » – de Gob me perturbait tant, davantage, semblait-il, que les autres.

Je ne travaillai guère, ce matin-là, et pas beaucoup plus l'après-midi. Mon attention restait fixée sur Gob, qui me tournait le dos. Les mots que je lisais et ceux que j'écrivais se mélangeaient devant mes yeux. Dans la marge du cahier, j'écrivais malgré moi son nom encore et encore, comme si je cherchais à en trouver le sens : Gob, Gob, Gob, Gob... Je n'étais pas le seul à avoir la tête ailleurs. Tard dans la matinée, Ulf s'exclama soudain ;

« Lubi, est-ce que c'est vrai que tu es avec Aster, maintenant ? »

Un silence étonné se fit dans la classe. Même Gob, qui n'avait parlé à personne jusque-là et n'était pas au courant de ce qu'il s'était passé la veille. Lubi ne réagit pas tout de suite. Le stylo souligna, écrivit un commentaire, de son geste assuré et précautionneux. Puis, tout aussi lentement, il releva la tête, regarda Ulf droit dans les yeux et dit :

« Pardon ? Excuse-moi, Ulf, je n'ai pas bien entendu, j'étais concentré. Quelle était ta question ? »

Un murmure rigolard parcourut la pièce. Il s'en est toujours défendu mais je crois bien avoir vu Ulf rougir. Cependant, il ne se laissa pas désarçonner et répéta sa question. Lubi l'écouta et répondit :

« Pourquoi me demandes-tu cela ?

— Je veux savoir, c'est tout.

— Tu me demandes cela comme si c'était un secret.

— C'est secret ?

— Pas du tout. Effectivement, Aster et moi avons décidé de vivre ensemble ces temps-ci.

— Pourquoi ?

— Parce que nous sommes amoureux. Es-tu satisfait ? »

Ulf ne l'était pas. Il s'était sans doute représenté cet instant comme un moment de gloire, une occasion de faire oublier la mésaventure de la veille. Le ton sur lequel Lubi lui répondait, calme et factuel, ne lui laissait pas de prise. Dérangé dans le sommeil par le silence soudain, Hémon s'étira en poussant un long bâillement. Quitte à être réveillé, il s'approcha de moi en quête de caresses que je lui accordai d'une main distraite. Gob s'était retournée. Son regard croisa le mien, et je baissai les yeux pour trouver ceux, humides et rougis de fatigue, du chien qui bavait contre ma cuisse.

L'affaire aurait pu en rester là, mais Lubi n'avait pas apprécié de voir ainsi son intimité exposée dans la classe. La vie amoureuse et la vie sexuelle n'ont jamais été taboues pour nous, à Pelagoya ou ailleurs. Il existe toutefois une règle tacite qui veut qu'on n'en parle pas à la place de la personne concernée.

« Es-tu amoureux, Ulf ? reprit-il. Est-ce que tu veux nous en parler ? »

Cette fois-ci, Ulf rougit pour de bon. Son visage écarlate plongea dans ses bras croisés sur la table, non sans avoir malgré lui lancé un regard vers Livia, qui fit la grimace. Cette fois-ci, la classe éclata franchement de rire mais Lubi nous calma d'un geste de la main.

« Si certains d'entre vous se posent des questions sur la vie d'Aster et moi, vous êtes les bienvenus à la maison. La chambre est vide, en ce moment. »

Cette simple phrase suffit à tout faire rentrer dans l'ordre. La maison, bien sûr, nous était ouverte, comme celles de tous les autres adultes. Il n'y avait rien d'exceptionnel dans leur vie. Nous reprîmes le travail comme si de rien n'était. Hémon, que tant d'émotions avait épuisé à nouveau, me chauffa les pieds jusqu'au repas.

C'est vers treize heures, en rinçant le riz, que cette drôle d'idée me vint pour la première fois. Étais-je amoureux de Gob ? Était-il même *possible* que je sois amoureux de Gob ? C'était idiot : je ne la connaissais même pas ! Si je devais être amoureux, ce devait être de Sara, de Sofia, d'Alanie ou d'Elif : des filles avec qui je vivais depuis toujours, des filles que je *connaissais*. Pas une inconnue muette qui cherchait les assiettes dans le buffet toute seule au lieu de simplement demander où elles étaient rangées. Je jetai un œil par la fenêtre. Ulf n'était pas dehors en train de jouer, ni avec nous qui nous chargions de préparer le repas. Lubi l'avait retenu, en partie pour s'excuser de l'avoir gentiment humilié devant la classe et en partie pour comprendre ce qui l'avait poussé à soulever le sujet.

En fin d'après-midi, après deux heures passées à nous occuper du potager en luttant pour garder Hémon hors des poireaux, la plupart d'entre nous retournèrent au bord de la Lina. Il faisait très beau. Assis sur la rive, interdit de baignade à cause de sa blessure, Ulf nous assura qu'il ne lui avait rien dit.

« Rien dit sur quoi ? » lui ai-je demandé.

Il n'a rien trouvé à répondre. Nous avions de la difficulté à concevoir qu'on puisse avoir quelque chose à cacher et cela rendait l'obsession – heureusement passagère – d'Ulf à propos d'Aster et Lubi d'autant plus étrange. Malgré les invitations, Gob ne nous avait pas suivis. Elle avait choisi de rentrer chez Dounja et Mouad. Alors que nous sortions de l'eau et que nous nous agitions pour sécher plus vite, la conversation se tourna vers elle.

« Pourquoi vous croyez qu'elle est vraiment ici ? lança Hakim. Et puis c'est quoi ce nom, Gob ?

— “ Tout être vivant est libre d'aller et venir à sa guise ”, citai-je.

— Elle est bizarre, non ? » renchérit Livia.

Ulf s'empressa d'acquiescer.

« Elle tient sa fourchette de la main droite, remarqua Joan.

— Elle nous regarde fixement, comme si elle voulait savoir ce qu'on pense.

— Elle a les yeux bleus », ajoutai-je tout à trac.

C'était la chose qui m'avait le plus marqué.

« Et alors ? s'écria Alanie. Moi aussi j'ai les yeux bleus, on va pas en faire toute une histoire.

— Tu es amoureux, Umo ? me demanda Jörg en imitant la voix de Lubi. Tu es amoureux, c'est ça ? Tu veux nous en parler ? »

Tout le monde éclata de rire, et je ris avec les autres pour masquer mon malaise. Tout le monde, à l'exception d'Ulf qui, assis par terre, ramassa une pleine poignée de terre et de gravier et la jeta dans sa direction. Jörg protesta et répliqua de même. Nous applaudîmes tous ensemble devant l'échauffourée. Si Ulf n'avait pas été blessé, sans doute se seraient-ils battus, comme nous nous battions parfois, en riant : des pugilats brusques et rapides qui cessaient d'eux-mêmes dès que l'un des belligérants disait « aïe ». Je battis des mains avec beaucoup d'enthousiasme, trop heureux de la distraction. En réagissant à ma place, Ulf avait fait oublier à tout le monde que la blague m'était adressée, et je ne fis rien pour changer cela.

L'étrange sensation qui m'avait saisi le midi ne m'avait pas lâché. Je m'avançai donc avec Jörg pour aider Ulf à se relever et à reprendre ses béquilles. Il fallut presque le porter pour l'aider à gravir le talus, puis nous nous retînmes de courir jusqu'à la cerisaie pour ne pas le laisser derrière nous. Comme tous les soirs, nous nous gorgeâmes de cerises jusqu'à en avoir la bouche écarlate. Ulf, qui se tenait en équilibre sur ses béquilles, ouvrait la bouche pour qu'on y jette les fruits, un petit jeu auquel je n'étais pas mauvais. En prenant soin que personne ne me voie faire, je fourrai quelques cerises dans la poche dans l'idée de les ramener à Gob. Comme l'heure avançait, nous rentrâmes chacun de notre côté.

La présence de Gob me troublait tant que je m'arrêtai sur le pas de la porte. J'envisageai de tourner les talons et d'aller dormir ailleurs. Ce serait plus facile. Au fond de la poche, mes doigts touchèrent les cerises et je me décidai à entrer. Le rez-de-chaussée était vide, la lumière éteinte. Je remarquai sur la table du salon un mot de la main de Mouad, adressé à Gob et moi, nous informant que les deux adultes dîneraient chez des amis et qu'ils rentreraient probablement tard. Le terminal de Dounja était également posé sur la table et je savais qu'en cas d'urgence je pourrais les joindre sur celui de Mouad. Un coup d'œil dans la cuisine m'apprit qu'une pizza attendait d'être réchauffée dans le four.

Je n'ai compris que des années plus tard que toute cette mise en scène était destinée à nous laisser l'espace pour faire connaissance. Les adultes de Pelagoya possédaient presque tous ce trait de caractère : ouverts sur leurs propres sentiments, si on les questionnait, mais toujours soucieux de ne pas interférer avec les nôtres, tant que possible.

Je montai l'escalier. La porte de la chambre de Gob était entrouverte, ce qui, en langage de Pelagoya, signifiait que l'on pouvait entrer à condition de toquer avant. Je toquai doucement. Pas de réponse. J'entrai alors. Gob, une fois de plus, me tournait le dos. Elle était assise au bureau, dans le halo jaune de la vieille lampe et dans le silence rompu seulement par le grattement du stylo contre le papier. Je m'avançai d'un pas avant de demander :

« Qu'est-ce que tu écris ? »

Elle sursauta, se retourna brusquement. J'entendis le claquement du cahier qui se refermait.

« Qu'est-ce que tu écris ? » répétai-je.

À Pelagoya, il était très inhabituel de ne pas répondre à une question. Voyant que j'attendais, Gob a fait la moue et a marmonné :

« Rien.

— Rien ?

— Rien d'important.

— Si c'est rien d'important, alors pourquoi tu l'écris ?

— C'est pas tes affaires. »

À cela, je n'avais rien à redire. Je voulus changer de sujet :

« Ils ne sont pas là. Dounja et Mouad, je veux dire.

— Je sais.

— On est tout seuls.

— Je sais.

— Il y a de la pizza. C'est sûrement Mouad qui l'a faite. Elle doit être bonne.

— Je sais, je l'ai vu la préparer.

— Tu en veux ? »

Gob haussa les épaules. Penser à manger me rappela les cerises dans la poche. Je les tendis dans ma paume ouverte.

« Je t'ai ramené ça. De la cerisaie. »

Gob plissa les yeux, d'un air soupçonneux que je ne compris pas. Pourquoi se méfiait-elle de moi ? Je ne lui avais jamais rien fait, jamais donné aucune raison de ne pas me faire confiance, puisque nous ne nous connaissions pas.

« Qu'est-ce que c'est ?

— Des cerises. De la cerisaie. »

Elle se leva et les attrapa dans la paume de ma main. Sans me remercier, elle en porta une à sa bouche. Elle se retourna vers la corbeille et cracha le noyau qui y fit un tintement métallique aigu.

Alors, pour la première fois, je vis Gob sourire.

« Elles sont bonnes. »

Encouragé, je souris à mon tour.

« Les meilleures ! " La fierté de Pelagoya " ! » ajoutai-je en contrefaisant le ton sentencieux d'Héléna quand elle parlait des arbres.

Comme Gob continuait de sourire, je décidai de pousser mon avantage.

« Tu veux de la pizza, alors ? »

Elle a hoché la tête, et nous sommes descendus. J'ai allumé le four électrique et nous avons attendu. En silence. Gob a sorti deux assiettes et les a posées sur la table. Je nous ai servi deux larges parts et Gob a mordu dans la sienne à pleines dents, sans utiliser de couverts. La sauce tomate lui a coloré le pourtour de la bouche comme le jus des cerises plus tôt. En un clin d'œil, la part avait disparu et elle s'en est coupé une deuxième. Elle n'a pas semblé remarquer que j'en oubliais de manger, à la regarder faire. Je cherchais quelque chose à dire. Comme je ne trouvai pas, je décidai de me remplir la bouche pour avoir une excuse. Gob a toujours eu un sacré appétit, mangeant vite et beaucoup. Je venais difficilement à bout d'une première part quand elle a eu terminé la deuxième. Elle a hésité à en couper une troisième, a pris le couteau, m'a lancé un regard, puis s'est ravisée. Finalement, elle a coupé un troisième morceau, un peu plus petit que les autres. On peut apprendre beaucoup sur quelqu'un à sa façon de manger. En nous forçant à dîner seuls, Mouad et Dounja s'étaient assurés que nous fassions bien connaissance. Je me suis servi une deuxième part, Gob a posé les mains à plat sur la table et a poussé un soupir de satisfaction. Je n'avais pris que deux bouchées quand elle a brusquement dit :

« Pourquoi il lui a demandé ça ? »

La bouche pleine, je laissai malgré moi échapper un grognement d'incompréhension.

« Le garçon. Ulf. Pourquoi est-ce qu'il a demandé ça à Lubi ? C'est pas ses affaires. »

J'ai avalé lentement, pour me laisser le temps de la réflexion.

« Je ne sais pas.

— Tu sais pas mentir, ça se voit tout de suite. »

J'ai regardé ma part, hésité, et je l'ai reposée dans l'assiette. Malgré moi, j'ai regardé en direction de la porte d'entrée avant de me pencher par-dessus la table et de murmurer :

« Tu peux garder un secret ? »

Je n'aurais jamais posé cette question à l'un des camarades qui avaient grandi avec moi à Pelagoya. Était-ce un test ? Une manière de reprendre le pouvoir sur Gob, qui m'intimidait tellement ? Le mot même de « secret » ne voulait pas dire grand-chose pour moi. Cette question, je l'avais lue dans des livres, entendue dans des films, mais jamais dans la bouche d'une personne vivante. La prononcer était, paradoxalement, une façon de garder Gob à distance de mon univers familier, mais également une tentative de créer une intimité entre nous deux.

Elle a souri, montrant ses dents pleines de tomate.

« C'est ce que je fais de mieux. »

Des années ont passé, mais cette affirmation ne s'est jamais démentie.

Alors, je lui ai raconté toute l'affaire, ce qui ne prit pas longtemps et, en vérité, fut fait en une paire de phrases.

« Ulf les a vraiment vus ?

— C'est ce qu'il dit.

— Hmm. »

Gob a ruminé cela quelques instants.

« Est-ce que tu veux les voir aussi ? »

J'ai haussé les sourcils. Je ne comprenais pas ce qu'elle me proposait. Comme je ne répondais pas, elle a insisté.

« Tu sais où Aster et Lubi habitent, non ? Il suffit d'y aller pour vérifier.

— Tu veux dire, entrer dans la maison sans leur demander ?

— La porte ne sera pas fermée, si ? »

Elle avait raison. Rien ne nous interdisait d'entrer.

« Et s'ils y sont ? »

Sentant que je commençais à basculer, Gob a sorti un atout de sa manche.

« Il n'y seront pas. J'ai entendu Dounja et Mouad en parler. Tous les adultes mangent au même endroit ce soir, pour une réunion, ou quelque chose comme ça.

— C'est vrai, acquiesçai-je. Ils font ça, parfois.

— Tu vois ! On y va, on se cache dans la maison, on attend, on les prend sur le fait ! Comme ça, tu pourras le dire à Ulf et à tous les autres. Tu auras quelque chose d'intéressant à raconter !

— Et si Mouad et Dounja reviennent avant nous ? »

Gob a haussé les épaules.

« On n'a qu'à fermer les portes des chambres. »

Pas plus que les enfants, les adultes n'ouvraient une porte fermée sans y avoir été invités. Celles-ci, pourtant, étaient très rares. C'est pourquoi, ce soir-là, quand, après avoir nettoyé et rangé la vaisselle utilisée et remis dans le four le restant de pizza qui avait échappé à l'appétit de Gob, nous sortîmes dans la nuit, je ne m'imaginais pas faire quelque chose de « mal ». L'idée de l'effraction ne m'était jamais venue. Il n'y a pas de lampadaire à Pelagoya. La chaussée n'est pas éclairée. Pour quoi faire ? Tous ceux qui vivent là connaissent par cœur les rues et les chemins qui relient les maisons, l'école, les jardins, les ateliers. J'ai compris plus tard, à Grévi un peu et surtout à Iliat, que l'on éclaire les rues pour voir ce que les gens y font. On éclaire les rues quand on ne connaît pas celles et ceux qui y circulent. Rien ne justifie cela, à Pelagoya. Malgré l'obscurité, je distinguai les yeux interrogateurs de Gob qui semblaient dire : « Par où ? »

Mes pieds connaissaient le chemin. Je les laissai faire et Gob me suivit. La maison qu'occupaient Aster et Lubi n'était qu'à quelques minutes. Sur le chemin, nous passâmes devant celle où vivait Héléna, dont j'aperçus le visage, rejeté en arrière dans un grand éclat de rire. Une bruyante discussion s'échappait par la fenêtre. Je compris que c'était là que les adultes s'étaient réunis. Les autres enfants de Pelagoya devaient être couchés. C'est à ce moment que je compris vraiment ce que la situation avait d'inhabituel. Gob et moi étions seuls dehors, seule présence humaine dans la nuit de Pelagoya. Cela ne m'était jamais arrivé. Ma vie jusque-là, bien que non dénuée d'intimité quand je la réclamais, était toujours collective. On ne sortait pas la nuit tout seul, parce qu'à quoi bon ? La nuit, on faisait comme les adultes faisaient : on se rassemblait dans des pièces à l'éclairage rougeâtre pour partager un repas, regarder un film ensemble, jouer ensemble, discuter ou lire assis dans un fauteuil, allongé sur le tapis devant le poêle. On ne sortait simplement pas dans la nuit, à l'insu de tout le monde. Et pour quoi faire ?

Je tremblais un peu, mais ce n'était pas de froid. Être dehors avec Gob, c'était l'inconnu, l'étrange, le terrifiant. C'était aussi, je crois, d'une certaine manière, érotique. Je ne veux pas dire « érotique » au sens sexuel. Les fanfaronnades d'Ulf montraient bien que nous n'en étions pas là encore. C'était érotique comme l'est toute chose nouvelle : c'est le plaisir indicible de la découverte et de l'expérimentation. Il me semble que cette première expérience a irrémédiablement teinté toute la relation avec Gob. Se risquer dehors avec elle, faire cette chose idiote et si *étrangère* à toute ma vie d'enfant de Pelagoya, c'était un acte mû par la fascination qu'elle exerçait inexplicablement sur moi, mais surtout par le désir, inconscient, d'être proche d'elle et peut-être de lui ressembler. Voilà qui explique pourquoi je me demandais si j'étais amoureux de Gob alors que l'idée ne m'était jamais venue à propos d'un ou d'une camarade. Pourquoi aurais-je voulu leur ressembler ? Ils m'étaient aussi semblables que l'on peut l'être. Certains évoquent, en parlant de Pelagoya et d'autres villages de moindre envergure encore, les risques d'endogamie et de consanguinité. En vérité, des camarades avec lesquels j'ai grandi, personne n'a eu d'enfant avec quelqu'un de Pelagoya. Nous avons couché ensemble, bien sûr, comme nous voyions les plus grands et les adultes le faire, mais ceux d'entre nous qui ont choisi de donner la vie à des enfants l'ont fait avec des gens d'ailleurs. La reproduction de l'identique ne nous a jamais intéressés. Mais il est trop tôt, peut-être, pour parler de ça.

La porte de la maison où vivaient Aster et Lubi était évidemment ouverte. Une nouvelle fois, j'hésitai sur le seuil. Avant de rencontrer Gob, je n'avais jamais hésité à rentrer nulle part. Elle me dépassa, me frôlant dans un petit rire. Elle poussa la porte, entra, se retourna.

« Bon alors, tu viens ? »

La maison était exactement telle que je la connaissais. J'avais logé quelques semaines avec Aster, un ou deux ans plus tôt, alors que je rencontrais des difficultés à comprendre la soustraction. Nous avions alors passé plusieurs soirées à travailler ensemble jusqu'à ce que les chiffres prennent enfin sens. L'intérieur n'avait quasiment pas changé. Je comprends maintenant que Lubi ne s'était pas installé depuis suffisamment longtemps pour avoir aménagé l'intérieur à son goût. Sur le moment, je restai stupéfait. Seule la lueur rougeâtre du poêle éclairait le rez-de-chaussée. Cet environnement, que je connaissais si bien et qui n'était d'ailleurs pas si différent de la maison de Mouad et Dounja, il me semblait appartenir à un autre monde : le monde de Gob, peut-être. Alors que je restais figé, celle-ci explorait librement les pièces, les placards et le réfrigérateur, ouvrait les livres avant de les remettre à leur place comme si de rien n'était. Que cherchait-elle ? Rien de particulier, certainement. Je la regardai faire, les bras ballants. Après avoir fait deux fois le tour du salon, elle déclara simplement « J'ai faim », puis s'en retourna dans la cuisine, saisit une pomme, la croqua en trois bouchées avant d'abandonner le trognon au milieu de la table.

Je trouvai le courage de m'exclamer :

« Laisse pas ça là ! Ils vont le voir !

— Et alors ? »

Puis, sans me laisser le temps de répliquer, elle s'élança dans les escaliers. Le vacarme terrible qu'elle fit me glaça le sang. Je jetai un regard derrière moi vers la porte et je me précipitai à sa poursuite. Je n'avais envie que de tourner les talons mais la présence de Gob me retenait. J'étais venu avec elle, je repartirais avec elle. Quand j'arrivai au premier étage, elle avait déjà fait le tour d'une chambre sans que rien n'y retînt son attention et elle s'appliquait à fouiller celle où Aster et Lubi devaient dormir. Le lit était mal fait, les placards étaient ouverts. Elle ouvrit tous les tiroirs, plongeant le nez dedans pour en distinguer le contenu malgré la pénombre.

« Qu'est-ce que tu cherches ? me risquai-je à demander.

— Un souvenir. »

Puis elle poussa un « Ahah ! » triomphant en me montrant un stylo.

« Le voilà. »

Je ne compris pas. C'était un stylo tout ce qu'il y avait de plus normal : à plume, à réservoir. Il y en avait des dizaines comme celui-ci rien qu'à Pelagoya.

« Il est rangé avec un carnet. Ça veut dire que c'est avec ce stylo qu'il écrit ses idées les plus personnelles. C'est celui-là qu'il me faut.

— Si tu as envie de l'essayer, pourquoi tu n'attends pas demain ? Si tu lui demandes, Aster te le prêtera sûrement. »

Le malaise me nouait le ventre. Avions-nous fait tout cela juste pour un stylo ? Cela ne me semblait pas suffisant.

« Puisqu'on est là, pourquoi on n'ouvrirait pas le carnet ? Si ça se trouve, il y a des choses sur Lubi et lui dedans. »

Deux yeux bleus me foudroyèrent malgré l'obscurité. Je me souvins soudain du claquement sec du cahier de Gob qui se refermait. Je compris que, pour une raison qui m'échappait et, à vrai dire, m'échappe toujours, c'était là qu'elle plaçait la limite de l'intimité. Fouiller dans les sous-vêtements, soulever les draps pour trouver les livres et les chaussettes qui s'étaient perdues dessous, tout cela ne lui posait aucun problème, mais les mots qu'Aster avait inscrits dans son carnet avaient quelque chose de sacré et d'intouchable.

Gob fourra le stylo dans la poche du pantalon quand nous entendîmes du bruit au rez-de-chaussée.

« C'est toi qui as laissé la porte grande ouverte ? demandait Aster.

— Sûrement le vent », répondit Lubi.

Nous nous figeâmes un instant, puis, comprenant qu'ils ne montaient pas tout de suite, je tournai les talons. Fuir par l'escalier était impossible. Nous n'avions d'autre choix que de nous cacher dans la chambre vide. Sur la pointe des pieds, nous traversâmes le couloir et fermâmes la porte derrière nous. Au ton de leur voix et à leur pas lourd dans l'escalier, je compris qu'Aster et Lubi étaient saouls. L'ivresse était une chose rare mais pas inconnue, à Pelagoya. L'été surtout, les adultes pouvaient se laisser aller à boire plus que de raison quand les chaudes soirées s'étiraient. L'alcool ne nous était pas interdit et nous y goûtions parfois mais, pour être parfaitement honnête, nous n'en voyions pas l'intérêt. Le chocolat et le sucre nous plaisaient beaucoup plus. L'alcool faisait partie de l'avenir, pour autant que nous puissions concevoir une telle chose. L'oreille sur le battant de la porte, collés l'un à l'autre, tremblants de peur et d'excitation, Gob et moi avons écouté passer les deux adultes. Mon cœur battait follement dans ma poitrine et je me souviens du souffle fébrile de Gob sur ma main.

Avions-nous vraiment peur ? Non. S'ils nous avaient dénichés, Aster et Lubi n'auraient rien fait. Ils nous auraient interrogés pour savoir ce que nous faisions là, ils auraient patiemment écouté nos mensonges embrouillés et ils nous auraient renvoyés d'où nous venions, sans doute sans en informer Dounja et Mouad. À l'exception du stylo, nous n'avions rien fait de vraiment mal. En tout cas, visiblement. Notre simple présence chez eux ne constituait pas une intrusion. Sa dissimulation, si.

Pourtant, nous n'avons pas bougé. Nous les avons écoutés pénétrer dans la chambre, rire, tomber lourdement sur le lit sans remarquer que les draps avaient bougé. Il y a eu encore quelques bruits de vêtements, quelques mots mâchonnés, deux respirations de plus en plus lourdes, le frottement des vêtements qu'on enlève. Incontestablement, Aster et Lubi ont commencé à faire l'amour dans l'autre chambre. Cela encore n'avait rien d'inusité pour moi. Les adultes faisaient l'amour et on les entendait parfois. Ils le savaient. Cela ne posait pas de problème, simplement des questions auxquelles ils devaient parfois répondre. Il est vrai que, quand l'un d'entre nous résidait chez eux, ils attendaient le plus souvent que nous soyons endormis. Pourtant, ce soir-là, tout était différent, parce que j'étais avec Gob, parce qu'Aster et Lubi ignoraient que nous pouvions les entendre et que nous étions même venus pour cela. Je sentais toujours la respiration de Gob sur ma main, alors que la mienne s'était arrêtée. Son visage n'était qu'à quelques centimètres du mien mais je n'osais pas la regarder. Il faisait noir, heureusement : cela masquait la rougeur que je sentais aux joues, le nœud dans mon ventre ainsi que la bizarre et nouvelle sensation de tension dans mon entrejambe, comme si une main si froide qu'elle en était devenue brûlante enserrait mes testicules. Quand, au bout de quelques minutes qui me semblèrent une éternité, mon regard croisa enfin celui de Gob, ma figure devait être si congestionnée qu'elle ne put se retenir. Elle pouffa. Je voulus la faire taire d'un sifflement vexé, mais cela ne fit qu'empirer les choses : elle éclata de rire pour de bon. Le bruit dans la chambre d'à côté s'arrêta. Alors, l'estomac me remonta dans la gorge et les yeux bleus de Gob s'écarquillèrent. Je n'y tins plus. L'air s'engouffra brusquement dans ma gorge. Je repoussai Gob, j'ouvris la porte si fort qu'elle alla claquer contre le mur qui séparait les deux chambres, je me précipitai dans l'escalier, à peine conscient que Gob m'emboîtait le pas. C'est tout juste si j'entendis la voix d'Aster ou de Lubi qui appelait du haut de l'escalier quand nous surgîmes dans la rue.

Nous avons couru comme jamais je n'avais couru. Pour la première fois, je fuyais quelque chose. Nous sommes passés en un éclair devant la maison d'Héléna, où la lumière était toujours allumée. Du coin de l'œil, il me sembla la voir tourner la tête dans notre direction, mais je ne peux pas en être sûr. Il est bien possible que j'aie complètement inventé cette impression à partir de mon sentiment de culpabilité ultérieur et de la certitude que tous les adultes savaient ce que nous avions fait. En tout cas, je me souviens avoir couru et je crois qu'Héléna m'a vu courir. Je ne lui ai jamais demandé directement si c'était le cas ou non. Mouad et Dounja n'étaient pas rentrés. J'ai poussé la porte et je suis allé directement m'effondrer sur l'épais sofa du salon. Gob s'y est laissée tomber un instant après moi, hors d'haleine. Son visage était aussi rouge que le mien et l'effet était encore plus frappant à cause de la clarté de ses cheveux. Entre deux bouffées, j'ai ouvert la bouche pour dire quelque chose, n'importe quoi, mais elle a barré ses lèvres de son doigt avant de venir taper contre sa tempe du bout de l'index.

Le message, muet, était clair : n'en parle pas, tout est dans ta tête. J'ai levé mon propre doigt jusqu'à ma tempe et j'ai tapoté à mon tour. Gob a hoché la tête. Tout garder dans sa tête. Alors, j'ai posé le doigt contre ma propre tête et je l'ai fait tourner comme un axe. Ce message-là était clair aussi : tu es complètement folle. À nouveau, elle a éclaté de rire et, cette fois, j'ai ri avec elle.

Malgré le tourbillon de pensées confuses dans ma tête, quand je me suis étendu quelques minutes plus tard, je n'ai pas eu de mal à trouver le sommeil. Gob, elle, ne s'était pas couchée encore. Je m'endormis, bercé par le grattement du stylo d'Aster sur le cahier. La chose la plus intime possible. Je me demandai un instant ce qu'elle pouvait bien écrire, si j'y avais une place et laquelle. Je m'efforçai pourtant de repousser l'interrogation. Je n'entendis même pas Dounja et Mouad rentrer. Quand j'ai rouvert les yeux, quelques heures plus tard, il faisait toujours nuit. Un bruit m'avait dérangé. Je me suis redressé et j'ai regardé autour de moi pour en trouver la source. Je n'ai pas compris jusqu'à baisser les yeux. Enroulée dans une couverture, la tête confortablement installée sur l'oreiller qu'elle avait amené avec elle, Gob dormait allongée sur le tapis, au pied du lit. En tout cas, j'ai supposé qu'elle dormait. J'ai trouvé cela étrange mais pas plus que le reste de la soirée. Alors, je me suis allongé et je me suis rendormi tout de suite. Je me souviens nettement n'avoir rêvé de rien cette nuit-là.

Le lendemain matin, Gob et moi prîmes notre petit déjeuner ensemble. Dounja était déjà partie, seul Mouad mangea avec nous et il ne nous posa pas de questions. Cependant, en prenant le chemin de l'école, Gob déclara, du ton sentencieux que j'allais apprendre à bien connaître :

« Il sait ce qu'on a fait.

— Qu'est-ce qui te fait dire ça ?

— Rien. La façon dont il nous regarde. »

Je fis la moue. Je n'avais rien remarqué de particulier. Le regard de Mouad ressemblait au regard de Mouad. Cela dit, je n'ai jamais été particulièrement doué pour deviner ce qui se passe dans la tête des autres. Le mensonge ou simplement la dissimulation me laissaient déjà perplexe : si Mouad savait, pourquoi ne le disait-il pas ? Quel intérêt pouvait-il trouver à petit-déjeuner avec nous en gardant quelque chose à nous reprocher ?

Gob avait sans doute raison puisque, quand nous arrivâmes à l'école, une fois salués comme il se devait par Hémon, nous découvrîmes qu'Aster, qui était censé nous faire classe ce matin-là, n'était pas là. Je crois d'ailleurs en avoir éprouvé un certain soulagement. Rien que de penser à lui, le souvenir de l'obscurité et des bruits me saisit. J'en eus la nausée et la même sensation désagréable s'insinua dans mon entrejambe. Héléna se tenait à sa place. C'est à cause du regard qu'elle posa sur nous deux que je fus persuadé qu'elle, tout comme Mouad, savait. Je manquai de me figer mais un discret coup de coude de Gob dans mes côtes m'en empêcha. Elle reprit la place où elle s'était assise la veille et je m'installai près d'Ulf, qui s'escrimait à résoudre un problème de mathématiques pourtant simple à mes yeux. Je le laissai faire quelques minutes, pour ne pas le gêner, avant de lui proposer mon aide qu'il accepta avec soulagement. Au bout d'un moment, Héléna toussa discrètement pour attirer notre attention.

« Pourquoi Aster n'est pas là ? demanda Livia.

— Il est malade ? renchérit Alanie.

— Aster n'est pas là, répondit Héléna, car il est trop en colère pour vous faire classe. »

Un silence étonné tomba sur la classe. Pour autant qu'on s'en souvînt, personne n'avait jamais vu Aster exprimer plus qu'un léger agacement. À côté de moi, je vis Ulf blanchir et cela m'attrista qu'il crût avoir quelque chose à se reprocher. Je risquai un coup d'œil, probablement fort peu discret, dans la direction de Gob, qui restait impassible, un roman, un précis de grammaire et une feuille de brouillon posés devant elle. Jörg posa la question qui brûlait toutes les lèvres, à l'exception bien sûr de celles de Gob et des miennes.

« Pourquoi ? »

Héléna soupira. Ses sourcils se froncèrent. Je l'avais rarement vue aussi soucieuse.

« Hier soir, deux d'entre vous sont entrés chez Lubi et lui, se sont cachés dans la chambre inoccupée et sont partis en courant dès qu'ils se sont aperçus de leur présence. Aster et Lubi ne comprennent pas pourquoi ces deux personnes ont fait ça. Qui plus est, ils ont visiblement fouillé dans les meubles et sont repartis avec un objet auquel Aster tient beaucoup. Il veut que cet objet lui revienne. »

Elle n'ajouta rien de plus et se plongea dans le travail. Tous les camarades échangèrent des regards d'incompréhension.

« Ce n'est pas moi ! » protesta tout haut Ulf, que personne n'accusait.

À ce moment-là, je fus sur le point de tout dire, de me lever et de tout avouer, mais Gob se tourna vers moi et imita le geste du doigt sur la tempe que j'avais fait la veille. Cette soudaine marque de complicité me dissuada de parler. Puis, comme personne n'avait l'air de savoir de qui il s'agissait et que personne ne se dénonçait, l'affaire perdit l'intérêt des autres qui reprirent leur travail. De mon côté, comme si de rien n'était, j'aidai Ulf à tituber jusqu'à la table d'Héléna pour lui montrer son exercice de mathématiques. C'est seulement en regagnant la table pour reprendre la rédaction que j'avais laissée en plan la veille que je remarquai le stylo avec lequel Gob écrivait : c'était celui d'Aster.

Elle travailla toute la matinée sans m'adresser la parole, puis elle fut parmi les premières à ranger le matériel qu'elle avait utilisé pour aller préparer le repas. Quant à moi, en lutte avec la fin du texte, je m'attardai dans la salle. C'était inhabituel et Héléna s'approcha de moi.

« Tout se passe bien, Umo ? »

Je secouai la tête.

« Je veux terminer. »

Elle n'insista pas davantage et me laissa seul dans la classe. Je vis alors que Gob avait abandonné le stylo d'Aster en évidence sur la table. Peut-être était-ce pour que celui-ci le découvrît. Cependant, c'était un stylo très ordinaire. Un camarade risquait de le prendre par erreur. Je m'approchai, le pris, le cachai vite dans la poche où sa présence me démangea pendant quelques minutes. Pour m'en distraire, je me précipitai à l'extérieur et me battis avec Hémon. Une fois couvert de bave, j'avais entièrement oublié le stylo dans la poche.

Il me revint en mémoire en fin d'après-midi, quand tout le monde, Gob y compris, partit en direction de la Lina. Je trouvai un prétexte quelconque, peut-être encore la rédaction à finir, et m'éloignai dans la direction inverse : celle des maisons et, plus particulièrement, celle d'Aster et Lubi. La rue était déserte. Je ne vis personne mais, en m'approchant de la porte entrebâillée, en déposant le stylo sur le perron et en m'éloignant aussi vite que possible sans me mettre à courir, j'eus la très nette impression que tous les adultes de Pelagoya m'observaient.

Ce soir-là, je montai me coucher sans dîner. Je ne voulais parler à personne. Au milieu de la nuit, je fus une nouvelle fois réveillé par Gob. Cette fois-ci, j'ouvris les yeux à temps pour la voir s'installer au pied du lit. Je la laissai faire en silence. Je n'osai pas lui demander pourquoi elle ne voulait pas dormir dans l'autre chambre. Ou bien, si elle ne voulait pas dormir toute seule, nous pouvions déplacer le lit. Je ne dis rien de tout cela. Parfaitement éveillé, je la regardai s'étendre au sol. Le silence régna un long moment, rompu finalement par sa voix.

« Merci d'avoir ramené le stylo. »

Elle-même n'avait pas osé le faire. Je l'entendis se tourner sur le côté, dos au lit, et elle s'endormit aussi soudainement qu'elle était arrivée à Pelagoya.

Juin

C'est tout à la fin du secondaire, à Grévi, que j'ai vraiment entendu parler du Siècle des camps et de toute la période qui a mené à la Déclaration d'Antonia. Bien sûr, nous en avions déjà une idée, depuis la plus petite enfance, depuis que nous savions lire, en réalité, mais c'était la première fois qu'un adulte nous en parlait comme à des adultes, comme à des égaux capables de comprendre ces évènements pour que jamais ils ne se répètent. Je me souviens très bien de Rex, le dernier professeur d'histoire du secondaire. Il parlait fort et vite, joignant souvent aux mots le geste. Sa salive s'accumulait aux coins de ses lèvres ; parfois un postillon partait, projeté loin devant lui, tant pis pour qui se trouvait sur sa trajectoire. Au début, cela nous faisait rire, mais comme il ne s'interrompait pas, nous nous sommes rapidement arrêtés.

« On parle de Siècle des camps, disait Rex, mais en vérité, la période que ce chrononyme recouvre dure presque cent-cinquante ans, et même deux-cents si on veut donner au mot " camp " un sens élargi. »

Je me souviens être resté bouche bée, ébahi, terrifié devant les photographies que Rex nous montrait. Les premières étaient floues, dénuées de couleur, ce qui les rendait moins réelles à nos yeux. Mais au milieu de ces antiquités apparaissaient bientôt des clichés dotés d'une bien meilleure résolution, et en couleur. Ces photographies, chacun les connaît, je ne crois pas qu'il faille ici les décrire en détail. Elles nous sont aussi familières que le texte même de la Déclaration d'Antonia, que les ritournelles au piano de Jan Johansson ou que les romans de Victor Hugo. Peut-être chacun a-t-il ressenti le même saisissement que moi devant la litanie des camps : camps d'internement, camps de travail, de concentration, d'extermination, de transit, installations temporaires, camps de réfugiés, bidonvilles, camps de migrants, camps de retour. Je me souviens tout particulièrement du témoignage vidéo d'une femme racontant sa vie dans les limites d'un camp, depuis sa naissance jusqu'à sa cinquantième année, lorsqu'elle avait enfin pu sortir. Je m'étais alors insurgé, parmi plusieurs camarades :

« Ce n'est pas possible. Comment un enfant pourrait-il naître dans un camp ? »

Sans le faire exprès, mon regard s'est tourné vers Ulf et j'ai repensé à sa déclaration de possession de la rivière. C'était tout aussi absurde.

« Pourtant, a répondu Rex sur un ton inhabituellement calme, si, c'est bien arrivé. Cette femme est née dans un camp. Qui plus est, elle est loin d'être la seule.

— Mais pourquoi ? avons-nous protesté. Comment ont-ils pu laisser faire cela ? »

Rex a eu un petit sourire. Nous n'étions certainement pas les premiers à poser cette question.

« De qui parlez-vous ? Qui désignez-vous par " ils " ? »

Il y a eu un flottement dans la salle de classe. Nous avons échangé des regards, en prenant soin de ne pas croiser celui de la femme née dans un camp, figé à l'écran.

« Alors ?

— Les gens, me suis-je risqué à dire.

— Lesquels ? »

J'ai immédiatement regretté d'avoir parlé.

« Je ne sais pas. Les gens qui vivaient à cette époque.

— Oui, mais lesquels ? Les gens qui vivaient dans les camps ? »

Toute la classe a fait « non » de la tête.

« Alors, celles et ceux qui les ont construits ? Celles et ceux qui les ont gardés ? Ou bien qui vivaient tout près ? Qui ont conduit les véhicules qui y menaient ceux qu'on enfermait ?

— Peut-être qu'ils ne savaient pas », est intervenue Livia.

Le sourire patient de Rex s'est encore élargi.

« Si personne n'était au courant, alors d'où viennent toutes ces images ? Qui tenait l'appareil photo ? Qui filmait ? »

Le silence est tombé sur la classe. Quelque part, au-dehors, un cheval a piaffé et il m'a semblé venir d'un monde tout à fait différent de celui dans lequel nous vivions. Comment un cheval pouvait-il piaffer tranquillement après le Siècle des camps ?

« C'est bientôt l'heure de manger », a dit doucement Rex.

Un estomac, quelque part dans la salle, a gargouillé, comme pour acquiescer.

« Imaginons qu'il n'y ait pas assez à manger pour tout le monde.

— Mais ce n'est pas vrai.

— Imaginons que je vous le dise et que vous me croyiez. Imaginons qu'il n'y ait pas assez à manger ce midi pour tout le monde, imaginons qu'il faille travailler à la préparation du repas pour manger et qu'il n'y ait pas assez de travail pour tout le monde.

— Mais ça n'a pas de sens !

— Imaginons, a continué Rex, sans prendre en compte l'interruption, que je vous dise, et tous les autres adultes, tous les autres professeurs avec moi, que ceux qui ne travaillent pas à la préparation du repas et qui ne mangent pas ont pourtant aussi envie de manger, et donc de travailler. Cette partie-là est facile à croire, pas vrai ? »

Quelques-uns, dont Ulf, ont réussi à rire. Pas moi. J'avais la gorge trop serrée. Plus Rex parlait, plus le regard de la femme à l'écran m'attirait.

« Ceux qui ne mangent pas, les exclus, il faut tout de même bien en faire quelque chose. Si nous les gardons avec nous, à nous regarder manger, ils pourraient être tentés de prendre tout de même ce à quoi ils considèrent avoir droit. Mais nous, nous ne serions pas d'accord. Nous dirions que c'est du vol.

— Mais le vol ça n'existe pas ! »

Rex a balayé l'objection d'un geste de la main.

« Imaginons que la Déclaration d'Antonia n'ait jamais eu lieu. »

Au mot de « vol », mes pensées dérivèrent vers le stylo d'Aster, et vers Gob que je devais revoir bientôt. Mais Rex ne s'arrêtait pas pour mes rêveries.

« Dans cet exercice de pensée, que feriez-vous ? Vous avez faim, n'est-ce pas ? Vous voulez sortir de la salle, préparer le repas et le manger avant d'aller faire ce que vous avez à faire cette après-midi. C'est la chose la plus importante pour vous à l'heure qu'il est. Et si quelqu'un se proposait de régler le problème à votre place ? Si je disais : Shauna et Taneggi ne vont pas manger avec les autres ce midi, ni tous les autres jours, réagiriez-vous tout de suite ? Vous trouveriez ça injuste, certainement, mais vous me faites confiance. Jamais je ne ferais rien pour nuire à Shauna et Taneggi. Alors, je leur demanderais de rester dans la classe au moment où tous les autres partiraient déjeuner et, demain, quand vous reviendriez, ils ne seraient plus là. Vous me demanderiez où ils sont et je vous dirais qu'ils sont ailleurs, là où il y a assez de travail et de nourriture pour eux deux. Puis vous reprendriez les études, en y pensant parfois, sans doute. Vous trouveriez étrange de ne pas recevoir de nouvelles de Shauna et Taneggi. Mais, comme tout, cela finirait par passer. Pensez-vous tous les jours à toutes les personnes que vous connaissez ? Non. Bien sûr que non. »

Tous les regards s'étaient tournés vers Shauna et Taneggi, qui rougissaient de tant d'attention.

« Il est facile de croire que les femmes et hommes du passé sont différents de nous. Et, dans un sens, ils le sont. Nous savons ce qui leur est arrivé. Eux ignoraient les conséquences de leur action ou de leur inaction. La Déclaration d'Antonia n'est pas magique. Elle nous donne la force, mais surtout la responsabilité de ne pas revivre le Siècle des camps et tout ce qui est arrivé avant. Être responsable, c'est une force, c'est vrai, mais cela n'a rien de facile. Il nous faut garder une vigilance constante. Les camps sont rapides à éclore au-dehors, et encore plus à l'intérieur de nous. »

Après un instant de silence, soudain fatigué, Rex s'est assis sur le rebord du bureau et s'est essuyé le front du revers de la main. L'horloge montrait midi passé.

« Allons déjeuner. »

Taneggi et Shauna furent les premières au-dehors, courant presque en direction de la cuisine. Au contraire, je m'attardai quelques minutes, fixé sur les yeux de la femme à l'écran, jusqu'à ce qu'il s'assombrît et qu'elle disparût. Pour la seconde fois de la matinée, je pensai à Gob, dont je n'avais pas la plus petite nouvelle, à part la vague promesse, faite deux ans auparavant, de revenir pour fêter le premier salaire. Avait-elle reçu la même leçon ? Quel effet avait-elle produit sur elle ? Quand l'écran s'éteignit enfin, je laissai échapper un discret soupir de soulagement, comme si le voile d'économie d'énergie masquait également ma propre gêne. Je rassemblai les affaires et me ruai à mon tour vers la cuisine. Comme les autres, je préparai le repas avec plus d'enthousiasme que jamais. Une fois la première bouchée avalée, les images du Siècle des camps étaient presque oubliées, en tout cas suffisamment enfouies sous la satisfaction du ventre pour ne plus peser sur la tête.

Ce n'est que de bien des années plus tard, au hasard d'un long trajet en train, que la réalité du Siècle des camps me frappa entièrement, au-delà du malaise sourd qu'avait suscité l'expérience de pensée de Rex. Je somnolais, la tête posée contre la vitre du wagon, mollement bercé par la douce vibration des rails. Je ne sais pas pourquoi mon esprit y revint à ce moment précis. Peut-être avais-je écouté quelques jours plus tôt une émission de radio sur le sujet ou bien avais-je aperçu un panneau qui marquait le site d'un camp. En tout cas, c'est à ce moment-là que la pensée est venue : le Siècle des camps est réellement arrivé. Il y a réellement des gens qui l'ont souhaité, qui y ont pris part, qui ont accepté que les camps existent. Des dizaines de millions de personnes sont mortes dans des camps durant presque deux-cents ans. Pendant quelques jours, j'ai cherché à connaître le nom de la femme qui était née dans un camp pour n'en sortir que cinquante ans plus tard. Après quelques recherches infructueuses, j'ai pensé contacter Rex. J'appris avec tristesse qu'il était mort depuis plusieurs années. Je n'ai jamais retrouvé ce document vidéo, mais j'en ai regardé d'autres et j'ai découvert avec horreur que cette femme était loin d'être un cas isolé. Certains, même, avaient passé toute leur vie derrière des grillages car leurs géniteurs avaient quitté leur vie dans l'espoir d'en bâtir une autre, ailleurs. Ils n'avaient trouvé que des barbelés. D'autres avant eux, innombrables, y avaient trouvé la mort.

Ces choses sont arrivées. Elles sont une existence matérielle. On en voit encore les traces, là où les emplacements des camps ont été préservés, muséifiés, transformés en souvenirs communs. Derrière l'horreur, derrière le dégoût, je découvre sans cesse des réserves d'incompréhension nouvelle. Comment pouvaient-ils vivre, celles et ceux qui étaient du bon côté de la clôture ? Étaient-ils si puissant l'attrait de la propriété, si doux son confort qu'ils justifiaient tout ? Pendant quelque temps après ce voyage, je ne pus m'empêcher de remarquer, partout où je portais le regard, les marques du Siècle des camps dans les villes et dans le paysage. Une certitude plus amère encore s'est glissée au côté de l'autre : sans le Siècle des camps, il n'y aurait jamais eu de Déclaration d'Antonia. Sans le Siècle des camps, pourtant si lointain, je ne serais pas ce que je suis. Sans lui, pas de Pelagoya. Sans lui, pas d'Umo. Sans lui, pas de Gob.

J'en ai froid dans le dos rien qu'à poser la question, mais se peut-il que le Siècle des camps eût été nécessaire ? Comment toutes ces injustices, tous ces morts, toutes ces catastrophes et tous ces crimes, bref, tout ce *mal* avait-il pu aboutir à la Déclaration d'Antonia ?

Quelle force insoupçonnée ses rédacteurs et ceux qui l'avaient appliquée, et fait appliquer, avaient-ils possédée pour qu'au bout du compte Pelagoya existe, et Grévi, et Gob ? « Il est facile de croire que les gens du passé étaient différents de nous », avait dit Rex. En bien comme en mal. La question s'est longtemps posée à moi : si j'avais été à leur place, aurais-je pu faire la Déclaration d'Antonia ou, au contraire, aurais-je continué à faire pousser des camps, comme un siècle d'êtres humains avant moi ? Et Gob ? Si je lui avais posé la question, Gob aurait certainement choisi le côté de la Déclaration, sans la moindre hésitation et ce, malgré tout ce qu'elle avait à lui reprocher.

Gob, plus vieille de deux ans, est donc partie au secondaire deux ans plus tôt que moi. Pendant le temps qu'elle avait passé à Pelagoya, si nous n'avions pas habité toujours ensemble, nous avions passé beaucoup de temps collés l'un à l'autre. Les taquineries des autres s'étaient vite tues, peut-être encouragées par les regards courroucés des adultes. Si, pour Ulf par exemple, il ne faisait aucun doute que j'étais amoureux, éperdu même, de Gob, pour moi ce n'était pas évident. Ce mot, dont tous les livres qu'elle lisait et qu'elle me racontait vantaient pourtant la richesse et la myriade d'acceptions, me semblait insuffisant pour décrire le lien, l'attraction qui me poussait vers elle. Une nuit pourtant - ce devait être dans les derniers temps qu'elle passa à Pelagoya, peu avant le départ -, je risquai une question. Gob avait gardé l'habitude irrégulière de tirer les couvertures et l'oreiller au pied du lit où je dormais. Plusieurs fois, je lui avais proposé de me rejoindre : il y avait largement la place pour deux. Elle s'y était toujours refusée. J'avais toutefois appris à repérer à l'oreille les moments où elle dormait ou pas. Ce soir-là, j'attendis plusieurs minutes, rassemblant tout le courage nécessaire pour poser cette question, qui ne me semblait pas avoir grande signification mais m'obsédait tout de même. Sans doute était-elle étrange justement parce que je n'en maîtrisais pas bien les termes.

« Gob, est-ce que tu es amoureuse de moi ? »

L'inversion sujet verbe, que je ne pratiquais guère à l'oral, renforça le bizarre de mes mots. Pas de réponse. Après plusieurs minutes de silence, j'insistai.

« Gob ?

— Je réfléchis. »

Puis, longtemps après, la réponse vint enfin :
« Non. Je ne crois pas. »

À ce moment, savait-elle mieux que moi ce que la question voulait dire ? Je le croyais alors. Avec le temps, je n'en suis plus si sûr. Mes sentiments envers elle étaient en grande partie constitués d'admiration. Le lendemain, nous n'en avons pas parlé, ni le surlendemain. Que j'aie posé cette question ne changea rien à notre union habituelle. Il resta rare de nous voir l'un sans l'autre, des maisons aux jardins, de la cerisaie à la Lina.

Au moment de partir pour le secondaire, au mois de juin de l'année scolaire précédente, chaque camarade pouvait choisir : soit il restait vivre à Pelagoya et il lui faudrait faire plus d'une heure de trajet matin et soir, le vélo jusqu'à la gare, puis le train, puis le vélo jusqu'au secondaire et l'inverse le soir, soit aller vivre là-bas pour de bon. Il y avait à Pelagoya bon nombre de grands du secondaire qui préféraient toujours revenir, tant le village leur était familier et agréable. Gob ne se fit pas prier pour répondre : elle décida de partir. Cela m'attrista, mais je n'en montrai rien. Qu'aurais-je pu dire pour la retenir ? Cette décision pesa sur mon esprit tout l'été durant, deux longs mois au cours desquels rien ne réussit à réellement susciter mon intérêt. Puis vint le jour de la reprise des classes à Grévi et, aussi soudainement qu'elle était arrivée, elle disparut. La veille au soir, je lui proposai de l'accompagner au moins jusqu'à la gare, mais elle refusa nettement. Le lendemain matin, quand je me réveillai, elle était partie. Tout simplement. Je me rendis en classe comme tous les jours, je réalisai les tâches comme tous les jours, je me baignai dans la Lina comme tous les jours. Je bâfrai des cerises comme les autres. Cependant, je dus laisser entrevoir de la tristesse puisque, le soir venu, installé au lit, je vis entrer Héléna, avec qui nous logions, Gob et moi. C'est peut-être le seul souvenir que je conserve d'une intimité plus poussée avec Héléna qu'avec les autres adultes, et il est très confus, masqué sans doute par la douleur de la séparation que je ne savais pas exprimer. Je ne sais plus ce qu'elle m'a dit. Je me souviens qu'elle s'est assise sur le bord du lit et qu'elle n'a pas bougé, jusqu'à ce que je vienne me serrer contre elle. J'ai peut-être pleuré. Héléna est restée là, sans bouger, jusqu'à ce que je m'endorme. Il y avait plusieurs années qu'un adulte ne m'avait pas réconforté de la sorte, depuis que je ne me réveillais plus la nuit, criant de terreur indicible. Pendant ce moment, je fus un enfant, plus que je ne l'avais jamais été, bercé par l'odeur de la peau d'Héléna qui me paraissait bien plus familière que celle de tous les autres adultes. Le départ de Gob et l'étreinte d'Héléna marquent, il me semble, le point culminant de mon enfance à Pelagoya. Après elles, rien ne compta vraiment plus.

Je traversai les deux années suivantes comme un fantôme. Je n'en ai gardé presque aucun souvenir. Je ne pensai qu'à Grévi, qu'au reste du monde où m'attendait Gob, où j'allais la retrouver. Je devins impatient. Pelagoya me parut soudain trop petite, trop exiguë. J'en vins presque à m'irriter de l'affection bruyante et baveuse d'Hémon qui, comme le font souvent les chiens, sentit mieux que personne mon trouble. Les discussions allaient bon train entre les camarades : valait-il mieux partir ou rester ? Trouverait-on à Grévi une baignade aussi agréable et régulière que celle dans la Lina ? Les cerises étaient-elles aussi bonnes ailleurs ? Je ne pris presque jamais part au débat. La question ne se posait pas. Comment aurais-je pu penser rester, alors que Gob était partie ? Ulf, je me souviens, tenta de me convaincre de rester, avec lui. Je pense qu'il voulait en réalité masquer sa propre inquiétude et qu'il cherchait un prétexte pour rester. « Si tu restes, je reste », jura-t-il. Seulement, il n'y avait rien à y faire. J'allais partir. Je partais. J'étais déjà parti. Finalement, Ulf décida d'aller vivre à Grévi lui aussi. Je pourrais avoir l'orgueil de croire qu'il ne voulut pas être séparé de moi. Je crois plutôt qu'il se risqua vers l'inconnu car c'était ce que faisait Livia.

Parmi les camarades de Pelagoya, plusieurs attachements ont survécu à l'adolescence et aussi à l'âge adulte. Gob et moi, bien sûr, mais aussi Ulf et Livia, dont l'histoire a pris bien des détours, ou encore Jörg et Hakim. Eux aussi ont vécu bien des séparations mais se sont toujours retrouvés à un moment ou à un autre. Que les adultes qui nous ont élevés n'aient jamais considéré nos sentiments comme des brouillons de ceux à venir, censément plus réels et plus aboutis, y est peut-être pour quelque chose. Qu'aucun d'entre nous n'ait jamais eu la prétention d'appartenir à un autre ou de le posséder a sans doute favorisé aussi ces élections du cœur, l'absence de l'idée même d'exclusivité renforçant le plaisir de partager la compagnie de l'autre.

L'arrivée au secondaire, au début de notre douzième année, constitua tout de même un choc. Grévi n'est pas une ville étendue, tant s'en faut, mais elle nous paraissait tout de même gigantesque comparée aux quelques maisons de Pelagoya. Les bâtiments du secondaire eux-mêmes semblaient recouvrir toute sa superficie. Comme notre école paraissait minuscule en comparaison ! L'ensemble se composait de trois bâtiments. Le premier était composé d'une douzaine de salles de classe, assez similaires à celles que nous avions fréquentées jusque-là, à ceci près que nous allions de l'une à l'autre sans ordre particulier, selon quel groupe s'installait le premier. En hiver, les classes dont les fenêtres donnaient vers l'est étaient l'objet d'une rude concurrence : le soleil bas cognait les vitres et on en approchait les tables le plus possible pour sentir la chaleur. Je me souviens de m'être forcé à me lever près d'une demi-heure avant tout le monde simplement pour être le premier arrivé et m'assurer une telle place. Parfois, les professeurs étaient là avant nous, parfois non. Ils nous cherchaient alors, les élèves, le long des couloirs, jusqu'à trouver la bonne pièce où prendre place à leur tour.

Nous dormions dans le deuxième bâtiment. Je devrais plutôt dire que nous y vivions. En effet, nous étions à peu près laissés libres de mouvement et d'action. Une chambrette à l'extrémité nord du bâtiment était occupée chaque nuit par un professeur, rarement le même plus de quelques nuits de suite, qui gardait un œil et une oreille sur nous. Le dortoir occupait la majorité de la surface du bâtiment, le reste étant dévoué aux cuisines et aux sanitaires. Il me paraissait immense, il l'était sans doute un peu moins que je ne m'en souviens, mais il faut dire que ma croissance a été tardive et que j'étais alors bien plus petit que je ne le suis aujourd'hui. C'était un rectangle grossier aux murs de brique épaisse et au sol de parquet recouvert en partie de tapis moelleux. Une cinquantaine de lits y prenaient place, disposés de manière anarchique au premier abord. Quand j'y suis entré pour la première fois, la perspective de dormir là m'a terrifié : j'étais habitué à occuper une chambre seul, à l'exception notable de Gob, étendue sur le sol. Cependant, les bâtisseurs du secondaire de Grévi n'avaient pas renoncé à toute intimité pour ses occupants. Tous les deux mètres environ, les lames du parquet étaient un peu plus écartées et une poignée dépassait discrètement du sol. En tirant dessus, on déployait un paravent rigide qui, par un mécanisme de ressorts, montait jusqu'au plafond le long de rails fixés sur les murs. On pouvait ainsi ménager des espaces intimes pour autant de personnes que nous le voulions. Personne n'avait de lit fixe : chacun allait de place en place au fil des affinités, et on tirait même les lits pour les rapprocher ou les éloigner les uns des autres. Je me souviens avoir été, pour ainsi dire, ostracisé quelques jours, à cause du volume sonore de mes ronflements. Cela ne dura pas, heureusement. Une fois mes voies respiratoires libérées, les lits refluèrent dans ma direction. Le premier jour, celle qui nous avait accueillis sur le quai de la gare, une professeure nommée Alma, nous entraîna dans une rapide visite des locaux jusqu'à nous indiquer quelques lits vides d'occupants. Je posai le sac sur l'un d'eux, un peu assommé par le bruit ambiant. Elle dut voir mon trouble car elle dit doucement :

« C'est toujours ça les premiers jours, et puis on s'y fait. Et cela se calme le soir, vous verrez. »

Nous vîmes. En effet, après dîner, une torpeur s'emparait du dortoir. On s'étendait par terre ou sur son lit, on jouait aux cartes ou sur des terminaux, on discutait à voix basse ou bien, surtout les plus grands, on retournait travailler tard dans les salles de classe et on rentrait sur la pointe des pieds pour ne pas déranger les dormeurs. Cette première nuit, je ne trouvai pas le sommeil. Toute la journée, j'avais cherché Gob du regard, sans succès. Cela faisait deux ans qu'elle était là, elle avait dû attendre mon arrivée. Je refusai de me laisser aller au sommeil avant qu'elle ne vînt s'étendre par terre, près de mon lit. Mon corps finit par me faire défaut. Au réveil, mon cœur se serra un peu plus : pas de Gob, nulle part dans le dortoir. Je me laissai cornaquer avec les camarades de Pelagoya vers le petit déjeuner, serré contre Ulf, Jörg et Livia. À table, je cherchai encore. Toujours rien. Où était-elle ? Se pouvait-il qu'elle m'évitât ? Pour quelle raison ?

Deux jours passèrent ainsi, le temps de découvrir le rythme de la vie à Grévi et la succession plus rapide et plus régulière des professeurs dans les salles de classe, sinon de m'y habituer encore. Le groupe était formé pour moitié d'anciens de Pelagoya et pour moitié de camarades d'autres villages proches, dont nous connaissions les noms sans les avoir visités. Quelques-uns avaient grandi à Grévi même mais ils semblaient avoir été répartis plus éparsement de groupe en groupe. J'appris plus tard que c'était une manière délibérée pour les professeurs de les forcer à se mêler aux nouveaux venus. En effet, la grande majorité de ceux de Grévi ne dormaient pas sur place comme nous. Ils rentraient dans les maisons et les immeubles alentour, comme nous le faisions à Pelagoya. Nous qui dormions sur place, nous en vînmes à éprouver une sorte de pitié à leur égard. Nous avions le sentiment de vivre le secondaire plus pleinement, plus *entièrement* qu'eux. Nous reconstituions un nouveau village autour de cette grande école, avec ses classes, son dortoir, son poulailler, son jardin potager et ses terrains de sport. Nous ne pouvions nous empêcher de les considérer comme des invités, des gens de passage. Plusieurs de ceux qui prenaient le train matin et soir finirent par s'ajouter au dortoir. À en croire les professeurs, c'était un processus normal.

« Avant, vous viviez à Pelagoya, à Sübar ou encore aux Aigues, nous dit un jour Rex. Ils vous semblaient les endroits les plus importants du monde, et tout le reste semblait un peu moins beau, un peu moins bon. Désormais, c'est Grévi le centre du monde pour vous. Quand vous partirez d'ici, ce sera ailleurs. Vous vous êtes trompés, vous vous trompez et vous vous tromperez encore. Le monde n'a pas de centre, un endroit ne vaut pas mieux qu'un autre. Vous pensez le savoir mais ce n'est pas encore vrai. Vous n'avez pas assez voyagé pour l'avoir appris.

— Et Antonia, alors ? protesta alors Yusek, qui venait tout juste de cesser de faire l'aller-retour entre Grévi et Sübar. Antonia est importante, plus importante que les autres endroits.

— Antonia peut sembler importante aujourd'hui. Cependant, il n'y a pas si longtemps, elle n'existait pas du tout. Un jour, elle n'existera plus. Vous allez y aller, en revenir, y retourner. Et puis vous irez ailleurs. C'est normal. Aucun endroit ne vaut mieux qu'un autre.

— Mais pourtant, intervins-je, il vaut mieux vivre à Pelagoya, aujourd'hui, que dans un des camps du Siècle des camps.

— C'est vrai, Umo. La vie est plus douce, moins violente et les cerises y sont meilleures. Mais peut-être que la vie n'y est agréable que parce qu'il n'y a pas, ailleurs, de camps pour nous le rappeler. »

Deux jours passèrent, donc, avant que je ne revisse Gob. Il s'avéra qu'elle était partie en excursion avec tout un groupe pour visiter une usine de chaussures. Quand, enfin, je l'ai aperçue, remontante à pied la côte qui allait de la gare au secondaire, mon cœur bondit dans ma poitrine. Enfin ! Je me suis précipité hors du potager, abandonnant la bêche par terre, et j'ai couru dans sa direction en ignorant le commentaire désobligeant d'Ulf. Je me suis arrêté devant l'entrée du secondaire, persuadé qu'elle ne pourrait pas me manquer. Quand le groupe est passé devant moi, elle ne m'a même pas accordé un regard. Elle était au milieu d'une conversation. J'ai entendu sa voix sans distinguer exactement ce qu'elle disait. J'étais trop effaré pour tenter de l'appeler.

Le groupe s'est éloigné. Conscient d'être sous les regards de tous les camarades de jardinage, j'ai piteusement tourné les talons. J'ai ramassé l'outil abandonné et j'ai repris le bêchage, le nez baissé, en silence. Même Ulf, qui manquait rarement une occasion de me taquiner, n'a rien dit. Il m'a fallu un effort considérable pour me persuader qu'elle ne m'avait pas vu. Ce soir-là, le travail m'entraîna à un dîner tardif. Quand j'y entrai, éreinté, après des ablutions sommaires, le dortoir était déjà presque silencieux, éclairé seulement par les veilleuses orangées des lecteurs assidus dont la lumière montait se perdre entre les poutres du plafond. Je me suis assis un moment sur le lit, hésitant, les paupières lourdes. Je me suis tout de même levé et j'ai traversé le dortoir à pas de loup jusqu'au lit qu'occupait Gob. Elle n'était pas seule : avec quatre camarades du même groupe, elle avait constitué un des petits îlots qui fleurissaient aléatoirement dans le dortoir, au gré des humeurs, des amitiés et des inimitiés. Tous cinq semblaient dormir profondément. Je me suis approché aussi discrètement que possible. Gob était étendue sur le côté, roulée dans la couverture. Un détail m'a marqué : ses cheveux étalés sur l'oreiller derrière sa tête. Je me suis accroupi à côté du lit et j'ai murmuré son nom.

Gob a ouvert les yeux. J'ai compris qu'elle ne dormait pas et qu'elle avait fait semblant jusque-là.

« Umo. Qu'est-ce que tu veux ? »

J'ai chancelé sous le coup de la froideur du ton.

« Je suis là, ai-je bégayé.

— Je sais.

— Tu n'es pas contente ? »

J'ai senti son hésitation.

« Si. »

Je n'ai pas posé les questions qui me brûlaient les lèvres : pourquoi, alors, avait-elle fait semblant de ne pas me voir ? Pourquoi ne m'avait-elle pas accueilli ? Pourquoi avait-elle fait semblant d'être endormie en m'entendant arriver ? Elle a dit :

« J'ai sommeil. »

À ces mots, je me suis souvenu que moi aussi. J'ai hoché la tête et, silencieusement, je suis allé retrouver le lit qui m'attendait à l'autre bout du dortoir. Sur la droite, la voix d'Ulf a murmuré :

« Qu'est-ce qu'elle a dit ? »

Je n'ai pas répondu. À mon tour, j'ai prétendu dormir. J'ai même forcé le trait en produisant volontairement quelques ronflements assez semblables à ceux qui me vaudraient plus tard l'isolement dans un coin du dortoir. Je fis cette nuit-là des cauchemars assez abstraits dont je ne gardai aucun souvenir précis au réveil : seulement une impression d'angoisse confuse. Avant de me lever, je n'ai pas pu m'empêcher de passer la tête au-delà du bord du lit dans l'espoir de retrouver Gob endormie par terre. Elle n'y était pas.

Dans les jours et les semaines suivantes, je dus me faire à l'idée que son attitude ne changerait pas. Comme tous les camarades, quel que soit le groupe ou l'âge, nous étions parfois amenés à travailler ensemble ou à partager des activités. Qui plus est, la vie du dortoir nous forçait à nous croiser et à parler parfois. Jamais cependant nous ne retrouvâmes l'intimité qui avait été la nôtre à Pelagoya. L'éloignement durant les deux années que Gob avait passées, seule, à Grévi semblait avoir eu raison du lien qui nous unissait. J'en conçus une réelle amertume et décidai de ne plus lui adresser la moindre parole. Ainsi, je me tus dès qu'elle entrait dans la même pièce que moi et j'ignorai délibérément ses rares adresses dans ma direction. Les adultes remarquèrent que quelque chose n'allait pas et s'inquiétèrent. Ils me tinrent des discours rassurants : il était normal de mettre un peu de temps à s'habituer à la vie ici, ils étaient là pour m'aider, voulais-je rentrer quelques jours à Pelagoya pour revoir des amis et les adultes auprès de qui j'avais grandi ? Je secouais la tête, je ne répondais rien. Plus ils insistaient, plus je me refermais. Ils finirent par se décourager ou, plus vraisemblablement, par découvrir que mon trouble n'avait rien à voir avec la transition vers le secondaire.

À Pelagoya, j'avais aimé l'école, mais comme j'aimais tout le reste de la vie. L'école n'était qu'une activité parmi d'autres, à ceci près qu'elle avait pour but de nous amener à comprendre toutes les autres. Les cours de botanique d'Héléna, par exemple, nous apprenaient à choisir les meilleures cerises. Toutes choses étaient ainsi reliées les unes aux autres, naturellement. Tout ce qui n'était pas terminé un jour l'était le lendemain. À Grévi, le changement le plus radical dans ma vie fut l'apprentissage de la segmentation du temps. Sauf exception, les classes – au sens « scolaire » de la chose – avaient aussi lieu le matin, mais il était rare que nous passions la demi-journée entière avec le même professeur. Le plus souvent, elle était découpée entre deux ou trois moments. À Pelagoya, aucun adulte n'avait jamais vu d'inconvénient à ce que l'un de nous travaille plusieurs heures à la même tâche sans s'occuper de ce que faisaient les autres. Plus ou moins régulièrement, Aster ou Lubi nous donnaient des travaux communs pour évaluer notre progression. Le reste du temps, nous étions libres ; et eux aussi. À Grévi, la segmentation et la régularisation de notre temps de travail rendaient cette même liberté impossible. Bien sûr, les horaires n'étaient pas gravés dans la pierre. Il n'était pas rare que le professeur suivant se présente à la porte de la classe, constate que nous n'avions pas terminé le travail en cours, échange quelques mots avec l'autre adulte et revienne un quart d'heure plus tard avec une haleine de café chaud. Cependant, il n'était pas facile d'apprendre à passer d'un cours de littérature française à une leçon d'anglais, ou des récits historiques de Rex aux explications scientifiques d'Alma. Le rapport aux adultes aussi était différent. En dehors des classes et des activités de l'après-midi, nous ne les voyions presque pas. Certains habitaient à Grévi mais la plupart arrivaient par le train du matin et repartaient par celui du soir, quand ce n'était pas leur tour de veiller au dortoir. Même ceux-là se faisaient discrets, partageaient parfois le repas mais rarement. À la différence de ceux de Pelagoya, les adultes de Grévi paraissaient mener une existence séparée de la nôtre : elles étaient deux fils différents qui se croisaient, se nouaient parfois mais continuaient toujours dans leurs directions propres.

Cela contribue peut-être au sentiment de solitude que j'associe aux premières années à Grévi. Je me souviens d'une sensation étrange, avec laquelle je me débattais : celle de ne plus appartenir au même monde que les autres, comme si un épais double vitrage nous séparait, atténuant les sons. Je ne savais comment cette barrière s'était soudainement dressée entre moi et le monde. Je mentirais si je disais que le plus difficile était de ne pas avoir Gob de mon côté, de la voir de l'autre côté de la vitre elle aussi, assez proche pour que je puisse croire étendre le bras pour la toucher. Cependant, cela y contribuait fortement.

« Solitude ». Le mot ne m'était pas inconnu. Je l'avais rencontré dans des romans, je l'avais entendu dans des chansons, en plusieurs langues différentes. Dans un des dictionnaires de l'école de Pelagoya, la définition – « n. f. (lat. *solitudo*, de *solus* : seul) État d'une personne qui est seule, de façon momentanée ou durable » – était illustrée par une image, la reproduction d'un tableau de Friedrich, *Le Voyageur contemplant une mer de nuages*. Je me souviens m'être demandé ce qu'il pouvait bien y avoir sous les nuages et aussi ce que cet homme faisait là. J'avais observé l'image plusieurs minutes sans bien comprendre ce qu'elle signifiait. Certes, l'homme était « seul » sur ce tableau, mais qu'est-ce que cela voulait dire ? Ma solitude des premiers temps à Grévi n'avait pas grand-chose à voir avec un promeneur, solidement assuré au-dessus de volutes de fumée. J'étais entouré de tous côtés, toujours en train de m'activer, toujours en train de parler, de travailler ou de jouer. Il n'y avait guère qu'aux toilettes que je me trouvais « seul ». Cette situation-là n'était certes pas digne d'une peinture romantique. Et encore, il n'était pas rare d'entendre la voix d'Ulf s'élever de la cabine voisine. Et pourtant, c'était bien ce que je ressentais. Je n'étais pas nostalgique. Je ne regrettais pas Pelagoya. Une partie de moi sentait bien que je n'avais pas été seul là-bas comme à Grévi. Toutefois, je savais qu'y retourner ne changerait rien. La vitre était tombée. Je ne pouvais qu'attendre qu'elle se relève ou faire de mon mieux pour trouver la poignée et ouvrir la fenêtre.

Je sais bien que je ne peux pas faire porter à Gob toute la responsabilité de la crise qu'a traversée le jeune Umo durant ses premières années au secondaire. Je me souviens toutefois avoir souhaité que le temps passe plus vite, qu'elle soit partie afin de ne plus l'avoir constamment sous les yeux. En attendant, je dus trouver des moyens de remplir l'espace que je l'accusais injustement d'avoir laissé vide en moi. Le premier fut la musique. Le troisième bâtiment du secondaire, bâti comme les autres en brique ocre, abritait les ateliers, les réserves et la bibliothèque. Cette dernière était équipée d'une petite cabine d'écoute dans laquelle je me mis à passer beaucoup de temps. Il y avait là plusieurs étagères remplies de disques parmi lesquels je piochais au hasard, à la recherche de pistes qui me plaisaient. Je passais une partie non négligeable de mon temps libre à naviguer sur l'un des terminaux auxquels j'avais désormais accès, de site en forum, reconnaissant des noms, écoutant des morceaux nouveaux. Cette habitude-là m'est restée. Passer de nouveauté en nouveauté sans réel objectif a toujours été ma manière favorite de perdre une heure ou deux. J'empruntai un des baladeurs numériques de la bibliothèque et je travaillai dorénavant en musique, les oreilles pleines de mes pistes préférées. Je me souviens d'un moment en particulier. J'étais seul en haut de la grande butte herbeuse qui plonge depuis le secondaire vers le centre de Grévi. Le soleil se couchait et les quelques nuages de la journée se déchiraient en lambeaux de gaze. Je ne sais plus quel disque j'écoutais, seulement que c'était un album de hard-rock. C'est alors que j'ai ressenti pour la première fois cette agréable et nécessaire illusion : j'ai pensé que la musique répondait parfaitement à mes sentiments, qu'elle les exprimait bien mieux que je ne pourrais jamais le faire, comme si cette musique avait été enregistrée à ma seule intention, pour ce moment précis de ma vie. C'était entièrement faux, bien sûr, mais tout de même. Le lendemain, je partageai ma découverte avec Ulf qui écouta le même morceau avec plaisir, secoua la tête en rythme et sourit même. Cependant, lorsqu'il retira le casque, il dit simplement : « Ouais, c'est pas mal. » Je récupérai alors le baladeur, comme s'il m'appartenait et comme si Ulf avait commis un genre de blasphème, concept que nous ignorions bien sûr entièrement à l'époque. Pourtant, c'était peut-être lui qui avait raison. La preuve en est que j'ai entièrement oublié l'interprète et le titre du morceau de musique en question.

Le seul inconvénient était que, pour accéder à mon refuge dans la cabine, il fallait traverser les rayonnages où il n'était pas rare de croiser Gob, le nez plongé dans un livre ou deux. La brièveté, la froideur et la vacuité de nos échanges ne manquaient jamais de me retourner l'estomac. Je pense que, si je me suis progressivement et pendant si longtemps écarté des livres, à l'exception des manuels techniques, c'est en partie à cause du ressentiment envers Gob que je leur associais. Encore aujourd'hui, le simple fait de penser à écrire, la simple sensation de poser les mains sur un clavier ou de saisir un stylo évoquent en moi une multitude d'images de Gob, écrivante ou lisante.

Le deuxième moyen, sinon de l'oublier, tout au moins de la mettre de côté, fut l'électricité. Durant les sept années que je passai au secondaire, ce fut Alma qui assura la majorité des cours de sciences techniques et ils ne tardèrent pas à devenir mes favoris. Cette passion fut tout aussi soudaine que celle pour la musique. Celle-ci contenait le reflet de la vie intérieure ; les sciences ouvraient la porte sur la compréhension du monde extérieur. Je découvrais à nouveau des phénomènes, pourtant simples, auxquels je n'avais jamais pensé jusque-là : la chute des corps, l'humidité de l'air, la propagation du son et, surtout, le courant électrique. Je voulais tout savoir à ce sujet et Alma, bien que ravie de l'intérêt, devait parfois réfréner mes ardeurs afin que je ne me rendisse pas désagréable au reste du groupe.

« On ne comprend bien qu'à plusieurs », disait-elle. Je me renfrognais, persuadé d'avoir été rabroué. Je n'ai saisi que plus tard qu'il ne s'agissait en rien d'une réprimande. C'était l'énonciation froide d'un fait, auquel je devais apprendre à me conformer : il ne servait à rien d'être brillant seul, dans son coin. Autrement dit, il n'y avait pas d'héroïsme possible dans les apprentissages. Les professeurs ne voulaient pas extraire des groupes des personnalités marquantes, comme du minerai de la terre. L'objectif était de faire avancer le groupe ensemble. Subtilement, sans que je le remarque sur le moment, Alma redirigea mon énergie vers des lectures plus poussées qui me permirent d'aider les camarades. En me confiant des responsabilités, elle flattait mon ego. En vérité, je n'excellais pas partout. Ce n'était d'ailleurs le cas de personne. Les langues étrangères me restèrent longtemps... *étrangères* et le soudain éloignement des livres que j'ai évoqué me fit peiner en cours de littérature.

Mais en matière de science, au contraire, mon appétit ne connaissait pas de limites. J'avalais jusqu'au plus petit morceau de savoir qu'on voulait bien me donner, je courais à en perdre haleine dans les directions qu'on m'indiquait. Je nageais avec délice dans un océan de notions, de concepts, de formules : forces, puissance, valeur, tension, intensité, température, durée, période, alternatif et continuité. Ulf, rentrant en sueur d'un entraînement de rugby, me découvrit allongé sur le lit, entièrement absorbé dans un manuel. Il s'exclama :

« Je ne sais pas comment tu fais ! Je n'y comprends rien, moi !

— C'est simple, pourtant ! C'est comment les choses sont faites ! »

Il fit la moue et, vexé, me jeta le sac de sport à la figure. Je l'écartai d'un mouvement du bras et je repris ma lecture. Ulf partit se laver. Je n'ai pas compris sur le moment à quel point je l'avais blessé. Il m'a fallu longtemps pour apprendre que personne n'aime être mis face à son ignorance, face à sa faiblesse. En affirmant l'évidence, la simplicité d'un domaine dans lequel il peinait, je l'avais touché profondément. Il n'en a rien dit mais je sais qu'il m'en a longtemps gardé rancune. Fort heureusement, il pouvait se venger sur le terrain de sport où je montrais régulièrement mon ineptie, pour ne pas dire ma nullité. C'est à peu près à ce moment-là qu'on me détecta une myopie qui, quoique légère, pouvait expliquer l'absence de coordination entre mes yeux et mes mains. Mes tirs étaient imprécis, mes passes mal ajustées, mes réceptions toujours hésitantes. Je n'ai jamais su si ma vue était réellement responsable de ces piètres performances dans le maniement des balles, ballons et raquettes ; en tout cas, je ne me privais pas de la prendre comme excuse. Heureusement, le travail de l'électricité ne nécessitait pas de bien voir de loin. Quand je n'étais pas dans la cabine d'écoute de la bibliothèque, on pouvait à coup sûr me trouver à l'atelier, penché sur un établi. Je fus pris d'une frénésie de démontage. Tous les appareils électroniques, de la montre la plus simple aux terminaux des salles de classe et leurs composants, y passèrent. Je noircissais des carnets entiers de schémas et de diagrammes descriptifs, dans l'idée d'en fabriquer de nouvelles versions. Aucun adulte ne vint explicitement me demander ce que je faisais. Un dimanche matin, pourtant, alors que je traînais à table avec quelques camarades, le visage d'Alma apparut dans l'encadrement de la porte. Elle était, comme le disaient parfois les adultes d'un ton qui rendait difficile de savoir s'ils plaisantaient et, si c'était le cas, quel était le sens de la plaisanterie, « de garde » la veille.

« Umo, il y a une panne quelque part dans le placard électrique général du grand bâtiment. Veux-tu venir m'aider ? »

Je manquai de m'étouffer avec la dernière cuillerée, nettoyai en vitesse la vaisselle que j'avais utilisée et filai m'habiller. Je pense pouvoir dire que cette journée passée avec Alma à « démonter le secondaire » est la meilleure de toutes les années que j'y ai passées.

Nous travaillons à deux, moi à genoux, elle debout devant le placard grand ouvert, la porte marquée d'un autocollant rouge indiquant le danger mortel et dont elle seule possède la clef. Nous vérifions systématiquement la continuité du courant jusqu'à déceler le défaut. En chemin, Alma m'explique toutes les particularités, tous les compromis qu'elle a dû faire lorsqu'elle a elle-même rénové cette installation, plusieurs années auparavant. Mes yeux s'écarquillent d'admiration.

« Toute seule ? »

Elle secoue la tête et sourit. Non, évidemment, pas toute seule.

« Il a bien fallu que quelqu'un la fabrique avant moi pour que je la rénove. »

Et soudain, cette réalisation, idiote et tardive : quelqu'un, de réelles personnes, possédantes des corps et des esprits semblables aux miens, a construit ces trois bâtiments. D'autres personnes encore ont dressé tous les camps du siècle qui porte leur nom. La même force, le même travail a donné deux résultats absolument différents.

Je demande à Alma si le secondaire a toujours été un secondaire ou s'il a été autre chose. Je suis soudain terrifié qu'il ait pu être autrefois un camp, une prison : autant de spectres d'une époque passée, croquemitaines pour enfants de Pelagoya. Elle me répond qu'elle ne sait pas, qu'il faudrait chercher. Chercher où ? Elle s'interrompt dans le travail pour réfléchir.

« À la bibliothèque, peut-être, même si j'en doute. Sinon, aux archives. »

Pour s'en débarrasser les mains, elle serre un tournevis entre ses dents. Ses réponses suivantes sont lacunaires.

« À Iliat. Sinon, Antonia. Sinon, pas moyen de savoir. Pas important ? »

Nous trouvons la panne, nous changeons le différentiel, Alma me laisse refermer le placard, le verrouiller. Nous visitons le bâtiment entier pour vérifier que tout fonctionne bien. Quelques interrupteurs tiennent mal, je les rajuste ou je les change entièrement. Nous croisons des camarades, seuls ou par petits groupes. Des professeurs aussi, qui travaillent, corrigent, préparent ou bien lisent, jouent. Quelques consoles de jeu sont branchées aux écrans des salles. D'autres encore répètent une scène de théâtre. Nous les saluons sans leur accorder vraiment d'attention. Rien d'autre ne compte que le travail en cours. Rassurante fixité de l'objectif à court terme, aussi satisfaisante qu'une poignée de cerises fraîchement cueillies. Nous croisons Gob, qu'il faut déranger pour atteindre une prise à changer. Elle s'éloigne, indifférente, un livre à la main. Elle me frôle, ma main se crispe autour du tournevis, rien qu'un instant. La pointe sort du pas de vis, dérape violemment. Je jure. J'espère qu'Alma, derrière moi, n'a rien remarqué. Je veux l'impressionner, comme des années auparavant je voulais impressionner Gob qui semble à présent se fiche tout à fait de moi. La matinée est passée en un clin d'œil. Mon estomac, plus efficace que toutes les montres, sonne l'heure du déjeuner. Nous terminons la tournée, rangeons le matériel à l'atelier. Quand nous arrivons à la salle à manger, elle est vide. Dans le petit réfrigérateur, celui des restes, un reste de pâtes, de pesto frais et de parmesan nous attend. Nous faisons réchauffer tout cela et nous mangeons, presque en silence. Par la fenêtre, nous entendons les voix d'un match de football et les rires des camarades qui travaillent au potager. Je devais en être ce jour-là. Quelqu'un m'aura remplacé. Je pose finalement une question :

« Tu fais ce travail depuis longtemps ? »

Alma hoche la tête.

« Depuis que je vis à Grévi, oui.

— Quand je serai sorti du secondaire, je pourrai le faire moi aussi ? »

Alma penche la tête d'un côté, pose la fourchette à côté de l'assiette.

« Tu voudrais rester ici ? Tu n'as pas envie d'aller ailleurs ? As-tu envie de donner des cours ici ? »

Je me trouve muet.

« Je n'y ai jamais pensé.

— Grévi n'est pas tout ce qu'il y a à voir. Pelagoya non plus. Même pas Antonia. Attends d'avoir assez vu le monde pour penser à te fixer. »

Cela me fait penser à Lukas qui ne s'était pas fixé à Pelagoya mais qui m'a quand même fait avec Héléna. Je me demande s'il savait qu'il partirait quand Héléna s'est trouvée enceinte. Auraient-ils dû attendre ?

Nous finissons notre repas, puis Alma descend à pied vers la gare. Un autre adulte viendra ce soir. « Aller ailleurs » : cela ne veut rien dire encore pour moi, parce que je ne veux pas aller là où Gob n'est pas, même si elle ne semble plus vouloir de moi. Je me suis à peine lavé les mains qu'Ulf arrive et m'entraîne dans une longue promenade, à travers les champs et les bois de Grévi, par des sentiers et des chemins dont il semble avoir le secret. Nous parlons peu. Quelques mots sur notre activité du matin, rien du tout au sujet de la conversation à table. Ce qu'il y a de bien avec Ulf, c'est que nous pouvons nous taire ensemble. Le silence à deux est parfois plus agréable que la musique seul ou que le bruit à plusieurs.

La nuit suivante, je rêve de courants électriques, de câbles secrets tendus sous le parquet du dortoir, partant de nulle part pour rejoindre des destinations mystérieuses. Je soulève une lame, saisit l'un d'entre eux. Je le suis, m'en sers comme d'un fil d'Ariane le long d'un étroit tunnel. Ce n'est pourtant pas un labyrinthe ; il n'y a pas de lumière à la sortie. Rien que les mêmes trois bâtiments, entourés de hautes barrières, elles-mêmes surmontées de barbelés. Des silhouettes vont et viennent, vaquent, travaillent. Je les reconnais : ce sont les camarades. Il n'en manque pas un. Seulement, leur posture est différente. Quelque chose me glace d'effroi : je comprends qu'il s'agit du silence. Une main se pose sur mon épaule. Je me retourne. C'est Gob, mais sa figure ressemble aussi à celle d'Alma. Son autre main vient se poser contre ma joue et son visage s'avance vers le mien. Je cligne des yeux.

Je me suis réveillé en sursaut. La lumière, froide encore, du soleil du petit matin tombait sur le lit. J'étais en érection. L'esprit confus, je me suis levé et me suis dirigé vers la salle de bains. Je me suis masturbé sous la douche pour dissiper les dernières impressions du rêve.

Le sexe, bien sûr, avait son importance au dortoir, de plus en plus à mesure que les années passaient. Chacun des camarades savait tout ce qu'il y avait à savoir sur la constitution de nos organes génitaux, sur les menstruations, sur les hormones. Toutefois, il ne faut pas s'imaginer que c'était un genre de lupanar. La masturbation représentait l'essentiel de l'activité sexuelle qui y prenait place. Elle était quelquefois simultanée, parfois même mutuelle, mais « les choses » n'allaient que rarement plus loin dans les murs du secondaire. Il arrivait parfois qu'un couple ou un petit groupe veuille s'isoler dans un coin en y tirant des lits et en montant des cloisons. Le son trahissait rapidement les activités, suscitant commentaires gênés et parfois rires qui n'étaient, il faut le dire, que peu propices au plaisir. Le plus simple était encore d'aller se perdre dans les bois de Grévi ou encore dans les ruines au bord du lac. La fin d'après-midi, surtout, était le moment consacré et on en voyait revenir au dortoir, mal rhabillés, un peu échevelés, exhalant une puissante odeur d'hormones. La contraception était omniprésente dans nos vies. Quand les signes de la puberté se faisaient manifestes chez l'une ou l'un, un adulte l'emmenait chez un médecin du centre-ville qui lui proposait une pilule contraceptive en lui expliquant longuement les effets secondaires potentiels d'un pareil traitement : la prise de poids, la diminution de la libido. Certains la choisissaient sans hésiter. Pour ma part, je décidai de m'en passer. De toute manière, il y avait toujours des préservatifs dans un tiroir de la salle de bains ainsi que dans les armoires de toutes les classes.

Le vocabulaire, à cette époque encore, posait problème. « Copuler » était trop technique, « baiser » trop vulgaire, « faire l'amour » trop réducteur. La plupart des camarades comprenaient vite que l'« amour » n'était pas nécessaire, ni même essentiel au plaisir. J'étais persuadé d'aimer Gob, de l'aimer comme on aime une personne et non une chose, mais la pensée de l'acte sexuel avec elle me plongeait dans un profond malaise. Sans comprendre pourquoi ni comment, je la sacralisais de loin. Quand elle se mit à s'afficher avec un autre que moi, puis une autre encore, je ressentis pour la première fois de la jalousie. Pourquoi lui, pourquoi elle, et pourquoi pas moi ? La jalousie entraîna la culpabilité. Qui étais-je pour porter un jugement sur les sentiments, sur la sexualité de Gob ? Elle ne m'appartenait pas. Je ne la *possédais* pas. Je tentai de m'ouvrir de ce trouble à Ulf, qui haussa les épaules.

« Tu devrais le faire avec quelqu'un d'autre. »

La solution paraissait si simple ! Les semaines suivantes, je peuplai volontairement mes rêves et mes fantasmes d'autres camarades, principalement des filles, comme pour m'habituer en songe à leur présence. Je ne rêvais pas beaucoup de Livia, en partie parce que je la connaissais très bien, mais facilement d'Asmaou, de Shauna, de Jada, d'Elif ou de Mariam avec lesquelles je n'avais pas passé tant d'années à grandir. En journée, mon regard s'attardait sur leurs fesses lorsqu'elles marchaient, sur leur poitrine quand elles étaient assises, sur leurs bouches et leurs mains pendant les repas. À chaque fois pourtant que je voulais me rapprocher de l'une d'entre elles, quelque chose me retenait. C'était peut-être de la timidité. Je croyais toujours sentir entre mes omoplates un regard qui m'observait et me jugeait, se délectait par avance du rejet. Intérieurement, je blâmais Gob dont l'image s'interposait entre l'assouvissement du désir et moi. En vérité, je crois que je manquais tout simplement de courage. Les premières années de la puberté furent donc un brouillard de masturbation et de fantasmes. Je me souviens en avoir conçu une certaine amertume : il me semblait qu'autour de moi tout le monde « baisait » en permanence et que j'étais seul exclu du jeu. C'était faux. Celles et ceux qui avaient déjà une sexualité active régulièrement se donnaient parfois en spectacle, mais les accouplements ne duraient jamais longtemps. Un soir, entre la fin des tâches communes et le dîner, je devais ruminer en écoutant de la musique, Shauna est venue s'asseoir à côté de moi sur la plus haute marche de l'escalier qui menait aux classes du premier étage. Tout de go, elle m'a demandé :

« On fait l'amour ? »

Pris de court, j'ai sèchement répondu :

« Non. »

Puis nous avons parlé d'autre chose. Le soir, seul sous les draps, je me souviens de m'en être voulu de l'avoir ainsi rejetée. Elle n'a pas semblé m'en garder grief. Peut-être sa proposition n'était-elle pas sérieuse. C'est en tout cas ce que j'ai pensé un moment, comme pour me consoler de ce que je percevais comme une « opportunité ratée ».

C'est finalement avec Livia, le quatrième été après l'arrivée à Grévi, que je fis l'amour pour la première fois. Nous étions peu nombreux à rester au secondaire durant le mois d'interruption des classes. La plupart en profitaient pour retourner passer un peu de temps là où ils avaient grandi. Ulf retourna à Pelagoya tous les étés. Pour ma part, j'étais partagé entre l'envie de revoir la Lina, l'espoir d'y renouer enfin avec Gob et la crainte qu'elle y reste distante ou, pire, qu'elle s'éloigne à nouveau dès le retour à Grévi. Pour toutes ces raisons, je préférais ne pas bouger. Ce mois passa toujours à toute vitesse. Le dortoir était presque vide et il y avait donc beaucoup à faire. Les camarades qui logeaient à Grévi, mais hors du secondaire, venaient nous aider à entretenir le potager, à récolter et à mettre en conserve les tomates et les courgettes, à ranger les oignons au sec dans le cellier. À de rares exceptions, j'avais les ateliers pour moi tout seul et je pouvais y poursuivre des expérimentations dans le calme. Je me lançais alors dans des projets plus importants : je fabriquais des lampes, je tentais de construire des meubles tout de guingois qui menaçaient de s'effondrer dès qu'une main les touchait. Tant pis, j'en étais fier quand même. Il reste peut-être à Grévi quelques étagères et quelques serres de ma main, les dernières que j'y ai faites. Il m'arrivait parfois de regretter Pelagoya, d'avoir envie de retrouver la cerisaie, Mouad ou Héléna, mais un appel vocal dissipait rapidement cette nostalgie précoce. En outre, j'avais l'assurance qu'Ulf ramènerait des bocaux de cerises dans les bagages, que nous mangerions avec cérémonie, une à une, assis sur un banc dehors pendant les longues soirées déjà fraîchissantes de septembre ou d'octobre. Aussi, quand le dortoir se vidait, en juillet ou en août selon les années, tout semblait aller pour le mieux. Paradoxalement, moins j'étais entouré, moins la solitude se faisait sentir.

Quelques soirs, je traînais un matelas et une couverture dehors et je m'endormais à la belle étoile, casque sur les oreilles. C'est un de ces soirs que Livia est venue me rejoindre. Cet été-là, nous étions les deux seuls à n'être pas retournés à Pelagoya. Nous avions à peine abordé le sujet. Il faisait affreusement chaud. Nous nous étions occupés du potager toute la matinée et je m'étais réfugié dans l'atelier en attendant que passent les heures les plus chaudes de l'après-midi. En fin de journée, Livia a passé la tête dans l'encadrement de la porte.

« Umo, je vais au lac, tu veux venir ?

— Oui ! » me suis-je exclamé avec enthousiasme, comme si je n'avais attendu que cela.

J'ai abandonné le travail en cours et les outils tels quels. Je savais que personne d'autre que moi n'utiliserait l'établi avant le lendemain. J'ai couru attraper un drap de bain. Tous les deux, nous avons dévalé le sentier poussiéreux jusqu'au lac. Il n'y a pas, au lac de Grévi, de plage artificielle comme il en existe ailleurs. Pas de grève pierreuse non plus, comme le long de la Lina. Pour se baigner, il faut sauter. Nous nous sommes déshabillés, aussi insoucieusement que quand nous étions plus jeunes, et nous avons plongé. L'eau était fraîche. Des branches de chênes et de bouleaux penchaient dans notre direction et nous faisaient de l'ombre. Livia a nagé jusqu'au centre du lac où se trouve un minuscule îlot et je l'ai suivie tant bien que mal. J'ai toujours été un piètre nageur, même si mes épaules larges semblent me prédisposer à la natation. Nous nous sommes hissés entre les roseaux jusqu'à un carré d'herbe rêche, presque brûlée par le soleil. En poussant des soupirs de contentement, nous nous y sommes étendus pour sécher, profiter de la chaleur. Livia était à moins d'un mètre de moi. J'aurais pu la toucher en tendant le bras. Nous sentions tous les deux la vase. J'ai tourné la tête dans sa direction, sans doute pour dire quelque chose, mais je me suis tu, bouche ouverte. J'ai regardé son corps nu étendu. Elle n'était pas grande, plus petite même que moi. Ses seins tombaient de chaque côté de sa poitrine. Les poils de son pubis faisaient un triangle plus brun encore que sa peau. Elle a dû remarquer mon silence car elle ouvert les yeux. Alors je me suis rendu compte que j'étais en érection. Livia n'a rien dit. Elle a seulement eu un petit rire, pas moqueur. En y repensant, ce devait être sa manière à elle de manifester sa gêne. Pour ma part, je me suis relevé d'un bond et je me suis jeté à l'eau. J'ai nagé jusqu'à la rive pour retrouver la serviette que j'y avais laissée puis le confort protecteur des vêtements. Je me suis assis et j'ai détourné le regard quand, sur l'îlot, Livia s'est relevée, a fait la traversée à son tour, s'est séchée, s'est habillée. Je me sentais rouge et idiot. Mon érection s'était calmée mais j'avais peur que, si je regardais à nouveau Livia directement, elle reprenne de plus belle. Nous sommes remontés jusqu'au secondaire en silence, à bonne distance l'un de l'autre.

Sous la douche glacée, des questions tourbillonnaient dans ma tête. Que s'était-il donc passé ? Le corps de Livia, je le connaissais, depuis toujours. Il ne m'avait jamais fait un effet pareil. Était-ce la chaleur ? L'eau ? Était-ce autre chose ? Nous nous étions déjà baignés ensemble. Qu'y avait-il donc eu de particulier cette après-midi-là ? Était-ce parce que nous n'étions que tous les deux ? Parce qu'Ulf n'était pas là ? Sans le penser tout à fait clairement, j'avais toujours considéré Livia comme sa partenaire et, le temps avançant, je l'avais consciemment exclue de mes pensées érotiques. Je découvrais que le désir ne se commande pas. C'était une découverte soudaine et douloureuse. En me rendant dans la cuisine pour y chercher de quoi m'y préparer un dîner sommaire, j'ai été soulagé de voir qu'elle n'y était pas. Pour détourner mes pensées de Livia, j'ai passé les quelques heures de lumière restantes dans l'atelier. M'occuper les mains, comme souvent, a suffi à m'occuper l'esprit jusqu'à ce que le soleil soit entièrement couché. J'ai hésité à continuer à travailler à l'éclat d'une lampe électrique mais la fatigue s'est imposée soudainement. Tête baissée pour ne croiser le regard de personne, j'ai traversé le dortoir, j'ai saisi le matelas du lit sur lequel j'avais dormi la veille, je l'ai roulé avec les draps et je suis sorti l'étendre sur la butte.

C'était une assez belle nuit. Le vent d'ouest poussait vers Grévi des nuages grisâtres. L'orage n'a éclaté que le lendemain. J'étais sur le point de m'endormir, à moitié couvert par une fine couverture, quand j'ai été dérangé par le bruit de Livia qui s'installait à côté de moi. Je n'ai rien dit. Elle non plus. Elle s'était lavée elle aussi, mais ses cheveux gardaient quelque chose de l'odeur du lac. Cela a suffi à faire renaître mon érection. Il me semblait qu'un poids était posé sur ma poitrine, mais j'entendais pourtant sortir de ma bouche une respiration si lourde qu'elle paraissait étrangère. Finalement, nous nous sommes tournés l'une vers l'autre. Nous nous sommes embrassés et ce contact m'a procuré un profond soulagement. J'avais déjà embrassé des camarades, filles comme garçons. Nous nous embrassions souvent et avec beaucoup de désinvolture. C'était une manière facile de nous témoigner notre affection. De là, les choses sont allées naturellement. Je ne me souviens pas des détails et ils ne sont pas très intéressants à raconter. Livia ne prenait pas non plus de médicament contraceptif. Elle avait donc amené un préservatif. Cela n'a pas duré longtemps, bien sûr, et nous ne l'avons fait qu'une fois. Nous sommes cependant restés serrés l'un contre l'autre, enroulés dans les couvertures pour nous protéger du vent. C'était une intimité nouvelle, largement fondée sur notre connaissance préalable, plus intense mais plus fragile aussi. Nous savions l'un comme l'autre qu'elle devait beaucoup aux circonstances. Je me souviens qu'elle a caressé ma joue sur laquelle ne pointaient alors que quelques rares poils de barbe. Comme tout le reste de cette soirée, ce geste m'a laissé une impression de tendresse bien davantage que de plaisir sexuel.

Enlacés, nous avons parlé à voix basse pendant très longtemps, en attendant que le sommeil nous prenne. Parmi les camarades, Livia était peut-être celle que l'histoire intéressait le plus.

« Il y a longtemps, avant la Déclaration d'Antonia, bien avant ça même, les gens pensaient qu'il était important de ne pas faire l'amour avant le mariage. C'était même interdit. Surtout pour les femmes. Pour pouvoir se marier, une femme devait être vierge. Elle devait être " pure ". »

J'étais toujours mal à l'aise lorsqu'on évoquait les temps d'avant la Déclaration. Le comportement de toutes ces gens du passé était incompréhensible.

« Mais pourquoi ? » trouvai-je seulement à répondre.

Je sentis sa main se crisper contre ma poitrine. Elle réfléchissait.

« Je crois... Je crois que c'est encore une histoire de propriété. Une histoire de famille. Il fallait qu'ils soient certains de l'identité du père de l'enfant, s'il y en avait un, pour qu'il n'y ait pas de doute au moment de lui transmettre la propriété. »

Encore la propriété. Tout revenait à cela. Ulf dans la rivière. Le stylo que Gob avait pris chez Aster. Le corps de Livia ? Simplement parce que nous avions fait l'amour, simplement parce que nous nous étions livrés à des actes sexuels, cela voulait-il dire aux yeux d'un homme ou d'une femme d'avant Antonia qu'elle m'appartenait et que je lui appartenais ?

« C'est ridicule. »

Livia éclata de rire.

« Tu as déjà lu des romans sentimentaux d'avant Antonia ? C'est rempli du vocabulaire de la propriété, surtout quand ils parlent de sentiments et de sexe. Les personnages disent des choses comme " Il faut qu'elle soit mienne " ou bien " C'est ce soir-là que je me suis livrée à lui ". »

Son hilarité fut contagieuse. Notre rire commun résonna entre les bâtiments du secondaire. Toutes les lumières étaient éteintes : les quelques autres camarades présents devaient tous dormir.

« “ Je l’ai prise par-derrière ” », continua Livia, hors d’haleine.

Soudain, elle se dressa et sa silhouette nue se découpa contre le ciel où les nuages s’amoncelaient. Elle cria presque :

« Prends-moi ! Prends-moi fort ! »

Puis elle se laissa retomber à mes côtés. Nous avons laissé le rire suivre son cours jusqu’à l’épuisement, amusés par l’existence absurde que d’autres que nous avaient vécue. Quand nous eûmes retrouvé le souffle et essuyé les larmes qui perlaient au coin des yeux, nous retombâmes dans le silence. Malgré la présence du corps chaud de Livia contre moi, dont le cœur battait si fort que je le sentais dans mes côtes, mes pensées dérivèrent vers Gob et plus précisément vers la jalousie que je ressentais à la voir avec d’autres. Aurais-je voulu que ce fût elle, à ce moment-là, à la place de Livia ? En partie, peut-être, oui. J’en eus honte. Cela me semblait être manquer de respect à Livia. Celle-ci, comme douée du pouvoir de lire dans les pensées, me demanda doucement :

« Tu es toujours amoureux de Gob ? »

Que répondre ? C’était une question rhétorique. Bien sûr que j’aimais Gob. L’aimais-je plus que Livia, même à cet instant précis ? Peut-être. L’aimais-je différemment, sans comprendre pourquoi ni quelle était la différence ? Évidemment. Tout cela, je ne réussis pas à le dire. Je ne sus que rétorquer :

« Tu es toujours amoureuse d’Ulf ? »

Je regrettai cette réponse immédiatement. Je crus qu’elle allait se vexer, se rhabiller, partir. J’avais envie qu’elle reste là, contre moi, parce que c’était bon.

« Excuse-moi, repris-je. Ce n’est pas mes affaires. »

Livia haussa les épaules.

« Ils ne sont pas là. »

Puis, se collant le plus possible contre moi, elle murmura à mon oreille :

« Tant pis pour eux. »

Après cela, nous ne tardâmes pas à nous endormir. Le réveil vint avec le point du jour et la rosée. Soudain conscients de l’endroit où nous étions et de notre nudité, nous tâtonnâmes pour retrouver et enfiler les vêtements éparpillés. Le matelas et les couvertures roulés, nous prîmes la direction du dortoir. Tout le secondaire dormait encore. Ce matin-là, nous avons préparé le petit déjeuner pour tout le monde et, en attendant qu’ils se réveillent, nous avons mangé avec un bel appétit.

Livia et moi n'avons jamais refait l'amour, ni cet été ni plus tard. Cette première et unique fois était suffisante. Quand Ulf est revenu de Pelagoya, deux semaines plus tard, elle n'a pas tardé à l'entraîner loin dans les bois. Quand ils ont été de retour, échevelés, elle et moi avons partagé un regard de connivence. Je n'ai pas ressenti la moindre jalousie envers Ulf. Par un inexplicable effet de contagion, celle envers les occasionnels partenaires de Gob s'est elle aussi apaisée.

Les mois suivants passèrent à toute vitesse et je n'en retiens qu'un brouillard confus, des fragments de souvenirs de classe, de tâches d'entretien, de visites d'entreprises de Grévi et des environs et d'escapades dans les bois, seul ou en groupe. À partir du mois de mai, comme tous les ans, le dortoir et les classes commencèrent à bruisser de la rumeur du premier salaire à venir. En juin de leur dernière année au secondaire, tous les camarades nés la même année recevaient le premier salaire, qui marquait la fin de l'éducation secondaire et l'entrée dans le monde des adultes. Jusque-là, je n'y avais guère prêté d'attention mais, cette année-là, je découvris soudain que c'était le tour de Gob de recevoir le premier salaire et donc de partir de Grévi. Pour aller où ? Je n'avais pas le courage de lui demander. Je décidai donc de tendre l'oreille aux discussions que les camarades de la même année tenaient à voix plus haute que d'habitude dans le dortoir, dans les couloirs, à la cuisine ou dans les douches. Où partiraient-ils ? Pendant la première ou les deux premières années de salaire, il était de coutume pour chaque nouvel « adulte » de se livrer à un long voyage, allant d'entreprise en entreprise dans les domaines les plus divers afin de déterminer quel secteur d'activité il désirait étudier plus avant. Un garçon nommé Albin clamait à qui voulait l'entendre qu'il partait dans les Aldères pour découvrir l'élevage ovin. Ursula, une grande fille au visage constellé de taches de rousseur avec laquelle il me semble avoir échangé quelques baisers, rejoindrait une coopérative fabriquant des coques de bateaux. Un autre encore, Michaël, restait à Grévi, à l'hôpital, s'essayer à l'infirmerie. Et Gob ? me demandais-je. Que faisait Gob ? Gob ne disait jamais rien et je n'osais pas interroger les autres à son sujet.

Tous les ans, à cette époque, le même débat avait lieu en classe, le plus souvent dans le cours de Rex. Il y avait toujours un ou une camarade pour poser la question :

« Pourquoi ne touche-t-on le premier salaire qu'à ce moment-là ? Pourquoi pas avant ? »

Patiemment, Rex répétait ce qu'il avait déjà dit l'année précédente :

« Le premier salaire vient marquer votre reconnaissance comme travailleur, comme producteur à parts égales avec tous les autres adultes. »

Avec un clin d'œil, il ajoutait :

« Même égaux à moi !

— Mais, protestait-on, nous travaillons aussi. Nous apprenons, nous produisons les travaux que les professeurs nous demandent, nous tenons le potager, nous entretenons le secondaire. Nous faisons tout cela et nous ne recevons pas de salaire. »

À ce moment-là, Rex s'avançait vers celle ou celui qui avait protesté et pinçait la chemise ou la veste que le camarade portait.

« D'où vient ce vêtement ?

— Du magasin. C'est Tomaso qui m'a emmené l'acheter.

— Et avec quel argent Tomaso l'a-t-il acheté ? »

Généralement, le camarade interrogé se mettait alors à rougir ou à balbutier. Celles et ceux parmi nous qui connaissaient déjà la scène riaient sous cape.

« Avec le sien !

— Avec son argent ? Tu veux dire avec l'argent qu'il utilise ?

— Oui, c'est ça.

— Et cet argent, d'où lui vient-il ?

— Je ne sais pas, moi. Du salaire ! »

Tout le groupe retenait alors son souffle.

« Tu veux dire que c'est un cadeau que Tomaso t'a fait ? Tu veux dire que Tomaso est personnellement responsable de te vêtir et de te chausser ?

— Non, bien sûr que non.

— Alors, je répète ma question, d'où lui vient cet argent avec lequel il t'achète les habits dont tu as besoin, dans la couleur et dans la coupe que tu préfères ? »

C'était le moment où Rex se tournait vers le reste de la classe qui clamait comme une seule personne :

« De son propre salaire ! »

Rex hochait la tête et reprenait :

« Ce qu'on appelle " premier salaire " n'est en réalité pas le premier du tout. C'est seulement le premier que vous touchez personnellement.

C'est-à-dire qu'à l'issue de votre éducation secondaire vous êtes considérés comme capables d'être responsables de vous-mêmes. Les achats de fournitures, de provisions ou de jeux que les adultes comme Tomaso, comme Alma, comme Temudjin ou moi-même faisons avec ou pour vous, nous les faisons à partir de ce que verse au secondaire la Caisse des salaires de l'éducation. Elle correspond à peu près à quatre-vingts pour cent des salaires réunis, somme à laquelle s'ajoutent quelques frais de fonctionnement. En réalité, vous vivez déjà du salaire, puisque vous vivez du travail que vous faites qui est, comme tu le disais si bien, d'étudier et d'assurer une partie des conditions matérielles de cette éducation. Vous cultivez le potager, vous vous occupez des poules, vous faites les lessives et le nettoyage des classes et du dortoir. Tout cela, c'est du travail au même titre que de connaître les principes de la Déclaration d'Antonia, de pouvoir appliquer le théorème de Pythagore, d'avoir lu *L'Odyssée* et *Gens de Dublin*, ou encore de savoir que la puissance électrique est le produit de la tension par l'intensité. En vérité, vous êtes *déjà* des travailleurs. Ce travail est même d'une rare importance. Vous travaillez à vous produire en tant que travailleurs. C'est beaucoup demander à des enfants comme vous. C'est pour cela que vous ne touchez directement un salaire qu'à la fin de la dernière année ici. Vous voyez cela comme une liberté, c'est pour cela que vous êtes impatients. Cependant, c'est une lourde responsabilité. Être responsable n'est pas facile. Il faut que vous soyez prêts à l'être. »

Après cette longue tirade, durant laquelle de nombreux postillons avaient volés à travers la pièce, Rex, souriant, concluait sur un ton plus léger :

« Il faut attendre que vos ailes soient bien étoffées avant de vous laisser quitter le nid, petits oiseaux que vous êtes ! »

Éclats de rire dans la classe, tout particulièrement de la part de celle ou celui qui avait posé la question, soulagé quelque part de ne plus être le centre de l'attention.

« Maintenant, si vous le voulez bien, reprenons là où nous étions arrêtés. »

Et, une fois le mois de juin passé, nous reprenions le cours des apprentissages sans trop y penser, jusqu'à l'année suivante, où la question serait posée à nouveau.

Je ne savais donc rien de ce qui attendait Gob quand elle quitterait Grévi mais je me refusais à la laisser partir sans un mot, comme elle avait quitté Pelagoya, d'autant que je risquais de ne plus la revoir avant plusieurs années ou même – l'idée me glaçait le sang ! – jamais. Une fois lancée dans le monde, quelle raison aurait-elle de se retourner vers moi ? Je décidai donc de me rendre, faute d'un meilleur mot, inoubliable.

Bien que vaguement conscient de la prétention de ce geste, je ne m'y consacrais pas moins durant les semaines précédantes le départ de Gob. Je m'attardais tout d'abord en classe, traçant des plans sur du papier millimétré. Le dessin technique était le seul dessin pour lequel j'avais alors quelque goût ou quelque capacité. Une fois satisfait, je m'installai dans l'atelier et je me mis au travail. Il me fallut manier plusieurs outils que je maîtrisais encore mal, comme les scies électriques ou le tour à bois. Je ponçai et vernis à la main, longuement et soigneusement. Les aspects électrique et mécanique de ce projet m'étaient plus faciles : ils me prirent moins de temps et me demandèrent moins d'efforts. Une fois le travail achevé, je m'accordai plusieurs jours d'essais soigneux. Je ne voulais pas qu'il y eût le moindre défaut, le moindre risque de panne ou de malfonction.

Ensuite, je dus attendre la bonne occasion pour offrir le cadeau. Je trouvai le moment lorsque, après dîner, Gob ne prit pas le chemin du dortoir mais d'une salle de classe. Qu'importe ce qu'elle allait y faire, étudier, lire, écrire ou simplement profiter de quelques minutes de rare solitude. Elle était assise à une table légèrement trop petite pour elle, dos à l'encadrement de la porte dans lequel je me tenais, le paquet dans les mains. Le souvenir de la première rencontre s'imposa à moi. J'hésitai : fallait-il l'appeler ? Tousser ? Entrer sans rien dire ? Je finis par me résoudre à cogner contre le battant ouvert de la porte. Gob s'interrompit et se retourna sur sa chaise. Je fus surpris de la trouver si différente en vérité de l'image que j'en avais gardé. En n'osant plus l'approcher, en ne lui parlant qu'en cas d'absolue nécessité, j'avais repoussé loin de moi la personne, la presque adulte qu'elle était devenue. Cette Gob n'était pas celle à qui je croyais venir offrir un cadeau. C'en était presque entièrement une autre. Les deux années qui nous séparaient, qui n'avaient compté pour rien à Pelagoya, s'étaient muées en un gouffre sans que je le remarque, aveuglé par le souvenir de l'enfante avec qui j'avais grandi.

Je me sentis soudain ridicule. Son regard n'avait pas changé. À nouveau, elle me terrifiait et je restai figé. Je réussis tout de même à demander :

« Je peux entrer ? »

Gob leva un sourcil.

« Tu l'es déjà. »

Je penchai le regard vers mes pieds. En effet, sans m'en rendre compte, j'avais fait un pas dans la pièce. Cela me redonna du courage. Je m'avançai pour de bon dans sa direction, lui tendant le paquet.

« Comme tu vas avoir ton premier salaire et comme tu vas t'en aller bientôt, je t'ai fait ça pour que... »

Elle prit le paquet.

« ... enfin, en souvenir. Tu vois ce que je veux dire. J'ai fait ça pour toi. »

Je bouillonnais intérieurement de rage contre moi-même de me trouver si mou, si incapable de dire ce que j'avais sur le cœur : combien ces longues années de fausse proximité m'avaient meurtri, et pourquoi je voulais qu'elle emportât quelque chose de moi là où elle allait, peu importe où, et encore que j'en étais éperdument amoureux, pour autant que le mot signifiât quelque chose à mes yeux et aux siens. J'aurais voulu lui dire que je n'avais jamais compris son indifférence à mon égard, son refus de reconnaître l'amitié de Pelagoya depuis que j'étais arrivé à Grévi. J'aurais voulu dire tout ça, que ça sorte d'un seul coup, pour briser le mur glacial qu'elle avait inexplicablement dressé entre nous, mais je ne réussis qu'à dire :

« J'espère que ça te plaira. »

Elle défit méticuleusement, sans le déchirer, l'emballage de vieilles feuilles de brouillon. Enfin, elle découvrit le cadeau. C'était une lampe.

« J'ai pensé... pour que tu puisses lire, et écrire... »

Je sais que Gob a gardé cette lampe pendant de nombreuses années mais elle a fini par être perdue, ou brisée. J'avais raison d'en être fier. Une molette sur le côté permettait de faire varier la température de couleur de la lumière des deux petites diodes. La vitre de protection pouvait glisser pour les changer facilement. Un couvercle rabattable servait à masquer entièrement ou seulement en partie la lumière. La lampe en elle-même était constituée de deux cylindres de pin, qu'un gond permettait de replier l'un sur l'autre. Rangé de la sorte, elle ne prenait pas plus de place dans un sac qu'une trousse à stylos. La base de la lampe comportait trois courts pieds également repliables et un cordon d'alimentation étirable. Une petite trappe dévoilait une batterie. La lampe pouvait ainsi être utilisée branchée ou non, dedans ou dehors.

« Je voulais mettre un panneau solaire, parce que la batterie n'a pas une très longue autonomie, mais il n'y en avait pas à l'atelier de la bonne taille et puis, d'un si petit format, le rendement ne justifie pas les ressources pour le fabriquer, alors...

— C'est parfait », m'interrompit Gob.

Elle posa la lampe sur la table de travail. Soudain, elle se leva et m'enlaça, croisant ses bras autour de mon cou. Sa joue vint réchauffer ma joue.

« Merci, Umo », murmura-t-elle.

L'étreinte ne dura pas longtemps ; suffisamment pourtant pour que je laisse échapper un profond soupir. Nous nous séparâmes et Gob se rassit.

« Tu sais où tu vas aller ? » l'interrogeai-je, un peu enhardi.

Ce fut à elle de soupirer, de cette façon impatiente que je finis par bien lui connaître.

« Qu'est-ce que vous avez tous avec cette question, à la fin ?

— Tu me donneras des nouvelles, tout de même ? Tu sais comment me joindre ici. Ou peut-être que tu reviendras me voir, avant que je parte aussi. »

Il y eut un silence. La lampe allait et venait entre les mains de Gob, qui en éprouvait la texture, la solidité des mécanismes, la précision des soudures.

« D'accord.

— D'accord à quoi ?

— Je reviendrai quand tu auras le premier salaire. »

Je hochai la tête. Elle avait accepté le cadeau, elle avait promis de revenir. Elle était déjà partie.

« Au revoir, alors. »

Elle reprit la lecture. Je m'éloignai à pas lents, le cœur serré. Il me semblait qu'une partie de moi m'avait été enlevée, non pour de bon mais pour longtemps. J'allai directement me coucher. Dans le noir, les yeux grands ouverts, je guettai une nouvelle fois le pas de Gob. Quand je l'entendis enfin, je me redressai dans le lit. J'entendis un craquement, un petit coup sourd et deux cliquetis : celui de la fiche dans la prise murale et celui de l'interrupteur. J'aperçus, ténue à l'autre extrémité du dortoir, la lumière blanche de la lampe que j'avais fabriquée. Doucement, au rythme du tour de molette, elle vira au jaune.

Je n'ai plus adressé la parole à Gob jusqu'à son départ. Après cela, je n'ai pas remis le pied dans les ateliers jusqu'à l'automne suivant, quand sont arrivés de nouveaux jeunes camarades et qu'il m'a fallu leur faire visiter. En ouvrant un tiroir au hasard, j'ai découvert les plans de la lampe. J'avais dû les abandonner sur l'établi et quelqu'un avait cru bien faire en les rangeant.

Je les ai jetés dans un bac à recyclage.

Les deux dernières années à Grévi sont passées encore plus vite. Plus les camarades et moi avancions en âge, plus nous nous détachions du secondaire. Nous assistions aux classes, réalisions les tâches, mais le présent nous semblait révolu. Insensiblement, nous commencions à parler au futur.

« Quand je serai à Antonia, disait Livia, j'y lirai toutes les archives que je trouverai sur le Siècle des camps.

— À Litros, renchérissait Jörg, je m'embarquerai sur un long-courrier. »

Taneggi, quant à lui, rejoindrait une des fermes expérimentales des plaines de la Lina, en aval de Pelagoya et avant l'estuaire. Ulf se voyait déjà passant toute la première année à faire le tour du pays à vélo, sans se presser, sans chercher à accomplir un record : simplement pour voir le plus de choses possible.

« Et toi, Umo ?

— Je pense que je vais aller voir à Iliat. J'ai repéré une fabrique de lampes qui a l'air intéressante. »

Petit à petit, ce monde futur prenait consistance à la place du secondaire qui nous semblait au contraire un songe dont il fallait nous réveiller. Nous étudiions les cartes, comparions les distances, les temps de trajet à pied, en train, à vélo ; autant de choses qu'il ne nous serait jamais venu à l'esprit de faire quelques années plus tôt. Mais voilà, nous avancions, que nous le voulions ou non. Le temps prit cette qualité paradoxale qui veut que chaque journée paraît interminable mais leur enchaînement rapide comme l'éclair. Sans savoir comment c'était arrivé, nous étions déjà rendus à six mois du premier salaire, puis à trois, puis à un seul. Le mois de juin revenait.

Je pensais à nouveau au Siècle des camps. Depuis qu'elle était partie, je n'avais pas chassé Gob de la place qu'elle avait en moi, qu'il s'agisse d'un morceau de mon cœur ou de mon esprit. Elle y restait bien installée même si j'avais comme érigé une barrière tout autour d'elle. Elle ne pouvait pas sortir, mais je pouvais la voir et l'entendre, bien qu'elle ne parlât jamais. Je ne sais pas si je peux en imputer le début à son départ de Grévi, mais ma sexualité prit durant ces derniers mois une tournure bien plus active. Je ne couchai pas avec de nombreuses personnes bien que je recherchasse volontairement l'intimité sexuelle. Je me découvrais, faute d'un meilleur mot, un « appétit ». J'avais appris à reconnaître les signes du désir chez moi et, en partie, chez les autres. Je partis à plusieurs reprises me promener dans les bois avec Shauna qui fut de ces partenaires, sinon la plus régulière, au moins la plus fréquente. Nous nous livrions à toutes les expérimentations qui nous passaient par la tête, sans gêne aucune. Mon regard sur le sexe, peu à peu, se transforma. D'une chose lointaine, exceptionnelle, enjeu d'une compétition féroce, il devint un moyen comme un autre de se procurer et de donner du plaisir, comparable en cela à la nourriture ou au sport. J'appréciais autant, sinon plus, les pâtisseries que préparait Alanie une fois par semaine que ces caresses occasionnelles. Mes aventures se limitèrent à la compagnie du sexe féminin. Plusieurs fois, j'avais posé des regards insistants sur les camarades masculins, m'étudiant pour déceler les signes du désir ou simplement de l'excitation. Rien ne vint jamais. Même pour Ulf, je ne ressentis jamais le plus petit attrait. Il était pourtant à tous égards un beau garçon et le camarade le plus intime. De mauvaise grâce tout d'abord, je me résolus à l'hétérosexualité. Quand je m'ouvris de ces sentiments à Livia, une après-midi que nous travaillions seuls au potager, elle éclata de rire, le même rire qu'elle avait eu tant de mois auparavant, sous le clair de lune ennuagé.

« Ce que tu peux te compliquer la vie ! »

Je rougis, vexé.

« Tu es en train de me dire que tu te sens mal de ne pas avoir envie de quelque chose dont tu n'as pas envie et dont personne n'attend de toi que tu aies envie ?

— Dit comme ça…

— Tu n'as pas envie de coucher avec Ulf ? Ne couche pas avec Ulf. C'est tout. Il y a bien assez de filles ici, et ailleurs. »

Je ne répondis rien, prétendant être absorbé par les semis.

« C'est aussi bien, ajouta Livia avec un dernier clin d'œil, ça en fait plus pour les autres. »

Elle avait sans doute raison et je me posais trop de questions. Libéré de cette pression inutile, je trouvai encore plus de satisfaction dans la sensation du corps de Shauna contre le mien.

Dans mon cœur, la petite Gob, dans son enclos, ne faisait jamais aucun commentaire. Elle ressentait aussi peu de jalousie que moi.

Ces escapades s'espacèrent pourtant à l'approche du premier salaire. Comme le reste de la vie à Grévi, le plaisir sexuel auprès des camarades perdit de son attrait au profit des rencontres futures. Après avoir fait l'amour pour ce qui devait être la dernière fois - c'était, je crois, le milieu du mois de mai, et nous étions allongés sur un manteau car la terre était un peu humide –, je lui posai la question du moment :

« Et toi, où veux-tu aller ? »

La réponse de Shauna me surprit.

« Je vais à Pelagoya. J'ai envie de voir les cerisaies. J'ai parlé avec une personne nommée Héléna, qui m'a dit qu'elle serait ravie de me montrer les bases de la culture fruitière. »

Un grand froid se posa sur moi et je me rhabillai rapidement.

« C'est bien, parvins-je à dire. C'est beau, Pelagoya. »

Comment expliquer cette réaction ? Pourquoi le nom de Pelagoya dans la bouche de Shauna m'avait-il tant troublé ? Peut-être n'était-ce pas Pelagoya le problème. Peut-être que c'était d'entendre le nom d'Héléna prononcé par une partenaire sexuelle qui me troubla autant.

Toujours est-il qu'après cette après-midi-là je ne ressentis plus de désir pour Shauna et elle n'en manifesta plus non plus. Ma réaction négative, quoique sans rapport réel avec elle, devait l'avoir offensée. Nous sommes restés bons camarades tout de même jusqu'à nos départs respectifs.

Au début du mois de juin, le terminal du dortoir sonna. On appela :

« Umo, c'est pour toi. »

Surpris, j'allai prendre l'appareil. Je reconnus tout de suite la voix de Gob.

« Umo ?

— C'est moi.

— Tu vas bien ?

— Oui. Et toi ? »

Un silence de l'autre côté de la ligne.

« Ça va, oui.

— Bien. »

Une main glacée étreignait ma poitrine alors que mes paumes moites glissaient sur le combiné.

« C'est bientôt le premier salaire, non ? Les camarades et toi avez prévu de faire quelque chose de particulier ?

— Nous allons prendre le train jusqu'à Litros, passer la journée et la nuit au bord de la mer.

— Litros ? Quand ça exactement ?

— Le vingt-et-un. Le vingt-et-un juin. »

J'entendis, de l'autre côté de la ligne, un bruissement de papier et seulement la respiration de Gob.

« C'est bon pour moi, annonça-t-elle finalement. Enfin, si tu veux toujours que je vienne.

— Si, si ! Enfin, oui, je veux toujours que tu viennes.

— Parfait, alors. Au vingt-et-un ! »

Et elle raccrocha. Un large sourire éclaira mon visage. Dans mon cœur, la Gob miniature venait d'abattre les barrières qui l'emprisonnaient. Elle courait librement où elle voulait en criant haut et fort. Fébrile, j'annonçai la nouvelle à Ulf. Il haussa les épaules.

« Elle ne te parle pas pendant deux ans et d'un seul coup elle vient jusqu'à Litros pour le premier salaire ? Elle est vraiment bizarre. Pas vrai, Livia ? »

Celle-ci, assise par terre le dos contre le cadre d'un lit, leva le nez d'un manuel.

« On est tous le bizarre de quelqu'un d'autre. Si Umo est content, alors je suis contente pour lui. »

Je n'ai gardé absolument aucun souvenir des deux ou trois semaines qui s'écoulèrent entre cet appel et le vingt-et-un juin. Gob occupait toutes mes pensées. L'excitation de la revoir se lie inextricablement dans ma mémoire à la celle de remplir un compartiment dans le train avec les camarades – Ulf, Livia, Jörg, Shauna, Alanie, Taneggi, Elif, Mariam, Hakim, Brian et d'autres encore dont j'ai depuis oublié le nom –, de nous goinfrer de chips et de bière et de sandwichs au fromage achetés pour la première fois avec de l'argent attribué à notre nom. Le trajet de Grévi à Litros prenait quatre heures. Quand le train est arrivé à destination, en début d'après-midi, nous étions déjà tous plus ou moins saouls. Taneggi, toute l'année dernière durant, avait fait pousser dans un coin reculé du potager un plant de cannabis et nous avons marché de la gare jusqu'à la mer en partageant des cigarettes, l'esprit embrumé et rigolard. Fort heureusement, il n'y avait guère plus d'un kilomètre ou deux de descente à parcourir. Nous étions si étourdis que nous ne prêtions quasiment aucune attention à la ville autour de nous. Une fois arrivés sur la plage, une étroite étendue de sable encadrée de part et d'autre de longues digues, nous nous sommes déshabillés tout de suite et nous nous sommes jetés à l'eau avec force bruit, éclats et éclaboussures. Les autres promeneurs et baigneurs durent faire preuve de beaucoup de patience à notre égard. La raison de notre présence ici était évidente et justifiait, au moins en partie, notre état et notre agitation. Je crois qu'un agent de police est venu nous parler et nous déconseiller les concours de nage auxquels nous nous livrions, invoquant les forts courants et la difficulté de concilier respiration régulière et ébriété. Nous l'avons patiemment écouté et, quand il s'est éloigné, nous n'avons tenu aucun compte de ses conseils. Nous avons fini par nous écrouler tous sur le sable. J'ai dormi plusieurs heures et j'ai attrapé de fameux coups de soleil qui n'ont pas manqué de se rappeler à moi les jours suivants. Au réveil, quelques-uns sont partis nous ravitailler en bière et en biscuits. C'était la fin de l'après-midi. Peu habitués aux grosses chaleurs de la côte, nous étions partis sans chapeaux ni parasols. Heureusement, la bière brassée à Litros était plus légère que celle de Grévi et les ravitailleurs eurent la présence d'esprit de remplir les gourdes aux fontaines sur le chemin. La fin d'après-midi s'étira dans une brume éthylique, entre baignades et jeux dc ballon. Nous étions tous très joyeux, pleins d'énergie malgré l'alcool. Quand les sucreries et les biscuits salés ne suffirent plus à masquer la faim, nous sommes entrés comme une tornade dans l'un des restaurants, choisi au hasard, dont les tables constellaient les quais. Nous avons commandé des moules, des frites et du vin blanc et nous avons savouré un plaisir assez nouveau : celui de manger un repas que nous n'avions aucunement préparé, composé intégralement d'aliments que nous n'avions pas cultivés. Je me souviens de la serveuse, une grande femme brune avec le menton en avant. Nous devions l'amuser puisqu'elle s'est attardée à plusieurs reprises autour de la table, nous resservant en frites et en vin. Nous étions largement au-delà de la faim quand est arrivé le moment du dessert, ce qui ne nous a pas empêché de dévorer une immense pile de crêpes arrosées de jus de citron. Il faisait chaud, les vêtements collaient à nos peaux couvertes de sel. Alanie s'est balancée sur sa chaise si bien que le pied a cassé. Elle est tombée au milieu des éclats de rire. La serveuse au long menton lui en a apporté une autre, l'air nullement agacée par l'accident.

Les autres adultes sont toujours indulgents avec les primo-salariés : toute cette liberté d'un coup, c'est beaucoup. Non pas qu'à Pelagoya ou à Grévi je me sois jamais senti aucunement contraint. Seulement, j'éprouvais la liberté dans un cadre restreint. La cerisaie, l'école, le secondaire : c'étaient autant de protections. D'un seul coup, outillés par le salaire, la marge de manœuvre était plus grande, comme la responsabilité. Il faut un peu de temps pour s'y habituer, comme pour rouler à vélo sans roulettes supplémentaires.

L'indigestion et la gueule de bois du lendemain sont une première leçon.

En quittant la table, quelques camarades sont partis pour une longue promenade au fil des quais. La plupart, dont je faisais partie, se sont directement dirigés vers la plage sur laquelle nous avions l'intention de passer la nuit. Je terminais de me déchausser, je posais le premier pied nu sur le sable quand j'ai reconnu sa silhouette. Gob, debout face à la mer, au niveau du liseré d'écume des vaguelettes, nous attendait. J'ai couru dans sa direction en appelant son nom, rendu maladroit par le sable dans lequel mes foulées s'enfonçaient. Elle s'est retournée vers moi. Dans la paisible pénombre d'une toute fin de crépuscule, je l'ai vue sourire. Si j'avais arrêté, durant son absence, d'être amoureux d'elle, j'ai immédiatement recommencé. Je l'ai enlacée et elle m'a rendu l'étreinte. Ce moment précis est peut-être mon souvenir le plus heureux de cette période, perçant comme un phare l'amnésie de l'alcool. Je me suis exclamé :

« Tu es venue !

— J'avais dit que je viendrais. »

Je l'ai entraînée vers les autres. Ulf l'a accueillie avec indifférence ; Livia avec une affection distante, presque ironique. Je m'en fichais. Gob a pris une bière, l'a débouchée d'une main experte. Je ne lui ai pas dit que je l'avais cherchée du regard toute la journée, m'attendant à tout instant à la voir apparaître ou, au contraire, à être à nouveau déçu de ne pas la voir. Même si je l'avais voulu, je n'en aurais pas eu le temps : la baignade nous appelait. Les heures suivantes, avec Gob revenue, ressemblèrent à un retour à Pelagoya, la mer remplaçante la Lina, le sable gris les galets. Submergés jusqu'au cou, nous avons regardé les lumières s'éteindre sur le port et au-delà, dans le centre de Litros où ne subsista bientôt plus que l'éclat terne de lampadaires à basse intensité s'allumants et s'éteignants au rythme des passants. Sur la plage, quelques lampes de poche allaient et venaient. La plupart partait. Le reste des camarades revint, se déshabilla et nous rejoint. Nous avons fini par avoir froid. Tremblants et satisfaits, nous nous sommes roulés dans les serviettes. Gob ne quittait pas mes côtés. Elle ne prenait pas vraiment part à la conversation mais écoutait attentivement, ses yeux glissants d'un intervenant à l'autre. De temps à autre, elle posait une question sur Grévi, sur les évènements du secondaire. Elle écoutait la réponse, remerciait l'interlocuteur puis se taisait de nouveau durant de longues minutes.

La nuit avançait, la conversation s'effilochait. Certains s'endormirent. D'autres encore s'éloignèrent hors de portée des lampes du port. Nous reçûmes la visite d'un agent de police - peut-être le même que plus tôt, peut-être un autre, je ne suis plus capable de m'en souvenir - venu s'assurer que nous n'avions besoin de rien.

« Ça ne vous dérange pas, a demandé Gob, que nous soyons là ? »

L'agent a eu l'air étonné.

« La plage est à tout le monde.

— L'un d'entre nous pourrait se blesser, ou se noyer. Nous sommes tous plutôt saouls. »

L'agent a pointé vers une lumière plus bleue que les autres, visible depuis la plage.

« En cas de problème, nous sommes là. Sinon, je n'ai pas de raison de ne pas vous faire confiance. »

Puis il est reparti comme il était venu vers la lumière bleue. Ulf et Livia en ont profité pour disparaître dans la nuit à leur tour. Gob et moi sommes restés seuls. Pendant longtemps, nous sommes restés silencieux, bercés par le ressac ponctué çà et là des rires étouffés et des soupirs surgis de la nuit. Un des rares tramways nocturnes est passé sur le quai. Quand la batterie de la lampe de poche a été épuisée, Gob a plongé la main dans le sac à dos et en a tiré celle que je lui avais offerte. J'ai soudain été saisi d'une puissante envie de pleurer. Étais-je triste ? Étais-je heureux ? Je ne sais pas. J'ai essuyé les gouttes du dos de la main, j'ai reniflé, et je lui ai enfin demandé où elle avait été, pendant ces deux ans.

« Un peu partout. J'ai passé beaucoup de temps à Antonia.

— Dans quels domaines as-tu travaillé ? Tu n'es pas allée visiter des entreprises ?

— Je ne suis pas très portée sur toute cette histoire d'entreprises, tu sais. Et puis il n'y a qu'une seule sorte de travail qui m'intéresse. »

Dans la faible lueur jaune de la lampe, je pus la voir sourire tristement. Comme pour démontrer son propos, elle a doucement mis la main sur les carnets posés sur le sable, dans lesquels elle avait griffonné à plusieurs reprises au cours de la soirée.

« Pourquoi Antonia alors ? »

Gob a répondu mais sa réponse était étrange.

« Je voulais revoir mes parents. »

N'ayant rien à répondre, je me suis tu. « Parents ». C'était la première fois que j'entendais ce mot hors d'une leçon d'histoire ou d'un songe sur les sociétés précédantes la Déclaration d'Antonia.

« Et tu les as revus ?

— Oui.

— Que t'ont-ils dit ? »

Gob a soupiré.

« Rien de très intéressant. »

Puis :

« Ils n'ont pas compris pourquoi je tenais à les rencontrer à nouveau.

— Je ne comprends pas non plus.

— Tu n'as jamais eu envie de revoir Héléna ? Ou Lukas ?

— Si, sans doute. Enfin, surtout Héléna. Mais pas parce qu'ils sont " mes parents ". Il y a eu des moments où j'ai regretté de ne plus vivre près d'elle. Lukas... Je ne m'en souviens plus assez pour ressentir quelque chose à son égard. »

Par une drôle d'association d'idées, parler d'Héléna évoqua immédiatement l'image du corps nu de Shauna. Je la chassai de mes pensées du mieux que je pus.

« Est-ce que tu sais pourquoi je suis venue à Pelagoya ? »

Non, bien sûr. Je n'en savais rien. Gob a tourné son regard vers la marée descendante.

« Ce sont les adultes du quartier, *tous les adultes du quartier*, qui ont décidé de m'éloigner. Ils pensaient que cela me ferait du bien, que je grandirais plus " normalement " loin.

— Pourquoi ?

— Tu n'as pas compris, encore ? »

Je commençais à comprendre mais c'était la première fois que Gob se livrait ainsi. Je voulais tout entendre de sa bouche.

« Je voulais vivre avec mes parents. Je refusais de les quitter. Alors, puisque je ne pouvais pas faire comme tout le monde... Je suis désolée, Umo, d'avoir été aussi bête et méchante envers toi à Grévi. Quand je suis partie de Pelagoya, je me suis imaginé que, toi non plus, je ne devais plus te revoir. Je croyais qu'on faisait exprès de nous éloigner. Alors, quand tu es arrivé, au bout de deux ans, je m'étais si bien préparée à ne jamais te revoir... J'ai fait comme si tu n'existais pas. Je suis désolée. »

Tout, bien sûr, tout est pardonné par notre seule présence, à cet endroit-là, à ce moment précis, adultes, libres enfin. Nous nous embrassons. Longtemps. Puis nous nous étendons sur le sable bleu-gris, serrés l'un contre l'autre. De la poche, je tire un joint rescapé de la débauche de l'après-midi. Nous nous embrassons encore, partageons parfois la fumée bouche à bouche. Elle a goût de bière, d'herbe, de sucreries et puis, enfin, de sel. Le sommeil nous attrape ainsi, enlacés, si près l'un de l'autre qu'un observateur éloigné nous prendrait pour une seule et unique personne.

Comme les autres, nous avons été réveillés par la pâle lumière du soleil à travers les nuages sombres, puis chassés de la plage par de soudaines averses. Nous avons couru jusqu'à la gare pour y trouver refuge. Dégoulinants, nous avons attendus le train pour Grévi. Gob n'est pas montée avec nous. Nous n'avons pas échangé de baiser d'au revoir. Elle m'a seulement serré contre elle, assez fort pour imprimer le souvenir de la forme de mon corps sur sa peau. Je ne lui ai pas demandé où elle repartait à présent. Il n'y avait plus de place près de la fenêtre dans le compartiment quand j'y suis entré. De toute façon, Gob avait déjà disparu du quai.

C'est alors que la migraine a commencé à se faire sentir. J'ai fermé les yeux. Je n'ai pas tardé à m'endormir, la tête posée contre l'épaule de Shauna. J'ai ronflé très fort mais les camarades étaient eux aussi trop profondément endormis pour me le faire remarquer.

JUILLET

Je nous revois sur le quai de la gare, tous les trois : Shauna, Yusek et moi. Pardon : tous les quatre. Alma a voulu nous accompagner. Nous attendons que la rame entre en gare et, avec de gros sacs sur le dos, nous ressemblons un peu à des tortues dressées et fébriles. J'ai l'impression d'avoir le teint verdâtre. Bien sûr, nous avons peur, mais nous refusons de le montrer. Nous parlons, échangeons des banalités sur le secondaire, sur le potager, sur les autres enfants comme si nous y étions encore, comme si nous n'étions pas entrés dans la première année de salaire, comme si nous n'étions pas déjà partis. Alma joue le jeu. Elle est souriante. Elle fait comme si elle ne remarquait pas les gestes nerveux, moi qui me frotte les joues de l'envers des doigts ou encore Yusek qui joue avec les bretelles du sac à dos. Cette scène-là, elle l'a déjà jouée plusieurs fois : une fois par an peut-être.

Le mois de juillet est bien entamé. Je crois que nous sommes parmi les derniers à quitter Grévi, mais peut-être que c'est faux et que c'est une manière qu'a ma mémoire de dramatiser, de rendre l'évènement plus important, plus exceptionnel. Peut-être qu'au contraire nous avons été les premiers à partir et que c'est justement pour ça qu'Alma nous a accompagnés jusqu'à la gare ; une sorte de cérémonie. Chacun est le héros de sa propre histoire : peut-être qu'Alma a tenu à venir avec moi, à me voir bien parti, à cause de tout le temps que nous avions passé ensemble à travailler sur les installations électriques du secondaire. Ou bien nous étions trois camarades de plus à partir et elle n'avait rien à faire de particulier ce matin-là, alors elle a saisi l'occasion d'une promenade.

Qui sait pourquoi on fait ce qu'on fait ?

Le train arrive. Nous embrassons maladroitement Alma, encombrés que nous sommes par les bagages. Puis nous nous installons. Ce n'est pas un des trains long-courriers comme celui que nous avons pris quelques semaines auparavant pour aller à Litros. Ce n'est qu'une petite rame locale qui dessert toutes les gares jusqu'à Iliat. Je me souviens alors du train que j'ai pris pour faire le chemin inverse, sept ans auparavant, pour quitter Pelagoya. La rame n'est pas identique mais elle lui ressemble beaucoup. Elle ressemble beaucoup à mon souvenir, en tout cas. Il n'y a pas grand monde sur le quai pour y prendre place, alors nous nous installons confortablement au milieu de la rame. Il y a des rails au sol pour rapprocher ou éloigner les sièges. Nous nous aménageons un coin confortable, nous déplions une table du mur. Nous ne faisons pas beaucoup de bruit, pas comme lorsque nous sommes allés à Litros. L'excitation est passée. Nous avons complètement oublié Alma qui, pourtant, attend encore sur le quai. Les moteurs électriques se mettent à vrombir au moment où nous verrouillons les sièges dans les emplacements. Alors nous nous asseyons et nous remarquons la présence d'Alma. Nous sommes surpris. Elle nous adresse un geste de la main que nous lui rendons, puis le train avance et elle disparaît de la fenêtre. Nous ne la voyons plus. Le train sort de la gare et nous sommes éblouis un instant par la lumière du jour. Nous regardons en silence Grévi défiler et s'effacer à son tour. Comme la plupart des jeunes gens de cet âge, nous sommes un peu solennels.

Shauna n'allait que jusqu'à Pelagoya. Elle n'en avait pas pour longtemps à attendre. Elle a gardé son sac sur les genoux tandis que nous autres les avions rangés dans les casiers à l'extrémité de la rame. Une fois le train véritablement lancé, une fois passé le premier arrêt hors de Grévi, nous nous sommes tus, comme soudain tombés à court de mots. Nous avons regardé le paysage défiler : champs, bois, formes lointaines de villages dont nous ne connaissions pas les noms, fouillis de routes et de chemins, silhouettes fugitives d'animaux sauvages surpris par le train et paisibles troupeaux de moutons ou de vaches qui levaient la tête sur son passage. Tout était calme. Yusek a demandé tout haut si cela dérangeait quelqu'un qu'il fume. Il n'y avait que deux ou trois autres passagers en plus de nous. Personne n'a objecté. Il a tiré un joint déjà roulé, a ouvert la fenêtre et s'y est accoudé. Le vent chaud de dehors a pris l'odeur de l'herbe. J'ai tiré quelques bouffées aussi. Shauna s'est abstenue. De toute façon, elle était bientôt arrivée. La Lina a surgi à côté des voies. En me penchant par la fenêtre, j'ai cru reconnaître les maisons de Pelagoya et la cerisaie. Le train a décéléré puis freiné : un grincement métallique. Il est entré en gare. Sur le quai, Héléna attendait. Nos regards se sont croisés un instant. Je crois que j'aurais préféré que cela n'arrive pas. Puisque je ne descendais pas, j'aurais voulu passer sans que personne ne le sache. Elle a souri et elle a fait le même signe de la main qu'Alma, moins d'une heure plus tôt. Je lui ai rendu son geste, maladroitement. Shauna a demandé si je voulais qu'elle la salue pour moi. J'ai hoché la tête. Puis elle a dit quelque chose comme « Au revoir » ou, pire, « À bientôt ! », un de ces mensonges polis que l'on dit à celles et ceux qu'on pense ne plus croiser avant longtemps. Nous avons répliqué de même.

Que pouvait-on dire à quelqu'une avec qui nous avions vécu si longtemps ?

Héléna et Shauna ne se sont pas attardées sur le quai. Elles ont tourné les talons presque tout de suite et sont rentrées dans la gare avant même que le train ne redémarre. Je n'ai pas regardé par la fenêtre disparaître Pelagoya. En face de moi, Yusek a fermé les yeux et s'est endormi presque tout de suite. Pour passer le temps, tout seul, j'ai tiré du sac un vieux manuel d'électricité dont j'ai relu les pages que je connaissais par cœur. J'ai sorti un baladeur et un casque, rachetés au secondaire avec le deuxième salaire, mais je ne les ai pas mis encore pour le cas où Yusek se réveillerait et voudrait parler. Ce n'est pas arrivé. Plus d'une heure plus tard, il a fallu que je le secoue alors que la voix de la conductrice annonçait Rusna, dont on ne voyait rien. De vieilles maisons barraient la vue de part et d'autre des voies, dont l'architecture trahissait la construction antérieure à la Déclaration d'Antonia. Yusek s'est frotté les yeux, s'est étiré, s'est levé. Après un « Bon », il est descendu et j'ai été tout seul dans la rame, à l'exception d'un vieux couple qui est monté à ce moment-là. L'odeur de l'herbe devait persister dans le wagon puisqu'ils ont reniflé avec une moue appréciatrice. Ils se sont installés à bonne distance et ont repris à voix basse une conversation qu'ils avaient commencée sur le quai. Ils ne me dérangeaient pas mais j'ai tout de même mis le casque.

J'ai appuyé ma tête contre la vitre et j'ai regardé le paysage changer en écoutant de très vieilles chansons de Phil Ochs et de Bob Dylan. La dernière partie du trajet, dans l'étourdissement plaisant de l'herbe et de la chaleur, a pris une allure de voyage dans le temps. Ils chantaient qu'ils ne marcheraient plus pour des guerres antiques et qu'ils contenaient des multitudes ; en dépassant Pelagoya, j'avais comme laissé toute mon existence précédente derrière moi et je m'aventurais en des terres inconnues. L'herbe se faisait moins verte et plus jaune. Les bâtiments que j'apercevais et les routes étaient plus grises, plus anciennes. Je me rendis compte que j'étais triste, mais triste d'une façon agréable. Une voix de femme remplaça celle des précédents chanteurs et me serra le cœur comme je regardais les nuages des deux côtés. J'ai soupiré, peut-être plus fort que je ne l'aurais voulu à cause du casque posé sur mes oreilles. Je savourai la mélancolie jusqu'à ce que, loin dans la plaine cultivée, j'aperçoive Iliat dont la forme tremblotait de chaleur. Comme les bâtiments devaient être hauts pour que je les distingue de si loin ! Alors, j'ai coupé la musique et je me suis relevé pour me secouer.

Le train se rangea le long du quai. La conductrice annonça qu'Iliat était le terminus et que tous les voyageurs devaient descendre. Je me suis levé et je me suis dirigé vers la sortie, après avoir laissé passer le couple devant moi. Merlin m'attendait sur le quai.

« Umo ? » a-t-il demandé.

Sa question était rhétorique : j'étais le dernier à descendre du train. Je le reconnus à sa voix. Nous avions échangé par terminal durant les derniers mois. Il a souri. Il m'a tendu la main. Après une hésitation, je l'ai prise. À Pelagoya ou à Grévi, nous ne serrions pas la main des camarades, nous nous embrassions ou nous nous étreignions.

« Je suis Merlin.

— J'avais reconnu.

— Ah ! s'exclama-t-il. Tu as une bonne oreille ! »

J'ai souri, un peu gêné. Merlin n'était pas très vieux. Il devait avoir aux environs de trente ans, mais dix ans de différence me semblaient à l'époque un gouffre. Grand, fin mais large d'épaules, il avait une carrure de nageur et me dominait de plus d'une tête. Alourdi par le sac, je me sentis encore plus minuscule.

« Tu as fait bon voyage ? »

Sans attendre de réponse, il montra la sortie d'un geste :

« C'est par là ! »

Puis il partit d'un pas si rapide qu'il manqua de me distancer. Je traversai le hall de la gare à sa suite sans bien prendre le temps de regarder autour de moi. Quand nous débouchâmes à l'extérieur, je fus obligé de me couvrir les yeux tant le soleil était éclatant.

« Bienvenue à Iliat ! Tu n'es jamais venu, si ? »

Je hochai la tête.

Iliat était sans conteste la plus vaste agglomération où j'avais mis les pieds jusque-là. La plupart des immeubles avaient plus de quatre étages. L'avenue qui menait à la gare était pleine de gens qui allaient et venaient, sortantes de boutiques ou d'échoppes, cherchantes l'ombre des rangées d'érables sur les pelouses ou sur les bancs. Tout était gris ou vert. C'était plus de béton que je n'en avais jamais vu. Merlin m'expliquerait plus tard que les habitants d'Iliat faisaient au mieux pour s'en débarrasser. Cependant, des travaux de cette envergure prenaient beaucoup de temps et de travail. Le réaménagement d'Iliat était presque aussi vieux que la Déclaration d'Antonia et ses modalités étaient toujours l'objet d'intenses discussions au sein du conseil communal. Le soleil, en tout cas, frappait fort et ses rayons se réverbéraient sur le béton. Habitué à l'atmosphère tiède et humide de l'Ouest, je suffoquais. Merlin m'entraîna sur une étroite allée ombragée.

« Tu as faim ? »

Mon estomac répondit à sa question d'un grondement. Il était près de quatorze heures et le petit déjeuner, dernier repas pris dans la salle à manger du secondaire avec les camarades, était un souvenir lointain. Merlin m'entraîna vers une échoppe d'où s'échappait une puissante odeur d'épices et de friture. Ce n'était pas grand-chose de plus qu'un trou dans le mur d'un immeuble, sans porte ni fenêtre, simplement un comptoir derrière lesquels trois personnes s'affairaient autour d'un fourneau. Très à l'aise, mon guide s'avança :

« Il vous reste des choses ? »

L'une des cuisinières s'avança et, à ma grande surprise – mais qu'est-ce qui ne me surprenait pas durant les premières semaines à Iliat ? –, souleva la surface du comptoir comme un couvercle. Un courant d'air frais s'en échappa.

« J'ai deux salades et quatre nems.

— Parfait ! »

La cuisinière sortit trois boîtes en plastique.

« Vous n'avez pas votre vaisselle ? »

Merlin soupira :

« Il vient d'arriver et je n'avais pas prévu de manger dehors.

— Alors ça fera dix-huit. »

Je voulus chercher dans mes poches l'une des deux cartes de paiement que j'avais reçue au début du mois de juin, mais Merlin, bien plus expérimenté, régla le repas en un clin d'œil. Je bredouillai un « merci » timide auquel mon guide répondit d'un mouvement désinvolte de la main. Il s'empara des boîtes, salua les cuisinières et avisa une table libre à quelques pas de là, près d'une fontaine. Nous nous assîmes et je me déchargeai avec soulagement du bagage. Pendant ce temps, Merlin posa une des gamelles devant moi. La salade de chou, d'oignon, de carottes et de céleri exhalait une forte odeur de vinaigre. Les deux nems luisants et croustillants qui trônaient au-dessus me mirent l'eau à la bouche. Je mangeai avec appétit et savourai chaque bouchée, malgré la gêne inconnue que je ressentais. C'était la première fois que quelqu'un m'offrait un repas. C'était la première fois que je n'avais d'autre choix que d'accepter un cadeau payé avec de l'argent.

La difficulté que j'ai ressentie durant les premières années de salaire avec l'argent n'a rien de particulier. C'est un sentiment courant et les adultes de Grévi nous avaient prévenus. Après dix-huit ans passés sans, il est difficile de comprendre qu'une valeur aussi abstraite qu'un chiffre puisse régler tant de rapports sociaux. Au secondaire, lorsqu'un camarade cuisinait pour les autres, ce n'était pas un don. C'est une part du travail collectif. Durant les premiers mois de salaire, les jeunes adultes doivent comprendre qu'à l'échelle d'un pays ou même simplement d'une ville le travail collectif est trop vaste, trop complexe et simplement trop divers pour être régulé de la sorte. L'économie du secondaire, dans toute sa simplicité et son évidence, était une réduction et donc une simplification. Dehors, un inconnu pouvait m'acheter à manger et la dette que je contractais à son égard ne pouvait se résoudre autrement qu'en lui rendant la pareille. En prenant ce premier repas à Iliat, je compris qu'un jour prochain il me faudrait offrir un repas équivalent à Merlin. Un repas d'une valeur équivalente : dix-huit, ou en emmenant de la vaisselle, seize.

La salade n'en était pas moins savoureuse, la sauce brillamment réussie et les nems étaient cuits à point. Je me régalai. Je remarquai à peine que Merlin semblait quant à lui prendre autant de plaisir à me regarder manger qu'à la nourriture. Pour lui, j'étais une curiosité comme Iliat entière l'était pour moi. Peut-être mon attitude candide lui rappelait-elle ses propres premiers mois de salariat. Une fois la gamelle terminée, je repérai une poubelle à recyclage mais Merlin m'interrompit.

« Il faut les ramener. »

Deux des cuisinières sur trois étaient parties pendant que nous déjeunions. Il tendit les boîtes vides et sa carte sur laquelle la tenancière restante crédita deux unités en retour.

« Premier conseil de survie à Iliat : toujours avoir une assiette et des couverts sur toi. Le conseil communal ne rigole pas avec la consigne. »

Repu, je bâillai. Merlin me fit un clin d'œil et s'étendit dans l'herbe.

« Deuxième conseil : faire la sieste, surtout quand il fait si chaud. »

En effet, tout autour de nous, les passants s'étaient arrêtés, les boutiques fermaient. Les pelouses étaient envahies de dormeurs. Voyant que j'hésitais à les imiter, Merlin leva un sourcil.

« Tu n'es pas obligé de dormir, tu sais, mais moi je ne vais nulle part avant d'avoir roupillé vingt minutes.

— Est-ce qu'il n'y a pas… du travail ?

— Parce que tu travailles bien quand tu es fatigué, toi ? »

Puis, sans attendre de réponse, il se couvrit les yeux du bras gauche. Un instant plus tard, il dormait à poings fermés. Je finis par m'allonger à mon tour, le sac à dos me servant d'oreiller. L'été, à l'heure de la sieste, il règne à Iliat un silence étonnant. Les rares promeneurs, celles et ceux qu'une nécessité impérieuse pousse à circuler et à travailler en début d'après-midi, marchent calmement et parlent à voix basse. L'hiver, même sans le prétexte de la chaleur, l'activité baisse tout de même. Il n'est pas rare qu'on installe des lits ou, au minimum, des matelas sur les lieux de travail ou dans les salles de classe. Là où, à Grévi, les après-midis sont toujours bien remplies et l'on se couche tôt, à Iliat, les veillées ont au contraire tendance à s'étirer. Il me fallut plusieurs semaines pour m'habituer à ce nouveau rythme de sommeil.

Le jour de mon arrivée, je ne dormis pas mais je somnolai lourdement jusqu'à ce que Merlin et le reste de la ville se réveillassent. Cela fit que, lorsqu'il rouvrit les yeux parfaitement reposé, j'étais encore plus fatigué qu'au moment où il s'était endormi. Merlin s'étira et bâilla bruyamment, imité en cela par plusieurs des dormeurs alentour. Puis, aussi soudainement que si on avait basculé un interrupteur, il bondit sur ses pieds et s'exclama :

« Allons t'installer ! »

Étourdi encore de la mauvaise somnolence, je me levai à sa suite et le sac à dos retrouva sa place sur mon dos. Il me parut plus lourd qu'au matin. Merlin partit d'un pas rapide et je fis de mon mieux pour le suivre. Il passait avec une habileté presque naturelle de tache d'ombre en tache d'ombre, slalomant entre les passants. Je fus bientôt en sueur et essoufflé. Il s'arrêta un instant à un croisement et hésita. Il marmonna pour lui-même :

« Oui, il me semble bien que c'est par là. »

Alors, il quitta l'avenue et s'engagea dans une ruelle perpendiculaire, étroite et heureusement ombragée par la hauteur des bâtiments. Je risquai un regard vers le haut : le ciel bleu, presque blanc, n'était qu'une bande étroite. Sans que je sache pourquoi, mon cœur se mit à tambouriner dans ma poitrine. Jamais auparavant je n'avais été encadré de part et d'autre et ces bâtisses antiques, seulement en partie réhabilitées, avaient quelque chose d'angoissant. Pour chasser le malaise, je me concentrai sur le dos de Merlin. Le suivre n'avait rien d'une sinécure. Nous étions loin d'être seuls dans la rue et je paraissais me heurter à toutes celles et ceux que je croisais quand il les évitait aisément. Je devais réfléchir pour franchir chaque intersection alors que la position et la trajectoire de Merlin semblaient aussi évidentes que celles de tous les autres. La maladresse dont je faisais preuve me valut quelques grognements, des protestations, mais aussi un nombre certain de sourires et de moues patientes. On avait pitié : j'étais trop visiblement nouveau, aussi peu dans mon élément que les poissons que nous pêchions parfois par jeu dans la Lina avec Ulf. La simple pensée de la rivière m'assoiffa encore un peu plus. Je repérai un recoin entre deux immeubles. Deux bancs étaient posés sur le gazon, à l'ombre de deux arbres fruitiers. Je m'y laissai tomber brusquement et je bus avidement à la gourde en fer-blanc tirée du sac à dos. Merlin avança encore quelques mètres avant de se rendre compte que je ne le suivais plus. Il se retourna, me chercha du regard un instant et rebroussa chemin pour s'asseoir à côté de moi. Ses jambes mirent un moment à cesser de trembler de l'excitation de la vitesse. Mes jambes, elles, ne tremblaient pas du tout : elles étaient bien trop lourdes !

« Ne t'inquiète pas, voulut-il me rassurer, cela fait ça à tout le monde, au début.

— Je ne suis pas inquiet, rétorquai-je, de mauvaise grâce, j'ai soif, c'est tout.

— Enfin, je crois que ça fait ça à tout le monde. Je suis né ici, moi, donc je ne sais pas si, vraiment… »

Je le coupai, pestant :

« Comment peut-il faire si chaud ? Pourquoi rester là ? »

Je repensai un bref instant à Litros, à la texture du sable humide sous ma main et au goût des lèvres de Gob contre les miennes. Merlin haussa les épaules.

« C'était pire avant, à ce que je sais. Le problème, c'est tout le béton et tout le verre. Ils gardent la chaleur. Avant la Déclaration, ils construisaient à tout va, du béton partout. Il y en a qui aimeraient tout raser et repartir de zéro mais, enfin, il y a des gens qui vivent là. Alors, on a chaud. »

Il essuya la sueur de son front.

« Mais on s'y fait, tu verras. Et puis, profite de la chaleur. Cet hiver, il fera très froid ! »

Il avait parfaitement raison.

Nous reprîmes le chemin à travers les rues étroites mais Merlin ralentit un peu. Sur le reste du trajet, il se mit à m'indiquer tel ou tel lieu, un restaurant qu'il aimait, un bar dans lequel il faisait la fête, un magasin conventionné, une fabrique ou simplement un endroit agréable où se promener, où faire la sieste. J'entendais ses paroles, je voyais tout ce qu'il me montrait mais je ne retins rien. Les noms et les images tournoyaient dans ma mémoire sans s'y fixer.

Merlin s'arrêta enfin devant un immeuble absolument indiscernable de tous les autres. C'était le numéro 3, rue du Pitre. En reprenant à peine son souffle, Merlin a poussé la porte et nous nous sommes engouffrés dans l'entrée. C'était un couloir étroit et sombre qui, malgré la fournaise au-dehors, conservait en toute circonstance une odeur d'humidité. Un bac à courrier était fixé au mur, dans lequel plusieurs enveloppes attendaient les destinataires. Au fond, un escalier de bois et d'acier montait à l'étage, mais Merlin le contourna tout d'abord. Il poussa une deuxième porte et nous débouchâmes sur une cour assez large, séparée en deux espaces : sur la gauche, je vis une longue table qu'abritaient plusieurs parasols ; sur la droite, la vision familière et rassurante d'un potager.

« Pas mal, non ? »

Je n'aurais rien demandé de plus que de me laisser tomber au sol, à l'ombre des parasols, mais nous n'étions pas encore parvenus à destination. Il y avait encore deux étages à grimper, ce que je fis sans enthousiasme. Il y avait trois portes sur le palier. Merlin poussa la première à droite.

« Et voilà ! »

Je fis mes premiers pas dans l'appartement que j'allais occuper durant les mois à venir. Il n'y avait qu'une seule pièce, munie d'un lit étroit, d'un bureau et d'un fauteuil d'aspect confortable. Sur la droite, une porte donnait vers une salle d'eau avec une douche, des toilettes et un lavabo.

« Antjon vivait ici jusqu'il y a peu, mais il est parti il y a un mois ou deux. J'ai pensé que, puisque tu arrivais, autant te garder la place. »

En effet, la pièce montrait des signes d'une présence récente. Quelques affiches et quelques cadres étaient restés accrochés aux murs. Sur une étagère à côté du bureau, le précédent occupant avait laissé des livres. Je m'approchai de la fenêtre pour en ouvrir les volets. L'air chaud du dehors me fit l'effet d'un coup de pied dans la poitrine. La vue était agréable : en bas, la cour avec le jardin, en haut, une belle portion de ciel éclatant et, entre les deux, la vision des toits du quartier, répartis en escaliers, ponctués çà et là de jardins, de potagers et de bosquets. Quelques mégots attendaient dans un cendrier. Je les jetai machinalement à la poubelle, une fois la fenêtre refermée.

« La cuisine est en bas, première porte à droite en rentrant. Les autres t'expliqueront pour le ménage, les poubelles... Il y a un magasin conventionné pas loin d'ici, rue Chanz. Pour le reste..., tu as des questions ? »

Je secouai la tête, assommé. Merlin hocha la tête et sourit. Il tira de la poche un morceau de papier.

« L'adresse de l'atelier. Demain, disons huit heures trente ? »

Puis il disparut, rabattant la porte. Je l'écoutai dévaler les escaliers avant de me laisser tomber sur le lit. Les draps étaient propres mais usés. Je me déchaussai, savourai la fraîcheur de l'épais parquet sous la plante des pieds. Je vidai les poches sur le bureau : l'itinéraire ferroviaire, les deux cartes de paiement, l'une conventionnée, l'autre non. Je posai le sac par terre, debout sous la fenêtre, sans le vider. J'errai un moment à travers la pièce, ouvrant les placards, explorant la penderie vide, faisant jouer les tiroirs.

Une pièce pour moi tout seul. Une chambre, un appartement, peu importe le nom qu'on lui donnait. Quelle idée étrange ! Et pourtant, c'était là. À qui parler, le soir, juste avant de s'endormir ? Contre qui pester, lorsque les ronflements sont trop forts ? À Grévi, les paravents nous permettaient une certaine intimité mais jamais de nous séparer entièrement des autres. Je touchai les murs : épais, pleins.

Je me déshabillai, je pris une douche silencieuse. Là encore, nulle voix dans la cabine d'à côté, aucune présence reconnue à sa démarche. Je me frottai énergiquement avec un savon brun laissé là. L'eau tiède me fit du bien mais je fus à nouveau en sueur presque immédiatement après avoir mis un pied hors de la cabine. Je repassai les mêmes vêtements, risquai un regard vers le jardin à travers les volets, espérant y voir quelqu'un. Alors, pris d'une impulsion soudaine, je fourrai à nouveau les deux cartes de paiement au fond des poches du pantalon et je sortis.

Une fois dehors, je partis dans la direction opposée de celle dont Merlin m'avait ramené et je marchai sans but. Sans le poids du sac sur les épaules, j'étais moins lent, quoique toujours plus que les autres passants. Ils avaient sans doute des destinations, des horaires. Je n'avais rien de tout cela. Je suivais les rues, laissant traîner mon regard comme il le voulait, de fenêtre en fenêtre et d'enseigne en enseigne. Le nombre de boutiques différentes, surtout, m'impressionna. Toutes paraissaient vendre des choses différentes, toutes attrayantes. À Grévi, hors le magasin conventionné, j'avais connu un magasin de vêtements, une librairie, un disquaire, une quincaillerie. Là, tout était multiple. Comment choisir ? Surtout, comment ne pas tout acheter, en permanence ? Toutes ces boutiques, c'étaient autant de portes ouvertes au désir et pourtant, les Iliatiens ne se ruaient pas pour se satisfaire. Les passants que je croisais chargés de paquets étaient la minorité et les boutiques ne faisaient pas d'effort particulier pour attirer leur attention. Rien ne brillait d'autre que le soleil et ses réflexions dans les mares et les fontaines.

Découvrant un opticien, je me risquai à l'intérieur et j'achetai une paire de lunettes de soleil. Une fois équipé, la luminosité fut tout de suite plus supportable. Je traînai près d'une demi-heure dans un magasin conventionné – peut-être celui que Merlin avait évoqué, mais comment en être sûr ? –, surpris d'y trouver des produits différents qu'à Grévi. C'était pourtant évident : ne pouvaient être vendus dans ces magasins que des produits cultivés ou fabriqués à moins de cinquante kilomètres du lieu de vente. Si, à Iliat, ces magasins fournissaient une part plus importante de l'alimentation qu'à Pelagoya, par exemple, les règles restaient les mêmes. Je ne résistai pas aux tomates, énormes et plus rouges que toutes celles que j'avais jamais mangées. Je passai en caisse où l'on débita quelques unités de la carte conventionnée. Dehors, je mordis à pleines dents dans le fruit.

Le jus gicla sur le sol et sur la chemise. Je me figeai, embarrassé. Une femme croisa mon regard à cet instant précis et son sourire entraîna le mien. Nous éclatâmes tous les deux de rire. Elle me tendit un mouchoir avec lequel j'essuyai le sol et la chemise. Elle refusa que je lui rendisse. Je la remerciai profusément et elle s'éloigna sans rien dire de plus. Je terminai la tomate en faisant plus attention, savourant chaque bouchée, appuyé contre le mur extérieur du magasin.

Ragaillardi, je repris la marche d'un pas plus conforme au rythme de la ville. Le sol s'inclina brusquement sous mes pieds et je dévalai la pente raide, croisant des cyclistes endurcis et d'autres moins, qui poussaient leur vélo. Un tramway, dont je n'avais pas remarqué les rails à moitié cachés par de l'herbe jaunie, me frôla en tintinnabulant. Je m'écartai brusquement, balbutiant des excuses que leur destinataire ne pouvait bien sûr pas entendre. En bas, j'aperçus une forme bleutée, plus foncée que le ciel. Les immeubles s'écartèrent soudain de part et d'autre et je débouchai sur le quai de l'Arauri. Je laissai échapper un soupir impressionné. Le fleuve était aussi large que le lac de Grévi, trois fois comme la Lina et, sur l'autre rive, Iliat continuait. Des barges et des péniches allaient lentement vers le port en aval, chargées de fret et de passagers. L'esplanade qui s'ouvrait devant moi et que je dominais encore un peu ressemblait à une forêt en miniature. Les arbres ne s'arrêtaient que pour laisser la place à une grève terreuse que des baigneurs montaient et descendaient au rythme de leurs envies. Rendu attentif par ma précédente mésaventure, je repérai juste devant le bosquet une ligne de tram perpendiculaire à celle qui descendait. Avant de la traverser, je pris garde qu'aucun véhicule n'arrivât. Je m'engageais sous les frondaisons. Le bois n'était pas très occupé. C'était le milieu de l'après-midi, la majorité était au travail. Je croisai toutefois plusieurs groupes d'enfants, de l'âge d'être au secondaire. Un ou deux étaient accompagnés d'un adulte qui faisait classe en extérieur, mais la plupart divaguaient librement. Je descendis sur la grève. Incertain de mes habitudes, je vérifiai avant de me déshabiller que les autres baigneurs étaient bien nus. Rassuré, je me jetai à l'eau avec satisfaction. Je nageai quelques mètres mais n'osai pas aller très loin, par peur de gêner la circulation des bateaux. Je barbotai ainsi un moment avant de remonter la grève et de m'allonger sur l'herbe pour sécher. Enfin détendu, je m'endormis une heure entière. Je me réveillai au son de rires et avec une impression cuisante sur la peau. Les rires venaient d'une troupe de jeunes garçons installés tout près.

« On a hésité à te réveiller, s'exclama l'un d'entre eux, mais tu dormais si bien ! »

J'avais heureusement roulé sur le ventre pendant mon sommeil. J'avais attrapé un mauvais coup de soleil sur une grande partie du corps mais pas sur mes parties génitales, ce qui aurait été aussi douloureux qu'humiliant. Je battis en retraite à l'ombre et je me rhabillai. L'après-midi était maintenant bien avancée. Le soleil brillait encore fort mais ne tarderait pas à disparaître derrière la colline ouest, celle dont j'étais descendu. Je somnolai encore un peu, laissant les ombres s'étirer autour de moi. Au milieu de la forêt, une buvette ouvrit les portes. On installa des tables. Je regardai les gens travailler un long moment, curieux de leur organisation, impressionné par leur efficacité. J'eus soudain soif mais j'attendis que d'autres clients s'installassent avant d'oser me lever. Je demandai une longue pinte de bière claire que je bus assis au bar, qui me semblait la meilleure place pour une personne seule comme moi. Le serveur prit soin d'attendre quelques minutes avant d'engager la conversation.

« Nouveau par ici ? »

Je pouffai malgré moi dans mon verre, songeant à ma peau brûlée et à la tache de jus de tomate sur l'avant de la chemise.

« Ça se voit tant que ça ? »

L'homme haussa les épaules.

« Je commence demain aux Ateliers Lumière.

— Ah !

— Vous connaissez ? »

Il montra les appliques ouvragées installées au-dessus du bar.

« Ça, ça vient de là-bas. »

Je restai songeur. Le serveur s'éloigna pour prendre des commandes, me laissant à mes pensées. J'observai les lampes. Quelqu'un les avait fabriquées, tout comme j'avais fabriqué la lampe que j'avais offerte à Gob, la lampe qu'elle avait utilisée sur la plage. Mon regard descendit le long des étagères, observant les bouteilles, avec leurs bouchons et leurs étiquettes, observant les verres aux formes variées, verres à vin, demis, pintes, verres à alcool fort, verres à eau, observant les étagères elles-mêmes, et puis le bar, les chaises, les tables, les habits du serveur et les chaussures, les robinets, la tireuse et les placards réfrigérés aux portes cirées, tout, jusqu'à la bière que je buvais à petites gorgées, jusqu'à l'orge, l'eau et le houblon ; tout cela, quelqu'un l'avait fabriqué. Quelqu'un l'avait imaginé, planifié, façonné, acheminé. On avait construit cette buvette, tiré des lignes électriques et des conduites d'eau. Le bois dans lequel on l'avait bâtie, des hommes et des femmes l'avaient planté, l'avaient soigné, l'entretenaient à présent. Il avait fallu en casser, en briser, en broyer du béton pour arriver à ce résultat. Quel travail cela avait dû demander !

C'est à ce moment, assis sur ce haut tabouret, les coudes posés sur un bar lustré, que j'ai commencé à entrevoir ce que les professeurs de Grévi avaient voulu nous enseigner à tous, ce que signifiaient la patience et la compréhension des adultes de Pelagoya à notre égard. Dix-huit années durant, j'avais cru apprendre l'autonomie, apprendre à être moi-même au milieu de tous et c'était vrai, en partie. On avait encouragé tous les appétits, manuels comme intellectuels, mais, dans ce monde miniature qu'était le secondaire, on m'avait également protégé de cette réalité : tout, moi y compris, était produit. Tout était travail. Un travail d'une infinie complexité, nécessairement divers et inégal, mais uni dans une seule réalité : la protection, la création et la reproduction du monde dans lequel nous vivions tous.

C'était ce que signifiait le salaire que figuraient les deux cartes dans ma poche, la carte de paiement directe et celle, indirecte, réservée aux magasins conventionnés : j'allais durant les mois à venir produire, fabriquer les lampes qui éclaireraient d'autres que moi tandis que je me nourrirais, boirais, me vêtirais du produit de leur propre travail. C'était un droit, c'était un devoir ; une chance et une responsabilité ; le lien qui unissait toutes et tous depuis que la Déclaration d'Antonia avait mis fin au monde ancien, antique, et posé les bases de ce monde dont je me découvrais réellement une partie et un agent. La force de tous était la mienne ; ma force n'existait pas sans la leur. C'était la même, divisée mais unie, à parts égales.

C'était cela que les jeunes adultes tout juste sortis du secondaire devaient découvrir, ressentir, éprouver pendant les premières années de salariat, avant que de pouvoir choisir un domaine à étudier, une activité à exercer. C'était la plus grande des libertés, la plus grande des responsabilités.

Tout cela incarné dans les dernières gorgées d'une pinte de bière.

Le serveur revint vers moi.

« En tout cas, bienvenue à Iliat. Et courage pour les coups de soleil. »

Je l'ai remercié. J'ai terminé le verre, dos au bar, retourné vers l'Aurauri que je distinguais entre les arbres, en regardant le soir tomber pour de bon. Çà et là dans le bois, on a allumé des lampions. Je n'ai pas bougé jusqu'à ce que la nuit fût tombée pour de bon. Alors seulement, je me suis levé et j'ai repris le chemin du 3, rue Pitre. Il y avait de plus en plus de monde à la buvette et je ne me sentais pas d'humeur à faire la conversation. En sortant du bois, en bas de la côte, les portes du tramway se sont ouvertes devant moi. Quelques personnes en sont descendues. J'ai hésité mais, devant les gestes insistants du conducteur, je suis monté dans la cabine. Il y avait une borne sur laquelle était dessinée une carte. J'ai tendu la carte de paiement bleue, sans autre succès qu'une diode rouge. J'ai réessayé une ou deux fois, persuadé d'avoir fait quelque chose de mal. Quelqu'un, près de moi, m'a soufflé :

« C'est l'autre. »

J'ai tendu la carte conventionnée et la diode a viré au vert, répondante au vert du plastique.

« Rien n'est décompté, a continué l'inconnu sur la droite. Ils l'utilisent juste pour les statistiques.

— Merci. »

Je ne sais pas si la chaleur que j'ai ressentie était due aux coups de soleil ou bien si j'ai rougi. Encore une fois, il n'échappait à personne que j'étais un nouveau venu. L'inconnu a ouvert la bouche, comme pour me poser une question - sans doute voulait-il s'assurer que je savais bien où j'allais et à quel arrêt descendre -, mais il se ravisa en voyant mon malaise. Il fit au contraire un pas sur la droite pour me laisser de la place. Pendant ce temps, la rame s'était engagée dans la côte et la gravissait doucement. L'éclairage extérieur venait de s'allumer et les diodes chauffaient lentement : elles étaient encore d'un jaune rougeâtre, il leur faudrait plusieurs minutes pour virer au blanc. Une autre rame s'est engagée dans la descente. Quand les deux se sont croisées, les conducteurs ont échangé un salut de la main. Dans un dernier effort, le tramway s'est soulevé pardessus l'ultime raidillon, a parcouru encore quelques mètres avant de s'arrêter. J'ai penché la tête à travers les portes pour tenter d'y reconnaître quelque point de repère. Ne remarquant rien, je n'ai pas bougé. Arrivé à une intersection, la rame a bifurqué vers le nord. J'ai attendu encore deux arrêts avant de descendre. Fort heureusement, une carte du quartier était placardée tout près de l'arrêt. J'ai repéré la rue Pitre et je me suis tourné dans cette direction.

Les rues étaient bien plus pleines que l'après-midi. Il semblait que toute la population était de sortie pour profiter de la fraîcheur du soir. Partout, les fenêtres étaient grandes ouvertes. Les conversations allaient bon train. On s'attroupait par petits groupes et, plus rarement, par couple. Par endroits, on jouait ou on écoutait de la musique, on faisait des parties de pétanque, de cartes ou de quilles. Surtout, on mangeait : toutes les échoppes avaient rouvert et répandaient dans l'air de vives odeurs d'épices et de grillades. Je me sentais encore repu du déjeuner pris avec Merlin et j'avais le ventre plein de bière mais tout cela était tout de même appétissant. L'été, les Ilatiens dînent très rarement en intérieur. En hiver, ils remplissent les restaurants. Il faut dire que les maisons et les appartements sont souvent exigus, les cuisines et les salles à manger étroites : tout cela, bien sûr, vient de l'architecture pré-Antonia. Aussi, il est plus facile de se retrouver hors les murs.

Ce soir-là, je regardais tout cela comme de très loin. Je crois que je savourais la posture d'étranger, qui ne devait pas durer longtemps. Jusque-là, ma place dans le collectif avait été évidente. Pour la première fois, il y avait une véritable distance entre les autres et moi. Ils vivaient là. Moi, pas encore. Non pas que les Ilatiens eussent fait quelque chose pour me faire me sentir étranger. Si je m'étais avancé vers un groupe, si je m'étais présenté, nul doute qu'ils m'auraient accueilli à bras ouverts. Les groupes paraissaient se faire et se défaire assez aisément. Un membre s'en allait, une autre venait le remplaçait ou bien le groupe éclatait dans toutes les directions, chacun allant se mêler ailleurs. J'observais attentivement ce mouvement qui me rappelait des images d'organismes microscopiques que j'avais regardées à Grévi.

Je marchais sur une longue avenue dont le centre était occupé par un terrain de sport quand une silhouette attira mon attention. La jeune femme était de dos. Ses cheveux étaient de la bonne couleur et de la bonne longueur. Mon cœur a battu la chamade. Je me suis avancé et j'ai posé la main sur son épaule en appelant son nom :

« Gob ! »

La femme s'est retournée. Ce n'était pas elle. Là, je suis certain d'avoir rougi.

« Pardon ? »

J'ai bredouillé des excuses et j'ai tourné les talons. J'ai cherché refuge dans des ruelles étroites, bien conscient de m'être rendu ridicule. Quel idiot je faisais ! La nuit passée avec Gob sur la plage de Litros ne remontait qu'à quelques semaines. Si elle avait prévu d'être à Iliat en même temps que moi, elle me l'aurait dit !

Furieux contre moi-même, je n'ai plus traîné et, après avoir vérifié le chemin sur une autre carte – il semblait y en avoir au moins une par rue, plusieurs sur les voies les plus longues –, je suis rentré tout droit au 3, Pitre. L'agacement mettait au jour la fatigue. Je n'avais qu'une seule envie : tomber sur le lit, dormir comme une pierre jusqu'au lendemain.

Au moment de pousser la porte de l'immeuble, j'entendis simultanément plusieurs voix s'exclamer par-dessus un fond musical. Au moins trois silhouettes apparurent dans l'ombre du couloir, éclairées en contre-jour par la lumière venue de la cour.

« Ah ! s'exclamèrent-elles. Le voilà !

— Bienvenue, Umo ! »

Sans que j'eusse le temps de rien dire ou de rien faire, on m'attrapa par les épaules et on m'entraîna, passant devant l'escalier que j'avais eu pour plan de gravir discrètement, jusqu'au jardin où attendait le reste des occupants de l'immeuble. Pour être honnête, je ne me souviens pas de grand-chose de cette première soirée au 3, Pitre. Je sais que j'ai mangé des saucisses et des poivrons grillés au barbecue. Je sais que j'ai bu plus que mon compte de bière brassée dans une cave à quelques portes de là. Je connais les noms de celles et ceux qui m'accueillirent : Dino, Haley, Dee, Maciste, Bianca et Budur. Cependant, il serait illusoire de penser que je les ai retenus ce soir-là. Je sais que j'ai bu aussi du rhum, que Maciste laissait macérer dans le cellier. Je sais qu'on m'a posé des questions sur Grévi, sur Pelagoya – « Tu nous as ramené des cerises ? » ; soupir de déception – et sur les Ateliers Lumière, auxquelles j'ai répondu du mieux que je pouvais. Je sais que nous avons chanté et dansé sur la musique électronique qui sortait d'une vieille chaîne hi-fi dont les enceintes étaient posées sur des étagères fixées aux murs extérieurs – « On les rentre quand il pleut » – jusqu'à ce que des protestations nous parviennent des fenêtres voisines. Je sais aussi que la nuit était plus qu'avancée quand j'ai enfin monté les deux étages jusqu'à la chambre. Je sais que j'ai ronflé de manière sonore puisqu'on m'en a fait la remarque le lendemain, un sourire narquois aux lèvres.

Je n'avais bien évidemment pas de réveil. Fort heureusement, la fenêtre de la chambre était restée ouverte et la chaleur du soleil me tira du lourd sommeil. J'avais dormi tout habillé, la montre encore au poignet m'apprit qu'il était plus de huit heures. Merlin m'avait donné rendez-vous à huit heures et demie. Je me suis précipité sous la douche, je me suis brossé les dents en hâte, j'ai tiré du sac encore plein des vêtements au hasard. Dans la poche du pantalon de la veille, j'ai retrouvé, froissée, l'adresse encore lisible. J'ai dévalé les escaliers et j'ai remonté la rue Pitre pour trouver une carte. À mon soulagement, les Ateliers Lumière n'étaient qu'à quelques rues de là, sur le boulevard Miliu. Je suis parti à toutes jambes, évitant de justesse de renverser un homme et une poussette que je n'avais pas remarqués dans mon dos. Ma course folle m'attira ce matin-là presque autant de regards curieux que la lenteur et l'indécision de la veille. J'ai réussi à atteindre les Ateliers avec quelques minutes d'avance, que j'ai passées adossé au mur à reprendre mon souffle. J'étais déjà en sueur.

Les Ateliers, devais-je apprendre, étaient une des plus vieilles entreprises de la ville. Une enseigne passée était peinte à même le mur blanchi. Les lettres élégantes, tracées à la main, devaient avoir plusieurs centaines d'années. Le bâtiment en lui-même se démarquait des immeubles voisins par sa faible hauteur et sa largeur. Il n'y avait pas de toit mais une immense verrière dont les vitres étaient couvertes d'un enduit transparent qui réfléchissait quelque peu les rayons du soleil et réduisait l'effet de serre. Quand cela ne suffisait pas, aux heures les plus chaudes de la journée, on déroulait des volets sur toute la surface. En hiver, au contraire, cette pleine exposition assurait une température agréable, à défaut d'être vraiment confortable. J'ai poussé la porte et, comme un fait exprès, je suis tombé nez à nez avec Merlin. Il a marqué une pause, me dévisageant, m'observant de la tête aux pieds. Un large sourire a dévoilé ses dents un peu de travers.

« Tu as fêté ça ! Et tu as profité du soleil ! C'est bien. Et tu as même trouvé le temps de te laver. Parfait ! Parfait ! »

Il semblait prendre un malin plaisir à me rendre mal à l'aise.

Sans me laisser le temps de réagir, il m'entraîna après lui pour visiter l'endroit dans lequel je devais travailler durant les prochains mois. Un vestiaire et une cuisine encadraient l'entrée. L'atelier proprement dit, que n'éclairait pas encore directement le soleil pourtant déjà haut à l'est, n'était pas très différent de ceux du secondaire à Grévi. Il faut dire que je n'avais guère d'autre point de comparaison. Plusieurs personnes étaient déjà au travail sur un établi ou un autre. Dans un coin, un terminal diffusait à faible volume de la musique qui ressemblait à de la rumba. Un tableau blanc occupait tout un pan de mur. On y inscrivait les tâches à effectuer ; celui ou celle qui s'en chargeait inscrivait son nom à côté et la rayait quand elle était achevée. On ne les effaçait pas tout de suite, car une partie du travail était souvent la conséquence ou la cause d'une autre. Il était habituel d'utiliser une couleur différente par commande. Le tableau était très coloré : les commandes étaient nombreuses. Trois établis principaux, de lourdes tables de bois et fer, occupaient toute la longueur de la pièce. D'autres, plus petits et collés contre les murs, portaient les machines les plus lourdes : les foreuses, les scies circulaires, les postes à soudure ou encore les presses. Merlin me désigna toute une série d'armoires métalliques.

« Normalement, toutes les pièces et les composants dont tu peux avoir besoin sont là-dedans. S'il manque quelque chose, il faut le marquer. On fait une commande par semaine mais, parfois, ça prend plus de temps. Sinon, il y a des choses là », ajouta-t-il encore en poussant la porte du fond.

La réserve était nettement séparée en deux parties. Du côté gauche, les commandes achevées étaient alignées, munies d'étiquettes indiquantes le destinataire.

« Les gens d'Iliat viennent les chercher mais, parfois, il y en a qui viennent de plus loin. Alors il faut les expédier. »

Il montra du doigt plusieurs lampes de bureau.

« Ça, par exemple, ça part pour un bled au nord d'Antonia. Toute une série. C'est pour une bibliothèque, ou un truc comme ça. »

Le côté droit de la réserve était lui aussi rempli de lampes, de toutes tailles et de toutes sortes. Elles portaient elles aussi une étiquette : c'étaient les appareils à réparer. Au fond, une étagère et un bac étaient pleins d'un fouillis de bois, de fer, de câbles, d'ampoules et de composants.

« Tout ça, c'est à recycler. Quand on a le temps, on trie et on ramène de l'autre côté ce qui est bon, mais n'hésite pas à y jeter un coup d'œil. Tu peux y trouver ton bonheur. »

Nous sommes repassés dans l'atelier. J'ai soudain remarqué que, pour un endroit où l'on fabriquait des lampes, il était curieusement dépourvu d'éclairage électrique, à l'exception de spots portatifs dédiés au travail de précision.

« Il n'y a rien de mieux que la lumière du soleil. S'il fait trop sombre pour bosser, c'est qu'il est trop tôt ou bien trop tard. »

Entre-temps, trois personnes de plus s'étaient installées aux établis. L'une d'entre elles posait le stylo rose avec lequel elle avait inscrit son nom - « Marcie » - à côté de l'énigmatique mention « câblage racks STI 2 ». Merlin ne fit pas, comme je m'y attendais, de cérémonie pour annoncer mon arrivée et me présenter aux autres, qui se contentèrent de me saluer en souriant. Tout le monde savait déjà qui j'étais et que j'étais arrivé la veille. J'étais déjà là, tout simplement.

« Bon, s'exclama Merlin en claquant des mains, maintenant que tu es là, qu'est-ce que tu as envie de faire ? »

Pris au dépourvu, je ne trouvais à répondre qu'un faible :

« Des lampes.

— Oui, d'accord, mais lesquelles ? Tu en as déjà fabriqué ?

— Une fois, oui. Une lampe portable.

— Une lampe de poche, tu veux dire ? Une lampe torche ? »

Je secouai la tête.

« Une lampe pliante, une lampe de lecture, une lampe portative.

— Une lampe de lecture, c'est excellent ça. Et portative, c'est encore mieux. On n'en fait presque pas ! Tu n'en aurais pas gardé les plans par-devers toi par hasard ?

— Non, je les ai jetés. »

Merlin a levé un sourcil mais ne s'est pas laissé désarçonner.

« Eh bien, pourquoi tu ne commencerais pas par les dresser à nouveau puis par refaire cette lampe portative ? Je suis sûr que ça pourrait intéresser tout le monde. »

J'ai acquiescé. Merlin a fourragé dans un tiroir, en a tiré quelques feuilles de papier millimétré et plusieurs crayons. Mon premier réflexe a été de m'installer sur une des tables les plus excentrées, afin de ne pas gêner le travail des autres qui tournaient, soudaient, fraisaient, ponçaient ; enfin bref, qui travaillaient de manière plus visiblement productive que moi, mais Merlin en avait décidé autrement.

« Si tu travailles aux Ateliers, tu travailles aux Ateliers. Pas la peine de te cacher. »

Sur ce, il a tiré une chaise et m'a poussé dessus. Puis il s'est éloigné, a inscrit son nom en jaune sur le tableau et s'est mis au travail comme si de rien n'était. Alors, bizarrement soulagé par l'indifférence dont les autres travailleurs de l'atelier faisaient preuve à mon égard, je me suis penché sur la feuille et j'ai commencé à dessiner.

J'ai tout d'abord essayé de reproduire de mémoire la lampe telle que je m'en souvenais mais, sans m'en rendre compte, j'ajoutais ici et là de menues modifications. Persuadé d'être en train de dessiner le même appareil que celui que j'avais offert à Gob, dont l'image était fixée dans ma mémoire, allumé sur la plage, je me suis rendu compte une fois les plans bien avancés qu'il était, en réalité, bien différent. Peut-être ma mémoire était-elle moins bonne que ce que je m'imaginais. Peut-être cela tenait-il à ce que je dessinais, non pas à destination de quelqu'un, mais pour l'objet lui-même. L'objet que j'avais façonné pour Gob lui ressemblait en quelque sorte. Il devait « lui aller ». Cette lampe-ci devait exister seule, avoir de la valeur non pas comme un cadeau, mais par ses propres mérites. Sans m'en rendre compte, je lui donnais un corps plus long et plus étroit, comme pour ressembler aux immeubles d'Iliat. Je lui faisais un air bizarre et attrayant de tournesol plié en deux, attendant le soleil pour se redresser. Peut-être, tout simplement, n'est-il pas possible de faire exactement deux fois la même chose.

Aux alentours de midi, le travail ralentit de lui-même et, un à un, les autres ont commencé à quitter les établis. S'ils avaient terminé la tâche en cours, ils passaient par le tableau et la rayaient. Sinon, ils la laissaient en plan sur l'établi. Merlin n'a pas bougé, prétendument absorbé par son travail, jusqu'à ce que je me recule en faisant grincer le tabouret sur le sol carrelé. Alors seulement a-t-il levé les yeux.

« Tu as faim ? »

Je ne m'en étais pas rendu compte, mais j'étais affamé. Nous nous sommes levés. En nous dirigeant vers la cuisine, nous nous sommes arrêtés devant le grand tableau. Merlin m'a demandé de choisir une couleur. J'ai pris un stylo vert. Il a inscrit « Prototype lampe portative » et j'ai noté mon nom à côté.

« Quand est-ce que ce doit être terminé ? » ai-je demandé.

Merlin a haussé les épaules.

« Tu es pressé ? »

Nous sommes sortis avec tous les autres. Quelqu'un avait amené une salade d'endives, de betteraves et d'œufs durs, accompagnée de pain et de fromage de brebis. Une fois le repas terminé, nous nous sommes tous allongés à l'ombre et, cette fois-ci, je n'ai pas eu de difficulté à m'endormir. Au réveil, nous avons discuté un peu, assis dans l'herbe en buvant du café tiède sorti d'un thermos. Trop fatigué, je n'ai guère pris part à la conversation et il m'a fallu plusieurs jours pour retenir les noms de tout le monde, pour associer une couleur sur le tableau et un visage. Puis nous sommes repartis aux Ateliers où tout le monde s'est remis au travail, quoiqu'à un rythme un peu plus lent que le matin. Vers seize heures, le soleil est venu directement au-dessus de la verrière, alors quelqu'un a actionné les volets. Ceux-ci étaient légèrement transparents et non opaques comme je l'avais d'abord cru. Ainsi, ils conservaient suffisamment de lumière dans l'atelier. Deux heures plus tard, le soleil passé, nous avons pu rouvrir. Vers dix-neuf heures, alors que j'étais encore penché sur des détails des plans, Merlin est venu poser une main sur mon épaule. J'ai sursauté. Je ne l'avais pas entendu arriver, trop concentré.

« Il est tard, tu peux rentrer si tu veux. »

Je l'ai regardé sans comprendre. Les autres continuaient à travailler.

« Est-ce que je suis obligé ? »

Merlin a soupiré.

« Tu n'es obligé de rien. Maintenant, tu as beaucoup bu, pas beaucoup dormi, tu es là depuis huit heures trente : mon conseil serait de t'arrêter pour l'instant. Je ne suis pas le… chef. »

Il a prononcé le dernier mot avec difficulté, comme s'il cherchait à se débarrasser d'un corps étranger. J'ai regardé les plans. En vérité, les derniers traits, les derniers ajouts étaient moins précis. Les traces de gomme étaient de plus en plus nombreuses. J'ai posé le crayon sur l'établi.

« À quelle heure est-ce que je dois être là demain ?

— As-tu vraiment envie que je te le dise ou bien te sens-tu capable d'arriver à l'heure qui te convient ? »

Je n'ai rien trouvé à répondre à cela. Je me suis levé et je me suis dirigé vers la sortie, saluant tous les autres au passage. Sur le chemin, j'ai été un peu rassuré de voir que je n'étais pas le seul à m'arrêter. Dans la cuisine, Marcie (je pense que c'était elle) avait ouvert le réfrigérateur et débouchait une bière, le regard dans le vide, plongée dans ses pensées. Je n'ai rien dit pour ne pas la déranger. Je suis sorti et j'ai pris le chemin du 3, Pitre. Cette fois-ci, personne ne m'attendait. Le jardin était vide. Je suis monté directement. L'esprit plein de traits, de courbes et de cotes, j'ai entrepris de vider le sac, pour me changer les idées. En vérité, je n'avais pas emporté grand-chose avec moi de Grévi. Sur le bureau, j'ai posé le baladeur et le casque, les quelques manuels j'avais gardés, les deux cartes bleue et verte ; dans le placard, les vêtements : deux pantalons, trois chemises, trois t-shirts, un manteau léger, une paire de chaussures de sport. J'ai ramassé les habits de la veille, abandonnés par terre le matin. Faute d'un panier, je les ai jetés en boule dans un coin de la petite salle d'eau.

Une fois installé, désœuvré, je me suis étendu sur le lit, les bras croisés derrière la tête près de la fenêtre. Que faire ? J'ai attendu quelques minutes. Si le sommeil était venu, je m'y serais laissé aller, mais ce ne fut pas le cas. Après une demi-heure, je me suis secoué, j'ai empoigné le sac vide et je suis parti à la recherche de la rue Chanz. Il s'y trouvait bien un magasin conventionné mais il ne s'agissait pas de celui que j'avais visité la veille. N'ayant pas l'habitude de faire des courses de la sorte, à part en de rares exceptions et toujours accompagné d'un adulte, j'ai erré longtemps le long des rayonnages en prenant un peu de tout. Les légumes d'été, ici, étaient si appétissants que je me suis chargé de courgettes, de tomates et d'aubergines. Je me suis penché un instant sur leur provenance : ce n'était pas une région qui était indiquée, ni même une ville, mais une rue ou un quartier. J'en ai été surpris. J'ignorais encore qu'une grande partie des toits d'Iliat étaient cultivés, ainsi que bon nombre d'avenues ou d'esplanades. J'ai pris encore des pâtes, du riz, de l'huile d'olive (bien moins chère qu'à Grévi), plusieurs pots de sauce tomate et de confiture, du pain et du beurre et j'ai réglé les achats avec la carte verte. En rangeant les marchandises dans le sac, je me suis senti vaguement ridicule. N'allais-je me nourrir que de tomates et d'aubergines ? Je n'avais même pas acheté de savon. Je commençais à me rendre compte de la quantité de choses auxquelles nous n'avions pas à nous préoccuper au secondaire et au premier chef, de l'approvisionnement.

Une fois rentré au 3, Pitre, je me suis risqué dans la cuisine, étonnamment vide. J'ai ouvert les placards, cherchant une place. J'ai fini par trouver une étagère vide au fond du cellier, sur laquelle j'ai tout déchargé en vrac. Ainsi accumulées, les provisions que j'avais achetées m'ont semblé encore plus ridicules. Je soupirais quand j'ai senti une présence derrière moi. Je me suis retourné et j'ai fouillé de toutes mes forces dans ma mémoire pour retrouver le nom de la jeune femme.

« Budur, a-t-elle dit, mettant fin à mes souffrances. Moi, c'est Budur.

— Merci. Je suis désolé.

— Y a pas de quoi. Je sais que c'est difficile, les premiers jours. Ça va s'arranger, tu vas voir. »

Voyant que je ne trouvais rien à répondre, elle esquissa un pas en arrière.

« Si tu veux être tout seul…

— Non, non ! » ai-je protesté.

Qu'allais-je faire tout seul ? Regarder le plafond de la chambre en faisant la liste des choses que je ne comprenais pas encore.

« J'allais cuisiner à dîner. Veux-tu cuisiner et dîner avec moi ?

— Je reviens du magasin. Je peux cuisiner ! »

Elle s'est tordue pour regarder derrière moi. Elle n'a pas réussi à masquer une moue mais s'est vite reprise.

« Je veux bien des aubergines. »

Je me suis immédiatement retourné pour en attraper. Pendant ce temps, Budur s'était glissée dans le cellier à côté de moi et avait saisi une demi-douzaine d'œufs, des pommes de terre et des oignons. En suivant ses indications, j'ai trouvé une planche, un couteau et j'ai commencé à découper de fines tranches d'aubergine. Budur, assise en face de moi, taillait les oignons en lamelles, les pommes de terre en quartiers, battait les œufs. Elle avait sorti une bouteille de limonade du grand réfrigérateur et servi deux verres. J'ai bu avec enthousiasme : elle était fraîche et peu sucrée. La chaleur commençait tout juste à tomber. Les fenêtres ouvertes de la cuisine donnaient sur la rue et, dehors, les conversations allaient bon train. Budur et moi parlions à voix basse, elle commentant de temps en temps mes gestes. Elle avait posé un terminal sur un coin de la table, qui diffusait doucement de la musique. De temps à autre, je reconnaissais un morceau, ce qui me faisait me sentir un peu moins inepte. En entendant les premières notes jouée au piano de *Stepp, min stepp*, je me suis même laissé aller à fredonner, ce qui a fait sourire Budur. À son assurance, j'ai été surpris d'apprendre que Budur n'était que dans la deuxième année de salariat. Elle n'avait quitté le secondaire de Pä, plus loin au sud, qu'un an plus tôt. Elle avait d'abord travaillé là-bas dans une coopérative d'informatique, qu'elle avait quittée pour rejoindre une ferme à quelques kilomètres d'Iliat et, depuis peu, elle servait des cafés et vendait des livres dans une boutique non loin du bois du bord de l'Aurauri. Je suis tout d'abord resté un peu interdit devant toutes ces expériences à côté desquelles je me sentais vraiment comme un oisillon tombé du nid. Budur, debout devant le fourneau, riait.

« Il faut bien commencer quelque part ! »

Elle m'a interrogé sur la journée aux Ateliers Lumière.

« Tu sais que c'est un des plus anciens bâtiments de tout Iliat ? Je ne sais même pas quel âge a cette verrière ! Tu savais qu'au départ c'étaient des studios de cinéma ? Les pellicules étaient si peu sensibles qu'ils ne pouvaient tourner qu'en plein soleil. Plus tard, le bâtiment a été racheté, pour faire je ne sais quoi, et puis un fabriquant de lampes a repris le nom. Je te parle d'avant la Déclaration. C'est un peu un monument historique, à Iliat ! »

Elle a marqué une pause, en faisant sauter les oignons dans la poêle, avant d'ajouter :

« À vrai dire, Iliat tout entière est un monument historique.

— C'est bizarre, ai-je dit.

— Quoi donc ?

— Iliat. La ville. Tant de personnes au même endroit. À voir tout ce monde, on a du mal à croire qu'ils vivent tous là. »

Budur s'est exclamée : « Ah ! », sans que je sache si elle acquiesçait ou non. Elle a versé l'omelette sur les pommes de terre et les oignons et elle a dit :

« Le mal du pays, c'est normal. Ça passera.

— Le mal de quoi ?

— Du pays. De l'endroit d'où tu viens. La nostalgie quoi. »

C'était la première fois que j'entendais l'expression, que j'avais peut-être déjà lue. J'ignorais même qu'il en existât une pour décrire ce sentiment. Je n'ai pas eu le temps de me demander si elle avait touché juste, si je regrettais réellement Grévi ou même Pelagoya, car Budur a servi l'omelette luisante sur deux assiettes. À côté d'elle, les pauvres rondelles d'aubergines grillées que j'avais préparées semblaient un peu minables. Elles étaient même un peu trop cuites. Budur a eu la délicatesse de ne pas le faire remarquer. Nous sommes allés nous installer à la table de la cour. Après deux jours passés constamment entouré d'inconnus, il était agréable de passer du temps en tête à tête avec une seule personne.

« Je ne sais pas comment c'est pour toi, a dit Budur, mais au moment de partir de Pä, j'ai eu la sensation de quitter une grande sécurité. Tout me paraissait étrange, trop grand, trop vaste, trop compliqué. Ça a pris un peu de temps, mais ça s'est calmé. Il n'y a aucun des camarades qui est venu à Iliat aussi ?

— Non, il n'y a que moi. »

Budur a posé les couverts sur la table, puis elle est partie quelques minutes dans la cuisine pour revenir avec deux hautes tasses de thé. J'en ai profité pour observer le jardin dans le détail. Le potager, bien qu'étroit, était propre et bien entretenu. Les pieds de tomates étaient haut. Les courgettes et les concombres couraient sur le sol et un rang de laitues était prêt à être récolté. Près de la table, le barbecue répandait une odeur de cendre froide et un bac de compost attendait au fond de la cour. Une fresque à la craie ornait le mur de gauche : plusieurs paysages fantastiques se mêlaient les uns aux autres, peuplés de créatures étranges. L'ensemble était agréablement inquiétant. J'ai appris plus tard que c'était l'œuvre de Dino, qui y travaillait irrégulièrement quand le travail de rénovation d'immeubles désaffectés lui en laissait le temps. Parfois, lorsqu'il pleuvait, tout s'effaçait. Il haussait alors les épaules et recommençait autre chose. Les fresques de Dino sont rapidement devenues un repère dans la vie à Iliat : lorsqu'aux Ateliers, une averse crépitait contre la verrière, je savais qu'une nouvelle fresque commencerait bientôt.

« C'est aussi bien, reprit Budur, terminante naturellement la phrasc comme si plusieurs minutes ne s'étaient pas écoulées. Comme ça, tu es entièrement disponible pour ce que tu découvres. »

Enhardi par son ton songeur, je me risquais à poser une question :

« Tu aurais préféré partir plus tôt de Pä ? »

Budur a souri. J'ai remarqué que, lorsqu'elle souriait, le coin de ses lèvres montait presque perpendiculairement au reste de sa bouche.

« Ce qui est fait est fait. Je n'ai pas assez de passé pour avoir des regrets.

— Et tu n'as jamais eu le… - comment avait-elle dit ? - le mal du pays ?

— Disons que, si j'avais su, j'aurais emmené un meilleur manteau. Et puis, quand je veux avoir des nouvelles… »

Elle montra du doigt le terminal. Je haussai les épaules. Je n'en avais pas encore acheté. À Grévi, je les avais utilisés en classe, visité les adresses indiquées par les professeurs sans vraiment chercher plus loin. J'avais un peu navigué sur les réseaux en tant que spectateur, puisque le droit d'inscription venait avec le premier salaire.

Je n'y avais trouvé d'intéressant que des notices discographiques et des schémas synoptiques. Le reste, les débats parfois virulents à propos d'œuvres artistiques ou de sujets politiques, les émissions en direct m'avaient semblées tirées d'un monde étranger au mien, et c'était vrai, en quelque sorte. Désormais, pourtant, ce n'était plus le cas. J'étais à Iliat, j'étais salarié. Il me faudrait m'en procurer un, ne serait-ce que pour participer aux votations.

« Tu t'en sers vraiment ? » ai-je demandé, sceptique.

Budur a réfléchi un instant, dodelinant de la tête au rythme lent d'un morceau de tango sorti des trop petits haut-parleurs de l'appareil.

« Disons que c'est un bon moyen de te rendre compte à quel point les gens que tu connaissais ont changé. »

J'ai compris que le sujet était sensible et je n'ai pas insisté. La conversation a dérivé vers Iliat, tous les endroits que Budur connaissait, qu'elle me conseillait d'aller voir ou qu'elle se proposait de m'emmener visiter. Cela faisait beaucoup de noms. Je l'interrogeais peu, ne retenais pas grand-chose. La nuit a commencé à tomber. Nous avons ramassé la vaisselle, essuyé la table en ferraille d'un coup de torchon rapide. Une fois tout nettoyé et rangé, j'ai malgré moi laissé échapper un long bâillement. La fatigue du voyage et de la fête de la veille se rappelait à moi. Les deux derniers jours avaient été longs. Avant que je ne monte dans ma chambre, Budur m'a montré la buanderie, munie d'une machine à laver et d'un sèche-linge.

« En principe, l'été, on attache tout dehors, mais on ne sait jamais. Il y a toujours de la lessive de rechange. Quelquefois, Dee en fabrique et il faut lui donner un coup de main. Sinon, si la bouteille vient du magasin et que tu la termines, va la faire remplir. Comme ça, on ne tombe jamais en panne. »

Dans la buanderie il y avait un tableau, semblable à celui des Ateliers Lumière quoique moins coloré. Chacun y inscrivait les tâches qu'il avait effectuées et celles qui restaient à faire. Elles étaient notées en désordre et rarement rayées par la même main qui les avait écrites. Voyant que je m'attardais, Budur m'en détourna d'une pression au bras gauche.

« Ne t'occupe pas de ça pour l'instant. On va te laisser le temps d'arriver, quand même ! »

Je l'ai remerciée d'un signe de tête, bien que je ne sache pas vraiment de quoi je lui étais reconnaissant. Ensuite, nous avons pris les escaliers. Budur s'est arrêtée au premier étage. J'ai continué jusqu'au deuxième. La fenêtre grande ouverte, j'ai dormi d'un sommeil sans rêve.

Les jours suivants, les semaines suivantes et même les mois suivants, je fus si occupé que c'est à peine si j'eus le temps de m'arrêter pour penser. Ma vie à Iliat, entre le 3, Pitre et les Ateliers Lumière, fut une vie sociale, dans un sens bien plus intense que tout ce que j'avais connu. Dans le dortoir et autour, les relations avec les camarades étaient évidentes et, si elles n'étaient pas sans conflits, ceux-ci n'avaient pas de raison de flamboyer ni de durer. À Iliat, toute activité et tout travail étaient sujets à négociation, fût-elle formelle, comme une discussion, ou informelle, comme les tableaux remplis de noms et de tâches à effectuer. La place des tableaux dans chacun des deux bâtiments informait d'ailleurs sur la place que tenaient de telles négociations dans l'organisation du lieu. Aux Ateliers, le tableau était énorme et toujours visible.

Au 3, Pitre, il était relégué dans la buanderie, comme quelque chose dont il fallait s'occuper mais dont on se serait bien passé. Quand une tâche - disons, déboucher le siphon de l'évier de la cuisine - restait longtemps inscrite sur le tableau, l'un ou l'une d'entre nous finissait bien par la faire, mais en soufflant, en faisant beaucoup de bruit. Il ou elle rayait l'inscription de deux traits et l'entourait, ajoutait son nom en lettres capitales penchées vers la droite, preuve graphique de son énervement. Nous finissions bien par en parler, au moins une fois par semaine, et ces discussions nécessaires n'étaient désagréables pour personne. Dans les premiers temps, je n'osais rien dire. Me sentant intrus dans un système déjà établi, je n'osais pas m'emparer de travaux qu'à Grévi j'effectuais sans y penser. Me voyant hésiter devant le tableau, un samedi après-midi, Maciste s'irrita :

« Tu n'as pas besoin de demander l'autorisation ! Tu prends la première chose à faire et tu la fais, voilà tout ! »

Sur le moment, je n'osai pas répliquer mais, plusieurs heures plus tard, il vint me présenter ses excuses. Je m'interrogeai longtemps sur la raison de ces difficultés de répartition du travail. Je finis par conclure qu'elles avaient deux origines. La première était la quantité de choses à faire. J'en ai déjà parlé plus haut. Organiser la vie commune de sept adultes, rassemblés par l'arbitraire relatif du logement, représentait une telle quantité de travail qu'il n'était simplement pas possible de laisser les responsabilités se rencontrer et négocier implicitement. Certaines décisions importantes – la tenue d'une fête, le déplacement du mobilier de la cuisine, les semis et les plants, la réparation ou le remplacement d'un appareil électroménager – étaient mises au vote. L'abstention était proscrite. Ces votes étaient la raison pour laquelle l'immeuble devait toujours avoir sept habitants : aucune décision ne pouvait être bloquée par l'égalité des votes. Le potager et les conserves assuraient une bonne part de notre alimentation, et le reste des provisions, conventionnées ou non, était acheté indifféremment par l'une ou par l'autre. La séparation de la maison en chambres individuelles et non en dortoir transformait elle aussi le rythme. Les horaires des unes et des autres étaient parfois incompatibles et se rassembler à sept était, à l'occasion, difficile. En général comme en particulier, la vie au 3, Pitre était agréable quoique beaucoup moins insouciante qu'au secondaire.

Aux Ateliers Lumière, le tableau de répartition du travail occupait une place centrale dans l'atelier. On y écrivait, on y rayait ou on y effaçait au vu et au su de tous. Les rapports étaient moins tendus pour une simple raison : nous travaillions tous dans la même direction, à une tâche complexe dans le détail de sa réalisation mais simple dans sa finalité. Nous fabriquions des lampes. Nous ne cherchions pas à cohabiter. Puisque, sauf exception, nous étions tous présents cinq jours par semaine, les travaux d'entretien et de nettoyage faisaient l'objet d'un calendrier séparé. Si, pour une raison ou pour une autre, quelqu'un ne pouvait prendre son tour, nous intervertissions. Merlin assurait un rôle central dans l'organisation des Ateliers, bien qu'il niât à toute force d'en être le chef.

« Je ne suis même pas le plus ancien ici ! protestait-il avant d'ajouter en riant : Un jour, je vais m'en aller et il vous faudra bien vous débrouiller tout seuls. »

Le fait était que Merlin assurait de nombreuses tâches qui n'avaient rien à voir avec la conception et la fabrication d'appareils d'éclairage. Il répondait aux appels, recevait les commandes. Quand un client passait la porte pour commander ou pour récupérer les lampes terminées, c'était presque toujours Merlin qui l'accueillait. Il prospectait également à l'extérieur, dans Iliat ou au-delà. Deux fois par an, il allait rencontrer la caisse d'investissement régionale pour demander l'attribution de subventions qu'il recevait presque toujours. Il lui arrivait bien sûr d'être malade ou d'avoir un empêchement et, dans ce cas, il y avait toujours quelqu'un pour le remplacer. À tout juste trente ans, il percevait déjà le plus haut échelon de salaire, qui équivalait à trois fois celui que, tout juste salarié, je recevais. Si Merlin n'était pas le chef de l'atelier, il en était certainement une des forces motrices. Il semblait pourtant d'une bonne humeur inépuisable bien que, dans des moments d'intense souci, une profonde ride lui barrât le front.

Je passai toute la première semaine à finir de dresser les plans et à entamer la construction du prototype que Merlin m'avait demandé. Je travaillai en majorité seul, prenant mon temps. Quelquefois, un camarade passait près de moi et m'observait un moment, me donnait un rare conseil, toujours pertinent. J'explorai toutes les armoires de matériel, je fouillai jusqu'au fond du bac de recyclage. J'y trouvai une batterie plus résistante et plus petite que celle dont j'avais équipé la lampe originale. Contrairement à la première fois, je réussis à y adjoindre un panneau solaire dépliant qui, entièrement ouvert, formait une corolle autour de la tête de la lampe, renforçant encore son aspect floral. Je parvins, sans épaissir la base, à insérer un mécanisme d'enroulage du cordon d'alimentation, qui pouvait désormais disparaître entièrement dans le corps. La charnière que j'avais utilisée était plus discrète. Je passai un temps fou à poncer et à vernir les deux parties du corps, tournées et évidées à partir de chutes de pin, jusqu'à obtenir l'aspect et la texture que je désirais : lisse et dorée, à l'exception du noir aux reflets verts du panneau solaire, de la charnière et du trépied métallique.

Quand la lampe fut achevée, Merlin s'approcha, la saisit, la plia, la déplia, l'alluma et l'éteignit plusieurs fois, branchée ou non. Il hocha la tête et demanda :

« Puis-je faire une suggestion ?

— Bien sûr.

— Je pense qu'il faudrait rajouter un système pour l'attacher, pliée, sur un mur, sur un rebord de fenêtre ou sur le bord d'une table. Comme ça. »

Ajoutant le geste à la parole, il tira une chaise, s'y assit et maintint la lampe plaquée contre l'épaisseur de la table.

« À quoi penses-tu ? À une ventouse ? »

De l'autre côté de l'établi, Fouad, qui entendait sans écouter, penché sur des soudures de précision, intervint :

« Ventouse, caoutchouc. Trop cher, trop d'usure, trop courte durée de vie. »

Merlin haussa les épaules.

« Pas de ventouse alors. »

Après plusieurs heures de réflexion et d'essais infructueux, je décidai d'insérer un axe dans la partie basse du corps de la lampe, axe sur lequel je vissai une pince métallique capable de rotation. La lampe pouvait ainsi être fixée à un support horizontal comme un piquet ou à un poteau d'un diamètre n'excédant pas dix centimètres. Quand elle n'était pas en usage, la pince pouvait être retournée et fermée autour du corps de la lampe.

À nouveau, Merlin s'empara de la lampe et la fixa un peu partout dans l'atelier et même à l'extérieur, sur le pied de panneaux indicateurs ou de lampadaires.

« Eh bien voilà, c'est parfait. »

Il la reposa devant moi sur l'établi.

« As-tu pensé à un nom ? »

La question me prit au dépourvu.

« Elle me fait penser à un tournesol.

— Le " Tournesol ", le " Tournesol ", répéta-t-il plusieurs fois. Le " Tournesol ", ça fait un peu terre à terre. On s'attend à en trouver tout un champ. Il faudrait quelque chose de plus... raffiné. Il faut que ce soit attrayant ! »

Ébahi, je restai bouche bée. Je n'avais pas pensé qu'il fallût nommer les objets. Une nouvelle fois, c'est une autre camarade de l'atelier, Anita, qui fournit la réponse.

« C'est une lampe à recharge solaire, non ? Pourquoi pas " Héliotrope " ?

— Héliotrope ! s'exclama Merlin. C'est génial, ça, " Héliotrope " !

— C'est la même chose, mais en grec..., marmonna Fouad.

— En grec, continua Merlin comme si de rien n'était, ça fait tout de suite plus sérieux. »

Merlin s'avança alors jusqu'au tableau, effaça la mention « prototype lampe portative » et la remplaça par « deux Héliotropes » devant mon nom.

« Il faudrait que tu en fabriques encore deux autres identiques. »

C'est ainsi que la deuxième version de la lampe offerte à Gob prit un nom de fleur et que je fus amené à en fabriquer plusieurs. Dès que j'eus terminé la première « copie », Merlin s'en saisit et l'amena à Marcie, lui demandant de la reproduire à son tour. J'appris alors que les Ateliers Lumière fonctionnaient depuis toujours de cette manière :

un camarade proposait un modèle, le recopiait plusieurs fois pour en montrer la viabilité et les autres apprenaient à le reproduire sans s'aider des plans. Chaque lampe portait au moins deux marques : celle des Ateliers Lumière et celle de son concepteur. Si elle était fabriquée par un autre travailleur, il ajoutait lui aussi sa griffe. Quand quelqu'un partait des Ateliers, il emportait avec lui les plans qu'il avait dessinés et pouvait bien entendu continuer à fabriquer tous les modèles qu'il avait inventés. C'était ainsi que les Ateliers encourageaient la production de lampes originales. Souvent, si un client demandait un modèle dont l'auteur ou l'autrice avait quitté l'entreprise, les Ateliers refusaient et proposaient un autre modèle équivalent conçu par un membre actuel. Ainsi, bien qu'il y ait bien longtemps que je n'ai plus travaillé aux Ateliers Lumière et que je ne connaisse certainement plus aucune des gens qui y travaillent, elles peuvent théoriquement continuer à fabriquer et à vendre l'Héliotrope, et moi aussi. Ni elles ni moi, pourtant, ne le faisons.

L'Héliotrope est depuis longtemps devenu une antiquité.

Des trois premiers exemplaires du modèle, j'en gardai un. Il resta longtemps posé sur le bureau dans la chambre que j'occupais au 3, Pitre jusqu'à ce que, pris d'une impulsion soudaine et que je ne m'expliquais pas, je l'envoie par courrier à Héléna, à Pelagoya. J'étais convaincu que la lampe lui plairait, peut-être parce que, depuis tout petit, je l'associais aux plantes et aux fleurs. Le deuxième resta aux Ateliers, comme modèle. Le dernier, Merlin s'en empara, sans que je sache tout d'abord dans quel but. Je ne compris que plus d'une semaine plus tard, lorsqu'il entra dans l'atelier avec un sourire triomphant, brandissant l'Héliotrope au bout de son bras tendu. Il revenait d'une entrevue avec une commission de conventionnement qui avait décidé que l'Héliotrope pouvait être vendu dans les magasins conventionnés d'Iliat et de la région. La centrale de distribution avait passé une commande de deux cents pièces et décidé d'une subvention en conséquence pour les achats de matières premières et de pièces. Je ne m'en rendais pas bien compte mais c'était une commande d'envergure, d'autant que de voir l'Héliotrope en magasin pousserait forcément d'autres personnes à vouloir l'acheter directement aux Ateliers. C'étaient plusieurs mois de travail et la perspective d'investissements renouvelés de la part de la caisse. Après cette annonce, nous avons arrêté le travail pour la journée, tiré plusieurs bouteilles de bière et de vin du réfrigérateur et nous sommes partis célébrer la nouvelle au bord de l'Aurauri. Une péniche mouillait sur le quai, sur laquelle des groupes de musique jouèrent jusqu'à tard. Plusieurs d'entre nous sommes restés jusqu'aux ultimes notes des guitares et des trompettes. Après avoir attendu plus d'un quart d'heure un tramway qui n'arrivait pas, je suis rentré en titubant jusqu'au 3, Pitre, heureux et hilare sans bien savoir pourquoi. La perspective de trouver un Héliotrope au magasin de la rue Chanz me semblait un peu irréelle. C'est pourtant ce qui arriva deux ou trois mois plus tard. Je restai interdit quelques minutes, cherchant du toucher ma griffe, mais ce n'était pas un de ceux que j'avais fabriqués. Pendant les quelques années suivantes, je remarquai régulièrement des Héliotropes dans les trains, dans les bars, dans la rue. Peu à peu, ils se firent plus rares. L'interruption de la production en avait fait des objets de collection. Certains avaient peut-être arrêté de fonctionner, bien que la majorité des pièces fussent remplaçables indépendamment les unes des autres et qu'il suffise de ramener une lampe construite aux Ateliers pour qu'on l'y réparât. Mais voilà : malgré tous les efforts, les objets meurent aussi. Je ne doute pas que de nombreux Héliotropes ont été recyclés, en fin de compte, démontés pour en réutiliser les composants dans d'autres appareils. Cependant, quelques années durant, une lampe que j'ai conçue a connu un certain succès, à Iliat et alentour mais parfois au-delà. Immobile devant la lampe posée sur le rayon du magasin conventionné, j'ai brièvement pensé à Gob. Quelle serait sa réaction ? M'en voudrait-elle d'avoir multiplié le cadeau que je lui avais fait ? Celui-ci perdrait-il de la valeur à ses yeux ?

Au 3, Pitre, mes rapports avec Budur prirent, lentement et assez étrangement à mes yeux, une tournure plus intime. Il m'apparut assez vite – peut-être dès le premier dîner que nous avions partagé – que j'éprouvais du désir pour elle, désir physique mais aussi désir intellectuel et émotionnel. En un an seulement, elle avait vécu bien plus que moi, était à l'aise n'importe où dans Iliat bien qu'elle n'y vécût que depuis quelques mois. Le désir qu'elle suscitait chez moi tenait un peu de l'admiration. Tout lui semblait facile et évident. Elle m'entraînait, plusieurs soirs par semaine, dans des cafés et dans des bars. Nous allions écouter des concerts, des conférences et des lectures. Nous rentrions parfois au petit matin, gaiement ivres, après avoir dansé des heures durant sur de la musique électronique dans d'anciennes caves bétonnées, redécorées au goût d'Iliat : vert et confortable. Quand elle n'était pas à la librairie et quand je n'étais pas aux Ateliers, nous partions pour toute la journée, sac au dos, pour de longues promenades le long de l'Aurauri, jusqu'aux limites d'Iliat, là où la ville semblait se dissoudre en milliers de petites parcelles, toutes différentes. D'autres habitants du 3, Pitre nous accompagnaient souvent et même de complets inconnus à mes yeux, des amis de Budur surgis de je ne savais où. Il me semblait cependant qu'elle m'invitait plus régulièrement que les autres à participer à ces escapades. J'aurais pu croire qu'elle m'avait simplement pris « sous son aile », pour faciliter mon arrivée à Iliat, mais au bout de trois mois, j'avais mes propres habitudes, d'autres amis que ceux du 3, Pitre ou des Ateliers. J'avais même pris le pli de sortir seul, comme beaucoup d'Iliatiens le faisaient, me joignant à des groupes au hasard, une bouteille de vin rosé à partager sous le bras. Je rentrai quelquefois au petit matin, juste à l'heure pour prendre le tour de ramassage des poubelles. Je grimpais alors à l'arrière du camion, ivre et sommeilleux, et j'exécutais les gestes mécaniques, savourant tout de même ces heures grises durant lesquelles les rues sont vides : les gens de la nuit étaient enfin couchées ; celles qui travaillaient tôt se réveillaient à peine.

J'avais, au cours de mes escapades, eu plusieurs relations, plus sexuelles qu'amoureuses, l'affaire d'une nuit ou deux à la fin desquelles nous nous quittions satisfaits, pour ne plus jamais nous revoir. Il m'arriva même de m'éclipser avec quelqu'un d'autre au milieu d'une sortie avec Budur et d'autres. Le lendemain, quand je rentrai au 3, Pitre peu après midi, Budur était assise dans la cuisine, lisante en sirotant une énorme tasse de café déjà un peu refroidie, telle qu'elle l'aimait. Me voyante entrer, elle s'est arrêtée de lire le temps de dire :

« Tu aurais pu me dire que tu t'en allais, quand même. Je t'ai cherché. »

J'ai voulu lui présenter mes excuses mais elle ne m'écoutait déjà plus. Je compris plus tard qu'en la quittant de la sorte je l'avais vexée.

Si je voyais bien les gestes appuyés, les regards insistants et tous les autres signes de l'intérêt qu'elle me portait, je ne sais quelle retenue m'empêchait de me risquer à simplement l'embrasser et ce, même au plus fort des ivresses nocturnes, dans les salles de danse mal éclairées où nous terminions la nuit. Face à elle, je me sentais comme redevenu enfant, tout fraîchement arrivé au secondaire. De mauvaise foi, je me rassurais en me disant que j'attendais qu'elle fît le premier pas mais, en réalité, elle avait fait le premier et même le deuxième. Quelque chose me retenait, quelque chose que je ne comprenais pas et à cette tension venait se rajouter la pensée qu'elle finirait par se lasser de mes hésitations et de mes atermoiements. J'étais à la fois incapable d'agir et terrifié à l'idée que Budur s'éloignât de moi à cause de l'inaction.

À Grévi, les relations charnelles que j'avais eues avec les filles que je désirais et qui me désiraient me laissaient un souvenir de simplicité. Nous nous aimions tous et toutes, à des degrés divers, et le sexe n'était qu'une extension de cette amour ; amour dont nous avions appris très jeunes qu'elle n'avait rien de fondamentalement différent de l'amitié. Avec Budur, tout était différent. Rien n'était déjà joué, il n'y avait aucune certitude. Je découvrais pour la première fois la séduction. Non pas la séduction uniquement sensuelle et sans parole des rencontres de passage. Ce n'était pas non plus la séduction des objets, celle des enseignes des boulevards d'Iliat, celle dont l'Héliotrope avait usé auprès de la commission de conventionnement, mélange d'intérêt et de sensibilité esthétique. L'attraction que Budur exerçait sur moi n'avait à mes yeux qu'un seul équivalent : Gob. La preuve en était que, bien que Budur sût rapidement tout ce qu'il y avait à savoir sur Pelagoya et Grévi, autant que j'en apprenais à propos de Pä, je passais sous silence tout ce qui se rapportait à Gob. Or, il ne me serait jamais venu à l'esprit de masquer quoi que ce soit à Gob, mais je sentais confusément que son évocation éloignerait Budur. Comme je tenais à ma proximité avec elle, je ne lui disais rien de Gob et, ce faisant, j'avais le sentiment de lui mentir ; ne fût-ce que par omission.

Shauna, Livia, Alanie, je les avais désirées parce qu'elles m'étaient familières. Budur, au contraire, je la désirais car elle m'était étrangère et cette séduction entre nous, ce pas de danse, ne cherchait qu'à réduire l'espace qui nous séparait.

Un soir, ce devait être en octobre puisque je me souviens très bien porter un manteau épais, tissé en laine des Aldères, Budur me donna rendez-vous à la Chambre Noire, une salle de cinéma qui diffusait majoritairement des films anciens. Ce soir-là, on y passait un film japonais, d'un réalisateur dont je n'avais jamais entendu parler, un certain Kurosawa. Je me souviens avoir été impressionné par les couleurs vives du film, que les restaurateurs de la copie avaient soigneusement mises en valeur. Les films anciens, d'avant la Déclaration, avaient un certain succès à Iliat car ils présentaient des situations étranges, parfois même incompréhensibles. Haley, que cela passionnait particulièrement, déclara un jour en sortant de la Chambre Noire :

« Ces films, c'est comme ouvrir une porte vers une autre dimension ou une planète lointaine. On a du mal à croire que tout cela puisse paraître normal à quelqu'un. »

Je ne me souviens pas des détails du film de ce soir-là. C'était l'histoire d'un pauvre, d'un voleur dont on découvre que les traits du visage sont la copie presque parfaite de ceux d'un grand seigneur. En lisant ce mot « seigneur » dans les sous-titres, je ne pus me retenir de pouffer. J'avais soudain repensé à Ulf, les jambes écartées au milieu de la Lina. Budur, assise à côté de moi, sourit dans l'obscurité mais me coupa le souffle d'un coup de coude dans les côtes. Ce voleur est engagé pour servir de double du seigneur. Quand celui-ci meurt, le double prend sa place pour de bon. Il finit toutefois par être démasqué. Il meurt à son tour au cours d'une bataille. L'intrigue était sans doute plus complexe que cela, mais c'est ainsi que je m'en souviens. Je me souviens surtout qu'au milieu du film, ému, ma main a saisi celle de Budur, posée sur l'accoudoir à quelques centimètres. Budur ne l'a pas retirée. C'est main dans la main que nous avons terminé la projection. Main dans la main, nous sommes sortis et nous avons pris la direction d'un café dont, malgré que nous y allions souvent à l'époque, j'ai oublié le nom. Main dans la main, nous avons commandé des tasses de vin chaud très épicé et nous avons parlé du film. Je ne me souviens pas de ce que nous avons dit. Je ne me souviens que de la sensation de la main de Budur serrée dans la mienne, ou de sa main posée sur la mienne. Nous sommes restés là peut-être une heure avant de sortir et d'entamer une longue promenade, toujours mains liées. Budur, de temps en temps, me désignait un endroit, un monument, une particularité architecturale. Elle aimait Iliat profondément, bien plus que moi. Nous sommes descendus jusqu'à l'Aurauri au bord duquel, malgré le froid, nous avons écouté une fanfare jouer très approximativement des airs à la mode, rendus brutaux et ridicules par l'ensemble des cuivres et les fausses notes occasionnelles. Les musiciens semblaient avoir bu et ils récoltaient des salves de rires et d'applaudissements. Nous avons ri et applaudi avec les autres avant de gravir le pont en marchant le long des rails de tramway. Sur l'autre rive, les bâtiments étaient quasiment tous plus récents, plus bas et les voies plus larges. La majorité des constructions avaient été jugées non récupérables et détruites. De grandes photographies de l'ancienne Iliat ornaient les croisements et, en les regardant, on peinait à croire que de si hauts immeubles s'étaient dressés là. L'Iliat « nouvelle » tenait plus de l'agglomération de petits villages construits en brique ocre, entrecoupés de parcelles et de terrains de sport. Deux vieux canaux la traversaient, desquels on avait tiré des voies d'irrigation. Des barques à fond plat, poussées par de minuscules moteurs électriques, faisaient concurrence au tramway, se faufilaient en dessous des passerelles dont les plus basses se séparaient en deux et se levaient pour les laisser passer. Les jardins étaient plus grands et les maisons m'évoquaient celles de Pelagoya, ainsi que les vergers florissants. Tout y semblait plus calme, plus silencieux. En se retournant, on pouvait contempler les hautes lumières de la vieille Iliat, l'éclat des lampadaires comme autant d'étoiles tombées trop près du sol.

Nous avons trouvé un autre café, muni d'une véranda, et nous avons bu un autre verre. Quelqu'un y fêtait son anniversaire, alors nous nous sommes joints aux chansons et aux acclamations. Des enfants couraient entre les tables et dans le jardin, indifférents à la fête, revenant pour picorer dans les assiettes ou à même les plats. Cela m'a fait sourire. Personne ne semblait s'en occuper particulièrement mais, en observant attentivement, on pouvait voir que chaque adulte les gardait à l'œil. Quand il y avait besoin d'intervenir, ce n'était jamais la même personne qui se levait. Une nouvelle fois, je me suis senti de retour à Pelagoya. L'homme du jour, après une résistance de façade, s'empara d'une guitare et se mit à jouer et à chanter. J'eus la satisfaction de reconnaître plusieurs airs que je connaissais, mélancoliques et aussi étranges à nos oreilles que le film que nous avions vu le soir. Cela ne m'empêcha pas de murmurer avec lui « *Hang me, oh, hang me* ». Budur, elle, écoutait en silence. Les convives, pensants à juste titre que nous désirions de l'intimité, ne nous proposèrent pas de nous joindre à eux. Ayant terminé les verres, nous avons demandé une bouteille de vin et deux verres au comptoir, que nous avons emportés avec nous. Nous avons rejoint les rives de l'Aurauri, en coupant à travers les jardins. Les lumières aux fenêtres s'éteignaient au fur et à mesure et les lampadaires, moins puissants et plus espacés que sur l'autre rive, ne produisaient qu'à peine assez de lumière pour voir où nous marchions. Budur avait faim, et moi aussi. Sur la rive, nous commandâmes *in extremis* des frites et des falafels dans une échoppe qui fermait. Les frites étaient un peu trop grillées, mais ce n'était pas grave. Nous nous sommes installés par terre et nous avons mangé en silence, observants les lumières, riants de temps en temps des échos criards de la fanfare qui nous parvenaient par vagues, portées sur le fleuve par le vent du sud. Comme il faisait froid, nous nous sommes serrés l'un contre l'autre. Le vin aidant, nous avons joué à imiter les accents tonitruants et solennels des personnages du film. Finalement, d'un grand geste maladroit, j'ai renversé le restant de la bouteille dans l'herbe. Cela a sonné le signal du départ. Nous avons suivi le fleuve sur quelques centaines de mètres vers le sud jusqu'à un autre pont. Les phares blafards d'une rame de tramway ont projeté des ombres devant nous. Plutôt que de courir, nous l'avons hélé et il s'est arrêté. Nous avons validé la carte verte sans y penser. La conductrice a souri en nous voyant dans le rétroviseur tituber jusqu'à deux sièges. La rame était presque entièrement vide. Les haut-parleurs diffusaient de la musique funk et la tête de la conductrice ballottait en rythme. Nous avons battu des mains et chanté avec elle pendant toute la traversée de l'Aurauri, jusqu'à ce que le tram s'arrête. Nous avons éclaté de rire en voyant monter toute la fanfare que nous avions écoutée plusieurs heures plus tôt, la plupart titubant sous le poids de leurs instruments. La conductrice a soupiré et s'est penchée pour baisser le volume de la musique qu'elle écoutait. C'était trop tard : déjà le trompettiste s'était mis à accompagner le morceau et le reste de la troupe le rejoignit bientôt. Un vacarme terrible envahit la rame qui, comme par métonymie, parut se mettre à tituber sur les rails, aussi saoule que ses passagers. De temps à autre, les musiciens reprenaient en chœur :

« But I would not feel so all alone : everybody must get stoned ! »

Hilares, Budur et moi n'en sommes pas moins descendus à l'arrêt suivant, rendus complètement sourds. Nous n'étions pas loin du bois et, pour ne pas avoir à gravir la longue côte, nous nous sommes engagés dans un dédale de ruelles qui serpentaient le long de la colline, parfois escaliers, parfois sentiers, parfois tunnels entre les immeubles. Loin des axes principaux et du cœur de la vie nocturne d'Iliat, nous avions le sentiment d'être seuls au monde. Quand nous parvînmes au sommet de la colline, nous n'étions plus très loin de la rue Pitre que nous rejoignîmes par le sud-ouest.

L'immeuble était silencieux quand nous entrâmes. Tout le monde était sorti ou retiré à l'étage. Un reste de chili refroidissait dans une casserole dans la cuisine, que nous goûtâmes à même le plat. La moitié d'un joint était posé sur la table. Nous tirâmes quelques bouffées, lentement, retardant le moment où il nous faudrait nous diriger vers l'escalier. Finalement, nous avons gravi les premières marches, épaule contre épaule, riants pour rien. Arrivé au premier étage, je posai machinalement le pied sur la marche suivante mais Budur me retint par le poignet. Je me laissai entraîner jusqu'à la chambre située, par un de ces hasards amusants, juste en dessous de celle où je dormais.

Les semaines suivantes, rien ne changea en apparence dans la vie du 3, Pitre. Seulement, nous nous rejoignions au premier ou au deuxième étage. Le plus souvent, c'était au premier que nous passions la nuit. Les autres habitants de l'immeuble n'ignoraient rien de cette liaison – comment l'auraient-ils pu ? – mais ne firent aucun commentaire. Ce n'était pas le premier couple qui se formait au 3, Pitre et certainement pas le dernier. Nous ne cachions pas les gestes d'affection mutuelle mais nous ne faisions pas non plus preuve d'ostentation, comme certains camarades le faisaient à Grévi. Simplement, nous passions la majorité du temps ensemble, nous mangions ensemble et dormions ensemble. Les escapades solitaires se firent plus rares. Je continuais de sortir avec les camarades des Ateliers mais Budur m'accompagnait parfois. De même, je la rejoignais à l'occasion avec ceux de la librairie. C'était l'automne, bientôt l'hiver, et la baisse des températures était propice aux soirées en intérieur. Le potager du 3, Pitre serait bientôt laissé en friche jusqu'au printemps. Aux Ateliers Lumière, j'abandonnai l'Héliotrope pour un moment et je passai le plus clair de mon temps à décomposer et reproduire d'autres modèles. À mesure que les jours raccourcissaient, les commandes se faisaient plus nombreuses et régulières. Mes gestes étaient de plus en plus précis, j'étais de plus en plus efficace. Budur et moi passions beaucoup de temps à la Chambre Noire, blottis l'un contre l'autre dans des cafés ou à nous risquer dans de longues promenades, emmitouflés dans les manteaux, ou bien nous restions au 3, Pitre à bricoler ou à regarder des films. Nous nous tenions chaud et tout Iliat semblait nous imiter.

J'avais fini par me procurer un terminal, peu avant la première nuit que je passai avec Budur. Je n'en ressentais pas un besoin pressant mais, à force d'entendre parler des votations régulières et de m'attirer des remarques étonnées, je cédai. Je choisis un modèle ancien, dans une boutique d'occasions. Il resta au fond d'un sac à dos plusieurs jours avant que je pense à le sortir. Avant d'être revendu, la mémoire en avait été entièrement effacée. Je fouillai dans les papiers que j'avais emmenés avec moi depuis Grévi pour retrouver l'identifiant personnel que j'avais reçu avec l'attestation de premier salaire. Je ne remarquai qu'après que c'était le même que celui qui était inscrit sur la carte conventionnée. L'appareil me proposa de choisir un code de verrouillage, je décidai de m'en passer. L'écran d'accueil proposait toutes les applications auxquelles je m'attendais : un navigateur, un accès aux chaînes d'informations communes et aux retransmissions des débats de l'Assemblée législative, la plate-forme de votation, les réseaux de partage principaux ainsi qu'un catalogue de jeux et d'applications supplémentaires. Je restai un long moment immobile face à l'écran, ne sachant réellement que faire. J'ouvris la plate-forme centrale des réseaux. Le terminal, s'aidant de mon identifiant, me fournit les profils des codes proches : toutes les gens nées la même année aux environs de Pelagoya et de Grévi. Je cliquai sur le profil de Livia. Sa photo la montrait dans une rue qui devait être à Antonia, un livre à la main. Je me demandai un instant qui avait pris la photo. Je basculai sur le profil d'Ulf, rempli de toute une série de photos de paysages différents, avec en légende l'endroit où elles avaient été prises. Ulf avait tenu parole : il voyait du pays. Je passai un peu de temps comme cela, à visiter les profils de tous les camarades. Passant de l'un à l'autre, le terminal finit par me proposer celui de Gob. Je restai, hésitant, le doigt levé au-dessus de l'écran. Je cliquai. Il n'y avait pas de photo de profil et Gob n'avait rien posté. Je m'attardai sur les deux icônes de contact : message écrit ou appel vocal. Je coupai le terminal, le posai sur le bureau et je partis nettoyer les escaliers.

Le lendemain, j'emmenai le terminal aux Ateliers et, sur une décision soudaine, je pris en photo un Héliotrope, un de ceux où ma griffe était bien visible, et choisis ce cliché comme photo de profil. J'oubliai le terminal au fond du sac à dos le reste de la journée. Je ne découvris toutes les réactions que le soir venu, une fois rentré au 3, Pitre. Shauna avait laissé un commentaire enthousiaste : « C'est toi qui l'as faite ? Où est-ce que je peux l'acheter ? » Alanie avait répondu : « Bravo Umo ! » Ulf s'était contenté d'un laconique :

« Super ! » Les autres habitants du 3, Pitre n'avaient pas réagi, mais il faut dire qu'ils en entendaient parler depuis longtemps. Budur, pour toute réponse, avait posté la photo de l'Héliotrope qu'elle avait acheté quelques semaines plus tôt. La réaction de Merlin ne consistait qu'en quatre points d'exclamation. Gob n'avait rien dit. Cependant, ce qui me surprit le plus fut de constater que nombre d'inconnus et d'inconnues avaient réagi, clamant « Beau travail ! » ou « Je l'ai vue au magasin de l'avenue Vlacowitz ». Comment toutes ces gens en étaient-elles venues à voir cette photo ? Pourquoi s'étaient-elles senties l'envie de réagir ? Elles ne me connaissaient pas. Le temps que je constate tout cela, près de deux heures avaient passé et j'étais en retard pour préparer le dîner avec Haley et Dino. Chose rare, tous les occupants du 3, Pitre étaient là en même temps et nous avions décidé d'en faire une petite fête. Il faisait trop froid pour aller pique-niquer dehors ou pour occuper le jardin. Les préparatifs furent rapidement faits : il s'agissait de sortir l'appareil à raclette, de trancher le fromage, de faire cuire les pommes de terre et de préparer la charcuterie. Ceci vite fait, nous ouvrîmes une bouteille de vin rouge des coteaux de Libra, plus lourd et plus fort que le vin de l'Aurauri.

Une fois tout le monde arrivé et le repas entamé, la conversation ne tarda pas à se tourner vers mon apparition sur les réseaux.

« Alors Umo, me lança Maciste, qu'est-ce que cela fait d'être parmi les grands ? »

Je haussai les épaules.

« Je ne sais pas quoi en penser. »

Maciste soupira.

« Tu as bien un avis quand même.

— Eh bien, je ne comprends pas bien à quoi cela sert, pour l'instant.

— Les réseaux de partage, intervint Dee, c'est plus une messagerie qu'autre chose. Un bon moyen de retrouver qui tu veux, partout.

— À condition d'avoir l'identifiant…, fit Dino.

— Même sans ça. Les algorithmes te proposent d'abord les gens que tu as eu une chance de rencontrer.

— Mais comment font-ils ? Et qui les a conçus, ces algorithmes ? »

En posant la question, je m'étais inconsciemment tourné vers Haley, qui était développeuse informatique, bien qu'elle ne s'occupât la majorité du temps que de logiciels de mise en page en ligne.

« Il y a les identifiants, dit-elle, entre deux gorgées de vin, et puis les données de localisation du terminal.

— Les données de localisation, tu peux les couper, bien sûr », ajouta Bianca.

Budur insista.

« Et les algorithmes ? D'où viennent-ils ?

— En théorie, ils sont développés par les services informatiques des conseils communaux et régionaux. Ils sont libres d'accès d'ailleurs. Il suffit d'aller voir.

— Et de savoir lire un algorithme. »

Haley opina de la tête. Dino fronça les sourcils.

« Et en pratique ?

— En pratique... »

L'expression de Haley, désinvolte jusque-là, avec deux taches rouges aux pommettes qui montraient que le vin faisait son effet, redevint sérieuse.

« En pratique, je crois... *il paraît* que les algorithmes sont basés sur ceux qu'utilisaient des réseaux commerciaux d'avant la Déclaration d'Antonia. Ces réseaux collectaient beaucoup de données, les utilisaient pour faire de la publicité ciblée, ou bien les revendaient.

— Elles les revendaient à qui ? »

Haley haussa les épaules, comme pour dire : « Qu'est-ce que j'en sais, moi ? »

À ce moment, un morceau de pomme de terre laissé tomber par inadvertance sur la résistance de l'appareil commença à brûler et il fallut se précipiter vers la fenêtre pour dissiper la fumée. La conversation se tourna vers d'autres sujets plus légers. Encore quelques verres de vin et je laissai aller ma tête contre l'épaule de Budur, assise à ma droite.

La publicité, au sens de rendre public le résultat de son travail, n'était pas *stricto sensu* interdite. C'était justement ce que j'avais fait en postant la photographie de l'Héliotrope, quoique sans intention marchande. Seulement, les entreprises n'avaient pas leur place sur les réseaux dédiés aux personnes. Le terminal leur donnait, sur présentation de leur numéro d'inscription aux caisses des salaires et d'investissement, accès à des canaux spécifiques sur lesquels proposer les produits et services. Au final, ces canaux agissaient comme des sortes d'annuaires où l'on pouvait faire des recherches par produit ou par lieu. On pouvait se perdre dans ces immenses catalogues, auxquels de nouvelles publications ne cessaient de s'ajouter. Les premiers temps, ils produisirent sur moi le même étourdissement que les myriades d'enseignes colorées des rues d'Iliat. Je passai de nombreuses heures à les parcourir, quelquefois sous le regard amusé de Budur, prenant conscience de l'incroyable diversité des productions humaines. Tant de livres ! Tant d'enregistrement musicaux ! Tant d'ameublement ! Tant de pièces mécaniques ! Tant de boissons et tant de recettes différentes ! Les publications venaient le plus souvent avec un lien d'achat. Si la localisation du terminal était activée et si le produit en question faisait l'objet d'une convention, celui-ci renvoyait vers l'adresse du magasin le plus proche. Sinon, le prix en était souvent extrêmement élevé, sans compter les frais d'acheminement. Tout cela avait encore pour effet de concentrer les achats vers les productions locales.

Cela n'empêchait pas les utilisateurs des réseaux d'acquérir, par eux, une notoriété. Certaines publications provoquaient des milliers, voire des dizaines de milliers de réactions. On suivait le travail de tel photographe reconnu, on écoutait les interventions de telle oratrice particulièrement convaincante, on lisait les écrits de tel ou telle écrivain ou écrivaine. Par exemple, les membres de l'Assemblée législative ou des conseils communaux prenaient pendant toute la durée du servicet une importance considérable sur les réseaux. Elle se terminait souvent à la fin de la mandature, quand ces membres retournaient (parfois avec soulagement) à leur vie et à leur travail habituel. En tout cas, toute intervention sur les réseaux non commerciaux visant à assurer la promotion de tel produit ou tel service était signalée et les modérateurs réclamaient son amputation ou carrément sa suppression. De telles affaires étaient cependant très rares. Les fonctions les plus utilisées restaient celles de communication, particulièrement à longue distance.

Le terminal s'inséra dans la vie que je menais à Iliat sans y prendre une place importante. Je n'avais pas besoin de lui pour parler aux camarades des Ateliers ni aux occupants du 3, Pitre. L'idée que je puisse envoyer un message écrit à Budur, qui circule par le sans-fil, puis par les milliers de kilomètres de câbles qui sous-tendaient Iliat avant d'accomplir tout le chemin inverse jusqu'au terminal destinataire, alors qu'il me suffisait de descendre une volée de marches pour lui parler face à face m'aurait semblé si saugrenue, si ridicule qu'elle ne me vint jamais à l'esprit. La plupart du temps, le terminal restait posé sur le bureau où, passé les premiers temps, je le parcourais distraitement en écoutant de la musique les soirs où je restais seul pour une raison ou pour une autre. À cette époque-là, je ne m'intéressais pas encore aux votations régulières ni aux conversations agitées qu'elles suscitaient sur les forums de discussion dédiés. En vérité, je ne m'intéressais pas du tout à la marche de la commune d'Iliat, ni à celle du pays entier, en dehors de ce qui touchait à mon quotidien. Tout comme je prenais le tour de travaux ménagers au 3, Pitre, je prenais celui de ramassage des poubelles, de tonte des pelouses du quartier, mais mon investissement n'allait pas au-delà de ce qui m'était demandé comme à tous les autres.

Le printemps revint et avec lui le soleil d'Iliat, bien qu'il ne chauffât pas encore comme pendant l'été. Sans que je comprenne bien pourquoi, sans que j'ose me l'avouer tout à fait, le travail aux Ateliers Lumière commençait à me lasser. Rien n'avait pourtant changé, même pas moi. Seulement, je commençais à éprouver l'envie de découvrir d'autres entreprises, d'autres parties de la division du travail. Je me mis à suivre Merlin dans ses pérégrinations à travers Iliat, de la caisse d'investissement aux fournisseurs. Je l'observais passer des commandes, négocier parfois un tarif. C'est en l'accompagnant livrer une commande importante de plafonniers à un groupement de maisons à l'autre extrémité de l'Iliat nouvelle que j'appris à conduire une automobile. Peu à peu, voyant que je prenais goût à cela, il me chargea de récupérer le véhicule de location et d'assurer les trajets entre les fournisseurs, les Ateliers et les clients qui ne pouvaient se déplacer jusque-là.

« Je ne suis pas mécontent de passer un peu plus de temps à souder tranquillement », commenta-t-il avec son sourire habituel.

Au volant d'une étroite camionnette électrique ou en tramway lorsque les paquets n'étaient pas trop imposants, je sillonnais Iliat de part en part et j'acquérais une connaissance de la ville que les sorties nocturnes n'avaient pu me donner. Mon esprit se remplit de noms de rues, associés à des noms d'entreprises eux-mêmes liés à des noms de personnes. Je construisis inconsciemment des dizaines de petits repères géographiques qui n'avaient de sens que pour moi : après telle fontaine en forme de pommier, j'avais livré quatre lampadaires Prométhée ; au croisement de l'avenue Riant et du passage du Secours, au numéro 17, qui était la troisième porte après l'enseigne rouge du salon de coiffure, deux douzaines de spots muraux Feu follet. Bientôt, lorsque Budur et moi sortions, ce fut moi qui lui fis remarquer que je connaissais tel endroit ou bien que j'avais livré les appliques du bar dans lequel nous buvions. Elle soupirait mais souriait patiemment, voyante que j'étais heureux de lui faire la démonstration de cette connaissance géographique. Je m'enhardissais : je l'entraînais dans d'interminables promenades aux confins de la ville, parfois incertain de notre position, pourtant jamais perdu, toujours en quête d'un des points de repère, refusant comiquement de m'aider des plans qui m'avaient tant servi durant les premières semaines. Budur tolérait ces lubies, jusqu'à un certain point. Nous finissions parfois par sauter dans une rame de tramway et retrouver un quartier plus familier.

Bien sûr, le terminal était équipé d'applications de guidage, mais je ne les utilisais presque pas. Quand, lors d'une livraison, je ne trouvais pas mon chemin, il y avait toujours un passant pour me remettre sur la bonne voie. Dans le cas contraire, il y avait les plans accrochés dans chaque rue. Un beau jour, je découvris qu'il possédait aussi une fonction de tracé de parcours. Je l'activai, curieux, pour voir se dessiner, sur le plan d'Iliat tout entier, un entrelacs de fils rouges, recouvrant près de la moitié des rues et des boulevards. Bien sûr, ce tracé ne prenait pas en compte les trajets pendant lesquels je n'avais pas porté le terminal avec moi. Il me restait encore tant à voir d'Iliat !

Je décidai une après-midi, entre deux livraisons pour les Ateliers Lumière, de me présenter au centre logistique communal, le complexe d'entrepôts par lequel transitaient la plupart des produits destinés aux magasins conventionnés. J'expliquai qui j'étais et l'homme qui m'accueillit eut un sourire de compréhension. Il me fit visiter l'endroit. J'avais trouvé les Ateliers Lumière impressionnants ; à côté de ces hangars, ils étaient minuscules. Le plafond était à près d'une douzaine de mètres du sol et d'immenses étagères grimpaient jusqu'à lui. Contrairement à ce que j'avais pensé, aucun entrepôt n'était réfrigéré. Une flottille de véhicules communaux assuraient le transport direct des produits frais du lieu de production aux magasins. Pour le reste, le sec et le non-alimentaire, des gens parcouraient les allées à une allure tranquille au volant de tire-palettes et préparaient les commandes. D'autres déchargeaient les camionnettes et plaçaient les produits sur les étagères idoines, tandis que d'autres encore les remplissaient en retour. C'était là le cœur matériel d'Iliat, où tout le flux de la production passait pour être redirigé dans la bonne direction. C'était un cœur bien éclairé, bien aéré et, comme tout le reste d'Iliat, il s'arrêtait de battre en début d'après-midi, à l'heure de la sieste pour laquelle on avait dédié toute une pièce qui me rappela par son échelle le dortoir du secondaire, à Grévi. Bien sûr, en été, on sortait dormir sur les pelouses avoisinantes, près desquelles passaient régulièrement de paisibles rames de tramway.

Sur un coup de tête, je demandai si je pouvais y travailler. L'homme qui m'avait accueilli n'y voyait aucun inconvénient. Il me donna rendez-vous dix jours plus tard, le temps de terminer les travaux en cours aux Ateliers Lumière. Lorsque j'annonçai la nouvelle à Merlin, il me donna une claque dans le dos en s'exclamant :

« Tu m'as fait peur ! Un moment, j'ai cru que tu allais encore me demander l'autorisation ! Bon vent ! Amuse-toi bien là-bas ! »

Après une pause, il ajouta, d'un ton malicieux :

« D'ici là, si tu veux, il y a une livraison un peu particulière à faire. »

C'est ainsi que, pour clore le temps passé aux Ateliers Lumière, je fus chargé de livrer une demi-douzaine de flambeaux Seti jusqu'à Ville-Creuse, un petit village encaissé dans une vallée des Aldères.

« Si tu trouves que c'est trop lourd pour une seule personne, suggéra Merlin avec un clin d'œil, tu n'as qu'à trouver quelqu'un pour t'accompagner. »

Aussitôt dit, aussitôt fait. Le soir même, j'invitai Budur qui envoya quelques messages pour se faire remplacer à la librairie le samedi suivant. Je joignis le client pour lui annoncer notre venue. Je lui demandai s'il connaissait un endroit où dormir à Ville-Creuse. Il ne lui fallut pas longtemps pour nous inviter à rester dormir avec lui. Le reste de la semaine passa en un coup de vent et, le samedi matin, Budur et moi grimpions dans un train en direction de l'est, comiquement encombrés des six flambeaux. Arrivés en gare de Larcet, il nous fallut changer pour prendre un autre train, une rame minuscule à peine plus large qu'un tramway qui, brinquebalante sur un rail unique, parcourait toute la vallée jusqu'à Ville-Creuse. Si Budur n'avait pas été avec moi, j'aurais passé la totalité du voyage le nez collé à la vitre. La vallée était resserrée. Des falaises noires nous surplombaient, coiffées de bosquets vert foncé entre lesquels, par endroits, perçaient des prés où je crus distinguer des silhouettes d'hommes et de moutons. Les nuages passaient au-dessus de nous, projetants de larges ombres qui défilaient vite. Tout près coulait une rivière peu profonde, à l'eau transparente qui était, je l'appris plus tard, un lointain affluent de l'Aurauri. Une étroite route suivait la voie de chemin de fer mais, pendant l'heure que dura notre trajet, aucun véhicule n'y passa.

Ville-Creuse était, à bien des égards, semblable à Pelagoya, à ceci près que les constructions étaient plus anciennes et avaient subi de profondes rénovations. De petites éoliennes tournaient à toute vitesse sur les toits de tuiles brunes, profitant du vent qui s'engouffrait jusqu'au fond de la vallée. La haute roue d'un moulin tournait lentement, poussée par le courant du ruisseau. Un peu à l'écart des maisons, il y avait un bâtiment plus récent que les autres, entouré de bandes semi-circulaires et parallèles de terre retournée et paillée, séparées d'un mètre les unes des autres. C'était l'école. En posant le pied à Ville-Creuse, après avoir salué distraitement le constructeur, je rencontrai à travers la fenêtre le regard d'un petit garçon, levant un instant la tête du travail. Il me salua d'un sourire et d'un geste de la main, que je lui rendis.

Notre hôte, Erik, nous attendait et il tint à nous décharger d'une partie des flambeaux.

« C'est très gentil de votre part d'avoir pris le temps de les amener. La poste aurait pu faire l'affaire !

— Ne t'inquiète pas, le rassura Budur. Nous aimons voir du pays. »

Il nous introduisit dans la maison qu'il occupait. Il y avait deux chambres, dont une seule était munie d'un lit deux places, tandis que l'autre était occupée par l'un de enfants du village. Malgré nos protestations, Erik avait décidé de nous laisser la première. Une fois les sacs déposés dans la chambre, Erik nous proposa d'aller installer les flambeaux.

« Où ça ? » demandai-je, candidement.

Erik répondit d'un doigt pointé vers le haut.

« À l'estive. »

D'un regard, il considéra les chaussures que nous portions et décida qu'elles ne feraient pas l'affaire. Il ouvrit un placard et trouva deux paires aux bonnes tailles. Il nous fournit également deux épais coupe-vent en commentant d'un laconique :

« Il fait froid, là-haut. »

Puis il jeta sur ses épaules un sac plein de victuailles et sortit. Nous le suivîmes à travers le village, passant derrière de larges étables près desquelles paissaient des brebis et plusieurs agneaux. Chacun d'entre nous portait deux flambeaux sur l'épaule. Erik s'engagea sur un sentier étroit et raide qui décrivait d'étroites courbes pour épouser les reliefs et rendre la côte praticable. Au bout d'une demi-heure de marche silencieuse – nous étions trop essoufflés pour parler –, Erik s'arrêta et se retourna. Nous venions de déboucher hors d'un bosquet. Toute la vallée s'offrait à notre vue. Elle se chargea de couper ce qui me restait de souffle. La voie du monorail était à peine visible. En plissant les yeux, je crus pouvoir distinguer la forme trouble de Larcet, au loin. En bas, au village, les enfants sortaient de l'école et se répandaient dans toutes les directions. Quelques chiens jouaient avec eux. Je pensai à Hémon et à son affection baveuse. Je ne savais pas s'il était toujours en vie.

« Alors, ça valait la peine de venir jusque-là, pas vrai ? » lança Erik, visiblement satisfait de l'effet produit.

Budur et moi acquiesçâmes d'un même mouvement.

Cependant, nous n'étions pas encore arrivés. Il nous fallut encore une bonne heure de marche, entrecoupée d'une pause pour déjeuner, avant d'atteindre l'estive. La pente se faisait moins abrupte et les bois et buissons laissaient place à un pré à l'herbe déjà haute au milieu de laquelle se dressait une minuscule bicoque de pierre taillée. Nous étions parvenus à destination. Au-dessus de la porte, une date avait été gravée, si ancienne qu'elle en était rendue illisible. Je jetai un coup d'œil en arrière. Les maisons de Ville-Creuse n'étaient plus que des poussières brunes sur le fond vert de la vallée. Iliat m'avait parue immense. Elle était en fait minuscule, en comparaison des massifs naturels. L'intérieur de la cabane était confortable et aménagé avec goût et efficacité. Comme au village, elle était alimentée en électricité par des éoliennes, auxquelles s'ajoutaient des panneaux solaires recouvrant les deux pans du toit.

Erik voulut essayer les flambeaux. Nous les disposâmes autour du pré, à intervalles réguliers, pour former une sorte d'ellipse. Les panneaux solaires se déployèrent en forme de parabole et les longues ampoules s'allumèrent ensemble, sous les ordres qu'Erik leur donnait grâce à la télécommande que nous lui avions fournie.

« Ça m'embête un peu de faire de la lumière ici la nuit, dit-il, on verra moins bien les étoiles. C'est pour éloigner les loups. La plupart du temps, les chiens suffisent à les dissuader mais il y en a toujours de plus courageux que les autres. Avec un peu de chance, en allumant quelques jours par semaine, ils comprendront qu'il ne faut pas venir ici, même si les moutons sont appétissants. Les loups ne sont pas idiots et la plupart du temps, ils ont assez de gibier ailleurs.

— Et les ours ? » demandai-je.

Je gardais le souvenir d'une ancienne leçon d'histoire portant sur la réintroduction des ours dans les Aldères, desquelles ils avaient presque entièrement disparu avant la Déclaration d'Antonia. Erik éclata de rire, et ce rire se répercuta à travers toute la vallée, d'écho en écho.

« Si un ours s'approche du troupeau, crois-moi, je le laisse prendre ce qu'il veut. Je tiens à la vie et à celles des chiens. »

Puis, plus sérieusement :

« Les ours sont fainéants. Ils trouvent à manger plus facilement ailleurs. Il est rare qu'on en voie, même l'été. »

Mon travail de livraison était accompli. Nous avions l'après-midi entière devant nous. Budur et moi décidâmes de continuer la promenade. Erik, que du travail appelait au village, proposa que nous passions la nuit dans la cabane. Nous n'hésitâmes qu'un instant avant de lancer un franc :

« Avec grand plaisir ! »

Erik nous souhaita une bonne après-midi et, surtout, une bonne nuit.

« Ne quittez pas le sentier, conseilla-t-il avant de nous quitter, et si vous avez le sentiment d'être perdus, faites demi-tour.

— Et si nous voyions un ours ? demanda Budur, à moitié sérieuse.

— Alors, j'espère que vous savez grimper aux arbres. »

Sur ce, avec un sourire plein de malice, il s'engagea dans la descente en sifflotant un air qu'il me semblait connaître sans pour autant trouver son nom.

Le matin même, nous nous étions réveillés à Grévi, dans l'étroite chambre du 3, Pitre, nous avions bu une tasse de café avec Maciste et Dino qui se réveillaient toujours tôt et voilà que Budur et moi étions seuls dans la montagne. Nous avons erré la majeure partie de l'après-midi dans les bois. Il peut être drôle de mentionner que, tout au long de notre promenade, je tendis l'oreille pour guetter le pas lourd d'un ours en approche. Le soir est tombé d'un coup et nous avons passé quelque temps à observer les étoiles, assis dans la pente. Je me suis souvenu d'une soirée semblable, passée avec Livia, sur le talus à Grévi. Puis nous nous sommes réfugiés dans la cabane pour profiter de la chaleur du poêle qu'Erik, soucieux sans doute de nos manières de citadins, avait rempli avant de partir. Pelotonnés l'un contre l'autre sous l'épais édredon, nous avons goûté le silence et l'obscurité totale de l'isolement.

Le lendemain matin, nous redescendîmes au village sans nous presser. Il faut dire que nos jambes étaient encore courbaturées de l'ascension de la veille. Nous remerciâmes profusément Erik qui nous conseilla de revenir en été, lorsque lui-même serait à l'estive avec le troupeau.

« Vous connaissez le chemin, maintenant. »

Une semaine plus tard, je commençai à travailler au centre logistique communal, où je restai près de trois mois. C'était un travail difficile mais intéressant à bien des égards. Je me trouvais au centre d'Iliat, son centre matériel sinon son centre intellectuel et politique, bien que les bâtiments du conseil communal ne fussent pas très loin. Tout ce qui se produisait à Iliat et alentour, du moins tout ce qui faisait l'objet d'un conventionnement, passait entre mes mains. Les premiers temps, la tête me tourna un peu de la quantité de choses que je manipulais chaque jour. J'en faisais même des rêves troubles et troublants, peuplés d'objets auxquels je ne prêtais jamais vraiment attention. Savons, papier d'impression, ampoules, prises électriques, trousses, mouchoirs en tissu, lampes, vaisselle, petits meubles, pots, nourriture pour chien ou pour chat, jouets pour enfants, vêtements, accessoires sportifs, livres et périodiques, petits instruments de musique, linge de maison, café d'orge ou d'épeautre, engrais, outils, câbles et cordons d'alimentation, riz, boîtes de conserve, moules à pâtisserie, alcools, lunettes de soleil, crayons, charbon, atlas, visserie, serviettes de bain... J'en oublie forcément. J'étais comme un entonnoir à travers lequel tout devait passer. Je n'avais pas, jusque-là, pris la mesure de la quantité et de la formidable diversité des biens qui étaient distribués par les magasins conventionnés. Pour la plupart d'entre eux, je n'avais jamais eu à les acheter : le 3, Pitre était fort bien équipé à mon arrivée et mes interventions dans ce domaine se limitaient à acheter quelques verres pour remplacer ceux qui avaient été brisés. En vérité, je n'utilisais la carte de paiement bleue que dans les cafés ou les restaurants. Je savais qu'elle ne représentait qu'une partie du salaire que je recevais. Naïvement, je m'étais imaginé que c'était la plus grande partie, or c'était le contraire. La majorité des interactions économiques - achats, transport à l'intérieur d'Iliat - se passaient d'elle. D'ailleurs, je ne savais jamais réellement la quantité d'argent qu'elle représentait encore, une fois la cotisation logement pour la chambre du 3, Pitre prélevée. Qu'avais-je acheté hors de la convention ? J'avais offert en retour un repas ou deux à Merlin. J'avais invité Budur à dîner. J'avais acheté le terminal d'occasion. J'avais acheté une minuscule chaîne hi-fi, compacte et facilement transportable, ainsi que quelques disques anciens à un fabriquant dont j'avais découvert fortuitement la boutique lors d'une livraison pour les Ateliers Lumière. Je lui avais même demandé pourquoi il ne voulait pas que sa production soit conventionnée. Il avait poussé un grognement, haussé les épaules, secoué la tête.

« Je ne fabrique pas assez, tout seul.

— Pourquoi ne proposez-vous pas à d'autres de venir travailler avec vous ? »

Il m'avait lancé un regard curieux par en dessous, à travers d'épaisses lunettes.

« Où est-ce qu'ils se mettraient ? »

En effet, il n'y avait guère de place pour quelqu'un d'autre dans l'atelier. Sans doute préférait-il cela, travailler seul et longuement sur des ouvrages de précision. J'avais repensé aux heures passées, seul dans l'atelier de Grévi, à fabriquer la toute première lampe, le cadeau pour Gob ; j'avais tâché d'évoquer la satisfaction ressentie alors, bien différente de celle que j'avais éprouvé en terminant le prototype de l'Héliotrope.

Pourtant, des composants électroniques qu'achèterait sans doute cet homme passaient entre mes mains aussi, au centre logistique. Hors de la convention, il devait s'y fournir tout de même. Et puis il devait lui aussi manger, se laver. Le payer avec la carte bleue au lieu de la carte verte ne faisait pas de lui un travailleur en marge. En parcourant d'un pas de plus en plus assuré les allées du centre logistique, en prenant le temps de discuter avec les livreurs des arrivées et des départs, une fois passé le premier étourdissement du foisonnement des choses, je compris que c'était là la véritable puissance du conventionnement. La marge n'existait pas. Les achats non conventionnés étaient comme les gorgées de bière restantes dans la pinte que j'avais bue à la buvette du Bois, le jour de mon arrivée. Au premier coup d'œil, elles semblaient séparées du reste du monde par le verre épais. Celui-ci, au contraire, n'était pas une séparation mais un lien entre la bière et la main qui la buvait. Des verres comme celui-là, j'en manipulais d'ailleurs des dizaines par jour, non pas identiques mais semblables, chacun portant la marque indélébile du travail de celle ou celui qui l'avait façonné, marque à laquelle viendraient s'ajouter les empreintes humides du buveur à venir. Le cercle était refermé.

J'aimais ce travail, bien qu'il n'échappât pas à une certaine monotonie une fois le plaisir de la découverte derrière moi. Les journées étaient parfois longues et, malgré la sieste, je rentrais fourbu. L'activité physique, cependant, me faisait du bien et je commençais à y prendre goût. Le travail était répétitif et moins intéressant que le temps passé aux Ateliers Lumière mais, comme tout travail d'intérêt commun, il s'accompagnait d'un avancement plus rapide sur l'échelle salariale. Personne ne restait très longtemps au centre logistique, rarement plus d'un an, mais il y avait toujours quelqu'un pour remplacer les départs : des curieux, comme moi, mais aussi des gens plus âgées, entre deux activités plus conséquentes, ou qui, passant la majorité du temps dans un travail intellectuel en intérieur, éprouvaient le besoin de s'agiter un peu. Chacun travaillait à la vitesse qui lui semblait la bonne. Quelques-uns prenaient cela comme un jeu et faisaient la course. D'autres avançaient régulièrement, sans gestes excessifs, à pas lents et mesurés. En réalité, aucune commande n'était jamais urgente et, lorsque approchait le soir, il n'était pas rare de trouver un engin garé sur le bord de l'allée, chargé d'une caisse à moitié remplie : un travail à terminer le lendemain. Les livreurs s'irritaient parfois de devoir attendre mais ils profitaient plutôt des pauses forcées pour boire un café, fumer une cigarette ou même flâner dans les allées, la tête levée vers les plus hautes étagères, s'excusant profusément quand il se mettaient par distraction sur le chemin des préparateurs. Je me souviens d'une conductrice qui, empêchée de partir par une commande plus longue que prévue, s'était emparée d'une guitare dans l'allée des instruments de musique et avait joué pour nous pendant une heure, assise nonchalamment sur une palette.

L'homme – j'ai oublié son nom et son visage – qui m'avait accueilli le premier jour tenait le rôle de coordinateur : il était en quelque sorte au centre logistique ce que Merlin était aux Ateliers Lumière. Rarement et soudainement, comme pour se décrasser l'esprit, il prenait un véhicule et préparait une commande ou deux. Des applaudissements et des huées rieuses l'accueillaient alors, et il riait avec nous. La plupart du temps, il se contenait d'imprimer les listes de préparation qui arrivaient sur le terminal installé dans un coin de l'entrepôt, entre deux appels aux producteurs ou aux magasins commanditaires. Il connaissait la place de chaque objet et, par une capacité de mémoire qui confinait pour moi à de la magie, leur origine, leur nombre, la date du prochain arrivage ainsi que la durée du conventionnement et la date prévue pour le renouvellement, ou non. En partageant un déjeuner avec lui, j'appris qu'il travaillait aux entrepôts depuis plus de dix ans.

« J'aime faire aller les choses là où elles doivent aller. »

Quelques années plus tard, je l'ai reconnu sur un cliché représentant les nouveaux membres de la commission de conventionnement d'Iliat. J'ai alors pensé que la commission avait dû user de trésors de persuasion pour lui faire quitter la coordination du centre logistique.

Au mois de juillet, un an après l'arrivée à Iliat, je commençai à me lasser du travail au centre logistique. Je prévoyais de le quitter à la fin de l'été, sans véritable idée de ce que je voulais faire ensuite. Budur m'encourageait à profiter d'une deuxième année, comme elle l'avait fait, pour découvrir un travail encore différent. Je songeais, au contraire, à reprendre des études dans le domaine de l'électricité. Ce n'était pas réellement un conflit entre nous mais je sentais qu'elle ne comprenait pas le choix que j'étais en train de faire.

« Tu n'es même pas obligé de rester à Iliat ! Va-t-en, va voir ailleurs. Tu ne sais pas, il y a peut-être autre chose que tu aimerais faire.

— Je ne suis pas sûr. En tout cas, pour l'instant, voilà ce que je pense faire. »

La rentrée de l'université avait lieu à la mi-septembre et j'avais cette date en ligne de mire.

C'est à ce moment que, brusquement, Gob réapparut dans ma vie.

Cette réapparition prit la forme d'un message textuel via le terminal.

Bonjour Umo. Es-tu toujours à Iliat ?

Le message avait été envoyé en fin de matinée et je ne le découvris que le soir. Je m'étais attardé au centre logistique pour terminer une commande et Budur m'attendait pour aller voir je ne sais plus quel spectacle, un film au cinéma ou une pièce de théâtre.

« Dépêche-toi ! » me cria-t-elle depuis la buanderie dans laquelle elle faisait du rangement, en m'entendant pousser la porte.

Je me précipitai au deuxième étage et je me jetai presque dans la douche pour laver la sueur de la journée. C'est en sortant de la salle d'eau, encore à moitié nu devant le placard, que je remarquai la diode allumée sur la tranche du terminal, marque d'un message. La chose était suffisamment rare pour que je m'arrête, une chaussette à la main. J'avançai vers le bureau et j'allumai le terminal.

Je suis resté interdit devant le message et, surtout, le nom de l'expéditrice. Dans le couloir, la voix de Budur a résonné :

« Umo, on va être en retard. »

J'ai crié « J'arrive ». Sans bien savoir ce que je faisais, j'ai tapé trois lettres sur le clavier tactile : *Oui.*

Ensuite, je me suis habillé à toute vitesse et j'ai dévalé l'escalier pour rejoindre Budur. Si je ne me souviens pas du spectacle que nous allions voir, c'est que, pendant toute la soirée, mes pensées n'ont pas quitté la chambre et le terminal. En rentrant au 3, Pitre, Budur m'a entraîné au premier étage. Je suis resté longtemps éveillé à côté d'elle, profondément endormie, recroquevillée sur le côté, dos à elle, songeant au terminal à quelques mètres au-dessus de moi. Le lendemain matin, une fois lavé et habillé, j'ai donné à Budur un prétexte quelconque pour monter au deuxième vérifier le terminal.

Je suis là aussi. Veux-tu que l'on se voit ?

Pris d'une impulsion, je fourrai le terminal dans le sac à dos, non sans avoir répondu : *Ce soir ?*

Quelques minutes plus tard, dans la cuisine, assis face à Budur, deux tasses de café entre nous, j'entendis le terminal tintinnabuler au fond du sac posé contre le mur. Sans réfléchir, sans me contrôler, je me suis levé en raclant la chaise sur le sol carrelé et j'ai tiré le terminal.

D'accord. Où ça ?

« Qui t'écrit ? » a demandé Budur, un peu étonnée de cette précipitation.

J'ai levé la tête brusquement, comme si j'avais entièrement oublié sa présence près de moi. Je crois que j'ai rougi, ce qui ne m'était pas arrivé depuis longtemps.

« Personne, commençai-je, avant de m'emmêler les pinceaux en tentant de me corriger. Une amie. Une vieille amie. Une camarade. Du temps de Grévi. De Pelagoya. »

Un des deux sourcils noirs de Budur se levèrent.

« Ah bon ? Et comment s'appelle-t-elle ?

— Gob.

— Tu ne m'en as jamais parlé, a remarqué Budur. Tu m'as parlé d'Ulf, de Livia, de Shauna, mais jamais d'une dénommée Gob.

— Ah bon ? »

Mon étonnement feint n'a pas paru la convaincre.

« Elle est de passage, ai-je continué, de mon ton le plus désinvolte. Je pense que nous allons boire un verre ensemble ce soir. »

J'ai rapidement envoyé l'adresse de la buvette du bois à Gob et j'ai rangé le terminal dans le sac à gestes lents et précis. Budur a terminé la tasse de café en quelques gorgées et s'est levée au moment où je me rasseyais.

« Très bien. À ce soir, alors. »

Elle est sortie sans rien dire de plus. Seul dans la cuisine, je l'ai entendue enfourcher un vélo et partir. J'avais le sentiment très désagréable d'avoir raté quelque chose. Je ne comprenais pas sa réaction ni ne me l'expliquais. Ce n'était pourtant pas la première fois, loin de là, que je lui annonçais sortir seul. Elle ne s'en privait pas non plus. Le terminal sonna encore une fois. Je retournai au sac.

Très bien. À ce soir, donc.

J'ai terminé le café et je suis sorti à mon tour.

La journée m'a paru inexplicablement longue. Distrait, j'ai multiplié les erreurs et les maladresses, allant jusqu'à laisser tomber tout un carton de crèmerie dont le nettoyage m'a bien pris un quart d'heure. Le coordinateur est venu me voir et m'a demandé à voix basse, presque en aparté, si je me sentais bien, si j'avais de la fièvre, si je ne préférais pas rentrer me reposer. J'ai secoué la tête. Tout allait bien. J'avais simplement la tête ailleurs. Le coordinateur a penché la tête sur le côté, dans une drôle de posture de hibou.

« Peux-tu alors ramener ta tête ici ? »

Même en faisant de mon mieux, je ne parvenais pas à chasser le tourbillon de pensées qui occupait mon esprit. J'ai passé l'heure de la sieste, confortablement allongé dans l'herbe épaisse et haute, les yeux grands ouverts derrière mon avant-bras. Impossible de trouver le sommeil. Je connaissais la cause de ma fébrilité : j'étais heureux, presque trop heureux, d'avoir des nouvelles de Gob. J'avais été surpris qu'elle me contacte via le terminal ; j'avais donc réagi avec précipitation. C'était mon attitude envers Budur que je ne parvenais pas à m'expliquer. Je ne lui avais jamais parlé de Gob. Pourquoi ? Pourquoi m'étais-je trouvé embarrassé devant elle, devant sa curiosité ?

J'étais à peu près certain que cela ne serait pas arrivé s'il était agi de quelqu'un d'autre. Sans comprendre pourquoi, l'image de Livia et Ulf s'imposait à moi, superposée à la silhouette de Livia, découpée sur le ciel nocturne de Grévi. Que venaient-ils faire là-dedans ?

Comme je ne pouvais pas dormir, je me suis levé et j'ai repris la préparation de la commande que j'avais abandonnée avant de déjeuner. J'ai travaillé seul dans le silence de l'entrepôt et cela réussit à m'éclaircir les idées pour un moment, bien que ce fût absolument interdit par les consignes de sécurité. Peu à peu, les autres m'ont rejoint et le ballet des chariots a recommencé à plein. Je n'ai pas prononcé une seule parole de l'après-midi. Vers dix-sept heures, après avoir confié une dernière commande au livreur, j'ai ramené le chariot directement à la station de charge et je suis parti. J'ai senti dans mon dos le regard du coordinateur, au milieu d'une discussions animée par terminal, qui devait décidément se demander ce qui me prenait ce jour-là.

Dans le tramway, plutôt bondé à cette heure, j'ai somnolé debout contre la vitre, si bien que j'ai failli rater l'arrêt le plus proche du 3, Pitre. J'ai bu un long café en échangeant avec Dee des commentaires sur la hauteur des pieds de tomates. Je me suis lavé et changé. Enfin, l'heure avançante mais pas assez vite à mon goût, j'ai décidé de parcourir à pied le chemin jusqu'au bois de l'Aurauri.

Sur le chemin, j'ai compris que j'avais le trac.

J'ai descendu l'avenue en longeant les rails de tramway, très attentif désormais à leur passage. Je me suis engagé dans le bois, soudain à l'étroit dans la chemise, gêné par la sensation de la sueur entre mes omoplates. Beaucoup de monde profitait de l'ombre. Entre les arbres, je distinguai les silhouettes de quelques baigneurs. Je me suis approché de la buvette. Gob était déjà là. Je me suis figé.

Elle est assise à une table basse, le nez penché sur un livre. Elle porte des lunettes. Devant elle, il y a un verre de vin blanc à peine entamé et une coupelle remplie de cacahuètes qu'elle dépiaute distraitement de la main droite, tandis que la gauche ne quitte pas le livre. Elle mange et boit sans cesser de lire. Ses cheveux sont mouillés et tombent de part et d'autre de son visage. Elle s'est baignée il y a peu, avant de rejoindre la buvette. Par terre, contre le pied de la table, il y a un sac à dos dont dépasse un drap de bain blanc rayé de rouge. Elle porte un chemisier rouge que l'humidité de sa peau rend encore un peu transparent. Parfois, elle pose le dos du livre contre la tranche de la table, lève la tête. Son regard ne s'arrête sur rien. Elle réfléchit. Elle prend le crayon à papier posé en équilibre précaire sur son oreille droite, trace un trait à même le livre, souligne, entoure un passage. Je sais qu'elle pourrait rester comme cela des heures. Aucun des bruits environnants ne pourrait la déranger, ni les cris joyeux des enfants, ni la musique qu'on joue à quelques mètres de là, ni le craquement déchirant du verre qu'un serveur laisse tomber suivi d'un juron sonore et d'éclats de rire tout autour. C'est Gob. Elle est imperturbable. Cela, au moins, n'a pas changé en un an. Me reconnaîtra-t-elle ?

J'ai finalement rassemblé le courage suffisant pour m'avancer. Gob a levé les yeux, elle m'a vu, elle a souri et, calmement, alors que je parcourais les derniers mètres qui me séparaient d'elle, elle a glissé le crayon dans le livre pour marquer la page. Elle s'est levée, elle a ouvert grand les bras.

« Umo ! Comme je suis heureuse de te voir ! »

Comme j'étais heureux aussi ! Le trac avait entièrement disparu. Je n'étais plus qu'heureux. Nous nous sommes étreints, plus longuement peut-être que ne le font deux vieux amis. Je me suis assis en face d'elle. Elle m'a regardé à sa manière habituelle : perçante et même clinique.

« Comme tu as changé ! s'est-elle exclamée. Tu as maigri !

— Tu trouves ? »

Je me suis observé, prenant conscience pour la première fois du changement dans mon apparence physique. Ma peau avait bruni avec le soleil d'Iliat. Gob avait changé, elle aussi. Ses gestes étaient plus assurés, sa voix était plus haut perchée, plus incisive. D'elle, j'avais gardé un souvenir nocturne. Ce soir-là, elle rayonnait. La buvette entière paraissait orbiter autour d'elle. D'un geste discret, une main à peine levée, elle a attiré l'attention du serveur qui venait de terminer de ramasser les débris du verre brisé. J'ai commandé une pinte et un grand verre d'eau. J'étais assoiffé. Gob m'a laissé le temps de boire sans me quitter des yeux puis les questions ont surgi, comme contenues depuis très longtemps.

« Alors ? Que t'est-il arrivé ? Comment vis-tu ? Raconte-moi ! Dis-moi tout ! »

Alors, comme incapable de lui refuser quoi que ce soit, je lui ai tout raconté. Elle m'a écouté, l'air soucieux mais souriante pourtant, ses yeux bleus allant des miens à ma bouche puis à mes mains qui s'agitaient toutes seules devant moi, à la manière d'Iliat. Plus je parlais, plus j'avais envie de parler. Je lui ai tout dit, les Ateliers Lumière, le 3, Pitre, le centre logistique, Budur bien sûr, tous les films que j'avais vus, tous les concerts auxquels j'avais assisté, toutes les aventures d'un soir ou deux aussi et bien des choses encore, des sentiments intimes que je n'avais jamais exprimés à personne, même pas à Budur, comment les camarades me manquaient, comment *elle* m'avait manqué, comment j'avais envoyé le premier Héliotrope à Héléna sans savoir pourquoi. À ce moment-là, elle a hoché la tête en signe de compréhension. J'ai su, avec une absolue certitude, qu'elle comprenait même si je ne comprenais pas moi-même. Quand j'ai cessé de parler, le verre était vide et le serveur en posait un deuxième sur la table. Gob, à sa manière discrète, avait passé commande sans que je m'en rende compte.

Elle s'est reculée de la table, s'est appuyée contre le dossier de la chaise.

« C'est vrai qu'il m'a semblé voir de plus en plus de lampes qui ressemblaient à celle que tu m'avais offerte.

— Tu l'as toujours ? »

Elle s'est penchée. Elle l'a tirée de la poche avant du sac. J'ai tendu la main.

« Je peux ?

— Évidemment. »

J'ai fait tourner la lampe entre mes mains. Elle était plus petite qu'un Héliotrope, moins lourde aussi. J'ai fait jouer la charnière. Elle grinçait un peu.

« La batterie ne fonctionne presque plus, a commenté Gob.

— Je peux la changer, si tu veux.

— Non. »

Gob a tendu la main pour récupérer la lampe.

« Je l'aime bien comme ça.

— Mais si elle ne fonctionne plus…

— Ce n'est pas parce qu'une chose ne fonctionne pas qu'elle doit forcément être réparée. »

La lampe est retournée dans le sac et nous n'en avons plus parlé.

« J'ai faim, a dit Gob. Connais-tu un bon endroit pour dîner ? »

Nous avons payé les verres et j'ai guidé Gob le long de l'Aurauri jusqu'à une pizzeria que j'aimais. Nous avons commandé, attendu et puis nous nous sommes assis sur le quai, les jambes dans le vide, pour manger de grandes parts largement arrosées d'huile pimentée. La discussion a continué et j'ai fini par lui demander ce qui l'amenait à Iliat.

« J'avais besoin de consulter les archives.

— Pour quoi faire ?

— Pour un livre que j'écris.

— Tu écris un livre ! me suis-je exclamé. Tu es en train d'écrire un livre ! »

Derrière ses lunettes, Gob m'a jeté un regard hésitant entre l'incrédulité et l'irritation devant ma surprise joyeuse.

« Umo, j'ai *toujours* écrit un livre. J'ai *toujours* été en train d'écrire un livre.

— De quoi est-ce qu'il parle ?

— Du passé, a répondu Gob, d'un ton évasif.

— Tu ne veux pas en parler ?

— Non. Pas pour l'instant en tout cas. Quand il sera terminé, peut-être.

— Et tu as trouvé ce que tu cherchais ?

— En partie, oui.

— Tu penses qu'il sera bientôt terminé ? »

Gob a haussé les épaules.

« Ça... »

Elle a attrapé une nouvelle part de pizza et a mordu dedans à belles dents, comme pour couper court au sujet. La pâte avait été tellement arrosée d'huile piquante qu'elle manqua de s'étouffer dès la première bouchée. Des larmes se sont mises à couler de ses yeux et elle a reniflé bruyamment. J'ai éclaté de rire. Elle m'a récompensé d'une bourrade dans l'épaule. Je lui ai proposé un mouchoir.

« Il est propre au moins ? a-t-elle demandé, soudain très sérieuse.

— Bien sûr ! »

Alors, elle a tendu la main et l'a pris. Ce faisant, ses doigts ont touché les miens. Ce deuxième contact, après le coup qu'elle m'avait donné, m'a glacé. Gob s'est mouchée sans rien dire de plus. Nous avons mangé en silence pendant plusieurs minutes. Au moment où sa main avait effleuré la mienne, j'ai su - ou, plutôt, je me suis avoué - que j'avais envie d'elle et que je croyais comprendre qu'elle avait envie de moi aussi. Ce n'était pas le désir simple et agréable pour Livia, pour Shauna, pour les autres femmes avec qui j'avais fait l'amour sans vraiment y repenser. Ce n'était pas non plus le désir pour Budur, cette étrangère avec qui, pourtant, tout était drôle et nouveau. C'était quelque chose de différent. C'était un désir qui remontait à Pelagoya, à Grévi, à notre baiser à Litros. Il avait quelque chose de dangereux. Ce désir était un gouffre dont, si je m'y jetais, je pourrais ne jamais ressortir. Pourtant, il s'étendait devant mes pieds et le vent dans mon dos m'empêchait de faire demi-tour. Il ne disparaîtrait pas, jamais. Seule, peut-être, sa satisfaction pourrait le dissiper mais voulais-je réellement que ce désir me quitte ?

J'ai soupiré. Gob s'est mouchée à nouveau. J'ai observé l'eau de l'Aurauri qui battait contre le quai, à quelques mètres en dessous de mes pieds. Il me fallait plonger. Il n'y avait pas d'autre issue et je le savais en arrivant à la buvette du bois, je le savais en prenant le petit déjeuner avec Budur au matin, je le savais en répondant simplement au message inattendu sur le terminal. J'avais déjà fait mon choix.

Je me suis tourné vers Gob, je me suis penché vers elle. Je l'ai embrassée. Ses bras, tout naturellement, se sont croisés derrière ma nuque. Ses lèvres étaient brûlantes d'huile. Elle a laissé échapper un soupir de soulagement et de satisfaction.

« Je me demandais quand est-ce que tu allais te décider. »

J'ai ri, mal à l'aise.

« Désolé ».

Et nous nous sommes embrassés de plus belle. Ce n'était pas un baiser chaste, un baiser de retrouvailles de deux amis d'enfance comme sur la plage à Litros. C'était un baiser de tout le corps, un baiser plein d'appétit de l'autre, né de l'attente non dite, non sue et de la soudaine opportunité. Nous nous sommes si bien embrassés que le carton qui contenait encore le reste de la pizza a basculé dans le fleuve.

Alors, nous nous sommes levés, nous nous sommes dirigés vers la chambre d'hôtel qu'elle occupait, à quelques rues de là. La fenêtre donnait sur l'Aurauri et sur l'Iliat nouvelle. Cependant, nous n'avons prêté aucune attention à la vue. Gob et moi avons fait l'amour, et c'était bien, c'était normal. C'était tout ce que j'avais jamais voulu. La ville au-dehors ne comptait plus ; les meubles de la chambre, à peine davantage. Rien ne comptait plus que Gob, corps et esprit, contre moi, avec moi, éveillée ou endormie, me repoussant dans son sommeil pour retrouver un peu de l'air frais propulsé par la ventilation ou, au contraire, se collant contre moi en me murmurant des paroles tendres, des paroles d'amour qui entraient en moi comme de grandes bouffées d'air et gonflaient ma poitrine d'une émotion trop forte pour la dire précisément. J'étais avec Gob ; Gob était avec moi. Nous étions deux, ce soir-là, dans cette chambre : le centre du monde ; non, le seul point de l'univers qui existât réellement.

Le lendemain matin, je me suis réveillé en premier. Il était presque neuf heures. Gob dormait encore profondément. Je me suis habillé sans faire de bruit. Au moment de sortir, alors que je fermais la porte, il m'a semblé l'entendre murmurer mon prénom. Ce jour-là, je ne fus guère plus attentif au centre logistique mais pour une tout autre raison. La fin de la journée ne pouvait venir assez vite. Je portais encore l'odeur de son corps sur ma peau et elle se mêlait à ma propre sueur, celle du sommeil et celle du travail. Au déjeuner, j'ai vérifié les messages sur le terminal. Il n'y en avait pas de nouveau. J'ai haussé les épaules. Gob était certainement occupée. Je suis resté plus tard que la veille, puisant une énergie nouvelle dans le souvenir de la nuit passée. Vers dix-neuf heures, j'ai rangé l'engin et je me suis précipité vers le tramway qui arrivait. Je suis entré au 3, Pitre pressé d'en ressortir. Cependant, alors que je passais devant la cuisine, la voix de Budur m'a arrêté.

« Umo. »

Je me suis retourné, surpris. Je ne lui avais pas accordé une seule pensée depuis la veille au soir. Elle était assise à la table. Dee, en face d'elle, s'est levée, m'a accordé un petit sourire en sortant, en silence. Je me suis approché. Je n'avais pas la moindre idée des mots à dire.

« As-tu passé une bonne soirée ? » a dit Budur.

Je n'osais pas affronter son regard. Pourquoi ? J'ai murmuré :

« Oui.

— Très bien. »

Elle s'est levée, elle est passée à côté de moi comme Dee un instant plus tôt. Sans rien dire de plus, elle est montée au premier étage et j'ai entendu - chose rare au 3, Pitre - le son de la porte de la chambre qui claquait. Comme frappé au cœur, j'ai titubé en arrière et je me suis appuyé sur le cadre de la porte de la cuisine. J'ai compris que notre liaison venait de se terminer. À cause de Gob ? Je ne comprenais pas. Puis je me suis souvenu de ce que j'avais ressenti à voir Gob au bras d'autres que moi, toutes ces années auparavant, à Grévi. La jalousie. Mais pourquoi ? Depuis que Budur et moi étions intimes, il m'était arrivé, bien que rarement, de coucher avec d'autres femmes. Je ne lui en avais rien dit mais elle le savait. Elle-même avait rencontré d'autres hommes. Il ne m'était jamais venu à l'idée de lui en vouloir. Nous ne nous appartenions pas.

Alors, pourquoi cette nuit avec Gob déclenchait-elle tant de rancœur ? Parce que je la lui avais cachée. Parce que je savais en lui cachant qu'il n'y aurait pas de place dans mon cœur pour Gob et une autre, quand bien même j'aimais Budur plus qu'aucune autre femme à Iliat. Parce qu'en la lui cachant je lui avais menti.

En pensant à Gob, j'ai vérifié le terminal encore une fois. Toujours pas de message. J'ai monté l'escalier à mon tour, repoussant l'image de la colère dans les yeux de Budur, ne pensant qu'à Gob. Je me suis lavé, changé et je suis reparti. J'ai dévalé Iliat à toute vitesse, slalomant entre les autres cyclistes le long des pistes. Plutôt que de longer l'Aurauri, j'ai coupé à travers l'entrelac de ruelles étroites que je connaissais à présent parfaitement. J'ai pédalé comme un fou, soudain saisi d'un affreux pressentiment, si bien qu'au moment d'appuyer le vélo contre la façade de l'hôtel j'étais à nouveau trempé de sueur. Je suis entré, j'ai salué d'un mouvement de la tête les gens qui étaient assises dans le salon, j'ai grimpé directement jusqu'à la chambre où j'avais laissé Gob le matin. Le silence régnait dans le couloir au sol recouvert d'une épaisse moquette bleue. J'ai poussé la porte.

La chambre était vide.

Hagard, j'ai redescendu la douzaine de marches. Je suis entré dans le salon et j'ai demandé aux autres hôtes s'ils l'avaient vue.

« Elle est partie ce matin. Un peu avant midi », me répondit l'un d'entre eux, d'un ton désinvolte, levant à peine le nez du terminal qu'il lisait.

Je l'ai remercié à voix basse.

J'ai saisi le guidon du vélo. Je n'ai pas trouvé la force de l'enfourcher. Je suis descendu jusqu'à l'Aurauri. Le fleuve était plein de baigneurs. Soudain, j'ai senti l'odeur d'un fourneau à pizza. Alors, je me suis arrêté. J'ai laissé tomber le vélo dans l'herbe. Il a fait un bruit mat en touchant le sol. Je n'ai pas vérifié le terminal dans le sac sur mon dos. Je savais qu'aucun message ne m'y attendait. Gob était partie. Le vent, de nouveau, m'a apporté l'odeur de la cuisson de la pâte et de la mozzarella.

Alors, tout seul sur le banc, je me suis mis à pleurer parce que j'avais brisé mon cœur deux fois en une seule journée. J'ai fouillé dans la poche du pantalon. Je n'y ai pas trouvé de mouchoir. J'avais donné le dernier.

Août

Les locaux de l'université d'Iliat étaient dans la vieille ville, à moins de cinq kilomètres du 3, Pitre. Je parcourais la distance en vélo, sans y penser. De toute évidence, l'endroit était une école depuis longtemps. Les salles étaient grandes et les fenêtres hautes. Il y avait deux étages, trois en comptant les combles. Depuis l'entrée, deux larges couloirs partaient à gauche et à droite, faisaient un coude pour se rejoindre de l'autre côté de l'université, donnant ainsi au bâtiment une forme de losange. Le centre était occupé par une cour, herbeuse et boisée comme partout ailleurs. Dans les rues adjacentes, plusieurs immeubles étaient remplis de chambres à disposition des étudiants. J'ai hésité quelque temps à m'y installer, pour des raisons qui n'avaient pas grand-chose à voir avec l'université mais plutôt à ma vie intime. Budur ne m'adressait plus la parole, à moins d'y être obligée. Moi-même, je l'évitais. Elle a fini par partir, pour je ne sais où, sans prévenir personne ou, plutôt, sans me prévenir moi. Tout cela faisait que je passais aussi peu de temps que possible au 3, Pitre. J'assurais la participation aux tâches d'entretien, je jardinais un peu, mais guère plus. Il faut dire que l'université représentait beaucoup de travail.

La première fois que j'ai pénétré dans le hall, je me suis dirigé vers une petite cabine dans laquelle un homme d'une quarantaine d'années fouillait des papiers. Me sentant approcher, il a levé la tête et m'a souri.

« Je peux faire quelque chose pour toi ? »

Je n'avais pas réfléchi à ce que j'allais dire.

« Je voudrais étudier.

— Je me doute. Mais quoi ?

— L'électricité. Le génie électrique. »

Sur le terminal, j'avais parcouru la liste des enseignements proposés à l'université. Ils étaient extrêmement nombreux et la liste alphabétique leur donnait un aspect presque aléatoire.

« Ah ! »

L'homme a baissé le regard vers le mur intérieur de la cabine où je distinguais un tableau à plusieurs entrées.

« Ils sont en salle 205 aujourd'hui. Prends l'escalier et puis ça sera sur la droite. »

Je l'ai remercié doucement. Je suis monté au deuxième étage. Dans le couloir, j'entendis le bruit de plusieurs conversations différentes, réverbéré par le carrelage ancien et la hauteur de plafond. J'ai repéré le numéro 205 et, une fois sur le seuil, j'ai hésité. La salle de classe me rappelait Grévi. Il y avait une quinzaine de personnes, la plupart assises, deux ou trois debout contre un mur. Deux encore se tenaient devant un tableau, très absorbées dans un problème. L'un de ces deux - c'était le professeur - m'aperçut et, sans interrompre ce qu'il disait, m'invita à entrer d'un geste, indiquant une table libre dans le fond. Alors, je suis entré. J'ai sorti un cahier à la couverture cartonnée que j'avais acheté pour l'occasion, un stylo et j'ai écouté ce qu'il se passait. Au premier abord, le cours paraissait chaotique. Chacun ou chacune prenait la parole quand il ou elle le souhaitait, allant parfois jusqu'à couper celle de l'autre. On allait directement au tableau, on effaçait ce qui était inscrit, on proposait une autre solution. On rayait les schémas et les diagrammes, on les recommençait. Le professeur se tenait en retrait, regardant faire, intervenant seulement pour faire remarquer les fausses routes. Alors, quelqu'un d'autre se levait sans avoir été appelé. Pendant ce temps, celles et ceux qui étaient restés assis recopiaient dans leurs cahiers, y traçaient leurs propres travaux en poussant régulièrement des « Ah ! » qui ressemblaient à des « Eurêka ! ». Certaines utilisaient les terminaux pour chercher une information ou pour tout autre chose. On entrait et on sortait à sa guise à la condition de ne pas faire de bruit ni perturber le travail en cours. C'était le début de l'année et, ce matin-là, on en était encore aux généralités, à des calculs plutôt aisés tournant autour de circuits simples, plus simples que ceux que j'avais assemblés, démontés, conçus aux Ateliers Lumière. Je m'abstins cependant de prendre la parole. J'avais emmené avec moi le manuel d'électricité qui venait de Grévi et, par moments, j'y piochai un chiffre ou une formule. Vers midi, on commença à partir. La salle se vida assez rapidement. On m'adressa des sourires, quelques « bienvenue ». Quelqu'un effaça le tableau et tout le travail de la matinée.

Voyant mon air surpris, le professeur haussa les épaules.

« Si personne n'est capable de le refaire de mémoire demain, c'est que nous n'avons pas bien travaillé. »

Je me suis levé. Dans la cour boisée, il y avait une cuisine mais aussi une échoppe qui vendait des sandwichs. J'en ai grignoté un en déambulant dans les couloirs. J'ai fini par m'installer dans une salle au hasard. Après avoir terminé de manger, j'ai sorti le calepin et j'ai continué à fignoler un diagramme, d'une main distraite. La salle s'est remplie autour de moi puis quelqu'un a commencé à parler en espagnol. Je ne comprenais rien à cette langue mais les vifs échanges accompagnaient agréablement le travail et personne ne semblait s'étonner de ma présence silencieuse. J'ai fini par sortir et errer dans les couloirs, m'arrêtant dans l'encadrement des portes, captant des bribes de conversations.

On y abordait tous les domaines. La philosophie n'était séparée de la biologie que par l'écart entre deux portes. Cette après-midi-là, la stylistique contemporaine voisinait avec les systèmes informatiques et l'histoire antique côtoyait la météorologie. Je dis « cette après-midi-là » parce que les cours d'une matière ne prenaient pas place dans une salle en particulier. Lorsque les étudiants arrivaient, ils se rassemblaient dans le hall, finissaient par monter et jetaient leur dévolu sur une salle. Certaines étaient plus prisées que d'autres. Le mobilier y était plus confortable ou l'éclairage plus agréable, mais il n'y avait pas de lutte pour les occuper. Parfois, un groupe rassemblait des étudiants plus nombreux qu'un autre et, pour des raisons d'espace, ils échangeaient. En dehors de ça, personne ne prêtait attention à l'endroit où il étudiait.

Je mis longtemps à m'habituer à l'université. Je m'étais attendu à retrouver, comme au secondaire, un monde en miniature dont les règles, explicites ou non, m'aideraient à reprendre pied. Si l'université le paraissait, ce n'était qu'en apparence. En réalité, une foule si nombreuse et si diverse y allait et y venait, à toute heure du jour ou du soir, qu'elle était bel et bien une part d'Iliat. Si j'étais venu chercher un refuge, je fus déçu. Les souvenirs de Budur, de Gob et de mon humiliation étaient encore trop frais dans ma tête. Les premiers mois, je ne me liai à personne et n'assistai qu'aux cours de génie électrique, toujours le matin. Une peur que j'ignorais m'empêchait d'aller plus loin. Quand je n'errais pas dans les couloirs ou en ville jusqu'à être trempé de sueur. Alors, je rentrais au 3, Pitre. Je fermais la porte de la chambre et je regardais des séries audiovisuelles idiotes sur le terminal. Un jour, pris d'une impulsion, j'entrai dans un magasin d'instruments de musique d'occasion et je ressortis avec une guitare. Je décidai d'apprendre à en jouer. Mes tentatives ne donnèrent jamais de résultats très fructueux mais je reprenais tout de même régulièrement l'instrument pour m'occuper les mains et me distraire la tête.

Tout en jouant, tout en maltraitant les accords de *ré* mineur et de *do* septième, je caressais l'idée d'un voyage, mais vers où ? Tout abandonner et partir pour Ville-Creuse ou quelque coin encore plus reculé ? Filer en ligne droite à travers le pays jusqu'à un endroit, n'importe lequel, qui ne me rappelle pas Budur et Gob ? Chaque soir, je m'endormais convaincu de partir le lendemain. Chaque matin, je m'habillais, j'enfourchais un vélo et je prenais le chemin de l'université. Le soir venu, m'usant les doigts sur le manche, je jurais à nouveau de partir, et ainsi de suite.

Je ne suis pas parti. Au contraire, j'ai passé de plus en plus de temps à l'université. Si les premiers cours auxquels j'avais assisté me semblaient faciles à comprendre, de par mon expérience pratique, les suivants ont bientôt abordé des notions théoriques que j'avais bien du mal à comprendre. Aux Ateliers Lumière, les choses étaient simples : ou l'appareil fonctionnait, ou il ne fonctionnait pas. La recherche de la panne était calme, méthodique et ultimement fructueuse la plupart du temps. La théorie n'avait rien de calme et toute la méthode n'y suffisait pas. Une certaine capacité d'abstraction me faisait défaut : celle de manier les grandeurs et les unités pour elles-mêmes et non comme les responsables d'une lumière ou non. Aux Ateliers, j'avais manipulé les composants électroniques comme autant de petites boîtes noires. Je savais ce qu'ils faisaient mais je ne m'intéressais pas à *comment* ils le faisaient. En cas de défaut, je les remplaçais sans une arrière-pensée. Voyant que je peinais devant les formules de calcul de résistance ou d'impédance, devant les périodes ou devant leurs inverses, les fréquences et les conductances, un des professeurs du cours m'a vite conseillé de rejoindre un cours de mathématiques. Ce que j'ai fait. Quand l'hiver est arrivé, j'avais plus que jamais le sentiment de me noyer dans les dérivées et les ensembles, les signaux continus et discrets, les sinusoïdes et les exponentielles, les variables et les constantes, nombres réels et nombres premiers, arpèges et barrés. Je persistais, pourtant. Je n'étais plus qu'une obstination, frappant du front contre le mur, guettant la moindre fissure. Je ne sortais presque plus. Je désertai les cafés. Mon exercice physique se limitait au trajet aller-retour en vélo jusqu'à l'université. Pourtant, lorsque je me couchais, j'étais épuisé. Je travaillais plus dur que jamais, plus dur qu'aux Ateliers mais plus qu'au centre logistique aussi. Je devais comprendre. Lorsque, en faisant des achats au magasin conventionné, je découvrais un Héliotrope sur les rayonnages, je maugréais : comment avais-je pu faire cela sans rien savoir de tout le reste ? Quelle valeur avait cette lampe, tout ce travail, puisqu'il ne se fondait pas sur la connaissance certaine des réalités physiques et mathématiques ?

Qui plus est, l'Héliotrope me rappelait Gob.

J'en voulais à tout le monde. J'en voulais à Merlin et à tous les autres des Ateliers de m'avoir laissé croire que je savais ce que je faisais. J'en voulais à Budur d'avoir rompu et d'être partie si brusquement. J'en voulais à Gob d'être partie elle aussi. J'en voulais à tous les professeurs de Grévi de m'avoir si mal préparé et de m'avoir laissé partir. J'en voulais à Alma de ne pas m'avoir appris tout ce que je découvrais si tard. Que de temps perdu ! J'en voulais aux autres étudiants qui comprenaient moins vite que moi et me retardaient ; j'en voulais autant à ceux pour qui tout semblait clair et je leur en voulais d'être si prodigues de leurs explications, d'être si souriants et si calmes. Bien sûr, je m'en voulais à moi-même, quoique je ne susse pas exactement de quoi.

Un an plus tôt, j'apprenais à aimer Iliat, sa pleine activité de toute heure, sa foule. Désormais, la ville semblait se resserrer autour de moi et m'étouffer. Les autres occupants du 3, Pitre sentaient bien mon malaise et multipliaient les tentatives pour me distraire, pour me changer les idées. Mais je n'avais pas d'idées à changer ! Au contraire, mes songes étaient particulièrement creux. Tout me ramenait à la chambre dans laquelle je jouais si mal de la guitare et aux différentes formules de la transformée de Fourier. Mon malaise grandissait d'autant plus qu'il me semblait n'avoir *objectivement* aucune raison d'être malheureux. Je ne manquais de rien. J'étudiais le domaine que je désirais. Grâce aux mois passés au centre logistique communal, mon salaire avait quelque peu progressé. Mais que m'importait tout cet argent ? Il s'accumulait sur le compte lié à la carte bleue et je n'en dépensais presque rien. À quoi bon ?

L'été arriva et le rythme des cours de l'université ralentit jusqu'à s'arrêter pour de bon. Il faisait trop chaud pour étudier. Sans me l'avouer, je m'apprêtais à passer deux mois enfermé dans la chambre mais, alors que je passais devant la gare un matin, je décidai de partir pour de bon. Deux jours plus tard, j'avais vidé et nettoyé la chambre du 3, Pitre et, muni d'un peu de matériel de camping, je filai dans un train en direction de la côte ouest. J'arrivai en gare de Connie, plus de deux-cents kilomètres au sud de Litros que j'avais soigneusement évitée par une sorte de superstition. Je passai une nuit à Connie, dînant seul dans un restaurant assez vide en retrait du front de mer. En sirotant lentement un cocktail, j'observais le cuisinier façonner d'épaisses galettes de farine de maïs qu'il garnissait ensuite de fromage et de crudités, le tout recouvert d'une épaisse vinaigrette à l'estragon. Comme c'était délicieux, je m'étonnai à voix haute qu'il eût si peu de clients. Il haussa les épaules.

« Quand je cuisine moins, je cuisine mieux. »

Je terminai le repas en silence. La fenêtre de la chambre d'hôte ne donnait sur rien à part les briques inégales du mur de l'immeuble d'en face. Sans que je comprisse pourquoi, cette vision me soulagea. Le lendemain, je m'engageai sur le sentier côtier, en direction du sud. Le terrain était très accidenté. Les montées et les descentes se succédaient, si raides qu'il me fallut plusieurs fois me pencher et mettre les mains au sol pour escalader le sentier. La mer, présence constante et indifférente sur la droite, allait et venait, battait les falaises et, trouvant parfois une plage, s'y engouffrait à toute vitesse. C'était à peine si je remarquais ses allées et venues tant j'étais concentré sur le chemin. Je n'avais pas pris de carte. Le terminal était quelque part dans le sac sur mon dos, éteint et ses fonctions de localisation préalablement désactivées. À l'exception des autres marcheurs que je croisais de temps à autre, j'étais entièrement seul. Le soir venu, je dressai la tente sous un bosquet de cyprès. Je grignotai un morceau de pain et de fromage. Allongé dans un sac de couchage, la tête hors de la tente, j'attendis le sommeil. Je ne pensais à rien. Entre les branches, je contemplais les étoiles. C'était la première fois depuis un an que je les distinguais si nettement. Je finis par trouver le sommeil, bercé par le ressac.

Le lendemain matin, je repliai le bivouac, prenant soin de laisser le moins de traces de mon passage, et je repris la route. Le sentier se fit plus large, plus fréquenté aussi et il descendit en serpentant jusqu'à un village. Je m'avançai sur la plage, je laissai tomber au sol le sac à dos, me déshabillai et m'avançai dans l'eau. Je nageai un peu puis je me laissai aller sur le dos. La mer était calme et les vaguelettes me soulevaient régulièrement. Le ciel était bleu mais piqué de nuages. Le vent commençait de se lever. Lorsque je me rendis compte que la marée m'emportait au large, je revins à la brasse. Il n'était pas encore midi. La plage était si longue que, lorsque j'atteignis le tas de vêtements, j'étais déjà presque sec. Je mangeai une assiette de sushis au village, fis quelques courses de ravitaillement avant de me remettre en route. Alourdi par le repas, j'avançais plus lentement. La côte de granit était de plus en plus boisée et le sentier côtier se faisait presque forestier. La mer, toujours à droite, continuait son mouvement sur des grèves de galets rosâtres.

Le troisième soir, alors que la lumière baissait et que je cherchais un endroit où bivouaquer, je distinguai des lumières devant moi. Bientôt, j'entendis des voix joyeuses et des chansons. Malgré moi, je me contractai. Je me serrai sur la droite du sentier dans l'espoir de passer sans être remarqué, mais il était trop tard. Une voix féminine me héla :

« Eh ! Pourquoi tu ne t'installes pas avec nous ? On a du vin et de la très, très bonne herbe ! »

Au ton de la voix, je devinai qu'elle ne mentait pas sur la qualité de l'herbe. J'hésitai, paralysé. Depuis quatre jours, je n'avais adressé la parole à presque personne, satisfait de marcher en silence.

« Franchement, ça serait dommage de rater ça ! » insista la voix dans l'obscurité.

Des rires suivirent.

Je soupirai mais avançai dans leur direction. Ils étaient trois ou quatre, assis autour d'un réchaud électrique. Fièrement planté dans le sol, je reconnus malgré moi un Héliotrope. À peine m'étais-je assis qu'on me tendit un joint. Je ne refusai pas. Ils me posèrent quelques questions mais, constatant que je ne répondais que par monosyllabes, ils respectèrent mon silence. Je me contentai de dresser la tente à côté de l'autre, immense en comparaison. Puis je bus un peu et mangeai la dernière tomate qu'il me restait d'Iliat, écoutant leur conversation. Elle allait et venait, sans sens ni direction, comme portée par la houle qui remplissait tout l'espace entre leurs paroles. La lumière des lampes à batterie baissa jusqu'à s'éteindre. Je m'apprêtais à me retirer dans la tente quand celle qui m'avait appelé s'approcha de moi. Derrière elle, les trois autres se dirigeaient vers la grande tente. Je ne me souviens pas d'à quoi elle ressemblait. Je me souviens seulement de la sensation de son visage très près du mien quand elle me demanda :

« Tu veux venir avec nous ? »

Je secouai la tête.

« Alors, insista-t-elle, tu veux que je vienne avec toi ? »

J'hésitai. Je n'avais pas fait l'amour depuis plusieurs mois. Depuis la nuit passée avec Gob. J'hésitai mais je finis par repousser la proposition.

« C'est gentil, mais je n'ai pas vraiment envie de ça. »

L'inconnue haussa les épaules avec désinvolture.

« Tant pis pour toi. »

Elle posa rapidement ses lèvres sur les miennes et, avant de s'éloigner, elle ajouta d'une voix haut perchée :

« Il n'y a que les imbéciles qui ne changent pas d'avis ! »

Puis elle est entrée dans la grande tente avec les trois autres. Seul allongé dans le sac de couchage, j'ai repensé au soir où j'avais repoussé Shauna. Comme cela me semblait lointain. J'ai hésité à me relever et à aller les rejoindre. Les murmures complices et les gémissements de plaisir m'en ont dissuadé. Je ne faisais pas partie de cette histoire. Leur désir me semblait une chose étrange et bien éloignée de moi. Le bruit régulier du ressac n'a pas tardé à masquer celui venu de la tente voisine et je me suis endormi.

À mon réveil, ils dormaient encore. J'ai démonté la tente en faisant le moins de bruit possible et je me suis mis en route. L'aube nuageuse était grise et rose. Je marchai toute la journée, m'arrêtant seulement pour remplir la gourde aux ruisseaux qui s'écoulaient jusqu'à la mer. Il pleuvait doucement. Je finis par passer un imperméable. Les gouttes claquaient doucement sur la toile. Je ne pensais à rien d'autre qu'à l'endroit où j'allais poser le pied suivant.

J'ai rencontré Silje deux jours plus tard. Je crois que c'était dans un port appelé Nausis, mais les cartes me disent que Nausis est au nord de Litros, donc ce ne peut pas être Nausis. Pourtant, ma mémoire reste persuadée que l'endroit s'appelait Nausis, sans que je puisse réellement savoir pourquoi. Je n'ai jamais visité la réelle Nausis. Celle de mon souvenir, en tout cas, était un port minuscule : quelques maisons rassemblées autour d'une crique et d'une cale de mise à l'eau trop courte qui ne pouvait servir qu'à marée haute. Sur la grève caillouteuse, quelques esquifs attendaient que l'eau les soulevât. L'endroit paraissait neuf. Soit il avait été entièrement reconstruit après la Déclaration d'Antonia, soit il n'existait pas auparavant. Des éoliennes, sur tous les toits, tournaient en permanence. Pour ce que j'eus le temps d'en comprendre, la plupart de ses habitants pêchaient. Il n'y avait pas de lignes de train qui y menait et le poisson qu'ils ne consommaient pas était acheminé jusqu'à la gare la plus proche à l'aide d'une automobile électrique dont l'autonomie ne suffisait pas toujours ou dans des charrettes tirées à vélo. Je n'ai pu retenir un sifflement en voyant les côtes sur lesquelles ils devaient pédaler.

En arrivant là, j'eus le sentiment de découvrir un endroit caché, bien que ce fût une réaction absurde : le village était une étape sur le sentier côtier. Je m'y arrêtai pour utiliser les douches et la laverie communales dont l'accès était ouvert par la carte verte. Après plusieurs jours à porter ma propre sueur et l'odeur de la pluie, j'accueillis la douche avec plaisir. Comme la plupart des maisons, elle était alimentée par des réservoirs qui recueillaient l'eau de pluie, abondante même en été. Je m'assis sur un banc devant la laverie pendant que les machines tournaient, lavaient et séchaient le linge. Je ne savais quoi faire, alors je ne faisais rien, les mains posées à plat sur les cuisses. Je ne pouvais m'empêcher de penser à Gob qui, à la moindre occasion, sortait un livre. J'hésitais à prendre le terminal et à l'allumer quand Silje s'est assise à côté de moi. J'ai sursauté. Elle a ri ouvertement. J'ai rougi.

« Je suis désolée, a-t-elle dit, pas désolée du tout. Je ne voulais pas te faire peur.

— Ce n'est pas grave. »

Elle a étendu les jambes, s'est si bien avachie sur le banc que je me suis demandé comment elle y tenait encore, tout en poussant un bâillement de satisfaction. Ses cheveux mouillés étaient emballés dans une serviette éponge.

« Ça fait du bien, pas vrai ? »

Malgré moi, j'ai souri.

« Oui, c'est vrai. Mais je pense que j'aurais dû aller me baigner avant de me laver. Je regrette maintenant. »

Je me suis arrêté, surpris d'avoir prononcé tant de mots.

« Ah ! Ce ne sont pas les occasions qui manquent, va !

— Je trouverai bien un autre endroit, plus loin, quand la marée sera haute. »

Malgré moi, j'ai désigné le sud, où le sentier se faufilait entre deux maisons et décrivait des lacets sur la falaise à travers les bruyères.

« Où vas-tu ? »

J'ai haussé les épaules.

« Je ne sais pas. Je marche tant que j'en ai envie. Quand j'en aurai assez, je trouverai bien une gare pour le trajet du retour.

— Pour retourner où ?

— À Iliat. »

Silje a hoché lentement la tête.

« Tu en as fait, du chemin.

— C'est vrai. »

Derrière nous, la machine à laver sonna, annonçant que le cycle était achevé. Je me suis levé, j'ai plié les vêtements et les ai rangés dans le sac à dos. Quand je suis sorti, Silje terminait de se sécher les cheveux et les attachait à l'arrière de sa tête en un chignon serré. Elle avait un visage angulaire mais presque toujours souriant. Toute sa silhouette, d'ailleurs, était droite et dénuée de courbes, comme si elle avait été dessinée par une main d'enfant. Plus grande que moi, elle se mouvait cependant avec une certaine grâce. Silje était une de ces personnes pour qui tout semble simple, évident. Quand elle marchait, on aurait dit que ce n'était pas elle qui avançait mais le reste du monde qui se déplaçait pour l'accompagner, la faire glisser jusqu'à sa destination. Quand elle parlait, les murs semblaient l'écouter. Pourtant, elle n'était pas exubérante. Quand elle posait une question, il était presque impossible de ne pas lui répondre et de ne pas dire la vérité, toute la vérité, bien davantage que ce qu'on était prêt à dire à soi-même. Une aura d'aisance et de confiance l'accompagnait partout où elle allait.

« J'ai faim, a-t-elle dit. Allons trouver des provisions, qu'en penses-tu ? »

J'étais d'accord. Malgré la taille minuscule du village, il y avait à Nausis un magasin conventionné, tout petit lui aussi. Nous y avons quand même trouvé de quoi refaire les provisions. Un boulanger y travaillait et toute la boutique sentait le pain chaud. Nous n'avons pas résisté et nous avons mangé des sandwichs chauds, assis sur les cailloux, en regardant la mer monter.

Sans comprendre pourquoi je parlais, guidé imperceptiblement par les questions, je racontai tout à Silje, tout ce que j'avais vécu jusque-là. Pelagoya, Grévi, Iliat, Aster et Lubi, Gob, Livia, Shauna, Ulf, Merlin, les Ateliers Lumière, l'Héliotrope, les pizzas pimentées, l'université, les difficultés mathématiques. Quand nous avons eu terminé notre repas, nous avons emprunté le sentier vers le Sud ensemble. Je constatais ma logorrhée mais je ne pouvais m'arrêter. Il fallait que je dise tout. Silje ne parlait presque pas. Elle disait « Ah bon ? », « Pourquoi ? », elle riait brièvement, hochait la tête. Si je marchais devant elle, je me retournais pour qu'elle entende bien. Si elle était quelques mètres en avant, je parlais plus fort. Je parlais tant que j'en avais la gorge et les lèvres sèches et le niveau d'eau dans la gourde descendait rapidement.

Au milieu de l'après-midi, les pins qui obstruaient la vue depuis quelques kilomètres se sont brusquement écartés. Silje a poussé un « Ah ! » de satisfaction. Devant nous s'étendait une crique absolument déserte et l'eau était montée presque jusqu'aux falaises. Nous avons dévalé la pente et nous nous sommes baignés ensemble. Allongés sur des rochers de granit plat, nous avons continué à parler. À son tour, Silje a commencé à me raconter sa vie, m'ayant fait jurer au préalable de ne rien raconter à personne. Aussi, je n'en écrirai rien ici. Sachez seulement qu'elle n'en était pas à son premier périple solitaire, ni à son dernier. Une fois secs, nous avons roulé un joint et nous avons repris la route, plaisamment étourdis par l'herbe. Nous avons passé quelques jours ensemble, dressants les tentes l'une à côté de l'autre, partageants les provisions et des joints qui nous rendaient rigolards. Silje connaissait un répertoire apparemment infini de chansons paillardes qui me faisaient hurler de rire, d'autant qu'elle les chantait d'une voix parfaitement claire et juste qui contrastait affreusement avec les paroles. Les quelques marcheurs que nous croisions s'écartaient pour nous laisser passer et reprenaient parfois un couplet ou deux en s'éloignant dans notre dos.

Un soir, assez tard, alors que, fourbus, nous contemplions le soleil se coucher en grignotant des miettes de fromage séché et des pommes fripées, j'ai repensé à la femme qui m'avait invité à la rejoindre dans la grande tente. J'ai regardé Silje. Je me suis penché vers elle pour l'embrasser. Surprise, elle a reculé. Je me suis figé. Le rouge m'est monté aux joues, je me suis senti idiot.

« Je suis désolée, Umo, mais je sais que ce n'est pas de moi dont tu as envie. »

Elle avait raison, bien sûr. Elle m'a tendu la flasque de rhum que nous partagions le soir depuis que nous cheminions ensemble. Je l'ai remerciée et j'ai bu, en silence.

« Peut-être... », a-t-elle commencé, avant de se perdre dans des pensées qui concernaient certainement des choses que je ne peux pas raconter.

Un dernier rayon de soleil orangé, perçant entre deux lambeaux de nuages, dessinait une ligne lumineuse en travers de son visage, au niveau des pommettes. Je n'osais plus rien dire, ni bouger. J'attendais qu'elle retrouve le fil de ses pensées.

« Peut-être une autre fois », acheva-t-elle.

Puis elle a souri et, aussi simplement que cela, l'incident était oublié.

Après cela, nous avons marché ensemble encore quatre jours, jusqu'à Morzas où Silje est montée dans un train. Je l'ai accompagnée sur le quai et, à travers la fenêtre ouverte du wagon où elle s'était déjà installée, elle m'a demandé ce que je comptais faire.

« Je vais marcher encore un peu et puis je finirai bien par rentrer à Iliat.

— Il y a d'autres villes, a remarqué Silje. Il y a d'autres universités.

— C'est vrai, mais je crois que j'aime bien celle-ci, tout compte fait. »

Silje a hoché la tête. Ses yeux se sont écarquillés, sous le coup d'une idée subite. Elle a couru à sa façon élégante jusqu'au sac rangé dans les casiers à l'extrémité du wagon, y a plongé la main. Elle est revenue à la fenêtre et m'a tendu un pochon plein d'herbe.

« Pour la route ! »

Je l'ai fourré dans la poche du short couvert de poussière en la remerciant. Une sonnerie annonça le départ du train.

« Eh bien, a conclu Silje, amuse-toi bien alors. Bon courage pour les mathématiques. »

J'ai regardé s'éloigner le train en souriant.

Les jours suivants se confondent dans ma mémoire. Je me souviens d'avoir marché, mangé, d'avoir dressé la tente, d'avoir fumé de l'herbe, de m'être baigné, d'avoir marché encore, mangé encore, fumé encore. Les impressions se mélangent sans respect de la chronologie. Il est possible que ce soit un effet de l'herbe que je fumais beaucoup. Je ne crois pas avoir fait après Silje d'autres rencontres mémorables. En tout cas, je ne m'en souviens pas. Seul le long du sentier, l'esprit enfumé, avec pour seuls compagnons le chuintement régulier du ressac et les averses régulières, j'étais aussi loin de moi-même que j'aie jamais pu l'être. Il me fallait aller le plus loin possible pour revenir. Je me souviens d'une plaque, inélégamment incrustée dans le sol d'une pointe rocheuse, dont le texte informait les lecteurs qu'ils étaient parvenus à l'extrémité occidentale du pays. Il n'y avait rien de plus à l'ouest. J'étais parvenu au bout. J'étais tout seul avec la mer. Il n'y avait rien de plus à voir.

Alors, sans trop savoir comment, je me suis retrouvé assis dans un train en direction de Télégie, où j'ai changé pour retourner à Iliat.

Le mois d'août était bien avancé. Après ces semaines passées au bout du monde, dans la fraîcheur humide de la côte, la chaleur me frappa à nouveau comme un mur et dissipa d'un seul coup les dernières traces de fumée dans mon esprit. Je ne voulais pas retourner au 3, Pitre. Il y avait de toute façon de bonnes chances que la chambre fût déjà occupée par quelqu'un d'autre. Je me rendis alors jusqu'au quartier de l'université et, après plusieurs tentatives, je finis par dénicher une chambre dans une des résidences occupées majoritairement par des étudiants. C'était une chambre sous les toits, heureusement bien isolée contre la chaleur d'Iliat. Il y avait une demi-douzaine de chambres au même étage, toutes partageantes une salle de bains et une cuisine communes. Le couloir de distribution donnait également directement sur le toit. Celui-ci était couvert d'un gazon épais et, faute d'épaisseur de terre suffisante, il fallait se contenter d'arbustes en pot et de parasols pour faire un peu d'ombre. On y mangeait, on y travaillait, on y faisait la fête aussi.

Pour la première fois de ma vie, je vécus donc sans potager. Il y avait bien les jardins communaux mais les plus proches étaient à plus de trois kilomètres et les étudiants y participaient peu. Il me fallut donc assurer mon alimentation principalement dans les magasins, conventionnés ou non. En vérité, durant l'année qui suivit, je prêtai à peine attention à ce que je mettais dans ma bouche. Je passais dans les allées sans voir vraiment ce que je mettais dans le panier. Je cuisinais sans goût. Je mangeais sans appétit. Ce n'était pas que je n'avais pas faim, au contraire. Seulement, la nourriture ne m'intéressait plus.

Les cours reprirent et je ne me préoccupai dans un premier temps que de cela. Je constatai avec soulagement que l'interruption m'avait été bénéfique. Mon cerveau, durant l'échappée sur la côte, semblait avoir réfléchi sans que j'en eusse conscience et nombre de problèmes sur lesquels j'achoppais avant l'été se dénouaient désormais facilement devant moi. J'avais travaillé sans m'en rendre compte. Les mathématiques ne se présentaient plus à moi comme un royaume d'abstractions quasi religieuses mais comme la simple représentation des réalités matérielles que je constatais chaque jour. Au bout de deux mois de cours, je m'autorisai à pousser un soupir de soulagement. Je constatai que je n'étais pas le seul. Alors, je commençai à sortir de nouveau et je retrouvai les cafés, les bars, les salles de concert que j'avais tant fréquentées durant la première année de salaire.

Dans les premiers temps, mon cœur se pinçait à l'idée de croiser Budur. Peu à peu, cette désagréable sensation disparut. D'une part, je n'avais aucune certitude qu'elle vécût toujours à Iliat. D'autre part, qu'y pouvais-je ? Je retournai même à la Chambre Noire et, au bout de trois ou quatre séances, je cessai de regarder derrière moi pendant le film, poussé par la peur et par le désir de la revoir. Il aurait été facile de charger son profil sur le terminal, mais je m'y refusai. Je me risquai une fois à cliquer sur le nom de Gob. La page était tout aussi vide qu'un an auparavant. J'aurais pu envoyer un message à l'une ou à l'autre, mais je ne le fis pas. J'avais passé une année tout entière dans la tristesse et la colère. Je refusais de prendre le risque de recommencer.

Je fis quelques tentatives pour intégrer des groupes musicaux mais, malgré tous mes efforts, j'étais décidément un bien trop piètre guitariste pour être d'une quelconque utilité. Je continuais toutefois de jouer, seul dans la chambre ou sur les toits, quand j'étais certain que personne ne pouvait m'entendre. C'est pourtant lors d'un de ces essais que je fis la connaissance de Kaze. Elle jouait de la clarinette avec beaucoup de talent et quand, après plusieurs essais avec le groupe dont elle faisait partie, je m'avouai finalement vaincu, elle laissa échapper un soupir de soulagement. Cela me fit rire. Je ne pouvais pas lui en vouloir. Elle fut bien davantage intéressée d'apprendre que je poursuivais des études de génie électrique et électronique. Kaze faisait partie d'une entreprise qui travaillait à la réfection des immeubles de la vieille Iliat et à leur mise en conformité aux normes établies depuis la Déclaration d'Antonia.

« Pourquoi ne pas tout simplement tout raser, lui demandai-je, et reconstruire, comme sur l'autre rive de l'Aurauri ? »

Kaze secoua la tête, visiblement irritée. La question devait lui paraître à la fois courante et stupide.

« Trop de ressources ont été dépensées pour construire cette ville. Ce serait idiot de gâcher. »

Nous étions attablés, à la fin d'une répétition où j'étais venu en simple auditeur, ce qui me plaisait finalement beaucoup plus et arrangeait tout le monde. Elle saisit le reste de baguette posé sur la table.

« Quand ton pain est rassis, tu ne le jettes pas à la poubelle. Tu fais du pain perdu avec ou bien… »

Elle jeta le quignon restant à Bûche, la grosse bouledogue qui, en ce temps-là, l'accompagnait partout où elle allait. La chienne, habituée à l'exercice, se dressa sur ses courtes pattes arrière, saisit le morceau de pain en l'air et l'engloutit en moins de temps qu'il n'en faut pour l'écrire.

« Malheureusement, ajouta Kaze qui s'était penchée pour caresser l'animale derrière les oreilles, on n'a pas encore inventé de chien assez gros ni assez bête pour manger tout ce béton. Alors, il faut faire avec. »

Cela fit rire toute la tablée, et moi avec.

À partir de la semaine suivante, je passai deux jours par semaine avec Kaze et les camarades. Tabula Rasa – c'était le nom de l'entreprise – était mandatée par le conseil communal pour prendre en charge un étage, une maison, plus rarement un immeuble entier. Je fus stupéfait de découvrir combien de bâtiments à Iliat étaient insalubres selon les critères de la Déclaration d'Antonia et toute l'étendue du travail restant.

« Le travail de façade a été fait : les rues, les jardins, les tramways. Maintenant, il reste à terminer le plus difficile. »

En effet, il n'était pas évident de transformer un immeuble ancien en habitat correct et économe en énergie. La plupart du temps, il fallait tout refaire, tout évider jusqu'à ne garder que l'ossature. Les sols en linoleum ou en mauvaise faïence sautaient. On débarrassait les murs de la tapisserie ou de la toile de verre. Nous arrachions les fenêtres entièrement. Alors seulement, quand il ne restait plus que les murs, plus que le squelette de parpaings ou de béton, pouvions-nous commencer la reconstruction selon les spécifications établies par le conseil communal. Il fallait tout isoler de nouveau, poser de grands panneaux de laine de mouton et de chanvre agglomérés. Ceci fait, avant de monter les murs de brique de terre cuite qui constitueraient les parois intérieures, il fallait réaliser toute l'installation électrique, travail complexe facilité par la destruction préalable de tout l'existant. C'était le véritable sens de « Tabula Rasa » : se débarrasser au maximum des restes gênants. Une fois les câbles tirés, les prises installées, les continuités vérifiées et le tout raccordé à la colonne centrale qui menait aux générateurs solaires et éoliens préalablement installés sur le toit, on pouvait monter les cloisons, les crépir, les plâtrer, les peindre. Puis il s'agissait d'isoler le sol et le plafond et d'y faire passer les conduites de chaleur reliées aux cheminées ou aux chaudières. Partout où cela était possible, on installait des parquets massifs. À défaut, nous utilisions des tomettes épaisses qui conservaient la chaleur en hiver et rafraîchissaient l'intérieur en été. Alors venaient les spécialistes des huisseries, qui posaient des fenêtres au double ou triple vitrage. Parfois, si l'orientation le permettait et le nécessitait, on recouvrait la façade d'un enduit spécial, réfléchissant les rayons du soleil l'été et les captant au contraire en dessous d'une certaine température. Un chantier pouvait occuper Tabula Rasa de deux semaines à plusieurs mois, selon l'ampleur du travail. Les habitations ainsi rénovées étaient rendues aux habitants précédents ou bien, lorsqu'il s'agissait d'immeubles complètement désaffectés, la commune annonçait la disponibilité de nouveaux logements ou locaux commerciaux.

La difficulté du travail physique me convenait. Elle me rappelait les journées passées au centre logistique. Après deux jours passés avec Tabula Rasa, je revenais aux cours de l'université l'esprit plus léger et plus concentré. Au fil des mois, je remarquai que je n'étais pas le seul dans ce cas-là. L'année précédente, je n'avais presque pas observé les autres étudiants. Je me rendis compte qu'ils ou elles étaient nombreuses à n'être pas en cours toute la semaine. Je découvris avec étonnement que, malgré la perception mensuelle inconditionnelle du salaire, un certain nombre d'étudiants dans la deuxième ou troisième année de salariat continuaient d'autres activités au cours des études.

Curieux, j'interrogeai un des camarades du cours d'électronique qui s'absentait deux à trois jours par semaine. Il m'apprit qu'il passait ce temps comme horticulteur pour la commune, entretenant les bois et les prés d'Iliat. Quand je lui demandai pourquoi il ne se consacrait pas entièrement à l'université, il haussa les épaules et me jeta un regard étrange.

« Pourquoi le devrais-je ? Rien ne presse. »

Puis il retourna aux calculs sur un calepin, tapotant régulièrement sur les touches de la calculatrice. En y regardant de plus près, je compris que les étudiants qui passaient toutes les journées et les journées *entières* à l'université représentaient en réalité la minorité. Cela tenait, comme je l'ai dit, au fait que les plus jeunes exerçaient une ou plusieurs activités, ainsi qu'à la présence dans les classes de femmes et d'hommes de tous âges qui venaient librement assister à quelques cours, s'absentant de l'entreprise dans laquelle ils travaillaient pour une semaine, deux, voire plusieurs mois. Le camarade que j'avais interrogé avait raison. Rien ne pressait. Une année se terminait et la suivante lui succédait logiquement. Rien n'empêchait de suivre le même cours deux années de suite ou trois si nécessaire. Rien n'empêchait de passer d'un niveau à un autre en cours d'année ou de quitter un domaine pour un autre avant de refaire le chemin dans l'autre sens. Il n'y avait aucun cursus prédéfini, aucun prérequis. Il était certes plus logique de commencer par suivre le cours intitulé « Introduction à la philosophie » avant de se risquer vers « Critique de la *Critique de la raison pure* » ou « La philosophie politique avant la Déclaration d'Antonia », et c'était ce que la plupart des étudiants en philosophie faisaient, mais rien ne l'empêchait *a priori*. Aucun contrôle ou examen ne venait marquer la fin d'une année. L'étudiant qui pensait avoir appris tout ce qu'il voulait apprendre pouvait demander, à tout moment de l'année à l'exception des deux mois d'été, à passer l'épreuve de certification dans un domaine ou dans un autre. S'il la réussissait, il ou elle était certifiée de l'université, que ce soit en littérature comparée ou en langues anciennes. Cette certification apportait une certaine gratification en matière de salaire. Rien n'empêchait l'étudiant d'ensuite continuer les études et c'était même nécessaire pour certaines carrières, comme la médecine ou l'architecture. L'étudiant certifié de médecine, par exemple, devait obtenir son doctorat qui nécessitait de passer autant de temps auprès d'un praticien en activité qu'en classe. Les épreuves d'obtention d'un doctorat étaient très exigeantes mais, tout comme celles de certification, pouvaient être passées autant de fois que nécessaire et il n'était pas rare que des étudiants demandent à la passer dès leur arrivée à l'université, afin d'évaluer l'étendue du travail à venir. Cependant, comme l'avait si éloquemment dit le camarade horticulteur, rien ne pressait.

Nombreux étaient les professeurs qui encourageaient les étudiants à assister à des classes dans des domaines entièrement différents de ceux qu'ils étaient venus étudier en premier lieu. C'est ainsi que j'assistai à des cours de musicologie ou encore d'analyse filmique. Tout en détruisant et en rebâtissant avec Tabula Rasa, je découvrais que le savoir appelle le savoir. Plus j'apprenais de choses dans les domaines les plus variés, plus je voulais en apprendre. Kaze m'expliquait comment bien tenir un rouleau, comment bien lisser une paroi plâtrée et mon esprit réclamait encore de tout comprendre de l'effet Kouletchov, des progressions chromatiques, sans parler de la conception théorique et pratique de résistances et de systèmes de dissipation de chaleur.

En plus de tout cela, je me retrouvai un peu par hasard à accompagner l'orchestre de Kaze, non en qualité de musicien mais comme technicien. Un soir que j'étais sorti les entendre jouer, longtemps après les essais infructueux, arrivé en avance, je remarquai que l'homme chargé d'installer le plateau et de mixer le son se trouvait un peu débordé. Après plusieurs regards appuyés de Kaze, je lui proposai mon aide. Il écarquilla les yeux, surpris, mais, soulagé, il accepta. C'est ainsi que je me retrouvai sur la scène, à dérouler et enrouler des câbles, à régler la hauteur de pieds de microphones qui me paraissaient tous identiques mais que le technicien considérait comme hautement spécifiques. Derrière la console, il se livrait à de mystérieuses manipulations tandis que je me tenais, les bras ballants, au milieu des musiciens. Lorsqu'il se déclara enfin satisfait, l'heure du début du concert approchait et il me fit signe de venir. Je restai à côté de lui pendant tout le spectacle, observant ses gestes sur les différents potentiomètres. De temps en temps, entre les morceaux, je lui posais une question à voix basse à laquelle il répondait brièvement, comme si je le gênais. Je ne comprenais pas. Il m'avait pourtant semblé lui avoir rendu service. Parfois, l'aide que l'on offre à quelqu'un l'offense profondément sans que l'on sache pourquoi.

Je concentrai alors mon attention sur la console, sur les indicateurs de niveaux correspondants à chaque microphone, sur l'effet de chaque bouton, sur le son qui sortait des enceintes. Parfois l'un des musiciens faisait un signe dans notre direction, pointait son index vers le haut ou le bas et le technicien montait ou baissait alors le volume d'une des enceintes de retour en particulier. À la fin du concert, constatant que j'étais toujours là, il me demanda à contrecœur si je voulais bien l'aider à remballer. J'acceptai de bonne grâce. Tout ranger me parut aussi intéressant que tout déployer. Notre travail terminé, je saisis avec plaisir la bière que Kaze m'apportait, fraîchement tirée.

« Ce n'est pas si compliqué, dis-je. C'est un peu comme de l'électricité.

— C'est *exactement* comme de l'électricité », répliqua le technicien, définitivement vexé.

Je ne le revis plus jamais. Quelques jours plus tard, je reçus un appel de Kaze sur le terminal.

« As-tu compris tout ce qu'il faisait, l'autre soir ?

— Oui, enfin à peu près.

— Tu penses pouvoir refaire la même chose ?

— Tout seul ? »

Il y eut un blanc de l'autre côté de la ligne, et un soupir agacé.

« Oui, Umo, tout seul. Sinon je demanderai à quelqu'un d'autre.

— Pourquoi pas. »

C'est ainsi que je commençai à assurer le mixage sonore des concerts de l'orchestre de Kaze. Les premiers temps furent, il faut bien l'avouer, assez chaotiques et souvent catastrophiques, mais les musiciens autant que le public firent preuve, il me semble, d'une grande patience. J'avais beaucoup à apprendre et je le faisais sur le tas. J'empruntais des manuels techniques et des catalogues de microphones à la bibliothèque de l'université pour m'endormir dessus, la veille des concerts de Kaze et du groupe. Tous ces petits tubes noirs, qui m'avaient paru identiques, étaient en fait très différents et leur positionnement sur la scène était critique. Une différence de quelques centimètres pouvait faire une grande différence. Je passai par une phase de minutie absolue qui mit les nerfs des musiciens à rude épreuve, vérifiant chaque connexion, chaque réglage plusieurs fois. Peu à peu, j'appris pourtant à me faire confiance et, surtout, à relâcher la pression. Dans les cafés ou les petites salles dans lesquelles nous jouions, l'essentiel du son venait des musiciens eux-mêmes et non des enceintes de façade. Mon travail consistait essentiellement à assurer un moment confortable aux artistes comme au public. Les concerts terminés, je rangeais patiemment tout le matériel, satisfait d'être en retrait tandis que Kaze et les autres attiraient l'attention. De fil en aiguille, je commençai à travailler avec plusieurs autres groupes et plus seulement avec celui-ci. C'était une façon agréable de passer les soirées et les fins de semaine.

Certains jours, je passais la matinée à l'université, l'après-midi avec Tabula Rasa et une bonne partie de la nuit avec le groupe. Tout cela faisait que j'étais terriblement occupé, ce qui me convenait parfaitement. J'étais absolument décidé à ne pas retomber amoureux et, fort du souvenir du refus de Silje, j'évitais scrupuleusement toute situation à caractère sexuel. Mes envies mêmes paraissaient s'être mises en sommeil et cela me semblait très bien comme cela. Dès que je m'approchais d'un lit, c'était pour y dormir et rien d'autre. Il faut dire que j'étais perpétuellement exténué. Je revis Merlin quelques fois et il m'invita à passer les voir aux Ateliers Lumière. Je lui promis de venir mais l'occasion ne semblait jamais se présenter. Peut-être ne m'autorisais-je pas à y aller car je savais que je risquais de m'y arrêter et les journées n'étaient pas assez longues pour cela.

Quand arriva le mois de mai, je demandai à passer l'épreuve de certification en génie électrique. J'échouai à peu de choses près. Un an plus tôt, cette nouvelle m'aurait certainement abattu mais j'avais appris le flegmatisme de l'université. Je haussai les épaules et, plutôt que de repartir marcher seul sur la côte comme je l'avais prévu, dans l'espoir flou de peut-être y revoir Silje, j'acceptai la proposition de Kaze et du groupe de partir en tournée avec eux. Au fil des derniers mois, ils avaient reçu plusieurs invitations à se produire en dehors d'Iliat, qu'ils avaient repoussées à l'été, trop accaparés par leurs différentes activités, parmi elles Tabula Rasa.

Nous partîmes donc pour six semaines, tellement chargés que les bagages, les instruments et le matériel occupaient à eux seuls un compartiment entier. Ce furent six semaines tourbillonnantes et répétitives, intenses et souvent ennuyeuses, dont chaque instant semblait le plus important mais dont je n'ai gardé aucun souvenir précis ; six semaines à manger mal, peu dormir, arriver dans un endroit inconnu, être reçu, installer le matériel, faire les réglages, attendre l'arrivée du public, assurer le spectacle avec ses aléas, ses moments de grâce et ses échecs, tout compter, tout ranger, tout charrier jusqu'au logement qu'on nous avait gardé, repartir le lendemain matin au petit jour ou bien même au milieu de la nuit ; six semaines durant lesquelles le monde autour de nous ne semblait plus qu'un décor, une scène permanente, durant lesquelles les gens se ressemblaient toutes et les spectateurs aussi, tout comme les concerts. Un soir, alors que nous jouions en plein air dans je ne sais plus quelle cour médiévale, une averse terrible se mit à tomber mais le groupe refusa de s'arrêter. Je me souviens de Kaze, clarinette aux lèvres, essayant de repousser d'une main les cheveux qui lui obstruaient la vue et du batteur dont la caisse claire rendait un son mouillé sous les balais et aussi du contrebassiste tranquille sous la pluie, laissant facilement glisser ses doigts le long du manche, tandis que je me précipitai avec le guitariste, l'organiste et quelques spectateurs de bonne volonté pour couvrir les amplificateurs et autres appareils électriques de bâches imperméables sous le regard du public médusé. Je me souviens de m'être réveillé en plein milieu de la nuit dans un train, sans la moindre idée de l'endroit où j'étais. Ma tête était affalée sur l'épaule du guitariste, lui-même effondré sur le batteur tandis que Kaze s'était écroulée en travers de nous trois. Comme je n'arrivais pas à me rendormir, je me suis levé le plus discrètement possible, ne déclenchant heureusement que quelques grognements. Le wagon tout entier était endormi et non seulement le groupe. Dehors, une claire nuit de pleine lune. De loin en loin, je distinguais les formes lumineuses de villages ou de villes dont j'ignorais le nom. J'ai remonté la rame. J'ai toqué à la porte de la cabine et le conducteur, seule autre personne réveillée du train, m'a dit d'entrer. Il y avait un siège libre à côté de lui. Des voix sortaient d'un poste de radio. J'ai mis du temps à comprendre qu'il s'agissait de la lecture d'un roman. J'ai demandé si je pouvais m'asseoir. Il m'a répondu « Bien sûr ». Alors, en silence, j'ai passé le restant de la nuit à côté de lui jusqu'à ce que sa montre se mette à sonner doucement, qu'il se lève pour réveiller le binôme qui dormait dans une couchette derrière lui, que celui-ci prenne la place en lui souhaitant bonne nuit, sans me demander ce que je faisais là. Il a simplement branché un terminal au poste de radio et du hard-rock, un peu incongru écouté à bas volume, a remplacé le roman dont je n'avais de toute façon réussi à saisir ni les enjeux ni la personnalité des personnages. Au bout de quelque temps, le jour a commencé de poindre. Après s'être raclé la gorge, comme surpris par le son de sa propre voix, le conducteur m'a annoncé que nous arrivions bientôt à destination et que je ferais mieux de retourner dans le wagon. J'ai acquiescé et je l'ai remercié en me levant. Le reste du groupe n'avait pas bougé et dormait toujours à poings fermés. J'ai attrapé le vieux baladeur et le casque que je gardais depuis Grévi. Assis sur un siège vide de l'autre côté de la rame, j'ai regardé le jour se lever, d'une couleur d'eau verte et brumeux encore, en écoutant la guitare de Wakenius qui me racontait son vagabondage, ses errances depuis longtemps terminées, songeant sans amertume que jamais je ne jouerais aussi bien de la guitare ni probablement d'aucun instrument. Je me souviens que j'ai pensé à Gob et aux livres. Je me suis dit qu'elle ressentait sans doute le même genre de sentiment quand elle lisait. Les mots lui parlaient comme pour moi les timbres, les notes, les accents. Je me suis souvenu du livre qu'elle m'avait dit écrire depuis longtemps et je me suis demandé si elle l'avait achevé ou non, ou même si elle l'achèverait un jour. Du coin de l'œil, j'ai aperçu Kaze qui se redressait, battait des paupières, s'étirait, alors que le train ralentissait. Elle a remarqué ma présence et m'a fait un petit signe de la main incertain, ensommeillé, que je lui ai rendu. Quelques minutes plus tard, nous étions attablés autour de cafés et de viennoiseries et le rythme de la tournée reprenait son cours.

Au bout de six semaines, nous étions de retour à Iliat, si complètement épuisés que je ne suis pas sorti de la chambre sous les toits pendant plusieurs jours. Et puis je retournai une nouvelle fois à l'université. Tabula Rasa pouvait se passer de moi et le groupe faisait une pause le temps de se remettre de la tournée. Je me consacrai donc entièrement aux cours et, deux mois plus tard, je repassai l'épreuve de certification et je l'obtins facilement. Par confort ou peut-être simplement par inertie, je continuai tout de même à suivre les cours pendant quelques semaines. En vérité, je ne savais pas quoi faire d'autre. Je retournai travailler avec Tabula Rasa, en attendant de prendre une décision ferme. Dans le même temps, je nouai une liaison avec une jeune femme, primo-salariée, qui habitait le même immeuble que moi. C'était la première relation sentimentale à laquelle je m'autorisais à prendre part depuis le fiasco de Budur. Elle n'était pas faite pour durer : j'avais l'esprit trop tourné vers ailleurs, bien que je ne sache pas dans quelle direction exactement. Nous rompîmes sans drame, sans vraiment nous l'avouer. Nous cessâmes juste de sortir tous les deux et de coucher ensemble. Elle partit quelque temps plus tard. Je ne sais plus où elle allait. Quelques mois passèrent encore. Je restais à l'université sans vraiment le vouloir. Je m'occupais les mains avec Tabula Rasa et les oreilles avec le groupe car c'étaient des choses que je savais faire. Je recommençais à avoir des aventures d'une nuit ou de quelques jours. Me souvenant des paroles de Silje, je faisais de mon mieux pour retrouver le désir de ces personnes-là en particulier et non pas un désir vague et général. C'était le plus souvent moi qui m'éloignais, par respect, car je n'y parvenais pas, ou alors pas longtemps. Comme Silje l'avait dit, ce n'était pas d'elles que j'avais réellement envie. Seulement, je ne savais pas qui je désirais. Je repoussais de toutes mes forces l'image de Gob qui s'imposait parfois à moi. Je passai une semaine ou deux à me convaincre que j'étais amoureux de Kaze et peut-être y réussis-je mais cela ne dura pas longtemps, d'autant qu'elle ne semblait même pas remarquer mes maigres tentatives de me rapprocher d'elle.

Je piétinais. J'attendais je ne savais quoi. Je faisais les cent pas dans ma vie comme on patiente dans le cabinet d'un médecin en retard sur l'horaire.

À cette époque-là, un débat agitait le conseil communal d'Iliat, débat qui trouvait évidemment sa source et des échos dans les forums de discussion accessibles depuis les terminaux, mais qu'on pouvait entendre repris à nombre de terrasses de cafés, de tables de restaurants ou simplement en tendant l'oreille dans la rue. Ce débat portait sur le sort qu'il fallait réserver au site de l'ancienne centrale nucléaire d'Ast, situé à une centaine de kilomètres de la ville. En réalité, la question était loin d'être neuve. Elle était déjà présente dans les premières années suivantes la Déclaration d'Antonia et, à en croire les historiens qui intervenaient ponctuellement, même auparavant. Le réacteur nucléaire lui-même était arrêté depuis bien longtemps et les travaux de démantèlement des réacteurs, commencés avant la Déclaration, étaient également achevés, du moins en ce qui concernait les générateurs et les conduites d'air. Cependant, comme personne ne savait réellement qu'en faire, des dizaines de milliers de tonnes de déchets bétonniers ou métalliques, des conteneurs entiers de poussières plus ou moins dangereuses dormaient toujours dans des hangars de stockage que l'on avait depuis longtemps cessé d'appeler « provisoires ». En m'intéressant un peu au sujet, je fus stupéfait d'apprendre que l'on n'avait toujours pas trouvé non plus de réelle solution quant au traitement des éléments les plus dangereusement radioactifs : les carburants et les composants les plus proches du réacteur. Ils avaient simplement été enfouis, enfermés dans un emballage d'acier et de verre, et puis laissés là en attendant qu'ils terminent leur vie, que leur puissance de radiation se dissipe. Si cette situation suscitait tant d'énervement, et même de colère, ce n'était pas seulement contre l'inconséquence du temps d'avant la Déclaration mais aussi et surtout car nous ne semblions pas avoir avancé d'un pouce depuis. Personne n'avait la plus petite idée de quoi faire de tout cela. Des scientifiques intervenaient ponctuellement, nous assurants que, en ce qui concernait la majorité des déchets stockés et non enfouis, le taux de radiation était à présent si faible qu'on pourrait bientôt, peut-être, se risquer à les recycler. Ces déclarations provoquaient d'importantes levées de boucliers. Et puis quoi encore ? Comment pouvait-on être certain de l'innocuité de ces matériaux ? Les spécialistes répondaient que les normes avaient évolué depuis la Déclaration d'Antonia et que les niveaux d'acceptabilité étaient désormais bien plus bas que ceux que l'on pouvait trouver dans les documents conservés aux archives de l'énergie à Antonia. On pouvait leur faire confiance. Ces tonnes et ces tonnes d'acier et de béton n'allaient pas rester à la même place pour toute l'éternité. Ils pouvaient être utiles de nouveau, tout comme la plupart des déchets liés à la réhabilitation des immeubles d'Iliat même. Considérant même que l'on acceptât ce réemploi, cela ne résolvait pas le problème des déchets enfouis.

Longtemps après la mort de ses responsables, de ses propriétaires, cet héritage subi plutôt que voulu continuait d'empoisonner le monde et l'esprit des habitants.

Enfin, il fallait décider que faire des bâtiments de la centrale en eux-mêmes. Selon les archivistes, si l'on pouvait en croire les sources d'époque, leur décontamination était totale. Les relevés réalisés par les équipes envoyées sur place, dont beaucoup de gens suivaient avidement le travail sur les terminaux, semblaient corroborer ces déclarations. Les lieux eux-mêmes paraissaient dénués de pouvoir de radiation. Deux solutions s'offraient alors : tout raser ou bien en faire quelque chose.

La première semblait la plus populaire. Il faut dire qu'elle promettait un soulagement ou, en tout cas, une certaine satisfaction : celle de voir s'effondrer des bâtiments dont personne ne voulait plus, celle de détruire un des derniers symboles entiers d'un monde passé et nocif. On s'imaginait déjà, assemblés devant les terminaux ou les écrans des bars ou des cafés, observer l'effondrement spectaculaire de ces immenses cheminées qui, de l'avis de presque tous, gâchaient le paysage. Ce serait une fête, un jour à marquer d'une pierre blanche. Les déchets résultants de la destruction, puisqu'ils n'étaient pas nocifs, pourraient eux être réutilisés sans souci, après bien sûr une période de conservation, d'observation et de mesure. Mais ce recyclage, les partisans de la destruction n'y songeaient qu'à peine. Ce qu'ils voulaient, c'était voir tomber les cheminées pour avoir le sentiment d'en être débarrassés. Que meurent pour de bon ces horribles bâtiments ! Cependant, remarquaient les contradicteurs, cela ne résoudrait pas le problème des déchets enfouis. Les partisans de la démolition haussaient les épaules. On finirait bien par trouver une solution. En cela, ils reproduisaient sans le savoir le comportement même qui avait amené à cette situation.

La deuxième solution consistait à occuper les locaux vacants. Pour en faire quoi ? Tout d'abord, un musée, mais aussi un centre de recherche dédié au traitement et au recyclage des déchets radioactifs. Les hangars de stockage « provisoire » n'étaient pas très éloignés de l'ancienne centrale, ce qui faciliterait leur étude et leur contrôle. Le travail du musée, animé par les mêmes scientifiques et des historiens, porterait sur l'histoire de la production d'énergie avant et après la Déclaration d'Antonia, sur les circonstances mêmes qui avaient abouti à la construction de centrales énergétiques à fission nucléaire comme celle d'Ast. L'idée était belle et présentée avec un certain luxe de détail et d'illustrations. Elle prévoyait la mise en friche des terres avoisinantes afin que celles-ci se renouvellent et retrouvent, sinon de la fertilité, tout au moins une certaine sanité. Tout ce processus serait bien sûr soumis à un strict contrôle de la pollinisation afin d'éviter la diffusion d'espèces rendues malades par l'éventuelle radioactivité des sols. Il se passerait certainement des siècles avant qu'il soit possible de cultiver sans risque quoi que ce soit de comestible à Ast. Là encore, les partisans du musée haussaient les épaules et clamaient « Nous avons le temps », bien que ce fût pour des raisons très différentes de celles du camp adverse.

Après plusieurs mois de débat très suivis au conseil communal d'Iliat, la question fut discutée quelques jours à l'Assemblée législative. Celle-ci n'était pas seule décisionnaire mais comptait tout de même pour un tiers. En effet, Ast n'était pas la dernière centrale ancienne dont le sort restait en balance. L'Assemblée se prononça en faveur de la solution « musée » à une très légère majorité. Ce résultat pesa peut-être un peu sur les esprits car, lorsque le choix fut soumis en votation aux habitants d'Iliat et des alentours, ce fut encore le musée qui l'emporta, avec cette fois-ci une marge plus conséquente. Chaque votation durait une semaine durant laquelle toute personne pouvait voter via le terminal grâce à son identifiant unique. Durant toute la semaine, on ne parla que de ça. Les cours de l'université furent tous perturbés. On avait peine à se concentrer sur le travail. Le chantier sur lequel je m'étais rengagé avec Tabula Rasa avançait au ralenti. Le vote n'était pas définitif : chacune était libre de revenir sur son choix autant de fois qu'il lui semblait bon. Seule comptait la réponse donnée à l'heure de la clôture des votes. Les yeux fixés sur l'écran du terminal, je regardai les deux propositions, lisant et relisant les documents joints. Je choisis d'abord le musée. Deux jours plus tard, après un débat houleux avec des camarades de l'université, je basculai vers la démolition. Enfin, je finis par revenir vers le musée, deux jours avant la fin la clôture de la votation. Pour me tenir à ma décision, j'abandonnai le terminal dans la chambre sous les toits et n'y touchai plus jusqu'à la clôture.

L'annonce du résultat suscita encore quelques réactions et protestations mais celles-ci s'éteignirent vite. La décision prise et actée par le conseil communal, le sujet cessa d'être un centre d'intérêt majoritaire. On pouvait toujours en suivre l'avancement via le terminal, au même titre que de nombreux travaux communs décidés par votation. Pour ma part, j'aurais probablement oublié toute l'affaire si Kaze n'avait pas appelé à une réunion de tous les camarades de Tabula Rasa. C'était, je m'en souviens, un soir de juin et nous étions assis sur l'herbe d'une avenue. La chaleur ne voulait pas tomber et nous agitions vainement des éventails. Quelques-uns étaient venus directement d'un chantier vêtus de vêtements tachés de peinture et de plâtre. Pour ma part, j'avais passé une journée paresseuse à l'université, hésitant entre plusieurs cours, allant d'une salle à l'autre sans réussir à m'intéresser vraiment à un sujet ou à un autre, sentant bien que mes allées et venues suscitaient de l'irritation autour de moi, parmi les étudiants comme parmi les professeurs.

« Vous avez tous entendu parler du futur musée d'Ast... », commença Kaze.

Comprenant où elle voulait en venir, plusieurs membres de Tabula Rasa soupirèrent ou poussèrent carrément des grognements agacés. Kaze les ignora.

« Je sors d'une rencontre au conseil communal avec les responsables des travaux. Ils proposent à Tabula Rasa d'assurer une bonne partie de la rénovation des bâtiments du musée lui-même. Je voulais que nous en parlions avant de leur répondre.

— À combien de temps estiment-ils la durée des travaux ?

— Selon les effectifs, trois ou quatre mois.

— Tout ce temps !

— Et si les locaux ne sont pas vraiment décontaminés ?

— Les scientifiques ont rendu rapport sur rapport !
— Et s'ils se trompent ?
— Ça ou la poussière de laine de verre des combles d'Iliat...
— On ne sait pas ce qu'il peut se passer. En cas de contamination, on multiplie le risque de cancers. »

Il avait suffi d'une étincelle pour faire repartir le débat comme avant la votation. Kaze leva la main pour demander à reprendre la parole.

« Je sais que le sujet est sensible. Il me semble que nous n'avons pas d'autre choix que faire confiance aux scientifiques qui nous assurent que travailler là-bas ne représente plus de risque. Voilà ce que je vous propose : s'il y a des volontaires en nombre suffisant parmi vous pour y aller, Tabula Rasa acceptera le mandat. Dans le cas contraire, ce n'est de toute façon pas le travail qui manque ici. Alors voilà, celles et ceux parmi vous qui sont prêts à aller travailler au musée d'Ast, levez la main. »

Sur un peu plus d'une trentaine de présents, une petite moitié leva la main, dont je faisais partie. Kaze hocha la tête.

« Très bien. Je vais rapporter la décision au conseil communal, et nous verrons s'ils maintiennent leur proposition. »

Le conseil communal maintint sa proposition et, deux semaines plus tard, je partis avec une quinzaine de camarades, dont Kaze, pour Ast. Nous étions tous un peu fébriles. C'était un chantier plus vaste que tous ceux que nous avions réalisés jusqu'ici et il nous semblait étrangement plus important. La réfection d'habitations était une chose, mais transformer une centrale nucléaire en musée, c'était *autre chose*. Nous avions le sentiment paradoxal que notre travail serait plus durable parce qu'il aurait une valeur symbolique. On viendrait sans doute de loin pour le voir, sans le voir, dissimulé par les expositions du musée.

Sur place, on nous logea dans une série d'isbas très confortables bâties en demi-cercle autour de l'ancienne centrale. Kaze n'avait pas menti. Il y avait un ouvrage considérable à faire et les délais prévus nous parurent immédiatement insuffisants, ce que nous fîmes remonter au comité chargé du suivi des travaux. Les bâtiments, anciens et immenses, avaient depuis longtemps été dénudés. Le démantèlement avait été soucieux. Il ne restait plus rien que le sol, la charpente métallique antique et un toit percé en plusieurs endroits.

L'installation électrique n'était pas à refaire : il fallait en faire une nouvelle en repartant de rien. Les premiers jours, nous errâmes dans ces monstrueuses constructions de béton, plans en main, comparant ce que nous étions censés faire advenir et l'état actuel des choses, mesurant à chaque pas l'écart terrible entre les deux. Les livraisons de matériaux avaient commencé. Ils arrivaient par wagons entiers, cahotant sur la vieille ligne de chemin de fer mal entretenue depuis des décennies.

Devant l'ampleur de la tâche, nous faillîmes nous laisser aller au découragement mais Kaze nous rassura. Si Tabula Rasa avait été chargée de la maîtrise d'œuvre de la création du musée, le conseil communal avait fait appel à d'autres entreprises pour travailler avec nous. Il y eut bientôt plus d'une centaine de personnes sur le chantier du musée, et c'était sans compter les équipes chargées de la construction des laboratoires de recherche, dont la direction avait été confiée à une entreprise venue de Télégie spécialisée dans ce domaine. Les isbas ne tardèrent pas à être pleines à craquer et il fallut demander au conseil communal la construction d'autres, construction qui nécessitait elle-même de loger plusieurs dizaines de travailleurs. Au bout d'une semaine, noyé dans la foule, je me demandai si celles et ceux qui avaient gardé la main baissée n'avaient pas eu raison. Quand le travail démarra pour de bon, il m'emporta comme une vague des plages du Nord, capables de repousser tous les baigneurs sur plusieurs mètres de distance. Dire qu'il chassa mes doutes est un euphémisme. Je n'avais plus le temps ni l'énergie de penser à quoi que ce soit d'autre. Le soir venu, je tombais sur le lit en prenant à peine le temps de dîner. L'ampleur des travaux était phénoménale. Il fallait poser des hectomètres de matériaux isolants, empiler des dizaines de milliers de briques, poser des tonnes d'enduit et étaler des millions de litres de peinture. Nous déroulions des kilomètres de câbles, réalisions et vérifiions des centaines de points de connexion. Les puissances électriques nécessaires à faire fonctionner tout le musée, si elles n'atteignaient pas les hauteurs stratosphériques que, à en croire les historiens, la centrale produisait quand elle fonctionnait, auraient suffi à éclairer et chauffer toute une avenue d'Iliat. Il était impossible, comme je l'avais fait jusque-là aux Ateliers Lumière ou même avec Tabula Rasa, de me concentrer sur une tâche en particulier par jour et d'espérer l'achever. Tout se faisait en même temps et prenait des semaines. Entre-temps, une chose que l'on croyait avoir terminée se révélait défectueuse et il fallait recommencer. Un bloc de panneaux solaires ne fonctionnait pas et c'était tout le circuit qu'il fallait vérifier. Toutes les gaines devaient pouvoir être accessibles à tout moment : nous ménagions des ouvertures et des coffrages absolument partout. Je passai une journée entière à ramper dans des conduites, éclairé seulement par une lampe frontale et une lampe à diodes portative à la recherche de la minuscule soudure défectueuse qui faisait dysfonctionner tout le reste du circuit, conscient que cette panne en entraînait d'autres, et d'autres encore en cascade, sans fin, empêchant d'autres équipes d'avancer dans le travail. Chaque partie du chantier était liée à tout le reste.

Au milieu de tout cela se tenait Kaze. Elle paraissait immobile et pourtant, où que l'on soit, il suffisait de regarder par-dessus son épaule pour l'apercevoir, toujours à portée de voix. Elle était au courant de l'avancement de toutes les parties du chantier. Elle recevait toutes les doléances, entendait toutes plaintes, répandait toutes les satisfactions. Elle répondait à toutes les questions qu'on lui posait et, si elle ne pouvait pas le faire, transmettait la question au comité du conseil communal en charge du chantier. Les réponses finissaient par arriver et, quand elles n'étaient pas satisfaisantes, elle avait un petit sourire qui signifiait : « Je sais, mais que voulez-vous que j'y fasse ? » Première levée, je ne la voyais jamais se coucher, jamais dormir. D'Iliat, nous avions amené avec nous l'habitude de la sieste, et c'était heureux car, certains jours, la chaleur était tout simplement accablante. Je ne vis jamais Kaze faire la sieste. Dès le réveil, dès le retour au chantier, je la retrouvais dans la même position qu'avant de déjeuner : un terminal dans une main, des papiers dans l'autre. Ici elle donnait des directives, là elle distribuait des félicitations. Un soir, je rentrai à l'isba pour la trouver aux fourneaux, dodelinant de la tête au rythme d'un morceau de musique funk. Encore trempé de sueur, je m'approchai et je lui proposai de l'aide. Elle me sourit mais je sentis derrière cette expression toute sa fatigue, à laquelle ma proposition ne faisait que contribuer.

« C'est gentil, Umo, dit-elle, mais je préfère cuisiner toute seule. Va plutôt te laver. »

Je ne me le fis pas dire deux fois et quand je revins dans la cuisine, une heure plus tard, une marmite de chili était posée sur la plaque électrique. À côté de l'escalier, un bol et une cuiller s'égouttaient. Kaze n'était pas couchée. Je devinai qu'elle était repartie sur le chantier se livrer à des inspections nocturnes. Je me servis une part et je tirai une chaise sur le perron de l'isba pour dîner. Face à moi, le chantier s'éteignait doucement. Il ne faisait pas encore tout à fait nuit. À travers les fenêtres et les ouvertures encore béantes des bâtiments de l'ancienne centrale, je devinais quelques points de lumière blanche qui allaient et venaient. Kaze était certainement l'un d'entre eux. Les larmes me montèrent soudain aux yeux, non sous le coup d'une émotion particulière mais à cause du piment dans le bol. Une fois le repas terminé, je restai longtemps assis à cette place, saluant les camarades qui rentraient dîner et se coucher ou ressortaient se promener, seuls ou à plusieurs. Je fumai un joint dans l'obscurité grandissante, guettant toujours le retour de Kaze. Vers minuit, j'abandonnai et je m'écroulai sur un lit tout habillé. Le lendemain matin, quand j'arrivai sur le chantier, j'y trouvai Kaze déjà là et je me demandai si elle y avait passé la nuit.

Au fil des semaines, le chantier commença à ressembler à mes yeux au secondaire de Grévi. C'était lui aussi un groupe de gens plus ou moins séparé du reste du monde. Quelques camarades repartaient parfois vers Iliat pour quelques jours, mais c'était rare. Il y avait comme un accord tacite entre nous qui voulait que nous ne partirions qu'une fois le travail entièrement achevé. D'ici là, le chantier était le monde entier. Alors il s'y jouait le même jeu d'entente et de mésentente, de liaisons et de ruptures qu'au secondaire. Une nouvelle fois, j'observais tout cela comme à distance. Cette fois-ci, pourtant, je n'éprouvais aucune solitude et ne me sentais pas à l'écart. C'était plutôt volontairement que je ne recherchais pas d'intimité sexuelle ou affective. Je voyais les couples et autres groupes se former, je remarquai quelquefois les invitations qu'on me faisait, mais je ne ressentais aucune envie de les rejoindre. J'étais convaincu de vouloir me consacrer au travail et rien qu'au travail. Je ne sais pas si c'était la vérité au début, mais cela le devint vite : voyant que je me tenais à l'écart, on m'y laissa. On respecta la distance que je créais entre les camarades et moi, tout comme j'avais laissé Kaze cuisiner seule pour tous bien qu'elle semblât déjà au comble de la fatigue. J'entendais les rires, les murmures. Je remarquais les gestes et les départs simultanés, les disparitions inexpliquées en plein milieu de la journée. Je n'en disais rien. À force de vouloir m'en convaincre, j'avais, je crois, réussi à atteindre mon but : je n'en pensais rien. Quand j'éprouvais du désir, je le contemplais comme je contemplais la centrale le soir :

une chose ancienne dont je ne savais plus que faire. Je me masturbais quelquefois, sans réelles pensées érotiques. Le travail avançait, plus lentement qu'il n'était prévu, mais il avançait.

Une autre chose rapprocha Ast et Grévi. Une après-midi, alors que je me réveillais de la sieste la tête encore pleine de soucis liés à l'éclairage d'une des salles d'exposition, je reconnus une silhouette qui se tenait au milieu du tracé de ce qui devait être l'entrée du musée, dont les cloisons n'étaient pas encore montées.

« Livia ? »

Elle se retourna. C'était bien elle. Elle me reconnut tout de suite et se précipita vers moi, laissante les personnes avec lesquelles elle était en conversation. Nous nous étreignîmes longtemps. Elle était tout aussi surprise de me voir que moi.

« Mais, s'exclama-t-elle, qu'est-ce que tu fais là ? »

Je désignai d'un geste tout le chantier :

« Je travaille.

— Moi aussi ! »

Elle m'expliqua qu'elle faisait partie de l'équipe envoyée d'Antonia pour concevoir la partie historique du musée. Depuis plus de trois ans qu'elle avait quitté Grévi, elle n'avait presque pas bougé des archives.

« Il y en a tellement ! »

Comme j'avais du travail et que ses interlocuteurs lui lançaient des regards impatients, nous décidâmes de nous retrouver le soir pour dîner. Une étrange sensation m'accompagna toute l'après-midi : comme si, avec l'apparition de Livia, la bulle qui séparait Ast du monde extérieur s'était rompue. Sa présence dans cette partie de ma vie était presque saugrenue. Malgré moi, je constatai que ce trouble avait quelque ressemblance avec celui qu'avaient déclenché les messages de Gob m'annonçante qu'elle était à Iliat, deux ans auparavant. Bien sûr, c'était idiot. Il n'y avait aucune raison pour que la présence de Livia bouleversât ma vie.

Le soir venu, Livia m'invita à la rejoindre dans l'isba qu'elle occupait avec les autres envoyés des archives. Elle me présenta, me les présenta mais je dois avouer que j'ai depuis longtemps oublié leurs noms et leurs visages. D'ailleurs, ils ne tardèrent pas à nous laisser seuls. Le voyage avait sans doute été épuisant. Si elle était fatiguée, Livia n'en montrait rien. Elle ne tarissait pas sur le musée, sur la chance que c'était ainsi que sur l'importance de ce travail.

« J'ai été tellement soulagée quand les gens d'Iliat… quand *vous* avez choisi cette idée. Il y a tellement d'autres endroits où l'on a effacé toutes les traces du monde d'avant la Déclaration. À Antonia, c'est différent bien sûr, puisque la ville est neuve. »

Je lui parlai alors de Tabula Rasa et du travail de rénovation que le conseil communal menait, en même temps que l'extension de l'Iliat nouvelle. Je lui parlai du centre logistique, des Ateliers Lumière qui avaient été des studios de cinéma et de l'université. Je ne lui parlai pas de Budur, ni de Gob. Les yeux de Livia brillaient. Je lui parlai aussi de la côte, de Ville-Creuse et du monorail cahotant.

« Tu as fait tellement de choses ! Je me sens bête, moi qui ne sors presque jamais des archives ! Dans le train pour venir, je me suis rendu compte que je connaissais les noms de presque tous les endroits que nous traversions sans pourtant jamais y être allée.

— Mais tu es sortie, ça y est, répondis-je avec un petit sourire.

— Je ne suis sortie que parce qu'on me l'a demandé. Tu as devant toi l'une des spécialistes les plus pointues des infrastructures pré-Déclaration. Enfin, spécialiste des documents qui en parlent, en tout cas. »

Nous éclatâmes tous les deux de rire. Elle remplit deux verres de vin rouge venu d'Antonia.

« En tout cas, je suis contente de te voir, Umo.

— Moi aussi. »

Nous trinquâmes à rien en particulier, simplement pour le plaisir des verres qui tintent l'un contre l'autre et du vin qui remue, risquant de déborder et qui déborde d'ailleurs un peu, tâchant la nappe. Nous avons beaucoup bu ce soir-là et jusqu'à tard dans la nuit si bien que, le lendemain matin, je fus l'un des derniers arrivés sur le chantier. Nous parlâmes un peu de Grévi mais surtout de tout le reste. Je lui demandai des nouvelles d'Ulf. Elle m'apprit qu'il allait et venait toujours, s'arrêtant parfois quelques semaines à Antonia, semaines qu'ils passaient ensemble. Le reste du temps, elle ne savait presque rien de ce qu'il faisait. Il voyageait, voulait tout voir, ne pouvait rester en place et cette attitude se mariait mal avec la sienne, plongée dans les archives la majorité du temps. Quand je lui demandai s'il lui manquait, elle sourit d'un air malicieux et me dit qu'elle ne souffrait pas de la solitude.

« Et toi ? » m'interrogea-t-elle brusquement.

Je tentai d'éluder le sujet mais Livia voulait savoir.

« Je m'en voudrais de te savoir tout seul et de ne rien y faire » ironisa-t-elle en posant sa main sur la mienne, que je retirai doucement.

Je pris une gorgée de vin, en silence. Livia fit la moue.

« C'est encore à propos de Gob ? »

Je hochai la tête. Livia soupira mais sans méchanceté.

« Je ne peux pas t'en vouloir. Quand Ulf arrive et s'en va une nouvelle fois, je ne fais pas la fière. »

Brusquement, je lui racontai tout ce que je ne lui avais pas raconté jusque-là. Les aventures sans conséquence, le 3, Pitre, Budur, le tramway rempli d'un orchestre saoul, et puis Gob, son apparition et sa disparition. Je lui racontai aussi l'inconnue dans la grande tente que j'avais repoussée et Silje qui m'avait repoussé. Les mots sortaient difficilement et, entre les phrases, je faisais couler de grandes gorgées de vin dans ma gorge dans l'espoir de la dénouer. Tout sortit d'un coup et il me semblait presque voir mon amertume former un tas bilieux au milieu de la table. Pourtant je ne me sentais pas plus léger. Livia gardait les yeux fixés sur la table comme si elle le voyait aussi bien que moi.

« Je suppose, commença-t-elle, relevante la tête, que même la meilleure partie de jambes en l'air de ta vie ne te ferait pas oublier tout ça. »

Nous éclatâmes de rire, brusquement. Elle me demanda si j'avais de l'herbe. J'acquiesçai. Nous sortîmes sur le perron. La centrale était entièrement plongée dans l'obscurité. Livia recracha une première bouffée, la tête penchée en arrière, le regard vers le ciel étoilé.

« On les voit tellement bien ! À Antonia, ce n'est même pas la peine d'y penser. Même si l'éclairage est réduit la nuit… Il y a simplement trop de monde. »

Elle me tendit le joint.

« C'est difficile, continua Livia.

— Quoi donc ?

— L'amour. »

Je pouffai, m'étranglai avec la fumée, toussai. Livia me donna une bourrade dans le bras.

« Je suis sérieuse ! Je sais que j'aime Ulf, plus que tous les autres, et je sais qu'il m'aime aussi, à sa façon. J'aime beaucoup d'autres gens… même toi, sinon on ne serait pas là ! Mais Ulf c'est différent.

— Différent comment ?

— Comme nécessaire. Je ne peux pas ne pas aimer Ulf alors que, tous les autres, je pourrais ne pas les aimer.

— Tu ne te demandes jamais si ça ne vient pas de Pelagoya ? Du fait qu'on a grandi ensemble, depuis si longtemps.

— Peut-être. Mais regarde Gob. Elle n'était pas de Pelagoya. Elle ne faisait qu'y passer et pourtant…

— Comme à Iliat. Elle n'a fait qu'y passer. »

Livia a grogné.

« Parfois je me dis que c'était certainement plus simple avant la Déclaration d'Antonia.

— Pourquoi ?

— L'amour n'existait pas. Il y avait le mariage, mais le mariage n'avait rien à voir avec l'amour. Le mariage avait à voir avec la propriété. C'était un contrat où les deux personnes s'offraient une possession mutuelle et mettaient en commun toutes leurs propriétés. »

Le ton de sa voix se faisait plus fort, son débit plus rapide, comme si elle prononçait là des choses depuis longtemps pensées mais jamais dites à quelqu'un d'autre.

« Il y avait des noms de famille et l'un des deux mariés, le plus souvent la femme, prenait le nom de famille de l'autre, pour bien montrer encore sa possession. Les enfants portaient l'un ou les deux noms pour signifier à quelle lignée ils appartenaient. À la mort de quelqu'un, ses possessions étaient divisées entre son époux, son épouse, ses enfants. Pendant longtemps, les femmes n'ont pas eu le droit de travailler en dehors du foyer. On disait que c'était naturel qu'elles fassent la cuisine, qu'elles s'occupent de leurs enfants. Pour qu'elles oublient qu'elles étaient possédées, on appelait ça "l'amour". "L'amour maternel". »

Elle marqua une pause, tira sur le joint, me le rendit.

« Et puis quand il n'y a pas eu d'autre choix que de les faire travailler en dehors du foyer, parce qu'il n'y avait pas assez d'hommes ou parce qu'il y avait la guerre, elles ont été moins bien payées, bien sûr. Et puis, le soir, après le travail, il leur restait encore l'amour à faire. Nettoyer, langer, torcher, embrasser, baiser. Tout l'amour à faire. Rien que de la possession. Mais les hommes étaient possédés aussi. Leur amour à eux, c'était l'argent, les cadeaux, la survie du foyer. Si tu savais le nombre de documents juridiques dans lesquels on peut lire qu'un homme battait *sa* femme "parce qu'il l'aimait". Ils ne mentaient pas. C'était l'amour qu'on lui avait enseigné. La possession et les coups. »

Livia s'arrêta.

« Au moins, ils savaient ce que c'était. Ils en avaient une idée claire : l'amour. L'Amour, avec un grand A. L'Amour de *sa* vie. Chercher l'Amour. Chercher les coups. Chercher à torcher. Chercher à posséder. Chercher la propriété. »

Elle a poussé un soupir.

« Ah ! Qu'est-ce que ça a dû être difficile pour celles et ceux qui ont rédigé la Déclaration d'Antonia ! Qu'est-ce qu'ils ont dû en baver pour désapprendre tout ça, pour arrêter d'*aimer*, pour trouver le temps de chercher ce que c'était vraiment que l'amour. " Préambule à la Déclaration d'Antonia, article 1 : Il n'y a de propriété que d'usage. " " Article 5... "

— "L'être humain ne se peut posséder par contrainte ou contrat " », complétai-je, récitant une leçon apprise des années plus tôt.

Livia hocha la tête.

« Comme ça devait être simple quand on pouvait se posséder les uns les autres. Comme ça devait être rassurant ! Comme ça devait être facile ! »

Je tirai les dernières bouffées. Le joint minuscule me brûla les lèvres.

« Est-ce qu'il y a des fois où j'aimerais empêcher Ulf de repartir ? Oui. Est-ce que parfois je pense qu'il ne devrait pas avoir le droit de faire ça, que je devrais pouvoir le contraindre, l'attacher à moi si fort qu'il n'ait pas d'autre choix que de rester ? Évidemment. Est-ce que c'est difficile ?

— Oui, répondis-je à sa place.

— Est-ce que tu aimerais Gob si tu pouvais l'empêcher d'être qui elle est, et rien d'autre ?

— Non.

— As-tu déjà lu la Déclaration en entier ? »

Je secouai la tête.

« Il y a un passage - je ne m'en souviens plus exactement - qui dit que dans le monde d'avant tout était facile et que cette facilité était un mensonge. »

D'un doigt engourdi par la fumée, elle désigna l'ancienne centrale.

« Ils ne faisaient que masquer les difficultés, dis-je. Ils enfouissaient les déchets parce qu'il ne savait pas quoi en faire.

— Exactement.

— Alors, c'est ça l'amour.

— C'est difficile, conclut Livia, revenant à son idée première. Mais c'est ce que nous avons. »

Elle se leva brusquement, tangua sous l'effet du vin et de l'alcool.

« Maintenant, si tu veux bien, emmène-moi au lit, parce que je ne tiens plus debout. »

Nous nous allongeâmes dans le même lit, serrés l'un contre l'autre. Nous n'avons pas couché ensemble, parce que nos pensées à tous les deux se préoccupaient des absents. Nous avons tout de même dormi enlacés, ce qui était une autre façon de faire l'amour.

Au milieu de la nuit, je sentis Livia se réveiller. Je n'ouvris pas les yeux.

« Est-ce que tu sais qu'elle a écrit un livre ? »

Je n'avais pas besoin de lui demander de qui elle parlait.

« Elle l'a terminé ? »

Je sentis Livia acquiescer.

« Tu l'as lu ?

— Non.

— Tu sais de quoi cela parle ?

— De Pelagoya. Entre autres. »

Ces dernières paroles ne me revinrent qu'à l'heure de la sieste, le lendemain, après avoir dormi deux heures comme une pierre. Je n'avais pas vu Livia de la journée. J'annonçai à Kaze que je comptais m'absenter le lendemain, au moins pour la matinée, probablement pour toute la journée. Un des coins de sa bouche se souleva d'agacement mais elle ne dit rien de plus. Je sentais bien que cette défection, quoique minuscule à l'échelle du chantier, la contrariait tant elle ne s'accordait elle-même aucun répit.

Je me réveillai au petit matin et, chargé d'un sac à dos presque vide, je partis à vélo en direction du bourg d'Ast, situé à une vingtaine de kilomètres de la centrale. La région était particulièrement vallonnée et, chose étrange, assez déserte. Du fait de la proximité de la centrale, aucun nouveau village n'y avait été fondé depuis la Déclaration d'Antonia et les terres n'étaient plus cultivées. Peu à peu, les fourrés et les bois reprenaient leurs droits, conquérants les champs envahis d'herbes hautes qui ondulaient doucement sous le vent. Les collines lointaines faisaient de vertes et jaunes vagues. Je songeai que dans quelques dizaines d'années, un siècle peut-être, si les êtres humains ne prenaient aucune mesure, la centrale serait entourée d'une épaisse forêt et il n'y aurait plus de trace de la région telle qu'elle avait été avant la Déclaration. Pour l'heure, je distinguais encore l'emplacement des anciennes clôtures et des haies oubliées. La chaleur était déjà lourde. Je m'arrêtai à plusieurs reprises. Je parvins à Ast en milieu de matinée, en sueur, regrettant de n'avoir pas emporté de chapeau. Ast était un bourg très ancien, où subsistaient quelques remparts et une tour médiévale, ainsi qu'une église assez monumentale. C'était jour de marché et il régnait sur la place principale une agitation importante, qui me rappela les longues soirées d'été à Iliat. Je posai le vélo contre un mur et m'aventurai dans les allées. Je n'avais pas faim, envie de rien. Je longeai les étalages pour le simple plaisir des couleurs des tomates écarlates et des meules de fromage entamées. Quelque part, une rôtisserie répandait ses effluves. Je finis par prendre un café brûlant et fraîchement moulu, que je sirotais assis sur les marches de l'église à toutes petites gorgées. La tasse terminée, je la ramenai à l'échoppe. Je repérai finalement l'enseigne de la librairie, la raison pour laquelle j'étais venu. Je saluai la libraire, une femme d'une soixantaine d'années qui, devant l'affluence de ce matin-là, ne quittait pas la caisse. N'osant tout d'abord pas la déranger, je parcourus les allées, observant les couvertures, la multitude de couleurs et de formats. Je pensai à Budur et aux quelques fois où j'étais allé lui rendre visite dans la librairie d'Iliat, qui était beaucoup plus vaste que celle-ci. Le nombre et la variété de livres ne m'avaient pas autant frappé à l'époque. Sans doute n'y avais-je pas fait attention. Dans cette librairie-ci, il ne semblait pas y avoir de système de rangement apparent, autre peut-être que la séparation entre fiction et essais, et encore. On trouvait un dictionnaire près d'un roman, des bandes dessinées entourées d'ouvrages de philosophie, des recueils photographiques soigneusement disposés pour mettre en valeur des romans policiers d'avant la Déclaration, des journaux et des revues insérées entre des imagiers à destination des enfants. Une bibliothèque à part était dédiée aux ouvrages conventionnés, reconnaissables au dos du même vert que la carte. Il s'agissait pour la plupart d'entre eux de manuels scolaires et pratiques, des épaisses collections annuelles des actes et comptes rendus des réunions de l'Assemblée législative ou encore de cartes, d'atlas. On y trouvait aussi évidemment quelques copies de la Déclaration d'Antonia, que je feuilletai distraitement un instant, m'attardant comme toujours sur le préambule, savourant le plaisir de lire des mots que je savais par cœur. Je tournais si bien en rond entre les rayonnages que la libraire, brièvement libérée de clients, s'avança dans ma direction pour me demander si je cherchais quelque chose en particulier.

« Je cherche un livre…, commençai-je, conscient du ridicule de dire une telle chose dans un pareil endroit, un livre qu'une amie a écrit. Je ne connais pas le titre.

— Et comment s'appelle-t-elle ?

— Gob.

— Ah. »

Son visage se referma brusquement. Elle se pencha très bas, quelque part dans le rayon qui était je crois celui des nouveautés, à la lettre « G ». Elle en tira un livre pas très grand et pas très épais et me le tendit du bout des doigts.

« Il y a un problème ? demandai-je.

— Vous la connaissez bien, cette amie ? »

Je hochai la tête.

« Il y a un problème ? répétai-je. Vous n'avez pas aimé ? »

Le sourire de la libraire me frappa car il était bien davantage l'expression d'une colère que d'une joie ou d'une satisfaction. Je ne comprenais pas. Qu'est-ce que Gob avait bien pu raconter dans ce livre qui l'avait à ce point bouleversée ?

« Je pense que c'est elle qui a un problème. »

L'amertume et la mesquinerie de la remarque me coupèrent le souffle. Elle s'éloigna pour encaisser d'autres achats. Resté seul au milieu d'un rayon, je me penchai sur le livre. Sur la couverture, le titre *Ma famille* s'étalait en épaisses lettres blanches au-dessus d'un étrange portrait photographique. Après l'avoir étudié longtemps, je compris que c'était le portrait d'une personne qui n'existait pas, un montage mêlant plusieurs visages différents.

Je retournai le livre. La quatrième de couverture était noire et ne contenait qu'un court paragraphe écrit, lui aussi en lettres blanches :

Dans ce court récit, Gob raconte l'enfance et soulève avec une acuité nouvelle une question que, depuis la Déclaration d'Antonia, nous n'avons de cesse de vouloir oublier : qu'avons-nous perdu lorsque nous avons laissé les familles derrière nous ?

En dessous de cette présentation, il y avait un portrait, très reconnaissable celui-ci. Gob était telle que je l'avais vue la dernière fois, plus de deux ans auparavant. Ses deux yeux glacés m'interpellaient derrière les verres des lunettes et semblaient me défier d'ouvrir le livre et de lire ce qu'il y était imprimé. Tout en bas se trouvait le nom de maison d'édition : « Éditions Oboe ». Ce nom ne signifiait rien pour moi. Je m'approchai finalement de la caisse, livre en main. Quand je lui tendis la carte de paiement bleue, la libraire ne fit aucun autre commentaire. Je sortis. Le livre me semblait peser beaucoup plus lourd que le poids réel de quelques feuilles de papier reliées entre elles. Je me dirigeai directement vers le vélo, sans plus flâner dans les allées. La foule et le bruit m'étaient soudainement insupportables. Il avait suffi d'une seule remarque de la libraire pour transformer mon humeur. Je posai le livre dans le panier et je pédalai sans réelle direction. À quelques centaines de mètres de là, en contrebas, près d'un ruisseau dont je n'ai jamais su le nom, il y avait un parc. C'était un parc car il était entouré de grilles métalliques qui trahissaient son antériorité à la Déclaration d'Antonia. C'était lui aussi une relique d'un temps révolu, tout comme la tour qui dominait Ast et les fragments de remparts qui l'entouraient. L'endroit était presque vide. Je laissai tomber le vélo dans l'herbe et, déchaussé, m'assis contre le tronc d'une immense glycine. Le ruisseau à trois mètres de moi coulait avec un clapotis délicat. Si je n'avais pas bu de café au marché, je me serais endormi tout de suite. Je me souviens très bien de cet endroit parce que c'est celui où j'ai ouvert *Ma famille*, où j'ai commencé à le lire. Je me souviens que, quelque part dans mon dos, au loin, une voix féminine chantait *Moonchild* en s'accompagnant à la guitare et, depuis, je pense à ce livre dès que j'entends cette chanson et j'en entends l'air dès que je songe aux premières pages. J'ouvris le livre.

Je suis née un 4 janvier à Antonia, précisément dans une chambre du troisième étage de l'hôpital Sud. La fenêtre de cette chambre donnait vers le nord et, à l'heure de ma naissance – 15h37 exactement –, le soleil n'y entrait probablement presque pas. Je pense alors que la première lumière que je vis fut celle de l'éclairage artificiel de la chambre. C'est une belle chambre. Le lit semble confortable. La moquette jaune est épaisse et douce sous les pieds. Il y a un tableau accroché au mur, qui représente un paysage de campagne. Ce tableau est peut-être la première œuvre d'art que j'ai vue et l'infirmier qui a accepté de me faire visiter les lieux, provisoirement inoccupés, n'a pas su m'apprendre son auteur ou même son titre. Il ne travaillait pas à l'hôpital Sud quand j'y suis née. Le tableau n'y était probablement pas non plus.

La femme qui m'a donné la vie s'appelle Natacha. L'homme avec qui elle avait eu la relation sexuelle qui a mené à la grossesse et donc à ma naissance s'appelle Born. Cette grossesse n'avait rien d'accidentel. Natacha et Born désiraient faire un enfant et ils l'ont fait. Sans Natacha et Born, je n'existerais pas. La femme et l'homme qui avaient fait Natacha s'appelaient Catherine et Joshua. Celle et celui qui ont fait Born étaient Émilia et Dimitri. Aksana et Job avaient fait Catherine, Kaede et Hector avaient fait Joshua, Stanley et Léona avaient fait Émilia, Déborah et Mohamed avaient fait Dimitri. Avant eux, Arthur et Kimiko avaient donné la vie à Déborah, Bachira et Gabriel à Mohamed, Akilos et Sarah à Hector, Yumi et Alvaro à Kaede, Milo et Barbara à Job, Basile et Macha à Aksana. Et ainsi de suite. Je pourrais continuer mais je n'en ai pas envie. Qui plus est, tous ces prénoms font une liste très fastidieuse.

Je m'arrêtai un instant dans la lecture, étourdi. Je refermai le livre, marquant la page avec le doigt, et j'observai la couverture un moment. Ce visage composite, si étrange et pourtant si familier, était-il fait de celui de toutes ces gens ?

Celles ou ceux qui voudraient en savoir davantage sur les femmes et les hommes qui ont fait les femmes et les hommes qui ont fait les femmes et les hommes qui ont fait les femmes et les hommes qui m'ont faite peuvent aller consulter les registres communaux d'Antonia. S'ils sont nés, comme moi, dans l'un des hôpitaux de cette ville, ils y trouveront aussi leurs noms. Ce sont des listes et des listes de noms, sans rapports les uns avec les autres, qu'un agent municipal est chargé de mettre à jour à chaque naissance. Je peux vous dire comment y avoir accès : il faut se présenter au bâtiment des archives communales (et non à celui des archives tout court) qui est situé au numéro 8 de l'avenue Slo. Une fois entré, il faut demander à accéder aux registres généalogiques. Il est possible, et même probable, que la personne qui vous accueillera soit étonnée. Peu de gens s'intéressent aux archives généalogiques. On vous installera devant un poste informatique. Vous pourrez entrer votre identifiant personnel, le même que celui qui débloque le terminal que vous utilisez tous les jours. Ainsi vous aurez accès à la liste et aux portraits de toutes celles et ceux qui ont fait toutes celles et ceux qui vous ont mis au monde. Si vous souriez suffisamment et si vous lui offrez des biscuits que vous avez préparés la veille, la personne qui vous a accueilli se laissera certainement persuader de vous laisser imprimer toutes ces pages pour les emporter avec vous. Elle continuera de penser que votre attitude est étrange. Cependant, le sucre des biscuits lui fera rapidement oublier le bizarre de la situation. Vous pourrez repartir avec tout un paquet de feuilles sous les bras, remplies de noms et de photos de gens mortes depuis très longtemps.

La femme dans le parc qui chantait s'arrêta. Quelqu'un lui dit quelque chose. Elle commença une autre chanson mais s'interrompit. Je l'entendis se lever et s'éloigner. Je regrettai un instant qu'elle ne continuât pas de chanter. J'aimais beaucoup sa voix. La rumeur lointaine du marché se fit à nouveau entendre, ponctuée çà et là du passage d'un vélo sur le sentier dans mon dos.

Je sais que j'ai passé les premières années de mon existence avec Natacha. Je n'en garde aucun souvenir. Seulement quelques impressions. Un certain parfum, parfois, m'évoque son odeur. Une teinte particulière de bleu azur dessine son image incertaine. Dans le timbre de certaines voix, il me semble l'entendre à nouveau murmurer. Il en est de même pour Born. Pendant cette petite vingtaine de mois, j'ai vécu avec mon père et ma mère. Comme chacune, quand j'ai été en âge de marcher, de parler, de me nourrir d'autre chose que du lait de Natacha, je n'ai plus vécu avec personne. Je ne garde pas beaucoup plus de souvenirs de cette époque-là. En me concentrant, je peux évoquer l'image de quelques immeubles bas et neufs, entourant une place arborée. C'est le quartier de la Colombe. Je le sais parce que j'y suis retournée. J'ai pris garde à ce qu'on ne me reconnaisse pas. Comme j'y suis retournée, je sais aussi que mes souvenirs sont faux. Ce sont des fictions que j'ai reconstruites à partir de certitudes : je suis allée du logement d'un adulte à l'autre, quand je n'étais pas à l'école au centre de la place avec les autres enfants, les camarades. À partir de ce moment, tout le monde le sait, les liens de maternité et de paternité auraient dû cesser d'exister pour moi.

Quand les adultes qui m'élevaient se sont-ils rendu compte que quelque chose n'allait pas chez moi ? Quand m'en suis-je rendu compte moi-même ? Combien de fois suis-je partie en pleurant de l'appartement qu'occupait Natacha, de celui où vivait Born, avant que les adultes ne considèrent cela comme anormal ? Combien de fois me suis-je cachée, me suis-je tenue follement à la jambe de mon père ou de ma mère qui ne comprenaient pas ce qu'il m'arrivait ? Combien de conciliabules à voix basse ont été tenus devant moi par ces adultes persuadés que je n'entendais pas, que je ne comprenais pas ?

On m'amena dans le cabinet d'un médecin, d'un psychologue. Celui-ci a dû prononcer des paroles rassurantes car rien n'a changé immédiatement après. Je refusais toujours de quitter Natacha. Je m'échappais de l'école pour me cacher dans les placards, au milieu des vêtements de Born. Le voilà, le souvenir le plus fort que je garde d'eux : l'expression éberluée de leurs visages, leurs paroles d'encouragement désespéré à les quitter. N'aimais-je pas les autres adultes ? Je ne répondais rien. On fit venir d'autres enfants dans l'idée que, m'habituant à leur présence, je quitterais plus facilement ce foyer que j'étais visiblement la seule à voir. Il y eut d'autres conciliabules, de l'inquiétude, des pleurs, des cris. Qu'avaient-ils fait de mal ? Pourquoi n'acceptais-je pas la séparation comme les autres ?

Je retournai chez le pédiatre, chez le psychologue, chez le pédopsychologue. J'étais un cas peu courant, mais pas étonnant. Les réponses se résumaient ainsi : « Il faut attendre. Cela finit par passer. » Mais cela ne passa pas. L'attente n'y changea rien. Je n'adressais maintenant plus la parole à aucun adulte. Je refusai de m'alimenter hors de la présence de Born ou Natacha. Je maigrissais à vue d'œil. Tous les adultes s'inquiétaient mais je n'avais rien à faire de leur sollicitude. Je voulais Natacha et Born. Le désespoir, bientôt, fut généralisé.

Que pouvait-on faire de plus ? Quelqu'un, je le sais, proposa l'hospitalisation, le centre d'éducation pour enfants à besoins particuliers. D'autres s'insurgèrent contre l'idée, dont Natacha. Particuliers, mes besoins l'étaient pourtant. Ils se concentraient sur deux personnes en particulier. *Tous les adultes étaient d'accord : il ne fallait pas céder. Cela finirait par passer.*

Et, en effet, pendant un moment, il sembla que cela passait. Entretemps, j'avais appris à lire. Je ne me souviens plus de comment *j'appris à lire. Je n'ai rien gardé en mémoire du processus. Je sais seulement qu'un beau jour je savais lire. Les livres et la chose écrite en général semblèrent me détourner de mes parents. En quelques mois, j'avais parcouru tous les livres de l'école et je commençais à explorer les bibliothèques des adultes. Je lisais tout, par morceaux, dans le désordre, dans le bon sens ou à rebours. Pendant quelque temps, je fis mine de ne pas remarquer que les adultes en profitaient pour m'éloigner de Natacha et Born, qu'il y avait des semaines que je ne les avais pas vus, tant qu'il y avait suffisamment de livres à portée de main et qu'on ne m'enlevait pas le dictionnaire qui ne me quittait plus. Je m'endormais en lisant, reprenais la lecture dès le réveil, prêtais à peine attention aux autres leçons, aux autres travaux à l'école et aux camarades.*

Alors on s'inquiéta de nouveau. Pourquoi étais-je si solitaire ? On consulta une nouvelle fois le spécialiste qui ne fut pas d'une plus grande aide. On n'allait tout de même pas me retirer les livres ? Cela aussi finirait par passer. Le précédent problème, au moins, semblait réglé.

Il ne l'était pas. Parmi les livres qu'on me laissait lire sans entrave, il y avait nombre de textes plus vieux que la Déclaration d'Antonia. Ces livres-ci, au contraire de leurs successeurs, étaient peuplés de groupes tels que, justement, on me refusait d'en créer. Ils étaient remplis de familles, de parents, d'enfants, de grands-parents, de petits-enfants, de frères, de sœurs, de cousins et de cousines. Ces lectures renforcèrent par la raison ma conviction instinctive : il ne fallait pas qu'on me séparât de Natacha et Born. Tous ces êtres de papier me semblaient plus réels, plus tangibles et plus compréhensibles que les adultes et que les camarades. Ils s'aimaient du même amour *que j'aimais Natacha et Born, d'un lien indestructible, trop fort pour être simplement rompu par l'éloignement ou les difficultés. Dans les livres, tout était plus simple, plus évident, plus compréhensible.*

Si je ne faisais plus de tentative d'obtenir l'affection exclusive de Born et Natacha, ce n'était pas que j'y avais renoncé. Au contraire : j'attendais mon heure. Persuadée que les autres finiraient par voir l'erreur dans laquelle ils vivaient, je ne doutais pas que viendrait un retournement de situation, un bouleversement de la nature de ceux qui emplissaient les histoires que je lisais. Je ne connaissais pas encore la nature de cet évènement mais je savais que je le reconnaîtrais quand il se montrerait. Je savais aussi qu'alors Natacha et Born regretteraient leur égarement et m'accueilleraient à bras ouverts, s'avoueraient que j'étais leur fille et que rien ni personne ne comptait davantage à leurs yeux.

Après tout, c'était ainsi que se résolvaient les drames dans les livres. Puisque c'était écrit, imprimé, ce ne pouvait pas être autre chose que la vérité, une vérité immuable. Le monde – celui, minuscule, du quartier de la Colombe – était sens dessus dessous. Quelque chose comme le destin ne tarderait pas à y mettre bon ordre.

Je fis donc bonne figure quelques années. Je patientais. Ce que ne je n'avais pas anticipé, ce que je n'aurais pas pu envisager, c'était que Natacha déciderait de quitter Antonia. Elle l'annonça sur un ton désinvolte, à la table du dîner d'un autre appartement où je logeais depuis quelques semaines et où elle était invitée. Elle s'en allait pour je ne savais où. Je n'avais rien entendu de plus que « je pars ». Il me fallut toutes mes forces pour ne pas quitter la table immédiatement. Cette nuit-là, seule dans la chambre, je pleurai d'incompréhension et d'impuissance. Pourquoi Natacha partait-elle ? Que lui avais-je fait ? Je pleurai aussi de colère. Comment osait-elle ? Comme pouvait-elle se permettre de me quitter, en dépit de la certitude tenue des livres qu'elle devait finir par m'accepter auprès d'elle ? En se permettant de partir, elle faisait non seulement une erreur mais elle commettait même un crime. Elle n'avait pas le droit ! C'était contrevenir aux règles les plus évidentes du monde.

Pourquoi partait-elle ? Je ne le sais pas, je ne le saurai peut-être jamais. Lorsque, des années plus tard, j'ai cherché à la retrouver pour lui demander, elle ne m'a pas répondu. Je sais qu'elle a reçu mes messages. Je sais qu'elle a écouté les messages vocaux que je lui ai laissés. J'en ai eu les notifications sur le terminal. Elle a choisi de ne pas retourner les appels, de ne pas me répondre. Elle a choisi de m'ignorer. Je n'étais plus une enfant, mais j'ai pleuré tout de même.

Born, lui, a tenté quelques explications maladroites : « On ne savait pas comment faire. On ne comprenait pas. On pensait que c'était le mieux. » Au ton de sa voix, j'ai compris qu'il aurait dû employer le présent plutôt que l'imparfait. Il ne sait toujours pas, ne comprend pas, pense encore que c'était le mieux. Les échanges avec lui ont commencé, mais ils ont tourné court.

Je ne sais plus comment je parvins à découvrir la destination de Natacha et l'heure de départ du train qu'elle devait emprunter. Je crois que je profitai du terminal laissé déverrouillé, pendant l'une des dernières nuits que je passais auprès d'elle. Devant mes progrès apparents, les adultes avaient cessé de m'éloigner volontairement de ma mère. Le matin de son départ, je la suivis. C'était la première fois que je m'éloignais autant et seule de la Colombe. Je me glissai in extremis dans la même rame de tramway qu'elle. Je gardai le menton haut, le regard droit devant moi comme si je ne remarquais pas les coups d'œil intrigués des autres voyageurs. Que faisait-elle là, toute seule, cette gamine ? C'était une heure de grande affluence et, à l'arrêt de la gare centrale, je manquai de perdre Natacha dans la foule. Je réussis à garder en vue la forme orangée de la valise à roulettes qu'elle traînait derrière elle. Mon cœur battait à tout rompre et je courais presque, slalomant entre les jambes des voyageurs pressés. Je ne vis rien du grand hall de la gare centrale. Je suivis la valise orange jusqu'à un quai, jusqu'à un train dans lequel je montai. Je vis *un siège inoccupé et je m'assis, soudain épuisée. Le coussin était épais, la moquette rouge agréable, l'assise profonde. Je n'osai bouger jusqu'au départ du train. Puis, aussi soudainement que j'avais pris la décision de suivre Natacha, je m'endormis. Un homme portant l'insigne de la Coopérative ferroviaire me réveilla doucement.*

Je fus alors prise de terreur, comprenant soudain ce que j'avais fait. Des larmes se mirent à couler et je balbutiai le nom de Natacha. L'homme me tendit un mouchoir et me demanda de ne pas bouger. Je n'eus pas de mal à lui obéir : aucun des muscles de mes jambes ne semblait vouloir m'obéir. Paralysée, je l'entendis aller de rame en rame en demandant s'il y avait quelqu'un du nom de Natacha ici. Je ne sais pas ce qui me faisait le plus peur : que ma mère découvrît ma présence dans ce train ou bien qu'elle n'y fût plus, qu'elle l'eût déjà quitté ou bien qu'elle n'y soit pas montée.

Je me souviendrai toujours de son expression incrédule.

« Gob ? »

Je me jetai dans ses bras et je ne pus m'empêcher de sentir sa résistance, son malaise, tandis qu'elle se confondait en excuses auprès de celui qui m'avait découverte, qu'elle le remerciait. Quand il se fut éloigné, Natacha desserra mon étreinte et s'assit sur le siège à côté de celui que j'occupais. Elle ne prononça plus un mot. Nous descendîmes à l'arrêt suivant et, après quelques minutes d'attente silencieuse, nous prîmes un autre train dans la direction d'Antonia. Puis ce fut la gare à nouveau, le tramway à nouveau. La Colombe à nouveau. Natacha me mena dans la chambre où je dormais quand j'habitais avec elle. Elle m'assit sur le lit et, sur un ton froid et distant, prononça les premières paroles depuis plus de deux heures qu'elle m'avait trouvée dans le train : l'ordre de ne pas bouger de là où j'étais. Je ne sais pas si elle était en colère. Je préfère penser qu'elle l'était. La pensée de l'inverse est insupportable. L'imaginer en colère contre moi, c'était encore se conformer aux histoires que j'avais lues. Pour l'enfante que j'étais, la colère finirait par muter, se transformer, s'effacer pour laisser éclater au grand jour tout l'amour exclusif, particulier, qu'elle éprouvait à mon égard. L'évènement dramatique que j'attendais, je l'avais déclenché, sans m'en rendre compte. C'était arrivé. Les conséquences étaient logiques. Comme toutes les histoires, celle-ci aurait une conclusion, et une conclusion heureuse.

Quand la porte se rouvrit, je fus déçue de ne reconnaître ni Natacha ni Born. C'était un autre adulte du quartier dont j'ai oublié le nom. J'espère qu'il ne m'en tiendra pas rigueur, s'il lit un jour ce livre. Il me demanda si j'avais faim et, effectivement, j'avais faim. Je m'étais enfuie avant de prendre le petit déjeuner. Quelques minutes plus tard, il revint avec une assiette de pâtes à l'ail et au parmesan que je dévorai en quelques coups de fourchette. Puis il me laissa à nouveau seule dans la chambre. Je restai assise sans bouger sur le bord du lit pendant longtemps puis je me levai et marchai jusqu'à la fenêtre. Elle donnait sur l'esplanade de la Colombe. À travers les branches et les feuillages, je distinguai les autres enfants qui jouaient autour de l'école. Comment pouvaient-ils être heureux alors que j'étais seule dans cette chambre ?

Je ne revis jamais Natacha. Born se montra une fois encore. J'avais fini par m'endormir et, quand je me réveillai, la lumière avait diminué. Le soleil était passé derrière l'immeuble. Mon père est entré. Il s'est assis sur le bord du lit. Il m'a caressé les cheveux, pensant que je dormais encore. Quand j'ouvris les yeux, il retira sa main brusquement, comme si son geste avait quelque chose d'incongru, comme si cette tendresse transgressait une des lois tacites du monde.

Il me demanda si j'étais bien réveillée. Je répondis que oui. Il m'annonça que les adultes de la Colombe avaient réfléchi, qu'ils avaient consulté une énième fois le spécialiste et qu'ils avaient décidé que la meilleure chose à faire était de m'éloigner de Natacha et lui. Ils avaient donc appelé des amis à Pelagoya, loin d'Antonia, qui se proposaient de m'accueillir. Si j'étais d'accord, ils viendraient me chercher le surlendemain.

Je me souviens que je refusai de pleurer. Je ne comprenais pas. Les livres avaient-ils menti ? N'y aurait-il pas de résolution, de dénouement heureux ? Pourquoi le monde ne se conformait-il pas aux histoires ? Je répondis que j'étais d'accord. Qu'aurais-je pu répondre d'autre ? Avais-je réellement le choix ? Alors que je prononçais ces mots, l'idée me vint soudain que tout cela n'était qu'une péripétie de plus. Cet éloignement était une difficulté supplémentaire que l'héroïne, moi, devrait surmonter pour être enfin réunie avec ses parents. Quelques jours après mon départ, Natacha et Born se rendraient compte que mon absence leur était insupportable et ils accourraient pour me retrouver. Tous trois, nous partirions loin d'Antonia, loin de la Colombe, et nous serions heureux, pour finir.

Deux nouveaux adultes sont venus me chercher et je les ai suivis. En dehors de quelques vêtements, je n'ai emporté avec moi qu'un cahier pris dans l'école. Natacha et Born ne sont jamais venus me chercher. Je suis restée à Pelagoya.

Je fus brusquement tiré de la lecture par le carillon répété des cloches de l'antique église d'Ast. Il était midi. Alors que mon esprit était toujours à Antonia, quelques quinze ans auparavant, mon estomac était resté ici et aujourd'hui. Je cornai la page, refermai le livre. Je me relevai, ramassai le vélo et je repris la direction de la place du marché. Je ne pensais à rien ou, plutôt, j'étais perdu dans trop de pensées différentes. Était-ce réellement ce qui s'était passé ? Pourquoi Gob mentirait-elle ? Qu'allait-elle dire ensuite de Pelagoya ? J'achetai une salade de chou et de céleri accompagnée de sauce blanche à l'un des traiteurs. Ne sachant que faire, je repris la direction du parc. L'endroit où j'avais lu était toujours inoccupé. Je me rassis et je mangeai en ruminant. S'agissait-il vraiment de la même fillette, celle qui était apparue dans la chambre, amenée par Dounja et Mouad, et celle qui était partie à la poursuite de Natacha en train ? À la poursuite de sa « mère » ?

« Sa mère. »

Je prononçai ces mots à voix haute, entre deux bouchées. Une première fois, puis une seconde.

« Sa mère. »

Comme ils étaient étranges ! Le déterminant possessif, d'une part, je ne l'avais jamais guère employé que pour désigner les parties de *mon* corps, la seule chose dont je puisse réclamer une possession. Et encore, il indiquait bien davantage une relation entre les différentes parties de ce corps dans lequel je vivais qu'une propriété. « Chaque être humain est libre de corps et d'esprit. » D'autre part, « mère ». Je songeais à Héléna. C'était elle qui m'avait mis au monde. Je n'avais jamais considéré pour autant qu'un lien particulier m'unissait à elle. Pourtant, je lui avais envoyé un des premiers Héliotropes. Cela voulait-il dire quelque chose ? N'était-ce pas simplement un cadeau, sans raison précise ? Et Lukas ? Je le connaissais à peine, ne l'avais rencontré qu'en de rares occasions. J'étais le produit d'un de ses gamètes et de l'un de ceux d'Héléna. M'appartenaient-ils pour autant ? Et moi, leur appartenais-je ?

Je ressentais une compassion nouvelle envers Gob. Qu'y avait-il de pire que ressentir de l'amour pour quelqu'un qui ne le rendait pas, qui plus est une sorte d'amour que le monde entier, par suite de la Déclaration d'Antonia, considérait comme néfaste ? Comme anormal. Je comprenais maintenant mieux la réaction.

Après déjeuner, je voulus reprendre la lecture, mais la chaleur était trop forte et j'avais trop l'habitude de la sieste. Je m'endormis profondément à l'ombre. Le village était devenu silencieux tout autour de moi. Je me réveillai peu reposé. Il devait être près de quinze heures. C'était le moment de prendre la route du retour vers la centrale.

Avant de me relever, je ne résistai pas à la tentation de rouvrir le livre. Allait-elle parler de moi ?

Je suis restée à Pelagoya, écrivait Gob, *puis, quand j'ai eu l'âge nécessaire, je suis partie pour le secondaire de Grévi. Je pense pouvoir dire que j'ai fait de mon mieux pour m'y intégrer, pour faire comme si de rien, pour oublier. Je sais que bon nombre des adultes et des professeurs m'ont trouvée étrange. J'évitais à tout prix de leur adresser la parole. Je cherchais à éviter d'attirer leur attention et tout attachement envers eux. Malgré le passage des années, l'enfante que j'avais été à la Colombe continuait d'attendre que Natacha et Born comprissent leur erreur et revinssent me chercher, ce qu'ils ne firent jamais. Ma colère ne fit que grandir. Comment osaient-ils ? Surtout : pourquoi ? Je m'inventais parfois des raisons, des contraintes incroyablement dramatiques qui les retenaient loin de moi mais, au fond de moi, je savais qu'ils ne venaient pas parce qu'ils ne le voulaient pas. Ils étaient, après tout, libres de corps et d'esprit. Leur corps, dont je me sentais l'extension malencontreuse, resterait éloigné du mien. Leur esprit ne m'accordait pas une pensée.*

Dès qu'elle me fut proposée, j'acceptai la contraception avec soulagement. Je me souviens avoir demandé à la médecine s'il était possible de la rendre permanente. Elle me regarda très sérieusement à travers ses lunettes. Le seul souvenir que je garde d'elle est l'image de deux sourcils froncés et d'une paire de lunettes au cadre multicolore. Elle me dit que ce n'était pas possible pour les jeunes filles de mon âge. Je lui répondis que je savais que je ne voudrais jamais faire d'enfant. Les sourcils ont retrouvé leur position normale et un sourire patient est apparu sous la paire de lunettes. J'avais le temps, dit-elle, il fallait attendre. L'envie me viendrait peut-être. J'eus beau lui soutenir le contraire, elle refusa de commencer la procédure de stérilisation volontaire. Elle me condamna, comme toutes et tous les autres, à avaler une pilule contraceptive. La liberté de corps avait visiblement des limites.

Durant toute l'enfance et toute l'adolescence, ce fut la patiente bienveillance des adultes qui m'irrita le plus. Quel que soit le problème, ils gardaient toujours leur calme, sûrs de leur fait, certains d'avoir raison. J'avais envie de hurler qu'ils avaient tort, tort sur tant, tort sur toute la ligne. Quand je finis par me convaincre, par accepter l'idée qui me mordait les chevilles depuis longtemps que mes parents, ma famille, *ne viendraient pas me chercher, il était trop tard, le mal était fait. La trahison était trop grande. Je cherchai pendant des mois des réponses dans les livres, ces livres qui ne me souriaient pas calmement, qui ne m'assuraient pas que tout était normal et que cela passerait. Dans les livres, dans les romans, je trouvais d'autres personnes qui ressentaient les mêmes émois que les miens, les mêmes chocs et les mêmes douleurs. Ils ne vivaient pas dans ces endroits agréables et beaux. Leurs camarades n'étaient pas gentils et rieurs. Leurs professeurs n'étaient pas compréhensifs : ils étaient stricts, injustes, parfois même cruels. Si* leurs parents *les maltraitaient, c'était au moins volontairement. Le monde des livres était peuplé d'enfants abandonnés, d'orphelins, de ruptures consommées, de blessures ouvertes, de douleurs qui hurlaient. Tout le contraire, en vérité, de cet enfer bienheureux auquel j'étais condamnée, dans lequel j'étais enfermée, où la colère et la mélancolie que je ressentais n'avaient pas leur place.*

Comme leur vie devait être simple ! Comme ce devait être bon, le malheur ! Comme cela devait être rassurant d'avoir quelque chose contre quoi lutter, se battre, quelque chose d'autre que des sourires compréhensifs et l'assurance toujours renouvelée que j'étais libre de tout, à l'exception de la seule chose qui comptait à mes yeux !

Je cornai la page et refermai le livre. Mon cœur se serra. Avait-elle ressenti tout cela, sous mon regard des années, sans que je ne m'en rendisse compte ? Sans le vouloir vraiment, j'espérais qu'elle parlerait de moi mais je me doutais que cet espoir serait déçu. Il n'y avait pas de place pour moi dans ce récit. Je rangeai le livre dans le sac à dos. J'enfourchai le vélo et je pris la route du retour. En arrivant à l'isba, trempé de sueur, les avant-bras et le visage rougis, je m'attirai quelques regards et commentaires rigolards auxquels je ne fis pas l'honneur de répondre. Je me précipitai sous la douche. L'eau tiède raviva les brûlures du soleil. Dans la chambre, je tirai *Ma famille* du sac et je restai un moment debout avec le livre dans la main. Je finis par le poser sur la table de chevet, prévoyant d'en continuer la lecture le soir avant de dormir.

Puis, pour penser à autre chose, je m'affairai pendant deux heures à la cuisine, préparant un couscous pour toutes celles et ceux qui reviendraient du chantier affamés dans quelques heures. Sur le terminal, je lançai un album de *heavy metal* à un volume suffisamment élevé pour m'empêcher de penser à quoi que ce soit, à part à la découpe des légumes et au temps de cuisson des pois chiches. Il y avait quelques bouteilles de bière dans le réfrigérateur. J'en bus deux ou trois pendant que je cuisinais. Quand tout fut prêt, j'étais déjà un peu saoul. Je n'attendis pas les autres pour dîner. Je préparai une assiette à part pour Kaze, pour lui faire oublier la contrariété de mon absence ce jour-là.

J'allai me coucher tôt. Une fois allongé, je voulus tendre la main pour prendre le livre, mais un sentiment inconnu la retint. Avais-je peur ? Que craignais-je ? Ma main retomba. J'éteignis la lampe de chevet et je ne tardai pas à m'endormir. Je rêvai d'Héléna, qui me serrait dans ses bras comme elle ne l'avait jamais fait. Elle serrait si fort que je croyais étouffer. Je lui demandais de s'arrêter, je lui ordonnais de me lâcher, je la suppliais de me laisser partir mais elle ne relâchait pas son étreinte. Derrière moi, la voix de Gob, non pas comme je l'avais entendue pour la dernière fois à Iliat mais telle que je l'avais découverte pour la première fois, s'exclamait : « Voilà ! C'est ça qu'il nous faut ! Plus fort ! Serre plus fort ! »

Je me réveillai en sursaut à l'aurore. En ouvrant les yeux, la première chose que j'aperçus fut le livre. Une nouvelle fois, je n'osai pas l'ouvrir.

Les jours suivants, je l'oubliai même tout à fait, pris à nouveau par le travail. J'annonçai tout juste à Livia que je l'avais acheté et, quand elle me demanda ce que j'en pensais, je lui fis une réponse évasive.

Les travaux, qui devaient durer trois mois, en prirent près de six. Un matin de la fin du mois de septembre, j'eus la joie de voir apparaître Merlin, au volant d'une camionnette électrique. La majorité des luminaires et appliques du musée avaient été commandées par le conseil communal aux Ateliers Lumière. Il s'avéra que Kaze et lui se connaissaient bien, ayant à peu près le même âge et passant tous les deux beaucoup de temps auprès des caisses d'investissement. En entrant dans la centrale, qui commençait à véritablement ressembler à un musée et non plus à des ruines, il poussa un sifflement appréciateur.

« C'est un sacré boulot que vous avez fait là. »

Je réalisai qu'il avait raison. Nous qui étions plongés dans ces travaux depuis si longtemps, nous en avions oublié aussi bien le point de départ que l'objectif à atteindre. Le travail n'était qu'une suite de tâches à accomplir, les unes après les autres, comme si cela devait ne jamais finir. Mais voilà : l'entrée était achevée, les quatre grandes salles du musée, réparties autour de l'ancien emplacement circulaire du réacteur lui-même, n'attendaient plus que quelques arrangements cosmétiques, et l'installation des lumières et des expositions proprement dites par l'équipe dont faisait partie Livia touchait elle aussi au but. Des menuisiers parachevaient l'escalier et les balustrades de la grande mezzanine qui devait servir aux conférences et aux réceptions. Aux cuisines, sanitaires et logements destinés au personnel du musée ne manquaient plus qu'une couche de peinture. La décoration serait laissée à la décision des occupants.

C'était bientôt fini. Quand j'aidai Merlin à décharger les dizaines de lampes qu'il avait transportées, il me montra tous les nouveaux modèles que les Ateliers avaient conçus : appliques Lucioles, Accordéon, spots Clair de lune. La commande pour le musée avait apparemment stimulé la créativité des Ateliers qui avaient élaboré pour lui plusieurs modèles uniques.

« L'Héliotrope marche toujours bien, ajouta-t-il, comme en passant. Si tu as d'autres idées comme celle-ci, tu es le bienvenu pour revenir. »

Assis sur l'arrière du camion enfin vide, il ajouta avec un clin d'œil :

« Si tu n'as pas d'autre idée toute prête, tu peux revenir quand même. »

J'acquiesçai. Je lui promis d'y réfléchir. C'était la première fois que je me demandais ce que je ferais une fois le chantier du musée terminé. Retournerais-je à l'université ? Pour y faire quoi ? Continuerais-je de travailler avec Tabula Rasa ? Mais, après un ouvrage d'une telle ampleur, pourrais-je retourner à la simple rénovation de logements ?

Le soir venu, Merlin reparti, je fis part de mes réflexions à Kaze. Elle soupira.

« Quand tout ça sera terminé, dit-elle, moi, je sais ce que je vais faire : rien du tout ! »

Toute la table éclata de rire. Elle l'avait bien mérité. Il y avait plusieurs semaines que tous les camarades de Tabula Rasa se relayaient pour la forcer à dormir et à manger.

Livia, quant à elle, devait rester au moins un an, pour assurer le lancement du musée, évaluer la pertinence des expositions selon les retours des premiers visiteurs, curieux ou savants.

« Ça me changera un peu des archives ! Ça ne peut pas me faire de mal de prendre l'air ! »

Cela me fit sourire, ainsi que tous les membres de l'équipe des historiens. Depuis qu'elle était arrivée à la centrale, Livia n'avait mis le pied dehors que pour faire le trajet de l'isba au chantier et du chantier à l'isba. Elle passait l'essentiel des journées enfermée, élaborant des notices, des affiches, décidante ce qui devait être projeté et où, enregistrante des versions audio des textes et des descriptions minutieuses des documents iconographiques, photographies ou œuvres d'art exposées. Je ne l'avais vue sortir volontairement que pour vérifier l'emplacement d'une fenêtre et la manière dont la lumière du soleil y entrait. Selon tous les membres de l'équipe, elle vivait à Ast une vie très semblable à celle qu'elle vivait à Antonia.

Devant l'hilarité générale, Livia se mit à rire elle aussi.

« J'ai dit que ça me changerait *un peu* ! »

Et puis, d'un coup, comme si on avait tiré soudain un rideau posé devant mes yeux, le chantier du musée fut terminé et je n'avais toujours pas la moindre idée de ce que je voulais faire ensuite.

« Veux-tu retourner à Iliat ? » me demandait Livia.

Je haussais les épaules. Il me faudrait bien y passer, ne serait-ce que pour récupérer les quelques affaires que j'avais laissées dans la chambre près de l'université.

« Veux-tu aller ailleurs ? À Antonia ? Veux-tu retourner à Pelagoya ?

— Je ne sais pas. »

Livia soupirait.

« Veux-tu que je te passe ce joint ?

— Avec plaisir ! »

Les dernières semaines de travaux passèrent en un clin d'œil. Tous les soirs, je m'endormais en regardant le livre de Gob sur la table de nuit. Tous les matins, c'était la première chose que je regardais. Je n'osais plus l'ouvrir. J'avais peur de ce que je pourrais y lire sur moi et encore plus peur de découvrir que je n'y étais pas mentionné du tout. J'avais peur d'apprendre des choses qui me rendraient Gob étrangère. Je proposai à Livia de le lire. Elle refusa.

« Umo, cela ne m'intéresse pas vraiment. »

Un matin, je me levai, je me rendis sur le chantier comme tous les autres matins pour constater que tout était achevé. C'était un bel endroit. Le bois et la brique avaient recouvert le béton et l'acier. Les lampes des Ateliers Lumière étaient omniprésentes. D'immenses photographies de la centrale à l'époque de son activité ornaient la première salle. La deuxième était consacrée à des schémas et des maquettes détaillant le fonctionnement de la production électrique nucléaire. La troisième salle expliquait longuement le processus de démantèlement et rendait compte des difficultés de traitement des déchets radioactifs. La quatrième salle, enfin, était encore vide. Elle se remplirait au fur et à mesure de l'avancement des travaux des laboratoires dont la construction allait également toucher à sa fin.

Le vernissage officiel n'aurait lieu que trois semaines plus tard mais tout était déjà là. Le soir même, il y aurait une fête sur la mezzanine. Depuis plusieurs jours, nous cuisinions, nous nous faisions livrer des fûts de bière et des tonnelets de vin.

J'étais revenu dans la salle centrale, dos à l'entrée, quand j'entendis des pas derrière moi. Je n'eus pas besoin de reconnaître la démarche de Kaze qui s'avança jusqu'à se placer à côté de moi.

« C'est du beau travail », dit-elle simplement, après un instant de silence.

Je hochai la tête.

« Tu sais quoi ? »

Je me tournai vers elle.

« Je crois que je vais dormir pendant quelques semaines et puis, ensuite, je ne vais faire que de la musique pendant six mois ou un an. On aura besoin d'un technicien. Est-ce que cela peut t'intéresser ? »

Je dus mettre trop de temps à répondre.

« Je prends ça pour un non. »

Kaze me sourit.

« C'est dommage. On travaillait bien ensemble. Qu'est-ce que tu vas faire alors ? »

Je souris à mon tour.

« Je crois que je vais dormir pendant quelques semaines et puis, ensuite, je commencerai à me poser la question. »

Kaze eut un bref rire :

« Ah ! Ne rien faire ! Voilà un bon programme ! »

Puis elle s'éloigna d'un pas vif en direction des bureaux du musée où des détails administratifs restaient encore à régler. Je sortis et retournai vers l'isba. Le mois d'octobre tirait à sa fin. L'été avait tenu à s'allonger le plus possible mais de longs filets de nuages zébraient désormais pour de bon le ciel bleu. Personne ne travailla beaucoup ce jour-là. Je tentai de convaincre Livia de partir en promenade à vélo avec moi mais je ne parvins pas à la faire quitter le travail.

Je décidai alors d'accompagner quelques camarades en randonnée. Je ne prononçai presque aucune parole de toute la journée. Il y avait une rivière non loin de là. Si elle portait un nom, je ne m'en souviens pas. L'eau était claire et de petits poissons glissaient entre les rochers. Je me baignai jusqu'à la taille. L'eau était froide mais ce n'était pas désagréable. Nous reprîmes le chemin de la centrale après une longue sieste, le long de sentiers forestiers et de chemins creux. À l'exception des pas et des paroles occasionnelles, on n'entendait pas le moindre bruit d'activité humaine. Dans les fourrés, les animaux signifiaient que nous les dérangions par des craquements et des grognements. Pour autant, nous ne voyions rien que quelques battements d'ailes entre les branches et des traces dans la terre humide. De retour à la centrale en fin d'après-midi, nous constatâmes que les préparatifs de la fête battaient leur plein. Des isbas s'échappaient diverses odeurs de cuisine. Au-dehors, plusieurs barbecues rougeoyaient, emplissants l'air de graisse et de fumée. Certains et certaines prenaient de l'avance, jouantes aux boules ou aux cartes, des verres de vin pétillant à la main. L'atmosphère était joyeuse. Par réflexe, je cherchai Livia du regard et ne la trouvai pas. Elle devait encore travailler. Je rentrai me changer.

Sur la table de nuit, *Ma famille* n'avait pas bougé. Je me promis d'en terminer la lecture avant de partir d'Ast.

Il fallut que j'aille tirer Livia de ses papiers pour l'entraîner, presque de force, vers la mezzanine sur laquelle Kaze fit un bref discours, interrompu à plusieurs reprises par des cris joyeux et des appels à faire court. Elle prit tout de même le temps de nous remercier tous. On l'acclama et on l'applaudit. La fête commença proprement dite. Un terminal diffusait de la musique électronique. On le débrancha, on sortit des guitares, des percussions et des vents et on dansa longtemps après que le soleil fut tombé. On but plus que de raison. Il y eut quelques bris de verre et quelques-uns des tirages photographiques exposés furent sauvés de justesse des éclaboussures et des mains grasses. Un nuage de fumée d'herbe s'élevait au-dessus des têtes, coincé entre les poutrelles métalliques du faux plafond de la mezzanine. On chanta beaucoup aussi et je puisai de ma mémoire plusieurs des chansons paillardes que m'avait apprises Silje, lorsque nous marchions au bord de la mer. Elles connurent un franc succès.

Au milieu de la nuit, alors que nous titubions tous deux en direction d'une isba, Livia m'agrippa le bras, se serra contre moi et leva la tête.

« Je suis contente d'être *complètement pétée* avec toi, Umo ! Je suis contente ! »

Visiblement, elle avait bu bien plus qu'elle n'en avait l'habitude. Nous éclatâmes de rire tous les deux. Elle s'écroula sur les marches de l'isba, tandis que je me joignais à une partie de quilles dont la précision des participants laissait à désirer. Quand, par miracle, l'un d'entre nous touchait au but, nous levions les verres dans la direction du musée, entièrement éclairé pour l'occasion, vers les deux énormes cheminées qui avaient échappé à la démolition pour rester comme mémorial du temps d'avant la Déclaration. Nous levions les verres et nous criions :

« À l'énergie nucléaire ! »

Et nous jetions les balles en direction des quilles avec davantage d'entrain encore. J'écris « en direction » car il serait présomptueux et fort inexact d'écrire « sur ». Plus nous rations, plus nous buvions ; plus nous touchions, plus nous buvions ; plus nous buvions, plus nous rations. La partie dura un certain temps car on entendit la troupe de musiciens passer en jouant entre les isbas puis arrêter de jouer. Quand je me retournai vers Livia, au petit jour, elle s'était endormie, allongée le dos cassé entre deux marches. Sans parvenir à la réveiller, je réussis à la redresser et à l'amener jusqu'à un lit. Comme si elle n'attendait que cela, elle s'enroula immédiatement dans les couvertures. En voulant me relever, je glissai et me retrouvai assis contre le bord du lit. Je dodelinai de la tête, manquant de m'endormir sur place. Je réussis toutefois à me réveiller à rejoindre le lit auprès duquel m'attendait le livre de Gob.

Je m'effondrai, le visage tourné dans sa direction. Avant de sombrer, je grognai :

« Demain. »

Il était midi largement passé quand j'ouvris les yeux. Encore endormi, j'allai remplir la gourde au robinet, je bus et je retournai m'étendre. Je me rendormis. Je me réveillai pour de bon plus de trois heures plus tard. Je gloussai en constatant que c'était l'heure de la sieste qui se terminait. J'entendais des voix dans l'isba, des discussions à voix basse, le sifflement régulier des bouilloires et des cafetières. Je n'avais pas la force de me lever. Le terminal était posé sur le bureau, tout comme le baladeur, le casque, trop loin pour les attraper depuis le lit. Seul *Ma famille* était à portée de bras.

J'ai laissé échapper un soupir. J'ai ouvert le livre à la page cornée. La lecture des pages suivantes confirma ce que je pressentais déjà. Nulle part dans le texte Gob ne m'évoquait-elle. Trop engourdi par l'alcool de la veille, je suis passé outre cette blessure d'orgueil et j'ai continué la lecture. Gob racontait comment, durant les premières années de salaire – à chaque nouvel épisode raconté, je me demandais : était-ce avant, en même temps ou après notre rencontre à Iliat ? –, elle avait tenté de revoir Natacha et Born, comment elle avait essayé de les convaincre de lui parler, comment Natacha s'y était obstinément refusée, comment Born l'avait déçue malgré sa bonne volonté, choses qu'elle avait déjà évoquées auparavant mais narrait ici avec davantage de détails. Elle dénombrait les lectures d'ouvrages de psychologie qu'elle avait étudiés pour comprendre ce qui, selon tout évidence, n'allait pas chez elle. Elle reproduisait les rapports cliniques, les avis des psychologues et pédiatres qu'on l'avait emmenée consulter enfante et qu'elle avait retrouvés. Ces avis distanciés considéraient son attachement généalogique comme hors norme, quoique sans danger pour elle et celles et ceux qui l'entouraient. Le psychologue qui avait recommandé son éloignement semblait regretter cette décision, mais il était trop tard. Elle racontait surtout sa profonde et totale solitude, son incapacité à se sentir réellement partie du groupe, qu'il s'agisse de l'école de Pelagoya, du secondaire de Grévi ou des quelques collectifs de production qu'elle avait tenté de rejoindre durant les premières années de salariat. Elle faisait le portrait minutieux de cette faille fondamentale qui paraissait la traverser de part en part, ce « défaut » sans manifestation physique, ce manque insondable autour duquel toute sa personnalité s'était bâtie faute de pouvoir le résoudre, le soigner, parce qu'elle faisait partie de l'infime minorité de la population – elle avançait un chiffre inférieur à un pour cent – qui n'acceptait pas l'absence de lien généalogique privilégié.

Je détournai les yeux du texte.

Tout cela, le ressentait-elle déjà quand je l'avais rencontrée ? Le ressentait-elle quand elle m'avait rejoint sur la plage à Litros ? Le ressentait-elle quand je l'avais reconnue, assise à la buvette du bois, à Iliat ? Je n'avais rien remarqué.

Dans la Déclaration d’Antonia, concluait-elle, *il est écrit que « les relations familiales, au sens biologique et surtout généalogique, n’ayant jusqu’ici pour but que la perpétuation de la propriété ou pour conséquence la reproduction de la misère, doivent être abolies sous la forme que l’humanité a connue jusqu’ici. Lorsque tout adulte aura l’entière responsabilité de tout enfant, qu’il ou elle en soit le géniteur ou la génitrice ou non, lorsque l’avenir de l’espèce humaine ne sera plus lancé dès son plus jeune âge dans la compétition effrénée de chacune contre tous, quand les enfants ne seront plus une chose à avoir mais la responsabilité commune, alors le malheur de l’un ne sera plus supportable, comme il l’a trop longtemps été, sous le prétexte que cet enfant qui meurt de faim ne possède pas de lien de sang avec tel ou telle autre qui ne sait que faire de toute la nourriture qu’il ou elle possède. »*

Ainsi ont été abolies les familles. Ainsi a été abolie ma famille. Si l’on en croit les statistiques, l’objectif d’une telle mesure – reçue comme terriblement radicale, voire antisociale, *à l’époque et qui paraît aujourd’hui banale, voire* naturelle *– a été accompli. Le nombre d’enfants qui meurent de faim est devenu infime. Une telle chose est devenue accidentelle, anecdotique, là où elle était commune et systémique. Avec l’abolition de la propriété, la famille devait disparaître. C’était la conséquence logique. L’enfant de tous est devenu l’enfant de chacun et, par là même, l’enfant de personne.*

Je m’appelle Gob. Je n’ai pas d’autre nom que celui-ci, que m’ont donné les deux êtres qui m’ont faite. Leur privilège a été de me nommer, jusqu’à ce que je sois en âge de garder ce nom ou d’en changer. Je ne leur dois rien d’autre que la vie. Ils ne me doivent rien d’autre que de vivre hors de la misère, qu’une enfance entourée d’autres enfants heureux *et d’adultes aimants et aimables. Pour autant, malgré ce que me crie mon cœur, ce que me hurlait mon corps tout entier, ce qu’il m’a murmuré encore la dernière fois que j’ai rencontré Born, je ne suis l’enfant de personne. Ma famille a disparu. Elle n’a jamais existé. Ce n’est plus qu’une liste de noms sans lien les uns avec les autres, dans un registre informatique que personne ne consulte jamais.*

Qu’y faire ? Rien. Qu’y puis-je changer ? Pas plus. Je suis Gob, enfante de personne. Mon esprit, ma raison savent bien que je suis chanceuse. J’aurais pu avoir un père et une mère qui ne m’aimaient pas. J’aurais pu les avoir et les perdre. Mon cœur, pourtant, ne cesse de les appeler et ne cessera peut-être jamais. Aux yeux de la loi, Natacha et Born ne m’ont pas abandonnée. Ils ont accompli, comme tous les autres adultes du quartier de la Colombe, de Pelagoya, de Grévi, tous leurs devoirs envers moi.

Ils n'ont pas commis de crime envers l'enfante que j'étais, dont l'affection exclusive leur a certainement fait bien du mal.

« Libérées des lois antiques et de l'arbitraire généalogie, peut-on encore lire dans la Déclaration, les personnes humaines seront libres de choisir leur affection en pleine conscience et non en vertu de quelque principe de nature religieuse. » Ai-je choisi ? Je ne le pense pas. J'ai dit « J'aime » et on m'a répondu « Tu ne peux pas aimer, pas de cette manière ». Je l'ai dit encore et les destinataires de mon amour ont répondu : « Nous ne t'aimons pas ainsi, ni mieux ni moins bien, ni plus ni moins intensément que n'importe quel autre enfant. » Ce choix, je ne l'ai pas fait. Il ne m'a pas été offert. Natacha et Born ont choisi à ma place, tout comme leurs parents avant eux, et leurs grands-parents avant eux. Pourtant, j'ai bel et bien subi un vol : celui de ma famille.

« Toute propriété finit à la mort. » Peut-être faudra-t-il attendre ma mort pour que cet amour s'éteigne. Je sais que le préambule de la Déclaration visait l'héritage, la transmission de la propriété par voie généalogique, source de tant de vols et de malheur.

Il y a toutefois une chose que je garde en héritage de ma famille. Cet héritage est aussi vieux que la Déclaration d'Antonia elle-même.

Si je suis libre, si je suis heureuse, dites-moi alors pourquoi je garde, dans le creux de mon cœur, une cicatrice suppurante qui dessine son absence.

Quand j'ai refermé le livre, le soir était tombé. Dans la pénombre, il m'avait fallu plisser les yeux pour déchiffrer les dernières lignes. Incapable de penser, je me suis dirigé vers la cuisine. Quelques personnes étaient attablées autour d'assiettes de spaghetti *bolognese*. J'ai remercié celui ou celle qui avait fait la cuisine et j'ai mangé avec grand appétit. Nous avons discuté de la soirée de la veille, évoquant tel ou tel haut fait d'ivresse. Quelqu'un a proposé de regarder un film sur le terminal. Je me suis recroquevillé dans un fauteuil, sous une couverture. J'ai gardé les yeux ouverts durant toute la durée du métrage mais je n'en ai pas vraiment vu une image. Au milieu du film, j'ai soudain ressenti le besoin de parler à Livia, de lui raconter ce que j'avais lu, car elle était la seule sur le chantier à connaître Gob. Elle était la seule à pouvoir comprendre. Quand le générique commença à défiler, je me dépliai et je me dirigeai vers l'isba dans laquelle elle logeait. Trop tard. Elle dormait déjà. Moi-même, je bâillais. Je me recouchai et je m'endormis tout de suite.

Le lendemain matin, je rassemblai les vêtements que j'avais emmenés et les rangeai dans le sac à dos avec lequel j'étais venu. J'ai cherché Kaze. Je l'ai trouvée dans les bureaux du musée. Quand je lui ai annoncé que je m'en allais, que je rentrais à Iliat, elle m'a dit :

« À très vite alors ! Je reviens bientôt, moi aussi. »

Soit elle mentait, soit je ne la croyais pas, mais ses paroles me parurent sonner creux.

Je trouvai Livia à son poste de travail habituel. Quand je lui appris mon départ, elle me serra dans ses bras longuement, comme si elle s'attendait à ne pas me revoir avant longtemps.

« J'ai laissé le livre sur la table de nuit, si tu veux le lire. »

Elle m'a souri. Je lui ai souri aussi.

« Embrasse Ulf de ma part », ai-je demandé.

Elle a répondu « Où ça ? » et nous avons ri. J'ai repensé à la première nuit de nos retrouvailles.

« À l'endroit qui le fera peut-être rester un peu. »

Livia a fait une moue faussement choquée et m'a donné une bourrade dans l'épaule. Je me suis faussement plié de douleur et puis je suis sorti.

J'ai marché jusqu'à la gare. En attendant le train, je me suis retourné pour observer l'ancienne centrale. Vue de l'extérieur, elle semblait peu différente du jour où nous étions arrivés. Pourtant, tout avait changé à l'intérieur. Un train est arrivé. Sur le quai étroit, je me suis écarté pour laisser sortir les passagers qui arrivaient. Dans quelques mois, ai-je pensé, les wagons seraient remplis de visiteurs du musée. J'étais le seul à accomplir le trajet en sens inverse. J'ai appuyé la tête contre la vitre et, en observant les vastes espaces inoccupés par l'être humain entre les villes, j'ai fini par m'endormir. Quand je suis arrivé en gare d'Iliat, le souvenir du jour où Merlin m'avait accueilli s'imposa brusquement à moi. Je connaissais parfaitement tous ces immeubles, cette longue avenue boisée. J'avais déjeuné ou dîné dans la plupart des échoppes et des restaurants. Pourtant, je m'y sentais aussi étranger qu'au premier jour, non pas comme un nouvel arrivant découvrant, les yeux écarquillés, une ville bien plus grande que tout ce qu'il avait connu jusque-là, mais comme un voyageur parti depuis longtemps, constatant qu'un paysage familier n'a pas changé alors que lui, si. J'ai songé à la centrale une fois de plus. Identique en apparence, différente à l'intérieur.

Sans me presser, j'ai pris le chemin de l'université. En route, j'ai croisé quelques connaissances à qui j'ai raconté en peu de mots le chantier de l'ancienne centrale. Leur réaction variait selon qu'elles avaient voté pour ou contre le projet. En vérité, ce qu'elles en pensaient m'était indifférent et je ne crois pas avoir réussi à le cacher. J'ai ouvert la porte de l'immeuble et j'ai monté les escaliers jusqu'au dernier étage, sous les toits.

J'ai poussé la porte de la chambre. Je me suis penché pour laisser tomber de mon épaule le lourd sac à dos, tout en me retournant pour claquer le battant derrière moi. Quelqu'un dans mon dos a toussoté.

J'ai sursauté et je me suis retourné brusquement. M'étais-je trompé de chambre ?

Non.

Sur le bord du lit, les mains sur les cuisses, était assise Gob. Pour la première fois, depuis toutes ces années, je l'ai vue rougir derrière ses lunettes. Elle a dit :

« Je suis désolée, Umo. Je ne savais pas quand tu reviendrais. La porte était ouverte, alors je suis entrée. »

Septembre

En attendant Gob qui, certains jours, allait travailler à la bibliothèque, je m'asseyais souvent à la terrasse du Cercle Jaune, sur la place de la Déclaration, et je buvais lentement un thé vert que je laissais infuser jusqu'à ce qu'il fût tiède et très amer. Je regardais les gens aller et venir, beaucoup moins pressés qu'à Iliat. Télégie était une toute petite ville en comparaison, mais elle était tout de même bien plus grande que Grévi. De la place où j'étais installé, j'apercevais le coin du bâtiment de la bibliothèque et, un peu après dix-neuf heures, la silhouette de Gob apparaissait. Elle s'arrêtait un instant, regardait en direction de la terrasse pour vérifier que j'y étais. Elle venait s'asseoir à côté de moi, m'embrassait discrètement. Je lui demandais si elle avait bien travaillé, si elle était satisfaite d'elle-même. À vrai dire, je n'avais pas besoin de sa réponse. Ses mains crispées ou détendues, ses lèvres serrées ou relâchées, son regard lointain ou attentif me disaient bien mieux le résultat de la journée de travail que ses brèves réponses. Quelquefois, elle était si excitée par ce qu'elle venait d'écrire qu'elle m'en parlait un peu. Jamais en détail : seulement des bribes, des fragments d'idées, des morceaux de phrases qui, mis bout à bout, ne signifiaient rien pour le reste du monde, et tout pour Gob. Elle commandait un café, pour s'occuper le temps que je termine le thé. Certains soirs, des verres de vin et de bière suivaient et nous dînions sur place, écoutant les groupes de musique qui se risquaient à jouer sur la place de la Déclaration malgré le temps menaçant du début de l'automne. D'autres fois encore, nous nous attardions pour le simple plaisir de la compagnie, des discussions avec des inconnus et d'autres habitués. Il nous arrivait de rentrer complètement saouls, titubants le long des deux avenues et des trois rues qui nous séparaient de l'appartement, un peu surpris d'être dans cet état-là, presque ivres à notre insu. Alors, nous nous effondrions sur le lit, tout habillés et rigolards. Quelques minutes plus tard, nous dormions profondément.

Quelle que soit la saison, il y avait presque toujours du vent à Télégie. Durant les premiers mois de notre installation, j'eus de la difficulté à m'y faire, trop bien habitué à l'air figé et étouffant d'Iliat et des environs. Je finis par ne plus le remarquer, comme si j'avais vécu toute ma vie là. Le vent - comme tous les phénomènes météorologiques - était absolument indifférent à Gob. Elle sortait en robe légère sous des pluies torrentielles, semblante ne pas se rendre compte qu'elle était trempée. La plupart du temps, elle ne savait pas quel jour de la semaine nous étions quand elle se réveillait. Les bibliothécaires avaient pris l'habitude de devoir l'interrompre quand venait l'heure de la fermeture. Elles lui touchaient l'épaule, murmuraient son nom. Gob se tournait alors doucement dans leur direction. Ses paupières battaient lentement, comme si elle s'éveillait d'un profond sommeil. Il lui fallait quelques instants pour se rappeler l'endroit où elle était. Elle entendait à peine ce qu'on lui disait, que la bibliothèque fermait, qu'il fallait partir. Par réflexe, elle repliait cahiers et terminal, la vieille lampe qui ne produisait plus beaucoup de lumière mais dont elle refusait absolument que je remplace la batterie, jetait tout en vrac dans une sacoche au cuir usé, se levait, marchait jusqu'à la sortie comme une somnambule. Quand elle avait utilisé des ouvrages tirés des collections de la bibliothèque, elle ne pensait presque jamais à les ranger. Elle s'en souvenait brusquement durant la soirée ou le lendemain matin. Elle se mettait alors en route tout de suite vers la bibliothèque et retrouvait les livres à la table sur laquelle elle les avait laissés. Les bibliothécaires n'y avaient pas touché. Gob, avec une figure de contrition, les replaçait alors dans les rayons. Cependant, il arrivait qu'en les reprenant en main elle lût un passage intéressant et le livre retournait sur la table.

Les adultes qui travaillaient à la bibliothèque n'étaient pas nombreux. La plupart des tables et des fauteuils étaient occupés par des enfants ou des élèves des trois secondaires de Télégie. Cela expliquait peut-être l'indulgence des bibliothécaires envers ces oublis. Gob paraissait circuler dans le monde sans le voir. Elle regardait rarement ses interlocuteurs dans les yeux et son sourire ne faisait que relever à peine les coins de ses lèvres. Ses sourcils étaient la plupart du temps froncés au-dessus de la monture de ses lunettes. Tout cela faisait que celles et ceux qui la rencontraient ou qui la connaissaient mal lui trouvaient souvent l'air antipathique. Moi, qui la connaissais mieux que quiconque, je savais que cette indifférence n'était qu'apparente.

Gob écoutait tout, retenait chaque parole qui lui était adressée. Ses yeux allaient et venaient sans cesse, notants des détails dans l'expression et dans la posture des gens qui m'échappaient à coup sûr. Elle lançait parfois des interrogations à voix haute, quand personne ou bien moi seulement pouvait l'entendre. Qu'allait faire unetelle ? Que pensait un autre ? Le sourire du serveur de tel restaurant avait-il été un vrai sourire ou une affabilité de façade ? Je me souviens d'une occasion en particulier où, alors qu'elle faisait la vaisselle en silence depuis plus de dix minutes, elle s'exclama soudain :

« Qu'est-ce qu'Ulf a pensé de l'appartement ? »

J'étais assis dans le canapé, un terminal à la main, observant les dernières réalisations de Tabula Rasa. Je me suis levé et je me suis approché dans l'encadrement de la porte de la cuisine. Je m'attendais à ce qu'une seconde question vînt, comme c'était parfois le cas. Je m'attendais à ce qu'elle me demandât directement : « Est-ce que tu crois que l'appartement lui a plu ? » ; mais non, Gob était de nouveau plongée dans ses pensées, les mains couvertes de mousse savonneuse. Ulf avait passé trois nuits avec nous, plus de deux mois auparavant. Il n'avait pas émis le moindre commentaire sur l'appartement. Il était passé comme un fantôme, un coup de vent du sud, reparti vers le nord sans que nous eussions le temps de bien le voir. Il avait beaucoup parlé, de trop d'endroits et de trop de gens pour que j'en retienne un en particulier. Simplement rester assis à la table d'un restaurant lui avait été très difficile. C'était la première fois que Gob en parlait et elle n'en dit jamais rien de plus. Je suis retourné au canapé. Quelques minutes plus tard, les mains sèches, elle est silencieusement venue s'asseoir à côté de moi, un livre à la main.

Le silence était l'état le plus courant de Gob. Il régnait donc dans l'appartement. Depuis Grévi, j'avais gardé l'habitude d'écouter de la musique au casque. Quelquefois, quand elle n'était pas là, je connectais le terminal à l'antique chaîne hi-fi que j'avais achetée dans une brocante et je faisais jouer à plein l'amplificateur pendant quelques minutes, presque jusqu'à faire trembler les vitres des fenêtres. Le reste du temps, le silence n'était brisé que par les conversations, un commentaire sur l'actualité, sur une lecture, sur le film que nous étions en train de regarder. Les autres occupants de l'immeuble trouvaient même notre silence un peu étrange, eux dont nous entendions les conversations, les chansons, les disputes aussi. Quelques enfants passaient et quittaient l'immeuble régulièrement, bientôt remplacés par d'autres, tous des élèves de l'école un peu plus bas dans la rue.

Quand on eut remarqué que je ne semblais pas avoir d'activité fixe, on vint me proposer d'en accueillir, voire pourquoi pas de donner classe quelques matinées. Je promis d'en parler avec Gob, ce que je fis le soir même. Cependant, je connaissais d'avance sa réponse. La sentence tomba sans même qu'elle levât les yeux du livre ouvert devant elle :

« Hors de question. »

Quelques jours plus tard, je transmis poliment ce refus aux voisins. Ils parurent déçus, un peu étonnés aussi. Je ne me risquai pas en longues explications. À vrai dire, je n'en donnai pas du tout. J'aurais pu leur conseiller de lire le livre de Gob, ce qui aurait encore été le plus simple, mais je savais qu'elle tenait, sinon à l'anonymat, tout au moins à une certaine discrétion. Il était d'ailleurs possible que nombre de personnes que nous fréquentions eussent lu le livre sans faire le lien entre l'autrice Gob et Gob. C'était sans doute pour le mieux. Le livre était l'une des raisons pour lesquelles nous nous étions installés à Télégie, où nous ne connaissions personne et où personne ne nous connaissait.

Le souvenir de la réaction de la libraire d'Ast quand j'avais acheté *Ma famille* ne me quittait pas. Durant les mois qui suivirent les retrouvailles avec Gob, j'appris que cette femme n'avait pas été la seule à être choquée par ce qu'elle avait écrit, tant s'en faut. Les réactions négatives avaient afflué sur les réseaux, accusant Gob d'égoïsme et de propriétarisme. D'autres voix s'élevèrent pour prendre sa défense. Celles d'autres personnes ayant comme elle souffert de la séparation d'avec leurs géniteurs furent surprenamment masquées par des centaines de proclamations remettant en cause les principes mêmes de la Déclaration d'Antonia. Ce fut sans doute ce qui m'étonna le plus. Existaient-elles vraiment, toutes ces gens qui voulaient garder pour elles *leurs* enfants ? Existait-il toute une frange de la population qui regrettait le temps d'avant la Déclaration d'Antonia ? Et pourquoi ?

C'étaient ces alliés involontaires autant que ses contradicteurs que Gob cherchait à fuir. Nous n'évoquions presque jamais le livre. Gob savait que je l'avais lu. Elle ne m'en parla directement qu'une seule fois. Une après-midi, durant les dernières semaines que nous devions passer à Iliat, un inconnu la reconnut, s'approcha d'elle, la salua, la félicita, la remercia. Je sentis Gob, gênée, se contracter à côté de moi.

« Il n'y a pas que les enfants qu'il faut reprendre ! conclut l'homme. Il y a tout le reste ! Ton livre, ce n'est que le début ! »

Puis il s'éloigna comme il était venu, satisfait. Je risquai un regard vers Gob, les lèvres si serrées qu'elles en avaient blanchi. Elle ne prononça plus une parole de toute l'après-midi. Ce n'est qu'une fois rentrés dans la chambre sous les toits qu'elle éclata.

« Ce n'est pas ça que j'ai voulu dire ! Ce n'est pas ça !

— Qu'est-ce que tu as voulu dire ? »

Elle me foudroya du regard.

« J'ai voulu dire ce que j'ai écrit ! Voilà ce que j'ai voulu dire ! »

Quelques jours plus tard, nous prîmes la décision de quitter Iliat, sans savoir réellement où nous voulions aller. Je n'abordai plus le sujet. Durant les mois suivants, quand quelqu'un croyait la reconnaître, quand on lui demandait « Gob ? Comme l'autrice de *Ma famille* ? », elle secouait la tête. Non, ce n'était pas d'elle qu'il s'agissait. C'était une autre. Cette réponse lui valait des regards soupçonneux et incrédules mais la plupart des gens n'osaient pas la questionner plus avant. Pour ma part, je m'interrogeais. En pensant ce qu'elle pensait, en écrivant ce qu'elle avait écrit, en publiant ce qu'elle avait publié, Gob n'avait-elle jamais songé à ce que les lecteurs pourraient en penser ? N'avait-elle pas imaginé leurs réactions ? En s'attaquant directement à l'un des principes fondateurs de la Déclaration d'Antonia, n'avait-elle réellement pensé qu'à elle-même, qu'à ce qu'elle avait vécu et ressenti ?

Pourquoi, parmi toutes les réactions que suscitait son livre, celles qui la soutenaient étaient-elles les plus douloureuses pour Gob ?

Je l'observais, endormie contre la vitre du train qui nous emmenait vers la côte, un livre ouvert sur ses genoux, les pages pliées quand il était tombé de ses mains. Se pouvait-il qu'elle s'en voulût de penser ce qu'elle pensait, de ressentir ce qu'elle ressentait ? Était-il concevable qu'elle fût en colère contre la Déclaration d'Antonia qui l'avait privée de l'amour exclusif de Natacha et Born mais aussi contre elle-même de ne pas avoir su s'en passer ?

C'était cette contradiction qui lui rendait les compliments plus insupportables que les attaques. Gob ne pouvait accepter qu'on fût d'accord avec *Ma famille* puisqu'elle-même ne l'était pas et ne le serait jamais. « J'ai voulu dire ce que j'ai écrit » : non pas un programme, non pas un manifeste, mais un constat douloureux et toujours sensible d'un être coupé en deux, entre ce qu'elle aurait voulu être, pouvoir être, savoir être, et ce qu'elle était. Bien sûr que l'adhésion de cet inconnu l'avait dégoûtée. Il voulait tirer une règle générale de son cas particulier, alors qu'elle n'avait précisément cherché qu'à expliquer *l'effet* sur son exemple précis de la règle générale.

« J'ai voulu dire ce que j'ai écrit. » Gob avait écrit une chose qui s'était passée. Une chose rare, minoritaire, statistiquement dérisoire mais qui avait eu lieu tout de même. Elle avait écrit ce qu'elle avait écrit parce qu'elle avait le droit de le faire et parce qu'elle pouvait le faire. *Ma famille* n'avait pas pour but de remettre en cause toute la Déclaration d'Antonia. Voilà ce que pensait Gob, fuyant les admirateurs comme les contempteurs.

Pourtant, je repensais à la première pinte de bière que j'avais prise à la buvette du bois, le premier soir à Iliat. Ce verre, par métonymie, contenait la ville tout entière. Était-il possible que, en montrant l'accroc minuscule dans la gigantesque tapisserie de la Déclaration, Gob ait dénoué une maille et libéré des fils qui, si l'on tirait suffisamment fort dessus, pouvaient défaire l'ouvrage tout entier ? *Ma famille*, ce texte si court, un grain minuscule dans le courant des centaines de livres constamment publiés, pouvait-il être le commencement d'une fissure qui grimperait bientôt jusqu'en haut du mur, fragilisant tout l'édifice ?

Quelques jours plus tard, accompagnant Gob dans une librairie, je fus à nouveau frappé par la quantité et la diversité des ouvrages publiés. Un frisson me parcourut malgré moi. Si ne serait-ce qu'un pour cent d'entre eux était des accrocs dans le tissu de la Déclaration d'Antonia, autant de dents qui la rongeaient, n'était-elle pas condamnée ? Toutes les mailles sauteraient, tout se déferait, inéluctablement. Gob remarqua mon malaise. Je prétextai avoir trop chaud et je l'attendis sur le trottoir, à l'air libre.

Après plusieurs tentatives, je réussis à joindre Livia par le terminal.

« D'après-toi, lui demandai-je, beaucoup de livres ont-ils été publiés avant la Déclaration d'Antonia ? Des livres qui remettaient en cause l'ordre ancien ? »

Je l'entendis rire à l'autre bout de la ligne.

« Bien sûr que beaucoup de livres ont été publiés. Et beaucoup de films, et beaucoup de musique. Tu n'as jamais vraiment écouté en cours d'histoire, pas vrai ? La Déclaration d'Antonia ne s'est pas faite en un jour. Tous les délégués ne se sont pas réunis spontanément un jour pour tout changer. Avant cela, il y a eu des années de débat. Tout au long du Siècle des camps, en vérité. »

Entendant mon silence gêné, elle continua :

« Pourquoi me demandes-tu ça ? »

J'éludai la question. La conversation ne dura pas beaucoup plus longtemps. Livia était pressée de retourner à son travail et moi auprès de Gob.

À l'ouest, près de l'océan, l'arrivée de l'hiver se faisait sentir moins brusquement qu'à Iliat. Le vent était plus frais et les pluies étaient plus régulières. Ce n'était pas un voile de froid glacé qui se posait brusquement, d'un jour à l'autre, sur la ville. Gob et moi nous installâmes dans une chambre d'un très vieil hôtel à Chamba, au fond d'une anse, à l'écart des voies ferroviaires et des principaux sentiers. Le reste de l'hôtel était vide. Il n'y avait que nous et le gérant que nous finîmes par considérer comme un voisin. Puisqu'il s'agissait d'un logement qualifié de « temporaire », nous ne payions pas de cotisation logement mais il nous fallait régler le coût de la chambre avec notre carte bleue. À deux, cela ne représentait pas une grande partie des salaires mais je trouvai tout de même étrange tout ce processus. Je m'étais habitué à ce que les cotisations logement fussent prélevées directement sur le salaire. À Iliat, au 3, Pitre ou près de l'université, le logement avait été strictement séparé du domaine de l'argent et du commerce. Au début de chaque mois, je regardai avec étonnement le montant crédité sur la carte bleue s'amenuiser avec l'impression impossible à réprimer que quelque chose m'était volé.

Gob, elle, n'en était pas le moins surprise du monde. Hormis quelques mois passés à fréquenter l'une des universités d'Antonia – moins pour les cours que pour la proximité et l'accès facile aux vastes bibliothèques universitaires –, elle ne s'était jamais fixée longtemps au même endroit. Elle était habituée à payer nombre de choses avec la carte bleue, parfois même jusqu'à épuisement du salaire. En effet, dans les endroits comme celui-ci, l'absence de magasin conventionné se faisait sentir. Il y avait quelques jardins collectifs auxquels je participais par habitude mais c'était la mauvaise saison, il n'y avait pas grand-chose à faire. Alors, j'allais jusqu'à la jetée et je payais du poisson directement aux quelques pêcheurs. Une fois par quinzaine environ, nous prenions des vélos et parcourions la trentaine de kilomètres, aller et retour, en tirant une charrette jusqu'au magasin conventionné le plus proche. Les habitants de Chamba nous observaient avec des sourires étonnés. Ils se demandaient clairement ce que nous faisions ici. Ils vivaient en quasi-autarcie. D'antiques voitures attendaient les urgences au fond de leur garage. Un matin, je fus réveillé en sursaut par une pétarade terrible. C'était une camionnette qui démarrait, s'engageait sur la route en direction de Vendida, là où il y avait un médecin. Je repensais à Ville-Creuse. Le village, de taille comparable, ne m'avait pas paru si lointain de tout, si *abandonné*. Je cherchai plusieurs jours durant la différence entre les deux endroits. Je finis par comprendre qu'il s'agissait de l'absence d'enfants. Il n'y avait pas d'école à Chamba. La majorité des habitants du petit port étaient bien plus âgées que Gob et moi. Chamba était un village mourant. D'ici quelques décennies, il n'y resterait plus personne.

« Il y a beaucoup d'endroits comme ça, me fit remarquer Gob.

— Ah bon ?

— C'est aussi une idée de la Déclaration d'Antonia. Concentrer les vies humaines pour laisser plus de place au reste. On ne va tout de même pas les chasser, mais on ne fait rien pour rendre facile de vivre ici. Dans un siècle... », commença-t-elle en portant le regard vers l'horizon.

Dans un siècle, quoi ? Chamba recouverte de pins et de bruyères ? Chamba menacée de disparaître sous la dune qui reculait chaque année ? Et dans deux siècles ? Des bâtiments vides. Des ruines auxquelles on jette un coup d'œil en passant, égales en cela au donjon médiéval à quelques kilomètres de là. Chamba : des vestiges d'un autre temps. Je repensais à *Ma famille*. Pour obtenir une chose, il fallait en abandonner une autre. Nous abandonnions Chamba à la mort, lente et impersonnelle.

Mais, pour l'instant, dans cette chambre au sol et aux murs recouverts d'une moquette bleu-vert usée, au plafond marqué de taches d'humidité, décorée de tableaux désuets, navires et paysages marins à l'aquarelle, reflets redondants de la vue par la fenêtre au cadre de bois vermoulu qui tremblait sous les coups de vent, pour l'instant, Gob et moi vivions. Nous parlions, nous cuisinions, nous mangions, nous faisions l'amour. Nous pouvions passer plusieurs jours sans sortir, sans voir personne d'autre. La présence de l'une et de l'autre était suffisante. Lorsque Gob s'asseyait à l'antique table sur la chaise de paille branlante, je la regardais lire, écrire. Je restais allongé sur le lit, mains croisées derrière la tête, le regard fixé sur le plafond à la peinture écaillée. La connexion dans le vieil hôtel était si mauvaise qu'elle était pour ainsi dire inexistante. Le terminal ne me servait à rien. Dans la salle commune vide, où les chaises étaient posées, retournées, sur les tables, je trouvai une copie en mauvais état de la Déclaration. Je cherchai les passages concernant Chamba et les autres endroits comme elle.

Il est du devoir de tous d'assurer la perpétuation des richesses animale et végétale. Pour ce faire, l'impact de l'être humain sur l'écosystème doit être réduit au minimum possible. Jusque-là, l'être humain a considéré la planète Terre comme sa propriété, au détriment de toutes les formes de vie. Il doit désormais et au contraire rendre aux autres espèces végétales et animales l'espace nécessaire à leur existence, pour et en tant qu'elles-mêmes, indifféremment à tout rapport actuel, précédent ou futur de ces êtres avec l'espèce humaine. Il nous faut penser la planète sur laquelle, par une conjonction de facteurs biologiques si complexe qu'elle peut être rapprochée du hasard, la vie humaine s'est développée comme un bien en soi *et non par la seule médiation de la main humaine, attendu que l'extinction de l'espèce humaine adviendra selon toute probabilité bien avant la destruction du monde sur lequel elle existe. L'être humain doit cesser de se persuader que la beauté et la nécessité des richesses naturelles sont « dans l'œil de celui qui regarde ». Toutefois, par ses actions passées, l'être humain a acquis, plutôt que conquis, une responsabilité impérieuse envers ce qui l'entoure.*

Matériellement, il est impératif de réduire la quantité de terres exploitées par l'être humain et de laisser les écosystèmes y reprendre le cours le plus normal possible, attendu que, du fait des déséquilibres provoqués par l'être humain, ce processus prendra longtemps. Il est impératif de créer immédiatement de vastes zones protégées dans lesquelles la présence humaine doit être soumise à un contrôle rigoureux. L'humain sera donc amené à quitter certains espaces, à moyen et à long terme. Durant le temps que prendra cet abandon, la société devra s'organiser pour construire les conditions matérielles de la vie digne des populations déplacées. Il existe bien sûr dans l'histoire des société humaines nombre d'exemples de modes de vie *en symbiose avec les autres espèces vivantes. Ces modèles pourront servir de base à une réintroduction de l'humain dans les écosystèmes reconstruits. L'urgence, cependant, est au contraire d'accomplir le chemin inverse.*

Pour ne pas faire du monde un désert, l'être humain doit le déserter.

Les règnes animal et végétal doivent donc posséder une personnalité juridique représentée au sein des systèmes gouvernementaux et juridiques pour défendre leurs intérêts propres et les protéger au mieux des capacités humaines des atteintes volontaires ou involontaires. Toute espèce, animale ou végétale, a le droit à une vie digne et accomplie, dans le respect de ses besoins et de son équilibre biologique.

Jusqu'à aujourd'hui, l'être humain a considéré sa propre existence comme une exception au sein des espèces biologiques. Il a considéré le monde comme son empire, les plantes et les animaux comme des moyens et non des fins. S'il veut se libérer lui-même de la propriété qui l'oppresse et l'opprime, il doit également abandonner toute volonté de possession sur les êtres non humains qui l'entourent. L'être humain doit cesser de considérer son existence comme essentiellement différente du reste du vivant et apprendre à aimer les autres êtres vivants pour eux-mêmes et non pour les biens éventuels qu'ils peuvent lui apporter.

La volonté de possession de l'humain sur le monde l'a conduit à une séparation fallacieuse entre les espèces « sauvages » et « domestiques ». Aux premières devront être rendues toutes les conditions nécessaires d'une existence sans entraves. Aux secondes, l'homme les ayant, durant des millénaires de servitude, rendues dépendantes de lui, il doit procurer un entretien et un soin adapté à leur physiologie. Les déformations et les mutilations, physiques ou génétiques, à des fins de confort et d'esthétique, contribuant à la destruction de la richesse du vivant, doivent être abolies. Si ces espèces continuent de contribuer par leur force physique et leurs capacités aux productions humaines, elles doivent alors être reconnues comme travailleuses et, à ce titre, bénéficier des mêmes droits et sécurités que les êtres humains. La santé des animaux dits « domestiques », tout comme celle des êtres humains, ne saurait être autre chose qu'un bien commun, toute souffrance animale ou végétale étant équivalente à toute souffrance humaine.

Je repensai alors aux poissons que nous avions mangé la veille au soir, fraîchement sortis de l'eau le matin même, la bouche encore ouverte et l'œil vitreux à cause de l'asphyxie.

Il paraît peu probable que l'être humain, omnivore par biologie, parvienne à se passer entièrement de l'apport protéinique de la viande d'autres animaux que lui. La production des aliments carnés devra cependant être soumis à de stricts contrôles et une rigoureuse régulation, dès lors qu'ils dépassent l'échelle de la communauté locale et visent à être marchandés. Des impératifs de non-souffrance animale seront nécessaires au conventionnement des élevages, ainsi qu'une régulation de leur taille. Il en sera de même de la pêche. Dans la mesure où elle n'est depuis longtemps plus nécessaire à la survie matérielle de l'espèce humaine, la chasse doit être interdite. En effet, l'être humain n'ayant pas plus de droits sur l'espace naturel qu'aucune autre espèce, les justifications données pour la poursuite de la chasse (comme la protection des cultures ou la régulation des populations) sont caduques.

Je levai les yeux pour rencontrer ceux de Gob, à moitié retournée sur sa chaise. Elle souriait en me regardant lire.

« Tu apprends des choses intéressantes ? me demanda-t-elle.

— Tu l'as lue ? »

Elle hocha la tête.

« En entier ? »

Gob leva les yeux au ciel et soupira.

« Umo, bien sûr que je l'ai lue en entier. Pourquoi est-ce que je me serais arrêtée ? S'il y a un texte dans le monde qu'il faut avoir lu *en entier*, c'est bien celui-ci, non ?

— Tu dois avoir raison, maugréai-je.

— Comme toujours.

— Comme souvent. »

Puis après un instant, je risquai une question à mon tour :

« Qu'est-ce que tu écris ? »

Cette question-là, je la lui avais déjà posée de nombreuses fois et je devais la poser encore souvent, la plupart du temps sans recevoir de réponse.

« Je ne sais pas encore.

— Tu veux m'en parler ? »

Je la sentis hésiter. Finalement, elle secoua la tête. Je haussai les épaules et je fis mine de me replonger dans la Déclaration.

« Ce n'est pas grave. De toute façon, j'ai le seul texte vraiment intéressant pour m'occuper. »

Par-dessus le livre, je vis Gob sourire et se retourner, reprenante le travail. Je voulus continuer de lire mais je n'y parvins pas. Mes yeux parcouraient le texte sans comprendre ce qu'ils lisaient. J'avais la tête ailleurs. J'attrapai le terminal et je sortis de la pièce. Si Gob remarqua mon mouvement, elle ne m'en montra rien. Je saluai d'un geste le gérant de l'hôtel, dont je m'en veux d'avoir oublié le nom tant sa silhouette, petite et ronde, m'était alors familière. Il me rendit le salut, faisant semblant de ne pas observer où j'allais. Notre présence à Chamba était réellement un objet de curiosité mais aucun des habitants ne paraissait vouloir nous poser la question de ce que nous faisions là. Deux êtres vivants dans ce village agonisant, ils devaient nous prendre pour des charognards.

J'aurais eu bien du mal à leur répondre. Je ne faisais rien de particulier. Gob travaillait. Gob écrivait. Je ne savais pas quoi. Quant à moi, j'attendais. Je ne savais pas quoi non plus.

Il y avait un banc métallique, dont la peinture verte avait depuis longtemps été rongée par le vent salé, révélant l'acier gris, presque noir. C'était le seul endroit de Chamba où le terminal parvenait à se connecter un tant soit peu au réseau.

L'esprit encore préoccupé par les paragraphes que je venais de lire, je cherchai une carte du pays. L'écran se remplit de l'image bien connue, la forme crénelée de la côte, la pointe de Litros, et tout en bas à droite, là où nous étions : Chamba, Vendida, Ixun. Antonia, un gros cercle noir, était bien visible au nord-ouest, et autour d'elle tout un archipel de petites communes. Plus au sud, Télégie, et en avançant vers l'est Grévi, le point minuscule de Pelagoya, repéré par habitude, la forme imposante d'Iliat, Pä près de la mer au sud, les Aldères. Au nord-est, Arkadia et Amistad, les villes jumelles de chaque côté du fleuve Basilio. Autant de points reliés par le tracé rectiligne des voies de chemin de fer. En dehors de ce réseau, de larges étendues colorées en vert pâle : les zones rendues, abandonnées. Qu'y avait-il là ? Des bois, des prairies, des rivières et des lacs. La nature ? À Pelagoya, j'avais eu l'impression de grandir entouré par elle mais ce n'en était toujours qu'une version contrôlée, maîtrisée, fût-ce respectueusement. Une cerisaie, cultivée, contrôlée. Sur le sentier côtier, avec Silje, j'avais cru me perdre hors de la civilisation, mais le sentier ne s'arrêtait jamais et il y avait toujours une laverie où se rencontrer, toujours un restaurant. Même ici, même à Chamba, ce village qui devait disparaître, il y avait des gens, il y avait quelqu'un pour recevoir un paiement. L'humain ne l'avait pas encore quitté.

Dans le train qui m'emmenait de Pelagoya à Iliat, j'avais cru voir l'espace entre les villes. Je n'en avais aperçu que les franges. En considérant la carte, je découvris tout ce que je ne connaîtrais jamais, tout ce que d'autres avant moi avaient décidé que je ne verrais jamais.

Les êtres humains, aussi loin que mon esprit pouvait se représenter le futur, vivaient dans des villages et des villes, des archipels dont le but était de contaminer le moins possible le reste du monde.

Je cherchai une carte du pays avant la Déclaration d'Antonia. Le pays entier était couvert de points de toutes les couleurs et de toutes les tailles. Antonia elle-même n'existait pas encore. Au lieu de voies de ferrées, il y avait des autoroutes, une nasse de goudron qui quadrillait tout le territoire. Je repassai sur la carte présente, puis vers celle du passé. Les raies grises se superposèrent au vert pâle.

Tout ce que nous avions perdu. Tout ce que nous avions rendu.

À l'école, j'avais appris que la Déclaration d'Antonia avait rendu les êtres humains plus libres. J'avais appris que ne pas posséder était ne pas être possédé. J'avais appris cette leçon au plus profond de mon cœur et je ne cesserais jamais de la croire. En observant ces points et ces lignes, je compris que la Déclaration ne nous libérait pas seulement. Elle nous contraignait également. Pourtant, l'une et l'autre n'étaient pas incompatibles. La contrainte et la retenue étaient une forme de liberté. C'était celle qu'avaient choisie les rédacteurs de la Déclaration. *Il existe bien sûr dans l'histoire des sociétés humaines nombre d'exemples de* modes de vie *en symbiose avec les autres espèces vivantes.*

Je levai la tête vers la fenêtre à travers laquelle je distinguais l'ombre de Gob, penchée sur la table.

Je pensai à *Ma famille*. Je pensai au vert pâle sur la carte. *Ces modèles pourront peut-être servir de base à une réintroduction de l'humain dans les écosystèmes reconstruits.* Peut-être, un jour, pourrions-nous retrouver ce que nous avions laissé. Peut-être un jour pourrais-je parcourir les immenses prairies du Nord-Est, entre Iliat et Amistad. Peut-être un jour une petite fille appelée Gob pourrait-elle ne pas avoir à supporter la séparation d'avec ses « parents ».

D'ici là, nous avions la Déclaration d'Antonia. D'ici là, nous avions une carte avec des points et des traits. D'ici là, nous étions libres.

D'ici là, nous étions amoureux.

J'aimais Gob et Gob m'aimait. C'était comme si un poids dont j'avais jusque-là ignoré l'existence s'était soudain soulevé de mon cœur qu'il écrasait sous lui. J'aimais Gob. Qu'est-ce que cela veut dire ? L'aimais-je davantage alors que je ne l'avais aimée quand nous avions partagé une nuit à Iliat, quand elle était revenue me voir à Litros ou même à Pelagoya, quand nous nous étions cachés dans la chambre inoccupée, surpris par le retour d'Aster et Lubi ? L'aimais-je davantage que je ne l'aime encore, alors que j'ai aimé d'autres après elle ? Je ne sais pas, mais je savais que je l'aimais et qu'elle m'aimait en retour. Cela me semblait assez pour remplir une vie. J'oubliai tout, ou presque tout : Budur, Iliat, Kaze, Ast, la centrale. Pendant les premiers mois, je ne fis qu'aimer Gob. C'était un dur travail, tout comme il est difficile d'être aimé en retour. Pourquoi l'amour a-t-elle cette propriété étrange de devoir être prouvée sans cesse pour continuer à exister ? Le vent ne cesse pas de souffler lorsqu'on ferme la fenêtre. Et pourtant, il fallait toujours montrer, toujours prouver, par les moindres paroles, les plus infimes gestes que nous nous aimions. Je savais pourtant que Gob m'aimait puisqu'elle était venue me retrouver et elle savait que je l'aimais puisque je l'avais accueillie comme si elle n'était jamais partie. Ce fil invisible entre nous, tendu jusqu'à la déchirure, était désormais mou et lâche. La plus petite tension nous rapprochait l'un de l'autre. D'un geste, elle était dans mes bras, et moi dans les siens.

Bien sûr, il y avait le sexe. Le sexe occupa une place importante dans cette amour. Je désirais Gob comme je n'avais jamais désiré personne et ce désir ne connaissait aucune satisfaction. C'est précisément ce qui faisait sa valeur. Le désir de Gob était l'unique désir infini que je connusse. Je ne pouvais pas faire un mouvement de recul pour en apprécier la teneur ou l'étendue. Ébloui, je devais cacher mon regard. Si vous avez déjà aimé quelqu'un, vous savez peut-être alors ce que je ressentais quand mes mains touchaient sa peau, quand les siennes m'étreignaient, quand ma bouche l'embrassait, quand elle me saisissait. Dans quelque pièce que ce fût, à l'intérieur ou au-dehors, à Chamba ou à Télégie, sa seule présence était érotique. J'écris « seule » mais je devrais écrire « simple » car le désir de Gob n'effaçait pas le désir que pouvaient susciter d'autres femmes. Dans son ampleur, il aurait pu tout simplement les masquer, comme un bruit trop fort en cache un plus faible. Ils n'avaient rien à voir l'un avec l'autre. Je repensais à Budur qui n'avait pu supporter cette différence, non de puissance, mais de qualité. Je ne raconterai pas ici le détail de ce qui se passait entre nos deux corps nus. Cela n'aurait pas d'intérêt. Je ne mentirai pas non plus en construisant une fable d'absolue félicité. Le plus souvent, quand nous faisions l'amour, c'était bien. Parfois, ça ne l'était pas. Si vous avez été amoureux, vous savez cela aussi. Nos deux corps étaient l'un pour l'autre ce curieux mélange de familiarité et de surprise qu'on appelle parfois « intimité ». Le désir de Gob n'avait aucun lien particulier avec la nudité ou avec les actes sexuels eux-mêmes, même s'il les recouvrait évidemment. Le sexe en occupait la place la plus visible et la plus sensiblement vivace tout comme, sur la carte, les lieux de concentration humaines sautaient aux yeux. Le désir n'avait que faire de l'état du corps ou de l'esprit. Sobre ou ivre, bien réveillé ou mal endormi, sain ou malade, ce désir était total, inévitable, nécessaire.

Quand je lui disais « Je t'aime » - et je ne le disais pas souvent -, c'était avec toute la force de la vérité générale. J'édictais une règle de l'univers. J'aurais pu tout aussi bien l'ajouter au bas du préambule de la Déclaration d'Antonia. « Je t'aime » était une loi, un principe.

Ce principe, comme tous ceux de la Déclaration, nous rendait libres.

Libres de rester autant que nous le voulions à Chamba jusqu'à ce que, un matin, Gob me regarde dans les yeux et me demande :

« Tu veux qu'on s'en aille ? »

Je n'avais pas réfléchi à la question. Je me réveillais à peine. Je me suis frotté les yeux.

« Maintenant ?

— Maintenant, demain, dans une semaine. »

Je me suis redressé dans le lit. Gob est venue se serrer contre moi.

« Je sais que tu t'ennuies. Tu ne dis rien, tu passes ton temps à me regarder travailler.

— J'aime te regarder travailler. »

J'étais sincère.

« Mais il faut qu'on s'en aille, a continué Gob. Sinon, ça sera mauvais pour toi.

— Peut-être.

— Si j'étais toute seule, je resterais encore. Je suis bien ici. Je ne suis pas distraite. J'ai l'impression que le monde entier a eu le temps de m'oublier. Mais comme nous sommes tous les deux, il faut qu'on s'en aille. »

Je me suis étiré et j'ai posé la main droite sur son épaule, geste réflexe et familier.

« C'est vrai.

— Qu'est-ce qui est vrai ?

— C'est vrai, je m'ennuie.

— Alors j'avais raison.

— Comme souvent.

— Comme toujours. »

Elle a levé son visage vers le mien et nous nous sommes embrassés. Nous avons décidé de partir. Nous n'avions presque rien avec nous. Nous avons marché jusqu'à Vendida, ce qui a pris toute une journée, et nous sommes montés dans un train vers Télégie et c'est comme cela que nous y sommes arrivés. Nous sommes sortis du vert pâle et nous sommes revenus dans l'archipel des humains.

C'est là que le deuxième temps de notre amour a commencé. Après quelques nuits passées à l'hôtel, nous avons cherché un endroit conventionné où loger durablement. Nous avons assez vite trouvé l'appartement de la rue de Gina. Il y avait deux pièces, une chambre et un grand salon, une cuisine et une salle de bains. C'était impersonnel comme seul peut l'être un appartement vide. L'immeuble était plutôt neuf. Sa construction datait en tout cas d'après la Déclaration. Il y en avait un autre à sa place auparavant, tout de béton, de verre et de plastique. Gob en avait trouvé une photographie à la bibliothèque. Les précédents occupants avaient laissé un peu vaisselle et quelques meubles qui nous suffirent pour un temps. Au bout de deux mois, Gob était devenue une habituée des trois librairies de Télégie et des piles de livres commençaient à s'entasser contre les murs.

« Il nous faut des bibliothèques », ai-je donc déclaré.

J'ai parcouru les réseaux commerciaux à la recherche d'un fabricant et j'ai fini par jeter mon dévolu sur un menuisier pour l'unique raison qu'il était le plus proche de l'appartement et pouvait venir travailler sur place et sur mesure. Aucun des meubles vendus à ce moment-là dans les magasins conventionnés ne convenait. Après les bibliothèques, il nous a fallu un sommier et un matelas neufs, des rideaux, une batterie de cuisine. Au bout de six mois, nous vivions dans une profusion d'objets qui aurait paru incroyable au Umo d'un an plus tôt. Au bout d'un an, les deux bibliothèques étaient pleines. C'est à ce moment-là que Gob m'a avoué qu'elle louait un espace de stockage à Antonia, rempli de livres.

« On va aller les chercher.

— Umo, il n'y a pas assez de place.

— On fera faire d'autres bibliothèques.

— Umo, il n'y a pas assez de murs !

— Pourquoi garder tous ces livres là-bas, alors, si c'est pour ne pas y toucher ?

— Je les ai déjà lus !

— Alors pourquoi les garder ?

— Parce que tu jettes tout ce que tu utilises une fois, peut-être ?

— Mais pourquoi les garder *là-bas* ? Quitte à les stocker, autant les stocker ici.

— Puisque je te dis qu'il n'y a pas la place !

— Je voulais dire ici à Télégie, pas ici dans l'appartement !

— Qu'est-ce que ça peut te faire, qu'ils soient ici ou là-bas ? Il y a dix minutes, tu ne savais même pas qu'ils existaient !

— Mais c'est ici que nous sommes !

— Et si demain nous n'y sommes plus ? »

Nous nous sommes figés. J'ai abandonné le sujet. Les livres sont restés conservés à Antonia. J'ai compris que Gob avait peur, peur que je m'en aille, peur qu'elle-même s'en aille. Cet espace de stockage rempli de livres, c'était toujours un point fixe vers lequel se retourner. Nous avons quand même commandé deux bibliothèques supplémentaires, remplissant tout l'espace mural disponible. Un an plus tard, elles étaient pleines elles aussi et les piles ont recommencé à pousser. Une fois tous les trois mois environ, Gob se dressait devant les bibliothèques, choisissait une vingtaine ou une trentaine de livres qu'elle offrait à des connaissances ou laissait dans la bibliothèque ouverte au bout de la rue de Gina qui, durant toute la durée de notre vie à Télégie, est devenue une adresse en vogue pour qui désirait trouver de la lecture, jusqu'à concurrencer involontairement les librairies et la bibliothèque où Gob allait pourtant souvent travailler.

Si je lui posais la question directement, elle jurait que ma présence ne la dérangeait pas, qu'elle était capable d'en faire abstraction. Cependant l'appartement n'était pas si grand et, lorsque je passais près d'elle, je sentais bien que je la gênais. Je ne savais jamais exactement sur quoi elle travaillait. Je savais qu'elle écrivait un nouveau livre.

« Est-ce que celui-ci parle de moi ? » lui ai-je demandé un jour, sur un ton ironique.

L'une des rares fois où nous avions évoqué *Ma famille*, je l'avais interrogée sur mon absence dans le texte.

« C'était un livre sur ce qui manque, m'avait-elle répondu, pas sur ce qui est important.

— Tu veux dire que je ne te manquais pas ?

— D'après toi, pourquoi est-ce que je suis venue te voir à Litros, et à Iliat ? »

Ce fut la seule question à laquelle elle consentit à répondre et sa réponse fut « Non ». Le livre ne parlait pas de moi.

« Est-ce que je peux le lire ?

— Quand ça sera terminé.

— Et ce sera terminé quand ?

— Umo, tu m'ennuies. »

J'ai souri.

« Je sais. C'est mon seul privilège. »

Au fond de moi, je l'enviais. Gob était une autrice, une écrivaine. Elle écrivait, lisait, écrivait, lisait, écrivait. Elle ne faisait que ça et n'avait jamais envisagé de faire quoi que ce soit d'autre. D'autres auteurs donnaient des entretiens, intervenaient sur les réseaux, se rendaient à des séances de dédicace. Gob ne faisait rien de tout cela. Elle se contentait d'écrire, encore et toujours. « Contenter » n'est peut-être pas le verbe le plus approprié. Son travail la plongeait parfois dans des abîmes de désespoir dont je ne pouvais la tirer malgré tous mes efforts mais il lui causait également des accès de joie et d'enthousiasme fébrile que je ne pouvais partager. Cependant, quelle que fût son humeur, elle en revenait toujours à cette phrase : « C'est la seule chose que je sais faire. »

Elle dépensait rigoureusement chaque mois la totalité du salaire en cahiers, stylos et surtout en livres, ce qui expliquait la vitesse à laquelle ils remplirent l'appartement. Elle ne les lisait pas tous mais la majorité. Dans de rares cas, elle refermait le volume au bout de trois ou quatre pages seulement et, sans explication aucune, le rangeait pour ne plus jamais y toucher. Ces achats n'obéissaient à mes yeux à aucune règle : on y trouvait des romans comme des récits, des livres d'histoire comme des précis de philosophie, des manuels de cuisine comme des magazines technologiques. C'était à n'y rien comprendre, je n'y comprenais rien et, après un certain temps, je cessai d'essayer.

Je me contentais d'une simple question, en fin de journée, lorsqu'elle me rejoignait à la terrasse du Cercle Jaune : « As-tu bien travaillé ? » Le reste la concernait.

Lorsque les bibliothécaires de Télégie apprirent qu'elle était l'autrice de *Ma famille*, elles voulurent l'inviter à en lire des extraits et à parler avec des lecteurs. Elle refusa aussi poliment que possible et ne laissa éclater sa colère que de retour à l'appartement. Cela aussi était mon privilège. Je lui demandai pourquoi elle avait refusé, elle s'écria :

« Qu'est-ce que tu veux que je leur dise ? Tout ce que j'avais à dire sur le sujet, je l'ai écrit. Si ça les intéresse, qu'ils lisent le livre ! »

Je me contentai de hocher la tête sans rien ajouter et la laissai fulminer dans un coin jusqu'à retrouver son calme.

Je l'enviais parce qu'elle savait parfaitement quoi faire. Je me trouvais dans la situation exactement inverse. Quand j'eus de nouveau accès au réseau, je me rendis compte que Kaze, Tabula Rasa et plusieurs autres camarades d'Iliat cherchaient à me joindre et me proposaient de revenir travailler avec eux. Je déclinai leur invitation. Il ne me semblait plus avoir quoi que ce soit à faire à Iliat. De plus, je ne voulais pas quitter Gob, même pour quelques semaines seulement. Je pense qu'une partie de moi craignait qu'elle ne soit plus là à mon retour.

Dans les premiers temps, je me consacrai à l'aménagement de l'appartement et ce fut d'ailleurs ce qui déclencha l'embryon de dispute à propos des bibliothèques. Comme l'aspect de l'endroit où nous vivions paraissait indifférent à Gob, je me pris d'enthousiasme pour la décoration. J'adhérai à un atelier commun dans lequel j'avais accès à des outils et je commençai par changer toutes les lampes de l'appartement. Je dessinai des plans, j'utilisai toutes les méthodes et tous les savoir-faire acquis aux Ateliers Lumière et je peux dire qu'il n'y eut pas à cette époque d'appartement muni de plus belles lampes que celui où Gob et moi vivions. Il y eut des personnes pour remarquer ce travail, quelques-unes plus spécialistes que les autres pour lui trouver des ressemblances avec celui des Ateliers et j'acceptai plusieurs commandes, je fabriquai un petit nombre d'Héliotropes, des luminaires sur mesure avant de me lasser soudain.

« Es-tu certain de vouloir arrêter ? me demanda Gob. Tu le fais bien et tu aimes ça. »

J'étais certain. J'arrêtai.

Alors, pendant plusieurs mois, je ne me suis occupé que des tâches d'entretien de l'appartement. J'ai balayé, brossé, aspiré, lessivé, rincé, poncé, balayé, essuyé. Je me suis chargé du marché, des provisions. J'ai cuisiné. J'ai fait la vaisselle. Pendant des mois, Gob n'a pas touché une casserole ou même une cafetière. Je prévenais toutes ses envies, tous ses besoins. Je lui préparais ses plats préférés. Il n'y avait pas une surface dans l'appartement, horizontale ou verticale, qui ne fût parfaitement propre. L'organisation des placards était un rêve d'ingénierie et d'occupation de l'espace. La poussière de la rue et le pollen avaient à peine le temps de se déposer sur les vitres des fenêtres. Tout scintillait. L'appartement entier sentait le savon. Je ne voyais pas passer les journées, une tâche en entraînant toujours une autre dans un flux continu. Le soir, je m'écroulai sur le lit impeccablement fait non sans avoir déposé les habits parfaitement pliés sur la chaise qui le jouxtait. C'était à peine si je sortais, à l'exception des commissions. Je ne parlais à personne d'autre qu'à Gob et, occasionnellement, aux voisins. Les seules autres voix humaines que j'entendais montaient, indistinctes, de la rue ou bien sortaient des haut-parleurs à travers lesquels j'écoutais des émissions radiophoniques venues du terminal.

Gob en a finalement eu assez un soir où, alors qu'elle s'approchait de la cuisine, je me suis précipité pour la précéder et exécuter la recette que j'avais en tête depuis le matin. Elle s'est écartée, m'a regardé saisir une poêle et, sans un mot, est sortie de l'appartement. Le temps de réagir, elle avait déjà disparu au coin de la rue. Elle est rentrée au milieu de la nuit.

Je l'attendais, allongé les mains croisées sur les couvertures lisses, sous les draps propres. Elle s'est déshabillée entièrement, laissant ostensiblement tomber l'un après l'autre ses habits par terre. Puis elle s'est assise sur le rebord du lit, silhouette pâle dans la lumière des lampadaires entre les rideaux. Il n'y avait pas un seul grain de poussière en suspension dans l'air.

« Umo, il faut que tu fasses quelque chose.

— Je ne fais que ça, faire quelque chose, protestai-je. Tu ne peux pas dire que je ne fais rien.

— Tu sais très bien que je ne parle pas de ça.

— Je ne sais pas quoi.

— Tu sais faire des tas de choses. Il faut juste que tu choisisses.

— Je pensais que cela te plairait, que je m'occupe de tout dans l'appartement, pour que tu puisses ne te préoccuper que de ton travail.

— Ça m'a plu, au début. Mais plus maintenant. Maintenant, ça m'inquiète seulement.

— Je suis désolé.

— Ne sois pas désolé. Fais ce que tu veux. Appelle tes amis, à Iliat ou ailleurs. Va-t-en pour un moment s'il le faut. »

Elle s'est interrompue. Elle a hésité.

« Je serai là quand tu reviendras, ne t'inquiète pas. »

Elle croyait ce qu'elle disait et je l'ai crue aussi.

« D'accord. »

Gob s'est redressée, a contourné le lit.

« Maintenant, fais-moi de la place. J'ai froid. »

Fort heureusement, j'avais chauffé le lit exactement à la bonne température, par la force d'une agréable habitude.

Le lendemain, alors que Gob venait de partir pour la bibliothèque, j'ai appelé Kaze. Elle a décroché presque tout de suite, comme si elle attendait mon appel.

« Umo ! J'étais justement en train de penser à toi ! Où as-tu disparu ? »

Je lui ai expliqué sommairement Gob, Chamba, Télégie. Elle m'a raconté les derniers jours du chantier du musée de la centrale d'Ast, auxquels je n'avais pas pris part. Je n'ai pas pu m'empêcher de déceler une pointe d'aigreur dans le ton qu'elle a employé comme si, partant plus tôt, j'avais trahi d'une certaine manière.

« Avec le groupe, a-t-elle continué, nous allons justement repartir en tournée dans quinze jours. Est-ce que cela t'intéresse de partir avec nous ? »

Je n'ai jamais cru au destin mais cette coïncidence m'a paru trop belle pour tenir uniquement du hasard.

« Bien sûr ! » me suis-je exclamé.

Puis je me suis souvenu de Gob et j'ai ajouté :

« Je te confirme ça demain au plus tard.

— Parfait ! Il y a quelques nouveaux musiciens, et quelques nouveaux morceaux, mais rien à quoi tu ne puisses t'adapter. À demain alors ! »

J'ai passé le reste de la journée à tourner en rond dans l'appartement, ouvrant et fermant les placards. Quand la fin d'après-midi est enfin venue, je me suis dirigé vers le Cercle Jaune, malgré l'averse menaçante qui n'a pas manqué de me tremper chemin faisant. Le serveur m'a charitablement apporté une serviette avec le thé. Gob est apparue au coin de la rue. Comme à chaque fois, elle a regardé dans ma direction. Elle m'a reconnu, a fait un signe de la main dans ma direction et m'a rejoint, collante les murs pour profiter de l'abri précaire de l'avant-toit. Nous nous sommes embrassés. La pluie tapotait contre la toile de l'auvent. Le ciel était soudain d'un gris très foncé. Il y a eu un éclair. Par habitude, le serveur a amené une deuxième tasse et une théière plus grande. Le tonnerre a retenti, longtemps après l'éclat. L'orage était encore loin. J'ai demandé à Gob si elle avait bien travaillé. Elle a répondu d'un oui évasif.

« Kaze m'a proposé de repartir en tournée avec eux. Il y en aura pour quelques semaines, peut-être un mois ou deux. Qu'est-ce que tu en penses ? »

Gob a plongé son regard dans le mien et mon cœur s'est serré comme à chaque fois, tout alors qu'un air venu de nulle part paraissait emplir mes poumons. Elle a dit :

« Umo, tu n'as pas besoin de me demander la permission. Si c'est ce que tu as envie de faire, alors fais-le. »

Je n'ai pas réussi à dire tout ce que je voulais dire, à exprimer tout ce que je ressentais. Je ne pouvais tout de même pas lui dire la vraie raison de mon hésitation : la peur de ne pas la retrouver au moment du retour, la peur de découvrir l'appartement désert, les bibliothèques vides. J'ai seulement pu dire :

« Et toi ?

— Quoi “ moi ” ?

— Qu'est-ce que tu vas faire pendant tout ce temps ? »

Elle a paru surprise. Elle a haussé les épaules.

« Je vais faire la même chose que j'ai toujours faite. Je vais travailler. Je vais écrire. »

Nous avons terminé le thé puis nous sommes allés dîner dans une pizzeria à quelques rues de là. La pâte était fine et l'huile agréablement pimentée. Nous avons bu du vin pétillant. Au-dehors, la pluie ne semblait pas vouloir cesser et battait la vitrine à toute force. J'ai soudain regretté les rives de l'Aurauri et la chaleur d'Iliat. Nous sommes rentrés, juste assez ivres pour nous serrer l'une contre l'autre pour ne pas tituber de façon trop visible. De retour à l'appartement, sans prendre le temps d'allumer la lumière, nous avons abandonné sur le sol les vêtements trempés et nous avons fait l'amour sur le canapé. Notre étreinte avait quelque chose de douloureux car elle était colorée par mon départ prochain. Au moment de l'orgasme, Gob assise sur moi, j'ai plongé mon visage dans le creux de son épaule en gémissant. Son souffle se posait régulièrement sur mon cou tandis que sa main caressait mes cheveux. Nous sommes restés comme cela un long moment, immobiles, noués l'un à l'autre. Le son du murmure de Gob m'a surpris :

« Je n'ai pas envie que tu partes. »

Ses doigts ont agrippé les cheveux courts dans le haut de ma nuque, comme pour s'assurer qu'ils étaient encore là. Puis elle a ajouté :

« Je ne vais pas m'en aller. »

Nous nous sommes séparés et nous nous sommes relevés, maladroitement comme toujours dans pareil moment. Je suis resté debout au milieu de l'appartement, un instant. La pluie avait cessé et le son régulier des gouttes a été remplacé par celui, plus sec et brutal, de la douche que prenait Gob.

Assis nu sur le sol, j'ai écouté sur le terminal Jefferson Airplane chanter qu'il m'avait vu revenir vers lui, une fois, deux fois, et une fois encore jusqu'à ce que les pas des pieds nus de Gob s'approchent derrière moi. Alors, je n'ai plus écouté qu'elle.

Je ne passai pas par Iliat pour rejoindre Kaze et le groupe. Je partis directement vers Ixun, ville serrée entre mer et montagne dont je ne vis rien d'autre que la gare, une rame de tramway, une salle de concert, un dortoir. Je retrouvai avec plaisir la console de mixage, les nœuds familiers des câbles, les formes irrégulières des microphones. Mes oreilles, mes mains, mon dos ne mirent pas longtemps à se réhabituer au travail délicat du son et de l'acoustique, aux soudures refaites au dernier moment sur un coin de table, aux valises sans cesse remplies et vidées, à installer et à défaire toujours la même scène. Quelquefois, il y avait déjà sur place du matériel de sonorisation qu'il fallait utiliser. La plupart du temps, cela nous compliquait la tâche plutôt que cela ne nous aidait. Il me semblait avoir fait un bond en arrière dans le temps, comme si je devais bientôt retrouver les salles de classe de l'université d'Iliat, comme si la centrale d'Ast n'était pas encore devenue un musée, comme si Gob n'était pas revenue, comme si je n'étais pas parti. Je me coulai dans le groupe avec facilité, dans la routine irrégulière des allées et venues en train, des repas partagés à des horaires étranges, des derniers verres au petit matin, des premiers joints au milieu de l'après-midi. C'était un dur travail, mais c'était aussi la fête. Presque tous les soirs, seul debout derrière la console, j'étais serré entre le public dans mon dos et la scène au loin, tous ces musiciens dont je connaissais les habitudes, les marottes, les gestes inconscients, les talents que je voulais mettre en valeur et les faiblesses à dissimuler de la manière la moins visible possible. Mon corps me disait que tout était difficile, mon esprit me clamait que c'était aisé. Je distribuais des conseils, un pas vers la gauche, une posture un peu plus droite, se tourner légèrement en direction du percussionniste pour mieux l'entendre ou, au contraire, s'en éloigner pour mieux distinguer la flûte ou la guitare. Je ne faisais pas partie du groupe, je n'en étais pas le chef d'orchestre, j'étais une présence étrangère sur la scène en même temps qu'une partie essentielle de son existence. Tout cela me semblait très naturel.

Les premiers jours, j'envoyai à Gob des photographies de la scène, des endroits que je visitais, des paysages entraperçus par les vitres des trains. Elle me retourna des réponses sibyllines. Je crus d'abord que cela ne l'intéressait pas ou bien qu'elle me battait froid pour être parti. Je l'appelai par le terminal. Elle décrocha et au ton de sa voix, je décelai sa surprise.

« Je ne suis pas là, Umo, finit-elle par dire. À quoi me servent des photos d'endroits où je ne suis pas allée ? Profite d'être là où tu es. Vouloir être à deux endroits à la fois ne peut rien apporter de bon. Je préfère découvrir les choses en personne. »

Je suivis son conseil et j'arrêtai de lui détailler l'itinéraire de la tournée. Je me laissai entièrement aller au tourbillon de la musique, à la succession des salles, des trains, des trams, des verres, des tables, puis encore des trams et des trains. Brancher, débrancher, faire, défaire, rouler, dérouler. Dormir : dormir seul dans une chambre dans un lit trop large, dormir à plusieurs dans un dortoir encombré de matériel, dormir dans un sac de couchage, allongé dans l'allée d'un train de nuit ou recroquevillé dans un siège. Ressentir toujours l'absence de Gob : un creux dans mon esprit et dans mes sensations au fond duquel je notais tous les endroits où il faudrait qu'elle vienne aussi. Les falaises au sud d'Ixun, les plages rocailleuses de Pä, le fouillis apparent des ponts de Diviv. Mais peut-être avait-elle déjà vu tout cela, avant de revenir vers moi. Peut-être n'y avait-il rien que je pouvais lui faire découvrir.

« Elle te manque, pas vrai ? » dit Kaze, un soir que mon regard s'était détourné de l'assiette de tomates, de pain brun et d'huile d'olive devant moi, un soir que mon attention avait quitté la conversation du groupe.

Contrairement aux apparences, ce n'était pas vraiment une question mais plutôt un constat. J'acquiesçai. Kaze a hoché la tête à son tour, dans un signe de compréhension.

« C'est une chose de partir. C'en est une autre de savoir que quelqu'un nous attend. On a parfois l'impression que nos mondes sont séparés à jamais. Mais les morceaux se recollent, ne t'inquiète pas.

— Et toi ? demandai-je, soudain curieux. Y a-t-il une personne qui te manque ? »

Kaze a souri largement et a ponctué sa réponse d'un clin d'œil.

« Elles sont trop nombreuses pour pouvoir toutes les citer. »

Puis, redevenante sérieuse, elle ajouta :

« C'est une chose difficile, ce que vous avez choisi de faire. C'est difficile d'*être* avec quelqu'un, pour de vrai. C'est comme... »

Elle s'est éclairci la gorge.

« C'est comme vouloir tenir entre ses mains quelque chose de très fragile et de très glissant. Serre trop fort et tu le briseras. Relâche trop ta prise et elle t'échappera, elle tombera par terre et elle se brisera aussi. »

J'ai pensé à Gob, dans l'obscurité de l'appartement qui avait dit : « Je ne veux pas que tu partes » et « Je ne vais pas m'en aller ». Deux manières de tenir : contracter et desserrer les doigts.

« Ce n'est pas pour rien, ajouta Kaze, que la plupart des gens ne vivent jamais vraiment à deux.

— À cause de la famille. À cause de la Déclaration d'Antonia.

— Peut-être. En partie. Mais pas seulement. C'est comme ce que je te disais. Face à un choix impossible, que peux-tu faire ? Si cette chose que tu tiens, tu ne peux que la casser toi-même ou la laisser se briser toute seule, cette chose, si tu l'aimes, quelle est la meilleure chose à faire ?

— As-tu déjà essayé ? D'être à deux, je veux dire ? »

Kaze se mit à rire doucement.

« Pour quoi faire ? Si je sais que c'est voué à l'échec, pourquoi essaierais-je ? »

Elle se pencha vers moi et continua d'une voix plus basse.

« Je vais te dire une chose, Umo, une chose que je n'ai dite à presque personne. Je n'ai pas le courage de l'échec. Alors, plutôt que de courir le risque, je préfère ne pas tenter ma chance du tout.

— Et la meilleure chose à faire ?

— Comment ?

— Cette chose que tu tiens, que tu ne peux que briser ou laisser tomber, quelle est la meilleure chose à faire avec elle ? »

Kaze haussa les épaules.

« La poser par terre et la laisser aller. Si possible, éviter de marcher dessus. »

Elle saisit la carafe de vin et remplit presque jusqu'au bord le verre posé devant elle et celui que je n'avais pas encore terminé.

« Surtout, boire du vin et jouer de la musique. »

Et pour trois semaines encore, c'est ce que je fis. Soudain, je me trouvai en gare d'Antonia, assis seul dans un train en direction de Télégie. Le groupe était déjà monté dans un autre wagon, parti vers Iliat. Toute la fatigue de la tournée s'abattit sur moi d'un seul coup et je m'effondrai presque immédiatement dans un sommeil de plomb. Il fallut que le conducteur me réveille, une fois arrivé en gare de Télégie. Je lui présentai mes excuses, il sourit.

« Vous dormiez si bien, je m'en veux presque de devoir vous interrompre mais le train doit rentrer au dépôt pour maintenance. »

Je me frottai les yeux, jetai le sac à dos sur mon épaule et je traversai sans les voir les quais et le hall de la gare. Il était dix-sept heures largement passées. Désorienté, plutôt que de prendre le chemin de l'appartement, je me dirigeai vers la place de la Déclaration. Je m'installai à la terrasse du Cercle Jaune. Le serveur s'approcha de moi, parut surpris de me voir. Il me demanda où j'étais passé. Je lui parlai un peu de la tournée. Il eut une moue appréciatrice. Je commandai un café puis une pleine théière. Je les bus lentement, regardant patiemment s'égrainer les minutes à l'horloge mécanique du clocher de l'ancienne église. Au moment où j'étais parti, je commençais tout juste à me sentir à ma place à Télégie. De retour, je me sentais à nouveau étranger et la surprise du serveur n'avait fait que renforcer cette impression. Je sortis le terminal, parcourus quelques photographies de la tournée, consultai le serveur de messagerie du groupe de Kaze. Il était rempli des messages habituels en pareille circonstances : des « au revoir », des congratulations, des regrets exagérés que tout soit terminé, comme si cela ne devait jamais recommencer. À tout cela aussi, je me sentais étranger. Jusqu'à la prochaine fois. J'avais convenu avec Kaze qu'elle me rappelle pour la tournée suivante, à laquelle j'étais bien décidé à participer. Pourtant, par désœuvrement peut-être, je laissai moi aussi un message de remerciement sur le serveur, avec le sentiment que les mots que j'écrivais n'avaient pas réellement de sens. Comme Gob me l'avait dit, il était impossible d'être à deux endroits à la fois. Cela me fit soudain penser à Livia et à Ulf, dont je parcourus les profils. Chose rare, sur l'un des clichés de voyage d'Ulf apparaissait, à droite du cadre, une silhouette à peine visible que je pouvais reconnaître comme celle de Livia. Cela me fit sourire. Puis il fut dix-neuf heures. Je rangeai le terminal. Je levai la tête.

Gob se montra au coin de la bibliothèque. Je ne bougeai pas. Je ne risquai pas un geste. J'attendais. J'attendais qu'elle levât la tête, qu'elle me vît, qu'elle sourît. Je crus un instant que cela n'arriverait pas. Elle leva la tête, elle me vit, elle sourit. Elle traversa sans hâte la place de la Déclaration. Elle vint s'asseoir à côté de moi. Je lui demandai si elle avait bien travaillé. Elle me dit que oui. Je sus alors que j'étais rentré.

Ce n'est que durant les mois suivants que je pris réellement mes marques à Télégie et que j'acceptai entièrement le simple fait que j'y vivais et que je n'avais pas envie d'en partir, à l'exception des tournées avec Kaze et le groupe. Je me présentai au conseil communal. Il se trouva, coïncidence heureuse, que la commune cherchait à ce moment-là un électricien pour l'entretien et la maintenance des équipements. On me proposa le poste, je l'acceptai.

Comparé au musée d'Ast ou même aux rénovations avec Tabula Rasa, le travail n'était pas vraiment difficile. La commune me fournit un terminal spécifique, dénué de fonctions de communication et d'accès aux réseaux, sur lequel s'affichaient une fois par semaine la liste des tâches à effectuer ainsi que leur localisation dans la ville. J'étais absolument libre des moyens et de l'ordre de leur réalisation. Il n'arrivait que rarement qu'il y en ait trop pour que je les achève et les quelques fois où cela arriva, ce n'était pas bien grave. Il n'y avait parmi elles qu'un petit nombre d'urgences. Une fois par semaine, je passai par le dépôt communal m'approvisionner en outils et en matériel. Je circulai sur un vélo très confortable et muni d'une remorque. En comparaison des impressionnantes côtes et descentes d'Iliat et des alentours, je pédalais sans effort. Le soir, je rentrais à l'appartement fourbu mais satisfait, jamais trop fatigué pour sortir avec Gob ou avec des amis.

Je réparais des lampadaires. Je remettais en état des compteurs électriques. Je changeais des panneaux photovoltaïques, je remplaçais les pales des éoliennes ou les hélices dans le cas des modèles hélicoïdes. Je changeais les lampes et les mécanismes d'ouvertures des fenêtres dans les entrepôts logistiques communaux, qui étaient bien moins immenses que ceux d'Iliat. Les professeurs des secondaires m'appelaient parfois à la rescousse quand ils rencontraient une panne qui dépassait leurs compétences. Je repensais toujours à Alma au moment d'ouvrir les placards électriques. Parfois, je devais ramener les appareils en panne à l'atelier. Je traversais alors la ville d'un bout à l'autre, tirant derrière moi un chariot duquel dépassaient des réverbères, des terminaux, des ordinateurs. Parfois, j'étais appelé en renfort sur un plus gros chantier, pour lequel la commune avait mandaté une entreprise : je participais à la rénovation de portions des lignes de tramway ou au remplacement des lignes électriques trop anciennes de toute une avenue. Il était toujours un peu étrange de m'insérer dans des groupes préexistants, des collectifs anciens ou des coopératives toutes nouvelles dont les membre me jetaient de drôles de regard. Certains prenaient ma présence comme une intrusion de la commune dans leur travail. J'avais beau leur affirmer que j'étais seulement venu les aider, ma liste de travaux étant provisoirement vide ou en attente, leur répéter tant que je voulais que je ne les espionnais pas et même essayer de leur raconter le travail que j'avais fait avec Tabula Rasa, je gardais tout de même un statut particulier à leurs yeux. Je comprenais d'autant plus mal cette méfiance que, malgré mon poste pour la commune, je recevais le salaire de la même caisse qu'eux. À l'exception de leur sentiment d'appartenance à tel ou tel collectif, à une entreprise ou une autre, il n'y avait entre eux et moi aucune réelle différence de statut administratif. Je travaillais comme eux, ni plus ni moins.

Quand je racontai tout cela à Gob, elle me regarda très sérieusement et dit :

« C'est à cause du salaire.

— Comment ça ?

— En travaillant directement pour la commune, tu progresses plus vite et automatiquement dans la grille des salaires, sans avoir besoin de passer devant un jury de qualification. C'est pour cela qu'ils te regardent bizarrement.

— Tu veux dire qu'ils me prennent pour un... »

Je ne trouvai tout d'abord pas de mot pour dire cette réalité si étrange, si externe à mon expérience du monde. Je finis par le dénicher dans un coin obscur de ma mémoire, un souvenir des lointains cours d'histoire de Rex.

« Tu veux dire qu'ils me prennent pour un *planqué* ?

— Je veux dire qu'ils pensent que tu fais ce que tu fais pour l'argent et qu'ils sont jaloux.

— S'ils pensent que je suis un planqué, ils me le reprochent, non ? Cela veut dire que je fais quelque chose de mal à leurs yeux. Pourquoi seraient-ils jaloux, alors ? »

Gob secoua la tête, soupira, sourit.

« Umo, un jour il va vraiment falloir que tu comprennes que les gens ne sont pas *logiques*.

— Ce n'est pas une question de logique. C'est une question de... »

Je m'interrompis à nouveau, encore trahi par le vocabulaire.

« ... de bon sens ! »

La langue de Gob claqua contre son palet, coup de fouet minuscule qui signifiait toujours son irritation.

« N'utilise pas des mots qui ne veulent rien dire.

— Quoi ?

— " Bon sens ". Ça ne veut rien dire. Il y a eu un temps où le bon sens, c'était que chacun possède un petit morceau de terre pour en faire ce qu'il voulait. Il y a eu un temps où le bon sens, c'était de dresser des camps pour entasser ceux qui venaient d'ailleurs. Il y a eu un temps où le bon sens, c'était de hiérarchiser les gens selon leur couleur de peau.

— Ce n'est pas la même chose ! protestai-je.

— Bien sûr que non, mais tout de même. Si on peut remplir un mot de tout et son contraire, cela veut dire qu'il n'a pas de sens. Alors, il faut arrêter de l'utiliser. »

Je ne comprenais toujours pas ce que ma position pouvait avoir d'enviable. Le salaire que je percevais était plus élevé que la plupart des gens du même âge que moi que je rencontrais. Cela tenait pour petite part aux mois passés aux entrepôts logistiques d'Iliat et effectivement pour la plus grande part au fait que je travaillais directement pour la commune. Néanmoins, avec un salaire élevé venait un taux de cotisation plus élevé, à l'exception bien sûr de la cotisation logement, divisée par deux pour la simple raison que je vivais avec Gob. Je n'avais jamais été réellement malade, je ne m'étais jamais cassé un membre ou même foulé une articulation, et pourtant je cotisais à la santé. Je cotisais davantage qu'un salaire plus bas pour l'alimentation et l'approvisionnement conventionné et pourtant, la somme créditée sur la carte de paiement conventionnée n'en était pas plus élevée. Le haut niveau de salaire que je recevais me posait d'ailleurs plutôt un problème. À la différence de Gob qui en dépensait systématiquement jusqu'à la dernière unité monétaire, une certaine somme me restait toujours en fin de mois, au versement du salaire suivant. De mois en mois, ces restes s'étaient accumulés jusqu'à un montant dont la valeur était si élevée qu'elle n'avait plus de sens pour moi. Je ne savais qu'en faire. Le problème était simple : je ne dépensais pas assez. Les magasins conventionnés et les jardins collectifs assuraient l'essentiel de notre alimentation. La cotisation transport assurait les déplacements à l'intérieur de Télégie et les voyages en train. Certaines séances de cinéma étaient conventionnées aussi, quand les auteurs du film étaient morts. Je ne ressentais pas le besoin de me distinguer par les vêtements. J'achetais bien des disques mais en majorité d'occasion. Télégie étant une ville de taille moyenne, il n'y avait pas beaucoup de concerts payants et, même si j'avais été à Iliat, il m'aurait fallu aller voir un concert par soir pour dépenser tout cet excédent ! Je ressentais malgré moi une forme de culpabilité. Tout cet argent que l'on me versait et dont je ne faisais rien ! J'avais le sentiment de le *voler*, mais sans savoir précisément à qui, ni pourquoi.

Gob haussait les épaules, au milieu des piles de livres qui envahissaient tout l'appartement.

« Tu n'as qu'à leur demander. Appelle la Caisse. Tu n'es certainement pas le seul dans ce cas-là. »

Et effectivement, l'homme qui me répondit lorsque j'appelai la Caisse des salaires ne parut pas le moins du monde surpris.

« Ah, dit-il d'une voix atone. Vous êtes un de *ceux-là*. »

Il était clair, à la façon dont il avait prononcé les deux derniers mots qu'il ne se considérait pas comme faisant partie de « ceux-là ». Notre échange fut bref. Il m'expliqua en peu de temps qu'il ne pouvait rien pour moi.

« N'y a-t-il vraiment rien que vous ne vouliez acheter ? N'y a-t-il pas une entreprise dans laquelle vous souhaitez investir matériellement ? »

J'eus beau lui expliquer que je travaillais pour la commune, qui fournissait la totalité du matériel que j'utilisais, que l'appartement n'était pas grand et envahi de livres et que non, il n'y avait rien de particulier que je souhaitais acquérir ni d'entreprise dans laquelle je souhaitais me lancer qui nécessitât une mise de départ. À l'autre bout de la ligne, l'homme soupira.

« En dehors de ça, il n'y a que l'avance de cotisation.

— De quoi s'agit-il ?

— Sommairement, l'excédent des salaires directs perçus est basculé dans le salaire indirect, transformant une partie de la monnaie non conventionnée en monnaie conventionnée. Cela approvisionnera votre carte verte plutôt que la bleue.

— Pourrais-je, par exemple, payer toutes les cotisations logement de cette année d'un seul coup plutôt qu'en douze mensualités ?

— C'est une des possibilités, oui. Seulement, cela ne résoudra pas le problème de fond.

— Est-ce que je ne peux pas simplement demander une réduction du salaire que je perçois ? »

Long soupir de l'interlocuteur. J'avais mis le doigt sur un nœud particulièrement douloureux.

« C'est techniquement possible. La procédure existe, même si elle est peu... usitée. Le montant que vous souhaitez voir déduit du salaire direct sera virtuellement mis « en attente » et vous pourrez demander à le percevoir de nouveau, par augmentation graduelle du salaire, au bout d'une période de trois ans. La procédure de restitution des salaires prendra un an et, au bout de cette année, vous serez revenu au niveau de salaire « normal », qui tiendra compte de l'avancement et des éventuels jurys de qualification rencontrés entre temps. Comme vous le voyez, c'est extrêmement complexe et... »

Cela ne me paraissait pas compliqué du tout.

« Cet argent qui ne me sera pas versé, où ira-t-il d'ici là ? »

Nouveau soupir. Je devais décidément être un de « ceux-là », un salarié particulièrement ennuyeux.

« Là où va tout l'argent, monsieur : investissement, salaires et conventionnement.

— Donc ce salaire " en trop " servira à payer d'autres salaires, et d'autres cotisations. Qui elles-mêmes...

— Serviront à payer les salaires que vous percevrez durant les trois ans, et au-delà.

— Ça me semble parfait, alors. »

Un dernier soupir, de soulagement celui-ci.

« Je vous fais parvenir les formulaires à remplir par voie de terminal. La réduction du salaire direct devrait être effective deux mois après la réception de la demande par les services de la Caisse. »

Le terminal vibra légèrement, annonçant la réception d'un courrier. Je remerciai l'homme qui raccrocha avec quelques formules de politesse et, surtout, précipitation.

Était-ce une chose étrange que ce que je m'apprêtais à faire ? Était-ce vraiment si inhabituel de vouloir seulement assez, et non pas trop ? J'aurais pu ne rien dire. J'aurais pu regarder l'amoncellement grandir jusqu'à ce que, comme tout tas trop gros, il finisse par s'écrouler. S'il y en avait d'autres comme moi, cela ne représentait-il pas un danger ? La monnaie conservée inutilisée ne finirait-elle pas par manquer ailleurs ? N'avais-je pas raison de demander ce report de salaire ? Le ton las de la voix de l'homme, surtout, me frappa durablement, jusqu'à bien après que j'eus signé le formulaire et officialisé le règlement par avance de la cotisation logement pour plus d'un an ainsi que la réduction du salaire direct pour trois ans. Son déplaisir pouvait avoir bien des causes, dont ma demande, peut-être saugrenue, n'était qu'une des plus petites. Et pourtant, j'étais un de « ceux-là ». Ceux-là qui quoi ? Je tournais et tournais le problème dans ma tête sans trouver de solution. D'où le dysfonctionnement venait-il ? De moi qui, visiblement, ne dépensais pas assez ou de la Caisse des salaires qui me versait trop ? De ces deux écarts, ces deux différences avec le suffisant, lequel était la cause de l'autre ? En tout cas, trois mois plus tard, je dépensai pour la première fois toutes les unités de la carte de paiement non conventionnée et j'en ressentis une grande satisfaction et un grand soulagement. Le poids de la monnaie excédentaire ne s'imposait plus à moi. J'avais cessé d'être un voleur.

C'était encore une nouvelle forme de contrainte que je venais, seul, de m'imposer. Gob avait suivi toute l'affaire dans le silence habituel. Elle haussa les épaules.

« Si tu es plus heureux avec moins, alors ça me va. »

Elle s'en retourna à la librairie et revint avec un sac à dos plein de nouveaux livres.

Cela paraîtra sans doute étrange mais, quoique vivant dans un appartement rempli à craquer de livres, je ne lisais presque pas. Parfois Gob me proposait un volume ou un autre mais, voyant que je ne m'y intéressais jamais vraiment, elle finit par arrêter ses tentatives. Il m'arrivait parfois d'errer devant les rayonnages, parcourant les titres inscrits sur les dos sans rien en comprendre, sans jamais lever la main vers les livres. De la même façon, Gob ne partageait pas réellement mes enthousiasmes musicaux. Elle écoutait de la musique, oui, mais, à mes yeux, elle semblait toujours rester en surface. Elle ne se plongeait jamais dans la discographie d'un artiste en particulier, ne suivait pas les fils ténus qui relient un enregistrement à un autre, les musiciens en commun, les schismes, les reprises, les hommages, les ressemblances, et qui font de l'ensemble de la production musicale une tapisserie resserrée, pour la simple raison que la plupart des musiciens écoutent beaucoup de musique. Il y a un livre, pourtant, que je lus à ce moment-là. C'est évidemment Gob qui me l'offrit : une antique copie d'un livre appelé *En studio avec les Beatles* dans lequel l'auteur, qui avait enregistré une grande partie de leur musique, revenait sur leur carrière et sur les expérimentations auxquelles lui et les quatre musiciens s'étaient livrés pour finir par inventer la plupart des techniques d'enregistrement. Je ne dévorai pas le livre, je le picorai. Il resta longtemps posé sur la table haute de la cuisine, à laquelle je m'asseyais le plus souvent pour consulter le terminal. J'en lisais quelques pages, le reposais, partais au travail, revenais, lisais encore un peu, préparais à dîner. J'interrompais la lecture pour m'approcher de la chaîne hi-fi, passer le casque, glisser dans le lecteur un disque des Beatles et écouter les chansons qui y étaient racontées. Quand Gob lisait, quelle que fût la nature de cette lecture, rien ne pouvait l'en tirer jusqu'à ce qu'elle parvînt au bout du livre. Elle restait allongée sur le canapé, immobile et rigide, comme morte s'il n'y avait le mouvement des yeux, les mains qui tenaient le livre et tournaient les pages. Elle ne semblait rien voir en dehors du livre, n'entendre aucun autre bruit que celui que les mots faisaient dans son esprit en s'y déposant. Au fil du temps, j'appris à ne pas tenter de l'interrompre, même pour lui proposer de déjeuner ou de dîner. Elle pouvait rester dans cette position des heures. Une fois la dernière page tournée, le livre se refermait dans un claquement sonore et Gob se relevait brusquement. Elle rangeait le livre sur une bibliothèque ou bien, s'il n'y avait plus de place nulle part, elle le posait simplement sur une pile. Ses paupières battaient plusieurs fois. Elle se balançait un moment d'un pied sur l'autre, comme pour retrouver l'habitude de la station debout. Enfin, elle se tournait vers moi et revenait dans le monde que nous partagions. Parfois, ce retour prenait un certain temps car si son corps était réveillé, son esprit était encore pris par le songe. J'appris à reconnaître les signes de cette absence, le ton de la voix, les gestes lents et mal assurés. Je n'essayais jamais d'attirer son attention avant qu'elle fût entièrement de retour. Il en allait de même lorsqu'elle écrivait.

Je repensais souvent à l'image qu'avait employée Kaze, à la chose fragile qu'on ne doit ni serrer trop fort ni laisser échapper, risquant toujours de la briser. Je me rendais compte que chacun de mes rapports avec Gob rejouait cet équilibre délicat. L'interrompre quand elle lisait : serrer trop fort. Partir sans rien lui dire : la laisser échapper. M'abîmer dans le travail de l'appartement en dehors de tout le reste : l'un et l'autre à la fois. Notre amour et notre vie ensemble étaient un exercice d'équilibriste. Nous marchions tous deux face à face sur une corde tendue au-dessus du vide et, chacun parti d'une extrémité, nous tentions de nous rejoindre. À chaque pas que l'une faisait, elle risquait de non seulement de tomber elle-même mais aussi que les vibrations de la corde fassent basculer l'autre à son tour. Nous avancions pourtant, bien que la distance à parcourir parût parfois infinie. En vérité, elle l'était.

À l'école, à Pelagoya, un ou une adulte (je ne sais plus laquelle) nous avait raconté plusieurs mythes des origines. Adam, Ève, le serpent et le jardin d'Eden ; Ouranos et Gaïa ; Prométhée et le feu ; Pandore et Épiméthée ; le mythe de l'androgyne. C'était de ce dernier dont je me souvenais en particulier. Gob ne me semblait pas une moitié perdue qu'il me fallait retrouver. Le sentiment amoureux qu'elle m'inspirait ne venait pas d'une perte ; le sentiment érotique qu'elle inspirait chez moi n'avait rien de douloureux. Même s'il me semblait l'avoir toujours connue, toujours aimée, je ne l'aimais pas comme une partie de moi-même. C'était dans l'étrangeté que résidait l'amour. C'était l'autre en elle que j'aimais. Je ne pouvais courir le risque de la changer. La faire ma semblable : serrer trop fort. Agir avec elle comme avec n'importe quelle inconnue : la laisser tomber au sol. En cela encore, j'étais sans le savoir un enfant de la Déclaration d'Antonia. Avant elle, toutes les relations amoureuses avaient bien sûr été teintées de possession mais les mécanismes de propriété avaient employé ce mythe comme une arme. Avant la Déclaration d'Antonia, il fallait « chercher l'amour » comme si c'était une chose qui se trouve, « chercher sa moitié » comme si l'être humain était réellement coupé en deux pour ensuite « fonder une famille », rejouer à nouveau à deux le mythe de la création, refaire le monde à neuf comme si une telle chose était possible. Gob existait radicalement en dehors de moi, et moi en dehors d'elle. C'était pour cela que je pouvais l'aimer, c'était pour cela qu'elle pouvait m'aimer.

« Il ne faut pas chercher à se trouver soi-même dans les livres, disait-elle parfois, quand plusieurs verres lui avaient délié la langue. Il ne faut pas chercher à s'y connaître ni à s'y reconnaître. Si on lit, si on écoute de la musique, c'est pour rencontrer quelqu'un d'autre que soi. On lit et on écrit pour savoir ce que pense quelqu'un d'autre, quelqu'un qui nous ressemble peut-être mais auquel on ne pourra jamais *coller*. Qu'est-ce que j'ai à voir avec un ouvrier d'il y a quatre-cents ans ? Rien du tout. Qu'est-ce que j'ai à voir, matériellement, avec les philosophes grecs d'il y a je ne sais combien de siècles ? Rien non plus ! Et pourtant, c'est précisément parce qu'ils ne me ressemblent pas que je peux en apprendre quelque chose. »

J'attendais qu'elle eut terminé sa tirade, me demandant si elle aimait davantage les livres que moi. Quelquefois, je lui posais la question, enhardi moi aussi par l'alcool.

« Si tu devais choisir : tous les livres de l'appartement, du stockage à Antonia ou moi, que ferais-tu ? Que choisirais-tu ? »

Elle cherchait toujours d'abord à balayer ma question d'un revers de la main, comme une ineptie qui ne valait même pas la peine qu'elle s'y attardât. J'insistais.

« Réponds. Les livres ou moi. Alors ? »

Elle soupirait.

« Ce n'est pas un choix ça. C'est une évidence... »

Elle marquait une pause, ménageant l'effet dramatique du couperet que je voyais s'élever pour mieux retomber.

« Les livres sont bien plus intéressants ! »

Alors, nous éclations de rire tous les deux. Cependant, je savais que sa réponse, prononcée sur le ton de la plaisanterie, était sincère.

Je donne sans doute l'impression que la vie que nous menions tous les deux était une vie qui excluait les autres. C'était vrai, en partie, mais en partie seulement. Gob avait une tendance solitaire, sans que je sache si elle lui était venue de la fréquentation des livres et de l'écriture ou si c'était précisément ce trait de caractère qui l'avait menée à la littérature. Quant à moi, je réalisais la majorité du travail pour la commune tout seul. Je m'éclipsais parfois quelques semaines en tournée avec le groupe de Kaze et en ces occasions je savourais le fait de me fondre à nouveau dans un groupe. Une fois de retour à Télégie, cependant, je retrouvais le vélo, la remorque remplie d'outils, les regards de travers des entreprises de la ville. Des amis venaient parfois nous visiter et nous les accueillions avec plaisir : Ulf, Livia, Kaze une fois, d'autres connaissances de Gob dont j'ai oublié le nom et auxquelles elle ne paraissait pas accorder plus de valeur que cela, ce que je trouvais étrange tout en gardant mes impressions pour moi.

Nous ne restions pourtant pas enfermés dans l'appartement rempli de livres. Nous allions au cinéma, au théâtre, je réussis quelque fois à emmener Gob assister à un concert avec moi. Nous passions des soirées entières au Cercle Jaune à boire, à jouer aux cartes. Seulement, la majorité de ces sorties, nous les effectuions à deux. Il nous semblait même très important d'avoir des activités en binôme. Nous rejoignîmes un cours de danse. La plupart des pas étaient des pas de groupe mais il existait aussi des danses de couple et c'étaient celles qui nous passionnaient le plus. Malheureusement, nous n'étions ni l'un ni l'autre très douées pour la chose. Au bout de plusieurs mois, si nous parvenions à danser une valse simple à peu près correctement, c'était bien tout. La maladresse dont nous faisions preuve ne tarda pas à être le sujet de l'hilarité générale mais nous nous en fichions. Chaque semaine, nous passions deux heures à marcher sur les pieds de l'autre, à rater des temps, à nous figer en regardant les autres couples tourner régulièrement autour de nous, dans l'espoir de nous raccrocher au mouvement général, ce que nous parvenions plus ou moins à faire. Nous dansions un cha-cha-cha affreux, un charleston à peine digne de ce nom. Quand, enfin, après de longues minutes d'humiliation hilare, la musique s'arrêtait, nous ignorions la moue mi-désespérée, mi-amusée du professeur dont les conseils et les démonstrations restaient sans effet sur nous et nous attendions le départ d'une nouvelle catastrophe. Nous échouions, mais nous échouions ensemble. Les danses de groupe et de ligne étaient plus faciles mais nous y prenions moins de plaisir. Elles étaient cependant une respiration nécessaire au reste du groupe parce qu'il n'avait pas à y supporter nos maladresses. Du moins y étaient-elles moins visibles et prêtaient à moins de conséquences. Lorsque, deux fois l'an, les membres du groupe se produisaient sur scène, il ne fallait pas user de beaucoup de persuasion pour que nous acceptions de ne monter sur les planches qu'au milieu de tous les autres.

Gob nous inscrivit à un cours de cuisine, au rythme d'une fois par semaine. En m'efforçant de ne pas prendre cette décision comme une remarque sur mes capacités aux fourneaux, je me réjouis cependant de cette initiative. Une fois par semaine, j'eus dès lors l'impression de retrouver la cuisine du dortoir de Grévi. Il ne s'agissait pas, chacun devant sa table, de préparer le même plat que tous les autres en suivant une recette, en fonction d'ingrédients et d'un matériel donné. Cela ressemblait plus à une cuisine collective. D'une semaine sur l'autre, l'un des membres du groupe proposait plusieurs plats, dont un dessert. La semaine suivante, tout le groupe se répartissait les tâches, s'affairait pour réaliser du mieux possible les recettes choisies. Deux ou trois personnes tenaient le rôle de professeurs, corrigeant un geste ici, proposant une méthode-là, mais leur position ne les séparait en rien du reste du groupe. Ils participaient eux aussi à la cuisine. Ces longues soirées culminaient en un repas généralement très copieux et très arrosé, durant lequel nous apprenions aussi beaucoup sur les différents cépages et les accords avec les plats.

Nous essayâmes bien d'autres choses encore : des ateliers de dessin, des chorales pour débutants où nous découvrîmes douloureusement que Gob était absolument dénuée d'oreille musicale comme de rythme, des conférences à l'université que nous choisissions entièrement au hasard des programmes, des équipes de sports collectifs pour lesquels nous n'eûmes ni l'un ni l'autre d'intérêt sur la durée, des ludothèques et des salles de jeux vidéo dont je me détournai vite, les jardins collectifs où nous allions travailler main dans la main. Peu importait l'activité, seul comptait le fait que nous la réalisions tous les deux. C'était autant de manières d'empêcher la chose fragile de tomber au sol sans la comprimer entre nos doigts. Nous passions une assez grande partie du temps chacun de notre côté, dans des activités qui ne s'accommodaient pas de la présence de l'autre. Quand le besoin de solitude se faisait sentir, nous l'annoncions simplement à l'autre. Gob se murait dans le silence de la lecture et de l'écriture, deux activités apparemment différentes mais qui étaient pour elle une seule et même chose. Je sortais me promener dans les rues que, à force de travail et d'allers-retours, je connaissais très bien. Je m'allongeais sur l'herbe d'une avenue, j'écoutais les yeux fermés virevolter les doigts de Hisaishi qui me racontaient l'été à venir.

Le baladeur avec lequel j'étais parti de Grévi avait cessé de fonctionner et j'en avais été aussi triste que s'il avait réellement rendu l'âme. Gob n'avait rien dit mais j'avais senti qu'elle ne comprenait pas mon sentiment. Ce n'était après tout qu'un objet, mais un objet qui m'accompagnait depuis si longtemps qu'il me semblait qu'il était un ami. Je l'avais réparé de nombreuses fois, je l'avais ouvert, démonté et réassemblé, et jusqu'au bout il m'avait semblé qu'il fonctionnerait toujours, mais toute chose a une fin. Pendant des mois, je fus incapable de même penser à m'en procurer un nouveau. Finalement Gob me l'offrit, sans occasion particulière, simplement pour que je cesse d'être triste. C'était une jolie chose, brillante et pratique, capable de contenir bien davantage de musique que l'autre. Cependant, ce n'était pas mon ami. Les menus me paraissaient écrits en une langue étrangère. Peut-être le deviendrait-il un jour. En attendant, ce n'était encore qu'un objet, un simple moyen, une fonction incarnée.

Le temps passait sans se faire sentir, semaine après semaine, mois après mois. J'avais à peine l'impression d'être revenu que déjà Kaze me rappelait et en un clin d'œil j'étais de retour. Mes journées, rythmées par les tâches pour la commune, se mêlaient pour moi les unes aux autres. Seule Gob semblait vivre dans une certaine linéarité : celle de son travail d'écriture et de lecture, ce monde solitaire dont je n'avais que de fugitifs aperçus. Je savais que, régulièrement, Oboe, la maison d'édition qui avait publié *Ma famille*, lui demandait si elle avait un autre texte à proposer. Le livre avait été, pour autant que je le comprenne, un succès d'édition. Je le savais car ces échanges laissaient Gob dans un état de colère fébrile contre laquelle je n'avais aucun pouvoir. Cette situation mettait Gob dans une posture délicate vis-à-vis des gens que nous côtoyions. Au cours de danse, au cours de cuisine, on nous demandait ce que nous faisions. Quand Gob répondait qu'elle écrivait, elle suscitait toujours de la surprise, voire de l'incompréhension. Sur quoi écrivait-elle ? Elle refusait de le dire, même à moi, précisais-je. Depuis combien de temps ? Depuis toujours. Pour combien de temps ? Pour toujours. N'avait-elle jamais l'envie de faire autre chose ?

« Je fais autre chose, répondait Gob, les mains dans la farine. La preuve, je suis là. »

Mais ce n'était pas cette autre chose-là qu'entendaient les curieux. Ils voulaient dire quelque chose de tangible, quelque chose de matériel. Cherchait-elle à être publiée à nouveau ? Pas pour l'instant. Pourquoi écrire alors ? À cela, Gob répondait par une moue de dédain.

« Pourquoi ne pas le faire ? »

Plusieurs fois, on l'approcha pour lui proposer de rejoindre telle ou telle entreprise. Peu après notre arrivée, un journal qui avait connaissance de *Ma famille* vint lui proposer de tenir une chronique hebdomadaire. Gob demanda « À quel sujet ? ». On lui répondit :

« Ce que tu veux ». Elle refusa. Réagir d'une semaine sur l'autre à l'actualité, somme toute peu fournie, de Télégie ne l'intéressait pas. « Mais il y a des gens qui veulent vous lire ! Il y a de la demande. » Gob ne bougea pas de sa position. « Ce n'est pas parce que *des gens* veulent quelque chose que je suis obligée de le leur donner. De plus, je n'ai rien à dire. » Mais alors, pourquoi continuer d'écrire ?

« Dire et écrire, ce n'est pas la même chose. Un papier par semaine, c'est dire. C'est pire : parler pour ne rien dire. Écrire c'est différent. Il n'y a pas d'impératif de temps. Il n'y a pas de régularité. Ça prend le temps que ça prend. »

Elle raccrochait agitée, regrettante déjà d'avoir décroché. Debout devant la table de la cuisine, préparant un repas ou perdant du temps sur les réseaux, je la laissai se calmer avant de demander :

« Mais alors, pourquoi avoir publié *Ma famille* ? »

Gob soupira très fort et très longuement. C'était comme si un poids immensément lourd lui était tombé sur les épaules. Elle se laissa tomber sur le canapé.

« Qu'est-ce que tu veux que je te dises ? Je n'aurais pas dû. J'aurais dû garder tout ça pour moi. C'était de l'orgueil, tu comprends ? Je *voulais* que les autres sachent. Je voulais que les autres voient, comprennent ce qui m'était arrivé, mais aussi, je voulais qu'ils voient ce que je vaux. Je voulais qu'ils me connaissent et qu'ils me reconnaissent. Surtout les autres écrivains. En publiant, j'étais fière. J'avais le sentiment de faire partie d'un club, d'un groupe serré. Il y a ceux qui écrivent et qui publient et il y a les autres. »

Elle s'arrêta un instant, remarquante à mon expression figée que, faisant partie des *autres*, j'avais sûrement quelque objection à formuler. Elle se dépêcha de se reprendre :

« Ce n'est pas ce que je voulais dire. Ce n'est pas mieux ou moins bien, ce que je fais, ce que tu fais. Ce que tu fais, toi, c'est certainement beaucoup plus utile matériellement. Mais la lampe que tu m'as faite, ou même l'Héliotrope, c'est bon et utile indépendamment de ce qu'en pensent les autres. »

L'expression de son visage se referma. Ses yeux bleus prirent leur aspect le plus froid.

« *Ma famille*, c'était à moi. C'était *mon* texte, *mon* histoire. Je l'ai écrite pour moi, pour personne d'autre. Certainement pas pour Natacha et Born. À partir du moment où Oboe a voulu le publier et à partir du moment où j'ai accepté, c'était fini. Il ne m'appartenait plus. Quand des gens l'ont lu, l'ont attaqué, l'ont défendu, l'ont jugé, c'était pire encore. C'était comme si on me l'enlevait une fois encore. Une seconde dépossession. »

Je l'avais écoutée en silence. Je me penchai vers le bar et je sortis une bouteille de vin cuit dont je servis deux verres.

« Mais il n'y a de propriété que d'usage..., commençai-je.

— Ah ! éclata Gob. Arrête un peu de citer la Déclaration comme un oiseau apprivoisé ! Comme si ça s'appliquait, là ! Comme si c'était possible d'user d'un texte ! D'user un texte ! La musique que tu écoutes, elle a bien été écrite, composée, jouée par des gens en particulier, non ? Ça, tu ne peux pas leur enlever. L'écouter, ce n'est pas en faire l'usage.

— Qu'est-ce que c'est alors ? »

Gob se calma aussi soudainement qu'elle s'était énervée. Pour une fois, j'avais posé une question pour laquelle elle n'avait pas de réponse. Elle haussa les épaules et je poussai un grognement devant sa mauvaise foi.

« La propriété d'usage, finit-elle par reprendre, revenant à la Déclaration dont l'évocation l'avait pourtant tellement irritée, concerne les moyens de la production. Un texte, comme un morceau de musique, n'est pas un moyen. C'est une fin. Le texte est sa seule justification.

— Même si personne ne le lit ?

— Sais-tu combien de personnes écrivent des textes fabuleux que personne ne lira jamais ?

— Pourquoi ne les publient-elles pas, s'ils sont si formidables ?

— Elles ne les publient pas parce qu'elles n'ont pas besoin de publier pour savoir qu'elles sont des autrices. Elles pourraient passer toute leur vie à ne rien faire d'autre qu'écrire, enfermées dans une pièce, en rangeant chaque feuillet dans un tiroir, sans que personne n'en lise jamais une seule ligne, ça n'en ferait pas moins d'elles des autrices et des écrivaines. Elles le pourraient parce qu'elles n'ont pas *besoin* de publier. C'est même à ça que sert le salaire.

— Il faut tout de même bien que quelques livres se vendent de temps en temps, non ? Pour produire, pour payer les salaires. »

D'un grand geste, embrassant toute la pièce, Gob désigna les centaines, milliers peut-être, de livres qui occupaient chaque centimètre carré de mur de l'appartement.

« Pourquoi crois-tu que j'en achète autant ?

— Tu crois que tu publieras à nouveau, un jour ?
— Non. Je ne sais pas. Peut-être. Je verrai.
— Me laisseras-tu lire ? »
Gob détourna le regard.
« Je ne suis pas certaine que ce soit une bonne idée. »
Le soir commençait à obscurcir le ciel au-dessus de Télégie et la luminosité dans l'appartement avait baissé imperceptiblement tout au long de la discussion. J'étais fatigué mais je proposai tout de même à Gob de sortir. Nous sommes allés dans un minuscule café boire du vin rouge en dînant de nouilles sautées aux légumes. Au fond de la salle, une jeune femme chantait en s'accompagnant à la guitare et il me semblait connaître sa voix. Les convives étaient silencieux. Seuls le tintement des verres et le léger battement des baguettes contre les bols perturbaient l'écoute. La chanteuse annonça qu'elle allait faire une pause et ne remonta sur scène qu'au moment où nous nous apprêtions à partir. En reconnaissant l'arpège qu'elle jouait, en l'entendant chanter « *Call her moonchild, dancing in the shallows of a river* », je me souvins de l'endroit où je l'avais entendue. C'était la voix qui chantait dans mon dos dans le parc d'Ast où j'avais lu *Ma famille* pour la première fois.
« Pourquoi souris-tu ? », me demanda Gob.
Je serrai sa main dans la mienne au moment de passer la porte. Il pleuvait doucement et nous n'avions ni imperméable ni parapluie. Avant de nous mettre à courir, je lui répondis :
« Pour rien. »

Avec le vélo quotidien du travail pour la commune m'était venu un goût du sport et de l'activité physique qui me surprenait et surprenait Gob. Avant le reversement du surplus de salaire accumulé, j'en avais dépensé une partie pour acheter une confortable paire de chaussures de course à pied et quelques vêtements de sport. Je partais deux ou trois fois par semaine, le plus souvent au petit matin. Je me glissais hors du lit et m'habillais sans bruit pour ne pas réveiller Gob. Je buvais un court café et je m'élançais dans les rues. Le nouveau baladeur glissé dans la poche du short, le câble du casque glissé entre le t-shirt et le sweat-shirt, je courais sans direction particulière, jusqu'à épuisement. Les premiers temps, je me contentais de tourner dans les rues de Télégie, peu animées à cette heure. J'aimais cette sensation d'avoir la ville pour moi tout seul, d'être l'unique témoin de minuscules évènements : l'extinction automatique des lampadaires déclenchée par les capteurs de luminosité ambiante, des fêtards qui titubaient, riant, criant, chantant, jurant parfois, des embrassades et des baisers discrets sur des bancs, scènes d'intimité au grand air permises par le voile brumeux du petit matin. Je regardais les oiseaux se réveiller, s'élancer dans les airs, en regrettant de ne pas connaître le nom des espèces. Une telle chose n'aurait pas été possible à Iliat, songeais-je. La ville était toujours animée, quelle que fût l'heure. Télégie au petit matin, au contraire, était un monde de confortable silence et de murmures, percé par le battement régulier de mes pieds sur les pavés et la terre des chemins. Je finis par laisser le baladeur à l'appartement.

Je revenais en sueur, haletant, les jambes lourdes mais content. Je buvais un grand verre d'eau, un deuxième café, puis je me douchais et me préparais à partir au travail tandis que Gob, se réveillante, lisait quelques pages au lit avant de se lever, le plus souvent le livre sur lequel elle s'était endormie.

Au fil des semaines, cependant, mes sorties se firent plus aventureuses et plus lointaines. La course à pied ne me suffisait pas en elle-même. Je connaissais bien Télégie, le matin, le midi et le soir. Je voulais voir autre chose. Alors, je pris l'habitude de m'éloigner de la ville en direction du bois de la Prévau. Avant la Déclaration d'Antonia, cet endroit avait été un parc, structuré autour d'un étang artificiel alimenté par une multitude de rivières. Depuis, il avait été laissé retourner à un état quasi sauvage. Des salariés de la commune en contenaient l'extension du côté de la ville et entretenaient les sentiers qui subsistaient encore, souvenirs d'allées minéralisées et rectilignes qui avaient relié le parc à la ville. L'eau de l'étang avait souffert de tant de pollution et de contaminations que la pêche y était toujours déconseillée. Il fallait attendre que le cycle de l'eau fît son œuvre. Un jour, on pourrait sans doute même s'y baigner sans risque. En attendant, le bois de la Prévau était un lieu de promenade : on allait pique-niquer dans les clairières et l'été, la commune organisait même un festival à ses abords. Les habitants de Télégie le considéraient toujours comme une extension naturelle de la ville, bien que les limites extérieures du bois jouxtent une zone rendue dont de discrets panneaux marquaient le commencement et enjoignaient à tourner les talons. Au petit matin, toutefois, il n'y avait presque personne. Quelquefois, je prenais le tram pour m'en rapprocher mais le plus souvent je parcourais en courant les quatre kilomètres qui séparaient l'appartement de la forêt. J'étais déjà en sueur et mon rythme cardiaque était élevé quand je m'engageais sur le premier sentier venu. La première fois, je me perdis totalement. Je mis plus de deux heures à retrouver mon chemin et j'étais si entièrement épuisé que les derniers mètres jusqu'au tram de retour, quand je débouchai enfin miraculeusement du bois, manquèrent de m'achever. La forêt m'avait pris, m'avait mâché et m'avait recraché quand elle avait considéré m'avoir suffisamment mastiqué. En me voyant réapparaître, couvert de boue, des branches et des feuilles accrochées aux vêtements, Gob ne put s'empêcher d'éclater de rire.

« Si on te demande, maugréai-je, tu diras que tu ne sais pas. »

Deux jours plus tard, j'y retournais, armé cette fois-ci d'une lampe frontale et d'une carte de la forêt aussi précise que possible récupérée aux bureaux de la commune. Cette deuxième tentative ne fut guère plus concluante que la première mais je ne m'avouais pas vaincu. J'y retournai une troisième fois, une quatrième, deux fois par semaine. Du souvenir des premiers temps à Iliat, de la désorientation totale que j'y avais ressenti, j'avais gardé la conviction qu'on ne connaissait réellement un endroit qu'après s'y être perdu plusieurs fois. Je m'arrêtais, vérifiais ma position sur la carte, y notais un point de repère : la forme particulière d'une branche, la taille d'une flaque de boue qui semblait ne jamais sécher, une trace sur le tronc d'un arbre. Quand, au bout de plusieurs mois, la carte fut couverte de marques de la sorte, je n'en avais plus besoin. J'avais rencontré tous les culs-de-sac, je m'étais enfoncé dans tous les marais, je m'étais presque assommé avec toutes les branches, j'avais contourné tous les arbres tombés en travers du chemin. Je connaissais la forêt et je le savais. Je laissai la carte à l'appartement. Bientôt, j'abandonnai aussi la lampe frontale. Je courais dans l'obscurité, faisant confiance à mes pieds assurés pour enjamber, bondir, pivoter. Je ne courais plus. Ils allaient tout seuls. Je ne pensais plus à rien. Je n'avais plus qu'à écouter le bruissement de la forêt autour de moi. Invisibles dans l'obscurité, cachés dans des fourrés, des animaux détalaient en m'entendant arriver. La pluie frappait les feuilles. Le vent secouait les frondaisons. Parfois je trébuchais, je tombais même. Je me relevais sans même m'en apercevoir. L'odeur de l'humus était partout autour de moi et sur moi. Je la ramenais avec moi à Télégie et elle paraissait persister malgré la douche, malgré la lessive des vêtements. Quand Gob et moi venions nous y promener ensemble, je ne reconnaissais pas le bois. Le matin et le jour étaient deux mondes différents.

C'est un matin que je rencontrai Imogen. J'étais si pleinement absorbé par la course que je ne l'entendis ni ne la vis arriver. Je ne la remarquai qu'au moment où mes jambes firent l'écart pour ne pas la percuter. J'entendis à peine le « Bonjour ! » qu'elle me lança. Quand je me retournai, il était déjà trop tard : elle avait disparu dans un détour de l'étroit sentier. Je ne m'arrêtai pas de courir. Je ne l'avais pas vue. J'en gardais uniquement la sensation d'un corps courant qui était passé près du mien. Dans le tram de retour, reprenant mon souffle, j'avais déjà oublié l'incident. Il ne se reproduisit pas pendant plusieurs semaines.

Un autre matin. Je cours depuis près d'une heure déjà. Depuis plusieurs centaines de mètres, je longe l'étang dont j'aperçois la surface calme entre les branches. De légers lambeaux de brume s'y accrochent encore. J'ai la certitude que, quand je serai rentré, ils auront disparu pour la simple et bonne raison que je ne serai plus là pour les voir. En décrivant une courbe douce, le sentier s'écarte de l'eau et s'enfonce à nouveau dans le cœur de la forêt. Je sais que dans deux ou trois minutes, plusieurs sentiers s'offriront à moi. Celui de droite ramène en direction de Télégie et c'est celui que je vais emprunter. Je ne le prévois pas. Je le sais. Celui de gauche contourne largement l'étang et longe la zone rendue. Un bruit inhabituel me tire de la concentration de la course. Ce sont des pas derrière moi. Quelqu'un d'autre court ce matin. Les foulées sont rapides. Je ne me retourne pas. Le sentier n'est pas assez large pour que cette personne me double. Le rythme ralentit, se stabilise. Derrière moi, à quelques mètres, on court à la même vitesse que moi. La fourche sera bientôt là. Je baisse la tête pour éviter la branche pendante d'un vieux hêtre. Je vais prendre à droite. J'aperçois les deux chemins. Je me déporte sur la gauche, sur le bord du sentier, pour éviter la boue. Les deux sentiers sont là. Je vais prendre à droite.

Je prends à gauche. Derrière moi, les pas s'engagent dans la même direction. Je continue de courir. Je sais qu'il me faudra presque une demi-heure de plus pour ressortir du bois du côté du tramway vers Télégie. L'autre coureur derrière moi ne se rapproche pas. Il reste exactement à la même distance. En tendant l'oreille, je crois pouvoir distinguer sa respiration. Nous courons si bien de concert que son souffle paraît s'être calé sur le rythme du mien. Je ne me retourne pas. Se retourner voudrait dire s'arrêter et je sais qu'il ne faut pas que je m'arrête. La présence dans mon dos ne s'approchera pas tant que je ne m'arrêterai pas. Je ne sais pas pourquoi, mais il me semble qu'il ne faut pas qu'elle s'approche. J'accélère. Mes foulées deviennent plus amples, presque bondissantes. Sur la gauche, un sentier va apparaître. Il est à peine visible au coureur ou au promeneur non familier du lieu. Si je le prends, je m'enfoncerai encore une fois dans le bois. Je n'ai qu'à continuer tout droit et je sortirai de la Prévau. Je prendrai un tram et je rentrerai à l'appartement. Gob y sera peut-être encore. Je passe le chemin sur la gauche. Quelques instants plus tard, je me rends compte que la course dans mon dos a disparu. Je suis sorti. La terre du sentier se mue en herbe fraîche et épaisse, mouillée de rosée. J'entends avant de le voir le tramway arriver. J'hésite un instant. Je me retourne à moitié avant de, finalement, me diriger vers la rame.

Quelques jours plus tard, Imogen m'attend. Elle se tient près du commencement du sentier principal, celui que la majorité des promeneurs utilise pour entrer dans la Prévau. En me voyant arriver, elle sourit. Un frisson me parcourt, mais non de froid. La sueur qui me couvre déjà se fait plus chaude. Je suis presque surpris de découvrir qu'elle possède une réelle apparence physique. Jusque-là, elle n'était pour moi qu'un frôlement, que le bruit régulier de la course dans mon dos. Je m'approche d'elle, ralentissant le pas. Elle dit simplement :

« Allons-y ! »

Puis elle tourne les talons et s'élance sur le sentier. Je n'ai pas eu le temps de reprendre mon souffle. Elle court vite. Je ne cherche pas à la rattraper. Je reste plusieurs mètres en arrière, comme elle la fois précédente. Je ne fais que suivre ses pas. Mon esprit est entièrement vide ; mon corps est son seul maître. Il n'y a que la course et la silhouette devant moi. Je ne sais pas combien de temps nous courons. Je ne sais pas quels chemins nous empruntons. Je sais que nous finissons par revenir. Nous montons dans le tram. Il n'est pas très rempli. Il est encore tôt.

Nous nous asseyons l'un à côté de l'autre. L'odeur de nos sueurs doit envahir toute la cabine, mais personne ne fait de remarque. Elle me dit son nom, je lui dis le mien. Je ne la regarde pas directement, me contentant de fixer le reflet diaphane dans la vitre opposée de la rame. Je ne sais pas pourquoi, je me sens retenu par un mauvais pressentiment. Si j'osais me tourner vers elle, elle disparaîtrait sans doute. Je sens pourtant nettement, chaleureusement, son épaule qui touche la mienne, sa cuisse contre la mienne. Je bats des paupières. La rame est déjà arrivée à l'arrêt où je dois descendre. Mais le dois-je vraiment ? Ne puis-je pas rester là, dans cet éternel présent d'un voyage dont je connais la destination ? Je me lève pourtant, je murmure un faible « À bientôt ». Elle me répond quelque chose mais je n'ai pas le temps de l'entendre. Je suis déjà dehors. La porte de la rame de tramway claque derrière moi. Je pourrais me retourner pour la voir. Je résiste. Je ne risque pas même un coup d'œil. Il ne faut pas dissiper l'apparition.

Je suis rentré dans l'appartement. Il m'a semblé avoir passé la barrière invisible entre deux mondes. Gob lisait en buvant un café. Elle s'apprêtait à partir pour la bibliothèque ou un des autres endroits dans lesquels elle aimait à travailler. Un sac ouvert, posé sur une chaise. Rapidement mais sans ostentation, elle y a glissé un tas de feuillets posés sur la table. Je n'ai eu que le temps de remarquer que la feuille du dessus portait la marque, cercle imparfait, ouvert et brun, de la tasse de café posée dessus par mégarde. C'est tout ce que j'ai vu. Gob a haussé les sourcils, signe qu'elle avait remarqué quelque chose d'étrange dans mon attitude. Elle m'a demandé si j'allais bien. J'ai répondu que oui. La voix qui sortait de ma bouche m'a paru celle d'un étranger. Gob s'est levée pour m'embrasser. Je l'ai laissée faire, incapable de masquer mon trouble. Puis je suis allé me réfugier sous la douche. L'eau tiède a chassé la sueur et la brume cotonneuse qui semblait avoir envahi mon esprit et entraver chacun de mes gestes. Entre-temps, Gob était partie. Je me suis rhabillé, je suis sorti, j'ai pris à vélo le chemin du dépôt.

Deux jours plus tard, j'arrive au bois de la Prévau. Je ne vois personne. Je m'arrête. Mon cœur bat à toute vitesse et je sais que ce n'est pas la faute de la course que j'ai faite pour arriver jusque-là. Je reste immobile peut-être une minute avant de me résoudre à courir seul. Quelques minutes plus tard, le long de l'étang que j'entrevois à peine tant le brouillard matinal est épais, annonciateur de la chaleur à venir dans l'après-midi, j'entends quelqu'un d'autre courir en face de moi. Mes jambes, malgré elles, se raidissent. La silhouette d'Imogen surgit brusquement entre les buissons. Je la vois sourire en s'approchant. Arrivée à mon niveau, elle fait demi-tour et reprend sa course dans l'autre sens, juste à côté de moi. Pendant un long moment, je n'entends plus rien des bruits habituels de la forêt, des chants de batraciens et des battements d'ailes engourdis des premiers oiseaux du matin. Je n'entends que la respiration d'Imogen et la mienne qui s'accélère à chaque fois que, au rythme rapide du balancement de la course, son bras frôle le mien. Au gré des élargissements et des resserrements du chemin, nous nous écartons et nous rapprochons, nous passons l'une devant l'autre, et inversement, pour toujours revenir à la position initiale : l'un à côté de l'autre.

Les arbres s'écartent brusquement autour de nous. Le sentier continue sur la droite mais Imogen s'arrête. Je fais encore une foulée, puis une deuxième, plus lente. Je m'arrête à mon tour. Je me retourne. Elle ne bouge pas. Je la regarde véritablement pour la première fois. Je suis surpris qu'elle ne disparaisse pas. Comme pour m'en assurer, je lui attrape le poignet. Elle reste réelle, tangible. Elle laisse échapper un petit rire, un pépiement de plus dans le bois au matin. Elle attrape mon bras en retour et nous nous attirons l'un vers l'autre. Nous nous embrassons, une première fois, puis une deuxième, avec davantage d'intensité. Ce n'est pas la passion qui nous anime, non. C'est à peine le désir. C'est le simple fait d'être là, l'un et l'autre, au milieu de ce bois, hors du temps. Un monde à part entière, habité seulement de nous deux. Je ne sais absolument rien d'elle à part son prénom, à part l'odeur et le goût de sa sueur, à part la texture de sa peau sous mes doigts, sous mes lèvres. Elle ne sait rien non plus de moi. Nous nous embrassons. Cela arrive. Cela ne veut rien dire de plus que cela. C'est une chose qui arrive. Elle ne peut avoir aucune cause ni aucune conséquence puisqu'elle est entièrement coupée du reste de l'univers. Cet instant, ces baisers : une monade. Hors de la Prévau, ils n'auraient même pas de sens. Hors du bois, aurais-je remarqué Imogen, l'aurais-je reconnue comme je la connais *ici* et *maintenant* ?

Est-ce le fait de la course, le fait de nos corps agissants ou le fait de nos esprits ? Au fond, quelle différence ?

Aussi soudainement que nous nous sommes étreints, nous nous séparons. Sans rien dire, nous reprenons notre course. Pour combien de temps encore ? Impossible de le dire. Quand nous émergeons du bois, je marche quelques mètres seulement devant Imogen. Assis dans le tramway, l'un à côté de l'autre à nouveau, elle attrape ma main et la serre dans la sienne. Sans pouvoir me contrôler, je tressaille à ce toucher. Si elle le remarque, elle n'en montre rien. Nous ne nous regardons pas davantage que la fois précédente. Le seul, le dernier contact entre nous est celui de nos doigts. Le tramway s'arrête. Je dois descendre. Je me lève. Je ne dis rien. Elle non plus.

Quand je suis entré dans l'appartement, Gob était sur le point de sortir. Je me suis figé dans l'encadrement de la porte. Elle a dit quelque chose que je n'ai pas compris. Je l'ai embrassée, comme je le faisais toujours. Je l'ai sentie se contracter à mon contact. Je crois que je n'ai pas compris tout de suite pour quelle raison. Gob a fait un pas en arrière. Le sac à dos qu'elle portait a fait un bruit mat contre le mur, le bruit de livres écrasés contre les briques. Je suis entré. Deux yeux bleus étaient fixés sur moi et je ne voyais qu'eux. J'ai demandé si elle voulait sortir tout de suite ou non. Elle n'a pas répondu. Son silence, familier et chaleureux, était devenu aussi glacial que son regard. Comme elle ne répondait pas, j'ai fermé la porte. J'ai découvert que j'étais assoiffé. Je voulus m'avancer vers l'évier de la cuisine. Gob se tenait sur le chemin. Elle s'est écartée encore une fois, sans rien dire. Je serais incapable d'expliquer pourquoi mais c'est en buvant le verre d'eau que j'ai compris. La barrière invisible que j'avais cru sentir se créer entre le bois de la Prévau, le tramway et l'appartement, entre Imogen et Gob, s'est brusquement effondrée. L'eau qui coulait du robinet a masqué le fracas des débris à mes oreilles. À quoi avait-elle compris ? Peut-être était-ce l'odeur. Peut-être le goût des lèvres d'Imogen sur mes lèvres quand je l'avais embrassée en arrivant, comme je l'embrassais chaque matin, chaque soir, chaque nuit. Au fond quelle importance ? Je n'avais rien dit et pourtant elle savait.

J'ai pivoté. J'étais enfin de retour dans le même endroit que Gob. J'étais de retour dans l'appartement. Gob a dit :

« Qui est-ce. »

Ce n'était pas une question. Ce n'était même pas un ordre ni, je crois, un reproche. Cela voulait dire, d'une voix blanche : « Peu importe. » Cela voulait dire : « Je ne veux pas savoir. » Cela voulait aussi dire que cela était arrivé, irrévocablement.

Elle dit aussi :

« Douche-toi ailleurs, avant de revenir, la prochaine fois. »

Il n'y avait pas de colère dans sa voix. Il n'y avait pas d'émotion du tout. Rien que des mots, extrêmement bien énoncés, articulés, l'un après l'autre. Puis elle est sortie, en refermant doucement la porte car il y avait un nourrisson dans l'appartement qui occupait le même palier que celui-ci et tout l'immeuble s'était de lui-même mis à vivre à produisant le moins de bruit possible pour quelques mois.

Je suis resté un long moment immobile, fixant la porte close. Puis, d'un seul coup, la sueur sur ma peau m'a paru glacée. Je me suis déshabillé sur place, j'ai enfoui les vêtements de sport au fond du panier à linge sale, loin en dessous de tout le reste. Je me suis glissé sous la douche. La matinée était déjà très avancée quand je suis arrivé au dépôt. Personne ne m'a posé de question. Personne ne m'a fait de remarque. Je me suis soudain senti très seul. J'ai travaillé jusqu'à très tard. Je ne suis pas allé m'asseoir au Cercle Jaune pour attendre Gob. Quand je suis rentré à l'appartement, Gob était assise sur le canapé. Sur la table de la cuisine, un reste de salade attendait. Je l'ai remerciée, elle a dit que c'était normal. J'ai dîné seul, en silence pour ne pas déranger sa lecture.

La chose fragile que je tenais entre les mains menaçait à chaque instant de glisser.

Je me suis lavé, une nouvelle fois. J'étais très las de toutes les allées et venues que j'avais faites en vélo ce jour-là. Je suis allé me coucher directement. Je n'avais pas besoin de lui demander pour savoir que Gob lirait encore longtemps. Je n'ai pas pu trouver le sommeil et je suis resté allongé, sur le dos, sur le côté, sur le dos à nouveau. Finalement, une éternité plus tard, Gob est venue se coucher à son tour. Quelques minutes plus tard, m'entendant ouvrir et fermer la boucher à répétition, cherchant mes mots et les retenant dès que je pensais les avoir trouvés, elle dit :

« Je suis désolée. J'ai mal réagi. Tu es libre de faire ce que tu veux.

— Tu ne le penses pas vraiment.

— Umo, est-ce que j'ai l'habitude de te mentir ? »

J'ai risqué une plaisanterie.

« Non, tu as l'habitude d'avoir souvent raison. »

Malgré l'obscurité de la chambre, j'ai senti son sourire involontaire.

« Toujours.

— Souvent. »

Mais ce soir-là, elle avait raison. Je savais parfaitement que je n'avais rien fait de *mal*, ou même de répréhensible. Tout comme Gob et moi n'avions rien fait de mal lorsque de nos premières retrouvailles à Iliat, le soir où nous avions mangé de la pizza au bord de l'Aurauri. Et pourtant, cela avait fait du mal à Budur. Et pourtant, ce qui s'était passé dans le bois de la Prévau, qui me paraissait déjà aussi lointain et aussi étranger qu'un rêve, avait blessé Gob. J'étais libre, c'est vrai. J'étais libre de retourner au bois le lendemain et d'y retrouver Imogen. Je pouvais y retourner chaque jour. Il n'y avait aucune règle, aucun contrat, aucun accord matériel ou moral qui m'en empêchât. J'ai repensé à la carte que j'avais étudiée à Chamba, face à la mer, à l'immensité des zones rendues comparées aux espaces occupés par les êtres humains. J'étais libre, oui, mais la cause et la conséquence de cette liberté étaient la responsabilité. Tout comme la présence humaine devait, selon la Déclaration d'Antonia, avoir le plus petit impact possible sur le monde, je ne pouvais retrouver Imogen si cela touchait Gob. De la même façon, comprenais-je trop tard, je n'aurais pas dû passer avec elle cette nuit dans l'hôtel à Iliat sans penser aux conséquences que cela aurait sur Budur.

Voilà ce que signifiait véritablement être libre et responsable : connaître les conséquences de ses actes et ne s'y livrer qu'à la condition de ne faire aucun mal.

Je me suis rapproché de Gob. J'ai tendu les bras vers elle. Elle s'est laissée enlacer. Je me suis risqué à resserrer quelque peu les doigts autour de la petite chose belle, fragile et glissante que je tenais dans les mains. Je n'osais pas la tenir plus fermement. Une maladresse encore de ma part et elle m'échappait. Je l'ai collée contre mon cœur et, à mon grand soulagement, elle n'a pas bougé de là.

Octobre

J'ai toujours aimé manger de la viande. Gob, beaucoup moins. J'en cuisinais donc peu à l'appartement et, quand j'en mangeais, c'était le plus souvent au restaurant. Même dans les magasins conventionnés, tous les produits carnés sont extrêmement chers pour une raison simple : il en est produit une quantité très faible, à l'échelle de Télégie comme du pays tout entier. La viande est rare car sa production demande une grande quantité de travail et de ressources. Elle est donc un produit de luxe, particulièrement en ville où, en dehors de poulaillers, on ne trouve que peu de bétail. Les impératifs de respect de la vie animale prescrits par la Déclaration d'Antonia exigent un espace introuvable dans les centres urbains, même aussi verts et cultivés que peuvent être Télégie ou Iliat. Il en allait un peu différemment à Antonia mais, de cela, je parlerai plus tard.

Au gré des rencontres, j'étais devenu ami avec un petit groupe de paysans dont les cultures n'étaient qu'à quelques dizaines de kilomètres de Télégie. Je pouvais donc rejoindre la ferme qu'ils occupaient en une ou deux heures de vélo, selon la météo et ma propre fatigue. Parmi eux, je me souviens plus particulièrement de Joao et Gundr. Je crois, même si je n'en ai jamais eu la confirmation explicite, qu'ils étaient amants de la même manière que Gob et moi. Toutefois, de ce que je pouvais apercevoir de la vie de la ferme, les relations affectives y étaient soumises à des changements brusques, soudains et fréquents qui n'étaient pas sans me rappeler la vie au dortoir de Grévi. Si je n'avais pas vécu avec Gob, je m'y serais certainement intéressé de plus près, je me serais attardé les soirs pour prendre part aux veillées où se nouaient beaucoup des liens amoureux et sexuels, mais le souvenir de la rencontre avec Imogen m'en dissuadait. Je me contentais, deux ou trois fois par an, de venir travailler quelques jours à la ferme pour abattre un porc ou une vache. Prendre part à ce travail était la condition pour manger davantage de viande. Je n'étais d'ailleurs pas le seul citadin à venir dans ce but. Nous étions accueillis avec des sourires un peu ironiques, mais des sourires tout de même.

La tuerie était un moment très particulier à la ferme. Toutes les actions, tous les gestes prenaient une tournure cérémonieuse. Joao s'avançait dans le vaste enclos à ciel ouvert dans lequel les porcs allaient et venaient librement. Les bêtes levaient la tête en le voyant arriver. Habituées à êtres nourries de sa main, elles s'empressaient le plus souvent vers lui. À ce moment-là, Joao avait déjà choisi l'animal que nous abattrions mais il remplissait tout de même les auges. Les porcs attendaient qu'il leur donne l'autorisation de manger. Ce n'est qu'à ce moment que Joao séparait l'animal à tuer des autres. Il lui passait un collier et le retenait alors que les autres se hâtaient vers l'auge. La bête que nous allions tuer levait le museau vers Joao. Dans son regard transparaissait alors un subtil mélange d'incompréhension et de son contraire : une parfaite connaissance de ce qui allait arriver. Joao, s'aidant de la laisse, guidait alors l'animal hors de l'enclos. Quelquefois, le porc résistait, se mettait à crier, se laissait tomber au sol en gémissant. Les autres bêtes levaient alors la tête de l'auge un instant mais retournaient invariablement à leur repas, ignorant volontairement ou non ce qui arrivait à l'autre. En cas de résistance, Joao se mettait le plus souvent à genoux et caressait longuement l'animal, jouait avec son groin et ses oreilles pour le distraire, lui flattait les flancs jusqu'à ce qu'il se calmât. Le plus souvent, cela suffisait pour que l'animal acceptât de le suivre hors de l'enclos. Quand ce n'était pas le cas, Joao appelait à l'aide et à plusieurs, nous parvenions à faire sortir la bête. En de rares occasions, si elle se débattait trop ou avec trop de force, nous arrêtions tout et recommencions le lendemain.

« C'est une chose de les tuer et de les manger, c'en est une autre de les terroriser. »

Quand tout se passait bien, le porc était mené jusqu'à l'autre côté de la ferme, loin du regard et de l'ouïe des autres animaux. Nous le faisions passer entre deux arceaux destinés à soutenir son corps quand ses jambes céderaient sous lui. Une fois le porc installé, quelqu'un se penchait pour lui murmurer des dernières paroles. Il y avait parfois des larmes. Tous les animaux portaient des noms : ils étaient pour les gens de la ferme des compagnons, presque des amis, et non pas de simples pièces de viande attendantes d'être découpées, cuites, mangées, digérées. Une fois faits les adieux, Gundr s'approchait avec un chiffon mouillé d'éther et étourdissait l'animal. Quand celui-ci était suffisamment endormi, sa tête tombante hors des arceaux, on faisait circuler de petits verres d'eau-de-vie parmi toutes les personnes présentes. Nous trinquions solennellement en l'honneur de la bête à qui nous allions ôter la vie. Si l'éther ne suffisait pas, l'animal buvait lui aussi, ce qui achevait de l'endormir. Alors, on plaçait un seau en dessous de la tête, Joao saisissait un long couteau et tranchait d'un geste précis la gorge du porc. La première fois, je fus saisi de nausée à la vue de tout le sang qui coulait. Mon malaise me valut quelques regards en coin mais personne ne fit de remarque. Tandis que le liquide d'un brun rougeâtre s'écoulait dans le seau, on buvait une autre tournée d'eau-de-vie, de pomme ou de raisin selon la saison. Nous buvions en silence jusqu'à ce que les ultimes gouttes fussent tombées dans le récipient.

Quand l'animal était mort, le travail commençait. Nous glissions un chariot entre les arceaux avant de les retirer. Le corps mort tombait pesamment. Il fallait se mettre à plusieurs pour le faire rouler jusqu'au laboratoire où, d'une bête morte, on ferait de la viande bonne à manger. Je me souviens surtout de l'odeur. Je ne parle pas seulement de l'odeur du cadavre ébouillanté pour mieux en retirer la peau, de l'odeur des boyaux remplis d'excréments, de celle de la panse heureusement vide ou presque, ni même de l'odeur de la sueur de nous tous qui travaillions à dépecer le cochon, à lui arracher les ongles, à l'éventrer, à le vider, à en briser les côtes, à en trancher la tête avant de pendre le reste par les pattes arrière pour qu'il sèche jusqu'au lendemain, ni même tout simplement l'odeur du sang que l'on remuait tout de suite et qu'on conservait au frais pour fabriquer le boudin, travail auquel j'étais le plus souvent préposé puisqu'il était le plus facile et exigeait le moins de savoir-faire, l'odeur du sang qui nous recouvrait tous de la tête aux pieds, qui rougissait puis brunissait les tabliers et les gants.

Non. Je parle de l'odeur de la mort. Cette odeur-là, je ne peux pas la raconter à qui ne l'a pas déjà connue. Elle est la même qu'il s'agisse de la mort d'un animal ou d'être humain. C'est l'odeur d'une absence, l'odeur de quelque chose qui s'en est allé, l'odeur du nom qui ne peut plus désigner l'être que l'on appelait ainsi, l'odeur de la fatalité. Cette odeur me suivait sur le chemin du retour jusqu'à Télégie et ni les douches ni les lessives n'y pouvaient rien changer. Elle me collait à la peau pendant des jours et des jours, à m'en rendre malade alors que je n'avais presque pas connu, moi, cette bête dont j'avais pris part à la tuerie pour remplir de viande un tiroir du congélateur de l'immeuble. Cette odeur, Gob la sentait aussi et elle refusait que je la touche tant que je la portais sur moi. Tout passe. Peu à peu, l'odeur se dissipait et je l'oubliais jusqu'à la fois suivante. Joao, Gundr et tous les autres vivaient quotidiennement avec cette odeur. Ils regardaient chaque jour grandir des êtres qu'ils finiraient par égorger et par réduire à moins que des parties, juste des morceaux que quitterait entièrement l'âme qui avait habité le corps dont ils étaient la réduction. La mort ne les quittait jamais et pourtant, ils continuaient de vivre et même de cultiver la vie. Le cochon que l'on tuait, ils l'avaient tenu dans leurs bras, porcelet, à peine mis bas. C'était pour cela qu'ils considéraient avec un léger dédain amusé les citadins dans mon genre qui les rejoignaient, comme en excursion, simplement pour avoir à manger. Je me suis longtemps demandé comment ils faisaient, comment ils pouvaient trouver cela supportable. Cependant, même en ayant participé à des dizaines de tueries, je ne cessais pas de manger de la viande. C'était un paradoxe que je ne parvenais pas à résoudre. Je connaissais ou j'avais connu le nom de la bête dont les boyaux et la chair faisaient la saucisse, j'avais parfois même joué avec elle un moment, l'avais nourrie, choyée. Pourtant, je la mangeais quand même. Je la savourais même d'autant plus que je savais d'où elle venait et que j'avais participé à sa production, à sa préparation. Je n'ose pas utiliser ici le terme de « création ».

« La mort, me dit un soir Joao, après une journée passée à préparer des pâtés et des saucisses, n'est pas la fin de la vie. Ce n'est pas un moment séparé du reste de l'existence. Je ne sais plus combien j'ai élevé de porcs ni combien j'en ai tué. Je sais que je garde quelque chose d'eux avec moi et pas seulement parce que je les ai mangés. Ils vivent toujours dans ma mémoire. Quand je serai mort, ils vivront avec moi dans la mémoire des autres. Il ne faut pas avoir peur de la mort. Elle ne nous enlève rien, puisque nous ne possédons rien.

— Quand tu mourras, intervint Gundr, ça veut dire qu'on peut te préparer et te manger ? »

Sa remarque suscita quelques rires. Joao haussa les épaules mais un fin sourire étira ses lèvres.

« Faites ce que vous voulez de mon corps. J'espère juste que je mourrai vieux et rance, et que la viande ne vaudra rien. »

Puis il mordit avidement dans un morceau de steak cuit sur une grille posée au-dessus des braises de la cheminée. Après avoir mâché soigneusement, une expression songeuse sur le visage, il ajouta :

« Beaucoup de gens pensent que manger de la viande est mal, que c'est immoral. Je pense qu'ils se trompent. Par contre, je pense que tout personne qui veut manger de la viande doit savoir comment elle est fabriquée, comment elle est arrivée jusqu'à l'assiette. À partir de ce moment-là, il peut faire son choix… en connaissance de cause.

— La Déclaration d'Antonia prône plutôt le végétarisme, objectais-je.

— La Déclaration réagissait au monde d'avant. La manière dont nous produisons de la viande n'a plus rien à voir. Avant, une grande majorité des terres arables étaient épuisées seulement pour produire de quoi nourrir des millions de bêtes, entassées dans des hangars. Dans ces conditions-là, le végétarisme est un choix politique évident et je comprends même les gens qui attaquaient les élevages. Maintenant, c'est autre chose. »

Quelques mois plus tard, je me tenais devant les arceaux sur lesquels reposaient le corps encore vivant mais étourdi d'un cochon quand Joao me tendit le couteau.

« Tu veux le faire ? »

J'hésitai un instant, mais un instant seulement. Je saisis fermement la poignée de l'instrument tranchant. À partir de ce moment, les autres qui attendaient, verre à la main, semblèrent ne plus exister. Je plongeai mon regard dans celui, éteint et terne du cochon dont je m'apprêtais à trancher la gorge. Je ne sais plus aujourd'hui le nom qu'il portait mais je le savais à ce moment-là. J'ai senti l'odeur de la mort. Je savais à qui j'allais trancher la gorge. Je me suis approché. J'ai posé la main gauche sur le front de l'animal. De la main droite, j'ai fait le geste. La lame était si affûtée que je n'ai presque rien senti quand elle a sectionné la peau et la gorge. Elle est passée. J'ai tout d'abord cru avoir manqué mon coup. Je n'ai pas bougé. Puis j'ai entendu le chuintement caractéristique du liquide qui jaillit, s'écoule et tombe avec un bruit métallique dans le fond du seau. Je me suis retourné. J'ai tendu le couteau rougi à Joao. Il l'a pris et m'a tendu un verre en échange. J'ai trinqué avec les autres. Le sang a continué de couler dans mon dos. Quelques jours plus tard, je suis rentré à Télégie et, pour dîner, j'ai préparé deux pleines assiettes de boudin aux pommes. J'ai mangé avec un tel appétit et un tel enthousiasme que même Gob, qui m'avait affirmé ne pas aimer cela, demanda que je la resserve.

Mon trentième anniversaire arriva sans crier gare. J'avais du mal à croire que douze années s'étaient écoulées depuis que j'avais quitté Pelagoya et un peu plus de sept depuis que Gob et moi étions installés à Télégie. La date arriva et passa. Nous ne fêtions pas les anniversaires, en tout cas pas de manière ostentatoire. Je crois me souvenir que le jour même, nous allâmes dîner d'une pizza et de tiramisu arrosés de limoncello dans l'un des restaurants que nous préférions et ce fut tout. Gob ne m'offrit pas de cadeau, tout comme je ne lui en avais pas offert la semaine précédente. Nous nous offrions des cadeaux tout le reste de l'année, sur des coups de tête et sans raison particulière, dans le simple but de nous faire plaisir l'un à l'autre. Cela aussi passa et, voilà, j'avais trente ans.

Pourtant, sans explication rationnelle, une certaine impatience commença de s'emparer de moi. Rien n'avait changé. Je continuais de travailler, pour la commune, avec le groupe de Kaze et quelques autres, à la ferme, dans l'appartement, quelquefois à l'école du quartier. Je continuais d'attendre Gob, le soir, assis à la terrasse du Cercle Jaune. Je ne m'ennuyais pas. J'étais trop occupé pour cela. Cependant, un sentiment nouveau me piquait, me mordait les mollets, me pinçait en permanence jusqu'à m'empêcher de dormir certaines nuits : l'insatisfaction. Il me fallut un certain temps pour le reconnaître pour ce qu'il était mais, quand cela arriva, il ne me quitta plus. Je devins irritable. Je m'énervais sans raison, je levais la voix pour des vétilles, quand je ne passais pas des journées entières à grommeler contres les plus petites contrariétés. Je me sentis soudain à l'étroit à Télégie. La ville me gênait aux entournures, pas suffisamment pour m'empêcher de continuer mes activités normales mais assez pour m'irriter quotidiennement. J'avais besoin que quelque chose changeât, sans arriver à le dire, sans savoir quoi, ni comment, ni pourquoi.

Gob, évidemment, ne put faire autrement que le remarquer.

« Est-ce que je peux faire quelque chose ? » me demanda-t-elle.

Je haussai les épaules et marmonnai que non, elle ne pouvait rien faire.

« Est-ce que tu veux changer d'endroit ? Tu veux que nous allions vivre ailleurs ?

— Pourquoi ? Tu n'es pas bien ici ? »

Gob soupira.

« Je ne te parle pas de moi. Je parle de toi. Est-ce que tu veux déménager ?

— Et qu'est-ce qu'on ferait de tout ça ? fis-je, englobant tout l'appartement, les livres derrière lesquels on distinguait encore, à de rares endroits, les murs.

— On s'en séparera, on les vendra, on les donnera, peu importe. Ce ne sont que des livres.

— Est-ce que tu accepterais vraiment de partir ? »

Gob me semblait heureuse à Télégie. Elle travaillait régulièrement et jetait de moins en moins de feuillets. Elle fronça les sourcils.

« L'endroit où j'habite n'a pas d'importance.

— Et la personne avec qui tu vis ? Tu pourrais t'en débarrasser aussi facilement ? »

Gob ouvrit la bouche pour répliquer, resta un instant les lèvres ouvertes avant de les refermer. Son regard quitta le mien. Je me figeai. Je ne savais pas pourquoi je venais de dire ça et je regrettai immédiatement l'injustice de ces paroles. Je voulus faire un geste vers elle, lui toucher le bras, mais elle m'en empêcha d'une tape sur les doigts. Sa voix claqua elle aussi :

« Si j'avais voulu partir, ça serait fait depuis longtemps et je n'aurais pas pris la peine de te prévenir. Je ne sais pas ce qui te prend ces temps-ci mais je te conseille de trouver rapidement une solution et, en attendant, de me laisser en dehors de ça. »

Puis, comme si de rien n'était, elle attrapa un livre, s'étendit sur le canapé et se plongea dans la lecture, m'ignorant tout à fait.

Nous n'évoquâmes plus le sujet.

Quelques mois auparavant, Gob avait accepté à ma grande surprise la proposition des éditions Oboe et venait de publier un nouveau livre, dont j'appris la teneur seulement en recevant les premiers exemplaires. Il ne s'agissait pas d'un seul récit comme *Ma famille* mais d'une compilation de différents textes unis par le thème commun de la propriété, simplement intitulée *Contes*.

« Est-ce que je peux le lire ?

— Pourquoi ne pourrais-tu pas le lire ?

— Est-ce que cela parle de moi ?

— Je vis avec toi. Bien sûr que ça parle de toi, d'une manière ou d'une autre. »

Et en effet, bien que la majorité des histoires prît place dans un cadre historique antérieur à la Déclaration d'Antonia ou dans des mondes entièrement imaginaires, j'y retrouvai quelques éléments qui m'évoquèrent notre relation. Deux personnages volaient un stylo. Deux personnages se retrouvaient à intervalles réguliers tout au long de la vie, conformément à un accord passé dans la jeunesse. Une autre écoutait de la musique en permanence et était condamnée pour contrefaçon car elle n'avait pas acheté les enregistrements. Malgré mes interrogations, Gob ne confirma ni n'infirma jamais mes impressions. Il y était aussi question d'un mariage et de la négociation du contrat de cette union, de l'entre-déchirement de parents pour la garde des enfants lors de leur séparation. Il y avait l'histoire d'un explorateur débarquant sur une planète inconnue, la déclarant de fait conquise par son monde d'origine et ce, malgré l'incompréhension puis l'opposition de la population vivante déjà sur cette planète. Toutes ces histoires me parurent étranges et même étrangères car elles se fondaient sur une idée dont toute l'éducation que j'avais reçue m'éloignait. Je ne comprenais pas ces personnages, leurs motivations profondes, leur besoin de possession et du pouvoir que cela donnait. La plupart des récits se terminaient mal, en particulier le dernier à la fin duquel la population restante de la Terre se propulsait dans l'espace à la recherche d'un nouveau monde, celui-ci ayant été rendu totalement inhabitable.

Ils s'endormirent les uns après les autres, écrivait Gob, *dans leurs cercueils d'acier et de plastique, tout l'acier et tout le plastique qu'ils avaient encore pu extraire du cadavre du monde abattu qu'ils quittaient. Leurs paupières, deux par deux, se fermèrent et on n'entendit bientôt plus que le* bip *régulier des appareils de contrôle, on ne vit plus dans l'immense caravelle que la lumière des moniteurs. Le vaisseau, corbillard de l'humanité, glissa des siècles durant dans le vide interstellaire à la recherche d'un endroit où recommencer, tout reprendre de zéro, comme si une telle chose était possible. Je ne suis pas certaine que les hommes et les femmes trouvèrent l'endroit qu'ils cherchaient mais je sais que, si c'est le cas, ils en usèrent comme du précédent et finirent par se construire un nouveau cercueil.*

Je refermai le livre, une sueur froide coulante entre mes omoplates. Je le posai sur la table basse et je restai silencieux longtemps, encore trop saisi par l'impression morbide. Mauvais lecteur, je n'étais pas habitué à ce qu'un texte produisit une telle impression sur moi. Quand Gob rentra, elle remarqua tout de suite le livre fermé devant moi, le dos craquelé, signe d'une lecture attentive. Je vis qu'elle l'avait vu. Elle ne dit rien, rangea les courses comme si de rien n'était, me demanda si j'avais passé une bonne journée. Ce n'est que quelques heures plus tard, à la fin du dîner, que j'osai lui poser la question qui me restait sur le cœur. Elle n'en fut pas surprise du tout.

« Pourquoi est-ce que tu as écrit toutes ces histoires à propos de ces… gens ? Pourquoi est-ce que le monde d'avant la Déclaration d'Antonia t'intéresse tant ?

— J'ai déjà assez écrit sur moi.

— Tu pourrais écrire sur les autres, sur aujourd'hui.

— Je ne vois pas l'intérêt d'écrire sur ce que je connais déjà. Ce qui m'intéresse, c'est de chercher à comprendre les gens les plus différentes possible de toutes celles que je connais. Je ne vois rien de plus différent que les hommes et les femmes d'avant la Déclaration.

— Mais qu'est-ce que tu veux en apprendre ?

— Je ne veux pas en apprendre quoi que ce soit. Je veux juste essayer de penser comme ils pensaient. Ceux qui veulent apprendre n'ont qu'à ouvrir un livre d'histoire. C'est ce que j'ai fait pour faire ces histoires. »

Je finis par hocher la tête, ni réellement convaincu ni réellement perdu. Je crois que j'avais surtout peur des réactions que provoquerait le livre. Le souvenir de l'adhésion malvenue comme du rejet violent qu'avait suscité *Ma famille* était encore vivace. Je connaissais suffisamment Gob pour savoir que, malgré ses airs d'indifférence, elle les appréhendait elle aussi. Je voulus aborder le sujet une fois, elle secoua la tête.

« Les réactions et les critiques en disent davantage sur celles et ceux qui les ont que sur le texte en lui-même. »

Quant à moi, une fois le livre sorti, je ne résistai pas à parcourir les réseaux pour voir ce qu'on en pensait. Au bout de quelques semaines, je découvris que, cette fois-ci, le comportement des personnages suscitait bien peu de sympathie parmi les lecteurs. Les réactions, au contraire, étaient souvent violentes dans leur incompréhension et leur colère. On accusait Gob de faire la promotion d'idées dépassées et dangereuses. Je ne comprenais pas pourquoi. Le point de vue de Gob me semblait au pire neutre, au mieux franchement critique des actions, sans toutefois les condamner ouvertement. Était-ce cela qui lui valait tant d'animosité ? De ne pas avoir écrit, noir sur blanc, que les personnages avaient des actes mauvais, des attitudes condamnables ?

Gob accepta, de mauvaise grâce et après force insistance de ma part, l'invitation d'une librairie de Télégie à venir lire des passages et signer éventuellement des exemplaires.

« Je ne vois pas ce qu'un gribouillis de stylo sur la page de garde peut ajouter au livre. Je ne connais pas ces gens, elles ne me connaissent pas.

— Ça ne te coûte rien de le faire.

— Si, du temps que je préférerai passer à écrire.

— Les gens d'Oboe seront contentes.

— Les gens d'Oboe ne sont jamais contentes.

— Vas-y, et si ça se passe mal, tu ne le referas plus. »

Après cette soirée, Gob ne renouvela plus jamais l'expérience. La lecture en elle-même s'était bien passée, malgré son manque d'habitude de parler et surtout de lire à voix haute en public. Cependant, dans la deuxième partie de la soirée, alors que Gob était assise au bar de la librairie, signante les livres qu'on lui tendait, en faisant au mieux pour cacher sa gêne, une femme s'approcha sans livre à la main et lui cracha presque :

« Il ne faut pas dire des choses comme ça.

— Pardon ?

— Toutes ces choses que vous dites. Vous ne devriez pas avoir le droit de le dire. »

Je vis Gob se raidir. Mon regard croisa celui du libraire et nous nous approchâmes tous deux dans l'espoir d'éviter un incident, mais il était trop tard.

« C'est en disant des choses comme ça que vous justifiez de remettre en cause la Déclaration.

— Je ne dis rien, la corrigea Gob d'une voix blanche et tranchante. J'écris.

— Peu importe !

— Non, pas peu importe ! Si vous n'êtes pas capable de faire la différence, je ne vois pas ce que vous venez faire ici.

— En lisant votre premier livre, je me suis dit qu'on pouvait vous pardonner, comme vous n'étiez qu'une enfant. Mais maintenant, vous n'avez plus d'excuses ! »

La voix de Gob prit un ton méprisant, qui était pour elle le stade supérieur de la colère, le dernier avant l'explosion. Je voulus m'interposer mais elle m'arrêta d'un bras tendu.

« Vous vous rendez compte que je ne suis pas mes personnages, tout de même ? Vous comprenez que c'est ce qu'ils pensent eux, pas moi ? Vous comprenez ce qu'est une fiction ? Vous comprenez ça ou bien vous êtes complètement idiote ?

— Je préfère être une idiote qu'une propriétariste comme vous. Ce que vous faites aura des conséquences, vous verrez !

— Je vais vous demander de partir, madame, s'exclama le libraire. Vraiment, ce n'est ni le lieu ni le moment.

— Je n'irai nulle part. Il faut mettre les personnes dangereuses dans son genre devant leurs responsabilités !

— Ça suffit, vraiment ! »

Mais il était trop tard. De la main droite, Gob saisit le verre de bière posé à côté d'elle. Comme au ralenti, son bras décrivit un large arc de cercle. Le verre frappa la femme sur la tempe, se brisant sous le coup en trois gros morceaux et répandant le contenu par terre. Fort heureusement, aucun éclat ne toucha l'œil ou l'oreille de la femme. Sa main monta à l'endroit du choc, vint se poser sur la blessure. Un instant, elle ne bougea pas. Puis ses jambes cédèrent d'un coup et elle tomba. Les doigts de Gob s'ouvrirent, laissant tomber les débris du verre. Elle ouvrit grand la bouche, soudain sidérée par son propre geste. Quelqu'un appela un agent de police qui vint constater l'affaire. Heureusement, le coup porté par Gob ne causa pas de blessure grave ni de séquelle. La femme garderait tout de même une légère cicatrice.

Gob écopa de quelques jours de travaux d'intérêt commun et, plus douloureux certainement, dut présenter des excuses à celle qu'elle avait frappée. Elle prononça les paroles à voix basse, d'une voix susurrante, mais elle les prononça et la femme les accepta sur le même ton.

Gob ne fut plus jamais réinvitée dans cette librairie et elle cessa même de la fréquenter en tant que cliente. Elle refusa purement et simplement toute autre invitation et je n'insistai plus pour qu'elle le fît.

« Tu n'étais pas obligée de la frapper, lui fis-je tout de même remarquer.

— Si elle était vraiment aussi bête qu'elle en avait l'air, elle le méritait.

— Je n'étais pas loin. Si tu m'avais laissé faire, je l'aurais écartée. »

Je me trouvais dépourvu devant autant de colère.

« Les gens qui sont incapables de faire la différence entre ce qu'ils lisent et les personnes qui l'écrivent ne méritent pas de patience, ni de diplomatie. »

C'était dit d'un ton si péremptoire et si définitif que je trouvai rien à répondre. Je laissai Gob fulminer, dans l'espoir que la colère passe ou, du moins, diminue. Ce travail d'intérêt commun consista à garnir et nettoyer les rayonnages d'un magasin conventionné. Quand je lui demandais si cela se passait bien, elle ne répondait rien. Une fois cette réparation terminée, elle m'annonça de manière abrupte qu'elle allait partir.

« Seulement pour quelques jours. J'ai besoin de prendre l'air. »

Malgré mes efforts pour le cacher, elle dut me voir faire la grimace.

« Umo, tu pars tous les quatre mois en tournée avec Kaze et les autres, et je ne te demande jamais de comptes. »

C'était vrai. Elle partit. Je me retrouvai tout seul à Télégie. Durant les quinze jours de son absence, j'eus largement le temps de ruminer tout cet incident. C'était la première fois que j'étais témoin d'une agression de la sorte, si soudaine et inattendue qu'elle avait surpris et choqué tous les témoins. La femme avait été impolie, grossière, insultante même, c'est vrai, mais il ne me serait jamais venu à l'esprit de la frapper ainsi. Je l'aurais ignorée, repoussée, oui. La main de Gob n'avait pas hésité. Elle avait frappé vite et juste, comme déjà prête, attendante même cette éventualité. J'avais déjà assisté à des rixes et à des bagarres, en général tard le soir, l'alcool aidant, pour des raisons minimes ou ridicules. Les belligérants se mettaient quelques coups, tombaient sur les fesses, s'arrêtaient là ou étaient séparés, repartaient chacun de leur côté. Le geste de Gob n'avait rien de commun avec ce genre d'incident. C'est une agression caractérisée, volontaire, quoique en réponse à une injure répétée.

Quand Gob fut de retour, je lui demandai si elle allait mieux, et où elle était allée. Elle haussa les épaules :

« Ici et là, un peu partout. »

Elle devait avoir l'esprit plus léger puisqu'elle se remit au travail comme si de rien n'était, lisante, écrivante, à l'appartement, au café, à la bibliothèque. Quelques mois plus tard arriva un courrier qui lui était adressé. J'étais assis dans le salon, le casque sur les oreilles, à la recherche de quelque chose aux côtés de Satriani et je l'observai décacheter l'enveloppe. Elle déplia la lettre, la lut rapidement et déchira le papier en deux morceaux d'un geste rageur, alors même que son expression était restée impassible. Elle saisit un sac à dos et sortit, vraisemblablement pour se rendre à la bibliothèque. Quand je fus certain qu'elle était partie pour de bon, je me levai, abandonnai le guitariste à sa recherche et récupérai les deux morceaux de la lettre. Je les posai à plat sur la table de la cuisine. C'était un courrier des éditions Oboe qui informaient Gob que suite à un incident de nature à porter préjudice à leur propre travail, ils choisissaient de ne plus collaborer avec elle pour d'autres ouvrages après celui-ci. Je remis soigneusement les morceaux de papier dans la poubelle, dans la position exacte où Gob les avait jetés.

L'affaire, c'est vrai, avait connu un certain retentissement sur les réseaux et il me semble même me souvenir qu'une vidéo y avait circulé. Toutes les opinions s'étaient affrontées, les uns soutenants Gob, les autres l'accablants. Des tribunes avaient été publiées sur des sites spécialisés. Qu'ils en disent du mal ou du bien, tous les articles au sujet de *Contes* évoquaient l'affaire, décrivant Gob comme une déséquilibrée ou comme une autrice attaquée. Je crois cependant que, aidé une nouvelle fois par la polémique, *Contes* connut un plus grand succès en librairie que *Ma famille*. Gob ne s'en soucia pas. Je crois qu'elle ne répondit même pas aux éditions Oboe. Elle ne fit plus aucun commentaire sur les versements trimestriels de droits d'auteur qu'elle continua tout de même de recevoir. Elle se remit à écrire, n'écouta pas. Elle avait raison de le faire. Si elle avait réagi, si elle était intervenue, alors l'affaire aurait continué d'enfler. Son silence et celui, il faut bien le dire, des éditions Oboe contribuèrent à étouffer les flammes. Un mois plus tard, l'attention du petit monde des réseaux littéraires s'était tournée vers d'autres sujets. Tout était comme s'il ne s'était rien passé, à l'exception peut-être de regards curieux que Gob s'attirait de temps à autre.

C'est à ce moment-là que je décidai de demander à rencontrer un jury de qualification. Après une longue et silencieuse réflexion, j'avais conclu que mon insatisfaction venait du travail que je réalisais pour la commune. Le problème n'était pas que je le trouvais ennuyeux ; seulement, j'aspirais à faire autre chose et une requalification me semblait un pas dans cette direction. C'était l'occasion de progresser dans l'échelle salariale, oui, mais aussi d'asseoir ma légitimité en tant que spécialiste.

« Es-tu certain que c'est ce que tu veux ? me demanda Gob. Tu sais que tu n'as pas besoin de leur avis pour savoir ce que tu vaux. »

J'étais certain mais elle avait raison. Il n'y avait objectivement aucune obligation matérielle à rencontrer le jury. Les salaires que nous touchions nous suffisaient toujours largement, même si je dois dire que je commençais à me sentir un peu à l'étroit dans l'appartement.

Tout le monde n'était pas, comme Gob, certain de sa valeur et son travail, en dehors de toute validation extérieure. Les jurys servaient aussi à cela : à faire reconnaître et légitimer la qualité de son travail. Je contactai donc la Caisse des salaires et nous fixâmes une date de rendez-vous quatre mois plus tard. La personne que je joignis me donna une liste de pièces à fournir, de documents à joindre au dossier qu'étudierait le jury en avance de la présentation que je devais faire. Il s'agissait surtout d'une liste des postes occupés que me fournit la Caisse générale des salaires. Sur ces documents étaient inscrits toutes les activités productives auxquelles je m'étais livré, ainsi que les périodes d'inactivité pour quelque raison que ce soit ou de formation. Charge à moi de les compléter avec toute information manquante. N'ayant jamais officiellement fait partie du collectif de Kaze, je rajoutai simplement les périodes durant lesquelles j'étais parti en tournée pour travailler avec le groupe. Une fois ceci ajouté, je restai un moment interdit devant ce drôle de bout de papier sur lequel était résumé toute ma vie jusque-là : les Ateliers Lumière, le centre logistique communal d'Iliat, l'université d'Iliat, le groupe de Kaze, Tabula Rasa, le musée de la centrale d'Ast, la commune de Télégie. Une douzaine d'années de vie résumées en presque autant de lignes. Je sentis le visage de Gob s'approcher par-dessus mon épaule.

« Ma liste serait beaucoup plus courte », commenta-t-elle d'une voix atone.

Il me fallait ensuite préparer une présentation dans laquelle j'évoquerais certains des travaux auxquels j'avais pris part ainsi que ceux auxquels j'aspirais pour le futur. Résumer tout ce que j'avais fait, expliquer le lien entre toutes les différentes activités ne me posa pas trop de problème. La difficulté vint de la projection dans l'avenir. Que voulais-je faire ? Je ne voulais plus me contenter de réparer, d'entretenir des systèmes déjà existants. Je ne voulais plus seulement fabriquer de petites lampes. Je ne voulais plus rénover, réhabiliter des bâtiments déjà existants. Ce que je désirais, c'était concevoir, élaborer des ouvrages de plus grande ampleur. Il y avait de nombreux villages dont la totalité de l'installation électrique restait à faire ou à refaire et celle de Télégie, que je connaissais intimement, méritait une restructuration complète car se fondante encore, comme dans de nombreux cas à l'exception des villes et villages nouveaux, sur des systèmes antérieurs à la Déclaration. Ce que je voulais, c'était obtenir un pouvoir de proposition plus global, ne plus me contenter de parer au particulier mais participer à l'élaboration du général. Mettre tout cela par écrit me demanda un grand effort, tant j'étais peu familier de l'exercice. Du bout des lèvres, Gob me proposa son aide mais je déclinai l'offre. C'était quelque chose que je devais faire tout seul. Il me fallut m'absenter quelques jours du travail pour la commune, mais je parvins *in extremis* à rendre tous les documents à temps.

Au matin de la rencontre avec le jury, je restai longtemps debout devant la garde-robe, hésitant pour la première fois sur la manière dont j'allais m'habiller.

« Qui s'attendent-ils à voir ? demanda Gob.

— Moi..., répondis-je, incertain.

— Alors ne change rien, habille-toi comme d'habitude. Ce sont juste des gens.

— Et si je fais une mauvaise impression ?

— Et si tu en fais une bonne ? »

Je finis par choisir un pantalon et une chemise indiscernables des vêtements que je portais la veille. Pour ne pas arriver en sueur, j'évitai de me rendre à vélo jusqu'à la Caisse des salaires. Je partis donc à pied et j'arrivai tout de même largement en avance. C'était la première fois que j'entrais dans ce vieux bâtiment gris, aux lignes brutales pré-Déclaration atténuées tant bien que mal par des réfections successives et par les fresques colorées qui en couvraient la façade et les ailes. La Caisse des salaires s'était installée là pour des raisons pratiques mais il restait tout de même dans l'âme de l'immeuble quelque chose de son ancien usage. Sa porte ressemblait à une gueule béante et ses fenêtres aux mille yeux du gardien Argos. Malgré tous les efforts faits depuis sa conversion, il était impossible de masquer le fait que cet endroit avait été bâti pour impressionner, voire pour apeurer. Soudain à l'étroit, je desserrai le col de chemise et je rajustai le sac à dos sur mes épaules. J'entrai.

Le hall principal était tout aussi majestueux et écrasant que l'extérieur : une double enfilade de pylônes carrés menait droit vers un double escalier de béton gris. Sous les tentures et les tapis, tout n'était qu'arêtes et angles droits. Une voix sur la gauche me tira de mon saisissement :

« Je peux vous aider ? »

Confortablement installé dans un fauteuil derrière un épais bureau de chêne, un homme attendait les visiteurs. Je réussis à bredouiller que j'avais rendez-vous avec un jury.

« Faites voir votre heure de rendez-vous. »

Je lui montrai.

« Vous êtes en avance. »

Il était tout juste neuf heures trente. Le rendez-vous était à dix heures.

« Je peux revenir plus tard, dis-je, faisant déjà mine de tourner les talons.

— Non, non ! s'empressa de me répondre l'homme. Vous pouvez attendre ici, ou au premier étage devant la porte 109. Au fond du hall à gauche, dans la cuisine, il doit rester du café, si vous voulez, et ce doit être l'anniversaire de quelqu'un ou bien une autre occasion dans le genre, puisqu'il y a toute une fournée de biscuits. Servez-vous et détendez-vous. Tout va bien se passer. Allez-y, prenez votre temps ! »

Je suivis ses conseils et, d'un pas hésitant, je m'approchai de la cuisine. Il restait effectivement un fond de café et une pleine assiette de biscuits aux amandes. Je m'assis à la table, m'efforçant de ne penser à rien d'autre qu'aux biscuits durs que je trempais dans le café noir pour les ramollir. Quand je levai les yeux, la pendule de la cuisine annonçait neuf heures cinquante. Je lavai rapidement la tasse et je m'engageai à nouveau dans le hall, entre les colonnes.

« Bon courage ! » me lança l'homme derrière son bureau.

Je murmurai des remerciements si bas que je doute qu'il les entendît. Il ne parut pas se vexer de mon apparent manque de politesse. Je grimpai un étage, vingt-quatre marches grises. Une chaise toute simple était posée devant la porte marquée du numéro 109. Je me souviens que les lattes du parquet craquaient affreusement sous mes pieds. Je ne portais pas de montre et il n'y avait pas de pendule dans le couloir. La porte s'ouvrit. J'en conclus qu'il devait être dix heures.

Une femme se tient dans l'encadrement de la porte. Elle sourit largement. Elle appelle mon nom. Je me lève. Mes jambes sont soudain très raides. Elle me salue, je la salue en retour, elle s'écarte pour me laisser passer. Deux autres personnes sont assises autour d'une table ronde. Il y a quatre chaises. Devant l'une des deux inoccupées, il y a une copie du dossier que j'ai envoyé. Devant l'autre, il n'y a rien. C'est là que je m'assieds. La femme qui a ouvert la porte s'assied à côté de moi. Les deux autres membres du jury sont un homme et une femme. Ainsi, à nous quatre, la parité de la discussion est respectée. Les trois se présentent. J'oublie leurs noms tout de suite. C'est à peine si je les regarde. Je ne sais pas pourquoi je suis si intimidé. L'homme est ingénieur électrotechnique. La première femme est infirmière. La seconde, je ne sais plus. Je me souviens seulement qu'elle a l'air de s'ennuyer fermement. Chaque jury de qualification est composé de trois personnes : l'une est spécialiste du domaine d'activité majoritaire du candidat et les deux autres sont tirées au sort parmi des salariés à l'échelon équivalent. En l'occurrence, le deuxième sur trois. Je sais qu'il n'y a pas beaucoup d'enjeu. En vérité, le salaire que je touche, avec l'avancement dû à mon engagement dans des entreprises communales, est déjà proche du niveau du second échelon. Je ne comprends pas pourquoi je suis si mal à l'aise. Peut-être est-ce simplement la température. Je dis que j'ai chaud. L'homme se lève et va ouvrir la fenêtre. Un vent frais passe par l'ouverture. Cela me rassérène un peu. La première femme, l'infirmière qui semble avoir pris les choses en main, m'annonce qu'ils ont déjà pris connaissance du dossier fourni, que je peux prendre la parole quand je le veux. Je tousse, je m'éclaircis la gorge. Je commence à parler. Je me sens un peu bête car je sais que je n'ai pas grand-chose à dire de plus que ce que j'ai déjà, difficilement, péniblement, mis par écrit. Je leur raconte la lampe pour Gob, l'Héliotrope, le musée et le temps passé à tirer des câbles dans des conduites étroites, la vie en tournée, les problèmes rencontrés en montant la scène, toujours semblables, toujours différents, et puis le travail à Télégie, que je connais par cœur, et les tueries de cochons. Je leur parle aussi de ce que je voudrais faire, élargir mon champ de vision et mon champ d'action, prendre part à la conception des infrastructures.

La seconde femme, celle qui a l'air ennuyée, s'éclaire soudain et, à ma grande surprise, elle prend la parole en premier :

« C'est vous qui avez créé l'Héliotrope ? »

J'acquiesce.

« J'en ai une dans le bureau ! C'est une lampe magnifique ! »

Et, aussi simplement que cela, je me détends soudain car je n'ai plus l'impression de parler dans le vide. Cette femme connaît déjà mon travail. L'homme, l'ingénieur, me pose quelques questions. Sa voix est basse, calme. Il me demande quelles améliorations je voudrais apporter au système de Télégie. Je lui réponds du mieux que je peux. Je n'ai pas l'impression de dire de bêtises. La première femme me fait remarquer la période d'inactivité, quelques années plus tôt. Elle me demande, si je ne trouve pas cela indiscret, quelle est la raison de cette interruption alors que je ne m'étais jamais arrêté jusque-là. Je lui explique l'installation à Télégie et le temps de m'adapter au rythme de Gob, le travail domestique auquel je m'étais consacré. Elle lève un sourcil en entendant le nom de Gob. Je me demande si elle a lu ses livres. La discussion dure comme cela pendant une vingtaine de minutes, je crois. L'un des trois finit par regarder la pendule.

« Il va nous falloir quelques minutes pour délibérer. Si vous le voulez, vous pouvez attendre dehors pour entendre le résultat immédiatement. Sinon, vous pouvez vous en aller et nous vous transmettrons notre décision par courrier.

— Je préfère savoir tout de suite. »

Tous trois acquiescent. La porte se referme derrière moi. Je retrouve la chaise. J'attends. Je ne sais pas combien de temps exactement. J'ai soif. Je regrette de ne pas avoir pris une gourde avec moi. Au bout du couloir, un panneau indique des sanitaires. J'hésite à me lever puis je finis par m'y rendre. À mon retour, la porte est ouverte. L'ingénieur attend devant. Je m'approche. Il me fait signe d'entrer de nouveau. Il ne reste plus aucun papier sur la table, à l'exception d'une seule feuille. Je m'assieds à la même place. Le document passe entre les mains des trois membres du jury qui signent chacun à leur tour. Puis la deuxième femme, celle qui n'a parlé que de l'Héliotrope, fait glisser la feuille dans ma direction en prononçant un seul mot :

« Félicitations ! »

En bas du document, dans un encadré noir sur blanc est inscrite la mention manuscrite suivante :

Le jury, après étude du dossier et échange avec le candidat, considère que ses activités passées et présentes, eu égard à leur diversité et à leur consistance, justifient de sa qualification au deuxième échelon de l'échelle salariale, tout avancement préalable étant conservé. La présente décision est applicable immédiatement, ce jour…

Je m'arrête de lire. Je regarde chacun des membres du jury. En un instant, je suis debout et je leur serre la main en les remerciant. Ils sourient également. Je sors, le document dans la main. En ce moment, je crois que je n'ai jamais été aussi heureux. Dix années de travail, reconnues, justifiées, qualifiées. Je songe déjà à la fête que nous allons faire quand, à travers le brouillard d'excitation de mes pensées confuses, j'entends des pas se rapprocher dans mon dos. C'est l'homme, l'ingénieur. Il met la main dans une poche de pantalon et en tire une carte qu'il me tend. Il y a son nom inscrit dessus : Stanley, ainsi que son identifiant de contact par terminal.

« Si vous venez un jour à Antonia et que vous voulez toujours travailler à grande échelle, appelez-moi. »

Je prends la carte, je le remercie. Il hoche la tête puis tourne les talons et rentre dans la pièce. La porte se referme.

J'ai dévalé l'escalier sans le voir, j'ai parcouru le hall en remarquant à peine les colonnes qui m'avaient tant impressionné une heure plus tôt. En me voyant arriver, le gardien s'exclama :

« Ah ! Ça a dû bien se passer alors ! »

J'ai acquiescé en passant, je l'ai remercié. Dehors, il faisait beau, malgré les nuages qui menaçaient encore. Je suis rentré en courant jusqu'à l'appartement. Gob était assise sur le canapé, plongée dans un livre. En m'entendant arriver, elle a levé la tête, chose rare. En règle générale, il fallait un séisme pour la tirer d'une lecture en cours.

« Alors ? » a-t-elle demandé.

Je n'ai pas souri : je n'avais pas cessé de sourire depuis que j'étais parti de la Caisse des salaires. Je lui ai tendu le papier. Elle a lu la mention tout en bas. Elle a hoché la tête. Elle a dit :

« C'est bien. »

Puis elle m'a rendu le papier. Les bras me sont tombés mollement le long du corps.

« C'est tout ? ai-je dit.

— Comment ça ?

— Tu n'es pas contente pour moi. »

Gob a posé le livre sur ses genoux.

« Si, je suis contente pour toi.

— Tu n'en as pas l'air.

— Qu'est-ce que tu veux ? Que je saute en l'air ?

— Non, mais une embrassade ou au moins un baiser m'auraient semblé de circonstance.

— Je suis en plein travail, Umo.

— Tu n'es pas contente pour moi.

— Si.

— Tu n'en as pas l'air, ai-je répété.

— Je suis heureuse pour toi. Ça ne veut pas dire que je suis heureuse à ta place. Et là, je travaille. »

J'ai posé le document sur la table de la cuisine.

« En vérité, tu t'en fiches, c'est ça ? »

Gob a soupiré.

« Umo, je travaille, là.

— Tu travailles ! Tu travailles ! Excuse-moi ! Quelle... quelle impudence de ma part de déranger Gob dans son travail deux minutes !

— Je ne m'en fiche pas. Seulement, ce n'est pas moi que cela concerne. Je suis contente de te voir content. C'est tout.

— Tu n'es pas contente ! Tu n'es jamais contente ! Quoi qu'il se passe, quoi que je fasse, tu ne seras jamais contente parce que tu es incapable de voir plus loin que tes livres et que ton travail.

— Tu es injuste. J'étais concentrée. Je veux juste reprendre ma lecture et en parler plus tard, et même fêter ça si tu veux. »

Quel est le sentiment qui me poussa à prononcer ces paroles ? Le dépit, probablement. L'amertume. La déception, un peu égoïste certes, de ne pas voir Gob partager simplement ma joie.

« Tu veux que je te dise ? Je pense que tu es jalouse, voilà tout. Je pense que tu es jalouse parce que ton travail, tout le monde s'en fiche ou le comprend de travers. »

Le livre s'est refermé en claquant. Cela ne m'a pas empêché de continuer ma diatribe.

« Je pense que tu es jalouse parce qu'on a reconnu la valeur du travail que je fais, et pas *le tien*. Je pense que tu n'oses pas rencontrer de jury parce que ton ego ne supporterait pas une réponse négative. »

Gob s'est levée :

« Umo, tu vas trop loin ! Je voulais juste dire que...

— Et je pense que tu n'attendais que ça, que cette femme vienne te chercher des poux. Non seulement tu ne regrettes pas du tout de lui avoir éclaté un verre sur la tête mais, qui plus est, ça t'a fait *plaisir* parce que c'était le seul moyen que tu avais trouvé pour évacuer ta frustration ! »

Gob s'est figée, la bouche à moitié ouverte, une réponse à moitié formulée. Le livre pendait au bout de son bras gauche. Je me souviens que sa couverture était rouge et verte. Je me suis tu. Regrettais-je mes paroles ? Non. J'étais persuadé d'avoir dit la vérité. Il y a des disputes si dures, si difficiles qu'elles laissent leur objet initial loin derrière elles et chaque parole prononcée contient en elle des dizaines d'autres tues, des semaines, des mois, des années durant. Tout ce que j'avais voulu, c'était que Gob partage ma joie mais, désormais, je fulminais tellement que je ne voulais plus que l'attaquer, lui faire mal. Malheureusement, j'étais son ami, son amant, son amour et je savais donc exactement où viser pour la blesser au mieux.

Elle s'est contentée, pour toute réponse, d'un seul mot :

« Dehors. »

Je ne lui ai pas laissé le temps de le répéter. Je n'avais pas retiré le sac à dos de mes épaules. J'ai tourné les talons. Je suis sorti. J'ai sauté dans le premier tramway que j'ai rencontré. Il m'a déposé aux abords du bois de la Prévau. Sans réfléchir, je me suis engagé dans un sentier. J'ai retiré le pantalon et la chemise que j'avais mis si longtemps à choisir, et mes chaussures aussi. Torse, jambes et pieds nus, j'ai commencé à courir. Espérais-je rencontrer Imogen ? Peut-être. Il est plus probable que je cherchais à faire passer ma colère par l'exercice physique. J'ai couru longtemps, une heure et demie peut-être, jusqu'à être couvert de poussière et marqué un peu partout des griffures des branches et des ronces. Après m'être baigné dans l'étang, je suis sorti du bois et je me suis étendu sur l'herbe pour sécher. Je ne décolérais pas. Je me souviens que je répétais « Pour une fois… Pour une fois ! » ; une drôle de litanie furieuse. Une fois sec je me suis rhabillé et j'ai marché jusqu'au centre-ville. J'ai regretté de ne pas avoir emporté le baladeur avec moi en partant, le matin. Peut-être la musique m'aurait-elle apaisé. J'hésitai un long moment devant la gare à monter dans un train. Mais pour aller où ? À Iliat ? À Antonia ? Pour y faire quoi ?

« Pour une fois ! »

Alors, de dépit, ne sachant pas quoi faire d'autre, je pris le chemin du Cercle Jaune. Je m'installai, non pas en terrasse comme à mon habitude, mais au bar. Je commençai à boire, verre après verre, trinquant seul à la santé, à la réussite, à la qualification, un verre vide tintant sur le suivant, plein. Je bus jusqu'à tard dans l'après-midi. Le barman, qui me connaissait bien, depuis des années que je fréquentais l'établissement, me lançait régulièrement des coups d'œil inquiets et me força à avaler une assiette de pommes de terre frites entre deux verres. « Offertes par la maison. » Dans mon dos, des gens passaient, s'asseyaient, buvaient, se levaient, partaient, d'autres les remplaçaient. Ils m'étaient tous absolument indifférents. Je dus m'endormir un moment car je me découvris la tête posée sur les bras croisés sur le comptoir. Je terminai le verre posé devant moi. Les haut-parleurs diffusaient de vieux standards de jazz et je suivis un long moment le rythme de *My Funny Valentine* en dodelinant de la tête. Le soir tomba rapidement. Je ne me tournai pas vers la place de la Déclaration pour voir peut-être Gob sortir de la bibliothèque. Je continuai de boire. Cela me semblait la seule chose à faire. Après tout, j'avais prévu de faire la fête. Des gens vinrent s'asseoir à côté de moi. Je me mis à leur parler. Saoul comme je l'étais, je ne me rendais pas compte de leurs sourires indulgents, ni qu'ils ne m'écoutaient pas réellement. Ou bien, si je m'en rendais compte, je décidai que cela n'avait pas d'importance. Je continuais de leur parler, d'intervenir dans des discussions qui ne me concernaient pas, toujours à contre-temps. Il était rare, à Télégie ou ailleurs, de croiser des gens vraiment très saouls. Les habitudes de boisson menaient plutôt à une certaine hébétude bienheureuse, aidée parfois par l'herbe, qu'à l'anéantissement éthylique. Je crois d'ailleurs avoir entendu quelqu'un demander au barman si j'allais bien, s'il savait ce qu'il se passait et l'autre répondre qu'il s'en occupait. Je dus m'endormir à nouveau. Quand j'ouvris les yeux, le bar était vide et le barman me secouait l'épaule. Je lui demandai ce qu'il me voulait. Il me dit qu'il allait me raccompagner. Un coup d'œil autour de moi : les chaises étaient rangées, posées sur les tables. Il n'y avait plus que moi de travers, de dérangé. Je me levai. Nous avons marché dans les rues peu éclairées. Le barman – dont je m'en veux un peu d'avoir oublié le nom, mais il y a tellement de noms dans le cours d'une vie ! Comment les garder tous en mémoire ? – ne lâcha mon bras qu'en bas de l'immeuble. Il poussa même la porte. Je me souviens qu'il me demanda si ça allait aller. Je dus répondre par l'affirmative puisqu'il s'éloigna. Il y avait de la lumière aux fenêtres de l'appartement. Je fis un pas en avant. Je reculai. Je me détournai.

« Pour une fois ! »

Je titubai le long de la rue, jusqu'à une autre, puis une avenue. Le monde n'était qu'un brouillard flou. Une fontaine : je plongeai la tête dedans. Cela me réveilla un peu, suffisamment pour continuer à marcher. Comme mus par une volonté propre, mes pieds reprirent leur route. Ils savaient où ils allaient. Moi non. Je ne reconnus qu'au dernier moment l'enseigne aux couleurs vives de la Nuit Blanche, l'une des rares salles de danse dans le centre de Télégie. C'était un ensemble de caves, réparties sur plusieurs niveaux souterrains. Les immeubles dont elles formaient le sous-bassement n'étaient occupés que par des restaurants, des bars et les locaux d'entreprises qui se vidaient la nuit. Le peu de bruit qui s'en échappait ne gênait presque personne. Je poussai la porte, dévalai l'escalier. La musique était assourdissante, les salles étaient pleines à craquer. Au premier sous-sol, un groupe de rock terminait un concert et le public remuait dans de violents soubresauts anarchiques. Je me frayai un chemin jusqu'au bar. Je ne sais plus ce que je commandai mais je le bus rapidement et j'en commandai un deuxième. Malgré la ventilation, la chaleur était étouffante. J'étais serré de tous les côtés par des corps en sueur, dans divers états de nudité. Le concert se termina. Le public en redemanda. Le groupe reprit du service pour un ou deux morceaux encore. Je n'y prêtai pas attention. Je passai dans la salle d'à côté. Là, quelqu'un me proposa un joint, duquel je tirai quelques bouffées avec satisfaction. Tous les visages se brouillaient, se mélangeaient les uns aux autres : des cheveux blonds, longs, bruns, courts, roux, roses, verts, des moustaches et des joues glabres, de yeux de toutes les couleurs, des lentilles de contact, toutes les couleurs vraiment, sauf le bleu glacé. Rien de bleu glacé à la Nuit Blanche. Tout était chaud. Je trouvai un escalier et, me cognant à celles et ceux qui allaient dans l'autre sens, je descendis au deuxième sous-sol. Là, aucun musicien ne jouait. La musique était pourtant encore plus forte. C'était un chaos indescriptible de basses trop fortes, d'instruments électroniques prétendants être des percussions, de cordes stridentes et de voix haut perchées dans des langues que je ne connaissais pas. Un autre joint se présenta devant moi. Je fumai avec plaisir. L'herbe atténuait les effets désagréables de l'alcool mais ajoutait à ma confusion. Les salles étaient encore plus pleines qu'à l'étage supérieur. Je m'enfonçai dans la foule et je commençai à danser, me laissant entièrement porter par le battement régulier de la grosse caisse et les nappes tourbillonnantes des synthétiseurs. « Pour une fois ! Pour une fois ! » pensai-je en rythme avec les batteries électroniques. Bientôt, je ne fis plus aucun mouvement de moi-même : je me balançais avec la foule, je bondissais avec la masse qui, me serrante de tous côtés, me soulevait plus fort que toutes les drogues. Je parvins à m'en extraire un instant, juste le temps de jeter le sac à dos sur le côté de la salle, près du bar, à côté de dizaines d'autres effets personnels. Je retirai la chemise et la fourrai dans le sac.

Je retournai danser. Le monde sembla se refermer autour de moi d'une agréable manière. Dans l'assaut continuel de la musique, dans le chaos des décibels, je n'étais plus qu'un corps parmi d'autres corps. Des mains serraient mes bras, touchaient mon torse. Je ne pouvais ni ne voulais m'arrêter de danser, de sauter, de volter, de basculer d'un pied sur l'autre. Le poids de la masse serrait ma poitrine mais il me semblait respirer plus librement que jamais. Je fermai les yeux. La danse continua. Dans le soulagement de l'aveuglement volontaire, je me contentais d'entendre les voix qui chantaient, hurlaient à mes côtés, de sentir les souffles qui me frôlaient, les corps qui se frottaient contre le mien. Une main attrapa la mienne avec plus de fermeté que les précédentes et tira sur mon bras. Je me laissai entraîner, les yeux toujours clos. Deux lèvres se posèrent sur les miennes, deux mains sur mon torse glissèrent jusqu'à la fermeture du pantalon. J'ouvris les yeux. Je ne reconnaissais pas cette femme. Nous étions dans une autre salle, plongée dans une obscurité quasi totale. De tous côtés, des corps dévêtus. La main se posa sur mon sexe en érection. « Pour une fois », pensai-je une dernière fois. J'enfonçai mon visage entre les seins de la femme, haletant. Allongé par terre. Entièrement nu. Le sol couvert de matelas. Le corps nu de cette femme au-dessus du mien. Dans la pièce d'à côté, la musique tonitruante. D'autres corps partout qui dansent. Les lèvres sur les miennes. D'autres lèvres sur les miennes. Pour une fois. L'orgasme qui vient, qui fend mon esprit plus fort que toute la musique possible. Des gémissements partout autour de nous. D'autres corps qui nous frôlent en passant, dans leur étreinte. Un cri. Ma voix ? Celle de la femme ? Elle qui s'étend à côté de moi. Reprenons notre souffle. L'instant passe. Je me relève. Elle me retient par le poignet. À nouveau en érection. Pour une deuxième fois. Lumière diffuse, rouge et mauve. L'étreinte encore. Son corps sous le mien. Jambes croisées autour de mes hanches. D'autres lèvres que les siennes sur les miennes. Lèvres et langue sans visage. Encore. Mes mains cherchent un appui, un mur, trouvent une épaule. Contact étranger, contact électrique. Tension maximale. De l'autre côté du mur, la danse. De ce côté-ci, l'étreinte, l'étreinte générale. Tension, différence de potentiel, intensité à son maximum. Pleine puissance de nos corps. Visages, jambes, bras, mains, sexes, seins, cheveux, fesses. La déflagration encore. Je m'écroule. Hors de souffle. Hors de tout. Des corps qui s'écartent du mien. Deux lèvres, enfin. Un adieu. Retour à la danse, pour une fois encore. Danser jusqu'à la fin. Jusqu'au petit matin. Dehors, le soleil ne se lève pas encore. Je m'étendis sur un banc, la tête sur le sac à dos. Au moment où le sommeil me tira dans ses rets, je pensai : « Pour une fois. »

J'ai été réveillé par la rosée qui s'était déposée sur moi et par la bruine qui commençait à tomber. Je me suis redressé, assis, incapable de me lever pendant un long moment. Les images et les sensations contradictoires de la nuit qui venait de s'écouler se bousculaient en moi, bien trop chaotiques pour être appelées souvenirs. La main posée sur le sac à dos avait quelque chose de rassurant. Cela existait encore. J'ai fini par me lever. Je me suis dirigé vers les douches communales. La laverie était attenante. Je me suis dévêtu. J'ai jeté tous les vêtements en boule dans le tambour ; j'ai validé d'un mouvement inconscient de la carte verte. Nu, je me suis précipité sous la douche. L'eau tiède ne m'a pas fait beaucoup de bien, mais je l'ai tout de même laissée couler jusqu'à entendre la sonnerie du sèche-linge. Il était tôt encore, et il n'y avait pas grand monde dans la rue. Je me suis rhabillé. Les vêtements, tout juste sortis de la machine, étaient trop rêches, trop rigides sur ma peau. J'avais l'impression de porter le costume d'un autre. Je me suis arrêté manger une chocolatine sur le chemin. Le boulanger m'a jeté un drôle de regard. Sans doute que les vêtements propres et la douche ne suffisaient pas à masquer la nuit que je venais de passer. S'il m'a fait une remarque, je ne m'en souviens plus. J'ai marché lentement jusqu'à la porte de l'immeuble. Elle n'était jamais verrouillée - pourquoi le serait-elle ? - et j'ai gravi les deux étages d'un pas mal assuré. La porte d'entrée de l'appartement était ouverte elle aussi, je le savais. Cependant, j'ai hésité devant. Avais-je fait quelque chose cette nuit qui m'en interdisait à jamais l'accès ? J'ai poussé la porte. À ma grande surprise, Gob s'est précipitée vers moi. Elle avait yeux rougis et les ongles rongés. Je ne l'avais jamais vue dans un pareil état. Ses bras ont enserré mon cou.

« Le type du Cercle Jaune m'a dit qu'il t'avait ramené, mais tu n'es jamais arrivé ! Je t'ai attendu toute la nuit !

— J'étais... », commençai-je, sans savoir comment continuer.

Dans le rouge, dans le mauve, au fond des caves pour une fois, le plus loin possible d'elle. Ailleurs.

« Peu importe. Je ne veux pas savoir. »

Elle m'a tiré vers le canapé, elle m'a fait asseoir. Je me suis laissé faire, dénué d'énergie et de volonté propre. Alors, Gob a prononcé les mots que je m'attendais le moins à entendre sortir un jour de sa bouche.

« Je suis désolée, Umo. C'est moi qui ai mal réagi. Tu avais raison, à propos de la femme, à propos des jurys. Je *suis* jalouse de toi. Je suis jalouse de ne pas avoir le courage de m'y soumettre. C'est parce que j'ai peur, tu comprends ? J'ai peur qu'ils lisent tout ce que j'ai fait, tout le dossier, et qu'ils déclarent que je n'en vaux pas la peine, tu comprends ? J'ai peur qu'ils me refusent. J'ai peur de l'échec, tu comprends ? Si cela se trouve, il y en a des dizaines, des centaines qui font ce que je fais aussi bien que moi, alors pourquoi aurais-je quelque chose de particulier ? Qu'y a-t-il à qualifier, tu vois ? »

J'ai soupiré : davantage de fatigue que de lassitude véritable j'espère.

« Mais, Gob, ce n'est pas une course. Peu importe ce que font les autres. »

Des échos des paroles prononcées par Alma au secondaire me revinrent.

« On n'avance bien qu'à plusieurs. C'est pas une… compétition. »

Le visage de Gob s'assécha, se refroidit soudainement.

« Bien sûr que c'est une compétition ! Pourquoi crois-tu qu'il y a des livres dont on se souvient encore des siècles plus tard ! Il y a d'autres valeurs que celles d'usage, que celles du salaire. Il y a la mémoire. Il y a le souvenir. Des centaines de livres non conventionnés qui paraissent chaque mois, combien crois-tu restent en rayon plus de quelques semaines ? Les autres disparaissent, recyclés, et puis c'est tout. Ils sont effacés.

— Ils sont conservés dans les archives à Antonia.

— Personne ne va jamais consulter les archives ! Surtout pas pour trouver un obscur récit écrit par une femme morte depuis cent ans. On se contente de suivre le flux, le courant des sorties… »

Elle a marqué une pause et elle a posé sa main sur ma cuisse, tendrement. Son geste n'avait rien à voir avec ceux de sous terre, dans la lumière mauve.

« Je suis désolée. Tout cela n'est pas ta faute. Je travaille, je travaille, je travaille… Tu dois n'y rien comprendre. »

Il n'y avait rien à comprendre. Elle s'est serrée contre moi. Elle n'a fait aucune remarque sur l'odeur, les odeurs, que je sentais sur moi malgré la douche.

« De quoi as-tu envie ? ai-je fini par demander. Veux-tu prendre rendez-vous avec un jury ? Veux-tu ne rien changer du tout ? »

Elle s'endormait déjà contre moi. Elle non plus n'avait pas dormi de la nuit, passée à attendre mon retour. Je n'ai pas tardé à sombrer moi-même.

Gob n'a pris aucune décision les jours suivants. À son attitude, on aurait même pu croire que rien ne s'était passé. Elle continuait de travailler, à l'appartement, au café, à la bibliothèque, au Cercle Jaune où je retournais la tête légèrement courbée, comme honteux. Je n'abordai plus jamais le sujet. Cependant, je le sentais qui planait au-dessus de nos têtes. Puis, un matin, je constatai que Gob prenait plus de temps et mettait plus de soin à choisir sa tenue. Je ne fis aucun commentaire. Elle sortit, me souhaita une bonne journée. Je partis, comme tous les jours, à vélo vers le centre logistique et je ne revins que le soir. Gob attendait assise sur l'épais tapis du salon, écoutant, chose rare, de la musique au casque. Elle retira les écouteurs en me voyant arriver.

« Alors ? Comment ça s'est passé ? »

Gob haussa les épaules. Elle me raconta les drôles de regards que lui avait lancé la majorité des membres du jury, et même celle qui était autrice comme elle. Sa « sulfureuse » réputation l'avait précédée malgré elle. Cependant, après examen du dossier, lecture des courriers fournis par les éditeurs, par d'autres auteurs et autrices, de la constance de son travail, le jury lui avait accordé le deuxième grade de l'échelle de salaire.

« Un conseil, tout de même, était intervenue l'autrice, au dernier moment. Vous pensez peut-être que vous avez tout *ici* ou *là* – elle tapota de son index contre la tempe puis le cœur. C'est bien, et cela vous a emmenée loin déjà. Maintenant, prêtez peut-être davantage attention au monde qui vous entoure. »

Voyant que Gob faisait la moue, elle avait ajouté avec un sourire patient :

« Maintenant, ce n'est que mon avis. »

Elle me raconta tout ça en omettant entièrement l'identité de cette personne. Je dus lui tirer les vers du nez pour apprendre qu'il s'agissait en réalité de Seni, professoresse de littérature à Antonia et l'une des autrices vivantes les plus célébrées et reconnues. Gob, bien sûr, avait lu la majorité des livres qu'elle avait écrits et en avait été très impressionnée. Elle l'avait donc immédiatement reconnue et cela avait dû influer sur l'attitude de Gob durant toute la rencontre.

Sa présence et sa place dans la décision ajoutèrent encore à la joie de Gob une fois la décision prise. La soirée qui suivit ressembla en quelque sorte au négatif de celle qui avait suivi l'entretien que j'avais passé. Nous allâmes au Cercle Jaune, à la pizzeria, nous nous saoulâmes avec un assez mauvais *lambrusco*, mais ce n'était pas grave, avant de revenir au Cercle boire de courts verres d'eau-de-vie entre de malhabiles pas de danse sur les airs chaloupés que jouaient une contrebasse, un accordéon et un oud. Malgré toutes les classes auxquelles nous avions participé, le sens du rythme de Gob ne s'était guère amélioré, l'alcool n'aidait pas non plus. Cette fois-ci, à la fermeture, il n'y eut pas besoin de nous raccompagner. Nous avons retrouvé tout seuls le chemin de l'appartement. La lune était pleine et le ciel étonnamment clair pour le début de l'automne. Nous avons laissé les rideaux ouverts et nous avons fait l'amour avec pour seule lumière l'éclat blanc reflété sur le satellite indifférent.

Quelques semaines plus tard, nous avons décidé de partir en vacances. J'annonçai la nouvelle au centre communal, nous décidâmes d'une date ni trop proche ni trop lointaine. Où irions-nous ? Nous n'en avions pas la plus petite idée. Nous nous dirigeâmes un matin vers la gare, sac au dos, portant seulement quelques vêtements et provisions pour la journée. Gob, bien sûr, emportait carnets et terminal pour travailler. Elle ne s'arrêterait jamais de travailler, même en vacances. L'idée même de « vacances » nous semblait un peu étrange. Quand j'étais parti seul marcher sur le bord de mer, je n'avais pas employé ce mot. Ce ne m'avait pas paru un moment séparé du reste de la vie, du travail à l'université, avec Tabula Rasa. Pourtant, cette fois-ci, j'avais spécifiquement employé ce terme, comme s'il signifiait une séparation plus nette et plus forte d'avec le reste du temps. Était-ce parce que nous partions tous les deux ? .

« C'est un mot qui date d'avant la Déclaration, commenta-t-elle en relevant un œil du livre qu'elle lisait. Avant, tu travaillais pour quelqu'un, pour une certaine période de temps. Les vacances, c'était quand tu n'obéissais à personne et quand tu faisais ce que tu voulais de toute ta journée. Du moins en théorie.

— Alors, on peut dire que depuis la Déclaration d'Antonia, nous sommes toujours en vacances.

— C'est une manière de voir les choses. On pourrait dire aussi qu'on travaille tout le temps.

— Et c'est une mauvaise chose ?

— C'est bien tant que personne ne peut te forcer à faire une tâche en particulier et que tu peux t'arrêter quand tu as envie. Comme pour partir en " vacances ".

— Mais si personne ne peut plus nous forcer…

— Alors il nous faut de nouveaux mots, dont un qui dirait " quelques semaines où je me promène, je me repose, sans vraiment m'arrêter de travailler, mais en tout cas loin du travail que je fais la plupart du temps ".

— Comme " vacances " ?

— " Vacances " est piégé. Il faut en trouver un autre. »

Je fis la moue.

« Ça, je te laisse faire. »

Gob se replongea dans la lecture alors que le train s'ébranlait. Nous étions montés dans une rame lancée vers l'est, sans l'avoir réellement choisi, presque comme un réflexe. À l'autre bout du wagon, quelqu'un fumait et l'odeur de l'herbe me rappela le jour où j'étais parti de Pelagoya vers Grévi, Yusek fumant à la fenêtre. Cela, couplé au ballottement délicat du train, contribua à me rendre somnolent. Je ne tardai pas à m'endormir. Ma tête s'effondra sur l'épaule de Gob qui me repoussa, en train d'écrire. Je finis par m'installer en travers des deux places en face. Je calai le sac à dos derrière ma nuque, je ramenai les jambes contre moi ; un instant plus tard j'étais endormi.

La main de Gob sur mon épaule et sa voix me réveillèrent en sursaut.

« Umo. »

Je battis des paupières, incertain de l'endroit où je me trouvais.

« On arrive à Pelagoya. Est-ce que tu veux descendre là ? »

La voix de Gob était blanche. Elle ne paraissait incliner à aucune décision. Je ne sais pas pourquoi, par réflexe peut-être, je hochai la tête, la vue encore trouble, je ramassai mes affaires et quelques instants plus tard, nous tenions sur le quai de la gare de Pelagoya.

Je n'étais pas encore tout à fait réveillé mais la première impression fut celle qui m'accompagna tout le temps que nous passâmes à Pelagoya. Tout semblait avoir rétréci, sans doute en comparaison avec Télégie, mais surtout avec Iliat. Les portes de la gare, passées des dizaines de fois sans y penser, paraissaient presque trop basses alors que je ne suis pas très grand. Nous avons traversé le hall vide en trois pas avant de déboucher de l'autre côté. Au loin, le village avait l'air d'un rassemblement de maisons de poupées. Pourtant - et c'était le plus terrible - rien n'avait réellement changé. Tout ou presque était à la place à laquelle nous l'avions laissé. La cerisaie était toujours là. Les branches des arbres étaient vides, grises et fragiles en cette saison. En remontant le chemin vers le village, nous évitions de nous regarder, l'une et l'autre plongés dans nos propres souvenirs. L'école n'avait pas bougé. Par les fenêtres, on pouvait voir des enfants aller et venir. Un chien dormait sur le seuil. Il leva la tête, s'avança dans notre direction. Une partie de moi s'était attendue à voir Hémon, mais Hémon, cette vieille bête baveuse, devait être mort depuis bien longtemps. Il avait été remplacé par celui-ci, gros et gris, et sans doute tout aussi affectueux et baveux. Je lui tendis la main qu'il renifla avec circonspection avant de faire demi-tour, de détaler pour avertir de l'arrivée de quelqu'un. Il entra dans l'école. Nous entendîmes un seul aboiement puis le chien surgit à nouveau, suivi d'une silhouette adulte et de quelques enfants. La femme porta la main au-dessus de ses yeux pour les protéger du soleil rasant. Puis, quand elle nous eut reconnus, un sourire éclaira son visage. Elle nous adressa un signe de la main. Le chien se précipita vers nous. Elle l'appela - « Gorgias ! » -, tenta en vain de le retenir mais il était déjà sur nous, tout en pattes et en langue, insensible à nos protestations. Nous étions si bien occupés à lui échapper que je ne reconnus Héléna que lorsqu'elle fut juste devant nous.

« Umo ! Quel plaisir de te voir ! »

Elle m'étreignit longtemps.

« Et Gob ! À te lire, je ne m'attendais pas à te voir revenir ici ! »

Héléna serra la silhouette mal à l'aise de Gob plus longuement encore. Des enfants sortirent de la classe et nous entourèrent de toutes parts. Leur ressemblions-nous aussi, toutes ces années auparavant ?

« Je vous présente Gob et Umo, qui ont grandi ici, il y a quelque temps.

— Bonjour Gob ! Bonjour Umo ! firent les enfants en chœur, accompagnés pour bien faire par quelques graves aboiements de Gorgias.

— Friede, Ilia, si vous le voulez bien, montrez-leur une chambre dans laquelle s'installer.

— Mais je n'ai pas terminé le problème d'arithmétique ! protesta Ilia.

— Tu auras largement le temps avant de déjeuner, ne t'inquiète pas. »

Ainsi, les deux gamins nous menèrent jusqu'aux maisons. La distance qui les séparait de l'école, immense quand nous étions enfants, se parcourait désormais en quelques pas.

« Il y a de la place ici, ou là... », proposa Ilia.

Nous nous arrêtâmes devant un chalet. J'échangeai un regard avec Gob. Était-ce celui-ci dans lequel vivaient Mouad et Dounja ? Était-ce là que nous nous étions rencontrés ? Ilia, qui n'avait visiblement pas de temps à perdre, entra d'un pas décidé et monta directement à l'étage. Dans le couloir, elle s'arrêta devant une chambre :

« C'est là que dorment Shauna et Octavio, enfin normalement, ces temps-ci Shauna dort mieux toute seule et Octavio dort sur le canapé, mais dans l'autre chambre il n'y a personne. »

Au nom de Shauna, Gob et moi échangeâmes un regard, ce qui ne nous empêcha pas de suivre la gamine jusqu'à la chambre vide. La fenêtre était ouverte. Les draps, nettement repliés sur le lit, étaient propres et frais. Une légère couche de poussière s'était déposée sur les tables de nuit. Cela faisait visiblement longtemps que personne n'avait dormi là.

« Pedro dormait là, jusqu'à il y a pas longtemps, mais avec la grossesse de Shauna, on a décidé que c'était mieux qu'il aille ailleurs. Bon, c'est bon, vous avez tout ce dont vous avez besoin ? »

Je souris.

« Oui, c'est parfait, merci. »

Ilia détala alors et le bruit de ses petits pieds qui dévalaient les escaliers déclencha toute une cascade d'autres souvenirs. Gob était assise sur le bord du lit. La première fois, elle était assise au bureau, la porte presque fermée. La porte était grande ouverte. Je vins la rejoindre et je me laissai aller en arrière. Le matelas était vieux, mou, le sommier rebondissant. Exactement comme dans ma mémoire. Je voulus m'étendre sur le lit mais mes jambes étaient trop longues et mes pieds se cognaient dans la tête de lit.

« Tout est si... petit », constata Gob sur un ton neutre.

J'acquiesçai. Revenir à Pelagoya était comme tenter de passer à nouveau un habit depuis longtemps trop étriqué. Les manches étaient trop courtes, les boutons ne fermaient plus, le ventre passait au-dessus de la ceinture. Après nous être reposés quelques minutes, nous avons décidé de sortir. À cette heure du matin, Pelagoya était calme. Chacun était occupé à ses activités. La plupart des adultes avaient dû prendre le train vers Grévi où ils travaillaient. Nous fîmes le tour des maisons. Cela ne nous prit que quelques minutes. Nous marchâmes sous les cerisiers nus, tendant les bras vers les branches par réflexe, à la recherche de fruits qui ne s'y trouvaient plus, ou pas encore. Nous avons marché jusqu'aux rives pierreuses de la Lina en nous demandant comment Ulf avait pu se débrouiller pour s'y retrouver coincé. Cela m'arracha quelques éclats de rire, moins à Gob qui n'avait pas assisté à la scène de première main. On la lui avait seulement racontée. Quant à moi, je revoyais Ulf, ridicule, terrifié, mais désormais minuscule, lançant son étrange proclamation : « Je suis le roi de la rivière ! » Un frisson me parcourut. Tout cela me parut être arrivé à quelqu'un d'autre que moi et c'était en partie vrai. De la même façon que je n'étais pas la même personne avant de, quelques heures plus tard, faire la rencontre la femme qui se tenait à côté de moi, j'étais devenu, d'endroit en endroit, de travail en travail, d'éclat rouge et mauve en clarté de la pleine lune, une autre personne et je ne cessais ni ne cesserais jamais de changer.

Chercher à retrouver un souvenir était voué à l'échec. Il était vain de vouloir retourner inchangé sur les lieux du passé. Dans leur apparence d'immobilisme, ils s'étaient transformés, contractés de mille manières, tout comme j'avais changé, sans m'en rendre compte, prétendant être toujours Umo, juste Umo. Seulement Umo n'était qu'un nom qui contenait, comme le disait la chanson, des multitudes qui ne connaissaient pas de repos. Umo ne pouvait plus coïncider avec Pelagoya. L'une et l'autre s'étaient bien trop transformés.

Longtemps, j'avais malgré moi considéré Pelagoya comme le dernier endroit, l'ultime lieu vers lequel je pourrais toujours revenir, où l'on m'accueillerait toujours à bras ouverts, quel que soit le moment de ma vie. C'était en partie vraie. Héléna avait été réellement heureuse de me revoir, et de revoir Gob. Cependant, Pelagoya n'était pas « chez moi » pour autant qu'une telle chose existât. Cela aurait supposé que je lui appartinsse et inversement. C'était tout simplement impossible. Deux images de Pelagoya se mêlaient, se superposaient : celle du souvenir et celle de la réalité matérielle. La première était à jamais inaccessible. La seconde était douloureuse tant elle contribuait à nous tenir à distance de la première. En réalité, elles disaient une seule et unique chose : il est impossible de revenir « chez soi ». L'idée même en est absurde. Nous étions partis, longtemps, sans nous retourner. Pelagoya ne s'était pas figée en nous attendant, quoique n'ayant pas subi de modification majeure. En vérité, elle était presque identique. Et pourtant, elle nous avait échappé, comme nous avaient certainement déjà échappé Grévi, et Iliat, et le 3, Pitre, et un jour l'appartement et Télégie. Un jour, nous en partirions et nous pourrions y revenir mais sans y retrouver ce que nous penserions y avoir laissé.

Tout cela, compris-je bien plus tard, était affaire de possession encore une fois, ou plutôt de non-possession. Puisque rien ne nous appartenait, il était inconcevable de s'attendre à retrouver un endroit identique, dans l'état dans lequel nous l'avions laissé. Les lieux, comme les objets, comme les personnes, avaient des vies propres sur lesquelles nous n'agissions que de manière transitoire. Ils se passaient très bien de nous et nous, si nous en étions capables, d'eux. Ce n'était pas si facile. Je sais qu'une partie de moi conserve toujours soigneusement le souvenir cristallisé des premières années de ma vie à Pelagoya, même si je sais qu'il n'a plus aucun rapport avec le village lui-même. Je ne peux en écrire qu'une image figée, une photographie si vous le voulez. Il en va de même des êtres humains. Ils échappent toujours à la mémoire car rien ni personne ne peut les posséder. Ce ne sont jamais que des fragments figés de Gob que je décris. Je ne pense pas qu'on puisse, en les assemblant les uns à la suite des autres, reconstituer une image véritable de la personne qu'elle fut. Voici un autre héritage, involontaire peut-être, de la Déclaration d'Antonia : sans la propriété, sans la possession, la mémoire perd de son importance. Nous sommes des gens du présent et du futur, tournées en face de nous, et au-delà. La Pelagoya où nous avions passé notre enfance, quoique presque identique, était perdue à tout jamais et il n'y avait rien à faire contre cela.

Alors que nous avions tourné les talons, nous vîmes des enfants qui se précipitaient vers nous en courant. Souriants, nous leur fîmes de grands signes de la main. Ils nous invitaient à partager le repas et nous acceptâmes avec gratitude. Nous n'avions rien mangé depuis un rapide petit déjeuner avalé aux aurores près de la gare de Télégie. À nouveau, nous nous sentîmes à l'étroit assis sur les chaises de la cuisine de l'école, les jambes coincées sous le bois épais de la table.

Cependant le plat était bon, des œufs brouillés mélangés à du riz brun et des brocolis. Les enfants étaient ravis de la compagnie et nous assaillaient de questions sur les sujets les plus divers, cependant que Gorgias, dont la tête dépassait largement la hauteur de la table, allait et venait dans l'espoir d'un reste chipé, d'une bouchée offerte en douce par l'un de ces inconnus qui, sans doute, ne connaissaient pas les règles du lieu. Le pauvre ne récolta rien pour toute sa peine mais offrit tout de même de nombreuses traces de bave ; une preuve supplémentaire que Pelagoya n'avait pas réellement changé. Héléna ne participait presque pas à la conversation, laissant les enfants nous interroger sur Grévi, le secondaire, sur Iliat, sur Télégie, sur tous les autres endroits que nous avions vus, même en passant. Nos réponses ne semblaient jamais les satisfaire. Il leur fallait toujours plus de détails.

« Tu vas être obligée d'y aller toi-même », finit par répondre Gob, un sourire malicieux aux lèvres, à une toute petite fille qui la pressait de questions sur Antonia.

L'enfante se renfrogna, se recula contre le dossier de la chaise, croisante les bras, mais sa bouderie ne dura pas longtemps car des camarades amenaient le dessert : un quatre-quarts de la veille, un peu trop cuit et auquel le sucre non raffiné donnait une couleur orangée, découpé en larges tranches qui se trempaient très bien dans le café ou le thé. Le plaisir de la pâtisserie humide parvint à étancher le flot des questions qui nous assaillaient. Puis il fallut débarrasser la table, nettoyer la vaisselle, balayer les miettes que Gorgias avait miraculeusement épargnées. À ce moment-là, Héléna s'éclipsa comme le faisaient les adultes en notre temps, nous laissant seuls responsables de l'état de la cuisine. Gob ne tarda pas à l'imiter. Elle alla s'installer au bureau de la chambre pour travailler. Quant à moi, je devais être trop profondément resté un enfant car je m'attardai, je terminai toute la vaisselle et tout le balayage avec les gamins, les visages rendus sérieux par le travail mais toujours prompts à des éclats de rire dont j'ignorais les causes que, par pudeur peut-être, je ne cherchais pas à connaître. Ensuite, la plupart des enfants s'éloignèrent pour jouer, courir vers la Lina, vers la cerisaie, mais un petit groupe d'entre eux, ceux dont c'était le tour, s'attarda pour s'occuper du potager de l'école, sous la surveillance pataude de Gorgias. Les gelées étaient précoces cette année, m'apprirent-ils, aussi passâmes-nous une bonne partie de l'après-midi à arracher carottes, betteraves et navets, tandis que le reste du potager était mélangé de compost et paillé en attendant des jours meilleurs. Quelques rangs de mâche et de radis croissaient tout de même tranquillement. Une figure adulte apparut pendant l'après-midi. Je l'aperçus du coin de l'œil mais ne la reconnus pas. Voyant que j'étais là et que tout se passait bien, elle disparut rapidement. Nous travaillâmes comme cela une bonne partie de l'après-midi puis, sans signal apparent, sans horaire précis, les enfants s'écartèrent, allèrent se laver les mains et se changer et partirent. Me retrouvant seul, à genoux au bord de la parcelle, les mains terreuses et herbeuses, à subir les grands assauts humides de la langue et des pattes de Gorgias, j'éclatai de rire et prodiguai de longues caresses à l'affectueux animal. Les chiens m'avaient manqué. Je me relevai. Il me suivit jusqu'aux robinets, s'assit à quelques mètres de moi en attendant que je termine. Je songeai à Hémon, la grosse bête qui avait accompagné ma propre enfance. À quoi ressemblait-il réellement ? Impossible de m'en souvenir. Quand je cherchais à l'évoquer, je ne voyais plus que Gorgias et c'était peut-être une bonne chose : un signe de permanence de Pelagoya. Quand je finis par m'éloigner de l'école, remarquant enfin les modifications, les réparations qu'on avait apportées au bâtiment et notamment aux fenêtres, le chien s'allongea lourdement devant la porte, les pattes croisées, langue pendante, avant de se laisser tomber sur le côté, les quatre pattes étirées devant lui, et de sombrer dans le sommeil immédiat et total des chiens en confiance. Son travail était terminé pour la journée. En vérité, l'après-midi était bien avancée. Je n'osais pas rejoindre Gob pour ne pas la déranger. Je fouillai dans le sac à dos et j'y trouvai quelques feuilles et un peu d'herbe. Tout naturellement, je me dirigeai donc à mon tour vers la Lina. En me fiant à mes oreilles, je parvins à éviter les parties des berges occupées par les enfants comme par les plus grands. Je me glissai entre deux bouquets d'ajoncs, étalai la veste sous moi et m'appliquai à rouler un joint. Invisible entre les hautes herbes, on ne vit bientôt plus de moi que le mince trait de fumée qui remontait entre les joncs, ponctué régulièrement d'une bouffée plus importante que les autres. À travers le brouillard de l'herbe, j'entendis des rires se rapprocher : des enfants cherchaient d'où venait l'odeur. J'éclatai de rire et je décidai de couper court à leur quête :

« Je suis là, mais je voudrais fumer tranquille. »

De l'autre côté du mur d'ajonc, ils poussèrent des « Oh ! » de déception mais s'éloignèrent finalement. Bientôt, je fus seul dans le silence, seul dans l'agréable étourdissement de l'herbe. Je m'étendis, bras croisés derrière la tête, et je m'endormis profondément. Quand j'ouvris les yeux, la nuit était tombée et l'eau de la Lina était montée jusqu'à menacer les chaussures que je portais. Je me relevai lentement. La seule lumière venait des quelques lampadaires entre les maisons et de leurs reflets ténus sur la Lina. Le silence était ponctué des caquètements et du bruits des plongeons réguliers des canards, des oies et d'autres oiseaux d'eau. J'ai à nouveau pensé à Ulf et à sa jambe coincée. « Roi de la rivière ! » Toute l'absurdité de cette proclamation ! Roi de toute cette vie obscure, dissimulée, de tous ces êtres minuscules qui n'avaient jamais prononcé une parole et roi de tous les oiseaux, tous les mammifères dont la Lina n'était qu'un terrain de chasse de passage ? Roi de tout ce qu'il ne voyait pas ? Où était Ulf à présent ? Il me manqua soudain, comme manque un ami, un ami du passé lointain, presque oublié, pas vu depuis trop longtemps. Livia saurait peut-être, mais Livia avait autre chose à faire. J'essaierais de le joindre, via le terminal. Entre deux photos de voyage, il me répondrait peut-être.

Je sortis des joncs, remontai la pente de galets jusqu'à trouver le talus herbeux. Des années plus tôt, c'était une montagne à gravir. Ce jour-là, je l'enjambai en deux pas, presque sans le remarquer. Pelagoya était restée la même. J'étais celui qui avait changé.

De tout le village, une seule maison était éclairée et il s'en échappait un lit de musique rock à bas volume et des éclats de conversation. Je marchai naturellement dans sa direction. Je poussai la porte et je fus accueilli par des cris, des rires, et mon nom prononcé plusieurs fois. Il y eut des embrassades, plus ou moins consenties : Lubi était là, Aster non ; Milan, Sandrine, Héléna, bien sûr, Dounja mais pas Mouad, Gob assise dans un coin, silencieuse derrière un verre de vin blanc que je devinai ne pas être le premier, et puis d'autres adultes que je ne connaissais pas, des « nouveaux », pensai-je, jusqu'à reconnaître l'une d'entre elles. Shauna était là. Je m'avançai vers elle, véritablement heureux de la revoir depuis tout ce temps. Elle ne se leva pas pour me saluer, et je ne compris pas tout de suite pourquoi. Il me fallut d'abord remarquer que son verre était rempli de jus de cerise de l'année précédente. Shauna, en effet, était enceinte, et très visiblement.

« Je termine le huitième mois, annonça-t-elle, avec le mélange de fierté et de lassitude qui accompagne toujours une telle information répétée trop de fois.

— Et… tout va bien ? » répondis-je, mal à l'aise.

Shauna hocha la tête en diagonale en faisant la moue et toute la table éclata de rire, à l'exception notable de Gob. L'homme qui était assis à côté de Shauna lui prit la main et lui murmura quelque chose à l'oreille que je n'entendis pas. Il s'appelait Octavio et vivait à Pelagoya depuis quelques années. Je m'assis près de Gob et, comme elle, je restai silencieux pendant que la conversation allait et venait, entre personnes les ayantes déjà vécues, des difficultés de la grossesses à celles de l'accouchement puis à la vie avec un nourrisson jusqu'au moment où, une fois l'enfant sevré et relativement autonome dans les déplacements et la communication, généralement aux alentours de trois ans, il quittait sa génitrice et son géniteur pour aller d'une maison à l'autre, d'un adulte à l'autre, avec l'école comme seul point fixe dans son existence. Je vis la main de Gob se crisper en entendant toutes ces conversations désinvoltes. Je posai la mienne sur la sienne et je vis du coin de l'œil qu'Héléna avait remarqué son trouble et mon geste. Je crus la voir sourire, mais d'un sourire triste et fatigué. Je me concentrais pour ma part sur l'assiette de lentilles aux panais et à la coriandre devant moi, dont je savourais chaque bouchée en l'accompagnant de larges gorgées de vin rosé. L'herbe fumée précédemment aidante, je fus bientôt saoul et je luttai pour suivre le cours de la conversation. Depuis plusieurs semaines, Pelagoya entière se préparait à l'accouchement de Shauna. L'évènement semblait concerner tout le monde. Je fouillai dans ma mémoire de l'enfance pour trouver un épisode semblable, sans succès. Octavio, bien sûr, était très près de Shauna, attentif au moindre de ses besoins, à ses plus petites difficultés. Cette attitude, quoique de bonne foi, n'était pas entièrement désintéressée. Avec son premier salaire, chaque adulte recevait le droit à la moitié d'un enfant. Cette moitié, virtuelle, il était possible de la combiner avec la moitié d'un autre adulte du sexe opposé, de la garder pour soi indéfiniment, ou même d'en faire don. Ainsi, une femme seule pouvait se voir offrir une « moitié » par une autre personne dont le sexe était indifférent, et mener à bien une grossesse seule. Ce don pouvait également prendre la forme d'une gestation pour autrui. Tout comme la contraception était universellement répandue, les pratiques reproductives étaient d'une grande variété. Il n'était pas rare de voir un homme seul s'occuper d'un bambin, ou au contraire tout un groupe se constituer pour s'occuper de plusieurs enfants durant leurs premières années.

La gestation pour autrui était relativement courante, quoique suivie de près par la médecine communale. Dans ce cas particulier, la gestante ne perdait évidemment pas le droit à un « demi-enfant » dans la mesure où elle n'en serait la génitrice que dans le sens le plus concret. Cette mesure, décidée dans les premiers temps suivants la Déclaration d'Antonia, avait eu comme objectif à court terme et à long terme une réduction drastique de la population humaine. Cet objectif avait été largement rempli. Cette « moitié d'enfant », nombreuses étaient celles et ceux qui n'en faisaient rien, ni l'utiliser pour procréer eux-mêmes ni la donner. Ces pratiques représentaient une minorité et le pays n'était certainement pas en manque d'enfants ou d'adolescents, mais la population humaine réduisait régulièrement depuis la Déclaration, en accord avec la restitution des terres et la concentration dans quelques villes et villages. Dans les faits, il était rare que la ou les génitrices soignent à elles deux seules les nourrissons jusqu'à l'âge de l'école. Comme toute chose, ce travail était fait en commun. Cela expliquait que l'attention de chacune et chacun était tournée vers l'arrivée prochaine de l'enfant. Une naissance, en effet, n'était pas un évènement si fréquent que cela. La plupart du temps, tout le monde était bien trop occupé pour vouloir passer neuf mois à attendre un enfant et trois années ensuite à assurer son bien-être premier. Un village de la taille de Pelagoya ne connaissait qu'une ou deux naissances par an, deux étant un cas exceptionnel.

Sentant bien le désintérêt de Gob assise à côté de moi, je ne pus m'empêcher d'interroger Shauna et Octavio.

« Si tout se passe bien, me dit-elle, j'accoucherai ici, avec tout le monde. S'il y a un problème, ce sera l'hôpital de Grévi, mais j'espère qu'on n'en viendra pas à ça.

— Et comment sauras-tu s'il y a un problème ou non ?

— Oh, je saurai, Umo..., commença-t-elle en m'adressant un sourire patient. Et puis Omar a reçu une formation de sage-homme. Il saura me dire s'il y a besoin de l'aide d'un médecin ou non.

— Si tout se passe bien », ajouta ledit Omar.

Dans les semaines suivantes, je ne réussis pas à masquer ma curiosité pour toute l'affaire. Gob, quant à elle, ne pouvait pas montrer son désintérêt de manière plus flagrante. Elle ne sortait de la chambre que pour préparer ou prendre les repas, ou bien emmener Gorgias, ravi, dans de longues promenades au bord de la Lina dont il revenait trempé et épuisé, son long poil gris-noir dégoulinant de vase.

Quelques restes de l'intimité adolescente que Shauna et moi avions partagé devaient subsister puisqu'elle ne manqua pas une occasion de me solliciter pour l'aider à préparer la chambre dans laquelle elle comptait accoucher. J'aidai Octavio à accrocher une barre souple en travers de la pièce pour le cas où Shauna désirerait accoucher debout. Dans la salle de bains attenante, on tiendrait prête une baignoire pleine et tiède. Les contractions se faisaient plus fréquentes et plus fortes. Shauna s'asseyait souvent sur le lit, le visage contracté en une grimace souriante.

« Tu veux toucher ? » me demanda-t-elle en dévoilant son ventre gonflé.

Devant mon hésitation, elle soupira.

« Tu as déjà touché tout ce qu'il y a à toucher par là ! »

J'avançai finalement la main et je posai la paume sur la peau tendue. Tout d'abord, je ne sentis rien. Puis il me sembla discerner un battement très faible, à peine sensible. Était-ce le cœur de l'enfant ? Quelques instants plus tard, quelque chose vint se poser de l'autre côté de la paroi ventrale, exactement en face de ma main. Une émotion indéfinissable m'envahit. Je rougis et je retirai la main.

Shauna éclata de rire, ce rire si reconnaissable que les années n'avaient pas modifié le moins du monde. Un instant, je revis ma main sur sa peau nue, dans les bois en contrebas du secondaire, à Grévi.

« Elle t'a reconnu, dit-elle.

— Elle ?

— En fait, je n'en sais rien, mais je préfère penser que c'est une fille.

— Pourquoi m'aurait-elle reconnu ? Je ne... Je n'y suis pour rien dans cette histoire. »

Le regard de Shauna se fit distant.

« Tu vas me trouver bizarre, ou vieux jeu, mais...

— Mais ?

— Je pense qu'il y a dans cet enfant un peu de tous les hommes avec qui j'ai couchés.

— Et pas seulement d'Octavio ? »

Je ne pus m'empêcher d'éclater de rire.

« C'est ridicule, je sais !

— Et ils sont nombreux ?

— Oh, pas tant que ça… Mais ça ne me paraît pas idiot qu'elle te reconnaisse toi.

— Parce que j'étais l'un des premiers ou parce que nous l'avons fait de nombreuses fois ? »

Shauna redevint soudain très sérieuse.

« Non. L'ordre ou la fréquence n'ont rien à voir là-dedans. Elle te reconnaît parce que tu es un bon souvenir, c'est tout. C'est tout ce que je veux qu'elle garde de moi : de bons souvenirs. »

Quelques jours se passèrent encore. C'était le milieu de la nuit. Gob venait de s'endormir, comme de coutume, le nez entre deux pages d'un livre et moi, qui ne parvenais pas à trouver le sommeil, j'avais retiré l'ouvrage en prenant soin de ne pas perdre l'endroit où elle s'était arrêtée de lire ; les gestes du quotidien, les gestes de l'habitude. Gob, alors, se recroquevilla, me tournant le dos et tournant le dos aussi à la lumière qui venait de s'allumer dans la maison de l'autre côté du chemin et au puissant grognement de douleur qui venait de s'en échapper et que tout Pelagoya n'avait pu manquer d'entendre.

Je me levai, m'habillai sommairement. Gob ne bougea pas.

« Je vais les aider. »

Un marmonnement pour toute réponse.

Je sortis de la chambre en silence. Il semblait pourtant que Pelagoya était réveillée. Des enfants s'attroupaient dans les salons, couraient dans les couloirs, poussaient des cris excités :

« Shauna va avoir un bébé ! Octavio va avoir un bébé ! »

Les injonctions des adultes à retourner au lit et à attendre le lendemain matin obtenaient bien peu de résultats. Alors, on les occupait comme on pouvait, on les mettait au travail à faire du thé, à réchauffer des biscuits à grignoter devant un film pour passer la nuit sans jamais oublier la fenêtre ouverte de l'autre côté de la rue. Des messages partaient des terminaux vers celui d'Octavio ou même de Shauna, sans recevoir de réponse. Seul Omar répondait parfois de laconiques « Tout va bien ». Incapable de rester là, les bras ballants, à tourner sur moi-même pour trouver une manière de tromper mon inaction, je décidai de traverser la rue et de grimper à l'étage.

Octavio était assis dans un fauteuil occupant le coin de la chambre, visiblement déjà épuisé. Omar, debout, suivait de près Shauna qui allait et venait, s'appuyant aux murs, aux poutres et s'accrochant par moments à la barre que j'avais aidé à fixer. Elle était d'ores et déjà trempée, sans que je pusse déterminer si cela était dû à la sueur ou bien à la perte de eaux. Ses cheveux lui collaient au crâne et d'épaisses mèches barraient son visage. En me voyant entrer, la grimace de douleur protéiforme que formait son visage ressembla un instant à un sourire. Elle s'avança vers moi, croisa ses deux mains entre mes omoplates et serra, serra plus fort que je ne l'en croyais capable en poussant un gémissement de douleur, toute la durée de la contraction.

Omar s'approcha, une bouteille d'eau à la main. Shauna la vida en un éclair.

« Il faut t'asseoir, dit-il.

— Et la gravité ? protesta Shauna.

— La gravité peut bien attendre cinq minutes. »

De mauvaise grâce, elle se laissa guider sur le rebord du lit. Octavio vint me saluer d'une poignée de main poisseuse. Je lui souris du mieux que je pus. Ensuite, il alla se placer à la droite de Shauna et posa une main affectueuse sur son épaule contre laquelle la joue de Shauna vint chercher un peu de fraîcheur. Les fenêtres étaient grandes ouvertes, mais la température ne baissait pas. Omar, quant à lui, s'était accroupi devant Shauna qui, avec beaucoup de naturel, avait écarté les jambes et remonté la fine chemise de nuit qu'elle portait pour accueillir sa tête. Il y resta de longues minutes, cherchant je ne savais quoi, émettant régulièrement des grognements, des « Ah ! » de satisfaction et des « Mmm ! » de contrariété. Quand il se recula, tirant jusqu'au bas des cuisses la chemise de nuit transparente de sueur dans un touchant geste de pudeur, Shauna l'interpella tout de suite.

« Alors ?

— Alors, ça se présente bien. L'enfant arrive par la tête. Par contre, le col de l'utérus n'est pas assez dilaté. Il va falloir marcher encore un peu. »

Shauna soupira et, avec l'aide des deux hommes, réussit à se relever et à reprendre sa marche à travers la pièce.

« Est-ce qu'on ne peut pas au moins mettre un peu de musique ? pesta-t-elle. J'accouche, je ne suis pas dans un tombeau ! »

Je descendis l'escalier, j'attrapai le premier terminal et la première paire d'enceintes que je trouvai et je lançai une compilation de samba. Dans mes souvenirs, Shauna avait toujours aimé la samba.

« Bordel, Umo ! cria-t-elle. Tu n'as rien de plus approprié ? »

Je lançai des regards d'appel à l'aide dans la direction d'Octavio, qui lança les deux mains en l'air pour bien signifier qu'il n'en savait pas plus que moi. Je finis par lancer une liste de titres techno qui, à mon grand soulagement, suscita chez Shauna un sonore « Ah ! Voilà ce qu'il fallait ! Pas des conneries toutes douces ! »

Elle se mit à arpenter la pièce avec davantage d'entrain, au rythme martial des basses électroniques et des déliés de claviers saturés, suivie de près par Omar qui l'enjoignait à s'asseoir régulièrement. Je ne sais pas combien de temps passa ainsi, en tours de la pièce ponctués de douloureuses contractions de plus en plus rapprochées et en vérifications périodiques de la dilatation, mais, au bout d'un moment, Omar annonça que le col était « ouvert » et que c'était le moment.

« Qu'est-ce que tu préfères ? demanda-t-il à Shauna. Tu peux rester allongée, tu peux t'asseoir, on peut te transporter dans la baignoire…

— J'ai passé ma journée et ma soirée à marcher en long et en large dans cette chambre, c'est pas pour finir à quatre pattes. J'ai commencé debout, je termine debout. »

Ses paroles, bien sûr, étaient hachées par les contractions quasi constantes désormais, sa respiration haletante et le tambour électronique ininterrompu de la musique.

« Umo, m'ordonna Omar, va attraper la bassine dans la salle de bains. »

Je passai la porte. La baignoire était pleine. Posée à côté d'elle, une bassine en bois cerclée de fer attendait. Je la plongeai dans l'eau jusqu'à la remplir. Dans la chambre, Shauna s'était accrochée à la barre flexible et tirait dessus jusqu'à atteindre la position accroupie.

« Là ! » m'indiqua Omar.

Je glissai la bassine entre ses deux jambes rougies de sueur, de sang et de placenta.

« Des serviettes. »

Je me précipitai à nouveau dans la salle de bains. Les serviettes étaient toutes prêtes, posées sur le bord de l'évier. J'en pris une pile que je jetai sur le lit. Avec la première, je vins essuyer tant bien que mal le visage de Shauna, dont les halètements prenaient désormais l'aspect de cris, dirigés contre personne en particulier : des cris seulement.

« Pousse, pousse ! » l'encourageaient doucement Omar et Octavio, mais je doutais qu'elle les entendît réellement. Shauna, en vérité, avait disparu. Il ne restait que son corps, déserté de l'esprit, un corps courbé, plié, contracté et tendu dans un seul objectif : faire advenir cette enfante, faire sortir d'elle cet autre corps qui y avait grandi pendant neuf mois. Face à une telle lutte, je ne pouvais que me sentir impuissant. Les caresses que je lui procurais avec ces serviettes humides ne suscitaient aucune réaction, et je ne m'en offusquais pas. Les règles habituelles de la communication, de la politesse même, pour autant qu'une telle chose existât, avaient disparu, étaient suspendues, comme le corps de Shauna, suspendu à son travail, à la fin prochaine de celui-ci. Un souvenir me traversa soudain l'esprit : une phrase prononcée par Livia, des années auparavant, qui m'expliquait que si l'on avait toujours nommé l'accouchement « travail », sa fin avait été appelée « délivrance ». « Comme si, avait-elle dit, le travail était quelque chose dont il fallait être libéré, dès la naissance. » Il n'y avait pas de doute que Shauna attendait, espérait, appelait même la fin de ce travail. Cependant, le moment concret de l'expulsion, de la sortie du nourrisson de son entrejambe, ce moment serait-il une libération ou un accomplissement, une œuvre ?

Quelqu'un – je ne sais plus s'il s'agit d'Octavio ou d'Omar – poussa soudain un cri. Un cri bref. « Là ! » Suivi d'un autre. « La tête ! » Moi qui me tenais dans le dos de Shauna, je ne vis pas la minuscule tête, déjà dotée d'épais cheveux noirs, s'échapper de son entrejambe. Je sentis pourtant l'ultime contraction et je l'entourai de mon bras pour la soutenir dans son dernier effort. Quatre mains, sous elle, presque au niveau du sol, étaient prêtes à recueillir le minuscule corps. Encore une poussée et les épaules passèrent. Une dernière, et comme s'il n'attendait que cela, ce fut tout le reste qui surgit : petite forme oblongue et rougeâtre. Omar colla son oreille sur sa poitrine.

Il y eut un instant de silence.

Puis l'enfante gémit. Alors, Shauna, que je n'avais cessé de soutenir, parut s'affaisser, toute énergie quitter son corps à ce son. Je l'accompagnai du mieux que je pus jusqu'à la station assise. Omar, avec des gestes précis, baigna l'enfante dans la bassine pour de sommaires ablutions. Il tendit la main dans ma direction. Il reçut une première serviette, avec laquelle il frictionna l'enfante, puis une seconde dans laquelle il l'enveloppa délicatement. Il se pencha pour prendre une large paire de ciseaux.

« Non. »

Shauna tendit les bras. Elle reçut l'enfante contre elle, comme son dos était collé à mon torse, je sentis qu'elle haletait, qu'elle pleurait de joie. L'enfante émit un autre son. Alors, Shauna éclata de rire, un rire mouillé de larmes.

« Maintenant tu peux. »

Omar s'avança et sectionna le cordon ombilical. De ses mains expertes, il noua le boyau de chair restant si serré qu'il finirait par se résorber. Je ne pus m'empêcher de penser aux boyaux que, deux à trois fois l'an, je garnissais de sang ou de chair à saucisse.

Nous aidâmes Shauna à rejoindre le lit où nous l'installâmes confortablement, assise contre des coussins. L'enfante n'avait pas tardé à trouver le sein où elle tétait les yeux fermés. Octavio avait atténué la lumière de la chambre, mais l'intensité lumineuse était encore trop forte pour ces pupilles toutes neuves. Une émotion telle que je n'en avais jamais ressenti m'étreignait. Comme le sentiment érotique, il avait autant à voir avec le corps qu'avec l'esprit, mais ce n'était pas de l'érotisme. C'était quelque chose d'autre. Quelques heures plus tôt, il n'y avait pas d'enfante dans cette pièce et maintenant il y en avait une. Je songeai aux multiples objets que j'avais fabriqués jusque-là, mais aucune comparaison ne tenait. Cette nuit, le travail de Shauna et nos travaux pour l'aider avaient abouti à l'existence d'une personne. Trente ans plus tôt, j'avais été cette personne : minuscule, criarde, accrochée au sein d'Héléna. Lukas était peut-être dans la pièce. Je n'en savais rien. Gob aussi. Chacun, chacune d'entre nous. J'avais envie de boire une bière. J'avais envie de fumer un joint. J'avais envie de faire l'amour. J'avais envie de tout ce qui éloignerait de moi pour un moment ce sentiment trop fort que je ne comprenais pas.

Après que j'eus remplacé l'eau de la bassine et rapproché du lit d'autres serviettes propres, au moment où je reculais vers la porte de sortie pour m'éclipser, Shauna leva le regard de l'enfante et me fixa directement.

« Je t'avais dit que c'était une fille. »

Je hochai la tête.

« Elle s'appelle Umi.

— Umi », répétai-je après elle, sans comprendre.

Je sortis et traversai la route pour rejoindre l'autre maison, dans laquelle personne ne dormait à l'exception de Gob et des enfants dont l'écran de cinéma avait fini par avoir raison et qu'on laissait dormir là où ils étaient tombés, en tas sur les canapés ou en boule sur les tapis. Les tables de la cuisine et celle du salon étaient remplies de bouteilles et de verres dans divers états de plénitude. Quand je rentrai, d'un pas un peu solennel, on me tendit d'autorité un verre de vin pétillant et on attendit que j'ouvre la bouche :

« C'est une fille. Elle s'appelle Umi. »

Alors, le salon éclata en applaudissement et en sifflements, voire en vivats, et tant pis pour les enfants qui dormaient, tant pis aussi pour Gob qui était restée dans la chambre. On scanda plusieurs fois le prénom « Umi ! Umi ! Umi ! », sans jamais faire remarquer la ressemblance avec le nom que je portais, qui ne préjugeait de liens d'aucune sorte, à part le remerciement de Shauna pour l'aide apportée. La première tournée fut vite terminée et la suivante ne se fit pas attendre. Quand il n'y eut plus de vin, on ouvrit de gros pots de rhum arrangé à la vanille et l'orange et la fumée de l'herbe s'amoncela contre le plafond. Je me risquai à l'étage, pour tenter de réveiller Gob et la convaincre de faire la fête avec nous autres, mais soit je n'y parvins pas, soit elle simula un sommeil de plomb. Je redescendis bredouille. La fête dura si tard dans la nuit qu'elle débusqua le petit jour. Les enfants finirent par se réveiller. Il fallut s'occuper d'eux, les nourrir, leur annoncer que, pour célébrer la naissance d'Umi – qu'ils ne pouvaient pas voir encore, il fallait laisser Shauna et elle se reposer quelque temps –, il n'y aurait pas classe ce matin-là et qu'ils pouvaient passer toute la journée comme bon leur semblait. De même, les adultes qui allaient travailler hors de Pelagoya resteraient. Les gamins ne se le firent pas dire deux fois et partirent dans toutes les directions, mais ayant grandi à Pelagoya, je savais que tous les chemins menaient à la Lina, probablement en compagnie de Gorgias qui garderait un œil attentif sur toute cette jeunesse.

En vérité, nous étions encore bien trop saouls pour faire quoi que ce soit de plus productif que préparer un petit déjeuner et changer les vêtements trop sales. Ce n'était pas grave. Un travail plus vaste avait été accompli cette nuit, dans la chambre aux rideaux bleu clair tirés de l'autre côté du chemin, que tout celui que nous pourrions produire ce jour-là. Un enfant était né à Pelagoya. Cela méritait bien un jour férié que nous commençâmes de la même façon que la nuit : attablés autour de verres, de jeux et de pipes à herbe. Les places sur les sofas et les fauteuils libérées par les enfants furent vite occupées. Quand l'un ou l'une d'entre elles reviendrait en clamant avoir faim, nous nous préoccuperions du déjeuner.

C'était férié pour tout le monde, sauf pour Gob. Elle descendit vers neuf heures, se servit une large tasse de café et remonta. Je la suivis pour tenter de la convaincre de rester avec nous.

« J'ai du travail, Umo, me répondit-elle sèchement.

— Tu peux bien prendre une journée…

— Je ne *veux* pas prendre une journée.

— Mais Shauna ! Et Umi !

— Je ne vois pas le rapport entre la naissance d'une nourrissonne et mon travail. »

Puis elle referma la porte, l'air vaguement en colère, contre moi, contre l'ivresse grandissante de la maison, du village, et contre Shauna elle-même. De l'autre côté du battant, je l'entendis s'installer au bureau, comme si de rien n'était, comme s'il ne s'était rien passé de particulier, comme si son attitude n'avait rien d'étrange et que c'était au contraire nous tous qui agissions de manière déraisonnable.

La fête continua pourtant toute la journée et encore le lendemain. Par chance, il y eut toujours quelqu'un de suffisamment sobre pour aider les enfants à préparer un déjeuner et un dîner et pour leur donner une heure de retour et de coucher. Les enfants de Pelagoya paraissaient habitués à de pareilles festivités, à l'ivresse des adultes et je me demandai un moment s'il en était déjà de même lorsque j'étais moi-même enfant. La vérité était sans doute que je ne prêtais pas suffisamment attention aux agissements des adultes pour m'en souvenir. Ils s'endormirent sans difficulté, tandis que nous autres entamions une deuxième nuit de beuverie et de fête. Octavio et Omar restaient la majorité du temps auprès de Shauna et d'Umi mais apparaissaient tout de même régulièrement pour boire un verre. Leur réponse aux questions était toujours la même.

« Elles dorment. Tout va bien. »

Je dénichai une guitare et je me risquai à jouer quelques airs, à chanter quelques chansons. Je ne sais pas si c'était grâce à l'alcool ou si j'avais réellement progressé sans m'en rendre compte au fil des ans, mais il me sembla être bien meilleur musicien que dans mes souvenirs.

Le deuxième jour commença comme le premier. Gob se montra à quelques reprises, sans prononcer un mot, pour attraper une tasse de café ou quelque chose à manger. Elle resta toujours insensible aux invitations à rester, à profiter de l'occasion avec le reste d'entre nous.

« L'occasion de quoi ? » répondit-elle sèchement, ce qui lui valut des grimaces qui se transformèrent en éclats de rire quand elle fut remontée dans la chambre.

En vérité, nous étions tellement saouls et nous avions fumé tellement d'herbe que nos actes frôlaient parfois l'incohérence. Pendant ce temps, comme revenait régulièrement nous en assurer Octavio, Shauna et Umi dormaient, les enfants s'étaient éparpillés par monts et par vaux et faisaient de brèves apparitions, crottés, trempés, réclamant qu'on les nourrît ou qu'on les changeât, ce que l'on faisait de bonne grâce. Je commençais à me demander combien de temps durerait la fête. La pluie se mit à tomber au-dehors, ce qui ne ramena pas les enfants au bercail mais leur fit avoir la prévention de sortir munis d'imperméables. Au milieu de l'après-midi, une médecine arriva de Grévi, appelée la veille, pour constater la naissance, la bonne santé de l'enfante et de la mère. Après un rapide examen, elle demanda qui était le géniteur et Octavio lui donna son identifiant personnel, ainsi que celui de Shauna qui s'était déjà rendormie. La doctoresse sortit de sa besace un appareil qui ressemblait à la fois à un terminal et à une imprimante et, quelques instants plus tard, en sortit une carte verte au nom d'Umi.

« Vous collerez une photo dessus quand elle ressemblera à autre chose qu'à n'importe quel bébé, dit-elle d'un ton badin en tendant l'objet à Octavio. Rappelez-moi s'il y a le moindre problème, d'accord ? Avec le train, je suis là en une grosse heure. »

Octavio la remercia et voulut la raccompagner juqu'à la gare. Elle déclina.

« Je m'en voudrais de vous faire rater davantage des festivités. »

Puis elle s'en retourna. Son visage me disait quelque chose mais peut-être l'avais-je seulement consultée quand j'étudiais au secondaire ou bien était-ce l'un des milliers de regards que j'avais déjà croisés en trente années de vie.

Après sa visite, la fête sembla marquer le pas. Les bouteilles se vidaient et l'on se précipitait moins pour les changer ou les remplir. Les enfants revinrent, à la fin de l'averse, heureux d'avoir joué sous la pluie, mais épuisés de deux jours de liberté quasi totale. Je leur préparai une soupe de blettes et d'œufs qu'ils avalèrent goulûment, une fois séchés, avant d'aller s'écrouler au petit bonheur dans toutes les chambres de Pelagoya, quelques-uns insistant tout de même pour dormir sur le sofa. Aucun adulte n'avait la force de les en déloger. Le mouvement circulaire des joints et des pipes ralentit et, quand la nuit tomba, on n'en roula ni n'en remplit plus de nouvelles. On laissa les instruments de musique reposer dans les housses ou contre les murs et le volume sorti des terminaux fut ramené à un minimum. La fatigue commençait à nous prendre. Vers vingt-trois heures, je me levai. Je traversai la route et montai jusqu'à la chambre qu'occupaient Shauna et la nouvelle-née. Elles dormaient, effectivement. Shauna, étendue la tête sur le côté, ronflait doucement. Umi, à plat ventre sur la poitrine de Shauna, bouche grande ouverte, semblait simplement attendre que la faim revînt. Je ne remarquai la forme de Gorgias, étendue au pied du lit, que quand celui-ci émit un grognement endormi qui ressemblait plutôt à un bâillement. De l'autre côté de la pièce, Omar dormait à côté d'une chaise, le dos collé au mur, sans que je sache s'il en avait glissé ou s'il s'était installé par terre directement. Tout ce monde dormait si bien que je n'osai pas faire un bruit qui risquerait de les réveiller. Je m'assis pourtant un moment dans le dernier fauteuil libre, près de la bassine vide et des serviettes encore humides, et je profitai un moment du silence et de l'odeur apaisante de la toilette faite à la mère et à l'enfant. Au bout de quelques minutes, alors que je commençais à m'assoupir moi-même, j'entendis un bruit que je ne reconnus pas tout d'abord. Il me fallut un instant pour comprendre qu'il s'agissait du bâillement et des glapissements de réveil d'Umi. Je battis des paupières. Omar ne bougeait pas. Shauna non plus. Alors, je m'avançai, j'enjambai Gorgias qui ne réagit pas et, après une hésitation, je pris Umi dans les bras, prenant bien garde, comme on me l'avait expliqué une éternité auparavant, de soutenir tant le bassin que la tête. Il y eut un commencement de pleurs, que je parvins à atténuer en collant l'enfante contre ma poitrine où elle chercha, en vain, malheureusement, un sein à téter. À l'odeur, je compris que ses langes devaient aussi être changées. Je l'étendis précautionneusement sur la table, défis la couche du mieux que je pus. Heureusement, une serviette propre et une bassine d'eau savonneuse attendaient. Je nettoyais l'entrejambe, les fesses et les cuisses. Je dus faire quelque chose de bien puisque l'enfante eut un sourire tandis que je terminais ses ablutions et que je nouais les langes de mon mieux. Puis je soulevai la bambine une nouvelle fois et vins la reposer à sa place, contre Shauna. Elle laissa, en partant, un long filet de bave jaunâtre sur le haut de la chemise. Tout cela s'était passé dans un silence quasi total, à l'exception de l'ombre de musique qui venait encore d'en face, comme d'un autre monde. Il y eut un pet. Je pouffai malgré moi. Je ne pouvais dire s'il s'agissait de Gorgias ou de Shauna. La chambre était déjà saturée d'odeurs corporelles. Un peu plus, un peu moins. Je sortis. Je poussai mais ne verrouillai pas la porte, de peur que le simple bruit de la clanche ne dérangeât tout ce profond et mérité sommeil.

La lumière baissait dans la maison où la fête se terminait. Je m'arrêtai un moment au milieu du chemin, saluant chacune et chacun qui s'en allait, plus ou moins droit et plus ou moins vivement, retrouver un lit pour dormir quelques heures avant la reprise, le lendemain, d'une activité normale. Les enfants retrouveraient la classe, les adultes retrouveraient le travail, les cultures, le train jusqu'à Grévi ou ailleurs. Tout le monde aurait la bouche un peu pâteuse et la paupière un peu lourde mais cela ne surprendrait personne. Un enfant était né. La fête avait duré jusqu'à la venue d'un médecin pour constater sa bonne santé et un peu au-delà. Rien que de très normal. Octavio et Shauna passeraient les premiers mois à s'occuper exclusivement de l'enfant, avant de reprendre peu à peu leurs activités. Il n'y avait pas vraiment de règle qui encadrait cela. Rien que de l'habitude, de la coutume. Au bout de trois ou quatre mois à panser un bambin, la plupart des gens avaient hâte de retourner faire autre chose et de dormir des nuits entières. Ils seraient directement responsables de sa bonne santé et le salaire attribué au nourrisson serait versé sur l'une ou l'autre ou leurs deux cartes vertes jusqu'à son troisième anniversaire, âge à partir duquel l'enfant entrerait en classe et serait donc la responsabilité de Pelagoya tout entière. Dans les faits, il était rare que les géniteurs d'un enfant fussent les seuls à le ou la soigner. Dès sa naissance, cette enfante était l'enfante de Pelagoya, l'enfante de la Déclaration d'Antonia, comme nous tous.

Je regardai les lumières s'éteindre dans le village tout entier, rendant les derniers « Bonne nuit Umo » au fur et à mesure qu'ils étaient murmurés. Étrangement, je n'avais pas sommeil du tout. Quand tout le village fut plongé dans l'obscurité, j'entrai dans la maison. Il restait quelques assiettes et quelques déchets sur la table du salon et sur le comptoir de la cuisine. Je jetai les uns, nettoyai et essuyai les autres. Sur le canapé, une forme recroquevillée avait la respiration sifflotante de quelqu'un qui a le nez un peu bouché. Dans l'obscurité, je ne distinguai pas s'il s'agissait d'un enfant ou d'un adulte. Je la ou le couvris d'une couverture jetée en travers d'une chaise.

Au pied de l'escalier, je marquai le pas. Je profitai du silence.

Puis, comme dans un rêve mélangé à un très ancien souvenir, je montai une à une les marches pour émerger au bout du couloir. La chambre qu'occupait Gob était celle du fond. La porte était entrouverte. Elle n'était pas assise au bureau. Je distinguai la forme de ses jambes sous les couvertures. J'avançai, je poussai doucement la porte. Gob ne réagit pas. Je me déshabillai lentement, posant un à un les vêtements sur la chaise au bout du lit. Je ne sais pas pourquoi, j'avais en tête l'air mélancolique du visa d'émigration que racontaient les doigts de Jan Johansson sur les touches de son piano. Nu, je me suis glissé dans le lit. J'ai voulu prendre Gob dans mes bras mais, volontairement ou non, elle s'est retournée en poussant un grognement et s'est éloignée de moi. Alors, j'ai croisé les bras derrière la tête et, yeux grands ouverts, j'ai attendu le sommeil. Qui n'est pas venu.

La question m'empêchait de m'endormir.

La voix de Gob, endormie mais non moins tranchante, a brisé le silence mal à l'aise.

« Pose-la, ta question. »

J'ai soupiré. J'ai pris une longue respiration.

« Pourquoi n'es-tu pas venue faire la fête avec nous ?

— J'avais du travail.

— Tu avais du travail, tu avais du travail… Tu as toujours du travail, ça ne t'empêche pas de t'arrêter de temps en temps.

— Je n'avais pas envie de faire la fête. Je n'allais pas me forcer à faire la fête.

— Ce ne sont que des gens que tu aimes et qui t'aiment. Sans parler de moi.

— Ce n'est pas la question… »

Perdant patience, je la coupai brusquement :

« Quelle est la question alors ?

— Je n'avais pas envie.

— Est-ce que ça a un rapport avec *Ma famille* ? Est-ce que ça a un rapport avec Natacha et Born ? »

Gob se redressa contre l'oreiller. Je sus que j'avais touché juste.

« Tu sais de quoi cela avait l'air ? Tu veux que je te le dise ? Cela donnait l'impression que tu refusais d'être simplement contente pour Shauna et Octavio. Il ne s'agissait pas d'aider à l'accouchement, même pas d'être contente toi-même que tout se soit bien passé, mais juste d'être heureuse qu'ils soient heureux. Ça ne te demandait pas grand effort : venir boire, fumer et chanter avec nous autres. Et non, tu as préféré rester enfermée ici, dans ta tour, dans ton travail.

— Je n'ai manqué à personne en bas...

— Si, à moi tu as manqué ! Et pas qu'à moi ! Il y avait Héléna, il y avait Mouad, et j'en passe. Tous des gens qui te connaissent, qui auraient bien voulu te voir, passer du temps avec toi. Ils m'ont demandé si tout allait bien, si tu *allais* bien, et moi je n'ai pu répondre que ça : " Elle travaille. Quand elle travaille, rien ne peut la déranger. " Bien sûr, personne n'y a cru parce qu'en le disant je ne le pensais pas moi-même. Je me posais la même question ! Qu'est-ce qu'elle peut bien fiche là-haut depuis deux jours, toute seule, alors qu'on est tous en bas et qu'on aimerait la voir ? »

Gob a ouvert la bouche, a retenu une parole, a croisé les bras, a évité mon regard.

« Je n'avais pas envie...

— Pas envie de quoi ? D'être avec nous ?

— Je n'avais pas envie... Je n'avais pas envie que ça te donne des idées, voilà !

— Que ça *me donne des idées* ?

— Je sais que tu aimes beaucoup Shauna, je sais que ce qui vient de se passer est important pour toi, je n'avais pas envie d'y être pour... pour que tu ne ramènes pas ça entre nous.

— Pour que je ne ramène pas *quoi* ? »

Malgré nous le ton était monté. Un éternuement dans la chambre attenante nous fit baisser la voix.

« Les enfants. Je ne voulais pas que tu reviennes avec des idées d'enfant.

— Pourquoi ?

— Parce que je ne veux pas en faire.

— Et si moi j'en ai envie ?

— Eh bien, Umo, si tu en as tant envie, tu es tout à fait libre d'aller jouer ton demi-jeton avec la première personne qui en voudra, que tu la rencontres dans les bois ou au fond d'une cave ! »

L'insulte me coupa le souffle. Je repensai à la petite chose fragile dont Kaze m'avait parlé. Cette fois-ci, nous l'avions bel et bien laissée tomber et, dans l'obscurité, je n'étais pas certain de parvenir à la retrouver avant qu'il n'arrive malheur. Déjà elle devait ramper sous le lit ou par le jour entre la porte et le sol, bientôt inaccessible.

Je tentai de reprendre mon souffle, sous la violence de l'attaque. Gob voulut me prendre la main et souffler quelque excuse, mais je la retirai. Je fixai le mur bleu foncé en face de moi.

« Et le fait de ne pas vouloir d'enfant t'empêche de te réjouir pour les autres, avec les autres ?

— Je ne suis pas très douée pour faire semblant, tu le sais.

— En es-tu certaine ?

— Certaine ?

— Es-tu absolument certaine ?

— Certaine de quoi ?

— Es-tu certaine de ne pas, jamais, en aucun cas, avec aucune personne, faire d'enfant ? »

Elle soupira.

« Oui, Umo. Je suis certaine.

— Et il n'y a rien que je puisse dire ou faire pour que tu changes d'avis ? »

La voix de Gob se fit soudain très distante, très blanche, comme si un spectre venu d'une époque lointaine avait habité son appareil phonatoire.

« Umo, je suis stérile. J'ai demandé à recevoir l'opération pendant la première année de salariat. J'ai été stérilisée. Même si je voulais, je ne pourrais pas avoir d'enfant.

— Et... »

Je cherchai un moment quelque chose à répondre à cela sans le trouver.

« Et tu n'as jamais pensé à me le dire ? »

Le ton de ma voix devait être agressif puisque Gob répondit sur le même.

« Tu ne m'as jamais posé la question !

— Mais... Pourquoi ?

— Ça ne te regarde pas, *pourquoi* ! Je suis libre faire ce que je veux ou pas de mon corps.

— Ce n'est pas ce que je veux dire !

— Si, c'est exactement ce que tu veux dire ! Parce qu'il y a une partie de toi, depuis toujours - oh, une petite partie, pas très grosse, mais présente quand même -, qui se disait qu'un jour, peut-être, il pourrait être agréable d'avoir un enfant avec moi, de pouponner pendant deux ou trois ans avant de laisser partir l'enfante à l'école et de faire comme si nous n'avions plus aucun lien ! Eh bien non, j'ai déjà répondu à la question, j'avais répondu à la question à Pelagoya, à Grévi et j'ai fait le nécessaire dès que j'en ai eu le droit. Alors voilà pourquoi je préfère rester travailler pendant que vous faites la fête pour une enfante qui subira peut-être le même sort que j'ai subi, si elle s'attache un tout petit peu trop à Shauna ou à Octavio. Je ne trouve absolument rien de joyeux dans cette perspective. Excuse-moi ! »

Sans que je m'en rende compte, ma jambe droite avait quitté le lit et mon pied s'était posé sur le sol. Ce faisant, j'entendis un bruit de bris, de bris presque irréparable.

Si Gob n'avait pas repris la parole, peut-être serais-je resté. Il n'y avait absolument aucune émotion dans sa voix, ce qui était encore pire que tout.

« Sois honnête, Umo. Ça fait déjà un moment que tu cherches à partir, à aller voir ailleurs. Tu en as besoin. Je ne veux pas te retenir. Tu avais besoin d'une raison : elle est toute trouvée. Va-t-en. Bon vent. À bientôt j'espère ! »

Un long moment, je ne bougeai pas. Je ne sais pas si elle avait raison. Peut-être avait-elle tort. Peut-être ne voulais-je pas déjà partir. Peut-être sa propre évocation de mon départ en fut-elle la cause, comme souvent. J'ai décidé qu'en tout cas je ne pouvais décidément pas dormir dans ce lit. J'ai fait le premier pas. Je me suis relevé. Dans mon dos, Gob n'a rien dit. J'ai fait le deuxième pas. Je me suis rhabillé. Le troisième. J'ai attrapé le sac à dos contenant l'essentiel des affaires que j'avais emportées avec moi, les cartes bleue et verte, le baladeur, le casque, un itinéraire et horaire ferroviaire. Je l'ai jeté sur mon épaule droite. À ce moment-là encore, peut-être, si Gob avait dit quelque chose, prononcé le mot le plus anodin, je me serais retourné et je serais resté. Mais sa décision, celle-ci comme l'autre, était prise. Alors, elle n'a rien dit. Elle a gardé le silence le plus total. J'ai fait mon choix.

J'ai ouvert la porte et je suis sorti. J'ai passé les quelques heures de nuit restantes à fumer un reste d'herbe sur les quais de la gare de Pelagoya puis je suis monté dans le premier train vers l'ouest, destination peu-importe. Contrairement à la fois précédente, il n'y avait personne pour me souhaiter un bon voyage. Sur le quai comme dans la rame, j'étais seul. J'étais parti.

On ne peut jamais partir que seul.

Novembre

Je ne voulais pas retourner vers l'est. Je caressais un moment l'idée d'aller me perdre à Ville-Creuse ou ailleurs, loin de tout et de toutes celles que je connaissais. Quelques années plus tôt, je l'aurais peut-être fait - comme j'étais allé marcher le long de la côte - mais je n'étais plus la même personne. Je partis donc pour l'Ouest. Je ne m'arrêtai pas à Télégie. J'y abandonnai toutes les affaires qui occupaient l'appartement. Je ne gardai que le contenu du sac à dos sur mes épaules. Assis dans le même wagon, je suivis le tracé des rails alors qu'ils s'incurvaient en direction du nord. Ils ne pouvaient avoir qu'une seule destination.

C'est ainsi que je suis arrivé à Antonia. J'y étais déjà venu bien sûr, avec Kaze et son groupe, mais je n'avais pas vu grand-chose de la ville, dans l'hébétude endormie du long voyage : la gare centrale, un tramway, une salle de concert, une chambre d'hôtel. C'était donc la première fois que je voyais réellement Antonia. La première journée ressembla quelque peu à celle que j'avais passée à Iliat, toutes ces années auparavant, à la différence tout de même qu'il n'y avait pas de Merlin pour m'accueillir. Du fait de sa construction post-Déclaration, la ville ne ressemblait à aucune autre. Les constructeurs d'Antonia n'avaient pas eu à faire de compromis avec l'architecture ancienne, comme à Iliat. Il n'y avait pas de projet de la commune pour restaurer des logements défectueux, insalubres. En réalité, Antonia ressemblait moins à une ville qu'à un agglomérat de petits villages, reliés les uns aux autres par les lignes de tramway et un fin treillis de sentiers et de voies cyclables. Les immeubles étaient rassemblés en quartiers qui, considérant la forme globalement circulaire d'Antonia, n'usurpaient pas ce nom. Chaque quartier était constitué de trois ou quatre bâtiments, rarement plus, entourant une école et parfois un secondaire. Le sol était couvert d'une herbe épaisse si bien qu'on pouvait presque circuler à Antonia pieds nus de part en part. La majorité des toits, plats, étaient couverts de potagers et, dans quelques cas même, d'arbres fruitiers. Les portes des poulaillers et des porcheries ne paraissaient jamais réussir à rester fermées. Les poules et les porcs, parfois les vaches, tout comme les chiens et les chats, circulaient plutôt librement. De hauts ormes, certainement transplantés depuis d'anciennes routes, bordaient et ombrageaient les voies les plus larges et les rails du tramway. Si la ville avait cette forme de spirale et ce caractère si particulier, c'était en partie pour respecter les prescriptions de la Déclaration mais aussi par nécessité. La ville occupait en effet une cuvette circulaire, entourée de trois côtés de hautes montagnes boisées, où les Antoniens partaient régulièrement en randonnée mais dont les pentes, appris-je bientôt, étaient en général trop raides pour permettre le pâturage des moutons. Les promeneurs discrets pouvaient toutefois y observer des chèvres revenues à l'état sauvage et les quelques prédateurs qui se risquaient jusque-là depuis la zone rendue toute proche : des loups, des renards, rarement un ours ou deux. La chasse, comme partout ailleurs, était évidemment prohibée mais rien n'interdisait, trouvant une carcasse en bon état et pas trop attaquée, de la descendre avec soi jusqu'à Antonia pour la préparer. La viande finissait le plus souvent en civet très cuit pour tuer les éventuels microbes. C'était un repas de fête, d'anniversaire, de nouvelle année ou simplement quelque chose de lourd et de chaud pour les soirées d'hiver.

Ces formations géologiques singulières étaient appelées « le Peigne », ou « l'Harmonica ». En effet, plusieurs profondes et étroites entailles étaient tracées dans le mur de roche. Le vent d'ouest s'engouffrait à travers elles, en particulier le matin et le soir, accompagnant le rythme des marées de la mer assez lointaine, et jouait d'étranges notes tenues et fluctuantes. Les tentatives de les enregistrer et d'en établir le répertoire étaient régulières mais toutes vouées à l'échec. Il y avait trop de variables dans la musique du Peigne : la saison, la végétation, la pression atmosphérique, la chaleur dégagée par Antonia elle-même. Les musiciens antoniens en avaient pris leur parti et il n'était pas rare qu'ils intègrent le son de la montagne dans des spectacles durant lesquels ils improvisaient avec l'Harmonica, faisant parfois de drôles de grimaces quand le vent leur proposait une note inattendue ou incongrue. Il se vendait tout de même quelques disques, principalement aux voyageurs qui voulaient emporter avec eux une approximation aussi précise que possible de ces sons de cors et de bassons, tout comme il y avait des gens pour acheter des enregistrements de chants de baleine ou du mouvement faussement régulier du ressac sur une plage de sable et de galets. Au bout de quelques semaines à Antonia, on n'entendait même plus le Peigne, à moins d'y prêter volontairement attention. Si la ville me déstabilisa tout d'abord, elle ne tarda pas à me plaire. Il n'y avait rien d'étonnant à cela. Elle n'était au fond qu'une version plus vaste de Pelagoya. Non, plus précisément : c'était mille, deux mille Pelagoya assemblées, unies par je ne sais quel sentiment *d'appartenance.* J'appris plus tard que les premiers habitants d'Antonia étaient les mêmes que celles et ceux qui en avaient construit les maisons, les infrastructures et une partie non négligeable de la force de travail était consacrée, comme je l'avais fait à Télégie, à son entretien. Malgré tout, malgré la Déclaration, rien n'avait pu empêcher ces premiers bâtisseurs de contempler leur travail et décider qu'ils en étaient fiers et qu'il leur appartenait.

Cette possession, bien compréhensible sans doute, s'était avec les années faite plus légère, plus diffuse, comme un parfum étrange dans l'air, quand les enfants avaient remplacé les géniteurs et quand d'autres qu'eux, parfaitement égaux et égales en propriété d'usage de leur logement, étaient venus vivre là. Dans un subtil effet de miroir, les habitants d'Antonia étaient tels à cause d'Antonia, et la ville leur ressemblait. Il y avait, c'est vrai, une indolence particulière, un peu hautaine parfois, chez les personnes nées et élevées à Antonia qui voyaient arriver les voyageurs ou ceux qui voulaient rester. La ville avait son importance politique et administrative : elle abritait, dans sa spirale l'Assemblée législative, la Caisse générale des salaires, coordonnante à défaut de les superviser réellement toutes les caisses locales. Quiconque résidait à Antonia au-delà d'un an commençait d'ailleurs à percevoir le salaire directement de la Caisse générale. Il n'y avait pas de caisse locale ici.

Les gens n'en étaient pas moins souriantes, promptes à m'indiquer une direction. Les chats venaient me ronronner dans les jambes et des chiens de toutes tailles me suivaient quelques mètres dans l'espoir d'une caresse ou, mieux, d'une friandise que je leur aurais offerte avec plaisir si mes poches n'avaient pas été vides. Comme à Iliat, des cartes étaient accrochées dans chaque quartier, mais je les regardais à peine. Je me laissai aller, couler le long de la spirale, m'arrêtant au comptoir d'une échoppe pour déjeuner d'une assiette de riz et de haricots rouges. Je finis par découvrir fortuitement la rive encaissée d'une rivière que de lointains souvenirs de géographie m'indiquaient être la Micha, qui prenait sa source dans la zone rendue. Elle entrait dans Antonia par l'une des dents du Peigne (qu'elle avait sans doute creusée elle-même) et la parcourait d'est en ouest pour former, deux-cents kilomètres plus loin, un estuaire. Par rapport à l'Aurauri, ce n'était pas un cours d'eau bien large ni bien profond mais cela n'empêchait pas des barques, des barges et des gabarres de la remonter et de la descendre, tandis que des bacs permettaient de traverser à celles et ceux qu'un peu de nage dans l'eau froide décourageait. Les berges étaient étroites, occupées comme partout ailleurs par des voies cyclables et des sentiers. En descendant la Micha, je découvris par hasard les entrepôts logistiques communaux et j'hésitai un instant à m'y proposer pour travailler. Je me détournai finalement. Je n'avais pas envie de recommencer. D'ailleurs, l'errance solitaire dans une ville inconnue elle-même semblait avoir perdu de son attrait. Au croisement des deux lignes principales de tramway, l'une traversant la ville du nord au sud et l'autre d'est en ouest, alors que toute la vie d'Antonia me contournait de son pas indolent et souriant, quoiqu'au fond indifférent, je compris soudainement que je n'avais pas envie d'être seul.

Cela ne faisait, après tout, que quelques heures que j'avais quitté Gob. Je n'avais pas besoin de vérifier le terminal dans le sac à dos pour savoir qu'elle ne cherchait pas ni ne chercherait à me contacter. Je m'assis sur un banc, ombragé du soleil froid par un prunier dénudé, et je tirai tout de même l'appareil du sac. Si je comptais rester là quelque temps, il n'y avait qu'une seule personne que je pouvais contacter. Livia mit quelque temps à répondre et le ton de sa voix, bien que ravi, fut d'abord surpris.

« Umo ? Qu'est-ce que tu fais à Antonia ?

— Je suis parti », donnai-je pour toute explication.

Il y eut un instant de silence de l'autre côté de la ligne.

« Je suis aux archives jusqu'à dix-neuf heures. Peux-tu me retrouver place de la Créature vers quinze ? »

J'acquiesçai, n'ayant pas la moindre idée de l'endroit où se situait cette Créature, ni ce qu'elle était. J'avais toute l'après-midi pour trouver.

« Parfait ! À tout à l'heure alors ! »

Livia raccrocha. J'étais encore seul pour quelques heures. Je ne regardai pas tout de suite où se trouvait la place de la Créature. Je m'éloignai un peu des voies de tramway et je trouvai une étendue herbeuse sur laquelle je fis une longue sieste, vieille habitude d'Iliat.

Au réveil, l'après-midi était bien avancée et j'avais sur la joue la marque de brins d'herbe plus rigides que les autres et même celle d'un pissenlit tardif, ce qui me valut quelques regards amusés le temps qu'elles se dissipent. Je partis à la recherche de la fameuse place de la Créature, sans m'aider du terminal, mais seulement des cartes installées un peu partout. Il me fallut plus d'une heure pour y arriver, par un trajet serpentant entre les quartiers et les voies qui les contournaient. Plusieurs fois j'aperçus des bicyclettes posées contre les murs et j'hésitai à en prendre une mais, ne connaissant pas les règles du lieu concernant les moyens de transport individuel, je m'abstins. J'appris plus tard que les vélos circulaient librement dans Antonia, chacun abandonnant celui qu'il utilisait près de la destination, de préférence à l'abri d'intempéries éventuelles. Tout comme il m'avait fallu plusieurs mois pour me faire aux coutumes sociales et festives d'Iliat, quelques semaines me seraient nécessaires pour apprendre les grandes lignes de l'étiquette antonienne.

La place de la Créature était une des rares esplanades d'Antonia. Elle était bordée d'une multitude de bars et de restaurants aux enseignes toutes plus chamarrées les unes que les autres et abritée par une pommeraie plantée en rangées parallèles. Entre les arbres, la place était constellée de tables de toutes tailles et de toutes formes : des rondes, pour accueillir deux ou trois personnes, des rectangulaires pour s'attabler en groupe, des minuscules qui ressemblaient à des bureaux pour y venir travailler ou simplement manger et boire tout seul. Des serveurs et des serveuses circulaient entre tout cela, pieds nus sur la pelouse pour les plus courageux. Cependant, pour le nouveau venu que j'étais, l'attraction principale n'était ni le verger ni les cafés mais bel et bien la Créature. Déjà à l'époque, elle était plus haute que les pommiers. Elle finirait par atteindre les toits des immeubles environnants. La Créature était, sinon l'emblème, tout au moins la mascotte d'Antonia. Elle ne ressemblait à aucun être vivant, aucun animal connu. Seuls des historiens comme Livia se souvenaient de sa créatrice originelle, dont le nom était inscrit sur une plaque depuis longtemps recouverte. Ce n'était pas une statue. Elle tenait plus de l'arbre, qu'il fallait tailler, accompagner dans sa croissance pour l'empêcher de basculer. Chacun et chacune pouvait venir agrandir la Créature, étendre ses membres, lui en ajouter de nouveaux, ou bien simplement la décorer. Au fil des années, si l'on pouvait deviner, ou imaginer, une ombre originelle de silhouette presque humanoïde, elle avait crû dans toutes les directions et de toutes les couleurs. Si quelqu'un lui dessinait un visage ou lui déposait un masque, il se passait peu de temps avant qu'il ne fût recouvert et transformé en nouvel appendice. Quelques semaines plus tard, une face de plus apparaissait, et ainsi de suite. Les Antoniens la vêtaient, par saison, lui ajoutaient des accessoires. Du lierre et d'autres plantes grimpantes l'escaladaient, fleurissaient au printemps, se desséchaient et mouraient annuellement. La Créature poussait, libre et sans limites, laide et monstrueuse et pourtant attirante, comme un fétiche, un bouc-émissaire, incarnation perpétuelle de toutes les tendances auxquelles la Déclaration d'Antonia avait voulu mettre fin. Régulièrement, quelqu'un soumettait au conseil communal l'idée de la brûler, une fois l'an. Ces propositions ne recueillaient jamais grand soutien. La Créature avait plus de valeur telle quelle, infinie et disgracieuse, qu'en souffre-douleur périodique, sans cesse détruite et sans cesse reconstruite. Elle ne ressemblait à rien, rien dans Antonia, rien dans le pays, elle n'était même pas vraiment agréable à regarder, et c'était très bien comme cela.

Absorbé dans la contemplation de la place, je ne sentis pas la silhouette de Livia qui s'approcha de moi par-derrière et posa la main sur mon épaule droite. Reconnaissant son toucher, je ne sursautai pas. Je me retournai vers elle, en lui offrant le sourire le plus convainquant dont j'étais capable. Elle sourit, elle, véritablement et pencha la tête sur le côté d'un air interrogateur.

« Gob ? »

Je secouai la tête.

« Non. C'est moi. »

Livia écarquilla les yeux.

« Ça, c'est nouveau. »

Je hochai la tête.

Livia tendit le bras, désignante une table. Nous nous sommes installés. Quelques secondes plus tard, sans nous laisser le temps de commencer à parler, un serveur aux pieds nus surgissait. J'ai laissé Livia commander une bouteille de vin rouge et des tapas. La boisson et la nourriture m'étaient, à vrai dire, indifférentes. Nous sommes restés silencieux jusqu'à l'arrivée de la commande, jusqu'à prendre une première bouchée de pain à l'ail et de tapenade et une première gorgée du capiteux vin des pentes du Peigne. Puis Livia a dit :

« Alors ? Raconte. »

Alors, je lui ai tout dit. Cela a bien dû prendre une heure. Je lui ai raconté les jurys, la Nuit Blanche, Imogen, les *Contes*, l'incident de la lectrice, Pelagoya, Shauna, la naissance d'Umi, la stérilité de Gob, son invitation à partir et mon départ.

« Il me semble à moi qu'elle a eu ce qu'elle voulait, au fond », dit Livia d'un ton froid quand j'eus terminé.

À ces paroles, quelque chose se déchira pour de bon en moi, qui ne tenait depuis mon départ de Pelagoya que par quelques derniers fils. Gob m'avait-elle poussé à partir ? Mais pour quelle raison ?

Je mordis dans un poivron pour ne pas me mordre la langue.

« Et maintenant ? a repris Livia. Qu'est-ce que tu vas faire ? »

J'ai haussé les épaules. Je n'en avais pas la moindre idée. Dans mon dos, j'entendis un cri, des rires. Des enfants avaient tenté d'escalader la Créature pour lui ajouter un chapeau et un grand collier. Visiblement, ils étaient tombés, sans gravité. Des camarades les aidaient à se relever. Je les observais un instant. Ils avaient l'âge de terminer le secondaire. Ils étaient peut-être dans la première année de salariat. Que faisaient-ils, eux ?

La bouteille de vin était vide. Nous en avons commandé une deuxième que nous avons emportée avec nous, ainsi que deux verres, contre la promesse de les ramener sous peu. Silencieux, j'ai suivi Livia jusqu'à un coin isolé des rives de la Micha, un carré d'herbe entre deux buissons aux feuilles vertes et grasses qui devaient fleurir au printemps et en été. Nous avons continué à boire tandis que Livia me racontait son travail du moment. Elle achevait un doctorat, continuait depuis la construction du musée d'Ast d'étudier les infrastructures énergétiques pré-Déclaration, donnait parfois des cours à l'université d'Antonia ou dans des secondaires.

« Je n'aime pas vraiment ça, admit-elle, je préfère les archives, mais c'est ce qu'on attend de moi. Pour obtenir le doctorat, je dois être capable de transmettre un minimum. »

Chose étonnante à Antonia pour une personne de notre âge, elle occupait seule un appartement. La plupart des Antoniens vivaient à plusieurs, qu'ils s'occupent d'enfants ou non.

« On me pardonne cette bizarrerie parce que je fais de la recherche, ce qui semble à tout le monde suffisamment étrange déjà. C'est cohérent avec le personnage. »

Elle ne vivait pourtant pas une vie de solitude. Des amants et des amantes allaient et venaient et elle sortait beaucoup, avec des camarades de l'université ou d'autres amis, rencontrés ici ou là. Ulf apparaissait, disparaissait. Nous n'en avons pas beaucoup parlé, ce soir-là. Livia n'en avait visiblement pas envie. Quand la seconde bouteille a été vide, nous sommes allés prendre un dernier verre dans un café du quartier des Étourneaux, où vivait Livia, à quelques minutes en vélo de l'université. Le dernier verre s'est transformé en plusieurs et, sous l'effet du rhum, nous avons titubé jusqu'à l'appartement. Livia a réussi à déplier le canapé-lit dans le salon et à trouver une couverture. Ensuite, elle s'est effondrée sur le lit dans la chambre et moi sur le canapé. À peine avais-je fermé les yeux que je dormais profondément, du sommeil, sinon du juste, tout au moins de l'ivre.

J'ai habité quelque temps avec Livia. Ma présence ne semblait pas la déranger. Je prenais soin de ne pas entraver ses habitudes. Au contraire, elle ne manquait jamais une occasion de m'entraîner avec elle au-dehors, me faisait visiter Antonia, ses avenues circulaires et ses rues rayonnantes. Certains soirs, lorsqu'elle avait besoin d'intimité, je disparaissais sans qu'elle ait besoin de me le demander. J'avais trouvé un cinéma dont les projections duraient toute la nuit. Je vis de nombreux films pendant cette période, plus que depuis Iliat et ma relation avec Budur. Je mentirais si je disais que je les vis tous d'un œil attentif, voire simplement en entier. Les sièges, visiblement très anciens, étaient surtout très confortables et la pénombre était accueillante. Je m'endormais et le film continuait dans mes rêves, mon subconscient tramant des intrigues souvent fort différentes de celles projetées sur l'écran. À mon réveil, il me fallait plusieurs minutes pour recoller les morceaux. Je passais ainsi des nuits fragmentaires, bercées d'histoires, de mouvement et de couleurs, dans un brouillard de noms, de voix enregistrées et de ronflements de rares voisins de siège. Le personnel de la salle de cinéma finit par bien me connaître et m'offrir souvent le café au petit matin. Il s'avéra qu'ils cherchaient un camarade en plus pour nettoyer la salle durant la journée. Ils me proposèrent la place et j'acceptai. Toute manière de m'occuper les mains était bonne. Le lendemain de mon arrivée à Antonia, encore allongé sur le canapé, la tête alourdie par l'alcool que je ne supportais décidément plus aussi bien que quelque temps auparavant, j'avais appelé la commune de Télégie pour leur annoncer que je ne reviendrais pas. Mon interlocutrice n'eut l'air ni surprise ni contrariée. D'un ton enjoué, elle me souhaita même bon vent. Si j'avais ressenti de la culpabilité à déserter le poste, elle s'évapora immédiatement. Il était rassurant, confortable même, de ne pas être indispensable. J'aspirais, je lessivais le sol et la moquette des sièges, ne pensant à rien d'autre qu'à l'instant présent, qu'au travail en cours et bientôt terminé, à la rigueur aux vagues souvenirs des films de la nuit si je n'avais pas dormi à l'appartement. Je travaillais consciencieusement, rigoureusement.

À plusieurs reprises, Livia me présenta des femmes de sa connaissance, dans l'idée quasi explicite que nous apprenions à nous connaître plus intimement, mais cela ne m'intéressait pas. Je semblais de nouveau avoir perdu toute libido. Chez certaines personnes, le sexe est une manière de faire passer le malaise. J'avais la confirmation que je n'en faisais pas partie. La sexualité était pour moi une chose joyeuse. Dans la brume de films et de mauvais sommeil où j'évoluais, je n'en avais tout simplement pas envie. Je repoussai les avances de ces inconnues le plus poliment et agréablement possible. Un soir, tard, je dormais sur le canapé quand Livia rentra, visiblement ivre. Sa démarche suffit à me réveiller et elle voulut m'entraîner dans la chambre. Riant un peu jaune, constatant qu'elle ne me laisserait pas tranquille tant que je ne me serais pas levé à sa suite, je la laissai me tirer par la main jusqu'au lit où elle se laissa tomber sur le dos. Elle tira encore sur ma main pour m'y faire basculer.

« Allez, Umo ! marmonnait-elle. Comme à Grévi ! »

Cet appel au passé lointain du secondaire me fit rire pour de bon et je fus tenté un instant de me glisser sous les draps avec elle. Je lâchai pourtant sa main, malgré ses protestations. Elle roula sur le côté.

« Pff ! Tant pis pour toi ! 'sais pas 'que tu rates… »

Quand je fus certain qu'elle dormait – les ronflements étaient un bon indice –, je la bordai soigneusement avant de m'en retourner au canapé. C'était l'hiver. Les nuits étaient froides.

Le lendemain matin, devant une troisième tasse de café, Livia ne fit qu'un simple commentaire :

« Si je n'avais pas été aussi bourrée, ç'aurait été un des râteaux les plus humiliants de ma vie. Heureusement, j'étais bourrée. »

Ces premières semaines à Antonia furent, tout bien considéré, plutôt agréables. Cependant, je ne pris guère le temps de visiter la ville dans son ensemble. Si elle avait la forme d'une galaxie, enroulée sur elle-même, constituée de quartiers de forme circulaire ou ovoïde, j'étais comme un voyageur spatial incapable de dépasser les limites du système stellaire dans lequel il était né. Je ne m'éloignais pas beaucoup de l'appartement et j'y revenais toujours, comme si une force m'y rattachait. Je dus cependant faire des achats : les quelques vêtements avec lesquels j'étais parti de Télégie ne me protégeaient pas contre la fraîcheur de l'hiver qui débutait. En parcourant les courts rayons du magasin conventionné, je ne pus m'empêcher de songer aux habits qui restaient dans les placards de l'appartement de Télégie. Qu'est-ce que Gob en avait fait ? Qu'est-ce que Gob faisait ? Je coupai court à ce fil de pensée et je choisis le premier modèle à ma taille, sans presque en regarder la forme ou la couleur.

Certains soirs, j'accompagnais Livia jusqu'à l'université pour assister à des cours ou à des conférences. La plupart du temps, elles portaient sur des sujets historiques, mais pas seulement. Les intervenants étaient de tous âges, la plupart titulaires d'un doctorat dans le domaine en question. Leurs interventions attiraient un public varié et régulier et il ne me fallut pas longtemps pour reconnaître, soir après soir, des visages et des voix quand un habitué prenait la parole pour poser une question, sans lever la main au préalable mais également sans couper la parole au locuteur invité. Comme les cours que j'avais suivis à Iliat, ces moments avaient une forme assez libre et il n'était pas rare que le sujet dérive au fil des questions et des sollicitations. Chacun parlait quand il le voulait, ce qui impliquait de la part de l'audience une écoute extrêmement attentive. Les digressions n'étaient donc pas rares. Un cours sur les pratiques agricoles et l'agronomie médiévale pouvait dériver jusqu'à aborder un thème aussi lointain que l'organisation matérielle des communautés autarciques durant le Siècle des camps ou les registres généalogiques au moment pré-capitaliste. Aucun sujet, aucun thème n'était séparé hermétiquement de tous les autres et aucun des conférenciers n'avait peur, après une question inattendue, de répondre simplement « Je ne sais pas ». Je ressortais de ces séances la tête pleine de noms, de dates, de lieux et de concepts dont j'avais oublié la majorité le lendemain matin, mais il me semblait tout de même qu'une partie de cet océan de connaissances s'infiltrait pour de bon en moi et commençait d'infuser lentement. Quel en serait le résultat final ? Impossible de le dire. Sans doute n'y avait-il pas de but, pas d'objectif à tout cet apprentissage en apparence superficiel. Si je prenais seulement plaisir à écouter les paroles de femmes et d'hommes plus érudits que moi dans une multitude de domaines, sans en attendre de résultat, il n'en allait pas de même pour Livia. Elle ne sortait jamais sans plusieurs carnets (et, bien malgré moi, cette habitude me rappelait Gob) qu'elle noircissait de notes au fil des prises de paroles. Son écriture montait et descendait, balançait de gauche à droite au fil des mots prononcés, traçant les lacets de ces conversations sinueuses qui, si elles avaient un point de départ, paraissaient ne jamais atteindre la destination prévue. Un soir, après une discussion particulièrement chaotique, je demandai à Livia comment elle s'y retrouvait et elle me répondit en souriant :

« Je suis le courant, tout simplement. C'est cela étudier : un fleuve qui ne s'arrête jamais et mène toujours à des rives inattendues.

— Mais il doit bien falloir organiser tout cela, après.

— Ça, c'est le travail des rédacteurs de manuels et de dictionnaires. Mon travail à moi c'est de me laisser porter et de tout garder en mémoire.

— Ma mémoire n'est pas assez grande pour garder même la moitié de tout ce qui a été dit ce soir..., fis-je, à voix basse.

— La mémoire ça s'entraîne et puis... »

Elle leva son carnet juste devant mon nez.

« ... pourquoi crois-tu que je prends des notes ? »

Je me souviens tout particulièrement d'une oratrice prénommée Malika, premièrement à cause du sujet qu'elle venait aborder, deuxièmement parce qu'elle vint parler plusieurs fois en seulement quatre semaines. Elle préparait comme Livia un travail doctoral et ces conférences du soir étaient selon elle un bon moyen de mettre à l'épreuve les théories et les résultats intermédiaires de la recherche qu'elle menait.

« La question que je me pose, disait Malika, - et je ne crois pas être la seule à me la poser - est la suivante : comment les contemporains du Siècle des camps ont-ils pu accepter ? »

À ces mots, un silence peu habituel était tombé sur l'auditorium. Le Siècle des camps était toujours un sujet sensible, qui suscitait généralement plus de gêne que de débat contradictoire. Malika continua, le regard penché sur une feuille de papier :

« Comment, sur une période de cent ans pour l'estimation courte et jusqu'à deux-cents en estimation longue, des êtres humains ont-ils pu accepter que de telles maltraitances soient infligées à d'autres êtres humains, à des dizaines de millions d'êtres humains ? Comment ont-il pu accepter, voire, dans certains cas, y prendre une part active ? Dans le premier cas, quelles étaient leurs justifications ? Dans le second, quels étaient leurs motifs ? Quand je dis "comment ont-ils pu", comprenez bien que je ne veux pas juger, d'un point de vue moral, les hommes et les femmes de ce temps, qui nous semblent très lointaines alors qu'elles restent chronologiquement très proche. Ce que je cherche à faire, c'est justement les *comprendre*, examiner les conditions matérielles qui ont conduit à ces maltraitances, à ces crimes.

— Ils étaient fous, intervint quelqu'un dans le fond de la salle.

— Pour ce que j'ai pu observer des archives médicales, répondit Malika, il me semble que l'hypothèse de la psychose généralisée n'est pas valide. Qui plus est, organiser la réclusion de milliers de personnes sur un terrain vague de trois kilomètres carrés entouré de barrières métalliques me paraît relever d'une logique très rationnelle.

— Pardon, reprit la personne du fond, je me suis mal exprimé. Ce que je voulais dire c'est qu'ils étaient propriétaristes, capitalistes. C'est cette idéologie qui les a conduits à de tels agissements.

— On ne peut pas tout expliquer par l'idéologie ! » protesta quelqu'un d'autre.

Malika reprit la parole.

« Si vous le voulez bien, il faudrait définir ce que c'est que l'idéologie. Althusser, un philosophe contemporain du Siècle des camps, proposait qu'une idéologie n'était rien d'autre que le rapport imaginaire des hommes et des femmes aux conditions matérielles de leur existence. Autrement dit, il s'agissait d'un système de pensée, une "pensée cadre" conditionnante toutes les actions matérielles, parfois inconsciemment. Selon cette définition, en effet, l'idéologie dominante du Siècle des camps était le propriétarisme et sa forme particulière que l'on nommait "capitalisme". Si l'on accepte cette prémisse, il faut alors nous demander en quoi ces idéologies influaient sur les pratiques d'encampement, de concentration, voire d'extermination.

— Mais tous n'étaient pas propriétaristes ! Il y avait des penseurs et des penseuses anti-propriétaristes. La Déclaration ne s'est pas faite toute seule !

— Oui : Asieo Odo, Marx, Lowy, Ibn Hasam ! »

Cette énumération déclencha une série d'exclamations appréciatives dans les rangs. Malika hocha la tête.

« Il n'est pas ici question de contester le fait - attesté puisque leurs textes nous sont parvenus, relativement intacts - qu'il y ait eu des résistances, conceptuelles comme matérielles. Cependant, il nous faut aussi faire le constat que ces forces, physiques et intellectuelles, étaient minoritaires. Elles étaient dominées. Cette idéologie-là était plus faible durant le Siècle des camps, dans l'esprit des acteurs, car ses tenants étaient plus faibles matériellement. Dans ce contexte, il faudrait dire qu'ils n'étaient pas propriétaires, ce qui faisait toute la différence.

— Mais la Déclaration d'Antonia alors ?

— Effectivement, il est paradoxal de constater qu'à l'issue du Siècle des camps, la période la plus violemment propriétariste attestée dans l'histoire de l'humanité, ont eu lieu la rédaction puis la mise en œuvre d'un texte qui y est fondamentale opposé, explicitement contraire. Les historiens de la philosophie et de la littérature notent, tout au long du Siècle, un accroissement de la production intellectuelle que l'on pourrait rétrospectivement (et un peu abusivement) qualifier d'" antonienne ". Sans doute la radicalisation du propriétarisme en conjonction avec les bouleversements climatiques a-t-elle contribué à l'accroissement de sa propre contestation. Ce processus de basculement d'une idéologie majoritaire à une autre n'est d'ailleurs pas circonscrit au Siècle des camps. Il le précède, parfois largement, comme le montrent les dates de publication de certains textes, et il se trouve des sociologues pour défendre l'idée qu'il n'est pas entièrement achevé.

— Comment ça ?

— Ce que je veux dire, c'est qu'il est possible, probable même, que des éléments de pratiques propriétaristes subsistent dans le corps social. Armin, un chercheur d'Arkadia, a montré du doigt le désir reproducteur, biologique ou symbolique, par exemple. Ces subsistances propriétaristes sont actuellement dominées dans le champ idéologique mais elles portent le potentiel de résistances nouvelles.

— Je ne comprends pas..., murmura quelqu'une.

— Pardon ?

— Elle dit qu'elle ne comprend pas !

— Je vais reformuler. La Déclaration d'Antonia, en tant que texte législatif et support de l'idéologie majoritaire, n'est pas une armure complète contre le propriétarisme. Il est tout à fait possible, dans le temps long historique, que celui-ci revienne en position de force à un moment ou à un autre. Après tout, il a déjà accompli ce chemin par le passé quand sa forme " capitalisme " a supplanté sa forme “féodalisme”, pour être extrêmement sommaire. Ce que je veux dire, c’est que la Déclaration d’Antonia et ses principes pourront avoir besoin et ont peut-être déjà besoin d’être défendus... »

Malika marqua une pause, le regard lointain. L’auditoire resta silencieux. Je jetai un coup d’œil au calepin de Livia, dont plusieurs pages étaient déjà noircies, remplies de caractères gras, soulignés, raturés, et de flèches en tous sens. Moi qui venais d’entendre les propos tenus, je n’y comprenais rien, d’autant que Livia écrivait sans quitter Malika du regard. Celle-ci cligna des yeux, parut se rappeler de l’endroit où elle était et de ce qu’elle y faisait.

« Mais nous nous éloignons de la question initiale, reprit-elle. Pour ne pas rester coincés dans des considérations sur l’idéologie, il faudrait la reformuler ainsi : quelles étaient les structures et les conditions matérielles qui agissaient sur, poussaient les êtres humains du Siècle des camps à consentir à l’horreur et à l’abjection, parfois simplement par inaction, ou à y participer ? Concrètement, qu’est-ce qui les empêchait de ne pas le faire ou de faire autrement ? »

La question ne suscita pas de réponse spontanée parmi l’auditoire, ce qui fit sourire Malika.

« J’ai ma petite idée, évidemment, mais si quelqu’un a la sienne, je suis curieuse de l’entendre. »

La salle resta inhabituellement silencieuse. Les gens se regardaient, incertaines, les yeux dans le vague, cherchant une bonne réponse, une réponse pertinente, une réponse qui ne soit pas celle qui voulait tout de suite s’échapper entre leurs lèvres : la coercition, l’avarice, l’autorité ; bref, le propriétarisme, en somme. Que dire de plus ?

Comme si elle avait sondé les pensées du reste de la salle, Malika sourit et continua :

« Peut-être, plutôt qu’en revenir aux lieux communs qui ne sont que l’antithèse de la Déclaration d’Antonia, peut-être serait-il pertinent de se demander ce que le propriétarisme promettait à toutes ces gens. À toutes ces gens, qui, je vous le rappelle, n’étaient pas folles, ni des malades mentales – quoique les statistiques semblent montrer que les structures propriétaristes étaient, en définitive, nocives pour la santé mentale : il suffit de mesurer la production de médicaments de ces années-là –, ces gens qui n’étaient même pas très différentes de nous, à quelques années et un texte fondateur près. Il est impossible, il me semble, de définir une chose par la négative. Alors faisons ensemble l’expérience, si vous le voulez bien. À quoi rêvaient les propriétaristes ? Quelle était la promesse qui leur était faite ? Vers quoi se projetaient-ils ? Quel était leur “ horizon mental ”, pour ainsi dire ?

— Le confort matériel ?

— Oui, c'est vrai.

— La sécurité ?

— C'est vrai aussi.

— Ça paraît un peu idiot à dire mais…

— Il n'y a pas d'idée idiote dans la recherche.

— … merci… Je voulais dire : la propriété, tout simplement. Une maison à soi, un bout de terre, je ne sais pas.

— Vous voyez ! Ce n'est pas idiot du tout ! C'est même très juste ! »

Rires dans la salle. Les épaules de Livia se soulevèrent alors qu'elle écrivait.

« Toutes ces réponses sont valables. Le Siècle des camps, particulièrement, abonde d'une production artistique et publicitaire qui promouvait le confort : multiplication des appareils électroménagers et moyens de transports motorisés individuels, vaste production de mobilier en série. Les archives des différents gouvernements semblent également montrer que la sécurité était une valeur cardinale. Ça paraît cohérent : puisque la valeur centrale est la possession, celle-ci doit être protégée et les structures politiques semblent largement s'être fixé cet objectif. Votre troisième idée… Votre troisième idée est plus difficile, mais plus riche aussi parce qu'elle touche à la racine même du propriétarisme, celle dont on peut retrouver encore des traces dans des textes et des comportements contemporains. Vous avez peut-être lu ce livre qui s'intitule *Ma famille*, et si ce n'est pas le cas, je vous le recommande. »

À ces mots, je rougis et je plongeai vers le sac à dos, derrière le fauteuil devant moi, comme si à la simple évocation du livre de Gob, on pouvait me reconnaître, et m'y associer. Les murmures qui s'élevèrent ajoutèrent à ma confusion ce qui fit que je n'entendis pas une partie des mots suivants de Malika.

« … une forme d'anthropologie fondée sur l'idée que les êtres humains sont avides, pour partie à cause d'un défaut général de “ l'espèce ” : une fêlure, un “ péché originel ”, pour parler en termes religieux ; bref, un vide à combler. De cette avidité primale vient la réduction des individus à une double posture : celle de producteur, bien sûr, mais surtout celle de consommateur. Un homme ou une femme des Siècles des Camps se définissait bien plus par ce qu'elle consommait que par ce qu'elle produisait. C'était une manière de se distinguer : les vêtements, les terminaux informatiques, les véhicules, que sais-je encore… C'est cette idée que réfute la Déclaration d'Antonia, et sa prédominance explique en partie le caractère tardif de sa rédaction, voire de son imagination. Pour le dire rapidement : ce que promettait le propriétarisme, jusqu'aux fractions les plus dominées physiquement et économiquement de la population, c'était le bonheur. »

À ce mot, quelqu'un laissa échapper un « Ah ! » un peu méprisant.

« Oui, cela peut surprendre. Qu'entendait-on donc par bonheur ? Le confort matériel, nous l'avons dit. Le bonheur conjugal, hétérosexuel ou homosexuel, le plus souvent monogame. L'une des luttes sociales les plus paradoxales du Siècle des camps est celle des personnes homosexuelles pour accéder à l'institution du mariage, qui était pour celles et ceux qui l'ignoreraient une manière de contractualiser l'union de deux personnes, le plus souvent dans l'objectif d'assurer la continuité de la propriété aux descendants du couple. Cette union avait donc une visée essentiellement reproductive : biologique d'une part, du point de vue des capitaux économiques et culturels d'autre part. Là encore, je vous renvoie au roman que je citais tout à l'heure. Cette manière de découper l'ensemble du corps social en " cellules familiales " (le terme n'est pas de moi) est typique des sociétés propriétaristes. En effet, une autre valeur cardinale du propriétarisme était la concurrence. La production de valeurs, quelles qu'elles soient, était soumise à une très forte lutte des agents les uns contre les autres. Il paraît donc cohérent que ces sociétés eussent cherché à centrer les préoccupations des individus sur eux-mêmes et leurs " proches " : familles biologiques ou " choisies ", amis, etc. Cette concurrence était établie dès l'instruction et l'éducation enfantine et se poursuivait dans le travail sous la forme d'une évaluation normée, régulière et subie.

« C'est là tout le paradoxe de l'idéologie propriétariste, du moins dans sa variante " capitalisme " : d'une main, elle promet – et promeut ! – le bonheur individuel, de l'autre elle le rend absolument impossible tant l'existence est conçue comme une lutte de toutes et tous contre toutes et tous, de chacune contre chacun.

— Et les camps, dans tout ça ? »

C'était la voix de Livia qui s'était élevée.

« Ah ! Je me demandais quand est-ce que je serais rappelée à l'ordre. Les camps, il me semble, font partie de la promesse du bonheur. »

Un silence incrédule s'installa sur l'auditorium.

« Cette idée peut paraître saugrenue, je sais. Comment pourrait-on être heureux du malheur des autres, de pareilles souffrances ? Les camps, dans toute leur diversité au fil du Siècle – car ils ne remplissent pas tous la même fonction pratique, très loin de là – semblaient avoir également une fonction symbolique extrêmement importante. Un aspect assez peu étudié des sociétés propriétaristes, un peu masqué par les problématiques d'accumulation et d'inégalité, est leur organisation strictement hiérarchique, masquée par les heureuses promesses de liberté, répétées *ad libitum* dans les sources orales ou écrites. Le pouvoir politique et économique, tout comme le pouvoir sur la production, était strictement et jalousement gardé. Cette domination effective, les populations dominées ne devaient pas, tant que possible, la ressentir. C'était une des fonctions de contrôle social de la consommation, matérielle et culturelle : de faire, au moins en partie, détourner le regard. Je peux donner un exemple, il va vous semble un peu ridicule, et il l'est. On pourrait imaginer un propriétariste penser " Je suis affreusement malheureux dans mon travail, que je sais nocif pour moi-même et le monde, mais l'insécurité économique me force à continuer à l'accomplir. Ce n'est pas grave car, dans quelques mois, je pourrais acheter ce nouveau terminal portatif. " »

Rires dans la salle encore ; rires gênés cette fois-ci.

« Pour être complet, il faudrait dire quelque chose de l'obsession de la nouveauté dans les sociétés propriétaristes, mais ce n'est pas tout à fait le sujet. Quelle est la place des camps dans cette hiérarchie propriétariste ? Pour bien comprendre, il faut réaffirmer que cette hiérarchie n'est pas fondée sur une métaphysique religieuse, comme dans le cas des anciennes monarchies de droit divin, ou sur des critères de race même si ceux-ci y ont une part, mais ce n'est pas mon sujet d'étude. Cette hiérarchie se fonde sur la place dans le système de production : être en position de propriété et de contrôle de celle-ci, ou non. Où sont les camps dans tout ça ? Tout en bas. Ils sont un autre instrument de contrôle, non seulement des populations encampées, mais aussi de toutes les autres. Celles-ci devaient penser, consciemment ou non, quelque chose de l'ordre de : " Ma situation n'est pas si terrible, puisqu'il y a bien pire. " Ainsi, une violence servait-elle de justification à une autre, de repoussoir à toute transformation. Pourquoi les populations propriétaristes acceptaient les camps ? Tout simplement parce que les camps les rassuraient et réaffirmaient, paradoxalement encore, la promesse de bonheur qui leur était faite. Ce bonheur, qui devait parfois leur sembler inaccessible, était à portée de main pour elles, comparé aux pauvres personnes enfermées, et depuis tant d'années. »

Livia intervint à nouveau.

« Est-ce pour cela qu'une majorité des délégués mandataires d'Antonia venaient de tels camps ? »

J'écarquillai les yeux et ne pus retenir un « Ah bon ? » de surprise.

Le regard de Malika brilla de connivence en se tournant dans la direction de Livia.

« C'est bien possible. D'une part, les populations enfermées étaient extrêmement nombreuses et aussi, statistiquement, plus jeunes. Elles étaient aussi, du fait de leur enfermement, moins inscrites dans les relations productives propriétaristes et avaient, nécessité faisant loi, dû imaginer des modes organisationnels dont on peut retrouver des traces dans les premières versions de la Déclaration. Il ne faut pas oublier non plus que les camps, sur la durée, furent le lieu d'une importante production culturelle et théorique. En effet, les polices des frontières - nous n'avons même pas parlé des frontières ! - ne distinguaient pas par " niveau d'éducation ". Jagoda Marakova, par exemple, a passé la plus grande partie de sa vie dans un ou plusieurs camps. »

Quelqu'un d'autre que moi dans la salle manifesta alors sa surprise. Personnellement, ce nom ne me disait rien.

« Je pourrais citer aussi Zhào Liang ou encore Antoinette Conflans. Il y en aurait bien d'autres… »

Malgré moi, je poussai un soupir de soulagement. Antoinette Conflans, je connaissais. Du moins, j'en avais remarqué le nom sur la bibliothèque débordante de l'appartement où j'avais vécu avec Gob. Je n'avais cependant jamais ouvert aucun de ses livres et j'ignorais tout de leurs thèmes ou de leurs sujets. Malika s'était retournée vers l'évier et s'était servi un grand verre d'eau qu'elle but d'un trait.

« Tout ceci étant dit, y a-t-il des questions auxquelles je pourrais répondre ? »

Durant les minutes suivantes, mon attention dériva, et je me perdis dans des souvenirs d'Iliat et de Télégie jusqu'à ce que quelqu'un pose la question suivante :

« Pourquoi as-tu choisi de travailler sur un pareil sujet ? »

Malika eut un petit rire.

« Il faut être un peu fou soi-même, hein ?

— Si la question est trop personnelle, tu n'es pas obligée de répondre.

— La question est personnelle, je ne suis pas forcée d'y répondre, mais je vais le faire quand même.

— Merci.

— Je voudrais encore évoquer *Ma famille.* Dans ce livre, l'autrice fait des recherches généalogiques pour reconstituer son " arbre généalogique ". Ce passage m'a particulièrement touchée car j'avais, quelque temps plus tôt, fait les mêmes recherches, dans durant la première ou la deuxième année de salariat. Je ne les ai pas faites pour les mêmes raisons qu'elle, cela dit. J'ai passé des heures à consulter les archives informatisées et aussi les archives papier et je suis remontée aussi loin que j'ai pu. »

L'expression de Malika, rayonnante et assurée jusque-là, se fit soudain sombre et, pour la première fois, on entendit un léger tremblement dans sa voix.

« Vous savez ce que j'y ai découvert ? J'ai appris que la majeure partie de mon ascendance, sur deux ou trois générations pendant la seconde moitié du Siècle des camps, avait passé sa vie enfermée. Ils n'en sont sortis que plusieurs années après la rédaction de la Déclaration d'Antonia, quand celle-ci a commencé à être réellement mise en œuvre. Voilà ce qui explique mon intérêt pour le sujet. J'espère avoir bien répondu à votre question. »

La conférence se termina quelques minutes plus tard. Au côté de Livia, j'attendis Malika à la sortie. Je ne mis pas longtemps à comprendre, à la manière dont elles s'étreignirent et s'embrassèrent, qu'il valait mieux que je me dirige directement vers le cinéma. Je restai tout de même prendre un verre avec elles deux mais je luttais pour suivre la conversation, qui s'aventurait sur des points de détail trop spécifiques qui m'étaient inaccessibles. Quand je finis par me lever, Livia me remercia d'un baiser chaleureux dont je gardai la sensation jusqu'à être installé dans un fauteuil. Depuis que j'y travaillais, j'entrais par la porte arrière et je me glissais dans la salle quand je le désirais.

Un film se terminait, la projection du suivant ne tarda pas. Je ne fus presque pas surpris quand, durant le générique, je vis s'inscrire la mention : « Un film de Jagoda Marakova ».

Quelques jours plus tard, Ulf réapparut à Antonia. Selon Livia, cela faisait près de deux ans qu'il n'y était pas revenu. Pour ma part, je ne l'avais pas vu depuis plusieurs années, depuis les quelques jours qu'il avait passés avec Gob et moi à Télégie, à l'occasion desquels Gob s'était interrogée sur son avis concernant l'appartement. Une fin d'après-midi, rentrant du cinéma, je poussai la porte de la cuisine et je le découvris affairé à découper dans de la pâte d'épais raviolis qu'il garnissait de brocolis, d'ail et de fromage de chèvre crémeux. Plusieurs bouteilles de vin blanc de la région d'Iliat étaient posées sur la table. En entendant la porte se refermer, il leva la tête et eut une brève expression de surprise. Sans doute attendait-il plutôt Livia. L'étonnement ne dura pas longtemps et, les mains couvertes d'huile et de farine, il s'avança pour m'étreindre et m'embrasser.

« Umo ! Je ne savais pas que tu étais là ! »

Tout à ma propre stupéfaction, je n'eus pas la présence d'esprit de lui faire remarquer que l'inverse était tout à fait vrai. Après une brève étreinte qui laissa sur le chandail que je portais deux longues traces poudreuses, il se recula et fit la moue, soudain soucieux.

« Je ne sais pas si j'ai fait assez à manger…

— Ce n'est pas grave. Je n'ai pas très faim.

— Ne dis pas de bêtises ! On va partager ! Ça nous rappellera le bon vieux temps ! »

Il marqua une pause et regarda derrière moi.

« Gob n'est pas là ? »

Je répondis d'une voix dénuée de timbre que non, Gob n'était pas là. Ulf haussa les épaules. Il se pencha de nouveau sur les raviolis, comme si de rien n'était. Je laissai tomber le sac à dos sur le canapé-lit que j'avais replié au matin. Je tirai une chaise et m'assis en face de lui. Je lui proposai mon aide qu'il repoussa d'un geste négligent de la main.

« Ouvre plutôt une bouteille ! Ça me fait tellement plaisir de te voir ! Si j'avais su ! Enfin, c'est comme ça, on ne peut pas toujours savoir ! Raconte-moi ce qui t'amène à Antonia ! »

Une certaine gêne nous habita jusqu'à avoir vidé les premiers verres de vin doré et pétillant. Ensuite, il ne nous fallut pas longtemps pour retomber dans l'ancien rythme de conversation, le même que celui que nous avions dans le dortoir de Grévi et même avant, quand nous explorions à deux, aventuriers qui ne prenaient guère de risques, les rives de la Lina. Les paroles étaient franches, parfois crues, entrecoupées de longs moments de silence et de grognements de réflexion. Je lui racontai toute la fin de la vie à Télégie avec Gob ainsi que le retour à Pelagoya. Il ne fit presque aucun commentaire, se contentant de hocher la tête, comme si tout ce que je lui disais était parfaitement explicable et évident, inévitable même. Ce fatalisme apparent m'irrita un peu et Ulf dut le sentir car il dit d'une voix douce, entre deux gorgées :

« Elle a toujours été plus loin de toi que toi d'elle. C'est comme ça. C'est bien que tu voles de tes propres ailes. »

Puis il orienta la conversation vers d'autres sujets. Quand je lui parlai de Gorgias, le nouveau chien de Pelagoya, il sourit gravement.

« Je le connais. Je l'ai vu tout chiot. Il était déjà immense. En fait, j'y étais quand Hémon est mort. »

Il s'interrompit, concentré, le temps de refermer un ravioli et d'en hachurer patiemment les bords de la pointe du couteau.

« C'est moi qui ai trouvé Hémon. On savait qu'il n'en avait plus longtemps. Il ne pouvait presque plus bouger. Quand il a disparu, il fallait simplement dénicher l'endroit où il s'était caché. Il devait avoir chaud, parce que je l'ai trouvé près de la Lina. Sa tête dépassait à peine entre deux buissons. Il était couché sur le côté, la langue un peu pendante. On aurait pu croire qu'il dormait.

— Et alors ? Qu'est-ce que tu as fait ?

— Je suis allé chercher une pelle, une pioche. J'ai creusé un trou assez profond. Je l'ai caressé une dernière fois et puis je l'ai mis dedans. J'ai dû me dépêcher. Avec le courant qui remontait, j'ai bien failli avoir les pieds dans l'eau. Ça m'a plu. Je me suis dit qu'il serait bien là. »

Il eut un petit sourire.

« Ça m'a fait quelque chose, quand même. »

Je restai bouche bée.

« Le lendemain, je me suis installé au nouvel atelier, derrière l'école, et j'ai fabriqué un panneau. J'ai écrit dessus : *Crique d'Hémon*. Ce n'était pas vraiment une crique, mais bon. J'ai pensé que ça serait bien de garder un souvenir… Veux-tu me resservir du vin ? »

Si son apparence physique avait changé, s'il s'était élargi et musclé et si ses cheveux d'un blond blanchi par le soleil étaient attachés en un chignon au lieu de lui tomber sur le front, Ulf restait bien le même que le garçon qui s'était coincé le pied dans la rivière, quand nous étions enfants. Malgré ses allées et venues, malgré son incapacité à rester en place au même endroit plus de quelques semaines, malgré tous ces voyages d'est en ouest et du sud au nord, il avait gardé le même fond de sentimentalisme qui expliquait la révérence avec laquelle il avait traité la dépouille d'Hémon, quand la coutume à Pelagoya était plutôt de laisser les corps des animaux en place et, à la rigueur, d'en garder un os pour tailler un bijou dedans s'il restait quelque chose une fois les charognards repus et la décomposition terminée. Il restait le garçon qui avait rougi à la simple évocation des sentiments qu'il éprouvait pour Livia, sentiments qui ne s'étaient toujours pas démentis, puisqu'il était là. Le temps qu'il achevât ses préparatifs, je me laissai aller au souvenir de la discussion que nous avions eue, elle et moi, devant l'ancienne centrale d'Ast. Ulf aimait Livia, Livia aimait Ulf. Pour cette raison, elle ne pouvait le retenir auprès d'elle, pas plus qu'il n'aurait émis la moindre objection à ses différentes aventures. Quelques jours après cette discussion, songeai-je, Gob réapparaissait dans la chambre à Iliat. Je manquai bien de plonger dans le puits sans fond des souvenirs agréables et douloureux mais le bruit et le mouvement de la porte m'en empêchèrent. Livia entra d'un pas décidé et ne parut pas le moins surprise du monde de découvrir Ulf dans la cuisine. Elle sembla même plutôt irritée.

« Tu pourrais me prévenir quand tu arrives, quand même. J'aurais pu avoir de la compagnie !

— Il y a de la compagnie, répliqua Ulf : Umo est là !

— Ne fais pas le malin.

— Le dîner est presque prêt.

— Encore heureux. Je suis complètement épuisée. »

Livia soupira et se dirigea vers la chambre pour n'en ressortir que plusieurs minutes plus tard. D'une main qui trahissait la familiarité avec l'appartement, Ulf attrapa un verre de plus dans le placard.

« Umo, tu veux bien… »

Je remplis le dernier verre et tirai une chaise de plus à la table. Quand Livia surgit de la chambre, elle s'était changée, avait passé les vêtements amples et confortables qui lui servaient de pyjama. Elle prit le verre sans remercier personne et but de longues gorgées.

« Ah ! s'exclama-t-elle. Il y a longtemps que je n'en ai pas bu, de celui-ci. Il m'avait manqué. »

Elle tourna la tête vers moi et m'adressa un clin d'œil. Je ne pus m'empêcher de sourire. Ulf, insensible au sarcasme, découpa des morceaux de fromage pour accompagner le vin et mit de l'eau à bouillir. Livia se leva pour prendre de l'herbe dans le tiroir d'une commode et commença à rouler un joint. Après deux verres de plus, au moment de plonger les raviolis dans l'eau bouillante, Ulf laissa échapper un soupir de satisfaction entre deux bouffées d'herbe :

« Ah ! Je suis tellement content de vous revoir tous les deux en même temps ! Ça me rappelle tellement de bons souvenirs ! »

Ulf était ainsi. Il possédait une mémoire, non pas sélective, mais capable de mettre en valeur les moments agréables sans s'attarder sur les autres. Ceux-là lui paraissaient couler sans importance. Il était capable de raconter des circonstances tragiques ou extrêmement périlleuses d'un air pressé pour en arriver plus rapidement à la description d'un bosquet au coucher du soleil, d'un baiser ou du goût d'une bière légère bue après une longue journée de marche. Il cheminait ainsi, d'instant en instant, certain à chaque pas difficile que le suivant, ou celui d'encore après, recelait une surprise magnifique. Il semblait que rien ne pouvait le mettre de mauvaise humeur ou le gêner : la sûreté et la confiance dans ses propres émotions l'en prévenaient.

« C'est facile, m'avoua-t-il plusieurs jours plus tard. Quand la vie se fait difficile, il me suffit de penser à Livia et je suis rassuré. Je n'ai même pas forcément besoin de venir la voir. Simplement savoir qu'elle existe me rassure de tout. »

À mesure que la soirée avançait, il devint apparent qu'il en allait de même pour Livia. Si elle garda plusieurs heures durant une mine distante et irritée, le repas, le vin puis le rhum et le repas – Ulf avait également préparé un dessert – durent faire mollir sa résolution de lui en vouloir car elle pencha de plus en plus vers lui, jusqu'à lui prendre la main et carrément rapprocher la chaise contre celle qu'il occupait et laisser tomber, yeux fermés, la tête sur son épaule. Ulf, que rien n'empêchait d'être disert, continuait de raconter une traversée à gué de l'Aurauri, dans les gorges, là où le fleuve était encore étroit et où le courant avait manqué de le renverser et de l'emporter. Livia finit par bâiller fort et ostensiblement, sonnant le signal du coucher. Nous nous levâmes tous les trois et j'allais faire un pas en direction du canapé quand Livia me fourra dans la main toute l'herbe restante et plusieurs feuilles à rouler.

« Tu veux bien aller au cinéma ce soir ? »

Je regardai l'heure. Il était près d'une heure du matin et je dodelinais déjà de la tête.

« Tu ne vas pas le fiche dehors ! protesta Ulf. C'est Umo ! Il va dormir ici ! »

Livia secoua la tête.

« On n'est plus à Grévi ! Ce n'est pas un dortoir ici. »

Cette pique-là m'était destinée. La dernière fois que Livia avait parlé de Grévi, j'avais refusé de coucher avec elle. Je jetai le sac à dos contenant une gourde et les deux cartes sur mon épaule.

« En plus, continua Livia, Umo a l'habitude. »

Celle-ci, en revanche, était lancée vers Ulf. Il l'ignora complètement. Il fronça les sourcils.

« Tu es certain que ça ne te dérange pas ?

— Certain », intervins-je finalement.

Mon imagination était déjà passée des coussins du canapé à ceux des fauteuils de la salle de cinéma.

« Je t'attendrai pour le petit déjeuner, alors », m'assura-t-il.

Je secouai doucement la tête. Ce n'était pas la peine. Je prendrais quelque chose au cinéma avant de revenir.

« Comme tu veux. »

Avant de sortir, je roulai rapidement un court joint puis je laissai les deux amis tranquilles. J'entrai dans la salle de projection en plein milieu d'un film et ma silhouette projetée sur l'écran le temps de choisir un siège s'attira quelques commentaires. Fort heureusement, à cette heure-ci, la plupart des spectateurs étaient déjà aussi endormis que moi. J'avais déjà vu le film en cours de projection, un très vieux drame, une histoire de fantômes dans laquelle les couleurs vives des costumes des personnages et le rouge du sang versé en quantité surnaturelle tranchaient avec le décor majestueux de vieilles demeures enneigées. Je n'avais déjà guère compris les tenants et les aboutissants de l'intrigue au premier visionnage. Les affaires d'héritage, de jalousie et d'inceste, comme tous les ressorts dramatiques propriétaristes, me laissaient le plus souvent froid et indifférent. Cette nuit, je me contentai de m'endormir les yeux et la tête pleins d'images aux couleurs chatoyantes et de mouvements vifs qui s'insinuèrent dans mes pensées inconscientes et, comme les fantômes du film, me hantèrent bien longtemps après cette nuit au cinéma.

Le lendemain, malgré mes protestations, Ulf m'attendait, assis dans le canapé en consultant distraitement un terminal, devant une table basse remplie de pain frais, de viennoiseries et de café fumant. Livia dormait encore. Elle se leva tard, tituba silencieusement et nue jusqu'à la salle de bains et, sans prononcer une parole, attrapa un croissant, vida une pleine tasse de café tiède et partit pour l'université, nous laissant seuls jusqu'à ce que je reparte au cinéma faire le ménage. Entre-temps, nous somnolâmes tous les deux sur le canapé, alourdis par l'herbe et le manque de sommeil, sans vraiment parler. Le soir venu, je rejoignis les deux camarades dans un café mais je m'éclipsai rapidement pour m'endormir profondément, confortablement pelotonné sur le canapé-lit, si bien que je ne les entendis pas rentrer.

Il devient rapidement évident qu'Ulf, malgré le plaisir qu'il prenait à ma compagnie et, avant tout, celle de Livia, ne comptait pas s'attarder à Antonia. Pendant trois jours, il me questionna sur le travail au cinéma, d'un air désinvolte, me demandant si je voulais y rester longtemps, si j'avais d'autres idées. À chaque fois, Livia levait les yeux au ciel et je répondais évasivement. Je n'avais pas de véritable réponse à lui donner et c'était précisément ce qui le rendait insistant. Au bout de trois jours, alors que nous pédalions pour aller rejoindre Livia à la sortie d'une conférence - je ne l'avais pas accompagnée, j'étais resté avec Ulf que le sujet du soir n'intéressait pas -, il en vint au fait.

« Tu sais, je vais aller dans la zone rendue bientôt. Si tu n'as rien de mieux à faire, tu pourrais m'accompagner.

— Dans la zone rendue ? Tu as le droit d'entrer dans la zone rendue ? Il me semblait que l'accès était interdit. »

C'était même tout le principe des zones rendues : que l'être humain n'y mette plus le pied, ni n'y intervienne. Ulf sourit.

« Il suffit de savoir à qui demander.

— Et tu y vas pour faire quelque chose ? Tu as une mission ou un travail à y accomplir ?

— Il n'y a pas de travail dans la zone rendue. J'y vais pour y aller, pour voir. Tu es trop habitué à aller d'un endroit à un autre. Le voyage est sa propre justification. Il suffit d'aller. »

Je n'avais rien à ajouter à cela. Je pédalai donc quelques minutes en silence, tentant d'assimiler sa proposition et l'idée qui la sous-tendait. Arrivés à destination, nous abandonnâmes les vélos contre le mur du café. À peine les y avions-nous déposés que quelqu'un d'autre s'en emparait. Les mouvements incessants des Antoniens faisaient qu'il y avait toujours un vélo quelque part à proximité et qu'ils restaient rarement immobiles bien longtemps. Livia ne tarda pas à nous rejoindre. Nous lui avions commandé un verre en avance. Nous la vîmes marcher vers nous, la tête baissée sur le carnet ouvert, encore plongée dans les notes qu'elle venait de prendre. Quand elle s'assit à nos côtés, il lui fallut plusieurs minutes pour revenir à nous, durant lesquelles nous bûmes en silence, profitant du vent frais. Elle battit des paupières et, soudain, son regard se posa réellement sur nous. Elle n'était plus absorbée par ses pensées.

« J'ai demandé à Umo de venir avec moi dans la zone rendue », annonça Ulf, tout à trac.

Livia n'eut aucune réaction de surprise. Ulf lui avait parlé avant de me demander. Elle hocha la tête.

« Et alors ? Qu'est-ce que tu as répondu, Umo ?

— Je n'ai pas encore répondu. »

Il y eut un moment de silence.

« Si tu n'as pas envie, je comprends, dit Ulf.

— Je sais.

— Il serait *compréhensible* que tu préfères rester dormir sur le canapé entre deux nettoyages du cinéma du quartier.

— J'aime nettoyer la salle de cinéma. C'est du bon travail. C'est reposant. »

J'étais sincère. Je me sentais moins fatigué depuis que je travaillais là que durant les premiers jours de mon arrivée à Antonia. Livia éloigna mon objection d'un mouvement de la main, à sa manière parfois brusque et impatiente.

« Ce n'est pas la question.

— Si je te dérange..., commençai-je.

— Tu ne me déranges pas. Jamais. Je pense juste que devant une opportunité pareille, il serait dommage de rester là où tu es. »

Ulf hocha la tête.

« C'est en quelque sorte une occasion unique.

— Et puis, ajouta d'une voix blanche Livia, Ulf a tenu à te le proposer en particulier, et à personne d'autre.

— Ce n'est pas vrai ! Je t'ai demandé...

— Après avoir parlé d'emmener Umo.

— Je pensais que tu ne voudrais pas t'éloigner de l'université. T'éloigner de ton travail.

— C'est vrai. Cependant, j'aurais pu me laisser convaincre.

— Si tu veux venir avec nous… »

Je protestai :

« Je n'ai pas encore dit que j'étais d'accord. »

Tous les deux me foudroyèrent du regard, comme si j'intervenais dans un débat qui ne me concernait pas.

« Non, Ulf, je ne veux pas venir avec *vous*. Nous ne sommes pas à Pelagoya, il ne s'agit pas d'aller se baigner dans la Lina. Tu as envie de partir avec Umo, pars avec Umo. Je suis en effet très occupée à l'université. »

Elle se leva brusquement, vida son verre en deux longues gorgées. Elle le reposa si vivement sur la table que le pied se brisa. Livia fit comme si de rien n'était et posa le verre brisé à plat sur la table.

« Pour une fois, simplement, essaie de ne pas mettre deux ans à revenir. »

Puis elle s'éloigna à pied. Ulf la regarda s'éloigner, la bouche crispée.

« Je suis désolé…, commençai-je.

— Ne t'excuse pas. C'est moi qui suis un idiot. C'est parce que je passe trop de temps tout seul. Je perds l'habitude. »

Il leva la main, commanda deux pintes de lourde bière brune et avec elles plusieurs petits verres de whisky.

« Dans tous les cas, je pars demain. Si tu veux m'accompagner, c'est bien. Sinon, nous aurons moins passé la soirée à nous saouler ensemble. »

À ces paroles, inexplicablement, mon cœur se serra. C'était le mouvement de l'amitié, cet amour si peu différent, simplement dénué d'érotisme, qui nous unissait depuis l'enfance, ce sentiment qui faisait qu'il n'y avait jamais de gêne entre nous deux. Quand Livia était là, c'était différent. Deux amitiés rencontraient un amour absolu, et les trois sentiments se heurtaient involontairement les uns aux autres, sans qu'aucun des trois fût diminué. Ces frictions étaient responsables des scènes comme celle que nous venions de jouer, dans laquelle je m'étais involontairement retrouvé entre mes deux amis, à la fois sujet de dispute et prétexte.

Quand nous quittâmes la table, Ulf et moi, il nous restait assez de présence d'esprit pour ne pas prendre de vélo. Il nous fallut tituber jusqu'à l'appartement, coupant à travers les enclos et les jardins potagers, dérangeant les animaux dans leur sommeil. Des chiens aboyèrent dans notre direction et de fugitives ombres de chats détalèrent sous les buissons et dans d'étroites allées en nous entendant arriver. J'étais bien plus éméché que je ne l'avais été depuis longtemps. Mon front et ma gorge étaient chauds, mon estomac alourdi par l'épaisse bière brune. Il y eut plusieurs arrêts pour uriner dans l'herbe avant de réussir à atteindre l'appartement. Nous poussâmes la porte, persuadés d'être silencieux. Bien sûr, nous dûmes faire un vacarme terrible. Je m'écroulai tout habillé sur le canapé encore plié. Je m'endormis tout de suite. Si Ulf et Livia reprirent la dispute entamée plus tôt, je n'en entendis rien. Il me vint plus tard à l'idée de soupçonner Ulf de m'avoir fait boire pour s'assurer une explication tranquille sans avoir à me mettre dehors. Peut-être était-ce intentionnel, peut-être pas. Toute la soirée, il m'avait paru aussi ivre que moi. L'alcool, parfois, donne du courage. Peut-être en avait-il besoin.

Nous partîmes le lendemain après déjeuner. Ulf ne paraissait pas pressé. Il s'attarda longtemps à table, savourant plusieurs tasses de café. Quand il me vit remplir le vieux sac à dos avec les quelques affaires qui m'accompagnaient encore, il secoua la tête.

« Tu n'en auras pas besoin. Là où nous allons, on ne peut rien emporter. »

Je ressortis tout et contemplai les objets alignés sur le canapé : un petit nombre de vêtements, le casque antique et usé, mille fois réparé depuis Pelagoya, le baladeur, cadeau de Gob, un carnet sur lequel je n'avais rien écrit, un minuscule enregistreur dans la mémoire duquel je gardais le souvenir de quelques concerts du groupe de Kaze et de plus rares autres, un terminal.

« Laisse tout ça ici » me proposa Livia en dégageant un tiroir de la commode installée contre le mur de la chambre.

Je ne gardai qu'une gourde et les deux cartes. C'était le plus léger que je pouvais voyager. Je voulus emporter un peu d'herbe pour le trajet.

« On ne pourra pas la fumer dans la zone rendue et, si on en a fumé, il faudra attendre plusieurs jours que les effets se dissipent entièrement avant d'entrer. »

L'herbe resta, mais posée sur la table et non rangée dans la commode.

« Je ne vois pas l'intérêt d'aller dans un endroit où l'herbe est interdite », commenta Livia.

C'était sa première remarque acerbe de la journée. Dès le réveil, la colère de la veille semblait avoir disparu et elle était redevenue la

Livia que je connaissais, auprès de laquelle j'avais passé toutes ces semaines : joyeuse et opiniâtre. Elle avait presque l'air pressée de nous voir partir. Après une quatrième tasse de café, Ulf soupira « Ça va me manquer… » sans que je pusse déterminer ce dont il parlait exactement : le café ou Livia, qu'il ne quittait pas des yeux en buvant cette ultime tasse.

Au moment du départ, celle-ci nous étreignit tous les deux avec la même force, quoique l'étreinte donnée à Ulf durât plus longtemps et s'accompagnât d'un long baiser sur la bouche. L'émotion se lut sur son visage pour un instant, mais pour un instant seulement. Elle se recula, ouvrit la porte, elle sourit et ordonna :

« Allez, dehors ! »

Nous nous exécutâmes sans nous faire prier. Quand nous fûmes dans le couloir, elle ajouta :

« Bon voyage. Faites attention. »

Puis la porte se referma. Nous descendîmes les deux étages. Dans la rue, je me retournai un instant vers la fenêtre que je savais être celle du salon. Une épaisse fumée et une samba langoureuse s'en échappaient. Des vélos nous attendaient au bout de la rue. Nous pédalâmes sans précipitation jusqu'à la gare centrale. Là, nous montâmes dans une minuscule rame, longue comme la moitié d'une rame normale. À l'exception du conducteur, nous en étions les seuls occupants. Ulf le salua comme un vieil ami. Il eut l'air étonné de me voir.

« Tu ne devais pas être tout seul ? »

Ulf haussa les épaules.

« Changement de plan.

— J'espère qu'ils ne vont pas te faire de misères pour ça.

— Qui ça, “ ils ” ? intervins-je.

— Les gardes-zones. »

Mon incompréhension se mua en incrédulité.

« Il y a des gardes-zones ?

— Bien sûr. Elles ne vont pas se garder toutes seules », dit en riant le conducteur.

Puis un signal retentit dans l'habitacle et il se retourna vers les commandes.

« Installez-vous confortablement. On va rouler lentement. »

Ulf et moi nous assîmes face à face.

« J'ai vécu des années à Télégie, lui fis-je remarquer, et j'allais courir juste à côté d'une zone rendue. Je n'ai jamais vu le moindre garde.

— La plupart du temps, il n'y en a pas besoin. Tout le monde sait qu'il ne faut pas y entrer. Ils sont surtout là pour remettre les gens qui se perdent sur le bon chemin.

— Comment les as-tu rencontrés alors ?

— Très simplement : je me suis perdu. »

Ulf sourit de toutes ses dents et nous éclatâmes de rire. Toute cette situation était étrange et semblait dissimulée par un voile de mystère. Je comprenais que l'accès aux zones rendues devait être inhabituel, mais pourquoi devait-il être si dissimulé ?

La rame sortit d'Antonia par le sud-ouest et s'en éloigna en empruntant de vieilles voies, un peu grinçantes, qui semblaient bien plus anciennes que la Déclaration. Elle décrivit une large courbe et remonta vers le nord-est, puis plein nord, contournant le Peigne et passant derrière.

« La plupart des gens qui se perdent sont des randonneurs qui descendent du Peigne. »

Le train avançait effectivement lentement, beaucoup plus que les lignes habituelles. Nous nous serions déplacés aussi vite à vélo, en tout cas sur les portions plates du trajet. Plus nous avancions, plus nous ralentissions, à mesure que les champs et les fermes laissaient la place aux bois et aux sentiers. Graduellement, les arbres se rapprochèrent de part et d'autre de la voie, jusqu'à la serrer de si près que les branches frappaient contre les vitres.

« Ça y est ? demandai-je, nous y sommes ? »

Ulf secoua la tête.

« Presque, mais pas tout à fait. Le train n'entre pas dans la zone rendue. »

Le trajet dura encore plus d'une heure avant que le conducteur n'actionnât les freins. Au premier regard, il me sembla que la rame s'était arrêtée au hasard mais Ulf s'était levé. Je regardai mieux et, entre les épais feuillages, je parvins à distinguer une construction. Très basse, c'était une maisonnette toute en rondins de bois et au toit de terre et de paille. Il n'y avait pas de fenêtres : simplement des ouvertures pourvues d'écrans escamotables, en bois eux aussi. Nous saluâmes le conducteur alors qu'il remontait la rame pour s'installer dans la cabine opposée. À peine avions-nous mis le pied au sol que le train repartait dans l'autre sens, à son allure lente et brinquebalante, semblant percer la forêt comme un antique brise-glace la banquise.

Ulf n'attendit pas de le voir disparaître.

« Viens. »

Il s'avança d'un pas décidé vers le bâtiment et je lui emboîtai le pas. La porte, lourd battant de bois, était précédée de trois hautes marches. Toute la bâtisse était en effet posée sur des pilotis et d'épais buissons occupaient l'espace en dessous. Ulf cogna à la porte et se figea.

« Il ne va pas tarder », m'annonça-t-il.

Je n'eus pas le temps de demander qui. La porte, dénuée de gonds, s'ouvrit en glissant dans deux rainures en haut et en bas. Un homme apparut dans l'encadrement. Son accoutrement me surprit. Il était entièrement vêtu de brun ou de blanc cassé. Le chandail était fait de larges mailles marron et étirées. Une grosse barbe noire lui dévorait les joues et se mélangeait à des cheveux longs et épars. D'un coup d'œil, il nous examina de la tête aux pieds avant d'ouvrir la bouche.

« Vous êtes en retard. »

Je ne parvins à distinguer s'il s'agissait d'un reproche ou d'un simple constat. Il mâchait tant ses mots, étouffés dans la barbe, que sa phrase sonna à mes oreilles plutôt comme « V'et' en'tard ». Ulf ne se laissa pas désarçonner. Il montra du doigt les rails derrière lui et dit :

« Le train.

— Hmm. »

L'homme s'écarta pour nous laisser entrer. À l'intérieur régnait une obscurité quasi totale pour mes yeux non habitués. L'inconnu barbu referma la porte derrière nous et en fit glisser une autre.

« Par là. »

Ulf et moi entrâmes.

« À tout à l'heure. »

La porte se referma. Le visage barbu disparut. À ma grande surprise, cette pièce était carrelée du sol au plafond. Il y avait deux éviers, plusieurs bouches d'évacuation au sol et des pommeaux de douche alignés tout le long du mur. Une autre porte était fermée, à l'opposé de celle par laquelle nous étions entrés.

« Et maintenant ? » demandai-je en tournant sur moi-même.

Ulf était déjà en train de se déshabiller et jetait les vêtements au sol.

« On se lave » répondit-il en montrant du doigt deux pains de savon noir et deux brosses de crin jaune.

J'hésitai un instant. Ulf, lui, ouvrit une trappe dans le mur et y fourra tous les vêtements. Ensuite, il se dirigea vers les douches. Il vit que je n'avais pas bougé.

« Allez ! » me pressa-t-il.

Je jetai un regard en arrière. La porte était fermée. Quitte à être venu jusque-là, il me fallait faire le chemin jusqu'au bout. Je me débarrassai de tous les vêtements et je les jetai à mon tour dans la trappe. L'eau de la douche était très froide, presque glacée. Le jet, pourtant de faible pression, me coupa le souffle. Je haletai et m'écartai pour me frotter avec le savon dur et la brosse rêche. Malgré mes efforts, jusqu'à en avoir la peau rougie, ils ne produisaient qu'une fine couche de mousse. Avec appréhension, je retournai sous l'eau en fermant les yeux.

« N'oublie... pas... », commença Ulf, d'une voix hachée.

Sa poitrine se gonflait et se creusait terriblement sous le coup de l'eau froide.

« N'oublie... pas... les... cheveux. »

Je hochai la tête à toute vitesse. Je n'en menais pas plus large. Nos regards se croisèrent et, constatants que nous souffrions autant l'un que l'autre, nous éclatâmes d'un rire nerveux en nous nettoyant la tête. Une fois rincés, grelottants, nous avançâmes vers la porte de sortie. Une trappe coulissa et le visage de l'homme barbu apparut. Il nous examina de nouveau avant d'ouvrir la porte.

La pièce suivante était beaucoup plus fruste et en accord avec l'aspect extérieur de la maisonnette. Le plancher était sombre et noueux et les murs étaient couverts d'un lambris à peine plus clair. Une énorme armoire, plus haute qu'un être humain et aussi large qu'un vélo, occupait la partie droite de la pièce, ainsi qu'une table du même bois. L'impression d'uniformité était telle que tout le bâtiment paraissait avoir été taillé dans un seul arbre, bien qu'une telle chose fût évidemment impossible. Le barbu nous dirigea d'un geste sur la gauche où nous restâmes nus.

« Levez les bras » ordonna-t-il d'une voix qui trahissait le léger ennui d'une tâche peu intéressante à accomplir.

Je compris qu'il avait l'intention de nous inspecter. Il s'accroupit, observa nos pieds, la plante et le dos, sans oublier les ongles des orteils. Puis il remonta les jambes, observa nos entrejambes, nos fesses puis les torses, les bras et les mains, avant de nous demander d'ouvrir la bouche, de vérifier derrière nos oreilles et l'aspect de nos cuirs chevelus. Il fit la moue et nous renvoya dans la salle des douches plusieurs fois, en découvrant des traces de poussière sous mes ongles et des restes de pollen dans une mèche des cheveux d'Ulf.

Quand il nous estima suffisamment propres, il ouvrit l'armoire et en tira des piles de vêtements ainsi que plusieurs paires de chaussures en cuir. Tous les habits, des sous-vêtements à deux épais manteaux, étaient de la même couleur indéterminée que ceux qu'il portait lui-même. Trop heureux de nous vêtir, nous ne nous fîmes pas prier, même si les vêtements étaient dans l'ensemble désagréables et grattaient affreusement, particulièrement les sous-vêtements. Voyant notre inconfort, le barbu grommela quelque chose comme :

« C'est normal. La laine n'est pas traitée. »

Les chaussures, au contraire, étaient assez confortables. Elles avaient certainement été longuement portées auparavant car le cuir et la semelle étaient souples.

Ensuite, l'homme nous donna à chacun un grand sac à dos, brun comme le reste, qui dégageait une puissante odeur – « Panse de chevreuil », commenta-t-il – ainsi qu'une gourde vraisemblablement taillée dans le même matériau, elle aussi refermée par de fines lanières de cuir. Enfin, il nous donna pour tous deux une tente roulée sur elle-même que j'accrochai en dessous du sac à dos. Une fois équipés, nous passâmes encore une porte. Le barbu nous ouvrit un garde-manger rempli de fruits rouges séchés ou frais, ainsi que de graines que je n'avais jamais vues auparavant. Il y avait aussi plusieurs petites pommes à la peau rabougrie qui devaient se révéler très acides, ainsi que de pleins seaux de noix et de noisettes.

« Il n'y a pas de casse-noix ? » demandai-je naïvement.

Le barbu me jeta un tel regard d'incompréhension que je regrettai immédiatement d'avoir parlé.

Enfin, une fois les besaces pleines, nous sortîmes de l'autre côté de la maison. Si j'avais trouvé la forêt touffue près des voies de chemin de fer, ce n'était rien en comparaison de la réelle luxuriance de ce côté-ci. Les bois étaient un mur vert, un vert d'une si infinie variété que je n'aurais pas eu le sentiment de voir plus de couleurs différentes en contemplant un arc-en-ciel qui partirait du sol et occuperait tout mon champ de vision. Une épaisse couverture d'herbe claire couvrait le sol, d'où partaient des buissons touffus dont l'extrémité haute se mélangeait aux feuillages, si épais qu'ils ne laissaient passer que de fins traits lumineux qui dessinaient de petites taches dorées à nos pieds. Le barbu, cependant, ne me laissa pas le temps de la sidération. Il nous indiqua une grande cuve posée contre le mur de la maison jusqu'à laquelle descendait une gouttière.

« Remplissez les gourdes. »

Je me penchai et ouvris le robinet. L'eau qui coula était claire et fraîche. Je compris que c'était la même eau de pluie avec laquelle nous nous étions lavés. Une fois les gourdes pleines, nous les attachâmes aux ceintures que le barbu venait de nous donner. La boucle n'était pas en fer, ni en bois. Ulf jouait avec la sienne avec un air interrogateur. La réponse à sa question muette ne tarda pas.

« Bois de chevreuil. Le plus solide. »

Je ne fus même pas surpris.

J'observai Ulf. Alors que je le connaissais si bien et que je l'avais vu nu moins d'une demi-heure auparavant, j'avais du mal à le reconnaître dans cette nouvelle tenue. S'il y avait eu un miroir, nul doute que je me serais paru aussi étranger. Avec la doublure de fourrure du manteau – à coup sûr du cerf ou de la biche –, avec les besaces et les outres de peau, nous ressemblions aux images d'êtres humains du paléolithique qui peuplaient certains livres de l'école à Pelagoya ou les manuels d'histoire de Grévi, ou du moins à l'idée que j'en avais gardé. Seules les chaussures, de facture plus moderne, nous en distinguaient. Je ne sais pas si les humains du paléolithique portaient des chaussures à lacets, même en cuir de chevreuil.

« Et quand elle sera vide ? » demandai-je en serrant la lanière de la gourde.

Cette fois-ci, le barbu dut considérer mon interrogation comme légitime.

« Il y a un ruisseau à vingt kilomètres vers le nord-est. Si vous le suivez, il vous amènera jusqu'à la Nevel. Il ne vous restera qu'à la suivre elle et vous arriverez là où vous voulez.

— Et où voulons-nous aller ? » fis-je, en me tournant cette fois vers Ulf.

Celui-ci, malgré la tenue bizarre, eut un sourire que je ne reconnus que trop et dit, avec un clin d'œil :

« C'est une surprise ! »

Le barbu hocha la tête, l'air pensif, et nous souhaita à tous les deux un bon voyage. Puis il rentra dans la maison. Je ne l'ai jamais revu. Je n'ai jamais seulement su son nom. Comme toutes les choses qui ont trait à la zone rendue, il était un secret en lui-même. Je sais d'ailleurs que certaines personnes ne souhaiteraient pas que je raconte le voyage qu'Ulf et moi avons entrepris, pour des raisons très différentes. Cependant, je ne vois pas l'intérêt de m'arrêter là.

Sans doute certaines ne voudront même pas croire ce que nous avons vu dans la zone rendue. C'est peut-être pour le mieux.

Je n'avais pas conscience, au moment où je suivis Ulf pour faire les premiers pas dans l'épaisse forêt, du caractère exceptionnel de notre présence là où nous étions. Il avait fallu tout le talent de persuasion d'Ulf, tout son charme toujours en mouvement et toute son honnêteté aussi pour se faire accepter des gardes-zones, pour faire qu'ils le laissassent aller à sa guise à travers les bois et la montagne. À ce jour, malgré des recherches, je n'ai toujours aucune idée de la manière dont on devient un garde-zone. Il n'existe pour cela nulle formation dans aucune université. J'en suis venu à croire qu'ils se cooptent, entre les voyageurs perpétuels comme Ulf et celles et ceux qui préfèrent le silence de la nature au bruit des conversations, le froid des nuits à l'air libre à la chaleur de la compagnie. Ils doivent être une bande constituée aléatoirement, au fil de rencontres de hasard. Il est même possible que certains d'entre eux passent une partie de leur temps en ville ou à la campagne et disparaissent pendant des mois aux limites des zones. Comment pourrait-on le dire ? Une fois vêtu de laine grossière et de peaux, l'ami le plus proche peut être méconnaissable.

Le premier jour de notre voyage dans la zone rendue, nous n'échangeâmes presque aucune parole. La forêt en elle-même rendait tous les mots redondants. Ulf marchait quelques mètres devant moi et semblait toujours trouver un chemin entre les bosquets de houx et les branches tombantes des chênes. Il n'y avait pourtant aucun sentier tracé sur le sol. Sous nos pieds, des feuilles mortes et des branches craquaient, exhalaient leur odeur d'humus. En milieu d'après-midi, une légère averse se mit à tomber. Nous n'en reçûmes que quelques gouttes : la canopée, même dégarnie en automne, était trop épaisse, le maillage des branches trop serré pour laisser passer toute l'eau. L'humidité n'en augmenta pas moins et nous fûmes vite mouillés de la tête aux pieds. La laine collait à la peau et l'eau faisait ressortir l'odeur de mouton. C'est peut-être pour cette raison que nous ne vîmes aucun animal de toute la journée. Cela et le bruit que nous faisions en avançant. Je n'aperçus que les éclairs orangés furtifs de quelques écureuils entre les branches basses ou le mouvement rapide d'un battement d'ailes dont le son claquait dans l'air. Naïvement, j'avais toujours cru qu'une telle forêt était silencieuse. Au contraire, au fur et à mesure que mon oreille s'y accoutumait, je me rendis compte qu'elle était pleine de sons. Les gouttes de pluie tintinnabulaient de branche en branche jusqu'à tomber au sol. Le vent au-dessus des arbres faisait sentir sa présence par un bruissement discret mais constant. De loin en loin, une branche rompait et chutait avec un son mat sur le tapis de feuilles humides. Hors de mon champ de vision, toute la vie invisible de la forêt se faisait entendre. Des animaux poussaient des cris et grognements au loin ou nous contournaient, leur présence seulement trahie par un souffle léger, un frottement entre les buissons, une brusque cavalcade de pattes ou de sabots. Quand la pluie cessa et qu'un soleil timide recommença de percer dans le sous-bois, des oiseaux se remirent à chanter. Ulf s'arrêta quelques fois, tendant l'oreille puis murmurant un nom : « pie » ou « merle ». Il regardait une motte de terre ou un trou, à peine discernable entre les racines d'un hêtre, et annonçait « renard » ou « blaireau ». Je hochais la tête. Je ne pouvais que le croire. Il passait les mains sur le tronc d'un arbre, marqué des profondes entailles des bois d'un cerf ou des défenses d'un sanglier. Ça, je n'avais pas besoin qu'il me le dise : je le devinai tout seul. Pour le reste, je devais constater l'étendue de mon ignorance de la vie de la forêt. Je me contentai de mettre mes pas dans ceux d'Ulf, m'arrêtant quand il s'arrêtait et repartant après lui.

Plus nous nous enfoncions dans les bois, plus le sentiment que nous entrions dans un endroit où nous n'avions pas notre place se faisait fort. La forêt me semblait un organisme géant, dont le cœur battait au loin, quasi inaudible. Là-dedans, nous étions un corps étranger : deux bactéries, deux virus vêtus d'atours empruntés, camouflés dans des peaux mortes pour ne pas infecter le bois, contaminer la forêt par notre présence. La ligne de chemin de fer était une longue aiguille plantée dans la zone. Le train nous avait inoculé. De là venaient notre silence quasi total, nos pas lents et empreints de révérence. Toute la journée, je me sentis un peu ridicule : quand une branche se brisait sur mon passage, j'étais tenté de lui présenter mes excuses. Après tout, qu'est-ce que je faisais là ? Quelle était la raison de ma présence ici ? Je l'ignorais. Je suivais Ulf.

Le soir arriva brusquement. Sans montre, sans terminal, sans pouvoir observer le mouvement du soleil, nous n'avions aucun moyen de savoir l'heure qu'il était. L'idée même d'horaire me paraissait déjà bizarre, redondante. La lumière avait baissé. C'était le soir, bientôt la nuit, aussi simplement que ça. Les sons des bêtes invisibles gagnaient en volume. Les oiseaux se taisaient. Nous débouchâmes dans une clairière herbue. Nous laissâmes tomber les sacs à terre, nous entreprîmes de monter la tente. Sans surprise, elle était aussi toute en peau, composée plusieurs morceaux cousus entre eux par du fil épais pour former deux rectangles. L'armature était faite de bois durci, presque noir, et d'une matière blanche qui devait être de l'os. Dans cet espace ouvert, le vent se faisait davantage sentir qu'à l'abri des arbres. Il fallut donc planter des piquets, eux aussi taillés dans de l'os, à l'aide d'une grosse pierre trouvée à quelques pas du campement. Nous mangeâmes une pomme chacun et quelques poignées de graines, accompagnées de parcimonieuses gorgées d'eau. À peine avions-nous refermé les outres que nous bâillâmes de conserve. Cela nous fit rire un petit peu, puis la fatigue fut trop forte. Ulf me tendit les deux sacs de provisions :

« Accroche-les en hauteur. »

Il ne fallait pas garder de nourriture dans la tente, au risque d'attirer des animaux. La perspective d'être réveillé au milieu de la nuit par le groin empressé d'un sanglier ou, pire encore, le museau d'un ours ne m'attirait guère. J'attachai solidement les sacs à la branche la plus haute que je pouvais atteindre. Puis je rejoignis Ulf dans la tente. Nous nous pelotonnâmes dans les manteaux. Tout autour de nous, séparée seulement par la peau tendue de la tente, la forêt continuait de s'éveiller. Le bruit augmentait avec l'obscurité. Les odeurs, sans compter la nôtre, celle des vêtements et de la tente, étaient trop nombreuses. Il me fallut faire un effort conscient pour cesser de les sentir, pour ne plus entendre les pas qui frôlaient notre mince abri.

Après quelques minutes de silence, je chuchotai :

« Tous ces os…, la peau de chevreuil…, est-ce qu'il l'a chassé ? »

Je parlais bien sûr de l'homme barbu. Ulf, qui dormait déjà presque, répondit après un long moment :

« Personne ne chasse dans la zone. Il a tout prélevé sur des animaux déjà morts. »

La vision du cadavre d'un cerf, en partie dévoré par un prédateur ou un autre, se dessina sur l'intérieur de mes paupières closes. Étonnamment, cette image eut sur moi un effet rassurant. Ma respiration ralentit et je m'endormis paisiblement. Je ne rêvai pas.

Au milieu de la nuit, je fus réveillé par une lourde respiration de l'autre côté de la toile de tente, à quelques centimètres de mon visage. Je me figeai, cessant presque de respirer moi-même. Je sentis autant que j'entendis le pas lourd faire le tour de la tente, fouir un long moment près de nous, pousser quelque chose ressemblant à un soupir, avant de s'éloigner pesamment. Mon cœur battait si fort que j'étais convaincu que l'animal avait dû l'entendre. Cependant, je n'avais pas peur. L'image du cerf revint. Cette fois-ci, il était étendu, encore intact. Je pouvais sentir l'odeur de sa fourrure, celle de son haleine, de ses excréments : l'odeur lourde, prenante, presque *goûteuse* de la vie. Je m'endormis de nouveau.

Nous nous éveillâmes au petit matin. Au cours de la nuit, nous nous étions serrés l'un contre l'autre. M'éveiller ainsi contre Ulf éveilla des souvenirs enfouis, des sensations oubliées de la toute petite enfance, durant laquelle nous avions sans aucun doute dormi l'un contre l'autre ainsi. Le soleil brillait déjà et chauffait doucement la tente. Je constatai avec satisfaction que les provisions étaient intactes, toujours accrochées là où je les avais laissées. L'herbe autour de la tente était couchée en plusieurs endroits. Les traces multiples formaient une grossière spirale dont le campement était le centre. Nous avions donc été visités par plusieurs bêtes, et non seulement celle que j'avais entendue. Ulf observa la forme dessinée par l'herbe couchée en prenant un petit déjeuner de fruits séchés. Puis il fallut démonter la tente et refaire les paquetages avant de reprendre notre marche.

Nous nous sommes enfoncés dans le buisson en visant à gauche du soleil levant. La forêt était aussi silencieuse qu'elle pouvait l'être. La rosée s'était ajoutée à la pluie pour rendre le sous-bois boueux et odorant. Nos pieds faisaient des bruits mouillés partout où nous les posions. L'avancée fut difficile toute la matinée. Les buissons étaient noués les uns aux autres et les feuillages tombaient jusqu'à notre taille. Les branches basses et les ronces s'accrochaient à nos vêtements, griffaient nos bras et nos visages. Exténués, nous finîmes par nous arrêter quelques minutes sur un tronc à terre, sans tenir compte de la fourmilière qui s'y était installée et dont les habitantes ne tardèrent pas à nous grimper dessus.

« C'est comme si la forêt voulait nous empêcher d'avancer », ai-je commenté.

Ulf a secoué la tête.

« La forêt ne veut rien du tout. Elle est là, c'est tout. Ça ne sert à rien de prêter des intentions à des choses qui n'en ont pas. Il faut faire avec. »

Fort heureusement, après encore une heure de lutte contre les taillis, les buissons s'écartèrent enfin. Un sentier étroit apparut. Je ne pus retenir un petit cri de joie. Ulf sourit. Il s'accroupit et se mit à creuser la terre meuble. Il finit par dégager un carré grossier de surface noirâtre sur lequel on pouvait encore distinguer une ombre de trait blanc.

« Du goudron. C'était une route, a-t-il dit. Avant que la zone ne soit rendue. Avant la Déclaration. Une route pour voitures automobiles. »

Il était difficile de croire que, dans un passé relativement proche, des dizaines de véhicules à moteur à explosion avaient circulé là, portant leurs conducteurs et leurs passagers à grande vitesse, alors que nous avions tant de difficulté à avancer. La route avait dû être large de plusieurs mètres et le sentier était une bande de terre de quelques dizaines de centimètres seulement.

« Bientôt, ai-je ajouté, elle aura disparu aussi. »

Ulf hocha la tête.

« Heureusement pour nous, elle existe encore et elle va dans la bonne direction. Ça va faciliter un peu les choses.

— Dans la direction de quoi ? ai-je tenté de nouveau.

— C'est une surprise, j'ai dit ! »

Ulf repartit d'un bon pas. Contrairement à mes craintes, le sentier ne s'effaça pas sous nos pieds. Moins d'une heure plus tard, Ulf poussa un « Ahah ! » de triomphe en désignant quelque chose sur la droite. En contrebas, à peine visible entre les arbres et les rochers, courait le ruisseau annoncé par le barbu. Par chance, le sentier le longeait, se faisant plus caillouteux et plus vallonné.

À mesure que nous suivions le courant, le paysage et la forêt se mirent à changer. Le sol, de part et d'autre du ruisseau, s'inclina au fur et à mesure que nous nous enfoncions dans la vallée. Le sentier qui nous y avait menés disparut bientôt et nous dûmes marcher sur l'étroite rive du ruisseau, dans lequel nous remplissions les gourdes. La présence du cours d'eau attirait de nombreux animaux de la forêt et il n'était pas rare que nous distinguions dans le lointain des museaux penchés dans le courant. Ils se redressaient en nous entendant arriver. Deux yeux brillaient et puis les bêtes tournaient les talons, dérangées. Les oiseaux, eux, n'avaient pas cette timidité. Des échassiers pêchaient juste à côté de nous, tandis que des canards aux plumes grises et bleues allaient et venaient à la surface, plongeants la tête régulièrement. Je me demandai si ce cours d'eau avait un nom. Ulf secoua la tête.

« Pas que je sache. »

Le soir venu, nous dûmes remonter dans les bois pour trouver un endroit où planter la tente. Il n'y avait pas de clairière aussi confortable, mais nous parvînmes tout de même à trouver un endroit suffisamment accueillant. Cette nuit-là, je n'entendis rien : je m'endormis profondément, l'oreille tendue cherchante à distinguer le son du ruisseau. Nous reprîmes notre route aux toutes premières lueurs, alors que la forêt était encore embrumée, toute de vert et de gris clair. C'était l'un des rares moments dans lesquels nous pouvions nous croire seuls sous les arbres. Les animaux nocturnes avaient regagné leurs repaires et les diurnes n'osaient pas encore sortir. Nous regagnâmes le ruisseau, dont nous longeâmes le faible courant, les bras tendus à l'aveugle devant nous pour écarter les branches tombantes qui nous barraient la route. Le brouillard ne se leva pas ce jour-là et, incapables de distinguer le moment de la journée, nous avançâmes jusqu'à ce que nos estomacs crient famine, avant de nous laisser tomber sur des rochers pour dévorer de pleines poignées de graines. Une fois repu, je me laissai aller en arrière, la tête contre la pierre. J'eus un soupir de soulagement.

« Heureusement qu'il n'a pas fait ce temps-là hier ! Au moins, il y a l'eau pour nous guider. »

Ulf, les yeux écarquillés, comme plongé dans des pensées lointaines, hocha lentement la tête.

L'après-midi – ou en tout cas après le repas –, nous eûmes la surprise de découvrir, posées contre les flancs abrupts, une demi-douzaine de basses formes parallélépipédiques, entièrement recouvertes par la végétation. Un sourire éclaira le visage d'Ulf.

« C'est le hameau ! Ça veut dire qu'on n'est plus très loin de la Nevel. »

Nous restâmes plusieurs minutes à observer les habitations abandonnées. Sous le lierre et les autres plantes grimpantes, on parvenait à distinguer les ouvertures des portes et des fenêtres. Des arbres avaient poussé à travers le toit. Des nids garnissaient les fissures dans les murs et des poteaux gisaient, abattus et brisés, autour desquels des buissons avaient poussé en spirale. Un étrange serrement de cœur me prit. Loin dans le passé, des gens avaient vécu là, avant que la zone ne fût rendue. Je songeai qu'ils avaient dû sentir une forte pulsion d'habiter la moindre parcelle du monde pour s'installer dans un endroit aussi reculé, aussi encaissé. Ce fut à cet endroit que le sentier réapparut, vestige de la route qui y menait. Je gardai le silence tant que ces ruines furent visibles, comme si mes paroles avaient pu déranger leur repos ou bien, au contraire, les ramener à la vie et faire surgir à nouveau ce fragment perdu d'un autre monde.

Quelques heures plus tard, le vallon s'élargit brusquement. Les rives du ruisseau, peu profond et étroit jusque-là, s'écartèrent et la température, pas bien élevée, fraîchit encore. Nous étions parvenus à la Nevel. C'était une rivière plus large que la Lina, bordée de falaises de grès au pied desquelles s'étalaient d'étroites bandes de galets parsemées de hérons et de poules d'eau qui fouissaient entre les pierres à la recherche d'insectes ou de poissons jetés par le courant. Elle prenait sa source loin en amont, entre les montagnes dont nous pouvions à peine distinguer la silhouette dans l'obscurité qui s'épaississait. Le brouillard ne s'était pas levé, mais il s'était quelque peu délité, comme un tissu dont les fibres se dénoueraient.

« Ce n'est plus très loin », dit Ulf pour lui-même.

Il s'avança à grands pas sur la rive gauche, guettant les frondaisons à la recherche de quelque chose. Je le suivais un peu en retrait, cherchant de mon côté assez d'herbe ou de sable pour installer la tente. J'avais les genoux et les chevilles douloureuses d'avoir dû négocier chaque pas entre les cailloux et les racines. Soudain, Ulf poussa un cri victorieux qui fit s'envoler plusieurs oiseaux. Il plongea dans un buisson de noisetiers et de houx.

Je l'entendis fourrager, puis grogner, le son de son effort s'accompagnant d'un fort raclement sur le sol. Il réapparut, plié en deux, tirant derrière lui une sorte de pirogue, longue de trois mètres et large de près d'un mètre. Une peau la recouvrait. Ulf amena l'embarcation jusqu'aux galets, se redressa, la découvrit et se pencha dedans pour en tirer une paire de pagaies taillées dans le même bois. La personne qui les avait fabriquées avait sans doute utilisé la matière évidée du tronc. Enfin, Ulf se retourna vers moi, les poings posés contre les hanches, fier de lui.

« C'était ça ta surprise ? demandai-je. Un canoë ?

— Bien sûr que non ! Le canoë est simplement un moyen d'y arriver plus vite, et avec moins d'efforts ! »

J'observai le bateau avec hésitation. Je n'étais jamais monté dans un moyen de transport de la sorte. Ulf vit mon appréhension :

« Ne t'inquiète pas ! C'est facile, tu verras ! Mais d'abord, installons-nous pour dormir. »

Nous nous éloignâmes de la grève et nous installâmes le bivouac non loin de l'endroit d'où Ulf avait tiré la pirogue.

« Qui l'a fabriquée ? demandai-je. Qui l'a laissée là ? »

Ulf secoua la tête.

« Je n'en ai pas la moindre idée. On m'a simplement dit qu'elle était là. Pas plus.

— Qui te l'a dit ?

— Un garde-zone.

— Le barbu ?

— Non, un autre. »

Sentant que les questions ne m'amèneraient pas plus loin, je mâchonnai une pomme sèche en silence avant de me rouler dans le manteau. Je pris enfin complètement conscience de la situation dans laquelle j'étais. J'étais si éloigné de toute vie humaine que, si je disparaissais, personne ne pourrait me retrouver. J'étais bien convaincu d'être incapable de rejoindre le chemin vers la cabane et les voies de chemin de fer vers Antonia. La ville elle-même semblait une lointaine rêverie. Il n'en aurait pas fallu beaucoup pour que je vinsse à douter de son existence. J'étais entièrement dépendant d'Ulf, d'autant que les provisions que nous avait fournies le barbu commençaient à se tarir. Bientôt, il nous faudrait trouver de quoi nous nourrir sur place, et j'en étais incapable. Je savais que, dans pareille situation, la moindre erreur de cueillette pouvait se révéler fatale. Tout ça pour une surprise, une destination inconnue, sans doute encore plus isolée dans ce domaine où l'être humain avait choisi de ne plus mettre les pieds. Allongé à côté d'Ulf, frissonnant à cause de l'humidité de la Nevel qui transperçait la tente comme les vêtements que je portais, l'angoisse me saisit. Je ne pus retenir ma question suivante :

« Ulf, tu sais ce que tu fais, pas vrai ? »

Il mit un instant à répondre.

« Tu ne me fais pas confiance ?

— Il me semble que nous avons dépassé la question de la confiance. »

Il poussa un grognement. Ulf n'était pas accoutumé à se voir mettre en doute. Il avait bien trop l'habitude de voyager seul pour savoir réellement prendre en compte mes inquiétudes.

« Je sais ce que je fais, oui. Tu comprendras quand on sera arrivés. »

Puis il bascula sur le côté, me tournant le dos, et s'endormit presque tout de suite, me laissant seul avec mes interrogations et ses ronflements. Pour la première fois depuis trois jours, j'eus une pensée pour Gob. Où était-elle ? Se doutait-elle de l'endroit où j'étais ? Non, bien sûr que non. Aurait-elle choisi elle aussi de suivre Ulf ? Peu probable. Il y avait fort à parier qu'elle ne pensait pas à moi, en ce moment même. Toutefois, sa présence fantomatique me tint compagnie quelques heures, jusqu'à ce que je parvinsse à me calmer et à m'endormir.

Le lendemain, nous poussâmes le bateau à l'eau. Ulf me tendit une pagaie et m'installa d'autorité à l'avant.

« Contente-toi de pagayer, je m'occupe de la direction. Comme ça, en plus, tu verras mieux le paysage. »

Sa contrariété de la veille avait disparu, non pas oubliée mais rangée à sa place dans le registre bien classé de ses émotions. Il s'assit donc à l'arrière, après avoir installé tout le paquetage dans mon dos, et, avec des gestes experts de la pagaie, il nous fit quitter la rive pour diriger l'embarcation vers le milieu de la Nevel. Il y avait peu de courant ce matin-là, ce qui atténua le malaise que je ressentais. L'eau était claire, transparente et il y avait peu de fond. J'étais si concentré sur le rythme régulier du mouvement de mes bras et de la pagaie, gauche, droite, gauche, droite, gauche, droite, que je ne vis presque rien du paysage que nous traversions. À peine me souviens-je de quelques formations rocheuses que je ne pourrais décrire tant je ne fis que les apercevoir du coin de l'œil. Derrière moi, Ulf maniait la pagaie avec bien plus d'efficacité et me donnait de temps à autre de brèves indications comme « À gauche, à fond », « À droite » ou simplement « Allez ! Allez ! » pour prendre de la vitesse en approchant d'un rapide. À plusieurs reprises, il nous rétablit *in extremis* lorsque ma maladresse nous faisait tourner en travers du courant ou manquait de nous renverser. L'eau bouillonnait autour de nous, jaillissait en hautes éclaboussures de part et d'autre du canoë. Nous fûmes rapidement trempés, aussi cela ne fit-il pas une grande différence quand le ciel se couvrit. La pluie n'était pas plus froide que la Nevel. Je regrettai tout de même de ne pas avoir de chapeau, d'autant que nous ne nous arrêtâmes pas pour déjeuner. Nous mangeâmes à bord, les pagaies posées en travers du bateau, en nous laissant silencieusement glisser le long du courant calme. Je ne quittai pas la rivière des yeux mais Ulf, lui, scrutait la rive.

« Là, regarde ! » s'exclamait-il régulièrement, en montrant du doigt une volée d'oiseaux ou des chevreuils venus boire entre deux rochers. Je tournais à peine la tête dans la direction indiquée, n'osant pas pivoter, de peur de tomber ou de chavirer.

Au fil de l'après-midi, j'acquis davantage d'assurance pour négocier les courbes de la rivière, les rapides et les tourbillons. Quand nous accostâmes finalement à l'ombre d'un bosquet d'épicéas, j'étais tout à fait fourbu : mes bras étaient en feu et mes jambes courbaturées à force d'être pliées devant ou sous moi. Nous nous étirâmes longuement puis nous nous dévêtîmes et nous nous avançâmes dans l'eau transparente, à pas précautionneux sur les cailloux moussus qui tapissaient le fond. Entre mes pieds, des bancs de minuscules poissons filaient à toute vitesse, dérangés par ma présence, et fuyaient vers le milieu de la rivière. À quelques mètres de là, de petits cercles à la surface de l'eau trahissaient la présence de poissons plus gros. Le froid calma si bien les élancements de mes muscles que je me laissai tomber assis, de l'eau jusqu'au menton. Ulf, lui, s'était avancé jusqu'à avoir de l'eau jusqu'à la taille.

Cela me fit sourire.

« Alors, demandai-je, est-ce que tu es le roi de cette rivière aussi ? »

Ulf se retourna dans ma direction et, à mon grand étonnement, rougit. Visiblement, sa mésaventure lui avait laissé un souvenir aussi marquant qu'à moi. Du plat de la main, il fit jaillir l'eau vers moi et je lui rendis la pareille. Puis, après un instant, nous éclatâmes tous les deux de rire avant de nous laisser tomber sur des rochers pour sécher, tremblotants, sous les derniers rayons du soleil.

« De toutes les bêtises que j'ai pu dire dans ma vie… », murmura Ulf.

J'acquiesçai. Comme Pelagoya nous semblait lointaine ! Comme il était incongru, ce souvenir, là et à ce moment précis ! Et pourtant, une situation en appelait une autre, dans une étrange répétition. Fallait-il qu'Ulf enfant se coinçât dans la Lina pour arriver jusqu'à la Nevel ou, au contraire, était-ce sa présence dans la zone rendue qui avait rendu nécessaire son humiliation enfantine ? Je n'avais guère lu de poésie, à part les textes étudiés en classe au secondaire et ceux que Gob, parfois, m'avait récités. Cela ne m'empêcha pourtant pas de trouver à cette répétition quelque chose de poétique, comme si le cours de la vie, au contraire de celui de la rivière, toujours nouveau, bégayait ou bien rimait en quelque sorte. Tous les moments lançaient-ils ainsi des échos au fil du temps, des voix réfléchies d'une falaise à une autre, des ronds dans l'eau s'étirants à l'infini ? Chaque souvenir était-il destiné à revivre, modifié mais bien reconnaissable, comme l'enchevêtrement des thèmes dans une longue pièce de jazz, où les improvisations et les harmonies se mêlaient et croissaient, les unes et les autres se nourrissantes mutuellement ? Cette curieuse sensation de déjà vu m'accompagna jusqu'au bord du sommeil et, la nuit venue, mon esprit fit revivre sur la peau tendue de la tente les images d'un film que j'avais entièrement oublié, vu au cinéma à Iliat avec Budur, dans lequel six histoires s'entrecoupaient, sans unité apparente et pourtant liées par des symboles et surtout par le montage, si bien qu'un personnage poussait une porte à un endroit et une autre achevait de l'ouvrir ailleurs dans l'espace et dans le temps. Ainsi, dans ma mémoire, Ulf s'avance dans la Lina pour faire demi-tour et trouver le bord de la Nevel.

Le deuxième matin de descente de la Nevel fut agité et nous laissa exténués, les rapides se succédants de plus en plus régulièrement. Toutefois, j'avais pris confiance en moi et je me découvris un goût pour ces efforts brusques et cette vigilance de tous les instants. La moindre distraction, le plus petit déséquilibre pouvaient signifier le basculement, la ruine des provisions restantes et peut-être même la perte du canoë si le courant l'emportait avant que nous puissions le retenir. Les indications d'Ulf se firent de plus en plus rares, jusqu'à ce que nous pagayions de conserve sans avoir besoin de parler. Nous frôlions les rochers, poussant l'embarcation dans des espaces où elle ne semblait pas devoir passer. La proue, passante au-dessus d'un creux, quittait parfois la surface de l'eau pendant plusieurs secondes avant de retomber dans un grand éclat. La chute nous faisait remonter le cœur jusqu'à la gorge. Cependant, je n'avais plus peur. Au contraire, je savourais la vitesse à laquelle le courant nous entraînait et je ne luttais plus contre lui : les mouvements de mon corps l'accompagnaient. Les secousses et les chocs des cailloux contre la coque nous tiraient des éclats de rire et des cris enthousiastes. L'eau s'écartait facilement devant nous comme si nous ne faisions que suivre un sillon déjà tracé. Puis, décrivante une courbe brusque vers l'est, la Nevel parut s'aplanir et les bords de la vallée s'éloignèrent encore l'un de l'autre. Le courant ralentit tout aussi soudainement et la tension dans mes muscles se relâcha. Je ne pus retenir un soupir de soulagement ainsi que de sidération. Ulf pagaya à l'envers pour ralentir notre progression. Devant nous se dressait une énorme arche rocheuse d'une vingtaine de mètres de haut jetée en travers la vallée. La végétation, camaïeu de vert et de jaune, en avait envahi toutes les parois à l'exception de la voûte intérieure, toute en creux et en bosses. Nous passâmes lentement en dessous, portés par la Nevel devenue paresseuse. Dans les interstices, j'aperçus de minuscules formes ailées que je pris tout d'abord pour des oiseaux. Il s'agissait en fait de chauve-souris, toute une nuée, endormie à cette heure, que notre passage dérangeait dans leur repos pour quelques minutes. La disproportion entre leurs corps minuscules et la gigantesque formation rocheuse me coupa le souffle. Une fois de l'autre côté, je ne résistai pas. Je plantai la pagaie à droite pour faire pivoter le canoë et le positionner en travers du courant calme. Presque à l'arrêt, nous prîmes le temps de contempler cette forme merveilleuse, vestige d'un temps immémorial où la Nevel emplissait toute la vallée au point de creuser la montagne elle-même. La stupéfaction chassa tous les doutes que j'avais eus jusque-là. Je me tournai vers Ulf.

« Merci de m'avoir montré ça. »

Il sourit.

« Je n'y suis pour rien. C'est toi qui as fait le chemin. Et puis, ramer à deux, c'est beaucoup plus facile. »

À regret, nous nous détournâmes de l'arche de pierre et nous replaçâmes le canoë dans le sens du courant.

« Ce n'est plus très loin maintenant », annonça Ulf en recommençant de pagayer.

J'étais encore trop saisi pour tenter de lui faire avouer de quoi il s'agissait. Je me contentai de suivre les longues courbes de la Nevel. Le restant de la journée ne nous demanda plus grand effort. La rivière s'était faite tranquille, et même placide. Je crois bien m'être assoupi une fois ou deux, la pagaie à la main. Je fus tiré de mon dernier endormissement par le choc du canoë contre la rive. Je me réveillai immédiatement et mis les pieds dans l'eau pour tirer l'embarcation sur la rive, jusque dans des buissons épineux de houx et de genévrier. Puis, malgré le soleil encore assez haut, Ulf insista pour que nous établissions notre bivouac tout de suite.

« Pourquoi ? lui demandai-je.

— Si je ne me trompe pas, il reste encore quelques heures de marche. Il vaut mieux arriver dans la journée. »

Je n'insistai pas. Je passai toute la soirée dans un demi-sommeil dont la baignade ne parvint pas à me tirer entièrement. Malgré la faim, notre dîner ne consista qu'en quelques poignées de graines à moitié écrasées qui restaient dans les besaces. Peu importait quelle était notre destination : j'espérais seulement que nous y trouverions des provisions. Cependant, la fatigue de la descente me permit de m'endormir rapidement, malgré les appels répétés de mon estomac.

Le lendemain matin, une fois la tente repliée et enroulée, Ulf me dit de la laisser dans le canoë.

« Si tout se passe bien, nous n'en aurons pas besoin.

— Et si tout ne se passe pas bien ?

— Ne sois donc pas si pessimiste ! »

Il ne nous restait que quelques heures de marche, mais celle-ci se révéla particulièrement difficile, surtout l'estomac vide. La pente était raide et les arbres, en majorité des sapins, étaient très resserrés. De nouveau, il nous fallait lutter contre les branches qui nous entravaient, s'accrochaient aux vêtements, lever le pied pour éviter les racines toutes prêtes à nous faire trébucher. Je manquai plusieurs fois de m'affaler, me rattrapant au dernier moment au tronc du même cèdre qui avait causé la chute. La fatigue me gagnait et je pestai. Juste devant moi, Ulf restait silencieux et ne déviait pas de son cap. Cependant, à sa tête basse et à sa posture, les épaules tombantes, je comprenais que lui aussi était épuisé. S'il douta de son chemin, il n'en montra rien. C'est à peine s'il s'arrêta une ou deux fois, sondant les feuillages, avant de repartir très vite à l'assaut de la pente, sans se laisser le temps d'hésiter. Ce que je pouvais prendre pour du courage et de l'endurance physique - bien qu'il n'en fût pas dénué, loin de là - était en réalité plus proche de l'obstination. Ulf devait arriver à destination, alors il arriverait. Alors que je pensais la chose impossible, la pente se raidit encore et nous en fûmes bientôt réduits à grimper à quatre pattes, la tête au ras du sol pour éviter la griffure des branches basses. Les mains rougies, écorchées à plusieurs endroits par les cailloux et les épines, je crus avoir atteint ma limite. Je ne sais s'il ralentit ou bien si je rampai plus vite que lui mais je me trouvai non pas derrière Ulf, mais à sa gauche. Cette proximité me fit trouver une dernière énergie, insoupçonnée, et nous continuâmes. À plusieurs reprises, Ulf marmonna entre ses dents serrées par l'effort :

« Bientôt... Plus très loin. »

Nous persistâmes, épaule contre épaule, poussant des jambes de toutes nos forces, jouant des épaules pour empêcher les sacs à dos de se coincer dans le houx, nos coudes et nos genoux rendus insensibles à force de frottements, à bout de souffle.

Quand la pente s'adoucit enfin en dessous de nous, nous ne cessâmes pas tout de suite d'avancer mais nous continuâmes au contraire notre lente reptation. Nous ne nous laissâmes tomber au sol, hors d'haleine, couverts de terre mélangée à la sueur et au sang, que lorsque de l'herbe grasse et humide remplaça les buissons et que nous sentîmes un souffle de vent sur le haut de nos têtes. Alors, les jambes et les bras cédèrent et nous roulâmes sur le dos pour découvrir un ciel radieux. C'est à ce moment, entre deux halètements, que mon oreille incrédule entendit des voix humaines. Nous étions arrivés à destination.

Voilà le secret de la zone rendue. Voilà la surprise d'Ulf. Contrairement à ce que j'ai cru jusqu'à ce moment de ma vie, tout comme l'immense majorité des femmes et des hommes du pays, il y a des êtres humains qui habitent encore en son sein. Le village auquel nous étions parvenus, au bout de notre voyage, n'était pas très grand. Une grosse quarantaine, peut-être cinquante personnes y vivaient alors. Je n'ai pu avoir de chiffre précis car personne ne voulut me le donner et je ne vis jamais toute la population au même endroit, même si certains repas, pris en commun, en rassemblaient la majorité. J'ai toutefois appris que d'autres villages existaient et qu'ils étaient accessibles depuis cet endroit en quelques jours de marche ou de navigation. La plupart des jeunes gens, arrivés à l'âge adulte, partaient pour un de ces autres endroits, et de jeunes hommes et jeunes femmes d'ailleurs venaient prendre leur place, ce afin d'éviter la consanguinité. Combien d'autres villages ? Impossible à dire. Selon ce que j'ai cru comprendre, pas plus d'une dizaine, pas moins de six. Si chacun d'entre eux avait une population comparable à celui-ci, cela faisait entre trois-cents et cinq-cents personnes. Deux ou trois quartiers d'Antonia à peine.

Ce village s'appelait Gaba, ou Jaba, un nom en tout cas qui signifiait simplement forêt. Les autres villages s'appelaient de la même manière « Creux », « Rivière », « Falaise ». Je n'ai pas retenu leurs noms. Ulf peut-être. Sa mémoire était habituée à ce genre de choses. La communication était rendue un peu malaisée par l'accent des villageois. Ils parlaient la même langue que nous, certes, mais une version transformée par l'isolement, non pas appauvrie mais modifiée, nourrie de mots nouveaux qui n'avaient aucun sens pour nous. Habitants de la montagne, ils avaient près de douze noms différents pour désigner la neige, selon l'heure du jour ou de la nuit où elle tombait, selon le moment de l'année, selon son épaisseur et sa consistance, selon que la chute bouchait la vue ou non. Qui plus est, ils n'étaient souvent pas d'accord entre eux sur ce que désignait chacun de ces termes. Lors d'une averse, je fus témoin d'un long débat pour déterminer s'il s'agissait de « drab » ou de « gib », de pluie ou de neige fondue, et quel mot désignait quel type de précipitation. Les habitants de Gaba avaient une passion pour le vocabulaire qui excédait même les plus grands enthousiasmes de Gob. Il n'était pas rare qu'ils passent les veillées à se livrer à de grands concours d'invention lexicale, imaginants de nouveaux noms pour les chaises, les maisons, les arbres, les forêts. Quand un nom rencontrait un succès particulier, il glissait progressivement dans le vocabulaire usuel. Ainsi, les planches avaient récemment étaient renommées « à-plates » et le village entier s'était mis à l'utiliser. À les en croire, les autres villages tenaient les mêmes négociations lexicales permanentes, ce qui faisait que les nouveaux venus arrivaient chargés d'un bagage de vocabulaire souvent différent. Tout le monde trouvait ça normal et personne ne prenait la peine de se corriger. Si quelqu'un disait encore « planche », tout le monde comprenait ce qu'il voulait désigner. Le simple fait d'entendre parler en permanence d'« à-plate » le faisait changer de mot à la longue. Le plus déroutant pour nous deux était que la même impermanence s'appliquait aux personnes. Les femmes et les hommes de Gaba ne faisaient aucune différence entre noms propres et noms communs, à ceci près que nul ne pouvait renommer quelqu'un contre son gré. Par contre, il était courant qu'un matin on se réveille et on annonce son nouveau nom, et ce dès la plus petite enfance. La femme auprès de laquelle nous passâmes la majorité du séjour à Gaba passa ainsi de Alba à Orchi, puis Kano, pour redevenir Alba sans raison apparente à mes yeux. Même si Alba et les autres étaient particulièrement accueillants et nous invitaient à partager la plupart de leurs activités, nous n'en restions pas moins des étrangers. Le fait que nous clamions venir d'Antonia suscita un peu d'incrédulité, mais surtout de l'indifférence. Peu importait d'où nous venions. Toutefois, une grande majorité des rapports et des courants qui sous-tendaient la vie de Gaba nous restèrent invisibles. Ainsi, impossible de savoir ce qui motivait les changements de noms. J'en suis venu à penser que la plus petite chose comme la plus grande pouvaient suffire : une humeur, une joie, une colère, une blessure, une naissance, une amour nouvelle ou terminée, un appétit particulier, un deuil, ou même le simple plaisir de s'entendre désigner d'un son différent et nouveau. Personne ne questionnait jamais les motivations de ces changements successifs, même quand plusieurs prenaient place dans la même journée.

L'autre plus grande particularité langagière des gens de Gaba était qu'elles n'utilisaient jamais le mot « travail », ni le verbe « travailler » ou aucun de ses dérivés. À Gaba, personne ne travaillait. Le village était pourtant le lieu d'une grande activité. Celle-ci était en majorité tournée vers la production agricole et l'élevage, mais aussi vers l'éducation des enfants et le soin aux personnes en fin de vie. Toute cette activité était très finement organisée et cette organisation discutée régulièrement, tous les deux ou trois jours, au fur et à mesure que les tâches en cours avançaient ou non. N'allez pas croire que la vie à Gaba était rudimentaire. Les maisons, toutes de bois, de terre et de paille, étaient confortables et très chaudes malgré l'humidité et les températures montagnardes. Elles étaient pourvues de fenêtres aux montants ouvragés, aux vitres épaisses coulées dans un atelier de verrerie qui fabriquait également des bijoux qui rencontraient beaucoup de succès. De manière générale, tout le monde à Gaba était très élégant, quoique d'une façon différente des plus belles personnes d'en dehors de la zone rendue. À première vue, les vêtements qu'ils arboraient étaient semblables à ceux que nous portions depuis notre descente du train. Ceux-ci nous avaient d'ailleurs été retirés d'office par les hôtes le temps d'être lavés et raccommodés. Cependant, les habits de Gaba montraient une bien meilleure habileté dans le tissage et une infinie diversité de motifs et de manières, si bien que personne ne portait un habit identique et qu'on avait peine à croire que tous venaient de la même laine de mouton. On affichait des bijoux en verre, mais aussi en bois et en os, ou en dent. Ce qui nous troubla le plus fut le caractère franchement possessif, voire propriétariste à nos yeux, des gens de Gaba. Chacun était en effet particulièrement attaché aux objets qu'il utilisait et qu'il portait et prendre le bien d'un ou d'une autre sans le lui demander était vu comme particulièrement grave. Cela les conduisait à marquer d'une griffe la majorité de leurs possessions. Ulf et moi les interrogeâmes sur ce point. On nous répondit que les objets n'étaient pas des choses mortes. Ils avaient selon eux leur esprit propre qui se liait profondément à celui ou celle qui les fabriquait ou qui les utilisait, si la seconde personne était différente de la première. Cela conduisait les gens de Gaba à enterrer les morts avec de nombreux objets, parfois des outils de grande technicité et grande valeur. Cette tradition nous parut si absurde que nous ne pûmes nous empêcher de protester. Orchi fronça alors les sourcils et eut une moue douloureuse, signe que nous l'avions profondément offensée.

« Si Ulf venait à mourir, dit-elle froidement, lui ôterais-tu les chaussures des pieds pour les passer à sa place ?

— Ce n'est pas la même chose ! protestai-je. Des chaussures, j'en ai moi aussi ! Je n'ai pas besoin d'une paire de plus !

— Tu n'as pas répondu à mon aller-retour ! »

« Aller-retour » signifiait à ce moment-là « question ». Je secouai la tête.

« Non, probablement non. Je ne lui enlèverais pas les chaussures qu'il porterait. »

Orchi leva les deux mains, paume ouverte, de chaque côté de sa tête, dans un geste qui signifiait qu'elle n'avait plus rien à ajouter.

« Mais, insistai-je, cette horloge avec laquelle vous avez enterré Lantos…

— Tu veux dire Maruan. »

En effet, Lantos, sur son lit de mort, avait demandé à être gardé en mémoire sous le nom de Maruan. En cette rare occasion, comme il s'agissait d'une dernière volonté, Orchi se permit de me corriger pour ne pas risquer de le vexer. Les gens de Gaba pensaient en effet que les morts ne les quittaient pas, et c'était en partie vrai. Les tombes, non marquées, jouxtaient et nourrissaient le plus grand potager.

« Cette horloge, repris-je, avec laquelle vous avez enterré Maruan, elle fonctionnait. Elle aurait pu continuer de donner l'heure. Elle n'était pas hors d'usage : elle pouvait encore servir. C'est du… »

Je n'osais pas prononcer le mot. Ulf le fit à ma place, bien qu'avec davantage de précautions.

« Pour nous, cela ressemble à du gâchis. »

Orchi secoua la tête encore. Elle adopta un ton très doux et, à vrai dire, un peu condescendant, le genre de ton que les adultes prennent sans le vouloir lorsqu'ils s'adressent à des enfants.

« Connaissez-vous le nombre de personnes à Gaba qui savent fabriquer une horloge comme celle-ci, voire plus buis encore ? »

« Buis » signifiait « compliquée », sans doute par analogie avec l'enchevêtrement complexe des arbustes entourants le village.

« Non, dit Ulf. Bien sûr que non.

— Seulement à Gaba, au moins dix, sans compter les enfants qui peuvent apprendre à le faire. Alors, vous voyez, nous n'avons rien perdu en laissant partir Maruan avec son horloge. »

L'éducation et la transmission des savoirs étaient, de manière semblable à ce que nous connaissions, l'œuvre du village entier. Tout comme nous, les enfants connaissaient l'identité de leur géniteur et leur génitrice mais ne s'en préoccupaient guère. Ils vivaient avec tous les adultes comme à Pelagoya. Contrairement à ce nous avions cru tout d'abord, ils apprenaient très jeunes à lire et à écrire. Il n'y avait pas beaucoup de livres à Gaba, pour la simple raison qu'ils n'employaient pas l'imprimerie. Ils fabriquaient cependant un excellent papier, très souple et agréable, et façonnaient d'épaisses reliures. Il est vrai pourtant qu'ils mettaient peu de choses par écrit. Si j'en crois ce que m'a raconté Gob, les plus anciennes traces écrites sont des marques de transactions marchandes et des livres de compte. Cela, ils n'en avaient pas besoin. Ils ne tenaient même pas d'arbre généalogique : au vu des rapides changements de noms, cela n'aurait pas eu beaucoup de sens. Qui plus est, la mémoire collective était largement suffisante pour suppléer à la nécessité d'éviter les incestes, qui de toute façon ne semblaient pas les inquiéter outre-mesure. Ils haussaient les épaules. Ces choses-là arrivaient, rarement, et ne prêtaient pas réellement à conséquence. Les unions durables et les naissances issues d'enfants d'un même village étaient encore plus rares. Une fois grands, garçons et filles n'attendaient généralement qu'une chose : aller chercher des partenaires ailleurs, en ayants assez de ne connaître que la même douzaine de personnes du même âge qu'eux. Celles et ceux qui restaient attendaient les visiteurs des autres villages. L'écriture n'avait donc à Gaba aucun rôle administratif. Les épaisses couvertures de cuir de cerf ou de sanglier n'abritaient aucun registre.

On n'y écrivait qu'en de rares occasions. Quand quelqu'un composait un poème ou une chanson particulièrement belle, après négociation avec tout le village, il pouvait la poser sur le papier. Il en allait de même des histoires. Avant d'être inscrit sur le papier, le moindre conte devait être répété des dizaines de fois, jusqu'à ce que chaque phrase semble parfaite, chaque mot précisément choisi. Alors, seulement, on l'écrivait. Je tentai de lire quelques-unes de ces histoires, auxquelles je dois bien avouer que je ne compris presque rien. Elles en appelaient souvent à un répertoire d'autres contes et de références qui m'étaient inconnues. Un grand nombre mettaient en scène des animaux, avec une insistante prédilection pour les ours.

« Pourquoi les ours ? » demandai-je à Kano – ou peut-être était-elle déjà redevenue Alba à ce moment-là.

Pour ce que j'en avais compris, les ours qui peuplaient la montagne ne s'aventuraient presque jamais aux abords de Gaba, pour la bonne raison que la forêt suffisait largement à tous leurs besoins. L'ours était donc un animal qu'ils n'apercevaient presque jamais et cela l'entourait de mystère.

« L'ours, m'expliqua Kano, est la bête qui nous ressemble le plus. Il marche sur ses pattes arrière et il fait l'amour comme nous. Il a un visage comme nous et mange les mêmes choses que nous. C'est notre presque. »

Ici, « presque » signifiait quelque chose comme « frère » ou plutôt « cousin proche », sans qu'il soit question de lien du sang mais plutôt d'un rapport affectif. Ainsi, mettre en scène l'ours, c'était mettre en scène l'homme et les mésaventures que les histoires lui prêtaient faisaient rire ou pleurer parce qu'elles mettaient en scène les sentiments de l'auteur d'une manière paradoxalement éloignée et toute proche.

L'autre raison pour laquelle ces histoires écrites me restèrent obscures tient au vocabulaire. Lorsque quelqu'un couchait son œuvre par écrit, il le faisait avec les mots du moment. Or, ceux-ci ne faisaient que changer, disparaître, se remplacer les uns les autres, rendant le déchiffrage littéral de certains textes quasiment impossible. Un des jeux préférés des enfants et des jeunes adolescents était justement de lire à haute voix des ouvrages datants de plusieurs générations avant la leur, qui devenaient dans leur bouche un charabia absolument insensé dans lequel, par le biais des permutations lexicales, des tournures tragiques devenaient absurdes et comiques, voire graveleuses, ce qui suscitait le plus d'éclats de rire. Quelquefois, l'un d'entre eux remettait dans le vocabulaire du jour ce qu'il avait compris de l'histoire – souvent pas grand-chose – et inventait tout le reste, refaisant à sa guise le vieux texte. La nouvelle histoire, qui n'avait quasiment rien à voir avec l'originale – pour autant qu'une telle chose eût du sens à Gaba –, finissait par être inscrite dans un livre à son tour, non pas condamnée à l'immuabilité et à l'impermanence mais destinée à subir, quelques années plus tard, le même sort : l'incompréhension, la dérision salutaire, la réinterprétation. Aucun texte n'était signé, jamais.

Cela me surprit, surtout vu le rapport de ces gens aux objets et à la possession. Cette fois-ci, Alba rit ouvertement de la remarque.

« Ce ne sont que des mots ! Les mots ne peuvent être à personne ! »

Nous étions alors occupés à nourrir les poules semi-sauvages et les faisans qui allaient et venaient dans un large enclos. Depuis quelques années, les habitants de Gaba avaient résolu, à contrecœur semblait-il, de barricader les volailles dont un trop grand nombre disparaissait.

« Les renards ? Les loups ? »

Alba secoua la tête.

« Les fêleux. »

Autrement dit, les chats. Les chats sauvages, dont les ancêtres avaient dû s'échapper des villages eux-mêmes ou s'introduire dans la zone depuis l'extérieur, s'étaient multipliés dans les bois et il s'agissait d'un des rares animaux que les habitants de Gaba abattaient à vue.

« C'est triste, parce que ce n'est pas leur faute, mais même les loups n'y suffisent plus. »

Les quelques chats qui habitaient les villages pour éloigner les rongeurs étaient tenus sous haute surveillance et largement nourris pour éviter qu'ils ne s'enfuient à leur tout.

Dans le sable du volailler, elle traça de la pointe du pied le mot « brunhaut » qui devait désigner une espèce d'arbre, mais j'ai oublié laquelle.

« Regarde ce mot, dit Alba, est-ce que tu peux l'emporter avec toi sous terre ? »

De l'autre pied, elle effaça les lettres inscrites dans le sable et répondit à ma place.

« Non, bien sûr que non. »

Ainsi, les paroles, orales ou écrites, étaient les seules choses dont les gens de Gaba ne voulaient s'attribuer l'exclusivité. Cette coutume me parut peut-être la plus étrange de toutes mais je reste incapable de dire ce que j'en pense. Gob aurait détesté, bien sûr. La simple idée de déformer ses paroles, son texte, de son vivant ou après son décès, l'aurait mise en fureur. Quant à moi, j'avais trop le sentiment de flotter dans un rêve pour m'aventurer à porter un jugement. Le plus rassurant était encore d'aider aux ultimes récoltes et au soin des animaux et de se laisser porter par les concours d'invention de mots ou les histoires biscornues, le soir, serrés près d'un feu dans l'une des couvertures de fourrure qu'on nous avait données.

Au moment de notre départ, puisqu'il fallut bien que nous fassions demi-tour avant que la neige ne se mît à tomber pour de bon et ne bouchât notre passage, je voulus les rendre, mais celles et ceux de Gaba me regardèrent sans comprendre. Je restai interdit.

« C'est à toi ! » protestèrent-ils.

Rien que ces mots firent remonter un frisson désagréable le long de mon échine.

« C'est un cadeau ! »

En effet, l'idée de prêt n'existait pas à Gaba. Un objet était la possession d'une personne ou d'une autre, mais toujours entièrement, absolument. Il n'y avait pas d'entre-deux. Ces fourrures, dans lesquelles d'autres avaient certainement dormi avant nous, m'appartenaient désormais. Le seul moyen de les rendre aurait été de les offrir en cadeau à quelqu'un, mais on pouvait très bien refuser un cadeau et je n'avais aucun doute que, eussé-je essayé, personne n'aurait accepté de recevoir ces couvertures. Je ne sais plus ce qu'il en est advenu. Je les ai certainement laissées à la cabane en attendant le train, pour servir aux gardes-zones.

Si les villageois se montrèrent entièrement ouverts et même désireux de nous expliquer leur vie et leurs habitudes, ils ne manifestèrent par contre jamais le moindre intérêt pour le monde hors de la zone rendue. Ils levèrent même des sourcils étonnés ou changèrent immédiatement de sujet toutes les fois que l'un d'entre nous utilisa ce terme ou même évoqua l'extérieur et notre quotidien.

« Tu ne trouves pas ça bizarre ? » murmurai-je à Ulf, un soir.

Kano dormait profondément dans l'autre chambre, laissant Ulf et moi partager celle-là.

« Quoi donc ?

— Tu ne trouves pas bizarre qu'ils ne veuillent rien apprendre sur l'extérieur de la zone rendue ? Qu'ils ne veuillent même pas en entendre parler ?

— Sans doute que cela ne les intéresse pas. »

Ce soir-là, cette réponse simple comme Ulf savait les faire ne me suffit pas.

« Il doit y avoir une raison à ça. Si j'avais vécu toute ma vie dans un village dans la forêt et si j'apprenais qu'il a des milliers, des millions d'autres gens qui vivent une tout autre vie que moi, je serais au moins *curieux*, pas toi ?

— Si. Mais comme toi, je n'ai pas vécu toute ma vie dans un village dans la forêt. Et puis, qu'est-ce qui te fait croire qu'ils ne sont pas au courant ? »

Le lendemain, j'observai tous les villageois d'un œil nouveau, tentative futile de déceler chez eux le signe de la connaissance du monde extérieur. Qu'attendais-je ? Quel geste aurait signifié pour moi qu'ils savaient ? Le plus simple aurait encore été de leur poser la question, mais je savais qu'ils auraient fait semblant de ne pas comprendre. De toutes les choses étranges à mes yeux à Gaba, c'est encore cela le pire : ils avaient conscience de leur situation, n'y trouvaient rien à redire, choisissaient de l'ignorer, comme si le monde antonien ne pouvait de toute manière avoir aucun attrait à leurs yeux. Les habitants de ce village, non, de *ces* villages, habitaient hors du monde et trouvaient cela très bien comme ça.

De là me vint enfin la question qui aurait dû, en réalité, être la première à poser.

« Qui sont ces gens ? »

Et cette interrogation en amenait immédiatement deux autres :

« D'où viennent-elles ? Depuis combien de temps sont-elles là ? »

Ulf mit longtemps avant de répondre.

« Je ne suis pas certain. Je ne peux que te répéter ce qu'on m'a dit.

— Qui ça ?

— Les gardes-zones ? »

Évidemment.

« Ce que je comprends c'est que, au moment de la Déclaration d'Antonia, au moment de sa diffusion et son application, il y a eu des gens qui n'étaient pas d'accord.

— Des propriétaristes ? »

Je repensais à l'horloge enterrée.

À quelques dizaines de centimètres de moi, je sentis plus que je ne vis Ulf secouer la tête.

« Non, au contraire. Ces gens-là trouvaient que la Déclaration d'Antonia n'était pas assez. Elles pensaient qu'elle laissait trop de mauvaises choses en place et qu'il fallait aller plus loin. Arrêter le train. Arrêter l'électricité. Réduire encore la place des êtres humains dans le monde jusqu'au plus petit possible : le strict minimum.

— Elles pensaient que la Déclaration n'était pas *suffisante* ? »

Je restais bouche bée, incrédule.

« Pour ce que j'en ai compris, il y a eu de longues discussions. Très longues. En d'autres temps, tout ça se serait peut-être terminé par de la violence, mais personne ne voulait de ça. Les défenseurs de la Déclaration ne voulaient rien imposer par la force. Les autres voulaient juste être laissés tranquilles, être laissés libres.

— Mais la Déclaration d'Antonia...

— ... nous garantit la liberté et la responsabilité, je sais. Mais pour ces gens-là, même un peu de pouvoir, même l'Assemblée législative, même les caisses des salaires, les caisses d'investissement, même les écoles, les secondaires, les universités, c'était déjà trop. Elles n'auraient accepté que moins, toujours moins.

— Moins de quoi ?

— Moins de gouvernement. Elles avaient peur qu'après un temps, malgré les bonnes intentions, tout recommence comme avant. Elles disaient que le pouvoir corrompt, de toute façon, et que la plus petite force de contrainte était déjà insupportable. C'était déjà de la domination.

— Tu veux dire qu'elles étaient des anarchistes ?

— Non, pas des anarchistes. Dans un sens, la Déclaration d'Antonia était déjà anarchiste, puisqu'elle remet en cause les modes de commandement. C'étaient des acrates, plutôt. A-*krátos* : pas de domination, pas de pouvoir institué du tout. »

Je ne comprenais pas.

« Mais ce n'est pas possible. Leurs assemblées, leurs prises de décision, les mots qui changent... Tout ça, c'est du pouvoir, non ? »

Ulf haussa les épaules.

« Je ne sais pas. Sans doute. Eux, en tout cas, ne le conçoivent pas ainsi.

— Alors, qu'ont-ils décidé ? Ces acrates et ceux qui défendaient la Déclaration d'Antonia.

— Ils sont arrivés à un accord. L'idée des zones rendues était déjà là. Elle contentait déjà la majorité. Les acrates n'étaient pas très nombreux. Alors, comme le mode de vie qu'ils défendaient pouvait s'y adapter, ils ont accepté d'aller y vivre, le plus loin possible de tout le reste. En échange, les tenants de la Déclaration d'Antonia ont juré que personne ne viendrait les déranger ou les en chasser. Ils ont aussi juré de ne pas rendre leur présence publique, pour qu'ils puissent vivre sereins.

— Alors Kano, et tous les autres, et les autres villages…

— … sont les descendants de ces gens-là. De celles qui refusaient même la Déclaration d'Antonia.

— Je ne comprends pas.

— Pour être honnête, moi non plus. Mais peut-être qu'il n'y a pas besoin de comprendre, simplement d'accepter, et respecter l'accord.

— Alors, c'est à ça que servent les garde-zones. Pas à rapatrier les randonneurs égarés, du moins pas seulement. Ils gardent véritablement. Ils protègent les villages acrates de toutes les intrusions.

— Je pense que cela devait faire partie de l'accord initial, oui. Mais comme ce n'est marqué nulle part, comme toutes les traces des acrates ont été effacées, sur leur demande, il est impossible d'être sûr. »

Il soupira, et dans ce souffle il y avait autant de regret que de désir.

« Comme ce n'est marqué nulle part, les gens comme Livia te diront que ce n'est jamais arrivé, que ça n'existe pas.

— Mais ils sont bien là, pourtant. Il suffit de venir voir.

— C'est là toute la beauté de l'accord. Vois-tu, personne n'entre dans la zone rendue. Cela fait partie des règles les plus importantes de la Déclaration, pas vrai ? Que les êtres humains restent à l'extérieur. »

J'entendis son sourire au ton de sa voix.

« Il ne viendrait à l'idée de personne de sain d'esprit de se perdre volontairement dans ces montagnes à la recherche d'un hypothétique village qui n'a de toute façon pas très envie d'être trouvé.

— Mais nous, nous sommes là. Si nous en parlons…

— Nous n'en parlerons pas. C'est la règle. Et même si nous en parlions, il y a de bonnes chances qu'on pense que nous inventons. Après tout, nous ne rapporterons aucune preuve, tout comme nous n'avons rien emmené du monde extérieur en entrant dans la zone. Je te l'ai dit : si ce n'est écrit nulle part, c'est que ça n'existe pas. Et même si c'est écrit…, peut-être que tout est inventé.

— Mais maintenant je sais. Je sais que c'est *réel.*

— Maintenant tu sais. Et moi aussi. Est-ce que ce n'était pas une belle surprise ? »

Le chemin du retour fut plus difficile que l'aller. La température se mit à baisser rapidement. Je fus finalement heureux d'avoir gardé les fourrures. Il nous fallut remonter la Nevel, ramer contre le courant lorsque c'était possible et porter le bateau sur la rive le long des rapides. Nous dissimulâmes le canoë là où nous l'avions trouvé. À ma grande déception, la végétation avait déjà effacé les traces de notre passage dans l'autre sens. Il nous fallut de nouveau nous frayer un chemin vers l'ouest, quand le sentier marquant l'ancienne route disparut, après avoir remonté le ruisseau sans nom. Quand nous parvînmes à la cabane, personne ne nous y attendait. Il faisait si froid que l'eau de pluie de la douche nous parut tiède. Dans la première pièce, du côté des voies ferrées, nous retrouvâmes les habits et les bagages que nous avions abandonnés en arrivant. Ulf trouva un terminal dans une commode et envoya un message pour demander au train de venir nous chercher. L'appareil me parut irréel. Nous passâmes la nuit là, serrés l'un contre l'autre. Au petit matin, nous fûmes réveillés par le son grinçant et brinquebalant de la vieille locomotive. Le conducteur nous salua mais ne fit pas de commentaire. Il ne nous demanda pas non plus d'où nous venions, où nous étions allés. Une fois que nous fûmes assis, il ne nous adressa plus la parole. Ulf s'endormit presque immédiatement après le départ. La tête collée contre la vitre, j'attendis un sommeil qui n'arriva pas. J'étais pourtant exténué, plus fatigué que jamais auparavant. Mon corps aspirait au repos mais mon regard et mes pensées ne voulaient pas s'arrêter. À l'aller, la forêt le long des voies m'avait paru impénétrable. Au retour, elle me semblait presque clairsemée, comparée aux bois que nous avions traversés, à la pente que nous avions gravie, aux fourrés à travers lesquels nous nous étions faufilés. Un aller-retour. Autrement dit : une question et une réponse. La question était : qu'y a-t-il dans la zone rendue ? La réponse, je sais que je n'aurais pas dû l'écrire. Toutefois, Ulf a sans doute raison. Qui me croirait ? Qui me croira ?

Il est possible que j'aie tout inventé.

L'image de la carte que j'avais étudiée au bord de la mer, alors que Gob écrivait à la fenêtre, m'obsédait. Je me souvenais de la forme d'arche inversée du tracé des lignes de chemin de fer, la forme immense de la zone rendue à l'intérieur de laquelle rien n'était indiqué, bien sûr. Pourtant, Gaba, ou Jaba, existait, en plein cœur des montagnes, en dehors de tout le reste, se pensant en dehors de tout pouvoir et de toute domination. Peu importait qu'il le fût réellement. La chose qui me tint éveillé jusqu'au quai de la gare était celle-ci : l'important n'était pas qu'ils aient raison ou non. L'important était qu'ils existent : dernières lignes ajoutées à l'encre invisible en bas de la Déclaration d'Antonia.

Décembre

L'hiver suivant, il neigea à Antonia. La chose était suffisamment rare pour prendre toute la ville par surprise. En une fin d'après-midi, une soirée et une nuit, tout se recouvrit de plus de vingt centimètres de neige. Ce matin-là, je me suis réveillé dans un silence étrange. Tous les bruits de la ville étaient atténués, étouffés. La ligne de tramway qui passait à quelques mètres de la fenêtre de la chambre restait muette. Les rames ne circulaient plus. Quand le jour fut tout à fait levé, les Antoniens osèrent enfin sortir. À pas précautionneux, ils s'avancèrent dans la neige, les chaussures et le bas des pantalons trempés faute de vêtements adaptés. Certains tenaient par la main des enfants hésitants, légèrement apeurés, qui s'accroupissaient maladroitement pour toucher l'étrange matière blanche et froide. Ils en prélevaient une poignée et la portaient à la bouche, leur expression passante de la peur à la curiosité puis à la surprise. Ils recrachaient brusquement l'eau froide et les crachats faisaient de petits cercles foncés sur le blanc. Le vieil adage circulait dans les rues comme une plaisanterie : « Ne mangez pas la neige jaune ! » Personne ne travailla beaucoup ce matin-là. Les enfants des écoles et des secondaires s'égayèrent dans toutes les directions, impossibles à retenir même si les professeurs l'avaient voulu – et ils ne le voulaient pas –, bâtissant des figures de neige tarabiscotées, que le terme « bonhomme » ne suffisait pas à décrire. Quelques-uns se jetèrent des boules blanches à la figure, mais cela ne les amusa pas longtemps. Le bruit de la neige craquant sous les chaussures, les chutes accidentelles et les roulades volontaires dans la poudre glacée étaient bien plus amusantes. Les plus courageux des adultes cherchèrent à dégager les vélos ensevelis, mais leurs pneus, trop lisses, n'étaient pas adaptés à la neige. Les plus motivés dénichèrent des raquettes ou s'en fabriquèrent de fortune avec des raquettes de tennis pour se rendre sur le lieu de travail. Les réseaux étaient remplis d'images blanches et d'éclats de rire. Je n'attendis pas longtemps le message du centre qui me conseillait de ne pas venir au travail ce jour-là et de profiter tant que cela durait. Le reste pouvait bien attendre un jour ou deux. Partout dans Antonia, l'activité s'arrêta. Avec la manche du manteau, j'essuyai tant bien que mal un banc sur lequel je m'assis pour dessiner. Après des années, je m'étais enfin décidé à prendre des cours et à tenter de devenir capable de mettre sur le papier une image au moins reconnaissable de ce qu'il y avait devant mes yeux. Je ne montrais en général ces esquisses à personne. Cependant, je dessinais. Ce travail-là n'avait besoin d'aucune validation extérieure pour être important à mes yeux. Je dessinais, tout simplement. Peu importait ce que je dessinais, si c'était beau, joli, ou même simplement réussi. Chaque fois que je prenais les crayons et le carnet, les liens entre mes yeux et mes doigts se resserraient. Petit à petit, je progressais. Il n'y avait pas de raccourci possible. Je ne perdrai donc pas de temps à décrire ces images, égarées depuis longtemps. Sur les réseaux, quelques voix enjoignirent la commune à saler les rues, au moins les axes principaux. La commune mit longtemps à répondre, mais d'autres s'en étaient chargés avant elle.

« Pourquoi gaspiller tant de sel ?

— La neige finira par fondre toute seule !

— Mais dans combien de temps ?

— Qu'importe ! »

Alors, il n'y eut pas sel sur les rues. Pas de raccourci. Le froid persista toute la journée, et toute la nuit suivante. Le lendemain, je n'étais pas encore habillé quand le message du centre répéta la consigne de la veille. Rien ne pressait. Alors, j'invitai Livia à déjeuner, la dérangeant probablement avec quelqu'un qui était venu lui tenir chaud, et je passai la matinée à préparer un aligot avec des restes de fromage et de pommes de terre. J'étais si préoccupé par le geste répétitif de la préparation et la musique qui jouait que je ne remarquai Livia qu'au moment où elle s'assit à la table, y posant une bouteille de vin du Peigne. Je me retournai pour la regarder. Elle était couverte de neige et de givre sur tout un côté. Elle était trempée et grelottante.

« Qu'est-ce qui t'est arrivé ? »

Il m'a fallu insister pour enfin avoir une réponse.

« J'ai glissé, voilà ! cracha-t-elle soudain. J'ai glissé sur une fichue plaque de givre ! »

Il y eut un instant de silence puis nous avons éclaté de rire. Elle s'est déshabillée et, le temps que je termine de cuisiner, elle est allée se réchauffer sous la douche avant de se changer en visitant le placard de la chambre. Le pantalon et le t-shirt qu'elle choisit étaient trop larges mais pas trop longs, car nous faisions la même taille. Nous avons mangé sans presque parler, tournés la plupart du temps vers la fenêtre où des flocons continuaient de tomber, quoique moins épais. Dehors, Antonia existait au ralenti. Livia ne m'avait jamais interrogé sur les semaines passées avec Ulf dans la zone rendue. Au retour, toute trace de jalousie avait disparu. De toute manière, je n'aurais pas su, pas pu, lui raconter réellement ce que nous avions vécu ni les gens que nous avions rencontrées. Les dessins n'existaient que sur le carnet ; les souvenirs n'existaient que dans ma mémoire. C'était très bien comme cela. Nous avons raclé la casserole jusqu'à que toute trace de pomme de terre, de crème et de fromage eût disparu puis, les joues rougies par le vin et le fromage, nous nous sommes écroulés sur le canapé. Après quelques minutes d'abattement, j'ai tiré le carnet à dessin et j'ai tenté d'ajouter des couleurs aux croquis de la veille. Livia, elle, a sorti des copies d'étudiants qu'elle annotait sans grand enthousiasme, se contenant de petits grognements çà et là.

« À la fin de cette année, j'arrête tout ça, et je retourne travailler seulement aux archives. »

Si l'on peut avoir le goût du savoir, de sa recherche et de son élaboration, sans avoir celui de la transmission, alors Livia en était le plus parfait exemple. Les quelques classes qu'elle donnait lui faisaient l'effet de corvées qui la détournaient du travail qui comptait réellement à ses yeux. Le doctorat achevé, elle était libre, une fois son engagement professoral accompli, de porter ses recherches là où elle le voulait. D'ici là, elle enseignait sans déplaisir, mais sans passion.

« Quel était le sujet ? finis-je par demander, l'entendant soupirer.

— Rapports de propriété et de travail dans le premier capitalisme, me répondit-elle d'une voix blanche.

— Je ne sais pas si j'aurais grand-chose à dire là-dessus, commentai-je.

— Oui, mais toi je ne t'ai pas donné dix heures de cours sur le sujet. Quand j'étais étudiante… »

Je souris :

« " Nos jeunes aiment le luxe, ont de mauvaises manières, se moquent de l'autorité et n'ont aucun respect pour l'âge. À notre époque, les enfants sont des tyrans. "

— D'où sors-tu cette ânerie ?
— Socrate, je crois. Ou Platon. Ou un autre Grec.
— Et depuis quand lis-tu Socrate ou Platon ?
— J'ai vécu longtemps avec Gob. »
Livia hocha la tête.
« Je ne sais pas si ces étudiants se moquent de l'autorité mais, en tout cas, ils ne relisent pas suffisamment les notes qu'ils prennent ni la bibliographie que je leur conseille.
— Et toi, tu faisais tout cela parfaitement, bien sûr ? »
Livia prit une expression faussement courroucée.
« Umo, je lisais *tout* ce qu'on me disait de lire ! »
Je soupirai en levant les bras vers le plafond.
« Je dois être maudit. Je suis entouré de tous côtés par des lectrices ! »
Livia soupira.
« Enfin, dans quelques années, je suppose, l'une d'entre eux sera à ma place et se dira la même chose.
— Depuis la Grèce antique, je te le dis !
— Ne fais pas comme si tu connaissais quelque chose à l'Antiquité grecque.
— Absolument rien. À part des citations approximatives. »
Le stylo retomba à plat sur le tas de copies. Fort à propos, le terminal posé sur la table basse se mit à sonner. Il ne s'agissait pas d'un appel mais d'un message envoyé par la commune à tous les terminaux de la zone géographique. Apparemment, un train rempli de provisions venues des maraîchages ceinturant Antonia était resté coincé par la neige à six kilomètres de la gare centrale, où l'attendaient des camionnettes électriques qui ne pouvaient pas circuler non plus. La commune appelait donc chaque adulte disponible à rejoindre le train pour aider au déchargement et à l'acheminement des marchandises jusqu'au centre logistique communal ou directement dans les magasins conventionnés. Livia, dont le terminal avait reçu la même alerte, se leva brusquement.
« Tout, s'exclama-t-elle, plutôt que de continuer à lire ces inepties. »
Puis elle enfila la paire de bottines encore humides qu'elle avait laissée près de la porte et abandonna les copies sur la table à manger où je crois bien qu'elles sont restées plusieurs jours avant qu'elle ne vînt les récupérer pour en terminer la lecture. Visiblement, l'occasion de s'en débarrasser pour quelque temps était trop belle pour y résister.

Nous sommes donc sortis. Les chaussures inadaptées qui s'enfonçaient profondément dans la neige et nous forçaient à lever haut les genoux nous donnaient l'allure de bizarres échassiers, les manteaux, les bonnets et les moufles figurant un plumage un peu ridicule. Nous n'étions visiblement pas les seuls à avoir répondu à l'appel de la commune. Petit à petit, une sorte de file se forma en direction des voies de chemin de fer. Certains s'aidaient dans leur progression de cannes et de bâtons. D'autres glissaient au-dessus de nous qui avions de la neige presque jusqu'aux genoux sur des skis sortis d'on ne savait où, vu qu'il n'y avait pas de pistes de ski sur le Peigne. En quelques minutes, faute d'habits réellement imperméables, nous nous sommes retrouvés trempés. La marche jusqu'aux voies, un peu moins de cinq kilomètres à travers la partie ouest d'Antonia, prit environ deux heures quand, en temps normal, un quart d'heure de vélo suffisait. Aux fenêtres, de jeunes enfants saluaient la caravane de plus en plus longue, agitaient les bras et poussaient des cris avec, derrière eux, les visages des adultes qui restaient pour s'occuper d'eux. Une fois parvenus aux rails, l'avancée fut rendue un peu plus aisée car un groupe équipé de pelles était passé avant nous. Finalement, nous aperçûmes enfin la locomotive arrêtée ainsi que l'énorme tas de neige congelée qui s'était formé devant elle auquel on s'attaquait à grands coups de pelles, de pioches mais aussi, en bien petite quantité comparé aux réclamations antérieures, de gros sel. Cependant, la masse deux fois gelée était aussi dure que de la pierre et ce que l'on parvenait à faire fondre gelait aussitôt. Finalement, on décida d'allumer un brasero à côté et d'attendre. Laisser faire la chaleur du feu de bois et le temps était encore la manière la plus économique en énergie humaine et en ressources. Pendant ce temps, d'autres avaient ouvert les portes des wagons et commençaient déjà à décharger les caisses de légumes, de viande et de céréales. Une voix d'homme, quelques mètres derrière moi, commenta d'un ton cynique :

« Au moins, la chaîne du froid ne sera pas rompue. »

Sans plus attendre, nous nous sommes mis au travail. Ayant travaillé aux entrepôts d'Iliat, je ne fus pas surpris, comme certains et certaines, par la quantité de produits que contenaient les wagons, surtout considérant qu'il ne s'agissait que d'un seul train parmi d'autres qui approvisionnaient normalement Antonia en ce qu'elle ne produisait pas elle-même. Les caisses les plus lourdes restaient celles de bière, de liqueur et de vin qui me firent vite regretter celui que Livia et moi avions bu et le copieux repas que nous avions pris. La sueur ne tarda pas à se mêler à la neige fondue pour terminer de me tremper tout à fait. Nous entassions les caisses déchargées sur le plancher à peu près sec d'un kiosque, protégé des chutes de neige par son ancien toit semi-circulaire de fer forgé. Là, elles attendaient la venue de traîneaux. Plutôt que de traîneaux, il faudrait que je parle de travois sommaires, fabriqués à la hâte et qui ne pouvaient contenir que deux ou trois caisses. Ce chargement était de toute façon bien suffisant puisque chaque engin était tracté non pas par une bête de trait, mais par un ou une Antonienne qui saisissait les poignées et tirait de toutes ses forces. Quand la nuit tomba, très tôt, le froid se fit trop intense et le travail s'arrêta. Il ne restait qu'un seul wagon à décharger. À peine un tiers des caisses avait été emporté. Épuisés, Livia et moi nous dirigeâmes vers l'appartement que j'occupais, plus près. Après une douche brûlante, nous nous sommes écroulés au lit et endormis tout de suite, sans un mot.

Le lendemain, il fallut recommencer. Nous avons rejoint le train en marchant dans les traces laissées par la cohorte de la veille, déjà recouvertes d'une fine pellicule de givre et de neige tombée pendant la nuit. L'avancée était plus facile au premier abord mais aussi plus dangereuse car le gel rendait le sol glissant. Contrairement à ce que je m'étais imaginé, le nombre de volontaires n'avait pas diminué et semblait même avoir légèrement augmenté. Les mines étaient résolues mais on riait et on chantait même. Sans prendre l'accident à la légère, personne ne le considérait comme une catastrophe, et pour cause : hormis les céréales et leurs sous-produits ainsi que, dans une moindre mesure, la viande de bœuf ou de porc, Antonia était capable de s'alimenter toute seule pendant plusieurs jours, voire des semaines. Elle ne dépendait pas de ce train, ni même des autres qui avaient atteint leur destination, pour survivre. Le principe d'autosuffisance avait même présidé à toute la conception de la ville, dans les premières années suivant la Déclaration d'Antonia. Aux premiers signes de grand froid, on avait mis les cultures à l'abri, déployé des serres escamotables, rentré les volailles et les petites bêtes. Il y aurait certainement de la perte dans les cultures, mais rien de trop important. Tout cela faisait que nous nous sommes remis au travail avec sérieux, mais sans gravité. Au milieu de la journée, l'ultime wagon était entièrement déchargé et nous avons consacré toute notre énergie au chargement des travois qui partaient dans toutes les directions, vers tous les magasins conventionnés de la ville. Nous tentions de répartir à peu près également les marchandises - frais, sec et produits non alimentaires - sans excéder le poids que chacun pouvait tirer. Cela ressemblait aux mois passés au centre logistique d'Iliat, en bien plus fatiguant. Après plusieurs heures passées à charger, alors que la lumière baissait déjà sur le milieu de l'après-midi, je m'emparai des poignées d'un travois et je pris la direction du magasin de l'avenue Weil. Il n'y avait que trois kilomètres à parcourir, mais ils me semblèrent interminables. Bien plus que jamais auparavant, même pendant la traversée retour de la zone rendue, le monde sembla se resserrer autour de moi, dans une sorte de non-lieu blanc, de non-voyage sans fin rythmé par le craquement de la neige sous mes pieds, en contretemps de ma respiration et du battement sourd de mon cœur. J'avançais comme au milieu de nulle part, dans ces rues et ces avenues qui, bien que je les connusse parfaitement, semblaient avoir disparu. Je ne discernais qu'à peine les voix lointaines, de l'autre côté du blanc, qui m'encourageaient. Je crois que j'ai tenté de sourire pour les remercier mais mon expression devait ressembler bien davantage à la disgracieuse grimace de l'effort. Plié en deux, j'ai avancé sans m'arrêter, tête baissée et rentrée dans les épaules, les biceps contractés et les genoux pliés pour maximiser la poussée de mes jambes. Enfin, au bout d'un temps que je ne saurais compter, j'aperçus l'enseigne vert pâle du magasin conventionné ainsi que deux silhouettes qui s'avançaient vers moi, bras tendus pour me soulager, pour m'aider à parcourir les derniers mètres. Après le blanc du dehors, l'intérieur du magasin, orangé et agréable, me fit cligner des yeux. Une fois passé les portes, j'eus l'impression de m'enfoncer dans un mur de chaleur. Je me suis débarrassé du manteau, du pull, de la chemise et du pantalon que je portais. Claquant des dents, j'ai défait les lacets des chaussures tandis qu'on m'apportait des couvertures sèches, de l'eau chaude et du café. Je suis resté un long moment, à demi-nu, une tasse fumante dans les mains, à regarder les travailleurs du magasin tirer le travois jusqu'à la réserve. On m'a parlé, j'ai répondu, mécaniquement, sans vraiment savoir ce qu'on me disait. J'avais l'impression de brûler. Après toute la journée passée au-dehors, la chaleur du magasin était presque inconfortable. Quand j'ai cessé de trembler, ils m'ont fourni de nouveaux vêtements et des chaussures à ma taille et plus adaptées à la neige. J'ai saisi les poignées du travois vide et je me suis dirigé vers les portes.

« Tu es certain que tu ne veux pas qu'on t'aide ? Ou bien rester encore un peu ? »

Je devais avoir une bien sale mine, à en croire leurs expressions soucieuses. J'ai secoué la tête obstinément. Alors, ils ont poussé les portes pour me laisser passer. Dans le temps que j'avais passé dans le magasin, une neige fine, poudreuse, s'était mise à tomber, si bien que, mon avancée pourtant facilitée par les nouvelles chaussures et la moindre charge que je tirais, je mis presque autant de temps à atteindre le kiosque de départ. Livia, les bras chargés de cageots de courges, contempla ma figure blanchie et commenta sobrement :

« Tu ne ressembles à rien du tout. »

Cela déclencha quelques rires autour de nous. J'ai laissé tomber le travois et, malgré moi, j'ai aussi éclaté d'un rire nerveux en voyant la quantité de marchandises qui restaient à mettre à l'abri. J'ai attendu qu'on charge à nouveau le travois et je suis reparti, cette fois en direction de la rue Freinet, qui était plus proche que l'avenue Weil. Quand je suis parvenu au magasin, il faisait nuit pour de bon et il fallut qu'on me fournisse une lampe frontale pour espérer retrouver le kiosque. Les flocons traçaient des lignes blanches sur fond noir dans l'éclat de la lampe. Au bout de quinze minutes, ne voyant toujours rien, cherchant fébrilement à distinguer un nom de rue ou un plan sur les murs, j'ai dû me rendre à l'évidence. J'étais complètement perdu. Cette fois-ci, mon éclat de rire a été franchement amer. J'avais réussi à traverser la zone rendue dans les deux sens et voilà que je me perdais dans les rues familières d'Antonia ! J'ai voulu tirer le terminal de la poche du pantalon, espérant utiliser la géolocalisation, mais il a glissé entre mes mains gantées humides pour tomber quelque part dans la neige avec un bruit mat. Je ne sais pas si, quand la neige a fondu, quelqu'un a pu le récupérer et le faire encore fonctionner. J'ai continué d'avancer tout droit. Je ne voyais pas à plus d'un mètre devant moi. Le ridicule de la situation me rendait encore plus obstiné. Je refusais d'admettre que j'étais perdu. Pourtant, mon pas ralentissait au fur et à mesure que le froid humide s'insinuait dans les vêtements. Insensiblement, je me suis mis à frémir puis à trembler, jusqu'à être pris de spasmes incontrôlables. Alors, j'ai lâché les poignées du travois et j'ai serré les bras contre mon torse, les mains coincées sous mes épaules. J'ai tourné sur moi-même, complètement désorienté. Quelque part, loin derrière la neige, il m'a semblé entendre une voix féminine appeler mon nom.

« Umo ! »

Je me suis persuadé un instant qu'il s'agissait de celle de Gob, ce qui était peut-être encore le plus ridicule de tout. J'ai pourtant répondu :

« Il y a quelqu'un ? »

Personne n'a répondu. J'ai tourné sur moi-même, appelant encore, si bien que j'ai achevé de me désorienter : le travois que je pensais avoir laissé un ou deux pas derrière moi n'y était plus. J'ai appelé une nouvelle fois. La peur s'est ajoutée au froid pour causer les tremblements. J'ai choisi une direction au hasard, celle d'où avait semblé venir la voix que j'avais entendue, et je me suis remis à marcher. Je ne sais pas pendant combien de temps. J'ai continué d'appeler, ma voix chaque fois moins forte. Je ne pouvais pas dire si ma vue se troublait ou si la neige tombait plus dru. Je ne sais pas combien de temps je suis resté dehors mais j'ai soudain entendu une porte s'ouvrir près de moi. Des pas se sont rapprochés et des mains m'ont saisi. Elles ont voulu me soulever et je me suis laissé faire. On m'a porté jusqu'à l'intérieur d'une maison. Une fois dedans, on m'a entièrement déshabillé et séché en me frottant vigoureusement. Je ne sentais que les gestes. Je ne voyais pas de visages et n'entendais qu'un vague murmure de voix, doux et rassurant toutefois. Quand j'ai été sec, on m'a plongé dans une baignoire remplie d'eau tiède. J'ai soupiré d'aise, tandis qu'un thermomètre s'introduisait entre mes lèvres et dans mon oreille. La vapeur de l'eau masquait le visage de la personne qui s'occupait ainsi de moi.

« Gob ? » ai-je demandé, à tout hasard. Mais ce n'était pas elle, non. C'étaient des inconnus, d'anonymes antoniens qui m'avaient ramassé, comme un animal égaré, et me soignaient pour mieux me laisser repartir. Ils m'ont laissé longtemps dans le bain, jusqu'à ce que l'eau ait refroidi pour être juste un peu fraîche. Puis on m'a aidé à me relever, à me sécher de nouveau. À quelques pas de là, on m'a bordé sous d'épaisses couvertures. J'ai fermé les yeux. J'ai éternué. Une main m'a mouché. Je me suis endormi.

Le lendemain matin, l'appartement était vide. Les vêtements étaient nettement pliés, secs, sur une chaise près du lit. Sur le comptoir de la cuisine, j'ai trouvé un mot griffonné d'une écriture hâtive et difficilement déchiffrable :

« Partis terminer le travail. Bon réveil. Café coulé. Fromage dans le réfrigérateur. »

J'ai découvert que j'avais faim. J'ai bu deux grandes tasses de café en y trempant de larges tartines de fromage odorant. Une fois le repas terminé, j'ai lavé le peu de vaisselle que j'avais utilisée et j'ai hésité sur la marche à suivre. Dehors, un soleil timide perçait entre les nuages. Au moins avait-il cessé de neiger. Finalement, j'ai retourné la note et j'ai inscrit quelques mots, bien peu en comparaison de l'aide qu'on m'avait apportée :

« Merci pour tout. Bon courage pour la suite ! À charge de revanche ! »

En toute honnêteté, je ne voyais pas dans quelles conditions je pourrais être amené à rendre la pareille à ces inconnus, les circonstances étant particulièrement exceptionnelles. Cependant, toute aide apportée se suffit à elle-même et n'attend pas forcément de retour.

Je suis sorti et j'ai découvert, à la lumière du jour et à ma grande honte, que je n'avais avancé que de quelques centaines de mètres depuis le magasin de la rue Freinet. J'ai pris le chemin de l'appartement. Même avec de meilleures chaussures, je mis plus d'une heure à y parvenir. En poussant la porte, j'eus la surprise d'y découvrir Livia endormie sur le canapé, les vêtements de la veille jetés au sol au milieu d'une fine flaque de neige fondue. Elle se redressa brusquement en m'apercevant.

« Où étais-tu ? Je t'ai cherché partout ! Tu m'as fait peur ! »

Je lui racontai du mieux que je le pouvais ma mésaventure. Livia me regardait d'un air soupçonneux.

« Je t'assure que c'est comme ça que ça s'est passé !

— Peut-être que c'est moi que tu as entendu appeler. Je t'ai cherché ! » a-t-elle répété.

Puis, sans rien ajouter, elle se servit dans le placard en vêtements secs et s'en alla. Les copies de ses étudiants étaient abandonnées sur la table de la cuisine et les vêtements sur le sol. Je rangeai les uns, descendis les autres à la laverie. Juste après avoir mis la machine à laver en marche, un courant d'air me passa sur le cou et je fus pris d'une incontrôlable crise d'éternuements. Par réflexe, je mis la main dans la poche du pantalon. J'y trouvé un mouchoir en tissu qui n'y était pas la veille. C'est un magnifique morceau de tissu blanc, brodé de délicates fleurs rouges, vertes et jaunes, si bien que j'hésitai un instant à me moucher dedans ; ultime cadeau de celle, celui ou ceux qui m'avaient sauvé du froid. Cela peut sembler dérisoire, superstitieux même, mais il fait partie des rares objets que j'ai gardés avec moi jusqu'à ce jour. Je n'ai jamais retrouvé la ou les personnes qui m'avaient aidé. Elles n'ont jamais cherché à se faire connaître de moi.

La vie que je menais à ce moment à Antonia ressemblait étrangement aux premières années de salariat à Iliat. J'avais trouvé un logement dans une petite coopérative située dans le quartier de l'Atlas, occupée majoritairement par des travailleurs seuls comme moi. L'immeuble était légèrement à l'écart des autres, où vivaient celles et ceux qui prenaient part à l'éducation des enfants. L'organisation de la vie de la coopérative n'était pas très différente de celle du 3, rue Pitre. Six personnes en moyenne occupaient l'immeuble, parfois plus, parfois moins selon les allées et venues. Nous avions tous conscience du caractère transitoire de notre installation là. Contrairement au 3, Pitre, je dois avouer que je ne me souviens guère des noms des autres membres de la coop. Je ne sais pas pourquoi, dans certains domaines, les souvenirs de la jeunesse sont plus forts et plus précis que ceux des années suivantes. Nous vivions pourtant ensemble, avec tout ce que cela comportait de promiscuité, de partage des joies et des peines, d'amitiés et de disputes, de loisir et de travail communs. Pourtant, les noms et les visages se sont perdus dans ma mémoire, mélangés à d'autres. Plusieurs fois, des années plus tard, j'ai eu la certitude de croiser l'une ou l'autre dans la rue, sans pouvoir mettre un nom sur le visage de cette personne dont mon sommeil n'avait été séparé que par une mince cloison et dont j'avais entendu les bâillements, les ronflements, les gémissements de plaisir et les pleurs de dépit. Il faut croire que, l'âge avançant, l'intimité laissait des impressions moins durables dans mon esprit. Le souvenir de Budur, cependant, me garda de me lier avec aucune des habitantes de la coop. Au retour de la zone rendue, j'étais retombé dans une période, sinon d'abstinence, au moins de désintérêt pour les jeux de séduction et la recherche du plaisir sexuel, à l'exception de quelques baisers et danses sensuelles en faisant la fête. Si la partenaire désirait aller plus loin, je me reculais d'un pas et me détournais en m'excusant. Je pensais à Silje. Ce n'étaient pas ces personnes que je désirais. Seulement, je ne savais pas qui je désirais. Il est fort probable que je ne désirais personne en particulier. Aussi, je me tenais à l'écart de tout cela. J'allais au café seul, écouter de la musique avec le baladeur et des concerts. J'allais au cinéma à n'importe quelle heure du jour ou de la nuit, je m'endormais souvent.

Les premiers temps, je m'engageai dans un atelier de fabrication de pâtes, à quelques rues de l'Atlas. J'avais mangé des pâtes toute ma vie sans me poser la question de leur fabrication. Cela me semblait une bonne occasion. J'y restai trois ou quatre mois, jusqu'à ce que, d'un commun accord, les camarades et moi-même décidâmes que j'avais mieux à faire ailleurs. Ma lenteur des premiers jours dans les gestes les plus simples de dosage, de mélange, de pétrissage se révéla bientôt une inaptitude plus profonde. La pâte que je fabriquais était trop épaisse, trop peu élastique. Les tagliatelles qui sortaient de la machine que j'actionnais n'étaient pas rectilignes et souples, toutes prêtes à se rouler et s'entortiller sur elles-mêmes, mais des bandes mal taillées, rigides, condamnées à repartir au pétrissage pour recommencer. Je n'avais pas beaucoup plus de succès dans l'élaboration des raviolis, qui prenaient l'aspect de rochers beigeasses, tout prêts à éclater et laisser échapper leur garniture sitôt plongés dans une casserole. L'atelier était conventionné, soumis à certains impératifs de qualité, sinon de quantité, et même une boutique hors conventionnement n'en aurait pas voulu. Il me fallut me rendre à l'évidence. Je quittai l'atelier, sans mauvais sentiments de part et d'autre. Les camarades haussèrent les épaules.

« Il y en a eu d'autres avant toi ; il y en aura d'autres. Ce n'est pas pour tout le monde. »

Traînant tout de même un peu les pieds, je retournai au cinéma près de chez Livia et je repris le travail de nettoyage pendant quelques semaines. Cependant, le cœur n'y était plus. Ce travail simple, laissant beaucoup de place à la pensée et à la rêverie, ne me satisfaisait plus non plus. Je ne pouvais pas me tourner vers le passé. Il me fallait avancer. Mais dans quelle direction ?

Je n'avais pas beaucoup d'interlocuteurs auxquels faire part de ces réflexions. La patience de Livia pour les questions et les atermoiements était tout à fait relative et je ne me voyais guère assaillir de mes doutes des inconnus croisés dans des cafés.

Finalement, la solution me vint d'un souvenir laissé de côté, enseveli sous la rupture avec Gob, la zone rendue et le nouveau quotidien à Antonia. C'est étonnamment tout au fond d'une poche du sac à dos, pliée plusieurs fois sur elle-même, que je retrouvai la carte qui devait me donner la direction à suivre. Il n'y était inscrit, à moité effacé, qu'un nom, « Stanley », et un identifiant personnel de terminal. Je dus me creuser la mémoire pour me souvenir de l'identité de celui qui me l'avait donnée. Incertain, j'attendis plusieurs jours avant d'oser passer un appel. La ligne sonna longtemps, si bien que je fus tenté de raccrocher, mais une voix se fit enfin entendre. Cette voix, je la reconnaissais, pas de doute. C'était celle de l'homme, l'ingénieur, qui avait fait partie du jury de qualification que j'avais rencontré à Télégie.

« Oui ? » dit-il d'une voix pressée.

J'hésitai un instant, ne sachant que dire.

« Je... Je suis Umo. Vous m'avez dit d'appeler ? »

Plus de deux ans auparavant. Comment espérer qu'il se souvînt de moi ?

« Umo..., répéta-t-il d'une voix traînante. Umo... Ah ! Les lampes, c'est ça ? »

Caché par le terminal, je rougis.

« Oui, c'est ça, les lampes. Vous m'avez dit d'appeler si un jour je venais à Antonia, eh bien... j'y suis et...

— Très bien. Passe au centre demain matin. Nous prenons le café vers neuf heures et, si je ne me trompe pas, Elorri a promis d'amener des madeleines. C'est une occasion qui ne se manque pas ! »

Puis, sans autre forme de procès, il rompit la communication. Quelques secondes plus tard, je recevais les coordonnés du fameux « centre ». Il s'agissait en réalité du Centre de gestion énergétique générale, situé sur le pourtour ouest d'Antonia. Par chance, une ligne de tramway y menait directement depuis l'Atlas. Le Centre avait l'honneur de son propre arrêt.

J'appelai tout de suite Livia pour avoir son avis sur la chose.

« Tout ce que je peux te dire, c'est que ce ne sont pas des historiens, ni des archéologues.

— Qu'est-ce que tu veux dire par là ?

— Ces gens ne pensent qu'au présent, éventuellement à l'avenir, mais ils n'ont que faire des traces de ce qui est venu avant. J'ai dû me battre avec eux sur des dizaines de chantiers.

— Est-ce qu'ils font un travail... intéressant ? »

Livia soupira grandiloquamment.

« Bien sûr qu'ils font un travail intéressant, si tu considères comme intéressant de continuer à avoir de l'électricité et du chauffage dans les années à venir. Par contre, leurs méthodes ne sont pas toujours compatibles avec la recherche historique, c'est ce que j'essaie de te dire. »

Le lendemain matin, je montai donc dans un tramway. Plusieurs dizaines de personnes descendirent en même temps que moi, dont une femme chargée d'une grande boîte de laquelle s'échappait une appétissante odeur de beurre et d'œufs : certainement les madeleines promises. Je m'arrêtai un instant, laissant les autres me distancer, et je les suivis à deux ou trois mètres en arrière. Le bâtiment du Centre était, comme tout à Antonia, récent, majoritairement construit en pierre et en bois. Long d'une trentaine de mètres, il n'avait qu'un seul étage et le toit en deux versants légèrement inclinés était recouvert de cultures étagées, à travers lesquelles passaient des rigoles d'écoulement menantes aux gouttières et, après elles, à de larges cuves de récupération dont l'eau, par un processus de pompe mécanique, remontait au besoin pour arroser les cultures. Devant l'entrée, plusieurs tables, chaises et parasols appelaient à la détente et toute une cuisine d'extérieur attendait à l'abri d'un appentis. C'était à première vue un lieu accueillant, tout à fait différent de la caisse des salaires d'Iliat.

Je m'avançai enfin et je poussai la porte à mon tour. Le hall était bas de plafond, sous des poutres imposantes. Des tables de bar, des chaises hautes, basses, des fauteuils et des bureaux paraissaient avoir été semés sur le parquet sans ordre particulier. Des terminaux, des carnets, des stylos étaient posés çà et là, où on avait abandonné son travail pour rejoindre le reste des camarades près du bar qui occupait toute la longueur du mur de droite, à côté de la porte marquée du sigle unisexe des sanitaires. Sur le comptoir, je reconnus la boîte à madeleines, vide désormais, son contenu réparti sur des assiettes entre des cafetières et des théières brûlantes. Un homme se tourna dans ma direction. Je reconnus Stanley, l'homme qui, si longtemps auparavant, avait contribué à reconnaître et qualifier le travail mené depuis les premières années de salariat. Ses manières semblaient ici bien moins formelles. Au milieu d'une bouchée de pâtisserie, il écarquilla les yeux en m'apercevant et me fit, de la main gauche, un grand signe d'approcher. Il avala sa bouchée et me sourit.

« Il faut que tu en goûtes une, elles sont excellentes ! Elorri refuse absolument de nous avouer ce qu'elle met dedans. Elle veut garder son petit secret. Enfin, tant qu'elle continue à en faire, personne n'ose se plaindre ! »

Il me tendit d'office une madeleine et attendit que j'ai mordu dedans pour ajouter :

« Alors ? Formidable, hein ? »

Je hochai la tête, pour ne pas parler la bouche pleine. C'était effectivement la meilleure madeleine que j'avais jamais mangée. Je cherchai la dénommée Elorri du regard pour la remercier mais elle semblait trop absorbée par une conversation pour faire attention à moi. Stanley me servit ensuite un café. C'était un grand homme maigre, dont les épaisses lunettes carrées et les cheveux longs et gris couvraient une grande partie du visage. Son regard, pourtant, était toujours aussi perçant qu'à Télégie et je sentais qu'il scrutait la moindre de mes réactions. En grignotant une seconde madeleine, je tendis l'oreille aux conversations qui m'entouraient. Elles étaient jalonnées de termes techniques, de jardons, de megawatts, d'unités de capture thermique, de quelque chose appelé le 2IH, dont la valeur devait être la plus basse possible. Quand il ne resta plus que des miettes dans les plats, quand les cafetières comme les théières furent vides, la majorité rejoignit les tables et les fauteuils de la grande pièce, tandis que quelques-uns s'occupaient de nettoyer la vaisselle et d'autres encore commençaient déjà à préparer le déjeuner. Stanley, lui, me fit signe de le suivre et m'entraîna à travers la grande pièce jusqu'à une série de portes.

« Ici, ce sont des cabinets de travail pour celles et ceux qui ont besoin de s'isoler. Il y en a qui travaillent mieux seuls, mais, en général, leur utilisation reste ponctuelle. »

En effet, sur la demi-douzaine de pièces, chacune éclairée par une large fenêtre et décorée de rideaux vivement colorés, seules deux étaient occupées. Stanley referma la porte doucement. L'occupant du cabinet de travail n'avait pas quitté l'écran des yeux.

Nous grimpâmes ensuite deux volées d'escalier jusqu'au premier étage. Un couloir le traversait entièrement, dont le milieu correspondait avec le sommet de la toiture. Les pièces à droite et à gauche, bureaux, laboratoires, magasins de matériel et, de manière surprenante, un studio d'enregistrement vidéo et sonore, étaient mansardées, mais le toit était suffisamment haut et sa pente assez douce pour que l'espace inaccessible à une personne debout se réduisît à quelques dizaines de centimètres. Une chaleur douce se dégageait de conduites passées sous le plancher, dégagements d'air venu du poêle central situé au rez-de-chaussée.

Les murs du couloir étaient recouverts de cadres de toutes les tailles. Sur quelques-uns des clichés, je crus reconnaître certains des visages découverts quelques minutes auparavant. La plupart étaient des photographies de paysages, d'anciennes routes et carrières. Je reconnus une avenue d'Iliat. La photographie devait dater de plusieurs décennies car peu d'arbres étaient plantés et deux chaussées de goudron, séparées par de longs trottoirs pavés, s'étalaient en lieu et place des allées herbeuses et des sous-bois que je connaissais. Un cadre en particulier attira mon attention. C'était un cliché qui m'était familier : une photo très célèbre des délégués mandataires rassemblés à Antonia, tenant devant eux le premier manuscrit de la Déclaration. En faisant un effort de mémoire, j'aurais presque pu réciter les noms des personnages présents. Cette photo, elle était imprimée dans le manuel d'histoire dont nous nous servions à Pelagoya comme à Grévi. Je l'avais même retrouvée dans des ouvrages de la bibliothèque de l'université d'Iliat. C'était, à tous égards, un lieu commun : un *cliché*. Pourtant, dans ce couloir, largement agrandi pour atteindre un format de plus d'un mètre cinquante de longueur par un mètre de hauteur, il avait quelque chose de différent. Mon œil semblait y déceler une signification nouvelle. Je ne compris pas immédiatement pourquoi. Je me figeai devant, scrutant la photographie. Je compris finalement que la gêne nouvelle que je ressentais n'avait rien à voir avec le sujet de la photo, avec les délégués alignés, souriants au premier plan. Non, c'était l'arrière-plan qui me troublait et, plus particulièrement, un morceau de mur surmonté de grillages que je n'avais jamais remarqué auparavant, à l'extrême gauche du cliché, complètement flou et donc indiscernable dans un format plus réduit. Ce mur, c'était le mur d'un camp. Un camp du Siècle des camps.

« Antonia était un camp », murmurai-je.

Stanley, qui s'était silencieusement rapproché de moi, hocha la tête.

« Oui. C'était même l'un des plus vastes. C'est pour cela que les délégués se sont toujours rassemblés là, même s'il était douloureux pour certains d'entre eux d'y revenir.

— D'y revenir ? »

Stanley eut un sourire patient et attristé.

« Oui. Certains d'entre eux avaient passé leur vie enfermés dans le camp d'Antonia.

— Ils ont choisi de rester ?

— Je suis content que tu aies remarqué ce détail. C'est pour ça que je tiens à ce que cette photo reste accrochée là. C'est un bon aide-mémoire.

— De quoi veux-tu qu'on se souvienne ?

— Je veux qu'on se souvienne que, quand bien même la Déclaration d'Antonia paraît avoir fondé un monde entièrement nouveau - et c'est en grande partie vrai, surtout à mesure que le temps passe -, nous vivons tout de même sur la même planète que ceux qui sont venus avant nous. C'est le cœur du travail que nous faisons ici, à la GEG : nous faisons des compromis entre la Déclaration et ce que le monde d'avant nous a laissé. »

Stanley m'adressa un clin d'œil appuyé.

« Il n'y a pas de table rase. La *tabula rasa* n'existe pas. »

Je compris bien vite que le travail de la GEG était en permanence tiraillé entre deux pôles.

Le premier d'entre eux était le 2IH, l'indice d'impact humain. Sa valeur était le résultat d'un ensemble d'équations et de calculs algorithmiques qui, pour être honnête, me dépassaient entièrement (ainsi que la majorité des camarades du centre). Elle était cependant exprimée sous forme chiffrée entre zéro et un. L'objectif était de la maintenir le plus proche de zéro possible. Celui-ci représentait un objectif abstrait, quasi fictif car, en vérité, impossible à atteindre : zéro voulait dire que la civilisation humaine n'avait absolument aucun effet sur son environnement naturel. Je gardais pour moi l'idée que, si quelqu'un était proche d'un 2IH nul, c'étaient les acrates et même eux en étaient loin. Cette année-là, la valeur de l'indice était de 0,547 ce qui, en soi, ne voulait pas dire grand-chose, sauf à comparer avec les valeurs précédentes. Cinquante ans plus tôt, le 2IH était de 0,589. Cent ans plus tôt, il était de 0,613. Cent ans plus tôt encore, moins d'un siècle après la Déclaration d'Antonia, il était de 0,789. Il n'était pas difficile de remarquer le ralentissement de la baisse. En dessinant un graphique de l'indice au cours du temps, en prenant la Déclaration comme origine, on remarquait nettement l'aplatissement de la courbe. Face à celui-ci, deux tendances s'affrontaient au sein du centre : les partisans d'une action massive et rapide pour accélérer le mouvement, et ceux de la patience. Stanley était de ceux-là, et il reliait facilement le ralentissement de la réduction de l'impact à l'autre pôle vers lequel tendait la GEG : les nécessités matérielles.

« La question qu'il faut nous poser est la suivante : de combien voulons-nous réduire le confort pour réduire l'impact ? Nous pouvons faire baisser le 2IH rapidement, oui, à condition de réduire drastiquement la consommation en électricité, en nourriture, en terres agricoles. Sachant que l'espace de vie est largement réduit par les zones rendues, simplement maintenir le niveau de vie matériel actuel rend difficile à mettre en œuvre toute mesure rapide et drastique. Non, le plus simple est encore d'attendre. »

Au milieu de ces débats récurrents, il tirait un autre graphique : celui de la natalité.

« La population se réduit régulièrement depuis cent cinquante ans, du fait même des principes de la Déclaration d'Antonia. Puisque chacun ne peut faire qu'un seul enfant et avec une seule personne, la population baisse rapidement. En faisant des projections, on voit même que, d'ici une centaine d'années, toutes choses restantes égales par ailleurs, elle sera le principal facteur de la baisse du 2IH.

— On ne va tout de même pas rester les bras croisés en attendant que les gens ne se reproduisent pas ! » protestait l'autre camp, le plus souvent en la personne de Wed.

Les partisans de Stanley riaient.

« Nous pourrions. C'est vrai que ça ne serait pas très intéressant.

— On n'est pas là pour ça ! Il faut accélérer le mouvement, continuait Wed.

— Accélérer le mouvement ? intervenais-je.

— Quoi ?

— Je ne suis pas historien, mais j'en connais quelques-unes, et il me semble que c'était l'un des cœurs de l'idéologie propriétariste : aller toujours plus vite, à n'importe quel coût. »

Cela mettait bien sûr systématiquement Wed en fureur. Son visage rougissait jusqu'à la pointe de ses cheveux noirs.

« Ce n'est pas ce que je veux dire, bien sûr ! »

Stanley saisissait alors l'occasion de reprendre la parole.

« Bien sûr. Il ne s'agit pas de partir dans une course à l'inverse. Elle a peut-être été nécessaire dans les premières années suivantes la Déclaration, mais ce n'est plus le cas. »

Alors, l'essentiel de notre travail était de nous assurer d'une production électrique suffisante. Comme la majorité des logements produisaient tout ou partie du courant qu'ils consommaient, l'acheminement n'était pas tant un problème que cela. Cependant, les grandes villes - Antonia moins que celles de l'Est, Iliat ou Amistad par exemple - posaient davantage de problèmes. Le bâti ancien et seulement partiellement rénové consommait davantage et n'était pas toujours équipé de ses propres moyens de production, solaires, éoliens ou calorifiques. Il fallait alors acheminer de l'énergie venue d'ailleurs, ce qui était le plus problématique pour de nombreuses raisons. Tout d'abord, la construction de nouveaux lieux de production et de voies d'acheminement, qu'elles fussent aériennes ou enterrées, faisait nécessairement grimper le 2IH. Qui plus est, elle supposait la mise en œuvre de vastes moyens et une grande consommation d'énergie. Augmentation de l'indice encore. En outre, la mise en place de travaux d'une telle ampleur elle-même était un processus compliqué qui exigeait énormément de travail. Le centre devait rédiger une proposition, appuyée sur des chiffres précis, des prédictions en 2IH justifiées, qui serait tout d'abord consultée et examinée par l'Assemblée législative. Une fois qu'elle avait rendu son avis, si celui-ci était positif, la proposition amendée était transmise aux communes concernées dont les conseils et les caisses d'investissement évaluaient les coûts et les bénéfices matériels. Si elles aussi se déclaraient favorables, une consultation via les terminaux était lancée, semblable à celle qui avait mené à la construction du musée de la centrale d'Ast. L'avis négatif de n'importe lequel de ces étages de prise de décision invalidait la proposition, qui devait être reformulée, et il n'y avait pas d'ordre établi dans les processus décisionnaires. N'importe qui pouvait proposer une consultation demandant la formulation d'une proposition au niveau communal, qui était ensuite étudiée par le Centre, puis par l'Assemblée. Ou alors l'Assemblée consultait la GEG pour étudier un amendement ou un ajout à la Déclaration d'Antonia, les résultats que l'on pouvait en espérer, positivement et négativement. Si l'avis de la GEG était favorable, il y avait de nouveau transmission aux communes, puis consultation, etc. Bref, tout cela prenait du temps. Heureusement, comme le soulignait Stanley, nous avions le temps et celui-ci jouait même pour nous. Quand Wed revenait, échevelée et furieuse, d'une rencontre peu fructueuse avec l'Assemblée ou la commune, nous nous efforcions de la calmer, sans grand succès.

« Ne me chantez pas le couplet de la patience ! Nous savons que c'est la chose à faire ! Pourtant, tout le monde veut que tout traîne, toujours ! Parfois, j'aimerais que le Centre puisse imposer ses décisions. Après tout, nous sommes les plus qualifiés pour le faire ! »

Personne, même pas Stanley, ne trouvait quoi lui répondre. La GEG n'avait pas été prévue pour prendre des décisions : il s'agissait d'un organe de conception et de proposition, non de décision.

C'était, en effet, frustrant pour tout le monde mais voilà, nous n'avions d'autre recours que la patience, d'autant qu'il y avait toujours plusieurs propositions en discussion à un endroit ou à un autre, sans compter celles que nous étudiions, venues de l'extérieur, qui parvenaient en grande quantité hebdomadaire, par courrier ou plus fréquemment par terminal. L'essentiel de mon travail durant les premiers aux mois au centre consista à trier la correspondance adressée à la GEG entre urgences (toujours relatives) et propositions pouvant attendre, entre les retours des commissions de l'Assemblée et ceux des conseils communaux. Stanley ne m'avait pas suggéré ce poste simplement car c'était un travail parfois fastidieux et qu'il arrangeait tout le monde qu'un nouvel arrivant le fît. L'avantage de cette place était que j'avais sous les yeux la quasi-intégralité des communications entrantes et sortantes du Centre et c'était une méthode parfaite pour envisager les contours du travail et rejoindre rapidement l'équipe. On venait me voir pour retrouver un rapport, telle ou telle correspondance, pour vérifier une date. En peu de temps, je fus rendu, si ce n'est indispensable, tout du moins essentiel au fonctionnement du Centre, sans pourtant me faire d'illusions : en cas d'absence, n'importe lequel des camarades était capable de tenir ce poste aussi bien, voire mieux, que moi.

Vu de l'extérieur, la GEG aurait pu sembler inactive, voire improductive. Il était vrai que les effets du travail fourni n'étaient pas souvent visibles immédiatement ou même occasionnaient parfois des désagréments : coupures d'électricité, circulation de tramways ou de trains interrompue. Pourtant personne ne se plaignait jamais. Je finis par comprendre que le Centre était en tout état de cause une boîte noire aux yeux de l'extérieur : un objet magique dont les lubies et les actions étaient parfois incompréhensibles ou même contre-productives mais qu'on avait appris à accepter sans comprendre. Quand, au café, au cinéma ou même en allant dîner chez Livia, je rencontrais des inconnues, la question la plus fréquente qu'elles me posaient était : « Alors, l'indice baisse ? » Je hochais la tête. Oui, l'indice baissait. Puis la conversation se tournait rapidement vers d'autres sujets plus faciles, moins gênants. Je m'interrogeai longuement sur cette difficulté que je ressentais à parler du travail au Centre et sur le manque de curiosité des autres à son égard. Une fois encore, Livia me fournit un élément d'explication à cette apparente indifférence. Elle montra du doigt le réfrigérateur installé dans la cuisine.

« Sais-tu comment il fonctionne ? »

Je haussai les épaules.

« Dans les grandes lignes : il y a un gaz frigorifique, un compresseur, un détendeur.

— En as-tu déjà démonté un pour savoir exactement comment il est fait ?

— Non, avouai-je. Bien sûr que non.

— Eh bien, pour la majorité des gens, la GEG est semblable à ce réfrigérateur. Elles savent à peu près ce qu'elle fait, à peu près comment elle le fait, mais pour ce qui est du détail, il ne faut pas compter sur elles. Elles se rappellent son existence seulement quand quelque chose dysfonctionne. C'est comme cela pour tout. Voilà pourquoi c'est très bien de faire apprendre le préambule de la Déclaration aux Antonia mais qu'il est plus intéressant de la lire en entier. »

Voyant que mon regard s'attardait toujours vers la cuisine, elle claqua des doigts devant mon visage et s'exclama :

« Ne pense même pas à démonter ce réfrigérateur. Je l'utilise, et je ne suis pas certaine que tu sois capable de le réassembler correctement ! »

Je protestai de mes qualifications, mais plus par jeu que par intérêt véritable pour la mécanique des fluides frigorifiques.

Je mis quelque temps à comprendre que ce que j'avais pris pour deux pôles opposés étaient en fait une seule et même chose, ou plutôt deux faces d'une même pièce. L'indice était une abstraction pratique mais il était tout à fait inséparable des réalités matérielles. J'en fis la remarque à Stanley, qui éclata de rire.

« Comment pourrait-il en être autrement ? Le monde est matériel. On peut bien mettre tous les chiffres que l'on veut dessus, ça ne change rien au problème. »

Et, en effet, si la GEG pouvait parfois apparaître loin du terrain, prise dans l'élaboration de propositions ou dans leur examen, on ne parlait en fait que de matériel. La Déclaration d'Antonia structurait l'essentiel des rapports sociaux, l'Assemblée législative et les conseils communaux organisaient l'existence selon ces principes, la GEG s'assurait de leur possibilité matérielle. Les actions du Centre sous-tendaient les actes des autres institutions ; c'était l'affaire d'*infrastructures* : la possibilité matérielle de l'organisation économique et sociale. Le Centre se rendait invisible et, pourtant, plus les mois passaient, plus je le reconnaissais partout où se portait le regard.

Faire partie d'un tel collectif de travail finit par susciter chez moi un certain enthousiasme, tel que je n'en avais pas ressenti depuis les premières années de salariat et le travail avec Tabula Rasa. Cet engouement fut tel qu'il faillit bien me faire basculer du côté des partisans de l'action rapide. Je passais de longues heures à parler avec Wed de tout ce qui pouvait être fait, immédiatement fait.

« Les gens, disait-elle, l'Assemblée, les communes..., elles ne savent pas. Elles ne regardent pas les chiffres, le calcul de l'indice. Il y a tant à faire ! Rien qu'autour d'Antonia, il y a des tas de bâtiments que l'on pourrait raser pour replanter des bois. Ça serait l'affaire de quelques semaines de travail. Mais non, il faut attendre que tout le monde soit d'accord. »

Ces conversations se prolongeaient souvent après les horaires d'ouverture du Centre, au café Yuka de la rue d'à côté. Quand elle finissait une telle tirade, Wed prenait souvent une grande gorgé de bière ou de vin chaud, le coude levé haut et la tête renversée en arrière d'une manière qui dévoilait sa gorge dont j'avais du mal à détacher le regard. Je retrouvais chez elle le même attrait érotique que j'avais toujours éprouvé pour Gob : celui d'une force inarrêtable, égoïste en une façon, certaine de son fait. Je soupçonne d'ailleurs Wed d'avoir senti et cultivé cette attraction pour me garder auprès d'elle et contre Stanley dans la lutte de pouvoir que les deux se livraient au sein de la GEG.

« C'est bien beau de voir ce qu'on peut faire tout de suite, répondait-il, parfois des jours plus tard, mais c'est l'avenir lointain qui nous intéresse. On ne travaille pas pour nous, là, tout de suite. Ça, c'était la manière de faire propriétariste. Ce qui nous intéresse, c'est dans dix ans, dans vingt ans, dans cent ans. »

Wed levait les bras au ciel et pestait.

« On ne va tout de même pas rester les bras croisés pendant des années à attendre que les assemblées veuillent bien se décider !

— On ne peut pas passer outre leurs décisions.

— Mais elles sont tellement *lentes* ! »

Un murmure d'approbation parcourut alors la table du déjeuner. Même Stanley hocha la tête, soupira.

« Je ne sais pas quoi te répondre, Wed. Au fond, je suis un peu d'accord avec toi. Mais l'objectif ne doit pas nous faire nous précipiter dans le choix des moyens. En fin de compte, nous devons... *obéir* à l'Assemblée et pas leur imposer notre volonté. Si nous prenons ce chemin, toute la Déclaration d'Antonia n'aura servi à rien. »

Ceci dit, il se leva de table, alla nettoyer la vaisselle qu'il avait utilisée et personne ne le revit de la journée, ni le lendemain ou le surlendemain. J'interrogeai les autres à ce sujet. On haussa les épaules.

« Il fait ça, parfois. Ne t'inquiète pas. Il revient toujours. »

Effectivement, Stanley finit par revenir. Il fit son entrée le quatrième jour après ce énième débat à table. Je buvais un premier café avec la majorité de l'équipe dans le hall d'entrée quand il fit son apparition, laissant dramatiquement claquer la porte derrière lui. Tous les regards se tournèrent dans sa direction. Il leva au-dessus de la tête une liasse de papiers. Le silence se fit immédiatement.

« Qui veut partir pour Pä ? »

L'équipe, moi y compris, éclata immédiatement en applaudissements. Cela faisait des mois que nous attendions un retour positif concernant le chantier de Pä. Même le sourire de Wed était sincère. Stanley avait passé les derniers jours à parler aux délégués de l'Assemblée législative pour les convaincre d'accepter la proposition du Centre à propos du vieux parc éolien. Au large de la baie de Pä se dressaient toujours plusieurs dizaines d'anciennes éoliennes, qui fonctionnaient encore mais dont le rendement n'était plus suffisant pour justifier leur présence, au regard des dégâts qu'elles occasionnaient sur les fonds marins ainsi que la faune et la flore locale. Cela faisait plusieurs années que la GEG avait proposé de les démonter. Cette proposition du Centre n'avait rencontré aucune opposition à la commune. Une fois les tableaux d'équivalence reçus et expliqués, le conseil communal s'était rangé à l'avis du Centre. Cependant, la proposition était arrivée à l'Assemblée législative en même temps qu'une nouvelle délégation, ce qui explique qu'elle se fût quelque peu perdue en route. Cependant, Stanley ne l'avait pas oubliée et je le soupçonne même de l'avoir volontairement laisser traîner pour résoudre un pareil moment de tension au sein de l'équipe.

C'est ainsi que je suis parti pour le plus grand des chantiers auxquels je devais prendre part avec la GEG. La veille du départ, Livia a passé la soirée à la maison, mettant la touche finale aux corrections du livre qu'elle avait tiré des premières années de son travail de recherche. Nous partagions une bouteille d'apéritif aux fleurs de montagne cueillies sur le Peigne en échangeant de rares paroles. Pendant qu'elle travaillait, je préparais le sac à dos que j'allais emporter avec moi. Me voyant tirer un manteau du placard, Livia a secoué la tête.

« Pas la peine. Tu n'en n'auras pas besoin là-bas.

— Tu as vu le froid qu'il fait !

— Pas là-bas. Tu n'es jamais allé à Pä ? »

Non, je n'y étais jamais allé en hiver.

« Eh bien, je t'assure que tu n'as pas besoin de prendre de manteau. »

Ce soir-là, nous avons bu et fumé, écouté de la musique et dansé sur de vieux titres disco jusque tard dans la nuit, comme à chaque fois que l'un d'entre nous s'absentait d'Antonia pour une longue durée. Nos rapports, lorsque j'étais rentré sans Ulf, s'étaient stabilisés dans une sorte d'amitié amoureuse extrêmement proche. Il n'y avait pas grand-chose que je ne lui racontais pas et je crois que la réciproque était vraie, ce qui, vu la richesse de sa vie sentimentale, m'assurait de ne jamais manquer de sujets de conversation. J'allais chez elle sans m'annoncer, et elle en faisait autant. Parfois, l'un ou l'autre trouvait l'appartement vide et s'installait tout de même. Parfois, nous rentrions pour nous trouver en train de cuisiner, de faire le ménage ou simplement de lire et de consulter les réseaux, étendus sur le canapé. Les deux appartements avaient fini par ne plus en représenter qu'un seul. Livia m'envoyait tout de même un bref message lorsqu'elle avait de la compagnie pour que je ne les dérange pas. De mon côté, je n'avais pas besoin de donner de tels avertissements. Le désir paraissait s'être résorbé en moi et s'il m'arrivait d'admirer la courbe d'une jambe ou d'une taille, de suivre du regard le contour d'une bouche ou de me perdre un instant dans des yeux ou dans la texture et l'odeur de cheveux, ces impressions ne m'emportaient jamais plus loin que la simple sensation. Depuis le retour de la zone rendue, la séduction et le sexe paraissaient ne plus me concerner réellement et je repoussais posément les rares avances qui m'étaient faites.

Au milieu de la nuit, serrés l'un contre l'autre, enveloppés dans le brouillard de la fumée qui collait aux vitres des fenêtres, regardant d'yeux mi-fermés les images aléatoires que produisait le terminal au rythme langoureux de la guitare électrique de Buckethead qui donnait des augures dans des échos bondissants, Livia a dit doucement :

« Je n'aime pas quand tu t'en vas. C'est comme si Antonia était toute vide d'un coup. »

Ne sachant pas quoi répondre, je me suis contenté de hocher la tête. Livia a pesté et s'est éloignée de moi brusquement.

« Je ne te demande pas de faire l'amour là, tout de suite, mais tu pourrais au moins trouver quelque chose de gentil à dire. »

J'ai toussé, moins à cause de la fumée que pour gagner du temps. J'ai cherché les mots et j'ai fini par dire :

« Je ne sais pas si ça sera assez gentil pour toi mais, là, tout de suite, je me sens exactement au bon endroit, au bon moment. »

Livia a poussé un soupir et m'a à nouveau entouré de ses bras.

« Je sais que c'est un peu l'herbe qui parle, mais c'est déjà pas mal. »

Quelques minutes plus tard, alors que mes yeux se fermaient tout seuls et que le long solo de guitare s'étirait encore et toujours à n'en plus finir, elle m'a demandé à voix basse :

« Tu me raconteras, un jour, où vous êtes allés ?

— Ulf ne t'a rien dit ?

— Non, bien sûr que non.

— Je ne sais pas. »

Un autre soupir a frôlé ma joue. La sensation, qui aurait des années plus tôt suffi à susciter chez moi une érection, est restée lettre morte. Je l'ai enregistrée, appréciée, savourée, puis elle est passée.

« Décidément, a murmuré Livia dans un dernier souffle éveillé, mais je t'aime bien quand même. »

Le lendemain matin, je me suis levé aussi discrètement que possible. Livia a grogné, s'est roulée en boule sur le canapé, cherchant la chaleur. Je suis allé dans la chambre chercher une couverture. Je me suis nettoyé rapidement au lavabo, j'ai enfilé des vêtements propres, attrapé le sac à dos et je suis sorti. Dans le froid d'Antonia, j'ai immédiatement regretté le manteau que j'avais laissé dans le placard. Bien qu'en avance, j'ai pédalé à toute vitesse vers la gare où je me suis serré avec d'autres contre un comptoir et une grande tasse de café brûlant en attendant le reste de l'équipe de la GEG.

Dans le train, je me retrouvai assis à côté de Wed. Il y avait près d'une journée complète de voyage jusqu'à Pä. Je m'endormis presque immédiatement durant les premières heures. À mon réveil, une certaine fébrilité avait envahi le wagon. Nous n'étions qu'une demi-douzaine à être partis, la majorité des travailleurs et du matériel venant de Pä elle-même. Les conversations allaient bon train, concernantes la meilleure démarche à suivre, le temps que l'entreprise prendrait, les résultats escomptés en matière de baisse de l'indice et les mesures compensatoires que prendrait la commune pour rétablir une production énergétique suffisante. J'étais trop assoupi encore pour y prendre part, aussi me contentai-je d'écouter, mon regard allant d'un interlocuteur à l'autre, hochant silencieusement quand j'étais d'accord. À côté de moi, nonchalamment appuyée contre la vitre, Wed se tenait également silencieuse, penchée sur le terminal sur lequel elle étudiait des graphiques projectifs et des listes de matériel. J'eus soudain l'impression d'être revenu plusieurs années en arrière, comme si tous ces camarades de la GEG n'étaient qu'une nouvelle incarnation de l'orchestre de Kaze, à nouveau en tournée. Je clignai des yeux et me redressai pour ouvrir légèrement la fenêtre, laissant le vent dissiper cette impression. Au loin, je crus reconnaître la forme des montagnes au sein desquelles les acrates de Gaba vivaient cachés. Un bosquet les déroba bientôt à ma vue. Je me rassis. Je tirai le carnet à dessin du sac à dos et je commençai un croquis du wagon depuis l'endroit où je le voyais, dans l'espoir d'améliorer ma pratique de la perspective. Je travaillai près d'un quart d'heure avant de sentir un regard sur moi. Je relevai la tête. C'était Wed. Elle avait posé sur moi un regard curieux, comme si elle me rencontrait pour la première fois.

« Je ne savais pas que tu dessinais. »

Soudain gêné, je rougis et je refermai le carnet.

« Je ne sais pas si on peut appeler ça dessiner…

— Puis-je voir ? »

Elle tendit la main vers le carnet. À contrecœur, je lui tendis. Elle fit défiler toutes les pages sans regarder leur contenu et alla directement à la dernière, celle du jour. Elle plissa les yeux, étudia mon travail pendant un long moment. Puis elle referma le carnet et me le rendit.

« Tu n'en dis rien ? fis-je, étonné.

— Je ne suis pas professeure de dessin. J'étais curieuse, c'est tout.

— Ah. »

Avant de reprendre la lecture du terminal, elle ajouta :

« Il y a des musées et des galeries formidables à Pä. Si ce genre de choses t'intéresse, je te les montrerai. »

C'était une invitation, distante, d'une voix froide, mais une invitation tout de même. Je répondis que j'irais avec plaisir. Wed hocha la tête et ne prononça plus une parole du reste du trajet.

À l'autre extrémité du wagon, Stanley était assis seul devant une table et alternait les périodes de travail et de veille. Les conversations finirent par se tasser, à l'exception de petits groupes et de duos qui murmuraient à voix basse, lisaient, regardaient des films ou écoutaient de la musique sur le terminal. Quelqu'un avait roulé un joint. L'odeur vint me chatouiller les narines, mais j'avais eu plus qu'assez d'herbe la veille au soir.

Le train s'arrêta en gare de Télégie mais, à ma grande surprise, contourna largement Iliat dont je ne vis que l'ombre lointaine de l'Iliat nouvelle, après avoir traversé l'Aurauri. Vers treize heures, quelqu'un sortit de sous le siège une boîte remplie de savoureux sandwichs garnis de concombre, de tomate, d'houmous et de sauce blanche. Par contre, personne n'avait prévu de serviettes et le repas se transforma en jeu dont les gagnants étaient ceux qui tâchaient le moins le sol, les vêtements ou les sièges. Ils étaient si bons et si copieux qu'après cela, et quelques gorgées de limonade légère, presque tout le monde s'endormit pour ne se réveiller qu'à l'approche de Pä.

Par la fenêtre que j'avais ouverte et que personne n'avait eu envie de refermer, l'odeur de la mer entrait déjà dans la cabine. Mes narines frémirent de satisfaction à la sensation des embruns salés. L'odeur était pourtant différente avec celle de l'océan à l'ouest. Le sel paraissait plus vieux, plus intense, moins agité peut-être par les courants qui jetaient là-bas les vagues contre les falaises. Pendant la dernière heure du trajet, alors que le soleil entamait déjà sa descente vers l'ouest, le train traversa non pas des champs et des villages comme à l'approche de la majorité des autres villes, mais les ruines d'anciens bâtiments, en partie recouverts de végétation, ainsi que tout un réseau de vieilles routes pour automobiles. Stanley, qui s'était levé lui aussi pour mieux regarder à travers la fenêtre, commenta à voix basse :

« Il y a encore beaucoup de travail ici.

— Pourquoi, demandai-je, n'ont-ils pas été détruits comme partout ailleurs ?

— Je suppose que la commune n'a pas estimé que la dépense énergétique nécessaire valait le bénéfice. C'est l'éternel problème : pour faire baisser l'impact, il faut d'abord en avoir un… »

Puis, après un instant, il ajouta :

« Ils y viendront un jour ou l'autre. En attendant, cela reste comme ça. C'est au moins une sorte d'aide-mémoire, je suppose. »

Les constructions qui encadraient les voies de chemin de fer, bien que dans un état de délabrement semblable, n'avaient pas grand-chose à voir avec le village de montagne qu'Ulf et moi avions découvert dans la zone rendue. Ce n'était que hauts hangars d'acier et de verre, entourés d'immeubles de béton fissurés en maints endroits. De leurs fenêtres brisées s'échappaient, comme des champignons, des bouffées de végétation.

« Magasins, zones industrielles, zones artisanales, centres commerciaux, habitat de mauvaise qualité, bureaux, le tout relié par des kilomètres de goudron, énuméra Stanley. Tout cela devait faire partie de Pä, autrefois.

— Il faudra bien s'en occuper un jour », dis-je.

Stanley me sourit.

« Rédige une proposition, envoie-la à l'Assemblée et à la commune de Pä. On ne sait jamais : une de plus peut tout faire basculer. »

Le dernier artefact d'avant la Déclaration que nous traversâmes fut une énième route goudronnée, perpendiculaire au trajet du train, la plus grande et la plus large que j'eus jamais vue jusque-là. Elle avait près de cent mètres de large, dressée sur des poteaux d'acier et de béton. De tous côtés, des barrières bétonnées elles aussi en délimitaient le tracé, sans que je puisse tout à fait déterminer si elles avaient pour but d'empêcher la traversée ou de contenir les véhicules à l'intérieur. La route s'éleva sur une pente douce pour passer au-dessus des voies ferrées, qui s'étaient multipliées à gauche et à droite de celle sur laquelle nous roulions. La plupart semblaient désaffectées, les traverses moisies, envahies de végétation. Une fois de l'autre côté, je me retournai pour contempler d'autres voies qui s'élançaient en hauteur pour reprendre l'axe principal. Stanley, qui savourait visiblement ma sidération, m'adressa un de ses fameux clins d'œil.

« Je te l'ai dit : pas de table rase. Tout est encore là, il faut faire avec. »

De l'autre côté de cette gigantesque route pour automobiles, inutilisée depuis plus d'un siècle et pourtant toujours aussi monumentale, le paysage se mit à ressembler davantage à celui que j'étais accoutumé à voir autour des centres urbains.

« Tout ce que nous construisons paraît ridicule à côté, pas vrai ? »

Je hochai la tête. Les hameaux, les parcelles, les voies de circulation cyclables et les rares plus larges pour les engins agricoles et les voitures : tout cela semblait sous l'ombre de l'énorme route qui, morte, n'en gardait pas moins son pouvoir symbolique. De la place dont elle n'avait pas bougé, sans lever les yeux du terminal, Wed commenta d'un ton acerbe :

« Les pyramides, les temples, les gratte-ciels, les échangeurs autoroutiers, les centres d'affaires… Tout ça c'était la même chose : l'idée d'hommes qui avaient quelque chose à compenser. Cette idée de toujours se dresser de plus en plus haut, ça laisse songeuse. »

Cela déclencha quelques rires dans le wagon. Satisfaite peut-être par l'effet produit par ses paroles, Wed continua :

« Vous connaissez le synonyme de " construction " le plus utilisé dans la langue propriétariste ? »

Je ne le connaissais pas mais, à en croire les sourires chez quelques autres, ce n'était pas la première fois qu'elle faisait cette remarque. Elle laissa passer un peu de temps avant de répondre, pour ménager son effet :

« C'est " érection ". Un obélisque ? Érection ! Une statue ? Érection ! Un immeuble ? Idem. Lisez la littérature propriétariste : les bâtiments ne font que s'y dresser, imposants, avec parfois même une petite extension en forme de gland au sommet, pour bien comprendre. Paradoxalement, ils construisaient toujours les routes qui leur permettaient d'aller le plus vite possible. Tout ça pour ça… »

Nouveaux rires.

« Est-ce que c'est pour ça que la Déclaration d'Antonia préconise de ne pas construire au-dessus de deux ou trois étages ?

— Je ne sais pas. En tout cas, une chose est certaine : le monde propriétariste était comme ça, droit, dressé, rectiligne. Il me semble logique que celles qui voulaient le détruire aient choisi la direction inverse. Je suis prête à parier que, quand on a fait tomber les plus hauts bâtiments, il y a quelques hommes qui ont eu un peu peur pour leurs parties, au fond. »

Elle leva enfin le regard et me regarda droit dans les yeux. Sa voix était si blanche qu'il m'était impossible de déterminer si elle plaisantait ou non.

« Bien sûr, tous les phallus ne sont pas forcément à jeter. Certains ont parfois leur utilité. »

Cette fois-ci, le wagon éclata de rire pour de bon et je fis de même, tout en me tournant pour ne pas montrer que le rouge m'était monté aux joues.

Le train décéléra puis, avec un léger grincement, ralentit pour s'engager dans un tunnel. Je regagnai la place à côté de Wed. Dans l'obscurité, j'étais intensément conscient de sa présence physique à côté de moi et du rythme de sa respiration, ainsi que de l'odeur d'argile et d'huile qui se dégageait de son ample chevelure. Après sa tirade, j'ose à peine avouer que j'eus un début d'érection que je dissimulais sous le sac à dos. Il me sembla l'entendre émettre un grognement appréciatif, mais je ne savais pas si elle avait remarqué le malaise ou si quelque chose sur le terminal qui éclairait son visage d'une lumière légèrement orangée en était responsable.

Je n'eus pas à me dissimuler longtemps. Nous arrivâmes bientôt en gare de Pä. Le train se vida lentement et, guère pressés, nous attendîmes d'être les derniers pour sortir. Il y avait beaucoup de monde sur les quais et le groupe s'étira lentement en une longue file dont j'étais le dernier membre, juste derrière Wed. Je levai immédiatement la tête, saisi par la vision de l'immense toiture de fer et de verre. Je n'éprouvais aucun plaisir à la voir, seulement une sorte de tétanie. La gare était immense et mille voix, mille roulements de valise, mille pas résonnaient à travers elle en un vacarme assourdissant que les aménagements ultérieurs, des pièges acoustiques muraux de bois et de tissu ainsi qu'un large jardin boisé envahi de voyageurs assis et allongés à l'extrémité des quais, ne parvenaient pas à atténuer. Le rythme des battements de mon cœur s'accéléra et, malgré moi, je pressai le pas. Les gens n'étaient pourtant guère différentes d'ailleurs, mais je ne sais pourquoi, la multitude des visages et les frôlements réguliers des épaules contre les miennes m'angoissaient. La gare me semblait un long tunnel duquel nous peinions à nous échapper. Quand nous parvînmes enfin à la sortie, la vision de l'extérieur ne m'apporta aucun soulagement.

Pä me sembla tout de suite laide et je la détestai immédiatement. La seule autre ville à laquelle elle me parut comparable était Iliat, mais celle-ci, passé les premiers jours, je parvins à l'aimer. Pä, jamais. Elle était toute en vieux bâtiments que la commune n'avait pas choisi de rénover. Les anciennes chaussées minérales absorbaient la chaleur la journée, en réverbéraient une partie et relâchaient le reste la nuit, si bien que la température ne baissait jamais, même en hiver. Le vent sec venu du nord-est s'engouffrait dans les rues étroites et sifflait un air de mauvais augure. La présence de la mer, vers laquelle Pä s'étalait sans ordre compréhensible pour moi, n'y changeait rien. Elle était perpétuellement calme, plate et tiède. Je ne m'y baignai jamais avec plaisir. S'il y avait jamais eu des plages ou des grèves, celles-ci avaient disparu et il fallait plonger directement depuis les quais dans l'eau peu profonde où des barges et des long-courriers accostaient et larguaient les amarres lentement, comme assommés eux aussi par la chaleur. Pä était une ville languide, mourante, un vestige que la Déclaration d'Antonia n'avait pas encore réussi à toucher réellement. On y trouvait pourtant les mêmes magasins conventionnés, les mêmes sanitaires communs, les mêmes cafés, les mêmes écoles et les mêmes secondaires et lieux de travail que partout ailleurs. Pourtant, je cherchais des yeux les toits et les avenues vertes sans les découvrir. L'endroit même paraissait résister au changement. Pä est un bloc de pierre et de fer qui ne se laisse ni tailler ni fondre pour prendre une autre forme. À la réflexion, il semblait logique que la proposition de déconstruction du parc éolien eut mis tant de temps à être acceptée. Je haletais, la gorge serrée. L'air même avait un goût étranger et désagréable. Stanley dut remarquer mon trouble. Il posa la main sur mon bras et sourit.

« Beaucoup de boulot, encore, pas vrai ? »

Je hochai la tête, un peu rasséréné. Il avait raison. Le travail n'était pas terminé. Il ne l'est toujours pas aujourd'hui. C'est la nature de ce travail d'être sans fin car c'est un travail de négociation perpétuelle des êtres humains entre elles et eux, et entre eux, elles et la nature. Il y aura toujours, quelque part, une Pä : un îlot de résistance passive et indifférente. J'avais grandi et vécu jusque-là dans l'idée que le monde était achevé et que les difficultés ne pouvaient être que personnelles : intimes, amicales ou amoureuses. Tout m'avait semblé apaisé, à part peut-être mon cœur et celui de Gob. Tout semblait aller dans la même direction. Pä, immobile, presque immuable, me détrompa douloureusement ; d'autant plus que les hommes et les femmes qui vivaient là ou dans les alentours ne paraissaient pas voir de différence entre leur vie et celle, par exemple, d'Antonia. Cependant, ils me semblaient aussi étrangers que les acrates de Gaba : les uns par intransigeance, les autres par passivité. Non, le travail n'était pas achevé. Il en restait encore. Il en reste toujours.

Tant qu'il y aura des hommes, tant qu'il y aura des femmes, le travail ne connaîtra pas d'achèvement. Au sortir de la gare de Pä, cette idée m'inspira du découragement. À présent, je sais qu'elle est au contraire porteuse d'espoir. Tout le travail qui reste à faire est opportunité de changement pour le mieux. Une vie humaine n'y suffit pas, ni même dix. Si Pä m'a appris une chose, c'est que nous ne travaillons jamais pour nous-mêmes, ni même pour les enfants que nous amenons dans le monde et que nous élevons. Nous travaillons en commun et le commun n'a pas de limite de temps. Il n'a de frontières que celles du monde lui-même.

Nous dînâmes sur le port, face à la mer étale, de poisson, de salade d'algues et de vin rouge fruité et peu alcoolisé. Je restai muet durant tout le repas, plongé dans des pensées confuses et inexprimables. Seul le dessert, une salade de fruits tardifs, confits dans leur propre sucre, me tira pendant quelques minutes de la torpeur. Puis je me demandai comment un tel endroit, si sec et âpre, pouvait produire une pareille douceur et je fermai la bouche à nouveau. Je fus parmi les premiers à me diriger vers la maison d'hôte où nous devions passer la nuit, avant d'embarquer pour plusieurs jours au large le lendemain. Le dortoir était une longue pièce aux fenêtres trop grandes dénuées de volets, de rideaux et de poignées. Nu sur le lit, la moindre couverture insupportable, je tournai et tournai sur moi-même, incapable de trouver le sommeil. J'entendis rentrer tous les membres du groupe, certains très éméchés. Vers trois ou quatre heures du matin, je me rhabillai le plus silencieusement possible et je décidai de sortir. Pä était silencieuse et l'éclairage public beaucoup plus intense qu'à Antonia ou à Iliat. Je marchai lentement jusqu'au port, ne croisant que quelques tramways et camionnettes de livraison. Chose curieuse, l'enseigne du restaurant dans lequel nous avions pris le repas était encore allumée. Je me demandai pour qui elle brillait encore. La marée était basse, dévoilant des étendues de rochers et de débris minéraux artificiels. Je suivis une longue digue jusqu'à retrouver l'eau, frappé par le silence de cette mer qui ressemblait davantage à un étang disproportionné. À pas prudents, je descendis de rocher en rocher. J'abandonnai les vêtements sur l'un d'entre eux et je me glissai dans l'eau. Elle n'était pas beaucoup plus fraîche que l'air ambiant, mais tout de même un peu. Je me laissai aller sur le dos, porté par des courants infimes, songeant aux vagues puissantes qui se brisaient sur les falaises, entre Litros et Nausis. Cette pensée évoqua l'image de Silje, marchante devant moi. Je ne m'étais pas souvenu d'elle depuis plusieurs mois. Cela me fit sourire et me procura un apaisement auquel je ne m'attendais pas. Je me demandai où elle était à ce moment précis, ce qu'elle devenait. Une recherche sur le terminal aurait pu me l'apprendre, mais je ne la fis pas, ni cette nuit-là ni les jours suivants. La vision passa, à mesure que la marée remontait et me ramenait malgré moi vers les quais. Je ne bougeai toujours pas, les yeux fermés. Je dus m'endormir un instant car je fus brutalement ramené à la conscience par une pleine gorgée d'eau salée. Je me redressai. L'eau ne m'arrivait qu'aux genoux. Je me retournai et rejoignis l'extrémité de la digue. Je me tirai sur le rocher où attendaient les habits. Il était suffisamment large pour que je m'y étendisse. Alors, le dos contre la surface rugueuse, je m'assoupis enfin et je ne me réveillai qu'aux premiers rayons tardifs du soleil. Je frissonnai avec plaisir. Je m'assis, les bras croisés autour des jambes. Une barge passa lentement devant moi. Accoudée contre le bastingage, je distinguai une silhouette souriante dont les cheveux gris tombaient jusqu'aux épaules. Elle m'adressa un signe de la main qui acheva de me réveiller. Je lui rendis et, inexplicablement - mais toute émotion doit-elle être réellement être expliquée ? -, ce bref contact dénoua d'un seul coup toute l'angoisse qui m'habitait depuis la veille au soir. Alors, je me relevai, je me rhabillai et m'en retournai à la maison d'hôte où je pris une douche délicieusement glacée. Le reste du groupe n'était pas encore réveillé. Je me chargeai donc de préparer du café et d'aller chercher de quoi petit-déjeuner dans la boulangerie voisine. L'odeur du pain chaud et des viennoiseries tout juste cuites me mit en appétit. Je m'attablai sans attendre les autres, ne pensant à rien. Wed fut parmi les premières à me rejoindre. Elle s'assit en face de moi et posa sur moi son regard scrutateur dont je ne savais dire s'il était soucieux ou plein de reproche.

« Est-ce que ça va mieux ? » demanda-t-elle d'un ton égal.

Je répondis par l'affirmative.

« Je t'ai entendu te lever. »

Elle ne précisa pas si cela l'avait dérangée ou non et elle ne m'adressa plus la parole de tout le repas.

Quelques heures plus tard, en embarquant sur le bateau qui devait nous amener jusqu'au chantier du parc éolien, je découvris douloureusement que j'avais le mal de mer. Je rendis amèrement tout ce savoureux petit déjeuner par-dessus bord. L'unique consolation - si l'on peut la considérer comme telle - fut que je n'étais pas le seul à ne pas supporter le roulis. Piètre consolation dans la douleur que le malheur partagé par les autres. Je ne vis donc pas la ville s'amenuiser derrière nous jusqu'à disparaître. Une des navigatrices nous assit d'autorité à la proue et nous enjoignit de fixer l'horizon et de ne pas détourner le regard jusqu'à ce que la nausée disparût. Couvert de sueur et le goût désagréable de la régurgitation dans la bouche malgré l'eau qu'on m'avait fait boire, je ne n'osai plus bouger. Les voiles du catamaran claquaient doucement sous le vent du nord et nous avancions à vive allure. Cependant, il fallut plusieurs heures de navigation avant d'apercevoir le parc éolien de la baie de Pä.

Je n'avais jamais rien vu d'aussi haut. Le peu de souffle qu'il me restait, je l'ai eu coupé. La trentaine d'éoliennes, leur couleur ivoire originelle passée et tirante vers le gris, s'élevait jusqu'à plus de deux-cents mètres au-dessus du niveau de la mer. C'était une vision tout simplement écrasante et incomparable au reste des constructions que je connaissais. J'ai eu un soupir qui ressemblait à du découragement face au travail que représentaient leur démontage, leur transport jusqu'à la rive et le traitement des déchets. J'avais contribué à l'élaboration des plans, bien sûr. J'avais lu toute la documentation, cherché – et en partie trouvé, quoiqu'en partie seulement – des voies de réutilisation pour le matériau de carbone synthétique dont étaient faites les pales immobiles. J'avais lu et relu la liste des bâtiments maritimes qui seraient affectés à ce travail et j'avais parcouru la liste des noms des centaines d'hommes et de femmes qui contribuaient au chantier. Seulement, *savoir* par avance n'avait rien de comparable avec la découverte de la chose réelle, à laquelle rien n'aurait pu me préparer. Le silence était tombé à la proue du bateau. Chacun et chacune était occupé à sa propre sidération et aux ruminations conséquentes. Stanley seul paraissait n'avoir rien perdu de l'enthousiasme qui lui éclairait le visage.

Le parc éolien était envahi par une flotte aussi nombreuse que disparate. Des catamarans, de longs navires à rames et de rares engins à moteur électrique cohabitaient avec d'immenses barges et radeaux de bambou adjoints de flotteurs qui devaient servir à transporter les pièces démontées des éoliennes. Cependant, la pièce centrale de ce tableau était sans conteste l'antique navire porte-conteneurs qui trônait au milieu des rangées d'éoliennes. La coque piquée de rouille et recouverte ici et là de taches de couleur, il était une vision venue d'un autre monde et d'un autre temps, un gigantesque anachronisme même rapporté au parc éolien. Son pont, de la taille de plusieurs terrains de sport, était entièrement occupé par diverses machines et ateliers déjà au travail sur les deux pâles démontées de la première éolienne. Même à distance, le volume sonore qui se dégageait de tout ce travail, de tous ces mécanismes et ces scies électriques était assourdissant. Quelqu'un, je ne sais plus qui, me colla dans les mains, en prévision, un casque atténuateur de bruit. Contrairement à plusieurs, je ne le mis pas tout de suite, fasciné par le vacarme auquel venaient s'ajouter les grincements douloureux des grues qui s'élevaient de part et d'autre du navire. Cette demi-douzaine d'appendices mécaniques et articulés se terminaient par des pinces aux allures de griffes. Trois d'entre elles avaient saisi le mât de l'éolienne tandis que les trois autres s'affairaient à décrocher l'ultime pâle. Sous cette agression, il semblait que la haute tour blanchâtre penchait un peu, prête à se détacher du fond de la baie dans lequel on l'avait fichée tant d'années auparavant. Je n'ai pu m'empêcher de ressentir un certain malaise à cette vision : on aurait dit un titanesque arachnide en train de méthodiquement dévorer sa proie. Cette image n'était peut-être pas si éloignée de la vérité que cela.

Le catamaran s'est risqué dans la direction du navire entre sa proie et une autre éolienne. Plus nous nous rapprochions, moins je me sentais à ma place au milieu de toutes ces constructions monumentales dont l'énorme bateau était, pattes comprises, la moins haute et de loin. Nous nous sommes approchés pourtant, jusqu'au plus près de l'antique coque marquée de milliers de griffures, de milliers de coups. J'ai tendu le bras pour la toucher. Un frisson m'a parcouru jusqu'à l'épaule, qui n'était pas seulement dû à l'humidité de l'acier. Minuscule coque de noix en comparaison, le catamaran, les voiles repliées, a été amarré à l'un des anneaux qui ponctuaient régulièrement la coque du navire-chantier. Même pour mes oreilles fascinées, le bruit était devenu tout à fait insupportable. J'ai enfilé à mon tour le casque atténuateur et j'ai découvert un silence étrange et artificiel, sentant pourtant jusque dans mes os les vibrations basses que les épaisses oreillettes ne pouvaient masquer. Ce que nous entendons avec les oreilles, les pavillons et les tympans, les osselets et les cochlées, n'est après tout qu'une infirme partie des ondes sonores qui nous parcourent. Le son était si fort que nous en tremblions presque. Quelqu'un a levé la tête et pointé du doigt vers le haut. Nous l'avons tous imité et nous avons regardé descendre un genre de monte-charge entouré d'un bastingage de corde d'aspect fragile, qui a mis plusieurs longues minutes à arriver jusqu'au niveau de la mer. Il s'est arrêté à bâbord du catamaran, à plus d'un mètre de la coque. Nous avons enfilé les bretelles des sacs à dos, saisi les poignées des valises de matériel et, sans nous laisser le temps d'hésiter, nous avons enjambé le vide pour passer d'un plancher à l'autre. Au moment de traverser, il m'a semblé que mon talon gauche glissait légèrement et j'ai bien cru tomber, mais ce n'était sûrement qu'une impression car j'ai posé sans problème les deux pieds sur la surface plane et relativement fixe du monte-charge. Des mousquetons étaient accrochés au bastingage. Nous nous sommes attachés et, après plusieurs vérifications, nous avons fait de grands signes de la main vers le haut pour signifier que nous étions prêts et d'autres, moins amples, vers les navigateurs qui, l'air patient, attendaient que descendent à leur tour les passagers qui retournaient à Pä.

Nous nous sommes lentement élevés jusqu'au pont du navire, lui-même à plus de cent mètres au-dessus du niveau de la mer. J'ai plissé les yeux, tentant de distinguer la rive que nous avions quittée, mais le chantier était situé bien trop loin au large. J'ai regretté de n'avoir pas emporté de jumelles. Personne ne tenta de parler et nous nous sommes contentés d'échanger des sourires un peu gênés. Les rares personnes qui connaissaient la langue des signes eurent quelques mots, suivis de rires qui s'éteignirent bien vite faute d'un auditoire pour comprendre les plaisanteries. Nous avons grimpé, sentants toujours à la ceinture des pantalons le poids et la tension rassurante des mousquetons qui nous gardaient à bord, tandis que les bagages occupaient le centre de la plate-forme. À mi-chemin environ, elle s'est arrêtée subitement. Nous avons levé les mentons pour tenter d'en connaître la raison mais aucune réponse, gestuelle ou autre, n'est venue. Alors, nous avons patienté aussi sereinement que possible. À la hauteur que nous avions déjà atteinte, le vent faisait se balancer légèrement la plate-forme, malgré l'absence d'autres surfaces capables de faire prise au vent, à l'exception de nos propres corps. Il m'a semblé être de retour dans les premiers moments de la navigation jusqu'ici et j'ai senti la nausée monter dans ma gorge ainsi qu'une goutte de sueur chaude descendre sur mon front puis le long de l'arête du nez. Je me suis immédiatement assis et plusieurs camarades m'ont imité. Nous sommes restés en l'air peut être dix minutes, sans plus d'explication, avant que, lentement mais sûrement, la plate-forme ne reprit son ascension. Plusieurs paires de bras se sont levées et, toujours sourds, nous avons poussé des cris de joie et même quelques applaudissements silencieux. J'ignore si quelqu'un entendit notre réaction ou non. Il est probable que non.

Cela ne nous empêcha pas de manifester haut et fort notre satisfaction. Le reste de la montée sembla passer en un instant. Un à une, nous nous sommes détachés et nous sommes descendus sur le pont. À peine avais-je posé le pied sur le sol que je me suis retourné pour observer l'éolienne la plus proche, distante d'une quinzaine de mètres. Nous étions parvenus aux deux tiers de sa hauteur mais elle me paraissait plus impressionnante encore de ce point de vue que de tout en bas. L'épaisseur du tronc, surtout, m'impressionna, ainsi que celle des trois bras mécaniques qui l'étreignaient. Les quatre personnes qui s'étaient penchées pour actionner la poulie qui avait fait remonter le monte-charge se sont redressées, se sont étirées avec des grimaces avant de s'approcher de nous. Elles nous ont tendu des mains à serrer quand elles ne nous ont pas étreints d'office. Je ne sais pas lire sur les lèvres mais il me sembla distinguer les mots « Désolés pour l'interruption » sur une bouche ou deux. Un homme s'est séparé des trois camarades et nous a intimé de le suivre par des grands gestes. Après avoir adressé aux deux autres des signes de remerciement, nous nous sommes éloignés en direction de la cabine. Sur le chemin, nous avons croisé le reste du groupe en partance. Ils étaient souriants mais les traits de leurs visages étaient tirés par la fatigue. J'eus l'impression d'être de retour à la centrale d'Ast. Leur expression était la même : l'épuisement et la satisfaction. J'ai soudainement réalisé qu'il me faudrait dormir en mer. La simple idée de chercher le sommeil sur une couchette ballottée par le courant suffit à me faire goûter la bile à nouveau. Le guide déverrouilla une épaisse porte métallique et l'ouvrit en poussant de l'épaule. Ensuite, il s'écarta pour nous laisser entrer. Il pénétra dans la cabine en dernier et referma la porte avec un même effort. La manette du verrou résista, une fois, deux fois, puis céda brusquement. L'homme se retourna vers nous. Il enleva le casque qui lui couvrait les oreilles et, quand nous l'eûmes tous imité, il s'exclama :

« Comme tout le reste ici, ça ne fonctionne qu'une fois sur deux, mais ça fonctionne quand même une fois sur deux. Voire une fois sur trois. »

Il s'avança dans la cabine, entre les navigateurs affairés sur divers appareils, jusqu'à la baie vitrée de laquelle on pouvait contempler le chantier tout entier. De ce point, la vision des six bras mécaniques à la peinture jaunâtre écaillée était encore plus étrange, si possible. Dans les semaines qui ont suivi, je me suis plusieurs fois installé avec le carnet à dessin pour tenter d'en faire un croquis convenable. Je crois y être parvenu, au bout d'une douzaine de tentatives. Je ne suis pas certain de pouvoir retrouver le carnet pour vérifier.

« Personne n'arrive à se décider s'il faut l'appeler Ringo, Paul, John ou George mais une chose est certaine : c'est un foutu gros scarabée ! On pourrait dire que sa place est dans un musée mais il n'y a pas de musée assez gros. Alors, autant s'en servir jusqu'au bout, pas vrai ? Pas de perte, tant qu'il fonctionne. Je m'appelle Iñaki, ajouta-t-il enfin, en s'adressant à tout le monde sauf Stanley qui, de toute évidence, le connaissait déjà.

— Iñaki est la personne qui a le plus défendu le projet de démontage du parc éolien à Pä. »

L'intéressé éclata de rire. C'était un rire franc et sans rancœur.

« Ça n'a pas été une sinécure, croyez-moi. Mais tout arrive. Tout finit par arriver. »

Après avoir découvert Pä, je n'ai eu aucun mal à le croire.

« C'est comme de faire fonctionner cette vieille bête. Il a fallu batailler sévèrement, ne serait-ce que pour avoir l'autorisation de la commune, et puis pour trouver le carburant aussi. Qui aurait pu croire qu'il serait si difficile de trouver assez de pétrole pour faire un aller-retour de Pä à ici ? Évidemment, tout ça fait grimper le 2IH du chantier mais, enfin, à circonstances exceptionnelles…

— Aux grands maux, les grands remèdes ? » marmonna Wed.

Je pense qu'elle n'attendait pas vraiment qu'on l'entendît mais Iñaki hocha la tête, soudain sérieux.

« Brûler un peu d'hydrocarbure et rejeter un peu de carbone : un moindre mal. »

Un silence pensif se posa sur la cabine. Quelques-unes des navigatrices hochèrent la tête, les lèvres resserrées en une moue approbatrice.

« Mais nous aurons largement le temps de discuter de tout ça dans les jours à venir. Laissez-moi vous montrer les dortoirs. »

À sa suite, nous descendîmes plusieurs étages d'un étroit escalier métallique. Les pas produisaient des échos froids et claquants. Le dortoir était l'exact inverse de celui du soir précédent. La pièce était frigorifique, si bien que nous fûmes plusieurs à nous demander s'il ne s'agissait pas en réalité d'une ancienne chambre froide. La lumière du jour n'y entrait que par les petits hublots épais sur le côté droit de la pièce. Des efforts, pourtant, avaient été accomplis pour la rendre aussi accueillante que possible. Les lits étaient fixés au sol, comme on pouvait s'y attendre, mais toute la superficie de celui-ci était recouverte d'épais tapis collés. Les murs eux aussi, en plus d'une épaisse couche d'isolation thermique (qui avait pour inconvénient d'accentuer encore le renfoncement des hublots et donc le manque de lumière diurne), portaient des tapisseries ainsi que d'autres pièges acoustiques pour rendre le dortoir aussi mat que possible. Cependant, même dans les entrailles du Scarabée (puisque c'était ainsi que tout le monde l'appelait) résonnait le travail extérieur : échos des découpes et des transports sur le pont, mais surtout les hurlements grinçants des bras mécaniques en mouvement. Le bruit ne s'arrêtait qu'au coucher du soleil, quand la luminosité n'était plus suffisante pour travailler en sécurité. En effet, la décision avait été prise de ne pas travailler sous des lumières artificielles afin de déranger le moins possible la faune et la flore marine qui étaient la raison principale du démontage du parc éolien. Sur ce chantier, commencé en hiver, les journées étaient courtes mais bien remplies. J'ai jeté le sac à dos sur une couchette au hasard en faisant au mieux pour ignorer les mouvements des vagues sous le navire, que je ne pouvais encore m'empêcher de ressentir, bien qu'atténués par la hauteur et la largeur du Scarabée. Ensuite, Iñaki nous montra les bureaux qui avaient été préparés pour nous accucillir. Après un déjeuner rapide et tardif, auquel je ne touchai presque pas, encore incertain de mon estomac, nous passâmes le reste de l'après-midi à installer le matériel : terminaux, listes de matériel et des requisits de l'Assemblée législative comme de la commune de Pä, mais aussi une paire de jumelles dont je m'emparai.

Quand je suis monté sur le pont, quelques dernières lueurs orangées persistaient à l'ouest, dont la réflexion sur l'horizon marin colorait très haut le ciel et les mâts des éoliennes. Autour de moi, on rangeait les outils, on fixait et on couvrait ce qui devait l'être. On roulait des joints aussi. On ouvrait des bouteilles de vin et de bière. En quelques minutes, le pont se transforma. D'atelier, il devint fête à ciel ouvert, bruissant non plus de la rotation des scies et du claquement des pinces coupantes mais du craquement des casse-noix, du bris des verres laissés tomber, des conversations hautes, des rires et de quelques chansons irrégulières. L'odeur des embruns se mélangea à celle de l'herbe. Sur le pont du Scarabée, et quelque part dans ses entrailles, un espace non négligeable était bien sûr réservé à des serres de cultures en bacs. Toutes n'étaient pas alimentaires. Pour éviter des aller-retours et des difficultés d'approvisionnement, le Scarabée se devait d'être quasi autonome, en cela comme pour le reste, pour la durée du chantier. Cela n'empêcha pas certains camarades d'Antonia d'être chaleureusement accueillis quand ils ouvrirent les bouteilles de rhum de Pä qu'ils avaient pris soin d'acquérir la veille au soir. Je n'ai guère pris part aux festivités ce soir-là. La seule idée de manger m'était douloureuse ; je n'osais même pas rêver de boire de l'alcool. J'ai porté les œilletons des jumelles devant mes yeux et j'ai scruté la côte dans la pénombre grandissante. Le signal clignotant d'une barge qui s'en retournait du chantier guida mon regard jusqu'au trait régulier du phare, puis vers l'éclairage nocturne de Pä : un archipel lumineux au milieu de l'obscurité. J'ai repensé à Jaba : un petit village perdu au milieu de rien. Pä n'était pas si différente, en fin de compte, ni aucune des villes qui vivaient selon la Déclaration d'Antonia. Les êtres humains ne se répandaient plus dans toutes les directions mais, au contraire, se concentraient dans des espaces réduits. La baisse de la natalité, mathématiquement, faciliterait ce processus. Des éclats de voix et de rire plus forts que les autres sur la droite m'ont tiré de l'observation, ainsi que des caquètements étranges. Un attroupement s'était formé contre le bastingage, tout près de la proue. J'y ai reconnu plusieurs camarades du Centre qui me firent de grands signes de la main et s'écartèrent pour me laisser approcher du bord.

« Umo ! Viens voir ! »

Dans les cercles blanchâtres des lampes de poche projetés sur la surface de la mer perçaient une demi-douzaine de formes oblongues et luisantes. Je ne compris pas tout de suite de quoi il s'agissait.

« Qu'est-ce qu'ils disent ? demanda quelqu'une sur la gauche.

— Pas la moindre idée ! Je ne parle pas le cétacé !

— Ils nous disent de dégager de chez eux ! »

En bas, les dauphins poussèrent de courts trilles enjoués comme pour marquer leur approbation.

« Ils n'ont pas l'air si mécontents que ça de nous voir, commenta quelqu'un d'autre.

— Pour ce qu'on en sait, ils viennent de nous envoyer nous faire foutre. C'est juste que ton cerveau interprète les sons aigus et répétitifs comme quelque chose de rassurant. Ça vient de la toute petite enfance, quand on minaude avec les bébés.

— C'est de l'anthropomorphisme, autrement dit. »

Cette fois-ci, j'ai reconnu la voix de Wed. Je la cherchai du regard mais je ne la distinguai pas parmi les autres.

« Exactement, reprit l'autre voix dont il s'avéra plus tard qu'elle appartenait à l'éthologue du chantier. Sans passer davantage de temps auprès d'eux, impossible de savoir ce qu'ils veulent sans risquer le contresens.

— Je croyais que les dauphins étaient les animaux les plus intelligents », interrogea une autre personne encore.

Le ton de l'éthologue se refroidit.

« Tous les animaux sont intelligents. Ce n'est pas parce qu'une bande d'apprentis sorciers a écrit un jour que l'intelligence du dauphin se rapprochait le plus de celle des humains qu'ils ont vraiment quelque chose à voir avec nous. Ce sont des dauphins, c'est tout. Ils sont intelligents à la façon des dauphins.

— En tout cas, ils n'ont pas l'air de se poser autant de questions.

— Ou bien on n'est pas si intéressants que ça. »

Quelques éclats de rire. Les dauphins replongèrent sous la surface et s'éloignèrent, traçant des sillons écumeux dans les vaguelettes, contournant largement les mâts des éoliennes. Les cercles lumineux les suivirent quelque temps puis s'éteignirent. L'attroupement se dissipa et se divisa en plusieurs groupes plus petits. J'en ai profité pour m'éclipser à mon tour. J'ai regagné le dortoir sans dîner et, allongé sur le lit, j'ai repassé en revue des rapports techniques jusqu'à être emporté par le sommeil. Cette nuit-là, j'ai dormi à poings fermés et, le lendemain, voyant que l'agitation du dortoir ne me réveillait pas, les camarades ont estimé préférable de me laisser dormir autant que nécessaire. Quand j'ai enfin ouvert les yeux, je me sentais frais et dispos, prêt à me mettre au travail.

L'enjeu principal du démontage du parc éolien était celui du creux que sa disparition laisserait dans les besoins de Pä et des environs. Il produisait annuellement plus de deux mille gigawattheures, ce qui représentait près des deux tiers des besoins de la région. C'était d'ailleurs cette nécessité qui avait présidé à sa construction, plusieurs dizaines d'années avant que Pä ne ratifie la Déclaration d'Antonia. Du moins avait-ce été le prétexte avancé par le gouvernement d'alors et les entreprises propriétaristes qui avaient construit le parc. Ils s'étaient livrés à une sorte de chantage avec la population : c'était cela ou bien continuer à brûler du charbon et du pétrole. Les mêmes entreprises, les mêmes personnes physiques et morales qui avaient créé le problème se proposaient de le résoudre à leur manière expéditive et inconséquente : bâtir quelque chose, en tirer le plus grand profit sans en assumer les conséquences. Les avertissements concernant l'impact sur la faune et la flore marine, sans parler des couloirs de migration aviaire, avaient été ignorés. Des études, à entendre les constructeurs du parc, avaient été réalisées et jugées satisfaisantes.

« Les vaches ont une âme aussi, citait souvent Wed à sa manière tranchante. C'est le laitier qui me l'a dit. »

Au bout de quatre décennies, les entreprises propriétaristes gestionnaires avaient disparu, dissoutes, dissipées comme un nuage de fumée, et la commune de Pä s'était retrouvée seule responsable du parc et de son entretien. Elle en était aussi devenue dépendante, semblait-il, irrémédiablement. Durant les dernières décennies du Siècle des camps et les premières après la Déclaration d'Antonia, Pä s'était accrochée désespérément à ces éoliennes, et de manière bien compréhensible : elles étaient nécessaires à sa survie. Une fois la Déclaration ratifiée à Pä, le sujet n'avait cessé d'être en débat. La commune ne voyait pas le bénéfice de défaire ce qui avait été fait, ni de transformer en profondeur sa structure urbaine. Elle arguait de l'histoire du lieu, un des plus anciens sites de peuplement urbain de tout le pays, dont la fondation remontait à une Antiquité si lointaine que la date exacte était perdue depuis longtemps. Les éoliennes ne produisaient pas de déchets : ce serait leur destruction qui en produirait. Et ce n'était pas faux. Comme la plupart des matériaux utilisés par les bâtisseurs propriétaristes, le réemploi des pales en particulier posait un problème, qu'une proposition salvatrice était venue régler en partie. Un collectif d'artistes sculpteurs et plasticiens de Pä s'était porté volontaire pour réaliser avec un certain nombre de pales une œuvre d'art destinée à décorer le littoral, dont la forme comme le matériau rappelleraient le parc et donc l'histoire de la ville ; un sujet auquel la commune était particulièrement attachée. Une consultation communale s'était prononcée en faveur de cette idée, dont les détails restaient encore à définir.

« Ça n'a pas été *décisif*, racontait Iñaki, parce qu'aucune chose n'est décisive toute seule, mais ça n'a certainement pas fait de mal. Cette consultation a fait voir d'un meilleur œil le démontage à beaucoup de gens. D'un seul coup, on ne perdait plus seulement quelque chose, mais on gagnait aussi. Et puis on se souvenait. »

Je trouvais cette idée drôle et un peu étrange : que Pä n'acceptât de se séparer du parc éolien qu'à la condition d'en garder un souvenir sous la forme d'une œuvre d'art.

« C'est comme si, fis-je remarquer un soir à Wed, la persistance du simulacre rendait l'absence moins douloureuse. »

Elle a secoué la tête à sa manière impatiente. Je n'ai jamais pris le temps de comprendre quel trait de mon caractère me poussait en direction des femmes impatientes. Peut-être s'agissait-il de mon propre mutisme.

« Ça n'a rien à voir. Une œuvre d'art n'est pas un simulacre. C'est le contraire. Si elle est réussie, elle est plus vraie que le reste du monde. Je te montrerai, la prochaine fois que nous débarquerons. »

Ce n'était pas une invitation. Ce n'était pas un ordre. En vérité, je n'avais même pas mon mot à dire dans cette décision. C'était la simple énonciation d'un état de fait. Elle me montrerait.

En tout cas, à bord du Scarabée, nous ne manquions pas de travail. Notre groupe n'était pas réellement censé prendre part au travail de démontage lui-même, mais le coordonner depuis le bureau et les laboratoires installés dans les sous-ponts du navire. C'étaient des allées et venues incessantes de communication avec la commune, des listes de matériel à vérifier, des processus à comparer, des prévisionnels à établir. Quelquefois, après six heures courbé sur un terminal à m'esquinter les yeux en tentant de concilier les desideratas de la commune, de l'Assemblée législative et la réalité concrète du chantier qui progressait évidemment bien plus lentement que quiconque ne l'avait prévu, j'étais tenté de baisser les bras. La procédure de démontage prévoyait d'envoyer des plongeurs et des bathyscaphes pour détacher le mât de l'embase. Nous étions tous persuadés que ce travail devait prendre quatre jours. Il dura plus d'une semaine, au bout de laquelle les appendices du Scarabée parvinrent enfin à extirper le premier mât de l'eau, soulevant au passage de terribles remous qui dispersèrent les radeaux sur lesquels l'énorme chose grise, l'ancienne peinture rongée par le sel et la corrosion et recouverte par un treillis serré de coraux et d'algues, devait être posée pour être ramenée à terre. Le temps que la mer se calmât, plusieurs minutes, elle resta suspendue en l'air sous les applaudissements de tous les camarades à bord du Scarabée mais aussi des autres bateaux. Le bras descendit lentement, avec des précautions étonnantes de la part d'un appareil aussi gigantesque, et quand le mât sectionné toucha le radeau de bambou, celui-ci ne bougea presque pas. Pendant que les navigateurs l'attelaient à la douzaine de remorqueurs à moteur solaire nécessaires pour déplacer une telle masse, toute une équipe s'occupa de dégager les plantes, les crustacés et les poissons qui s'y étaient retrouvés coincés et de les jeter à la mer.

« En étant réaliste, commenta l'éthologue du Scarabée, il est probable que la plupart ne survivent pas à l'expérience, mais ils pourront au moins mourir dans leur élément naturel. Sans compter que, quand leurs corps seront mangés par des prédateurs ou se décomposeront simplement, ils alimenteront à nouveau l'écosystème natif. Baisse théorique de 2IH, ou en tout cas, effet nul.

— En théorie, oui », commenta Stanley, dont le front était barré de rides de plus en plus profondes depuis le commencement de la manœuvre.

L'éthologue soupira mais sourit.

« Nous sommes tous prisonniers du royaume de la théorie. »

Stanley hocha la tête, puis montra du doigt l'endroit où s'était dressée l'éolienne dix jours plus tôt.

« Jusqu'au moment où nous ne le sommes plus. »

En effet, la nouvelle absence n'avait rien de théorique.

« Mais on ne connaîtra l'effet que nous avons eu que dans plusieurs années, si ce n'est des décennies. Et puis il reste l'embase en béton. »

Le forage et sa garniture de béton étaient le point noir de tous les plans, de toutes les procédures mises en place. Aucune solution satisfaisante n'avait été trouvée pour l'extraire du fond marin. Même au milieu du chantier, il n'était pas rare que nous passions des soirées entières à jeter des idées en l'air pour les examiner. Le liquéfier et l'aspirer ? Trop coûteux en énergie. Cela annulait une grande partie du bénéfice 2IH du travail. Et puis, une fois le béton refroidi à nouveau, qu'en faire ? Le forer ou le briser ? Même problème, en rajoutant le risque de laisser des éclats et des poussières contaminer à nouveau la baie entière. Sans compter qu'il n'y avait plus de foreuse capable d'un tel travail à Pä et que personne n'avait envie de ressortir du musée les machines des plates-formes propriétaristes de forage à hydrocarbure dont l'élimination avait déjà occupé tant de travail. Certaines proposaient d'utiliser du remblai, de recouvrir les embases de terre et des cailloux, mais d'où ceux-ci viendraient-ils ? Les extraire ailleurs pour les ramener là n'avait aucun sens et le problème des moyens matériels restait : comment les déverser avec précision à une telle profondeur ? Faute de solution humaine satisfaisante, il fut décidé de laisser l'environnement naturel s'en charger. Les dépôts de corail et de minéraux finiraient, au bout d'un temps indéterminé, par faire le même travail sans intervention humaine. Ayant constaté notre impuissance, ne rien faire restait la solution la plus adaptée.

« Il y a des problèmes qu'on ne peut simplement pas résoudre. », dit quelqu'un, je ne sais plus qui exactement.

À défaut du nom que cette personne portait ou de son visage, cette parole est restée dans ma mémoire. Je l'associe à un goût de bière rousse et mousseuse, très amère en bouche, ainsi qu'à l'odeur des vêtements trempés par la pluie pendus un peu partout dans le réfectoire, et au bruit de la pluie qui, portée par le vent, tombe presque horizontalement contre la coque et les hublots, alternance irrégulière de claquements métalliques et d'impacts assourdis sur le verre épais. La mémoire est une chose étrange qui échappe à tout système. Je me souviens de tout le reste mais pas de cette personne. Pourquoi ? D'ici quelques décennies, les habitants de Pä auront entièrement oublié qu'il y eut jamais des éoliennes dans la baie. Il n'en restera comme trace qu'un monument. Il faudra amener les enfants le visiter, leur lire les plaques qui expliqueront ce que fait là ce tas d'aluminium et de matériaux de synthèse tordus. Ce qui semblait le plus important sera oublié, comme toutes ces choses que je voudrais pouvoir raconter mais qui m'échappent à présent. Ce qui reste, ce sont des traces et non, comme je le pensais alors, un simulacre. Les traces nous guident vers ce que nous cherchons, quand le simulacre nous en détourne.

La responsabilité principale que j'assumais sur le chantier, en dehors du traitement des communications, consistait à inventorier les matériaux électriques, conducteurs, isolants ou composants issus du démontage des éoliennes qui pouvaient être réutilisés. Ils devaient servir à – enfin ! – rénover les plus vieux bâtiments de Pä, ceux pour lesquels la commune résistait le plus farouchement. C'était, là encore, une question de mémoire. Si ce vieil hôtel de ville, ce tribunal ou cette usine qui constituaient le cœur de la ville, autant de parties essentielles de son sentiment d'identité, si tous ces bâtiments devaient être profondément transformés et peut-être rendus méconnaissables, Pä serait-elle toujours Pä ?

Cette fois-ci, c'est Iñaki qui me donna la fable qui me permit de comprendre les enjeux.

« C'est un vieux thème mythologique, me raconta-t-il. C'est l'histoire du navire de Thésée qui, un peu comme ce vieux Scarabée, a été réparé tant de fois qu'il ne contient plus une seule pièce d'origine. Pas une seule planche, pas un mât, pas un centimètre carré de la toile des voiles qui reste. Si rien ne reste plus du navire tel que Thésée a navigué dessus, est-ce toujours le même navire ? C'est cela que Pä n'arrive pas à accepter. Elle a peur de n'être plus Pä. Elle croit que Pä c'est un ensemble de parpaings, de briques, de tuiles, de pavés ou de rues. Elle fait le minimum pour appliquer les recommandations de la Déclaration, mais rien de plus. Elle est encore terrifiée, comme le monde entier était terrifié pendant le Siècle des camps, et certainement auparavant. Il lui faut encore un peu de temps pour comprendre que le navire de Thésée n'était pas qu'un ensemble de planches et de toiles, si bien organisées et si habilement assemblées eussent-elles été. C'était le navire de Thésée parce qu'il voguait dessus. À partir du moment où il a posé le pied à terre, ce n'était plus le même navire. Rien ne servait d'essayer de le conserver à l'identique et c'est bien pour cette raison que ceux qui l'ont utilisé après lui l'ont tant transformé. Pä n'est pas qu'un ensemble de bâtiments, pas plus que le navire n'était qu'un assemblage de morceaux de bois. Pä, ce sont les gens qui l'habitent.

— Mais ce sont les habitants qui ne veulent pas changer les bâtiments. L'Assemblée ne peut rien imposer à la commune, ni la commune aux habitants. »

Iñaki a hoché la tête.

« C'est vrai. Mais les habitants changent. Les gens vont et viennent. Elles partent et elles reviennent. Quand elles quittent Pä, elles laissent un navire particulier. Quand elles reviennent, elles en retrouvent un autre tout à fait différent. Chaque personne est une planche du navire de Pä. Bientôt, ce navire-là aussi aura une autre allure. »

En disant cela, il tapa sur la barre du Scarabée.

« Pour celui-ci, en revanche, ajouta-t-il avec un léger tremblement de regret dans la voix, j'ai bien peur qu'il soit trop tard. Quand on en aura terminé avec tout ça… »

D'un vague geste du bout des doigts, il désigna le parc de la baie. Le Scarabée était ancré entre la quatrième et la cinquième éoliennes. Ses appendices bâbord saisissaient les pales de la cinquième tandis que ceux du côté tribord étaient en position pour soulever celles de la quatrième hors de l'eau une fois que les plongeurs et les submersibles auraient terminé leur travail. Je songeai alors aux cercles de béton régulièrement espacés que nous laissions sur le fond marin. Autant de traces.

« Quand on en aura terminé avec tout ça, reprit Iñaki, ça sera son tour. Ça ne me plaît pas, parce que je m'y suis attaché, à cet engin. J'ai beaucoup travaillé pour le faire repartir. Seulement, il n'a plus sa place nulle part. Mieux vaut le démanteler lui aussi.

— Avec tous ces matériaux, tu pourrais en construire un autre. Voire plusieurs. Ça serait un bon travail. »

Iñaki me sourit.

« Tu penses bien que j'y ai pensé. Je sais même comment je l'appellerai. »

Il marqua une pause pour le plaisir de m'entendre poser la question.

« Comment ?

— Le *Thésée*, bien sûr. »

Quand le chantier du parc éolien a été achevé, le Scarabée a comme prévu été entièrement démantelé. Je ne sais pas si Iñaki a réellement fabriqué un autre bateau ou non. Je sais seulement que je ne l'ai plus revu une fois revenu sur la terre ferme.

Environ six semaines après notre arrivée sur le chantier, alors que je commençais seulement à m'habituer pour de bon au roulis permanent, un premier chargement de matériaux de récupération partit pour Pä. Wed décida d'en profiter pour passer quelques jours à terre.

« Tu viens avec moi, m'ordonna-t-elle. Il faut que je te montre quelque chose.

— Me montrer quoi ? »

À ce moment précis, j'étais plongé dans un inventaire particulièrement épineux.

« Tu verras. »

Je poussai un soupir d'agacement. Wed parut étonnée de cette rebuffade, mais elle ne se laissa pas désarçonner.

« Tu n'es pas obligé de venir. »

Le ton de sa voix, comme toujours, exprimait le contraire. Je n'ai jamais su discerner exactement si Wed s'attendait réellement à ce que tout le monde ajustât son comportement et ses actions en fonction de ce qu'elle décidait, si cette attitude était consciente chez elle ou non. Je n'avais pas particulièrement d'intention de retourner à terre avant la fin du chantier et je croulais tant sous le travail administratif que je n'avais même plus le temps d'aller travailler une ou deux heures par jour à la découpe et à la récupération pour me changer les idées, comme je l'avais fait les premiers jours. Le soir venu, je ne restais plus que rarement veiller avec les camarades. Je m'effondrais sur la couchette, parfois tout habillé encore, en prenant à peine le temps d'enlever les chaussures à mes pieds. Au matin, je ne les portais plus. Quelqu'un me les avait enlevées. Je n'ai jamais su de qui venait cette attention. Cela importait peu. C'était la vie du dortoir et du travail. J'avais la tête tellement pleine de chiffres et de nomenclatures, de quantités et de qualités de matériaux, d'arrivées et de destinations que c'était à peine si je prêtais attention à ce que j'avalais, si je mangeais. Je maigrissais mais, pourtant, je ne ressentais pas de fatigue. Les journées me semblaient trop courtes. Qui plus est, elles étaient les moins longues de l'année, au commencement de l'hiver. Quand j'éteignais enfin le terminal sur lequel je travaillais, je rêvais de sortir et de travailler de mes mains encore, mais la porte du dortoir était entre les bureaux et l'escalier qui menait sur le pont principal et mes pieds connaissaient le chemin. Je ressentais une fébrilité inédite : mon cœur battait en permanence à tout rompre, à l'exception des heures de sommeil durant lesquelles je ne rêvais même pas. Je n'avais rien ressenti de tel sur le chantier du musée de la centrale d'Ast. Sans doute était-ce parce que j'avais des responsabilités. Après coup, je me suis souvenu de l'attitude de Kaze à cette période, apparemment partout, sur tous les fronts, à tout moment. Mon comportement s'en rapprochait un peu, même si la direction effective des opérations était partagée entre Stanley et Iñaki.

Quand vint le matin du départ des matériaux, j'ouvris les yeux, étonné d'être décidé à accepter l'invitation de Wed. La veille, en me couchant – je devrais écrire « en m'effondrant » –, je n'avais pas encore choisi et, à vrai dire, j'avais même oublié la proposition. Pourtant, je la rejoignis sur le pont et j'empruntai avec elle le monte-charge jusqu'à un canot qui nous amena à l'un des remorqueurs. Nous nous sommes assis à l'avant, l'une en face de l'autre. Contrairement au catamaran qui nous avait transportés à l'aller, ce bateau était équipé d'un moteur mais, tirant derrière lui une partie de la montagne de câbles, d'aluminium et de poutrelles d'acier que nous ramenions à Pä, il n'allait pas beaucoup plus vite. Wed ne m'adressa pas la parole de tout le trajet. Elle m'avait fait un signe de tête quand j'étais monté après elle et cela avait été le seul signe visible qu'elle avait remarqué ma présence. Elle fixait un point derrière moi, quelque part au-dessus de mon épaule gauche. Pour ma part, je somnolai, dodelinant douloureusement de la tête, et je ne me réveillai que lorsque la proue du remorqueur vint cogner contre le quai. La marée était haute, ce qui nous épargna de remonter près de cent mètres de cale. Après avoir posé le pied sur la terre, je m'apprêtai à aider au déchargement mais Wed m'en empêcha d'un signe de tête.

« Viens. C'est ton jour de repos. »

Puis elle tourna les talons et, sans vérifier si je la suivais, elle s'enfonça dans les étroites ruelles pavées du vieux port de Pä. C'était pour moi un enchevêtrement incompréhensible de bâtiments hors d'âge, de venelles et de cours bordées de boutiques. Le pavage ancien rendait la circulation à vélo malaisée et les rares bicyclettes que nous croisions étaient poussées par le guidon. L'absence de végétation était troublante, étouffante même. Les étages supérieurs de certains immeubles avançaient vers le centre des ruelles, masquant le ciel et formant des couloirs dans lesquels s'engouffrait un vent tranchant. Je fus reconnaissant aux camarades du Scarabée de m'avoir fourni un épais ciré. Sans la silhouette de Wed devant moi comme repère, je pense que je me serais perdu plusieurs heures durant dans ce labyrinthe. Elle, au contraire, paraissait très bien savoir où elle allait. Je remarquai qu'on lui adressait de loin en loin des signes de la main, des « Salut ! » un peu surpris auxquels elle répondait distraitement. On la connaissait. Elle s'arrêta aussi brusquement qu'elle s'était mise en route et entra dans un restaurant dont la porte était si basse que nous dûmes tous les deux nous pencher pour passer dans l'encadrement. La salle était profonde, étroite et sombre. Bien que le soleil fût proche du zénith, l'angle que faisait la façade et l'étroitesse des fenêtres ne laissaient passer qu'une lumière froide réfléchie par les pavés bruns et les murs crépis. Wed s'installa devant une très vieille table de bois verni et je pris place en face d'elle. Sous mon poids, la chaise émit un craquement soupçonneux. Un vieil homme surgit de derrière le comptoir. Il se figea un instant en reconnaissant Wed mais ne fit aucune remarque. Il se contenta de prendre la commande. Je cherchai en vain un menu devant moi ou sur les tables voisines. Wed commanda des raviolis ainsi qu'un plateau d'entrées. Le vieil homme acquiesça et disparut plusieurs minutes dans la cuisine avant de surgir muni d'un plateau chargé d'une miche de pain noir, d'une assiette de fromage, de deux coupelles et d'une bouteille d'huile d'olive. Il déposa également devant nous une carafe de vin, bien que ni Wed ni moi n'ayons demandé à boire. Toujours silencieuse, Wed s'affaira à couper d'épais morceaux de pain et à faire couler un fond d'huile dans les deux coupelles. Enfin, elle désigna le plateau.

« Mange. Tu as faim. »

C'était vrai. Je découvris à cet instant que j'étais affamé. Comme un acquiescement, mon estomac gargouilla. Je me jetai sur le pain. Il était épais et sec, la mie très peu aérée. Il fallait tremper chaque morceau plusieurs fois dans l'huile pour qu'elle y pénètrât. Celle-ci, au contraire, avait une saveur riche et fruitée qui pétillait sur la langue sans laisser d'amertume ni de sensation collante sur le palais. La tomme de chèvre, tranchée en fines lamelles, était l'aliment le plus tendre du plateau. J'engloutis à moi seul la moitié de la miche de pain, alors que Wed mangeait parcimonieusement et avec des gestes précis. Pas une goutte d'huile ne tomba sur le côté de la table qu'elle occupait alors que de nombreuses gouttelettes constellaient le bois devant moi. À peine le dernier morceau de fromage avait-il disparu que le cuisinier faisait disparaître le restant de pain et les deux coupelles et les remplaçait par deux assiettes creuses remplies de raviolis, un autre morceau de fromage beaucoup plus sec et une râpe. Je couvris avec enthousiasme toute l'assiette de copeaux blanchâtres. J'avais le sentiment de retrouver le sens du goût. Les raviolis, cuits *al dente*, n'en étaient pas moins tendres et ils étaient garnis d'une farce au goût de pignons, d'ail et d'épinards. Je dévorai toute l'assiette en quelques instants, si bien qu'il me fallut attendre dans le silence que Wed eût terminé à son tour. Deux autres personnes entrèrent et s'installèrent en nous saluant à voix basse. Le cuisinier prit leur commande, ramassa les assiettes vides et Wed commanda du thé. Dans l'intervalle, je lui demandai :

« C'était ça que tu voulais me montrer ? »

Sa langue claqua contre son palais.

« Bien sûr que non. Je t'ai amené ici pour que tu manges vraiment quelque chose. »

Elle me regardait fixement dans les yeux. Une tension indescriptible, mélange d'attirance et de colère latente et sans raison, régnait au-dessus de la table. Je me forçai à sourire et, pour faire diversion, je me laissai aller en arrière contre le dossier de la chaise, les deux mains posées à plat contre la peau tendue de mon ventre.

« Merci. C'était vraiment excellent.

— Oui. »

Dans la bouche de Wed, cela voulait dire « je sais ». Le vieil homme nous amena le thé peu après. Il était très chaud, presque brûlant, et très sucré. Son goût de menthe tranchait avec l'âpreté du vin. Cette fois-ci, Wed fut plus rapide que moi. Elle avala le contenu de la tasse en un seul mouvement du bras quand je ne pus terminer qu'en nombreuses petites gorgées. Quand le fond de la tasse toucha la table, elle me demanda brusquement :

« Tu as terminé ? »

Je hochai la tête. Elle se leva alors, se dirigea vers la cuisine et régla d'un mouvement négligent de la carte bleue. Puis nous sortîmes. Le ciel s'était couvert. L'après-midi était désormais bien avancée.

Cette fois-ci, Wed ne marcha pas plusieurs mètres devant moi mais ralentit le pas pour que j'avance à côté d'elle.

« Tu ne veux toujours pas me dire où nous allons ? »

Elle secoua la tête. Les rues commencèrent à s'élargir alors que nous quittions le cœur du quartier du vieux port. Les immeubles s'écartèrent et commencèrent à ressembler davantage à ceux que je connaissais à Antonia ou à Iliat. Le pavage laissa la place aux pelouses et aux arbres mais ressurgissait tout de même irrégulièrement, comme un signe que cet abandon de l'espace ne se faisait qu'à contrecœur. Si les balcons étaient fleuris et cultivés, les toits ne l'étaient pas. Par habitude, je cherchais de l'œil les signes de rénovation et ne les décelais que rarement, à l'exception de fenêtres récentes.

« Les gens ici doivent mourir de chaud, l'été », commentai-je.

Wed haussa les épaules.

« Peut-être que " les-gens-ici " aiment avoir chaud. »

Je n'avais rien à répondre à cela. Il était tellement *naturel* pour moi de vivre dans des logements très bien isolés et aux toits verts. Je ne comprenais pas mais je sentais bien que c'était justement cette incompréhension que Wed voulait mettre à l'épreuve. Cette promenade à travers Pä était un défi à ma capacité d'acceptation de l'autre : un autre qui ne serait pas mon être poussé à l'extrême comme les acrates de Gaba mais au contraire une présence opposée, un reliquat persistant du passé. Malgré son silence, je croyais comprendre que Wed guettait les réactions que j'avais, suivait les mouvements de mon regard, s'attardait là où il s'attardait. Les toits, en tout cas, ne voulaient plus former un plafond au-dessus des têtes et je retrouvais avec satisfaction le cliquetis familier des vélos qui filaient paresseusement d'un côté comme de l'autre. Quelques personnes faisaient la sieste, étendues sur des tapis et enroulées dans des couvertures. Deux personnes dormaient serrées l'une contre l'autre, visage contre visage, les cheveux de l'une couvrant en partie celui de l'autre. Je ne sais pas pourquoi, cela provoqua chez moi un profond sentiment de désir. Depuis trois semaines, le sommeil n'était plus qu'un étourdissement passager et non une occasion de tendresse. Ce désir, comme tout désir, se chercha un objet et se fixa sur la présence de Wed. Si elle le sentit, elle n'en montra rien. Sans prévenir, elle tourna vers la droite et s'arrêta devant un autre immeuble sans signe particulier, à l'exception d'une enseigne qui annonçait : « Galerie ».

« Tu aimes dessiner, non ? »

Et, sans attendre ma réponse, elle poussa la lourde porte en bois et ne la retint pas. Elle la laissa claquer derrière elle sur moi. J'entrai à mon tour. Je m'étais attendu à une autre pièce sombre. Il n'en était rien. L'éclairage était blanc et uniforme comme celui du soleil. Je ne parvins même pas à en distinguer les sources. Sur les murs, tout autour de la salle, étaient accrochés des cadres et des toiles de toutes formes et de toutes tailles : d'immenses comme de minuscules, des rectangulaires comme des circulaires ou ovales et d'autres formes polygonales incongrues. Je clignai des yeux devant tant d'images en même temps. Aucun sens de circulation n'était indiqué. Ne sachant quoi faire, je m'approchai de Wed, visiblement absorbée par la contemplation d'une toile dont je ne voyais, de là où j'étais, que la couleur majoritairement jaune. En m'avançant, je distinguai qu'elle représentait un couple dans une pièce au sol de carrelage safran. Il s'agissait d'un homme et d'une femme, le premier penché sur la seconde pour l'embrasser. À leurs pieds, des valises ouvertes. Dehors, par d'immenses fenêtres vitrées, la nuit, les éclats de phares et de réverbères, faiblards en comparaison de celui de l'unique ampoule. Je n'eus que le temps de distinguer le titre, écrit à la craie sur le mur – *La Crémaillère* – avant que Wed ne se tournât vers moi, visiblement agacée.

« Trouve-toi autre chose à regarder, s'il te plaît. Je suis occupée. »

J'ouvris la bouche pour répondre quelque chose, mais elle ne m'écoutait déjà plus. Je commençai donc à tourner tout autour de la salle. Je ne savais où poser les yeux. Je n'étais pas entré dans un pareil endroit depuis plusieurs années, sans doute avec Gob à Télégie, ou bien à Iliat. Après plusieurs tours, je réussis à me fixer devant un tableau assez large, figurant un coucher de soleil. Une femme vêtue d'une robe lui faisait face, dos à l'observateur, les bras légèrement écartés de part et d'autre de la taille. La robe qu'elle portait montrait que le tableau datait de bien avant la Déclaration. Toute la toile baignait dans une lumière orangée qui tirait sur le brun. Les champs récemment moissonnés qui encadraient la figure féminine et guidaient le regard vers elle paraissaient donner leur couleur au soleil couchant, et non l'inverse. Seul l'extrême haut de la toile gardait une légère teinte plus noire que bleutée, qui se fondait bien vite dans l'orange-marron. Malgré le point de fuite clair et la construction symétrique de l'œuvre, la perspective semblait aplatie et les distances paraissaient abolies entre cette femme de dos et moi, entre elle et l'horizon. Le titre, inscrit en bas à droite, également à la craie, était laconique : *Femme devant le coucher de soleil.*

Plongé dans l'observation, je n'entendis pas quelqu'un s'approcher de moi. Aussi, je fus surpris quand une voix déclara :

« Il semble que la couleur du ciel soit due à l'éruption d'un volcan à plusieurs milliers de kilomètres de l'endroit où Friedrich a peint ce tableau. Celle-ci a bouleversé pendant plusieurs années le climat mondial et ce serait cette teinte inhabituelle du ciel que le peintre a voulu rendre. »

J'ai froncé les yeux mais je ne me suis pas retourné. Je connaissais cette voix. Tout en examinant le dégradé de jaune, je fouillai dans ma mémoire.

« La composition de ce tableau peut être rapprochée d'un autre tableau de Friedrich, plus connu : *Le Voyageur contemplant une mer de nuages*. Le format est différent, cependant, et il me semble que celui-ci suscite une mélancolie plus profonde que le *Voyageur*. Cela tient peut-être à l'horizon plus ouvert et au choix d'une composition horizontale qui met l'accent sur le paysage et non le personnage. Bien sûr, Friedrich a aussi produit de nombreux tableaux où la figure humaine est entièrement absente. Je me demande toujours pourquoi le personnage ouvre les bras. Sa posture est légèrement de travers, décalée vers la gauche. On dirait presque qu'elle commence à danser. Ou bien elle est saisie dans le commencement d'un évanouissement. C'est, il me semble, moins une pose que celle du *Voyageur.* »

Une main a pénétré dans mon champ de vision et a dessiné un mouvement vers le bas le long de la silhouette féminine. J'ai reconnu cette main autant que la voix.

« Ce tableau, comme tous les tableaux dont l'auteur ou l'autrice n'est plus en vie, n'est pas à vendre. Cependant, vous pouvez l'emprunter pour quelque temps si vous le désirez, pour l'étudier au calme. Il y a une petite cotisation à régler, mais la galerie est conventionnée, comme toutes les autres de la commune. Ou bien, si vous voulez acquérir des œuvres " indéfiniment " et que ce genre de travail vous intéresse, je peux vous guider vers d'autres artistes. Vassily, un graveur du quartier de la Coupe, par exemple, ou bien encore... »

Je me suis retourné et me suis exclamé, la reconnaissant pour de bon :

« Budur ! »

Elle se figea.

« Umo ? »

Devant son incrédulité, l'adrénaline reflua aussi vite qu'elle était montée.

« Mais qu'est-ce que tu fais là ? »

Les mots se sont échappés avec difficulté entre mes lèvres. Elle ne m'avait pas reconnu, elle.

« Je travaille sur le chantier du parc éolien.

— Ah. »

Cela n'a pas semblé susciter de réaction particulière chez elle. Elle a tout de même ajouté :

« J'aurais dû m'en douter. »

Wed, sans doute dérangée par notre discussion, s'est approchée de nous. Elle a salué Budur d'un signe de tête, que Budur lui a rendu, à la manière distante qui était celle de Pä.

« Umo, a-t-elle dit, tu ne fais pas les présentations ? »

Je n'en avais pas la moindre envie. Pourtant, j'ai dit :

« Budur, voici Wed, une camarade de la GEG qui est venue aussi travailler sur au démontage des éoliennes. Wed, voici Budur, qui... »

Je me suis interrompu, ne sachant pas quoi dire. Il y avait si longtemps que je ne l'avais pas vue ! Que pouvais-je dire de vrai à son propos ? Je ne la connaissais plus. C'était certainement une tout autre personne que celle avec qui j'avais vécu à Iliat. Elle avait changé physiquement, bien sûr, comme n'importe qui, mais ce n'était pas le plus important. Elle aussi était un vaisseau de Thésée. Elle ne m'a pas laissé le temps d'hésiter.

« Umo et moi étions amoureux, durant les premières années de salariat. Seulement, il avait omis de me dire qu'il était également amoureux d'une autre femme. Cela ne m'a pas plu alors nous nous sommes quittés. »

Wed a levé un sourcil intrigué.

« Voilà, ai-je un peu piteusement ajouté. Je ne savais pas non plus que tu étais revenue à Pä. Cela fait longtemps ? »

Budur m'a regardé comme si la question avait quelque chose d'étonnant, voire d'inconvenant.

« Quelques années, oui. J'avais vu ce que j'avais à voir. J'avais besoin de retrouver un environnement familier. »

Wed a hoché la tête, comme si une profonde compréhension s'était établie entre elles deux, compréhension dont j'étais nécessairement exclu. J'ai compris seulement à ce moment que Wed avait probablement grandi à Pä aussi, ou qu'elle y avait en tout cas passé un long moment. Cela expliquait les saluts qu'elle recevait, mais aussi certains traits de son caractère. Elle était, sinon la métonymie, tout au moins un reflet de la ville entière : dure, minérale, persistante. Je me suis demandé plus tard si, en me fréquentant, on pouvait reconnaître Pelagoya et Grévi. C'est sans doute le cas. Quelque chose de ces deux endroits a certainement déteint sur moi, m'a coloré en vert, en bleu et en rouge cerise, de la même façon que Wed était brune, grise et dure, pour résister aux bourrasques de vent. Il avait dû lui falloir une grande force de caractère pour revenir à Pä dans l'optique de modifier la ville en quoi que ce soit.

« Vous n'emprunterez ni n'achèterez de tableau alors, je suppose. »

Ce n'était pas une question. Nous avons répondu quand même, par la négative.

« Très bien. Bonne journée alors. »

Puis Budur a tourné les talons et a disparu dans une arrière-salle sans un mot de plus. Comme si de rien n'était, Wed est retournée à la contemplation de la toile qu'elle avait laissée. Une angoisse terrible me serrait soudainement la poitrine. Je ne pouvais rester là. Je suis sorti. Un dernier et froid rayon de soleil tombait sur un banc près de l'entrée. Je m'y suis assis et, me souvenant que j'avais emporté de l'herbe avec moi du Scarabée, j'ai commencé à rouler un joint. La fumée a un peu desserré l'étau autour de mon cœur. J'ai levé la tête. Le ciel n'était pas jaune, mais gris. Le coucher de soleil à Pä ne ressemblait en rien au tableau de Friedrich. Je me suis demandé où il l'avait peint. Quand Wed est enfin sortie de la galerie, j'avais déjà fumé la moitié du joint. Elle s'est assise à côté de moi et je le lui ai tendu. Après plusieurs minutes de silence, l'esprit étrangement éclairci par l'herbe, je lui ai demandé, tout à trac :

« Alors, c'était ça que tu voulais me montrer ? »

À ma grande surprise, elle a eu un pauvre sourire qui ressemblait à une parole d'excuse et elle a répondu :

« La galerie, oui. »

J'ai oublié les détails du reste de la soirée. Je sais seulement que nous avons bu quelques verres silencieusement avant de nous diriger, non pas vers la maison d'hôte dans laquelle nous avions dormi au sortir du train, mais vers un hôtel du vieux port. C'était une bicoque biscornue, avec des couloirs tordus, des fenêtres aux formes approximatives et un parquet qui gémissait sous le pas, quand les lattes n'en étaient pas simplement fendues. Nous avons couché ensemble dans une chambre aux murs recouverts d'un papier peint aux motifs floraux pâles, et aux draps rêches. L'acte sexuel en lui-même n'a pas semblé apporter plus de plaisir que cela à Wed et je ne crois pas en avoir pris beaucoup. Tout au long de nos étreintes, elle ne s'est jamais départie d'une expression de curiosité intriguée, comme si mon corps et ses réactions étaient pour elle un objet d'étude. Si l'intimité physique résorba la tension du désir qui existait entre elle et moi depuis au moins le tunnel d'arrivée en gare de Pä, elle n'abolit jamais la distance émotionnelle et la difficile compréhension de ses attitudes. Je dormis mal cette nuit-là. Wed sommeillait, recroquevillée d'un côté du lit, laissant un vaste espace entre son corps et le mien. Je me réveillai à plusieurs reprises, à chaque fois saisi par l'envie de me lever, de me rhabiller et de partir, ce qui ne m'était jamais arrivé auparavant. La futilité d'un tel geste m'arrêta. De toute manière, j'aurais retrouvé Wed sur le port pour reprendre un bateau vers le Scarabée. Alors, je restai allongé, non pas avec elle mais à côté d'elle. Je pensai à Budur, me débattant avec des sentiments contradictoires. Aurais-je préféré avoir passé la nuit avec elle ? Peut-être. Mais c'était impossible. Umo et Budur tels qu'ils étaient plus de dix ans auparavant à Iliat n'existaient plus. Il n'en restait plus que des traces. Au milieu de la nuit, je finis par ouvrir la fenêtre et fumer un peu d'herbe pour m'aider à dormir. Wed, frissonnante, grogna dans son sommeil et s'enroula dans la couverture. Je me rhabillai et finis par dormir ainsi, couvert par le manteau.

Le lendemain matin, Wed s'est douchée et rhabillée silencieusement. Elle a pris un petit déjeuner mais je n'ai rien avalé. J'avais trop peur d'être à nouveau malade. Cependant, je ne ressentis pas la moindre gêne tout au long du trajet. Je retrouvai le pont du Scarabée et le travail du chantier avec satisfaction. Je n'eus plus jamais le moindre contact physique avec Wed et nos interactions se réduisirent, sans choix délibéré de sa part ou de la mienne, au strict minimum. Aucun camarade ne fit de commentaire. La seule différence que je remarquai était celle-ci : lorsque je m'endormais tout habillé et chaussé, les chaussures étaient encore à mes pieds quand je me réveillais le lendemain.

Quand le démantèlement des éoliennes fut achevé, plusieurs mois plus tard, la majorité de l'équipe de la GEG rentra à Antonia sans traîner. La chaleur revenait déjà à Pä et tout le monde était pressé de retrouver un environnement plus tempéré. Les retrouvailles avec la terre ferme furent hésitantes, presque pataudes. Sans nous en rendre compte, nous nous étions habitués au balancement régulier du Scarabée. Iñaki resta d'ailleurs à bord, avec quelques autres, pour guider l'énorme relique d'acier, désormais inutile, hors de la baie, vers l'endroit où il serait démonté. Il n'y eut pas de grands adieux, ni même d'au revoir. Nous avions adopté la manière de Pä : les salutations étaient distantes et silencieuses. Cependant, alors même que nous étions en mer, la commune s'était décidée, après une consultation étonnamment majoritaire, à lancer toute une série de rénovations. Il fallait croire que notre présence au large avait eu une certaine influence. Quand Stanley, qui - je n'en doutais pas - avait joué un rôle dans ce développement inattendu, nous annonça la nouvelle, il y eut toute une flambée d'applaudissements dans les bureaux du Scarabée. Quelques minutes plus tard, il m'entraîna à part et me demanda si j'étais disposé à rester, au moins en tant qu'observateur de la GEG, pour la durée de ce chantier aussi.

« Je comprendrais que tu refuses. Que tu aies envie de rentrer. »

Au contraire, j'acceptai avec enthousiasme. Tout le temps du chantier du parc éolien, je n'avais qu'à peine pensé à l'appartement d'Antonia. J'avais reçu quelques messages de Livia mais, comme je n'y répondais que tardivement, voire pas du tout, ils s'étaient espacés puis taris. Plus encore, je mourais d'envie de reprendre un travail manuel pour me nettoyer l'esprit de toute la gestion administrative que j'avais faite pour le parc éolien. Le lendemain, je recevais un appel de Kaze qui m'annonçait que Tabula Rasa participait au chantier. À partir de là, ma décision fut prise pour de bon. Les retrouvailles furent naturelles, presque évidentes, bien que nous ne nous fussions pas vus depuis plusieurs années. En un rien de temps, je me retrouvai les mains pleines de terre, de laine, de chanvre, couvert de poussière de la tête aux pieds. Pour autant, je ne me sentais pas revenu à Iliat. J'étais, après tout, un navire de Thésée moi aussi. Trop de pièces avaient changé. Cependant, je tenais toujours à la mer. Le carnet à dessin s'était rempli de nombreux croquis et études marines. Kaze fit la moue devant ces esquisses.

« Tu es meilleur dessinateur que guitariste. C'est déjà ça. »

Nous éclatâmes tous deux de rire.

« Rappelle-moi pourquoi je suis ami avec toi ? répliquai-je.

— Probablement parce que je te dis la vérité. »

Je hochai à la tête, je rangeai le carnet et je saisis à nouveau le pinceau pour achever de couvrir le mur de peinture à rétention thermique.

Quelques semaines s'écoulèrent donc dans l'insouciance de ce travail épuisant mais que je connaissais bien. Les soirées rallongeaient et se passaient en chansons et en danses, souvent dans les immeubles mêmes où nous travaillions, au milieu desquels étaient dressées des toiles de tentes et posés des matelas. À Iliat, ces moments-là étaient invariablement accompagnés d'alcool et d'herbe mais le temps avait, semblait-il, fait son œuvre, puisque nous faisions dans la fête dans une sobriété réelle, quoique relative. Les rencontres sexuelles étaient plus rares aussi. À une ou deux reprises, le vieux désir pour Kaze refit surface et, contrairement à plus tôt dans nos vies, elle ne le repoussa pas. Cependant, nous n'allâmes pas jusqu'à l'acte sexuel lui-même. Nous nous écartâmes simplement du groupe pour nous isoler dans une autre pièce ou, au gré des températures croissantes, sur un balcon et nous passâmes quelques nuits en embrassades, en baisers, en caresses et surtout en longues discussions sur les vies que nous menions chacun et chacune de notre côté. Pas une seule fois le nom de Gob ne fut prononcé. D'ailleurs, je ne remarquai même pas cette absence sur le moment. Le souvenir ne m'en est revenu que bien plus tard. Cette intimité ne changea rien au reste des rapports que nous entretenions, Kaze et moi. Elle cessa bien vite et ce fut comme si rien n'était arrivé.

Paradoxalement, toute cette période d'intense activité physique me reposa et ressembla, après le chantier de la baie, à quelque chose comme des vacances. Le monde en dehors des murs des logements que nous rénovions parut cesser d'exister, à l'exception des magasins où nous nous ravitaillions et des cafés dans lesquels nous passions certaines soirées, serrés les uns contre les autres autour de verres de vin chaud ou de café frappé au rhum. Il serait malhonnête de dire que j'appris à aimer Pä mais je m'y habituais. Je retournai quelquefois dans le restaurant où m'avait emmené Wed, seul ou accompagné, mais je m'y sentis si inexplicablement mal à l'aise que je cessai de le fréquenter. Je me dirigeai sans regret vers d'autres endroits.

Une après-midi, le terminal se mit à sonner dans le sac à dos, posé contre un mur entre une fenêtre pas encore montée et des poutres appuyées contre la paroi. J'en avais tellement perdu l'habitude qu'il me fallut un long moment et que les camarades se tournent vers moi pour que je comprenne que l'appel m'était destiné. Ma surprise fut encore plus grande quand je reconnus sur l'écran le nom et le visage de Wed. Je décrochai.

« Umo ? Est-ce que tu as un moment pour parler ? »

À travers le réseau, la voix était encore plus blanche et atonale. Encore une fois, la question était posée de telle façon que je n'eus pas d'autre choix que de laisser les outils que je tenais, de m'essuyer les mains grossièrement contre le pantalon et de m'isoler sur le palier. Je m'assis sur les marches de l'escalier qui montait encore au quatrième et au cinquième étages, qui devaient être transformés en zones de cultures et en serres, après que de larges ouvertures seraient été pratiquées dans l'ancienne toiture.

« Oui. »

Par le haut-parleur, j'entendis la langue de Wed claquer contre son palais. Cette fois-ci, ce n'était pas un signe d'irritation mais d'hésitation. Je sentis ma gorge s'assécher comme elle cherchait ses mots. Elle choisit finalement la simplicité.

« Je suis enceinte.

— Oh. »

Comme j'ai envie de rire, à présent, au ridicule de cette réaction ! J'aurais pu dire bien des choses mais j'ai simplement dit « Oh ». La question suivante, je m'y attendais.

« Est-ce que tu veux le garder ? Est-ce que tu *peux* le garder ? »

Je n'avais pas déjà fait d'enfant. Je n'avais pas utilisé le « demi-enfant » que j'avais le droit de créer.

« Je peux.

— Veux-tu ? »

Je ne savais pas.

« Je ne sais pas. »

Puis arriva l'étonnement.

« Comment est-ce que c'est possible ? »

Wed ne manqua pas l'occasion de retrouver son ton cassant habituel.

« Il me semble que nous avons fait ce qu'il fallait pour.

— Ce n'est pas ce que je veux dire, protestai-je, soudain sur la défensive. Je prends des contraceptifs en permanence depuis l'âge de vingt ans.

— Je n'ai pas arrêté depuis mes premières menstruations.

— Ce n'est pas ce que je veux dire. »

Soudain, je me suis souvenu de la première nuit que j'avais passée à Pä, cette longue nuit d'écrasement et d'insomnie, le bain solitaire et le lever de soleil au bout de la digue. Avais-je pris les cachets ce soir-là ou, à défaut, le lendemain matin ? Je ne m'en souvenais plus. La prise des contraceptifs était une habitude si profondément ancrée, un geste si machinal et presque automatique qu'il ne s'inscrivait pas dans la mémoire des journées. Je les avalais, le soir, en me brossant les dents, juste avant le repas ou au milieu. Me demander si, quatre mois plus tôt, j'avais pris les cachets était presque comme me demander si j'étais allé uriner ce jour-là. Même au comble de l'épuisement, je les avalais sans les remarquer juste avant de m'endormir. Pourtant, le doute existait. Il était possible que je ne les eusse pas pris. Improbable, certes, mais possible. Mon cerveau se mit à fonctionner à toute vitesse, se livrant à des calculs : le temps d'action des cachets, l'intervalle après lequel les hormones de synthèse se seraient dissipées, laissant reprendre la production de gamètes dans mes testicules, la durée de vie des spermatozoïdes, l'éventuelle persistance de quelques-uns dans les canaux déférents, voire dans l'urètre ; toutes ces choses que j'avais apprises à Grévi, toute une vie auparavant, que j'avais su, que je *savais* savoir sans jamais pourtant n'avoir eu à m'en soucier. C'était possible. Une prise manquante, un oubli suffisait pour introduire la possibilité. C'était la règle. Tout le monde en était conscient.

La voix de Wed tomba à nouveau comme un couperet, mettant en fin à ces réflexions.

« Ça ne peut être que toi. Je n'ai eu de relation sexuelle avec personne d'autre entre-temps. »

Je hochai la tête lentement, enregistrant et tentant d'assimiler l'information. Cela, elle ne pouvait pas le voir.

« Alors ? Que veux-tu faire ? J'ai besoin de savoir. Les délais pour une éventuelle interruption de grossesse se terminent bientôt. Je n'ai pas besoin que tu sois là, pour ça ou pour le garder. Je veux simplement savoir si cela t'intéresse.

— Et toi ? Qu'est-ce que tu veux toi ? »

Un soupir.

« Il me semble que, si tu étais d'accord, j'aimerais le garder. Mais je comprendrais que tu refuses. »

Il y eut un long moment de silence. Mes pensées s'étaient toutes éteintes.

« Umo ?

— Je suis toujours là.

— Qu'en penses-tu ?

— Est-ce qu'il faut vraiment que je prenne une décision maintenant ? Immédiatement ?

— Eh bien…

— Non. »

Claquement de langue.

« Non ?

— Je n'en ai pas envie. Pas comme ça. Pas maintenant.

— Pas avec moi », rajouta Wed.

Je ne la contredis pas.

« Très bien. À bientôt, Umo. »

Elle a raccroché. Mes dents mordirent fort ma lèvre inférieure. La douleur était un point fixe sur lequel me concentrer. La chambre d'hôtel avec Wed appelait celle, à Pelagoya, où Gob et moi avions rompu, la chambre dont j'étais parti. J'ai croisé les doigts de mes deux mains, les ai entremêlés, tordus, serrés. Aucune larme ne m'est venue. J'ai haleté, cherchant furieusement une grande, une vraie respiration. J'avais dit non. Comme Gob. J'avais refusé. Je commençais à comprendre que je ne ferais certainement jamais d'enfant. Quand cette idée a commencé à poindre, elle a repoussé le poids qui s'imposait à ma poitrine et j'ai aspiré l'air dans un grand bruit. Inspiration. Expiration. Après de longues minutes, je me suis relevé. J'ai éteint le terminal. Je suis rentré dans l'appartement. Je n'ai répondu à aucune question.

Je me suis remis au travail.

Quand je suis revenu à Antonia, quand je suis revenu à la GEG, Wed n'était plus enceinte. Elle ne m'a plus jamais adressé la parole, à moins d'y être absolument forcée par les nécessités du travail. Nous n'en avons jamais discuté. Je n'en ai jamais parlé à personne.

Je n'ai fait que l'écrire.

Janvier

Je me souviens de la fête qui a eu lieu à l'occasion du quarantième anniversaire de ma naissance.

Livia et Ulf étaient là tous les deux, ce qui se faisait de plus en plus rare. Je sais qu'ils faisaient de grands efforts pour faire comme si rien n'avait changé entre eux. Je ne sais pas s'ils les faisaient pour les autres ou pour eux-mêmes. Il me semble que Renaldina était également présente, que je croisais de plus en plus souvent dans l'appartement où vivait Livia. Impossible de savoir ce qu'en pensait Ulf. Il agissait comme si de rien n'était. Cependant, il me semble que certains regards trahissaient sa gêne ou peut-être même son mécontentement. Ce qui est certain, c'est qu'après cela ses visites se sont faites de plus en plus espacées et ses publications sur les réseaux de plus en plus rares. Peu à peu, Ulf s'est effacé de la vie de Livia et, comme par contagion, de la mienne. Il s'est lentement dissout jusqu'à disparaître tout à fait, jusqu'à ce que plus personne ne sache où il allait, ce qu'il faisait. Moi qui avais eu la chance de l'accompagner dans la zone rendue, je pouvais seul formuler une supposition. Livia m'a interrogé à ce sujet mais je ne lui ai pas répondu. Je sais qu'elle m'en a voulu, sans que notre amitié en souffre réellement. Il ne m'appartenait pas d'intervenir dans les réalités matérielles de leur amour.

Nous avons fait la fête pendant plusieurs jours dans le parc communal ; en réalité un ensemble de petits îlots sur la Micha, reliés aux deux rives par une multitude de ponts, de passerelles et, quand l'eau était basse, de gués. Nous avions dressé plusieurs tentes. La plus grande servait de salle commune, la deuxième de dortoir. Les autres, plus petites, permettaient à qui le désirait de s'isoler. Dans chacune des deux grandes tentes, nous avions amené des poêles portatifs dont le tuyau télescopique sortait par des ouvertures prévues dans les épaisses couches de toile isolante. Au moment de l'installation, un agent de police passa vérifier que tout se passait bien et que nous ne manquions de rien. Nous avions déjà les clefs du compteur électrique : petit privilège du travail à la GEG. Il réapparut plusieurs fois au cours de la fête, non pas pour nous surveiller mais pour prendre une part prudente aux festivités, sirotant à toutes petites gorgées un verre de punch, prenant part aux conversations et aux jeux. Il me semble même l'avoir vu s'installer pour dormir une heure ou deux dans une des plus petites tentes. Même s'il ne resta pas toujours à portée de regard, nous savions qu'il n'était pas loin et, qui plus est, il nous avait donné un terminal spécial qui permettait d'appeler des secours en une seule pression sur l'écran. Fort heureusement, nous n'avons jamais eu à nous en servir.

C'était une très belle fête, pleine de musique, de chansons et de danses mais aussi de moments calmes, de longues heures passées à lire ou à dessiner, à dormir sur l'herbe à peine réchauffée par le soleil de l'après-midi et à se risquer dans de courtes baignades dont nous ressortions grelottants, courants nous réchauffer auprès des poêles jusqu'à ce que nos extrémités fussent brûlantes. De nombreux inconnus et inconnues passaient, buvaient avec nous, jouaient avec nous, apportaient parfois à boire ou à manger : certains étaient des voisins, certaines des connaissances, ou bien simplement des passants qui apportaient avec eux de l'herbe et l'envie de la partager. Il ne me semble pas avoir dormi une nuit seul, bien que je ne me souvienne pas toujours avec qui.

Merlin était là, toujours plein, malgré le passage des années, de la même énergie. Sans surprise, il passa l'essentiel de la fête en profonde conversation avec Stanley, échanges auxquels il était malaisé de participer et qui prenaient parfois l'aspect d'un spectacle ou d'une joute devant laquelle on s'attardait pour observer les passes d'armes. Il avait quitté les Ateliers Lumière et, après quelques années passées à ne rien faire de particulier, il était entré à la caisse d'investissement d'Iliat, assez naturellement. De là, il pestait contre les travaux de rénovation qui n'avançaient pas assez vite, ce à quoi Stanley lui répondait d'aller visiter Pä. Il devait s'estimer heureux. Héléna, retenue à Pelagoya par des problèmes de santé, n'avait pas pu se déplacer, mais elle avait envoyé un jeune cerisier que nous nous sommes empressés de planter dans le parc, sans oublier d'arroser l'évènement et la pousse de nombreux petits verres de rhum arrangé. Alma, elle, était venue et m'avait apporté une photographie encadrée. Je ne me souvenais pas du moment auquel elle avait été prise mais ce n'était pas un cliché volé : nous étions tous les deux souriants, tournés vers l'objectif, dos au placard électrique sur lequel nous étions en train de travailler. J'étais si jeune que j'avais de la peine à m'y reconnaître. Ce cadeau m'émut profondément. Nous parlâmes jusqu'à très tard du musée d'Ast, du parc éolien, des immeubles d'Iliat et de Pä, mais aussi de l'entretien continu du secondaire de Grévi.

« Un jour, dit Alma, il faudra bien se résoudre à tout raser pour tout reconstruire. Quand la commune et la caisse d'investissement s'y décideront. D'ici là, il y a largement assez de travail pour moi à tout faire fonctionner. »

Je lui promis de venir l'aider quelque temps. Elle me répondit que ce n'était pas la peine. Je promis quand même. Je ne sais plus si j'y suis allé ou non. Il est possible que j'aie oublié. L'année suivante, il faut dire, a été particulièrement agitée. En tout cas, qu'il s'agisse de la réalisation de fantasmes adolescents ou de la réelle rencontre de deux adultes – difficile à dire, et d'ailleurs, quel adulte peut-il se dire entièrement libéré de ses fantasmes adolescents ? –, Alma et moi avons passé deux nuits ensemble au cours de la fête. Deux nuits agréables, apaisantes, dans l'espace exiguë d'une des plus petites tentes. Chuchotants aux oreilles l'un de l'autre, nous nous entendions très bien malgré le groupe de musiciens qui semblait ne jamais cesser de jouer. Quand un instrument s'arrêtait, un autre prenait sa place immédiatement et sans heurt. J'ai regretté par moments de ne pouvoir enregistrer toute cette musique afin de la réécouter plus tard. Cependant, le souvenir en est sans doute plus intense de ne pouvoir le réactiver à volonté. Je me souviens seulement de la présence centrale de Kaze dans l'orchestre. Elle jouait sans distinction de la flûte, de la clarinette, de la trompette, de la guitare, chantait ou bien se contentait de battre des mains en rythme. Alors qu'elle s'était endormie assise sur une chaise, la tête renversée, un musicien qui venait lui apporter une couverture prêta l'oreille à ses ronflements et se tourna, hilare, vers le reste de l'orchestre :

« Camarades, nous jouons en *la* mineur. »

Et la musique reprit de plus belle, allante et venante au rythme lourd et irrégulier de la respiration de Kaze, sans parvenir toutefois à la réveiller.

Je me souviens de cette fête comme d'une brusque rencontre entre les différentes parties de la vie que j'avais menée jusque-là :

Grévi, Pelagoya, Pä, Iliat. Il n'y avait qu'une seule absence au milieu de toute cette joie. Je n'avais pas pu me résoudre à l'inviter. Je l'avais repoussée si loin de moi que c'était à peine si je pouvais la nommer. Cette absence, j'étais – il me semble – parvenu à l'accepter comme une partie de moi, comme un creux impossible à combler, avec lequel je n'avais d'autre choix que de vivre. Après tout, j'étais celui qui était parti pour de bon. Je ne me sentais pas le droit de chercher à la ramener auprès de moi. En outre, je ne pouvais pas dire que je manquais d'affection, d'amitié ou d'amour. Toutes les personnes qui faisaient la fête autour de moi en étaient la preuve. À l'entrée de la cinquième décennie de la vie, je faisais le difficile apprentissage que ce que j'avais jusque-là pris pour le centre de gravité de l'existence, de mon intimité, n'en était plus en réalité qu'un satellite périphérique. Pire encore, je commençais à comprendre qu'il n'existait pas de tel centre, que les serments et les promesses, fussent-elles tacites, n'avaient pas réalité matérielle. Il me fallait me concentrer sur ce qui, au contraire, existait devant moi. En l'occurrence, le corps nu d'Alma contre le mien, tous deux pelotonnés dans un duvet, au creux d'un épais édredon. Dans toute cette présence, toute cette chaleur, toutes ces odeurs et ces sensations de la peau contre la peau, quelle place y aurait-il pu y avoir pour une absence ? J'étais libre, nous étions tous deux libres, et cette liberté nous rendait responsables de notre présence complète auprès de celles et ceux qui partageaient chaque moment de la vie. Je ne l'oubliais pas, non. Comment l'aurais-je pu ? Seulement, l'absence cessait d'être douloureuse, fût-ce seulement de manière diffuse. Elle n'était même plus un inconfort lancinant ou une simple démangeaison. Elle était simplement là, ni plus ni moins constitutive de l'être que j'étais que tous les autres bonheurs ou malheurs, toutes les autres satisfactions et déceptions que j'avais ressenties. L'absence n'avait plus de préséance. Comme toute chose par ailleurs, elle était égale.

Si je me souviens particulièrement de ce moment, c'est aussi qu'une ou deux semaines plus tard je reçus par courrier la convocation à faire partie de l'Assemblée législative pour trois ans. J'avais été tiré au sort. En dépliant le document, je ne pus m'empêcher de laisser échapper un soupir. L'agacement était une réaction fréquente au tirage au sort. Chaque année, le tiers de l'Assemblée législative était renouvelé au hasard parmi les personnes majeures et ayant passé la première année de salariat. La participation était obligatoire, sauf en cas de force majeure, comme une maladie ou une fin de vie. Le soin à un nourrisson ou un enfant en bas âge pouvait également valoir dispense même si, en théorie, la structure de l'Assemblée ne s'opposait pas à la présence d'enfants. Il n'était pas rare que des femmes débattissent en allaitant ou que des hommes donnassent le biberon et que les unes comme les autres se levassent au milieu d'une discussion pour aller coucher l'enfant ou, au contraire, le chercher à la crèche attenante. De la même manière, certains s'interrompaient à intervalles réguliers pour aller sortir le chien, le chat ou tout autre animal de compagnie qu'ils avaient amené avec eux. Quand la météo s'y prêtait, les débats avaient lieu à l'extérieur, dans la grande prairie attenante aux bâtiments de l'Assemblée et, tandis que ses membres, assis en tailleur, poursuivaient leurs échanges, de jeunes enfants rampaient dans l'herbe qu'ils arrachaient ou mâchonnaient à pleines touffes alors que les chiens jouaient entre eux, couraient en larges arcs de cercle, ne revenants qu'à l'appel des humains avec qui ils vivaient.

En théorie, il n'y avait pas d'horaire de présence obligatoire, ni de nombre de jours de participation imposé dans la semaine. Dans les faits, cependant, la plupart des tirés au sort laissaient le travail en cours et se consacraient entièrement à l'Assemblée. Celles et ceux qui commençaient le service en tentant de concilier les deux abandonnaient rapidement. Ce travail-là était simplement trop absorbant pour être mené en même temps qu'un autre. Bien sûr, aucune règle n'interdisait explicitement de faire deux choses à la fois mais il n'y en avait pas besoin. L'usage avait depuis longtemps fait norme, à défaut de loi véritable.

D'ailleurs, le travail de l'Assemblée législative consistait bien plus à mettre par écrit, à formaliser des pratiques venues des différentes communes qui pouvaient, dans l'intérêt général, être inscrites dans la Déclaration d'Antonia qu'à établir des règles *a priori*, devantes s'appliquer à chacun et chacune sans discrimination. Elle était aussi amenée à répondre à des interrogations directes, comme cela avait été le cas, par exemple, pour le parc éolien de la baie de Pä. Elle n'avait, en tout cas, aucunement le droit de décider seule de quoi que ce soit. Toutes ses propositions devaient être validées, non seulement par les conseils communaux, mais aussi par des consultations directes. Toute décision devait être prise non pas à la majorité de ces trois pouvoirs, mais à l'unanimité. Pour prendre un exemple sans gravité auquel j'ai eu à participer durant le service, je peux parler de l'idée d'ouvrir une ligne de train directe entre Antonia et Pä. Cette proposition venait d'une coopérative d'usagers des transports communs qui, pour des raisons liées à leur travail ou non, suggéraient de réduire ainsi le temps de liaison entre les deux villes et, par conséquent, d'éviter les passages en gares de Télégie et d'Iliat notamment. L'idée arrivait assez largement développée, soutenue par les plans de plusieurs ingénieures ferroviaires qui visaient à minimiser la quantité de nouveau chemin de fer à installer. La GEG avait donné un avis positif mais modéré tout de même par l'impact à long terme sur le 2IH, à cause de la traversée de plusieurs couloirs de déplacement animaliers connus ainsi que le coût énergétique de la construction et de l'exploitation de telles déviations. Le centre proposait plusieurs solutions de compensation, dont l'équipement de ces trains-là de panneaux solaires ainsi que d'une multitude d'éoliennes transformant le vent de la vitesse en courant pour alimenter les moteurs. Après plusieurs semaines d'étude, la commission énergie de l'Assemblée – à laquelle je ne participais pas, en raison de mon travail préalable à la GEG – se prononça elle aussi favorablement. Elle présenta la proposition devant l'Assemblée réunie au complet qui, après des délibérations tout aussi longues, se prononça en grande majorité pour. Restaient l'accord des communes concernées ainsi que la consultation générale. Des délégués furent envoyés à Pä, à Iliat, à Télégie. Les conseils communaux, auxquels la coopérative d'usagers avait déjà largement présenté leur idée, se prononcèrent en sa faveur. La consultation, elle, rendit un résultat négatif. Faute d'unanimité, la ligne directe ne pouvait pas être mise en chantier. Passé la première déception, les propositionnaires ne tardèrent pas à réagir. Ils conçurent et diffusèrent sur les réseaux un questionnaire très ouvert pour connaître les objections de toutes et tous, pour savoir ce qui ne les avait pas convaincus dans la proposition précédente. Des mois, presque une année, s'écoulèrent encore pour qu'ils aient terminé de lire toutes les réponses, d'en tirer une synthèse et de modifier la proposition en conséquence : le tracé serait plus proche des villes par endroits, plus éloigné à d'autres, en partie enfoui si possible ailleurs, et ainsi de suite. La GEG amenda également son avis, insistant sur l'impact majoré de telles solutions. Cette deuxième fois, si la consultation donna un avis positif, tout comme les communes, l'Assemblée s'inscrivit en faux. Il fallut recommencer encore. Au terme des trois ans de service, cette proposition – comme de nombreuses autres – n'était toujours pas tranchée. Si cela suscitait beaucoup de frustration, cela n'avait rien de choquant. Personne n'était réellement pressé et toute proposition méritait d'être étudiée à fond. Nous avions le temps. Cela expliquait sans doute les réticences de part et d'autre à ce projet de contournement. Il s'agissait de « gagner » du temps mais personne n'avait réellement le sentiment d'en perdre. Certes, les gares de Télégie ou de Grévi étaient parfois trop exiguës pour le nombre de voyageurs en transit, mais était-ce bien grave ? Il ne me semble pas, au final, que cette proposition a été réalisée. Elle n'en a pas moins été le prétexte à de longs et fructueux débats sur ce que chacun et chacune voulait, individuellement, comme membre d'une commune mais aussi comme lecteur et scripteur permanent de la Déclaration d'Antonia.

Si les enfants en apprenaient les premiers principes par cœur, ce n'était pas pour les réciter servilement mais pour en connaître parfaitement le sens et pour pouvoir les remettre en question dès que possible. Après tout, « aucun être humain ne peut imposer sa volonté à un autre, par subordination, par coercition ou par force, pour quelque raison que ce soit ». Lorsque j'étais trop frustré par la lenteur des débats ou les arguments contraires à ceux que je donnais – je ne me souviens plus de quel « côté » j'étais sur la question de cet aménagement ferroviaire, et cela n'a pas vraiment d'importance –, il m'arrivait de m'en plaindre à Livia, qui dans les jours de patience arrivait à me répondre :

« C'est long, c'est fastidieux, c'est difficile. Par moments, on pourrait même dire que c'est inefficace. Mais quelle est l'alternative ? Un seul décide pour toutes et tous ? La monarchie ? C'est le propriétarisme. Quelques-uns décident pour tous ? Comment les choisirait-on ? Par le mérite ? Par l'argent ? Par la séduction ? Par l'élection ? On a appelé ça “ république ”. Il aurait mieux valu appeler ça “ oligarchie ”. C'est un peu mieux, peut-être, que la monarchie, mais pas vraiment. C'est le propriétarisme encore. C'est même pire : c'est l'appropriation du pouvoir par un petit nombre de personnes, toutes semblables, leur unicité masquée par un faux pluriel. Tu sais comment les adversaires de la démocratie la nommaient, pour la disqualifier ? Ils – les propriétaristes – l'appelaient “ tyrannie de la majorité ”, pour mieux masquer ce qu'ils vivaient réellement : la tyrannie de la minorité. Alors oui, la démocratie, c'est long. Ça prend du temps. C'est inefficace, oui, mais pendant trop longtemps, les êtres humains ont confondu " efficacité " avec " ce qui gratifie le plus le propriétarisme ". Personnellement, je suis très contente d'être absolument inefficace. Ce qui ne veut pas dire que je suis inutile. »

Les autres jours, elle se contentait d'ouvrir une bière très forte et, le temps que la mousse se résorbât dans le verre, elle disait simplement :

« Fais le travail. C'est ce qu'il y a de mieux à faire. »

Le lendemain matin, encore groggy, regrettant la moindre gorgée de bière que j'avais bue la veille, je pédalais en direction de l'Assemblée et je me répétais cette phrase avec autant d'entrain que possible. « Fais le travail. » Ce travail n'avait, en définitive, rien de très différent de tous les autres travaux que j'avais réalisés au cours de quarante années de vie. Ce n'était qu'un fragment de plus d'un travail plus large, plus général, ce travail commun qui faisait l'existence et produisait chaque gorgée de bière, chaque mouvement de pédale, chaque proposition et chaque prise de parole, autant qu'elles le faisaient en retour.

Pendant trois ans, donc, j'ai fait le travail.

Mais pour en parler, je dois revenir un peu en arrière. Je dois raconter ce qu'il s'est passé durant la soirée d'accueil des nouveaux et nouvelles membres de l'Assemblée. Comme pour la fête des quarante ans, un gigantesque chapiteau avait été dressé sur la prairie derrière les bâtiments. La présence des trois-cent-cinquante-et-un membres, auxquels s'ajoutaient les cent nouveaux dont je faisais partie, rendait tout chauffage inutile. Le nombre impair de l'Assemblée et de toutes les commissions en lesquelles elle se divisait avait pour but d'empêcher le blocage des décisions par une égalité parfaite de vote. Cette soirée était l'occasion pour les cent-dix-sept nouveaux arrivants de rencontrer non seulement les futurs camarades de discussion mais aussi celles et ceux qui terminaient leur service, dont la plupart étaient très heureux de s'en aller ; les personnes qui ne vivaient pas originellement à Antonia étaient particulièrement impatientes de retourner là d'où elles venaient et, pour la majorité, de reprendre le cours du travail qu'elles avaient laissé en commençant les trois ans de service.

« Je serais bien resté un an de plus, disaient de plus rares, avec de maigres sourires, mais c'est la règle. Il faut laisser la place aux autres.

— Et si les autres n'ont pas particulièrement envie de la prendre, la place ? » leur demandai-je.

Ils levèrent des sourcils surpris.

« C'est la règle. Sinon, qu'est-ce qui nous empêcherait de rester là indéfiniment, comme si la place nous appartenait ? Il faut nous mettre dehors !

— Nous non plus, au début, on n'avait pas très envie d'y aller, remarqua quelqu'un d'autre.

— Ah bon ?

— Je crois me souvenir nettement que tu râlais de devoir abandonner la récolte et la classe que tu tenais.

— Je ne me souviens pas de ça. »

À ce moment-là, il me sembla que Livia parlait à travers moi.

« Les souvenirs, on les choisit en fonction de ce qui nous arrange. Ou de ce qui nous dérange le moins.

— Peut-être, concéda le premier interlocuteur. En tout cas, si je pouvais, je referais trois ans sans hésiter. »

Chaque personne ne pouvait effectuer qu'un seul service au cours de sa vie. On n'était tiré au sort qu'une seule fois. Après cela, le nom était retiré de la liste. Il arrivait que certains ne soient jamais choisis de toute leur vie. Cela ne suscitait que peu de protestations. L'Assemblée législative n'était qu'une des manières d'exercer sa citoyenneté et certainement pas la plus désirable du lot.

Tard dans la soirée, quelqu'un, sans doute aidé par l'alcool et l'herbe, entonna un chant répétitif, comme un slogan : « Mettez-nous dehors ! Mettez-nous dehors ! » Il ne fallut que quelques secondes pour que toutes les personnes qui quittaient l'Assemblée le reprissent d'une seule voix, s'accompagnantes, qui de battements de mains, qui de coups sur la table de la paume. Il y avait quelques musiciens qui commencèrent, pour les accompagner, quelque chose qui ressemblait à une marche martiale, en beaucoup plus erratique et dissonant, quelque chose qui ressemblait fort à la fanfare qui était entrée dans le tramway avec Budur et moi. Ce n'était pas « *Everybody must get stoned* » - bien qu'une grande partie de l'orchestre comme de l'auditoire le fût -, c'était « Mettez-nous dehors » et c'était, je l'appris plus tard, une tradition de l'Assemblée législative. Les « sortants », tout en continuant de chanter, levèrent les mains et se laissèrent rassembler, hilares, et pousser jusqu'aux portes du hall de l'Assemblée puis à l'extérieur. L'orchestre n'avait pas cessé de jouer. Nous, les camarades entrants, nous les regardions désormais d'un peu de hauteur, grâce aux quelques marches du perron. Certaines levèrent les deux bras et lancèrent un cri de libération, un grand « Wouhou ! » qui suscita des éclats de rire en cascade. Après un instant à se prendre dans les bras et à s'embrasser, au rythme de la grosse caisse qui cognait juste derrière moi, les sortants finirent par tourner les talons et par s'éloigner par petits groupes, se tenants aux épaules ou par la main, des fragments constitués de deux à six personnes qui se détachaient du groupe jusqu'à qu'il ne restât plus personne. L'un des derniers à partir, avant de se diriger d'un pas lourd et sinueux vers les lumières blanches de la ligne de tramway, s'est retourné et, après avoir froncé les sourcils et être resté un moment la bouche ouverte, comme incertain, a finalement lancé dans notre direction :

« Et bonne chance avec tout ce merdier ! »

Puis il s'est penché, a tiré une longue révérence un peu incertaine, balayant le sol devant lui du dos de la main, et il a tourné vivement les talons et s'en est allé à son tour.

Je me suis retourné vers les camarades qui me serraient à gauche et à droite.

« De quoi parlait-il ? De quel merdier ? »

Elles ont haussé les épaules. Peut-être le savaient-elles. Peut-être que non. Peut-être aussi que, si avancée était la soirée, elles en avaient tout oublié. Nous aurions bien le temps. Une fois la silhouette du dernier sortant effacée par l'obscurité entre les cercles lumineux des réverbères, nous sommes rentrés et nous avons refermé les portes derrière nous. Entre-temps, les camarades restants avaient renouvelé les bouteilles de vin alignées sur les tables et de la cuisine s'échappaient de nouvelles odeurs de cuisson. L'orchestre s'est arrêté une minute et les musiciens ont délibéré de ce qu'ils voulaient jouer ensuite. Le temps de se resservir un verre et d'en boire une ou deux gorgées, puis le violoniste et la flûtiste ont joué les premières mesures d'un cercle de danse. La personne avec qui je discutais a posé la boisson, m'a attrapé la main, m'a entraîné avec précipitation vers la piste. Les dizaines de minutes suivantes ont passé en un instant. Je me souviens à peine du mouvement des pieds, de mon cœur qui battait avec les percussions, de mon souffle qui tentait de chanter l'air en même temps que les instruments mélodiques, alors que le reste de mon corps et de mon esprit était occupé à essayer d'apprendre les pas et à échouer majoritairement, à l'exception des danses que j'avais déjà pratiquées à Télégie avec Gob. Je ne remarquai pas que j'y pensais, et même que j'y pensais sans regret et sans douleur. J'étais tout à la danse, en sueur et souvent hilare, toujours essoufflé.

J'ai dansé jusqu'à ce qu'une main particulière prenne la mienne. Son contact m'est familier. Je me fige au plein milieu d'une bourrée, déclenchant ainsi de hautes protestations. Je relève la tête. Je suis du regard le bras dénudé jusqu'à l'épaule où, chaleur de la danse oblige, ne subsiste que la mince bretelle d'un débardeur. Je ne m'attarde pas sur la forme du cou, de la nuque, même si je sais que je les connais bien. Dès lors, j'ai la certitude du visage que je vais découvrir.

« Silje ?

— Umo ? »

Nos mains se séparent mais c'est parce que Silje éclate de rire, ce rire puissant qui rebondissait, d'écho en écho, sur les falaises de la côte nord-ouest. C'est presque un aboiement, ça claque, tout en gorge et en grands coups de diaphragme. Nos mains se séparent parce que Silje enserre mon cou, croise les mains entre mes omoplates. Sa joue se colle contre la mienne. Je rougis. Ma bouche s'ouvre toute grande et ça fait comme un appel d'air dans mes poumons. Je ne sais pas ce qui fait ça : la surprise, la joie ou bien le mélange des deux. Je m'exclame :

« Je ne savais pas que tu étais là. »

C'est vrai. Je n'avais pas regardé la liste des membres actuels ou nouveaux de l'Assemblée. Elle répond :

« Je viens d'arriver !

— Moi aussi ! »

Nous nous écartons l'un de l'autre et nous quittons la piste de danse au milieu de laquelle notre fixité gêne celles et ceux qui suivent encore les pas. Les mots sortent de ma bouche sans que je les prononce :

« Je suis vraiment content de te voir ! »

Silje n'entend pas. L'orchestre joue trop fort. Je m'éloigne encore d'un pas. Je me penche vers son oreille et je répète :

« Je dis que je suis vraiment content de te voir ! »

Elle hoche la tête et crie presque dans la mienne en retour :

« Moi aussi ! Vraiment très heureuse ! »

Jusque-là, je n'avais jamais réfléchi au hasard. Les choses arrivaient et je les acceptais telles quelles. Je ne pensais pas non plus les évènements en tant que déterminés par des causes ou des effets. Je n'en avais jamais eu besoin. Pour la première fois, je fus frappé par le caractère fondamentalement arbitraire de cette rencontre, de cette *re*-rencontre. Tant de conditions avaient dû être réunies pour que je retrouvasse Silje à cet endroit, à ce moment ! Non seulement il avait fallu que nous soyons tous deux tirés au sort, mais il avait fallu que nous le soyons *au même moment*. Il avait fallu qu'aucun de nous deux n'eût de raison de valable de se faire dispenser de service législatif. Il avait fallu que je me laisse entraîner dans la danse à cet instant précis, que je suive les pas exactement de la manière dont je les avais suivis, que je manque exactement les temps que j'avais manqués et que j'alterne les partenaires dans l'ordre exact où je les avais alternés. Telles étaient les conditions contingentes des retrouvailles avec Silje, pour qu'elles advinssent de la manière dont elles advinrent et qu'elles eussent les conséquences qu'elles eurent. Sans cela, nous aurions certainement refait la connaissance l'une de l'autre, un autre jour, dans d'autres circonstances, mais les choses auraient-elles suivi le même cours si nos mains ne s'étaient pas serrées et reconnues, sans parole ni visage, si nous n'avions pas déjà eu le cœur battant et la peau constellée de gouttes de sueur, les muscles gonflés de sang mêlé d'alcool, d'adrénaline et de fumée ? Sans doute que non.

Il fallait tout cela. En regardant derrière moi, les retrouvailles avec Silje me semblent le seul changement dans le cours de la vie que j'ai menée qui dépende strictement du hasard. Cela n'avait rien d'évident, rien de nécessaire. J'aurais pu la rater.

L'orchestre jouait trop fort pour tenir une discussion. Nous avons pris deux grandes tasses de vin chaud dont s'élevait une puissante odeur de cannelle et de gingembre, et aussi deux parts de brioche encore tiède, juste sortie du four, en criant des remerciements aux camarades qui cuisinaient toujours, puis, emmitouflés dans les manteaux, nous sommes sortis sur la terrasse où nous avons tiré l'un près de l'autre deux fauteuils.

De la légère hauteur sur laquelle les bâtiments de l'Assemblé étaient construits, en périphérie de la ville, on pouvait voir toutes les lumières d'Antonia briller doucement, les sinueux tracés lumineux des tramways qui s'entrecroisaient entre les quartiers. C'était une constellation dans laquelle les étoiles s'organisaient en formes circulaires elles-mêmes arrangées en cercles concentriques jusqu'au fond du Peigne ou, plus exactement, en spirale que traversait de part en part la Micha, reconnaissable aux troubles reflets que faisaient à sa surface toutes les lampes qui s'éteignaient et se rallumaient régulièrement, signes de l'activité qui, quoique réduite la nuit, ne cessait pas. Vue de là, Antonia ressemblait en fait à une galaxie étalée, à ceci près qu'à la différence d'un immense amas stellaire elle n'était pas en perpétuelle extension. Loin, très loin au-dessus, un signal lumineux rougeâtre clignotait toujours au sommet du Peigne, comme un soleil craché, lointain et épuisé. C'était un vestige du transport aérien d'avant la Déclaration d'Antonia, grâce auquel les aéronefs qui atterrissaient dans les parages évitaient de percuter le Peigne. On le gardait là. Je suppose que monter pour l'enlever devait sembler un travail trop important et sans grand bienfait. Un jour, le panneau solaire qui l'alimentait cesserait de fonctionner et la lumière s'éteindrait. Il ne faudrait pas longtemps à la population antonienne pour oublier qu'elle eut un jour existé. C'était la dernière de toute une série qui avait marqué le pourtour du Peigne. En attendant, elle brillait toujours, mais nul n'avait la moindre idée de pour combien de temps. Comme les autres, elle disparaîtrait et personne ne la regretterait. De toute façon, elle ne remplissait plus aucune fonction. Il n'y avait plus d'avions à avertir.

Une fois confortablement installés, Silje a dit :

« Alors, raconte-moi tout ! »

Ce que j'ai fait. Elle a écouté de la même manière qu'au bord de la mer, très attentivement, ne m'interrompant que pour demander une précision ou une explication. Puis, quand j'ai eu terminé tout le récit de la vie qui s'était écoulée entre notre première rencontre et ce jour-là, elle m'a raconté à son tour. Comme la première fois, je ne pouvais m'empêcher de sentir les moments qu'elle passait sous silence ou qu'elle éludait. Je n'ai pas insisté pour obtenir le récit « complet ». Un récit « complet » : quelle drôle d'idée ! C'est une des choses les plus importantes que Gob m'ait dites :

« Tu ne peux pas réduire une histoire à ce qui est raconté ; pas plus que tu ne peux réduire un morceau de musique aux notes qui sont jouées. Les ellipses, les silences sont tout aussi importants, sinon plus, que les mots. Et encore, les mots en eux-mêmes ne veulent rien dire. Selon la manière dont on les organise, selon la manière dont on les dit, ils n'ont pas la même couleur, le même sens - je veux dire : la même signification mais aussi la même *direction*. C'est la même chose avec le timbre d'un instrument, il me semble. »

Alors, quel était le timbre du récit de Silje ? Assez bas, il me semble, et plein de souffle. Il était facile de se concentrer dessus au milieu des accents criards de la fête, malgré les interruptions régulières de celles et ceux qui venaient, à contretemps, trinquer avec nous, exprimer leur joie. Son histoire était comme un ostinato de contrebasse, dont les notes tenues étaient suffisamment écartées les unes des autres pour avoir le temps de mourir, pour laisser la place à d'autres interventions, à d'autres voix que la sienne. Comme toute bonne contrebassiste, elle écoutait le rythme impulsé par les percussions et les réactions des instruments mélodiques, se tenait au milieu de tout ça, discrète mais assertive, presque inécoutée mais toujours entendue ; le rythme de ses paroles et de ses actions tissait, invisibles, des liens. En haut des falaises, elle m'avait fait promettre de ne jamais raconter certaines choses. Je ne l'ai pas fait alors, je ne le ferai pas davantage à ce moment. Si, toutefois, la personne qui lit ces lignes ressent le besoin de se figurer la vie de Silje dans l'intervalle entre nos rencontres, elle peut écouter un lent morceau de jazz nordique, de ceux dans lesquels les doigts du contrebassiste ne s'aventurent que rarement en bas du manche, laissant le premier plan à la clarinette et au piano. Cela peut sembler étrange, voire contradictoire avec le portrait que j'ai fait de Silje plus haut. C'est pourtant la vérité. Comme n'importe quelle personne, elle était un être de contradictions et son attitude en face d'un groupe de personnes n'avait presque rien à voir avec celle qu'elle avait en face d'un seul ou d'une seule. Elle se taisait, elle écoutait, intervenait rarement dans les débats de l'Assemblée ou des commissions. Elle retenait, cependant, tout comme elle avait gardé en mémoire les détails de tout ce que je lui avais dit lors de la marche près de la mer et même nombre de choses que j'avais oublié lui avoir dites ou que j'avais oubliées tout court. Comme je n'étais pas particulièrement bavard moi-même, cette première nouvelle conversation dura presque toute la nuit, jusqu'à ce que nous cédassions à la force de l'alcool, de l'herbe et que nous nous endormissions, recroquevillés sur les fauteuils, l'un et l'autre roulés dans des couvertures que des mains de sollicitude avaient déposées sur nous. Quand les premiers rayons du jour vinrent chauffer mes paupières, je m'éveillai avec la certitude que je voulais continuer à parler avec elle. Je me suis levé. Silje dormait encore, comme des dizaines de personnes allongées sur des matelas, pelotonnées dans des fauteuils, serrées dans les bras les unes des autres. À pas de loup – je songeai à la zone rendue : était-ce un loup que j'avais entendu rôder autour de la tente ? –, je me suis frayé un chemin jusqu'à la cuisine, évitant de marcher sur les bras étendus et de renverser les verres et les assiettes abandonnées. J'ai alors constaté que je n'étais pas le premier réveillé. J'ai tiré une chaise et je me suis assis à table. On m'a tendu une tasse de café, noir et très fort, que j'ai acceptée avec gratitude. Une grande partie de la vaisselle était déjà faite et on s'affairait à la sécher et à la ranger. J'ai remarqué que la majorité des personnes déjà réveillées avaient le même âge que moi ou bien étaient plus vieilles. Quelqu'une – une restante, je crois – a haussé les épaules et a ri :

« Au-delà de six heures et demie, je commence à considérer ça comme une grasse matinée. »

Plusieurs personnes autour de la table ont levé leur tasse en signe d'assentiment. Elles m'ont regardé avec une certaine tendresse, mâtinée je crois de condescendance. Elles ne m'ont pas demandé quel âge j'avais. Pour la première fois, je me suis senti assis sur un point de bascule, entre deux âges et entre deux moments. Je penchais encore un peu du côté par lequel j'avais grimpé mais il était inévitable que je finisse par tomber de l'autre. Du côté où l'on ne fait plus de grasse matinée. Du côté où l'on voit le soleil se lever presque tous les jours.

Petit à petit, les autres membres de l'Assemblée se sont réveillés les uns après les autres, aidés sans doute par les chiens qui perdaient patience et leur léchaient la figure ou posaient la tête sur les cuisses pour attirer l'attention. On a ouvert les portes, ils sont sortis à grands bonds dans l'herbe mouillée avant de revenir se rouler en boule dans un coin de la salle pour compléter la nuit que les festivités des êtres humains avaient perturbée. La cafetière coulait sans discontinuer. Quand Silje s'est levée à son tour, j'ai ressenti immédiatement l'envie de reprendre notre conversation là où nous l'avions laissée, mais le travail à faire nous en a empêchés. Il fallait nettoyer la salle, bien sûr, mais aussi visiter le reste des locaux, sans parler de laisser sortir et de nourrir les bêtes dont les membres de l'Assemblée avaient la charge. Ensuite, il s'agissait de cuisiner un repas pour trois-cent-cinquante-et-une personnes.

Cela peut sembler étonnant mais la proportion de temps que les membres de l'Assemblée passent effectivement, formellement, à élaborer ou débattre des propositions de modifications du texte de la Déclaration est assez réduite. Les commissions se réunissent le plus souvent l'après-midi, après l'heure de la sieste. L'Assemblée en entier ne se réunit que tous les deux ou trois jours. En cela, elle ressemble beaucoup à n'importe quel quartier ou à n'importe quel village : une grande partie de son travail est tourné vers la production de l'alimentation et vers le soin aux enfants et aux animaux. Pour celles et ceux qui viennent de l'ouest du pays, cela n'a rien de surprenant. Je sais que certains entrants de la région d'Iliat et surtout de Pä, habitués à une répartition des tâches plus explicite et plus stricte, sont déstabilisés par cet état de fait. Pour ma part, j'ai accueilli avec reconnaissance la chance de ne plus avoir à me diviser entre les cultures de l'immeuble où j'habitais et la GEG où j'occupais un poste de travail. Membre de l'Assemblée, j'y prenais l'essentiel des repas et ceux-ci étaient, tant que possible, préparés à partir des produits des jardins de l'Assemblée, des conserves d'été, avec quelques ajouts occasionnels venus des magasins conventionnés ou des restaurants du voisinage. Je me souviens très bien d'une échoppe dont les cuisiniers préparaient un curry particulièrement savoureux et où nous nous réfugiions quand la fatigue était trop intense, et quand le besoin de s'échapper pour une heure ou deux de l'Assemblée se faisait sentir. Il était facile, au demeurant, enfermé là-bas, de ne plus voir le reste du monde que sur la base des propositions qui nous en arrivaient. À plusieurs reprises, il fallut que Livia vînt me tirer par le col au moment où je rentrais à l'appartement – quand je ne dormais pas carrément sur place, dans l'un des dortoirs du deuxième étage – pour m'emmener au cinéma, écouter un concert ou simplement boire un verre ailleurs que dans les murs qui abritaient l'Assemblée.

« Tu manges là-bas, tu dors là-bas, tu baises probablement là-bas aussi. Comment veux-tu penser au monde dans sa globalité si tu ne gardes pas un œil et une oreille en dehors ? »

J'ai protesté :

« Je ne *baise* pas là-bas. »

Livia a eu un soupir exaspéré :

« Umo, c'était une façon de parler ! »

Le fait est que je n'avais aucune activité sexuelle et que cela avait quelque chose d'un peu étrange au milieu d'un groupe d'êtres humains tournés vers le même travail qui facilitait nécessairement ce genre de rapprochement. Je remarquais bien quelques regards et quelques gestes mais je n'y répondais pas. Je me disais que j'étais bien trop concentré sur le travail. C'était vrai, au moins en partie.

Même quand nous ne nous réunissions pas officiellement, nous parlions des textes. Nous relisions, récitions, réécrivions en permanence, à toute heure du jour, les mains dans la terre, penchés sur le plan de travail de la cuisine, en préparant du thé, en nettoyant les sanitaires, en emmenant les chiens en promenade. Aucune activité n'était séparée des autres.

Je n'avais pas mis longtemps, comme tous les nouveaux arrivants, à découvrir en quoi consistait « le merdier » que les sortants avaient évoqué. C'était, en effet, un problème épineux et qui ne devait pas être tranché à l'issue des trois ans que je passai à l'Assemblée. La proposition d'amendement venait de la commune d'Amistad, la ville située sur la rive droite du Basilio. Plus précisément, elle avait été élaborée par un collectif d'habitants qui n'avaient pas tardé à rassembler une large majorité des Amistadiens. Une telle situation était, de ce que je comprenais, relativement inédite. La plupart du temps, les groupes qui se constituaient le faisaient autour d'une activité, d'une entreprise, d'un quartier ou d'une rue et non d'une ville tout entière, surtout s'ils défendaient une modification aussi radicale de la Déclaration que celle-ci. Ce que ces personnes voulaient, c'était tout simplement la remise en question des droits reproductifs inscrits dans la Déclaration. Elles désiraient annuler la règle du « demi-enfant par personne ». Différentes tendances se faisaient entendre dans la proposition : il y avait celle qui réclamait l'abolition pure et simple de toute restriction reproductive, tandis que d'autres défendaient le doublement, voire le triplement de la « quotité reproductive » attribuée à chaque personne.

Comme bon nombre de nouveaux arrivants et – toutes et tous le confirmèrent plus tard – de restants, je restai d'abord perplexe face à cette proposition. Les commissions, si les membres de l'Assemblée étaient officiellement attribués à l'une ou à l'autre, étaient très changeantes en nombre comme en composition, et même si je ne faisais pas partie de la liste, je n'eus aucun mal à me glisser avec d'autres dans celle chargée, depuis plusieurs années déjà, d'étudier cette question. Au bout de la lecture du document de proposition, un silence lourd régna plusieurs minutes dans la pièce. Les restants le connaissaient déjà et ne paraissaient pas avoir grand-chose à en dire de plus. Les nouveaux arrivants digéraient l'information.

« Ce qu'ils veulent, réussis-je finalement à bredouiller, c'est simplement de pouvoir faire plus d'enfants ? »

Une camarade haussa les épaules.

« Apparemment. »

Il y avait dans la commission un camarade qui vivait le reste du temps à Amistad. On se tourna vers lui. Il haussa les épaules, leva les bras en signe d'impuissance.

« Je n'ai pas signé cette proposition ! Sinon, je ne siégerais pas ici, protesta-t-il sur un ton défensif.

— Personne ne t'attaque.

— Je n'ai pas d'enfants, continua tout de même le camarade amistadien. Je ne veux pas en faire. J'ai même cédé le demi ! »

Silje - il me semble bien que c'était elle - intervint depuis le fond de la salle.

« Y a-t-il une raison de refuser ? Je veux dire, y a-t-il quelque chose dans le texte de la Déclaration qui l'interdit formellement ?

— Il n'y a pas vraiment d'interdit formel dans la Déclaration... »

Il y eut un bruissement de pages et les claquements des épaisses couvertures cartonnées qui tombaient contre les bureaux. Quelqu'un lut à voix haute, tandis que d'autres récitaient silencieusement en dodelinant de la tête un passage qu'elles avaient sans doute entendu en d'innombrables occasions.

Dans le même esprit de réduire leur impact, la Déclaration propose la réduction des droits reproductifs de chaque être humain à un demi-enfant. L'utilisation de ce droit ne connaîtra aucune limite de genre ou de sexe biologique, ni ne sera obligatoire. Chaque personne restera évidemment libre de choisir de se reproduire ou non. Ce droit pourra être cédé, en accord avec toutes les parties et selon des conditions de respect de la santé et de la dignité de chacun et chacune.

Le lecteur s'interrompit et leva la tête, ses yeux posant une question muette : « Je continue ? »

On lui répondit par l'affirmative.

Ainsi, la population suivra une progression mathématique en accord avec les engagements précédents. Ce choix de politique de la natalité permettra également de minimiser et peut-être de réduire à zéro le nombre d'enfants non réellement désirés, comme celui des enfants maltraités ou abandonnés. L'absence du malheur des enfants conduira logiquement à la disparition de celui des adultes.

Le lecteur s'arrêta là. Quelques personnes, majoritairement des arrivantes et des arrivants qui n'avaient pas déjà passé un ou deux ans plongés dans le texte de la Déclaration, parcoururent les paragraphes suivants, mais ceux-ci traitaient de la responsabilité éducative commune des adultes envers tous les enfants, une fois ceux-ci nés. On attendit qu'ils aient relevé le nez à leur tour, puis une des restantes prit la parole.

« *La Déclaration propose.* Tout est dit. La Déclaration n'impose pas. Il n'y a rien sur ce point dans la déclaration qui interdise formellement de faire plus d'un demi-enfant par personne. Pas plus qu'elle n'oblige à faire un demi-enfant par personne.

— Mais personne ne le fait ! On ne fait pas plus d'un demi-enfant par personne, c'est tout.

— On le fait parce qu'on veut bien le faire. Personne ne nous y oblige.

— C'est tout le principe de la Déclaration. Elle n'oblige pas. Il faut y consentir.

— Et si les habitants d'Amistad ne veulent plus consentir ? Que fait-on ? »

On se regarda de tous côtés. Les arrivants cherchèrent une solution dans le regard des restants, qui espéraient eux-mêmes que les nouveaux venus amèneraient une idée neuve pour dénouer ce nœud multiple. Les uns et les autres étaient déçus.

« S'il n'y a rien dans la Déclaration elle-même, finis-je par dire, il faut trouver d'autres arguments pour les convaincre.

— Si nous avons envie de les convaincre, remarqua un camarade.

— Comment ça ?

— Est-ce qu'ils n'ont pas raison ? C'est même écrit dans la Déclaration. « Chaque individu reste libre de choisir de se reproduire ou non. » Si celles et ceux qui ne se reproduisent pas sont libres de le faire, pourquoi celles et ceux qui veulent se reproduire plusieurs fois ne pourraient-ils pas le faire ?

— Si l'on cède le demi-enfant, quelqu'un peut, en pratique, avoir plusieurs enfants…

— Oui, mais l'objectif démographique est alors respecté. Ce n'est tout de même pas la même chose ! Ce qu'ils veulent c'est… c'est ouvrir grand les vannes !

— C'est un retour en arrière.

— Oui, mais c'est la liberté.

— Si l'Assemblée répond positivement à cette proposition, cela veut dire qu'elle s'appliquera non seulement à Amistad, mais aussi à toutes les autres communes. Ce serait mettre en péril des décennies, des siècles de travail. Ce serait un prodigieux retour en arrière.

— Mais l'histoire n'est pas une flèche qui va tout droit. C'est une succession d'allers-retours.

— Ah bon ? répliqua quelqu'un d'un ton acerbe. Je croyais que l'histoire était un serpent qui se mord la queue.

— Ou bien un lent mouvement de balancier de gauche vers la droite. »

Il y eut quelques rires, plutôt jaunes.

« Je ne suis pas certaine que cette voie de discussion soit très pertinente.

— C'était juste de l'humour...

— Et si, proposa Silje, nous faisions simplement la liste des " pour " et des " contre " ?

— La liste des " pour " ? » s'insurgea une camarade incrédule.

Silje se leva, traça deux colonnes à la craie sur le tableau : « pour » et « contre ». Le crissement du petit cylindre blanc sur le tableau déclencha un long frisson et un tremblement le long de mon échine. Je n'ai jamais aimé cette sensation et, autant que possible, je me suis toujours abstenu d'écrire à la craie, dont la texture et le bruit me font le même effet désagréable que la peau de pêche sous mes doigts. Dans la colonne « pour », Silje a écrit : « J'aime les enfants et il ne me dérangerait pas qu'ils soient plus nombreux. » La craie tapotait contre le tableau au rythme du mouvement de son poignet. Quelqu'une protesta :

« Ce n'est pas un une raison de changer la Déclaration d'Antonia, ça ! Ce n'est rien d'autre qu'un sentiment personnel ! »

Silje lui sourit et répondit calmement :

« Si la Déclaration n'est pas une accumulation de sentiments personnels, je ne sais pas ce que c'est.

— Ce sont des propositions !

— Et d'où viennent les propositions ? »

Un camarade se leva et écrivit dans la colonne « Contre » : « C'est contraire au principe de réduction d'impact de la Déclaration. »

Un autre ajouta dans les « pour » : « On ne peut pas l'interdire », puis dans les « contre » : « Quel bien cela pourrait-il apporter ? »

En réponse, une autre personne inscrivit dans la colonne en face : « Quel mal cela pourrait-il faire ? »

« Si je peux me permettre, intervins-je, toutes les projections et les études statistiques de la GEG montrent que la réduction du 2IH est majoritairement corrélée à deux facteurs : la concentration des habitats et la baisse de la natalité. Ce sont les deux moyens de réduire les besoins en consommations courantes et en énergie. Une reprise démographique entraînerait une insuffisance probable des logements existants, donc la nécessité d'en bâtir, donc une augmentation du 2IH. »

Quand je me tus, quelqu'une se leva encore et écrivit dans « contre » : « Augmentation du nombre d'élèves par école ».

« Au-delà de douze élèves par groupe - toutes celles et ceux qui ont déjà enseigné le savent très bien -, il est complètement illusoire de pouvoir enseigner réellement quoi que ce soit.

— Et l'université alors ? Il y a bien plus de douze élèves par groupe, à l'université.

— On ne peut pas comparer enseigner à des adultes et enseigner à des enfants. C'est tout simplement impossible. Les adultes savent ce qu'ils font là.

— Excusez-moi de vous interrompre, déclara quelqu'un, mais est-ce que ce n'est pas justement le fond du problème ? J'ai l'impression que les proposants d'Amistad se demandent ce qu'ils “ font là ”. Ils se demandent ce que leur apporte de continuer à appliquer des propositions écrites en réaction à une tout autre société que celle dans laquelle nous vivons et…

— Ce sont les éoliennes de Pä à nouveau, soupira quelqu'un d'autre.

— … Et on ne peut pas réellement leur reprocher. Il faut prendre cette question au sérieux. Dans la mesure où l'appareil productif que nous fabriquons et utilisons est bien moins extractiviste et polluant que celui que *possédaient* les propriétaristes, dans la mesure où, malgré ce que dit le camarade de la GEG, les facteurs démographiques ne sont pas les seuls à jouer sur le 2IH, est-il matériellement possible de remettre en question cette limitation des droits reproductifs, de quelle façon, et dans quel horizon de temps et de durée ?

— Je veux bien appeler les camarades de la GEG et leur demander une étude et une synthèse, mais cela va prendre du temps.

— Personne n'est pressé.

— Les Amistadiens ont l'air impatients. Cela fait près de trois ans qu'on discute leur proposition ici.

— Ils ne peuvent tout de même pas s'attendre à ce que nous prenions une décision comme celle-ci en un claquement de doigts ! »

Les esprits commencèrent à s'échauffer. Une camarade se leva brusquement et frappa du plat de la main sur la table avant de se diriger vers le tableau et d'écrire d'une main rageuse « Voie ouverte pour la reconstitution d'une cellule familiale propriétariste ! » dans la colonne des « contre » avant de s'exclamer :

« On ne va tout de même pas laisser un petit nombre réclamer pour son compte plus de droits et défigurer la Déclaration simplement parce qu'ils n'acceptent pas de respecter la même règle que tous les autres !

— Et dans le cas d'une deuxième grossesse non désirée ? On ne peut certainement pas forcer les femmes à avorter, simplement parce que la Déclaration le dit !

— Comme s'il n'y avait pas assez de moyens de contraception disponibles pour faire attention ! C'est quasiment la première chose que l'on apprend aux enfants quand ils entrent au secondaire ! »

À ce moment-là, je baissai la tête en pensant à Wed.

« Mais on ne peut pas faire peser la décision sur des responsabilités individuelles ! C'est ce genre de discours qui est contraire à la Déclaration ! Nous sommes responsables en commun ou bien nous ne sommes pas responsables du tout !

— Ce qu'ils demandent, c'est *précisément* que nous validions en commun leur propre irresponsabilité !

— Il faudrait savoir : d'un côté il faudrait respecter les sentiments personnels, de l'autre, exonérer chacun des responsabilités individuelles. C'est complètement idiot !

— Ce n'est pas ce que nous disons !

— La Déclaration d'Antonia est trop importante pour la pervertir aussi profondément simplement parce que des personnes veulent se reconnaître dans le visage d'un gamin de plus ! C'est inadmissible !

— Mais ce n'est pas le texte lui-même qui est important ! Ce n'est pas un *texte sacré* ! C'est le travail de gens, comme nous tous, comme nous toutes ! Il a déjà changé, évolué, il changera encore !

— Exactement ! C'est en étant dévots que nous la trahirions.

— Et quand, la prochaine fois, ces gens voudront pouvoir aller réoccuper les zones rendues avec leurs enfants surnuméraires, ça ne sera pas une trahison, ça ?

— Mais, enfin, est-ce que vous vous entendez parler ? " Ces gens " ? " Enfants surnuméraires " ? Ce sont des êtres humains dont vous parlez. Ce ne sont pas des… des ennemis !

— S'ils ne sont pas capables de voir à quel point leur proposition est mauvaise, alors, peut-être que si, justement ! »

La dispute fut heureusement interrompue à ce moment précis par des coups sur la porte, suivis par un camarade qui venait demander des volontaires pour préparer le dîner. Nous fûmes plusieurs à profiter avec soulagement de l'occasion pour nous échapper. Cette commission particulière ne se réunit pas durant plusieurs semaines, le temps que la GEG produisît le rapport que je lui avais demandé.

« Encore ? souffla Stanley. Est-ce qu'il va vraiment falloir qu'on en fasse un tous les ans ? Ils… Vous avez déjà toutes les données, Umo. Je suis désolé d'être abrupt, mais c'est la vérité. Ce qu'ils demandent est juste une mauvaise idée, d'un point de vue du 2IH, entre autres. Enfin, s'il faut le répéter encore une fois…

— Je suis désolé, tentai-je de m'excuser. Je sais que vous avez autre chose à faire. »

Stanley éclata de rire dans son terminal.

« Ne t'excuse pas, Umo. Tant que tu es là où tu es, ton travail c'est de nous demander ce genre de choses. Le nôtre, c'est de te dire que tu sais déjà tout, pour peu que tu prennes la peine de regarder, mais de te donner quand même ce que tu réclames. Fais le travail. Nous allons faire le nôtre. »

La synthèse de la GEG arriva une vingtaine de jours plus tard et ne soulagea en rien le malaise. Stanley disait la vérité. Les opposants à cette mesure avaient raison. Il ne fallait pas étendre les droits reproductifs. L'impact humain serait bien trop important, à court comme à long terme. L'Assemblée vota, finit par rendre un avis négatif.

« Et c'est reparti… », soupira un camarade.

Le mois suivant, sans surprise, la commune d'Amistad se prononçait en faveur de la proposition, tout comme la consultation directe. La situation était toujours bloquée. Six mois plus tard, le même processus eut lieu. Malgré les tentatives de conciliation, de compromis, malgré toutes les réécritures que nous proposions, il donna un résultat exactement identique. Une camarade dont la dernière année d'Assemblée se terminait fondit en larmes au moment de l'annonce de la réponse de la consultation.

« Trois ans ! Trois années entières que j'ai passées là-dessus ! Trois ans pour rien ! C'est comme si je n'avais rien fait du tout ! Ils viennent, ils parlent, ils font semblant de nous écouter, nous faisons semblant de les écouter, ou bien tout le monde écoute mais ne veut rien entendre. Ils envoient des papiers, nous en renvoyons d'autres, et tout ça en pure perte. Il y a trois ans, quand je suis arrivée, j'étais heureuse. J'étais persuadée que j'allais servir à quelque chose ! À cause de toute cette histoire, rien du tout ! »

Ce soir-là, tout le rhum et toute l'herbe du monde n'auraient pas suffi à faire passer le goût amer que nous avions à la bouche. La perspective de passer encore deux ans en échanges infructueux était, il faut bien le dire, assez décourageante. Pourtant, nous avons continué, réunion après réunion, repas après repas, proposition après proposition. Le problème semblait insoluble. Dans les moments de désespoir, j'avais envie d'invoquer les acrates de la zone rendue : eux faisaient bien ce qu'ils voulaient, cela ne gênait personne ; cependant, j'avais juré le secret et les deux situations étaient tout à fait incomparables.

Qu'en disaient les habitants d'Arkadia ? Ils étaient en vérité, après les Amistadiens, les premiers concernés. Ils assumeraient en premier les conséquences d'une augmentation de la population, d'abord enfantine puis adulte, dans la cité jumelle. On lança une consultation. La commune et ses habitants se prononcèrent assez largement contre la proposition d'Amistad. Dans les salles, dans les couloirs, dans les jardins de l'Assemblée législative, on laissa échapper un soupir de soulagement. C'était un argument de poids à opposer à Amistad bien qu'il semblât un peu ridicule de réduire la question à un simple problème de voisinage, mais c'était *aussi* cela.

« Avant de percer des trous dans le mur que l'on a en commun avec eux, s'exclama un camarade, on demande l'avis des occupants de l'appartement d'à côté. C'est ça aussi, la responsabilité. »

Ainsi, le ressentiment alla croissant sur cette question tout au long des trois ans que je passai à l'Assemblée. À Amistad, on protestait vertement contre l'autorité de l'Assemblée. On s'y écriait que l'obstruction à laquelle on se livrait était contraire à la Déclaration et les délégués que la commune envoyait régulièrement vers nous ne manquaient jamais une occasion de rappeller qu'elle n'était pas un ensemble de lois contraignantes et que, si la commune la respectait, c'était parce qu'elle le voulait bien. Du côté de l'Assemblée, nous pouvions seulement répondre que le respect des engagements pris en ratifiant la Déclaration était dans l'intérêt commun et dépassait non seulement les désirs individuels, mais également ceux d'un unique corps collectif, d'une unique commune. Toutefois, les mandataires avaient parfaitement raison : il n'y avait absolument rien que l'Assemblée pût faire pour les forcer à accepter notre avis. De l'autre côté, nous éprouvions du ressentiment à force de ressasser les mêmes arguments et d'en trouver toujours de nouveaux qui ne parvenaient jamais à convaincre. Qui pis est, personne n'appréciait la position implicite dans laquelle les accusations amistadiennes nous plaçaient : celle de gardiens du temple, incapables de vouloir changer une ligne, un mot d'un texte dont nous nous serions appropriés la responsabilité exclusive.

« C'est de la mauvaise foi ! finit par carrément s'exclamer un camarade. Vous êtes de mauvaise foi, tout simplement ! J'en ai ma claque d'essayer de parler avec des gens de mauvaise foi. J'ai mieux à faire, ici comme ailleurs ! Démerdez-vous ! »

Puis il se releva brusquement, faisant hurler les pieds de la chaise sur le parquet avant de claquer la porte. Quelques secondes plus tard, les délégués d'Amistad quittaient la réunion à leur tour, malgré tous les efforts pour les retenir. C'était bel et bien le merdier, et il semblait n'y avoir rien que nous pussions y faire. Livia, d'une voix blanche et docte – tout à fait insupportable en pareille situation –, appelait cela « une crise organique, une crise d'autorité », ce qui signifiait pour moi exactement la même chose : le merdier. Le reste du temps, les camarades de l'Assemblée et moi-même tentions de faire le travail ou bien ce que nous pouvions en faire, et je dois dire que nous avions le sentiment de pas pouvoir faire grand-chose d'autre que de répondre aux requêtes insistantes – toujours les mêmes – d'Amistad. Nous étions frustrés, déçus et, oui, assez en colère.

« Je ne mettrai jamais un pied là-bas ! » m'exclamai-je un matin, en repiquant du riz.

Il ne faut jamais dire jamais et, comme souvent, cette grande déclaration ne manquerait pas de gagner une mordante ironie.

Dans un registre bien différent, ma vie personnelle avait pris un tour surprenant, tout aussi inattendu et complexe que le travail. L'un et l'autre sont bien souvent liés. Pour la première fois depuis que j'avais quitté Pelagoya au petit matin en y laissant Gob, j'étais tombé amoureux. Cela faisait si longtemps que je n'ai pas tout de suite reconnu les signes et les manifestations du sentiment. Dès que je le pouvais, je recherchais la compagnie de Silje. Je ne pouvais détacher mon regard de sa figure mais je baissais les yeux dès que les siens croisaient les miens. J'éprouvais une profonde envie de la toucher mais je tressautais au moindre contact. Je retirais la main sitôt que, par accident, elle effleurait la sienne. Je me trouvais, à vrai dire, un peu ridicule. Je n'avais pas ressenti une pareille timidité depuis le secondaire, depuis l'intimité et la promiscuité du dortoir auquel, il est vrai, l'Assemblée ressemblait un peu, puisque nous y travaillions, nous y mangions et nous y dormions parfois. Mes gestes m'apparaissaient maladroits, mes paroles idiotes et ma gêne était évidente. Je me semblais tout à fait ridicule : un enfant ressurgi dans un corps d'adulte. Une partie de moi m'ordonnait en permanence de tourner les talons et de détaler, mais je ne pouvais me retenir de me tenir au plus près de Silje. J'étais encouragé en cela par son attitude : elle ne pouvait avoir manqué de remarquer mon trouble et, pourtant, n'avait en rien changé son comportement envers moi. Elle restait exactement la même. Elle parlait fort, riait fort, chantait des heures durant en travaillant des chansons obscènes et irrésistiblement contagieuses dont il était impossible de ne pas reprendre les refrains avec elle. Ses paroles et ses gestes envers moi ne différaient en rien de ceux envers les autres mais je les percevais pourtant comme chargés d'une signification particulière. Lors des longues veillées au cours desquelles nous revenions tous ensemble sur les débats et discussions de la journée et chacun informait les autres du travail de la commission auquel il avait pris part, de l'état des cultures qu'il avait entretenues, des réparations et de l'entretien à effectuer dans les bâtiments, bref, de l'avancement du travail, nous nous asseyions le plus souvent l'une à côté de l'autre, nous échangions des commentaires, des remarques et des plaisanteries à voix basse. De Livia, j'avais pris l'habitude de prendre des notes et je noircissais carnet après carnet de mon écriture maladroite et de croquis des visages des camarades en pleine discussion, esquisses parmi lesquelles on retrouvait avec une régularité significatrice le profil gauche de Silje. De temps à autre, je remarquais qu'elle y jetait des regards en coin et je tournais la page pour masquer le dessin, trop tard bien sûr, conscient qu'elle l'avait vu et qu'elle avait vu, surtout, mon geste de dissimulation. Nous étions souvent parmi les derniers à rester dans la salle commune, près de la cheminée ou bien sur la terrasse quand il faisait assez chaud. Quelques fois nous restâmes seuls tous les deux, embarqués dans une conversation interminable ou alors simplement silencieux, ruminant les évènements de la journée ou, pour être plus honnête, profitant de sa présence à mes côtés. Plus rarement, elle saisissait la guitare qu'on lui tendait – je la refusais toujours et, de cette période, je ne crois plus jamais avoir accepté de jouer d'un instrument en public, hors cas de très forte ébriété – et chantait non pas des chansons paillardes mais, d'une tout autre voix, des airs de Joni Mitchell, Joan Baez et de Kate Bush, qui disaient le sentiment d'être loin de chez soi, qui parlaient de voir les nuages des deux côtés ou bien d'attendre la pluie. Parfois, on prenait d'autres instruments pour l'accompagner. Les bâtiments de l'Assemblée en étaient remplis dans les moindres recoins : on semblait sans cesse en trouver de nouveaux. Je regrettais parfois de ne pouvoir enregistrer ces moments, mais je savais bien que la présence de microphones et d'enregistreurs aurait tué toute spontanéité et c'était le caractère imprévisible qui faisait la valeur de ces précieuses minutes musicales. Je ne pouvais compter que sur ma mémoire pour conserver le souvenir des accords d'harmonium, des trilles et des bourdons des flûtes basses et hautes, des lancinantes tirades des guitares électriques, des polyrythmies étranges que construisaient sans le vouloir les percussionnistes amateurs, des harmonies qui s'élevaient et redescendaient, autant de tentatives incertaines, autour du timbre de la chanteuse et des arpèges qu'elle égrainait.

« Je ne comprends pas, dit une camarade alors que la voix de Silje venait de s'éteindre et ses mains de cesser de bouger. Comment ces chansons propriétaristes fonctionnent-elles encore ? Comment peuvent-elles encore nous émouvoir, nous qui ne le sommes pas ? Quand tu chantes " Sans une chemise, sans un sou, mon Dieu, je ne peux pas retourner chez moi ainsi ", ça devrait ne *rien vouloir dire*. Tout le monde porte une chemise. Personne n'est sans le sou. Logiquement, cela ne devrait pas nous faire d'effet, puisque la situation matérielle n'a rien à voir. »

Plusieurs personnes hochèrent la tête. La réponse mit longtemps à prendre forme sur ma langue mais je finis par dire :

« Peut-être que cela vient d'une erreur du propriétarisme qui se pensait *égal* à toute *nature humaine*. Peut-être que c'est parce qu'ils se trompaient en pensant que tout être humain est forcément propriétariste. Peut-être qu'ils ont justement pris des conditions matérielles pour une vérité absolue. Peut-être que les sentiments, la peine, l'amour, la joie, ne sont pas essentiellement propriétaristes ou antoniens. La raison c'est… c'est qu'il y a une joie, une peine, une amour antonienne qui ne sont pas les mêmes mais que… nous qui les éprouvons, nous les reconnaissons tout de même. Tout comme nous nous reconnaissons dans le visage d'un inconnu. »

Silje posa la guitare contre le mur, la résonance sourde de la caisse faisant office de ponctuation finale à mes paroles.

« Ce que tu racontes, dit-elle, cela ressemble à l'idée d'une âme. Je ne suis pas sûre que les rédacteurs de la Déclaration aient été très partisans de cela.

— Je ne sais pas. Je ne me suis jamais intéressé à la religion.

— La Déclaration d'Antonia est notre religion, fit quelqu'un, mi-plaisantin, mi-sérieux, comme incertain de la véracité de ce qu'il disait.

— C'est ce qui nous relie, oui. C'est la somme de valeurs communes qui nous maintient ensemble.

— Mais ce n'est pas un dogme. Ce n'est pas un arbitraire. »

Alors, une camarade se leva brusquement et frappa ses cuisses du plat de ses mains.

« Par pitié, non ! S'il vous plaît, ne me parlez pas d'Amistad ! Pas ce soir ! Tout sauf ça ! »

Nous avons tous éclaté de rire, puis elle s'est rassise, ou plutôt elle s'est écroulée sur la chaise, mimant l'épuisement absolu par le relâchement total de ses membres. La conversation s'est ensuite orientée vers des sujets plus légers.

J'étais amoureux, c'était évident. À chaque fois que j'évoquais Silje devant elle, en prenant soin de ne jamais insister sur le sujet, un sourire entendu se dessinait sur le visage de Livia.

« Je n'aime pas ça, lui fis-je remarquer.

— Quoi donc ?

— Cette manière que tu as de me regarder. »

Livia leva les yeux au ciel, comme si j'avais dit la plus énorme bêtise de toute la vie.

« Je suis contente pour toi ! »

Au fil des semaines, cependant, la situation commença à se faire pesante. Je ne ressentais pas de nécessité à me déclarer puisqu'il était évident que Silje savait très bien ce que j'éprouvais envers elle et il me semblait même que ces sentiments étaient, au moins en partie, réciproques. Ses regards aussi s'attardaient. Son timbre de voix changeait légèrement, s'adoucissant, quand elle s'adressait à moi et surtout quand nous étions seuls. Elle évitait aussi le contact physique entre nous, même dans des situations aussi anodines que lorsque je nettoyais un plat et lui donnais pour qu'elle l'essuyât et le rangeât. Le plus étrange était que je ne ressentais pas, comme cela avait été le cas avec Budur, Gob ou, dans une moindre mesure, Wed, d'attirance physique, de désir sexuel explicite. Il m'arrivait, quand je rentrais à l'appartement, après plusieurs jours passés à l'Assemblée, de me masturber, mais je n'évoquais jamais son image. Je pensais à d'autres femmes, des camarades de la GEG ou de l'Assemblée, des souvenirs anciens, je cherchais des photographies et des vidéos érotiques sur les réseaux dédiés, mais je ne pensais jamais à Silje. Pourtant, sa présence auprès de moi était indéniablement érotique mais d'une manière plus subtile, plus diffuse. Ses mouvements et ses paroles me paraissaient emplis d'une grâce inédite, une grâce que j'avais envie de partager, dont je souhaitais être l'objet et la cible plutôt que de la toucher. Je désirais Silje, c'est-à-dire que je désirais la recevoir et non donner. Toutes ces pensées, ces paroles non exprimées ni réellement formulées tournaient dans ma tête du matin au soir et seule une absorption totale dans le travail, dans le débat, la rédaction de rapports et de comptes rendus, dans la récolte des pommes de terre et la taille des mûriers, parvenait à m'en détourner ; à condition, bien sûr, que Silje ne travaillât pas à côté de moi.

C'est un matin que j'ai résolu de lui parler. La décision, je l'avais prise sans m'en rendre compte et elle s'est montrée à moi, ce jour-là et pas un autre, comme une évidence. J'avais passé, pour la première fois depuis longtemps, plusieurs jours à l'appartement, loin de l'Assemblée. J'avais prévenu les camarades qu'il me fallait prendre un peu de temps de repos, ce qui ne m'avait pas empêché de suivre et d'intervenir dans quelques discussions par le terminal. Le reste du temps, j'avais écouté de la musique sur la chaîne hi-fi que j'avais fabriquée, minutieusement et patiemment, au cours des dernières années. Sur le côté des platines et des enceintes, on trouvait la même griffe que celle que j'apposais sur les lampes que je fabriquais aux Ateliers Lumière. Elle m'avait valu quelques compliments de visiteurs de passage mais aussi de camarades de la GEG, plus experts, à qui j'avais demandé conseil à plusieurs reprises sur le choix de tel ou tel composant. Ce matin-là, donc, j'ai enfourché un vélo au petit matin et j'ai pédalé sans me presser jusqu'à l'Assemblée. C'était le milieu de l'automne. Je commençais à sentir le froid sur mes phalanges contractées et les pneus dérapaient parfois sur des feuilles roussies, tout juste tombées sur le sentier humide. Antonia n'était pas encore réveillée. À l'exception des phares des autres bicyclettes qui me croisaient ou, gravissantes la côte plus rapidement que moi, traçaient devant moi l'ombre longiligne de ma silhouette courbée, je me sentais entièrement seul et je ne pensais à rien. Une fois parvenu en haut de la colline, devant l'Assemblée endormie, trempé de sueur et de rosée, j'ai rangé le vélo dans un emplacement où le prochain utilisateur pourrait le trouver facilement puis je me suis assis sur les marches du perron. J'ai ouvert le carnet sur mes genoux et j'ai laissé le crayon compléter le paysage antonien que j'avais commencé au fil des semaines : la ville, cercles sur cercles, palimpseste en spirale qui ne montrait plus rien du camp qu'elle avait originellement été, sur laquelle commençaient à se poser les rais lumineux du soleil qui se levait derrière la limite orientale du Peigne et dont l'éclat perçait à grands traits les nuages nocturnes et découpait régulièrement le serpentin brumeux s'élevant de la Micha. Je m'efforçais de rendre compte de toute cette géométrie fugace, bien que je susse la tâche vouée à l'échec en raison de ma maîtrise imparfaite de la perspective et de mes tracés hésitants. Peu importait. Je dessinais et cette activité se suffisait à elle-même. À l'aube de la cinquième décennie de ma vie, je comprenais tout juste que je n'avais pas besoin d'exceller dans tout ce que je faisais. Le bien et la satisfaction que me procuraient ces maladroites esquisses avaient autant de valeur que la réussite esthétique d'un tableau de maître.

J'ai crayonné ainsi, immobile, répondant de la tête aux saluts des camarades qui arrivaient à leur tour et montaient préparer, prendre le petit déjeuner ou participer aux autres tâches matinales. J'ai entendu Silje arriver avant de la voir. J'ai entendu son pas qui descendait du tramway et qui s'approchait. J'ai relevé la tête. Elle m'a souri. Une immense sensation de chaleur a envahi mes poumons. Je lui ai rendu le sourire. Sans rien dire, elle s'est arrêtée un instant pour laisser les camarades avec lesquels elle était arrivée entrer. Puis elle s'est assise à côté de moi. Elle a penché la tête, elle a observé le croquis sans rien dire. Un des signes que j'étais amoureux d'elle était que je n'éprouvais pas, comme avec tout le reste du monde, de malaise quand elle regardait ce que je dessinais. Je n'avais pas le réflexe de refermer le carnet quand elle l'observait.

Silje a dit :

« Aujourd'hui, c'est bien de moi dont tu as envie, pas vrai ? »

J'ai hoché la tête.

« J'ai envie de toi aussi. Mais c'est compliqué. »

J'ai levé le nez du carnet et j'ai souri.

« Est-ce que ce n'est pas *toujours* compliqué ? »

Silje a éclaté de rire. J'ai rajouté :

« On pourrait même dire que c'est ce qui fait le sel de toute chose.

— "Le propriétarisme, c'est l'apparence de la facilité" ? J'ai déjà lu ça quelque part.

— Contrairement à ce que pensent certains, tout n'est pas à changer dans la Déclaration. »

J'ai refermé le carnet et je l'ai rangé dans le sac. J'ai dit :

« Si c'est *trop* compliqué, ce n'est pas grave. Peut-être à un autre moment. »

J'ai fait mine de me lever. La main de Silje sur mon poignet m'a retenu.

« Attends. »

J'ai attendu. Elle a mordu sa lèvre inférieure puis elle a retiré les lunettes et les a faites passer nerveusement d'une main à l'autre, cherchante ses mots. Finalement, elle a dit :

« Je ne suis pas toute seule.

— D'accord. Je comprends. »

Pas de « pour une fois » cette fois-ci. J'avais envie d'elle au grand air, au grand jour.

« Non, tu ne comprends pas, mais ce n'est pas ta faute. »

Elle a eu un petit sourire. Sans les lunettes, ses yeux paraissaient plus petits et luisants. On aurait dit qu'elle était sur le point de pleurer. Je ne l'avais jamais entendue parler aussi bas. C'était un peu étrange.

Derrière nous, la lumière s'allumait dans les salles de réunion les unes après les autres. L'odeur du café et du pain grillé se répandait au-dehors par les bouches d'aération. Je me suis rendu compte que j'avais faim. Des camarades de plus en plus nombreux passaient à côté de nous, à mesure que la luminosité augmentait.

« Si tu le veux bien, a continué Silje, je te propose de nous retrouver ce soir pour en parler. »

J'ai acquiescé. Elle m'a donné rendez-vous chez Camille pour dîner. Puis nous sommes rentrés et nous nous sommes mis au travail, comme si de rien n'était. Je ne saurais l'expliquer, mais la perspective du rendez-vous du soir ne m'angoissait pas. J'en étais même heureux. Ce jour-là, à chaque fois que j'ai rencontré Silje, je lui ai adressé un sourire sincère.

Elle n'avait pas de moyen de le savoir – il ne me semble pas le lui avoir dit auparavant – mais chez Camille était et reste un des restaurants que je préfère à Antonia. On y mangeait, au fil des semaines, une grande variété de plats en sauce et on y buvait une bière lourde que les Camille brassaient eux-mêmes. On n'en ressortait donc que l'esprit plaisamment trouble et le ventre lourd. Toutes les personnes travaillant à l'intérieur du restaurant se faisaient appeler « Camille ». J'ignore s'il s'agissait réellement du prénom qu'ils ou elles avaient reçu à la naissance, mais il était amusant de penser qu'une des qualifications nécessaires à travailler dans ce restaurant était de s'appeler ainsi. Les Camille appelaient aussi toutes celles et tous ceux qui venaient manger « Camille » ce qui faisait que le restaurant résonnait en permanence de ces deux syllabes : « Qu'est-ce que je te sers, Camille ? », « Merci Camille ! », « À bientôt, Camille ! », « Combien je te dois, Camille ? » ou encore « Camille, trois pintes pour la petite table du fond ! » Je n'ai jamais su, ni cherché à savoir, d'où exactement venait cette habitude, mais j'ai cru comprendre qu'elle remontait à bien avant la fondation d'Antonia et la Déclaration même et qu'adopter tous le même prénom épicène était une technique de défense contre les garants de l'ordre propriétariste. La position centrale du restaurant dans la ville et son ancienneté – un ou une Camille l'avait ouvert on ne savait quand et, depuis, il y avait toujours eu une ou un Camille pour le tenir – plaidaient pour la vraisemblance de cette hypothèse. Qui plus est, c'est un restaurant conventionné, signe de sa pérennité. La dernière fois que j'y avais accompagné Livia et quelques amis, dont l'un de ses amants, elle avait lâché, au moment du dessert : « Ce n'est pas un restaurant ici ! C'est un mémoire d'archéologie ! » Puis elle s'était jurée de fouiller les archives pour découvrir si de pareils travaux avaient déjà été menés. Que l'idée lui fût passée le lendemain ou que ses recherches eussent été bredouilles, en tout cas, elle n'en reparla jamais.

La salle ne pouvait accueillir qu'une petite vingtaine de personnes à la fois et elle était bien souvent pleine. Pour m'y donner rendez-vous, Silje avait dû faire une réservation, ce qui signifiait qu'elle avait anticipé notre conversation du matin. Au moment de nous asseoir l'un en face de l'autre, à l'une des plus petites tables, tout près de la cheminée encore éteinte, mon cœur battait d'une excitation joyeuse. En commandant à boire et à manger, nous avons terminé la conversation que nous avions commencée à l'Assemblée et poursuivie dans le tram, qui tournait, encore une fois, autour de la déclaration impatiente d'un délégué venu d'Amistad qui nous accusait de faire de l'obstruction et de l'ingérence. Au beau milieu de la réunion, il s'était exclamé : « C'était bien la peine de se débarrasser des propriétaristes pour se laisser dicter ce qu'on peut ou ne peut pas faire par trois-cents personnes à l'autre bout du pays ! » À ces mots, plusieurs camarades avaient quitté la salle et il avait fallu aux restants beaucoup de patience pour rétablir le calme, en commençant par faire remarquer que plusieurs des personnes qu'il avait en face de lui venaient précisément d'Amistad ou bien y avaient passé un moment de leur vie. Le délégué avait fini par nous présenter des excuses, mais il me semblait pourtant que le mal était bel et bien fait. Je craignais que l'antagonisme entre Amistad et l'Assemblée ne trouvât jamais de solution satisfaisante. J'étais loin d'être le seul dans ce cas et nous étions toutes et tous plongés dans la même perplexité. Pour ce que nous en savions, aucune commune ne s'était jamais opposée aux autres à ce point et aussi longtemps et même celles qui, comme Pä, faisaient preuve d'une relative mauvaise volonté, ne remettaient pas en cause avec une pareille insistance l'un des principes fondateurs de la Déclaration et du mode de vie qu'elle prescrivait.

« On pourrait penser, finit par commenter Silje, qu'un texte qui décrit tant d'aspects de la vie sociale et économique aurait quelque chose à dire sur comment traiter avec celles et ceux qui ne sont pas d'accord. »

Un serveur déposa devant nous deux grandes pintes d'une bière rousse à la mousse si épaisse qu'elle était presque solide. Nous le remerciâmes d'une seule voix :

« Merci Camille !

— Les délégués mandataires étaient peut-être tellement certains d'avoir raison qu'ils n'ont même pas pensé qu'on puisse être en désaccord.

— Ou bien le désaccord était partout autour d'eux et ils ne pouvaient dire que des choses positives. Dire le monde tel qu'elles voulaient qu'il soit et non pas dire ce qui n'allait pas dans le monde. »

Nous trinquâmes.

« En attendant…

— … c'est compliqué. »

Prononcer ces mots nous ramena tous deux à la raison de notre présence à cette table, ce soir-là.

« Tu n'es pas obligée de te justifier.

— Je sais. Je n'essaie pas de justifier quoi que ce soit.

— Je suis un grand garçon. Ce n'est pas la première fois qu'on me dit " non ". »

J'ai voulu sourire.

« Je n'irai pas jusqu'à dire que j'en ai l'habitude mais… »

Silje secoua la tête.

« Je ne suis pas en train de te repousser. Je n'ai pas envie de te repousser. Au contraire, j'ai très envie d'être intime physiquement avec toi, et pas seulement physiquement. Seulement, il y a une chose que tu dois savoir.

— Tu vis avec quelqu'un ou quelqu'une. »

Elle a eu un léger mouvement de la tête, de gauche à droite ; un geste qui me rappela celui d'un des enseignants de Grévi dont j'ai oublié le nom, qui le faisait quand un enfant donnait une réponse proche de la vérité mais inexacte.

« Je vis avec quelques-uns. Ou quelques-unes.

— D'accord. »

Les organisations intimes impliquantes davantage que deux personnes étaient, sinon fréquentes, au moins courantes. Celle de Livia et d'Ulf relevait d'une certaine forme de pluralité, mais elle en constituait un cas limite. Il ne s'agissait pas seulement de multiplier les partenaires émotionnels et sexuels au sein d'un même village, d'un même quartier ou de la même ville, voire du pays tout entier. Ce dont Silje parlait, c'était l'intensité de sentiment que j'avais éprouvée envers Gob mais étendue au-delà du couple à un trio, un quatuor et plus rarement au-delà. La Déclaration avait disqualifié les organisations familiales antérieures et, en faisant assumer à tous les adultes la responsabilité commune de tous les enfants, séparé pour de bon la sexualité de la reproduction. Pour autant, la majorité des unions « explicites » ne mettaient encore en relation que deux personnes. Bien sûr, la multiplicité des relations dans les petites communes comme, par exemple, Pelagoya instaurait une sorte de pluralité amoureuse étendue à tout un village.

« Depuis quatre ans, maintenant, je vis avec Ingrid et Pontus. J'ai aussi eu quelques relations au-dehors. Avant qu'il ne se passe quoi que ce soit entre nous, je veux que tu saches que je les aime et que, si j'en viens à t'aimer, je ne cesserai pas de les aimer ni ne les aimerai moins. Je sais que cela peut gêner certaines personnes. Si c'est le cas pour toi, il faut que tu me le dises avant d'aller plus loin. »

Camille revint avec deux pleines assiettes de goulash et je fus heureux de pouvoir réfléchir le temps des premières cuillerées. Les visages de toutes les femmes que j'avais aimées jusque-là se mêlèrent dans mon esprit pour ne former plus qu'une seule, un seul être, pour laquelle j'avais éprouvé le même sentiment, pour laquelle je n'avais jamais cessé de l'éprouver, malgré ses manifestations et ses intensités différentes : Budur, Gob, Wed, mais aussi Shauna et même Livia. Et, désormais, Silje. Je les avais aimées, je les aimais. Je pris une gorgée de bière, cherchant mes mots. Elle suscita le souvenir de cette dernière gorgée de bière, dans le bois, à Iliat, qui rassemblait en elle, symbolisait tout le travail du monde. Ma gorge se serra. Cette nouvelle gorgée était, elle, la métonymie - où ai-je appris le sens de ce mot ? Au secondaire, peut-être, mais il est bien plus probable que Gob me l'ait enseigné - de tout l'amour que j'avais jamais éprouvé, toutes les émotions et les sentiments infiniment tendres que j'avais ressentis et qu'on avait ressentis à mon égard. Une seule chose, tout comme le travail, concrètement divisée mais infinie en vérité. J'aimais. J'aime. Indivisiblement.

« Est-ce que je pourrai les rencontrer ? » demandai-je.

Silje a paru surprise.

« Je ne vois pas de raison que non.

— Savent-ils qui je suis ? Sont-ils au courant de ce que tu ressens pour moi ? Est-ce qu'ils savent que nous dînons ensemble ce soir ?

— Bien sûr ! Nous nous disons tout. Pourquoi est-ce que je leur cacherais quelque chose comme cela ? Quand il se passe quelque chose de bon pour moi, ils sont heureux pour moi, c'est tout. »

J'ai avalé quelques cuillers en silence. Pas de « pour une fois ». Pas de rencontres fortuites dans la forêt ou dans une cave. Aucun non-dit.

« Alors, ai-je finalement acquiescé, ça me va. »

J'ai tendu la main au-dessus de la table et je l'ai posée sur la main de Silje. Elle l'a retournée et ses doigts se sont mêlés aux miens. Un frisson m'a parcouru de haut en bas. Ma bouche s'est ouverte toute seule en un profond soupir. Ce contact n'avait rien à voir avec le baiser repoussé, toutes ces années auparavant, mouvement mécanique de mon corps entraîné vers le sien. Nous sommes restés immobiles un long moment. Du coin de l'œil, j'ai vu plusieurs Camille qui nous observaient en souriant. J'ai souri à mon tour. Puis nous avons terminé le repas, repris la conversation là où nous l'avions laissée. Une profonde sensation de chaleur s'était répandue dans ma poitrine. J'étais amoureux. C'était bon. En sortant du restaurant, nos deux mains se sont liées à nouveau. Nous avons marché silencieusement et sans but dans les rues d'Antonia, savourant simplement la présence de l'autre à côté de soi. Je me souviens qu'à travers une fenêtre, grande ouverte malgré la fraîcheur, j'ai vu dépasser l'arrière d'un trombone. Toute une fanfare jouait là-haut. J'ai repensé à un tram que j'avais pris autrefois. Le souvenir a dû modifier quelque chose dans mon attitude car Silje a levé la voix pour me demander ce qu'il se passait, s'il y avait un problème. J'ai secoué la tête.

« Rien. Il ne se passe rien du tout. »

Je me suis tourné vers elle. Le fragment de mémoire s'est éloigné aussi soudainement qu'il était apparu, comme emporté par une bourrasque. Nos visages se sont rapprochés. Nous nous sommes embrassés. Ce fut un long baiser, d'une douceur et d'un calme inédit. La bouche de Silje avait l'amertume de la bière et sur sa peau était resté accroché un lambeau de l'odeur de la viande en sauce. Quand nos lèvres se sont séparées, nos mains ne se sont pas déliées et nous sommes restés immobiles, joue contre joue. Les cuivres s'étaient presque tous tus, à l'exception d'un bugle qui poursuivait seul une mélancolique lamentation. Le mois de février, pourtant, était encore loin. Soudain, Silje s'est écartée brusquement et a éclaté de rire.

« Tu piques ! »

J'ai rougi.

« Désolé. »

Elle secoue la tête. Elle dit :

« Ne t'excuse pas. Tout ce qui est bon pique. Ce qui est lisse n'est pas vrai. »

Le bugle se tait. Quelques applaudissements lui répondent, puis les percussions reprennent et nous nous éloignons, le pas calé sur leur rythme. Les doigts de Silje ne quittent les miens qu'au moment où elle monte dans un tramway. À travers la vitre de la rame qui s'éloigne, ils m'adressent un dernier signe qui veut dire « À demain ! ».

Silje et moi n'étions pas les seuls membres de l'Assemblée à s'être rapprochés. Comme dans tout groupe humain, de l'école de village aux plus grands collectifs de travail, la promiscuité était constante et les émotions fortes facilitaient la naissance de sentiments et des désirs. Il n'était pas rare, les nuits que je passais dans les dortoirs de l'Assemblée, de trouver des lits occupés par deux ou plusieurs personnes ou bien d'y entendre les bruits caractéristiques de l'activité sexuelle. Certaines unions duraient, d'autres se dissipaient rapidement. Elles n'empêchaient en tout cas aucunement les antagonismes dans les débats. Nous eûmes par exemple la surprise de voir venir petit-déjeuner main dans la main deux camarades qui s'étaient longuement écharpés au sujet d'une proposition de destruction d'un village de la côte sud-ouest, entièrement inoccupé depuis plusieurs années. L'un soutenait qu'il fallait rénover et occuper les bâtiments laissés vides, l'autre voulait « rendre la zone », ce qui nécessitait, entre autres, de tracer de nouveaux sentiers de bord de mer. La chaleur de la confrontation avait de toute évidence donné lieu à une autre chaleur.

Silje et moi, si nous ne dissimulions pas les sentiments qui nous unissaient, ne dormîmes jamais ensemble à l'Assemblée et nous y limitâmes autant que possible les manifestations d'affection; non pas que nous eûmes le sentiment d'avoir quelque chose à cacher mais il nous semblait préférable de ne pas mêler cet amour au travail collectif. Qui plus est, toute démonstration m'aurait trop rappelé Grévi et m'aurait semblé un peu ridicule. Toutefois, nous arrivions et repartions régulièrement ensemble. Dans les premiers temps, nous ne passâmes que quelques soirées très espacées à l'appartement où je vivais et jamais dans celui qu'elle occupait avec Ingrid et Pontus.

« Il est encore trop tôt », me disait-elle, et je la croyais. Petit à petit, ces nuits se firent plus nombreuses mais cette progression se fit si paisiblement qu'il ne me vint jamais à l'esprit de lui demander si quelque chose avait changé. Quand je lui posais des questions à propos des deux autres personnes qu'elle aimait, Silje répondait toujours mais elle n'abordait jamais le sujet elle-même. Il en allait de même dans l'autre sens.

« À un autre moment de la vie, lui dis-je une nuit que nous étions serrés l'un contre l'autre sous les couvertures, cette situation m'aurait probablement troublé ou angoissé. Je ne ressens rien de tout cela.

— Pourquoi est-ce différent, selon toi ? »

Je haussai les épaules.

« J'ai peut-être changé. C'est peut-être toi. Cela me semble évident, tout simplement.

— Quand je suis avec toi, dit Silje, je suis avec toi. Je ne suis nulle part ailleurs, ni physiquement ni en pensée.

— Je sais. »

Paradoxalement, dans une situation où j'aurais pu ressentir de la jalousie et n'en ressentais aucune, je comprenais mieux celle qu'avaient éprouvée Budur et, dans une moindre mesure, Gob. C'était une question de certitude : celle d'une présence intime réelle, à laquelle l'absence ne pouvait rien enlever. Bien que ne les connaissant pas encore, je ressentais déjà une profonde familiarité à l'égard de Pontus ou d'Ingrid, pour la simple et bonne raison que nous aimions la même personne.

Silje et moi parlions beaucoup et nous marchions beaucoup. Nous projetions, quand le service à l'Assemblée serait achevé, de partir en randonnée comme lorsque nous nous étions rencontrés pour la première fois. Cette fois-ci, nous marcherions le long de la côte sud, d'ouest en est, jusqu'à la baie de Pä où nous pourrions contempler ensemble la disparition des éoliennes. En attendant, nous sillonnions Antonia la nuit ou les rares journées que nous ne passions pas à l'Assemblée, sans direction ni méthode, pour le simple plaisir d'aller et de venir. Une après-midi, nos déambulations nous amenèrent au quartier de la Colombe et, percevante le malaise qui m'habitait, Silje me demanda ce qu'il se passait. Je lui répondis que c'était l'endroit dont Gob parlait dans *Ma famille*, l'endroit où elle avait passé les premières années de sa vie avant de venir à Pelagoya.

« Est-ce que tu veux faire demi-tour ? »

Silje savait tout ce qu'il y avait à savoir sur Gob. Je lui avais tout dit. Elle n'avait fait aucun commentaire : elle considérait, à raison, n'avoir aucune place dans cette histoire-là. J'ai secoué la tête.

« Ce ne sont que des immeubles. C'est un peu étrange, c'est tout. »

Nous avons traversé le quartier. Nous sommes passés près de l'école. Sans le vouloir, je scrutais tous les visages, j'examinais toutes les fenêtres comme pour y reconnaître des personnes dont je ne connaissais que le nom, toutes celles et tous ceux dont Gob avait dans son livre fait une litanie qui s'était profondément inscrite dans ma mémoire : Natacha, Born, Catherine, Joshua, Émilia, Dimitri, Askana, Job, Kaede, Hector, Stanley, Lénoa, Déborah, Mohamed,

Arthur, Kimiko, Bachira, Gabriel, Akilos, Sarah, Yumi, Alvaro, Milo, Barbara, Basile, Macha, etc. De toutes ces gens, le plus probable était qu'aucune ne vivait plus là. La majorité était même décédée depuis longtemps. Pourtant, ils et elles habitaient toujours pour moi le quartier de la Colombe. Il ne s'agissait pas d'esprits ou de fantômes hantant ces belles façades palimspestiques, couvertes et recouvertes de fresques, de dessins et de graffitis. Non, en les évoquant, en les citant tous et toutes les unes après les autres, Gob avait précisément réussi ce qu'elle avait voulu faire. Elle les avait ramenés à la mémoire ; elle les avait ramenés à la vie. Elles resteraient vivantes tant que le quartier de la Colombe existerait, tant qu'un exemplaire de *Ma famille* resterait, tant qu'il y aurait quelqu'un pour le lire.

Silje rencontra Livia fortuitement. C'était un soir et nous avions quitté l'Assemblée tôt, prévoyants d'aller regarder un film au cinéma, ou peut-être un concert, je ne sais plus. Nous nous étions arrêtés quelques minutes à l'appartement pour nous laver et nous changer. Voyant qu'elle y passait des nuits de plus en plus fréquentes, Silje avait pris le parti de laisser quelques habits dans les placards, pour ne pas avoir à les transporter. Elle imitait en cela de nombreux camarades de l'Assemblée dont les habits en occupaient les rangements. Silje attendait, assise à la table un verre de vin à la main, et je sortais tout juste de la douche, torse nu et la tête encore mouillée, quand la porte d'entrée s'ouvrit toute grande et Livia apparut. À peine entrée, elle se figea, l'air étonné. Elle ne s'attendait visiblement pas à nous trouver là. Elle ne se laissa cependant pas décontenancer.

« J'ai fait beaucoup trop de curry hier soir. Je me suis dit que ça pourrait te plaire. »

Puis, après un instant, prenant conscience du comique de la scène, elle ajouta :

« Je pose ça dans le réfrigérateur et je vous laisse. »

Je me suis avancé et je l'ai serrée dans les bras. Je ne l'avais pas vue depuis plusieurs semaines et, me pensant sans doute trop occupé par le travail de l'Assemblée et l'amour naissante avec Silje, elle n'avait rien dit. Je pris soudain conscience que j'avais négligé son amitié, l'amour qu'elle me portait et que je lui portais. Je la remerciai profusément avant de faire les présentations.

« Silje, voici Livia. Nous nous connaissons depuis Pelagoya. Livia, voici Silje, qui travaille aussi à l'Assemblée et que j'ai rencontrée il y a longtemps, vers Nausis. »

Livia a levé les yeux au ciel.

« Je sais ! »

Elle s'est avancée et elle a étreint Silje qui s'était levée, le verre toujours à la main, incertaine de l'attitude à adopter. Elle aussi, bien sûr, savait. Nous avons dîné tous les trois et nous avons bu beaucoup de vin rouge pour éteindre le feu déclenché sur nos papilles par le curry qu'avait préparé Livia. Contrairement à ce que j'avais pu inconsciemment craindre - influencé en cela par l'exemple des relations cordiales mais guère plus entre Gob et Livia -, elles s'entendirent tout de suite, notamment pour se moquer de moi. Livia parut prendre un malin plaisir à raconter à Silje toutes les anecdotes embarrassantes à mon sujet qu'elle connaissait. Elles étaient étonnamment nombreuses, d'autant que j'en avais oublié la plupart.

« C'est normal, commenta Livia. Moi aussi, je fais de mon mieux pour oublier la fois où tu as repoussé mes plus belles avances éthyliques ! Après tout ce que j'ai fait pour toi, tu aurais quand même pu t'occuper de moi ! »

À ce stade de la soirée, nous avions toutes trois les joues écarlates - la faute en incombant bien plus au vin qu'au plat -, ce qui masqua à propos ma gêne. Silje, elle, éclata de rire, très haut et très fort, comme toujours. Quand elle eut repris son souffle, elle commenta simplement :

« C'est la chose désagréable avec les vieilles amies : elles savent tout ce qu'il y a à savoir sur nous, et souvent bien plus que l'on croit. »

Quand elle eut terminé son ironique panégyrique, Livia nous raconta l'avancement du travail qu'elle menait. Depuis qu'elle avait achevé le doctorat, elle n'avait pas poursuivi longtemps l'enseignement à l'université.

« Il y a des personnes qui font ça très bien. Je leur laisse. »

Elle s'était lancée dans un nouveau travail de recherche, lié en partie au précédent, autour des évènements des années qui avaient immédiatement suivi la rédaction de la Déclaration d'Antonia. Pour cela, elle parcourait le pays en tous sens, d'archives en archives, plongeante à l'intérieur de montagnes de papiers et dans des puits sans fond informatisés.

« Tout est là, quelque part. Quelle que soit la question que je me pose, une personne a forcément écrit le témoignage, le rapport qui me donnera la réponse. Souvent, d'ailleurs, il y en a plusieurs. Alors, il faut que je trouve un troisième document pour essayer de trancher entre les deux premiers. »

Elle eut un éclat de rire nerveux, manqua de s'étouffer dans son verre de vin.

« C'est long ! Et je n'en suis qu'au début. Certains jours, je me dis que ce travail va m'occuper toute la vie qu'il me reste. C'est un peu décourageant.

— C'est une pensée plutôt agréable, non ? intervint Silje. Je veux dire, de savoir exactement ce que l'on veut faire, ce que l'on *va* faire. Une seule et unique chose. C'est déjà une grande question résolue, non ? »

Enhardi par le vin, je fis la comparaison que je n'aurais pas osée sobre.

« Comme Gob. »

Livia fit comme si elle ne m'avait pas entendu.

« Tu pars du principe que je vais réussir. Il est tout à fait possible que je n'y arrive pas. Que je n'aie pas le temps d'achever. Que, face au bon document, je pose la mauvaise question. C'est difficile, vous savez, de se mettre dans la tête de propriétaristes. De penser comme eux pour réellement comprendre.

— Peut-être, intervins-je, que ce n'est simplement pas possible. Peut-être qu'il faut accepter de n'être qu'une observatrice. Accepter qu'une grande part de ce qu'il s'est passé nous échappera toujours.

— C'est le travail que je fais, Umo ! Je ne peux pas le faire en partant du principe que je vais échouer !

— " Fais le travail " », la citai-je.

Elle me donna un coup de poing dans l'épaule pour me faire taire.

« Ce n'est pas la même chose.

— C'est exactement la même chose !

— Peut-être, dit Silje, qu'il ne faut pas en parler en termes de réussite ou d'échec. Ou bien, que ce n'est pas si grave. Nous avons le temps. Même si tu ne mènes pas le travail jusqu'au bout, une autre personne le reprendra après toi, l'achèvera peut-être, ou pas, et une autre continuera encore. Contrairement aux propriétaristes, le temps ne nous est pas compté.

— Enfin, ajoutai-je, si nous arrivons à empêcher les Amistadiens de se reproduire dans tous les coins. »

Cette fois-ci, la plaisanterie, bien que d'assez mauvais goût je l'avoue, nous fit pouffer tous les trois et il me semble bien que Silje recracha par le nez une partie du vin qu'elle était en train de boire. Livia fut la première à retrouver le sérieux.

« Peut-être, proposa-t-elle, que ce sont eux qui ont raison. Peut-être que la Déclaration se trompe. Peut-être qu'il faudrait que vous essayiez de penser comme elles, comme eux, pour arriver à savoir si ce qu'ils demandent est une bonne chose ou non. Ce n'est pas tout d'essayer de se mettre dans la tête des gens qui ont vécu il y a plusieurs centaines d'années ; il faut peut-être en faire de même avec celles qui habitent le monde en même temps que nous. »

Ni Silje ni moi n'avons rien trouvé à répondre à cela. Quelques heures plus tard, après avoir décidé d'aller tous trois voir une séance du milieu de la nuit, confortablement assis dans un des profonds fauteuils de cette salle de cinéma que je connaissais si bien, la main serrée dans celle de Silje et sa tête, yeux mi-clos, posée contre mon épaule, tirant de l'autre main de lentes bouffées des courts joints que Livia roulait à intervalles réguliers sans quitter un instant l'écran du regard, j'ai pensé et j'ai peut-être même dit à voix haute :

« C'est bien. »

Je n'ai gardé aucun souvenir du film. C'est malheureux car il me semble qu'il s'agissait d'un film que je tenais beaucoup à voir, mais c'est comme ça. Certaines impressions sont plus fortes que toutes les autres.

Dans les semaines suivantes, je me suis appliqué à faire ce que Livia avait suggeré : penser comme les habitants d'Amistad. Pour ce faire, je demandai à tous les délégués que nous recevions à l'Assemblée, qu'ils vinssent de la commune, de la caisse d'investissement ou qu'il s'agît de personnes venues parler en leur nom propre, de m'accorder un entretien en tête à tête. La plupart réagissait tout d'abord avec une méfiance compréhensible.

« Ce n'est que moi, ai-je dû expliquer à plusieurs reprises. Je ne veux pas essayer de vous convaincre de quoi que ce soit. Je ne veux pas tenter de vous persuader que vous avez tort. Je ne veux pas non plus que vous essayiez de me faire changer d'avis en retour. Je veux simplement vous écouter. Je veux entendre vos raisons. Vos raisons personnelles. Individuelles. Émotionnelles. Je veux pouvoir vous comprendre : vous prendre avec moi. Trop souvent, dans les débats qui ont lieu ici, nous, l'Assemblée, vous considérons comme " l'autre côté ". Je voudrais, au contraire, que vos désirs soient une partie de moi, une partie de nous. Parce qu'on ne peut pas faire autrement : vous êtes là, vous faites partie du monde. Aucun côté ne peut faire comme si l'autre n'existait pas. »

La question que l'on me retournait le plus souvent était la suivante :

« Avez-vous déjà eu un enfant ? »

Chaque fois, trois visages défilaient devant mes yeux : Gob, Wed, Shauna. Chaque fois, j'ai secoué la tête.

« Non, je n'ai jamais eu d'enfant. »

On me disait :

« Vous ne pouvez pas comprendre alors. »

Passé cette différenciation très nette, la suite variait. À en croire les notes que j'ai prises au fur et à mesure de ces rencontres, la démarcation la plus franche - et peut-être la plus évidente - était tracée entre les hommes et les femmes. Toutes les personnes usaient alors d'un lexique lié aux sentiments. Les répondants masculins éprouvaient une forme très particulière de fierté et de reconnaissance de soi, incomparable avec celle qu'ils avaient pu, par ailleurs, éprouver en d'autres occasions au cours de la vie et du travail. Les femmes, quant à elles, évoquaient l'intimité de la grossesse et de l'accouchement. Leurs sentiments étaient, le plus souvent, liés à leur propre corps et à celui de l'enfant ou de l'enfante. Cette première ébauche de description ne concernait bien sûr que des personnes engagées majoritairement dans des relations hétérosexuelles suivies. Les femmes et les couples homosexuels féminins ayantes pris la décision seules et ayant eu recours à un don de gamètes anonymes personnalisaient encore davantage la relation. Dans les cas d'hommes seuls ou bien engagés dans des relations homosexuelles, pour lesquels la parentalité n'avait été possible que par le truchement d'une grossesse amie, le nourrisson semblait susciter des réactions liées à sa préciosité, aux difficultés perçues dans l'accomplissement de la parentalité. Une part de douleur et de négativité subsistait tout de même, son intensité variant selon les situations particulières. La parentalité semblait la moins problématique dans les cas « normaux », ou en tout cas conformes à l'idéologie de la Déclaration d'Antonia : des unions plus ou moins tenaces et, sans aller jusqu'à l'indifférence envers l'enfant - bien que, en ce qui me concerne, Lukas était la preuve vivante qu'une telle réaction était possible -, une relative non-exclusivité et un apaisement par diffusion dans le groupe des sentiments, heureux ou malheureux. Toutefois, quelles que fussent les difficultés ressenties, celles-ci n'étaient jamais assez fortes pour dissuader les personnes interrogées du désir de recommencer. À la question « Voulez-vous, malgré tout, un deuxième enfant ? », toutes et tous répondaient « oui » sans hésiter. Celui ou celle-ci n'aurait pas nécessairement les mêmes géniteurs et génitrice. Plusieurs personnes qui avaient fait le choix d'une mono-parentalité disaient préférer faire cet hypothétique deuxième enfant avec une ou un partenaire.

« Je sais ce que tout le monde pense, déclara une femme assez jeune, seulement dans la deuxième année de salariat et qui vivait pourtant avec un bambin de six mois. Vous vous dites que nous sommes des égoïstes, que nous en voulons toujours plus. Mais... c'est tellement de *bonheur*, vous comprenez ? Comment plus de bonheur pourrait-il être une mauvaise chose ? Ça n'est pas logique. »

Bien vite, la rumeur se répandit qu'il y avait quelqu'un à l'Assemblée qui voulait seulement poser des questions et écouter les réponses, sans rien contester. Je n'eus bientôt plus besoin de réclamer qu'on vînt me parler pendant une heure : les répondantes et répondants se pressèrent. Jusque-là, j'avais conduit ces entretiens de manière plutôt informelle, de part et d'autre d'une table de la salle à manger de l'Assemblée, au milieu des allées et venues des camarades qui déjeunaient, dînaient, nettoyaient ou cuisinaient. Il me fallut rapidement trouver une petite pièce vide dans laquelle j'installai une station de travail plus ou moins permanente. Je me rendis aux services techniques de la commune pour emprunter un enregistreur. Il doit rester, quelque part à l'Assemblée, les disques durs remplis d'heures et d'heures de paroles que je réécoutais en fin de journée, parfois en accélérant, pour retranscrire les passages les plus saillants des conversations.

Le travail, au fur et à mesure, se fit de moins en moins désordonné. J'affinai le questionnaire, aidé en cela par plusieurs camarades de l'Assemblée, formés à la psychologie. Je me mis à poser d'autres questions, portant non plus sur la parentalité des répondants mais leur expérience en tant qu'enfant, leur rapport à leurs géniteurs. Étaient-ils encore en contact avec eux ? Étaient-ils en bons termes ? Jusqu'à quel âge, selon leurs souvenirs, étaient-ils restés auprès d'eux ? Avaient-ils choisi de quitter le lieu de socialisation enfantine pour suivre l'enseignement secondaire ou non ?

Qu'avaient-ils ou elles fait durant les premières années de salariat ? Avaient-ils toujours vécu à Amistad ? Y étaient-ils nés ? Si oui, en étaient-ils jamais partis ? Je récoltais une quantité d'informations statistiques telle qu'il me fallut bientôt passer une ou deux journées par semaine à les traiter et à les organiser dans des logiciels dédiés sur un terminal de l'Assemblée. Comme celui-ci était en permanence connecté au réseau interne, les données étaient accessibles par tous les camarades. Elles furent, à ma connaissance, assez peu consultées durant mes années de service, aussi je ne sais pas si elles eurent une véritable utilité. Cela me décourageait parfois mais Livia, quand elle apprit ce que je faisais, me rassura en m'embrassant à pleine bouche et en déclarant :

« Un jour, tout ton travail fera le bonheur de quelqu'un comme moi. »

À toutes ces questions, j'en rajoutai une dernière, que je posais comme une arrière-pensée mais qui me paraissait en réalité d'une autre importance.

« Avez-vous lu un livre intitulé *Ma famille* ? »

Moins d'un tiers des répondants disaient l'avoir lu entièrement. Toutefois, plus de la moitié en avaient lu des passages, à même le livre ou dans d'autres publications. Plus des trois quarts affirmaient en avoir entendu parler.

« Tu sais, me fit remarquer Silje, poser une telle question n'est pas innocent.

— Qu'est-ce que tu veux dire par là ?

— Je veux dire que ce n'est pas sans conséquence.

— Comment ça ?

— Si tu leur en parles, c'est que ce doit être un livre important. Celles et ceux qui l'ont déjà lu vont vouloir le relire. Les autres, tu vas les rendre curieux.

— Je n'avais pas pensé à ça.

— On ne peut pas penser à tout. Mais repose-leur la question dans quelques mois et, à mon avis, tu constateras que la proportion de personnes qui ont lu le livre aura augmenté. Au moins un peu.

— Ce n'est qu'une simple question.

— Les " simples questions ", ça n'existe pas. La réponse dépend de la manière dont tu formules la question. »

En parallèle, je me plongeai enfin dans l'abondante documentation disponible à l'Assemblée sur la commune d'Amistad, m'intéressant tout particulièrement aux données démographiques. Contrairement à ce à quoi je m'attendais, j'y appris que la population n'y était pas significativement plus jeune qu'ailleurs. En proportion, le nombre d'enfants n'était pas plus élevé là qu'autre part. C'était une des hypothèses que j'entretenais, sans l'avoir explicitement formulée, pour expliquer la naissance à Amistad de la demande d'extension des droits reproductifs. Il me fallut l'abandonner.

Si la réponse n'était pas à chercher dans la constitution de la population elle-même, peut-être était-il possible de la trouver dans les modes de vie. Quelles étaient les différences, concrètement, entre Amistad et Arkadia mais aussi les autres grandes communes signataires de la Déclaration d'Antonia ? Qu'avait Amistad de particulier qui serait susceptible d'être la cause, le point de départ de cette revendication ? J'ouvris les cartes de la commune les plus récentes que je trouvais dans les archives de l'Assemblée, cartes qui dataient de deux ans auparavant. J'aurais aimé plus récent encore mais, à cette date, la « proposition Amistad » - puisque c'était comme cela qu'on finirait par appeler cet épisode - était d'ores et déjà en discussion. À première vue, Amistad ressemblait à toutes les autres villes rénovées depuis la Déclaration. De l'ancienne ville propriétariste subsistaient les grands axes de circulation, les quartiers les plus anciens car construits dans les matériaux les plus durables. Autour de ce centre apparent, appuyé contre la rive droite du Basilio, rayonnait toute la nouvelle ville en arcs de cercle plus ou moins concentriques formés par des quartiers d'architecture antonienne comme on en trouvait, entre autres, dans la nouvelle Iliat. Pour chaque quartier de quatre ou cinq immeubles ou d'une douzaine de maisons, une école, un potager, éventuellement une étable. Des lignes de tramway ou d'anciennes lignes de train réemployées reliaient tout cela, glissées dans les creux du relief vallonné, signe de la proximité de l'extrémité nord de la chaîne des Aldères. *A priori*, rien de particulier non plus. Les clichés satellitaires que je téléchargeai sur le terminal ne m'apprirent rien de plus, donnant simplement des couleurs plus nombreuses au plan trichromatique. L'utilisation, même minimale, des dizaines de milliers de satellites encore en orbite autour de la planète continuait et continue encore de faire débat, comme n'importe quel reste des infrastructures bâties par et pour l'économie propriétariste, dont l'usage au cours du Siècle des camps n'était que trop bien documenté. Quelque chose devait pourtant bien être différent. Était-ce l'histoire du lieu ? Y avait-il quelque drame fondateur dans la longue existence des villes jumelles qui expliquerait l'apparition d'un tel désir, sa force et surtout, face à l'opposition de l'Assemblée législative, sa persistance ? Pouvait-on trouver une raison, comme à Pä, dans la diffusion tardive de la Déclaration d'Antonia ? Cela ne tenait pas. Les villes jumelles étaient historiquement un des plus grands centres de décision politique et économique, en rivalité avec Iliat avant la fondation d'Antonia. La Déclaration trouvait une partie de ses sources chez des penseurs arkadiens ou amistadiens : elle y avait semblait-il rencontré un terrain relativement favorable.

« Disons, précisa Livia, pas plus défavorable qu'ailleurs. Ne va pas croire que les choses se sont passées en un claquement de doigts où que ce soit. »

Alors pourquoi ? Pourquoi Amistad faisait-elle exception ? Je repensai alors à ce que m'avait dit Silje et je commençai à douter de la question que je posais. Au lieu de m'interroger sur ce qu'il y avait de différent ou de particulier, je décidai de chercher les ressemblances. Un soir, je sortis la table et les chaises de la salle et je dépliai à même le sol la carte d'Antonia à côté de celle d'Amistad, d'Arkadia, d'Iliat et de Pä. Je fis un pas pour reculer. Vues ainsi, il était impossible de ne pas déceler la ressemblance entre l'organisation de ces différentes villes. Elles n'étaient réellement différentes que par l'effet des conditions naturelles : le relief, les cours d'eau, la mer, les bois, la proximité ou non d'une zone rendue. Leur point commun ? L'architecture et l'urbanisme antonien. Je fus alors pris d'une désagréable intuition. Je marquai avec des punaises les emplacements de tous les établissements d'éducation secondaire de chaque ville. Je fis à nouveau un pas en arrière. Mon pressentiment commençait à prendre une forme concrète. D'une autre couleur, j'indiquai la présence des écoles de quartier ; d'une autre encore, les magasins conventionnés ; d'une dernière, les universités. Avec un mètre ruban, je mesurai la distance qui séparait chaque épingle de sa plus proche voisine. Elle était, à de très rares exceptions près, toujours la même.

Le lendemain, je n'interrogeai personne. Je ne me rendis même pas à l'Assemblée. Je remerciai Silje qui s'inquiétait de l'absence et la rassurai.

« J'ai simplement besoin d'être seul et de réfléchir. »

Je sortis de l'appartement et je marchai la petite douzaine de mètres qui me séparait de l'école où les enfants du quartier travaillaient déjà, flattant au passage la tête des chiens qui la levaient vers moi, heureux et curieux de ma présence inhabituelle. De là, je me mis en marche vers le magasin conventionné le plus proche. Ce déplacement, que je faisais consciemment pour la première fois, ne me prit guère plus de cinq minutes. De là, je chronométrai le trajet jusqu'au secondaire le plus proche : environ sept minutes. Encore six minutes de marche et je rencontrai une école, cinq minutes de plus une autre, puis un secondaire, puis un magasin, et ainsi de suite, jusqu'à décrire une grande boucle qui, par étapes de cinq minutes, me ramena au point de départ.

Je consultai les données statistiques enregistrées sur le terminal. J'ignorai les personnes qui n'étaient pas nées à Amistad pour me concentrer sur les autres. Parmi elles, la majorité n'avait jamais quitté la ville ou bien, si elles s'en étaient allées pendant les premières années de salariat, pour étudier ou pour travailler quelque temps, elles étaient revenues et ne repartaient plus. L'âge des personnes étudiées me montra une tendance croissante : les personnes les plus jeunes étaient celles qui bougeaient le moins et qui revenaient le plus vite. J'appelai la commune d'Antonia dans l'espoir d'avoir accès à des données équivalentes concernant cette ville. La voix masculine au bout de la ligne refroidit mes ardeurs.

« Je n'ai pas accès à de telles informations.

— Mais, protestai-je, les données de localisation des terminaux…

— Je n'ai pas dit qu'elles n'existaient pas. J'ai dit que je n'y avais pas accès. Personne n'y a accès. Elles ne servent qu'en cas d'urgence, de risque vital ou d'accident grave. »

Par acquit de conscience, je contactai la commune d'Iliat qui me fit la même réponse. Impossible d'avoir accès aux données individuelles de déplacement des personnes, ce qui était sans doute pour le mieux, de la même façon qu'on ne pouvait accéder en temps réel aux images captées par les satellites restants. Pour confirmer l'intuition, il me faudrait mener une enquête d'ampleur, interroger une proportion non négligeable de la population d'Amistad, mais aussi d'Antonia.

Le lendemain, je m'assis au fond de la salle où se réunissait la commission pour débattre, un jour de plus, de la proposition Amistad. Ruminant ces pensées depuis la veille, je n'écoutai presque rien aux premières minutes de discussion avant de lever la main pour signaler mon intention d'intervenir.

Je me suis levé. Les camarades se sont tournés vers moi d'un seul mouvement. Nombre d'entre elles et eux ne m'avaient pas vu depuis plusieurs jours, enfermé comme j'étais dans ce qu'ils avaient pris l'habitude d'appeler, par dérision, la « salle d'interrogatoire ». J'ai ouvert la bouche, hésitant.

« J'ai quelque chose à dire. Je ne sais pas si c'est vrai. Je n'ai pas vraiment de preuves, à part les quelques chiffres et les réponses aux questions que j'ai posées, que vous connaissez déjà. Il est possible que ce que je dise paraisse tout à fait idiot, mais on ne sait jamais. Ce que j'ai à dire, c'est… »

J'ai marqué une pause, rassemblant en des phrases explicites et compréhensibles les idées fragmentaires et confuses qui me parcouraient depuis l'avant-veille et l'étude des cartes.

« Ce que j'ai à dire, repris-je finalement, c'est que, depuis que cette assemblée examine la proposition de la commune d'Amistad, elle la considère comme quelque chose de différent. Comme quelque chose d'*étranger* à la Déclaration d'Antonia. Et c'est vrai qu'elle paraît l'être. Au premier coup d'œil, on peut voir qu'elle est contraire à la volonté exprimée dans le texte originel, celle de réduire au maximum la présence humaine pour assurer la satisfaction et le bonheur de tous et toutes. Depuis des années, nous, les autres camarades, nous essayons de leur faire comprendre que c'est impossible, que nous ne pouvons valider cela. Nous essayons de leur faire *entendre raison*, en nous référant à un texte que nous pensons, à juste titre, notre référence commune. Seulement, les Amistadiens n'entendent pas. Ils ne veulent rien entendre. Cela nous frustre, nous met en colère. On aimerait arrêter les choses où elles sont, en finir, faire comme s'ils n'avaient jamais rien dit. Seulement ils l'ont dit. C'est dit. Il faut faire avec.

« Depuis des semaines, j'ai essayé de me mettre à leur place. J'ai essayé de "penser en Amistadien". Je me suis rendu compte que c'était impossible. J'ai d'abord cru que c'était quelque chose de fondamentalement différent entre eux et moi : un restant de culture propriétariste peut-être ou bien une autre qualité, un autre caractère plus ancien encore. Un esprit montagnard, une nature nordique, que sais-je encore… »

Quelqu'un a pouffé dans la salle. J'ai souri.

« Ça paraît un peu ridicule, je sais. J'ai cherché comme ça un long moment et j'ai effectivement considéré des tas d'explications idiotes. Puis j'ai compris que je faisais fausse route. Ce que je veux dire est un paradoxe. Oui, la proposition Amistad est contraire à la lettre et à l'esprit de la Déclaration d'Antonia. Toutefois, elle en est peut-être une conséquence logique et nous regardions le texte de si près que nous n'avons pas pu l'anticiper. Ce que je veux dire c'est : sans Déclaration d'Antonia, pas de proposition Amistad. C'est... »

J'ai été interrompu par quelques protestations, des exclamations incrédules. Elles ont vite été tues par d'autres camarades qui estimaient que je pouvais aller jusqu'au bout de l'idée sans être coupé.

« C'est une contradiction. La Déclaration d'Antonia a aboli les structures familiales. Elle a aussi amené à la concentration des êtres humains si bien qu'il est facile de passer sa vie entière au même endroit. C'est ce qu'il semble être en train d'arriver à Amistad, ce qui arrivera peut-être ailleurs. Ici même. Il est possible..., probable... Il ne faut pas écarter trop vite l'idée que le désir de remettre en cause les droits reproductifs soit la conséquence à long terme de la concentration humaine liée aux principes de la Déclaration. C'est en cela que je veux dire que celles et ceux d'Amistad ne sont pas différents de nous. Ils vivent selon les mêmes lois, pratiquent les mêmes principes, dans la même proximité. Peut-être... »

J'ai levé le regard vers le plafond, pour ne voir personne, parce que je ne m'adressais à personne en particulier et que je n'avais plus aucune idée de ce que je disais avant que les mots s'échappent de la bouche.

« Peut-être, malgré tout le bien qu'a fait la Déclaration d'Antonia, n'est-ce pas encore suffisant. Peut-être manquons-nous de voyage. Peut-être manquons-nous d'errance. Nous avons fait le choix – faisons le choix chaque jour – de la responsabilité et de la contention. Peut-être ce même texte qui nous interdit..., pardon, qui nous déconseille d'avoir plus d'un demi-enfant par personne, ce même texte qui y voit la condition nécessaire de notre liberté réelle, ce même texte est peut-être ce qui, *à notre corps défendant*, nous fait exprimer à nouveau le désir de nous reproduire davantage et de planter profondément en dessous de nous des racines. »

Un profond silence régnait à présent dans la salle. Je ne saurais dire s'il avait pour cause l'incompréhension, l'adhésion, la colère ou bien l'ennui.

« Ce que je veux dire c'est... Nous avons si bien appris à considérer comme nos égaux tous les êtres vivants avec lesquels nous partageons cette planète que nous en avons peut-être oublié que nous ne sommes pas des arbres. Voilà. C'est ce que je voulais dire. »

Et soudain, en baissant le regard vers la salle attentive, tous ces regards posés sur moi m'ont paru insupportables. Quelques mains étaient levées pour intervenir, pour me répondre. Je ne pouvais pas les entendre. J'avais épuisé toutes mes forces pour dire ce que j'avais à dire, toute confuse et étrange qu'eût été mon intervention. Alors, je n'ai pas attendu les réponses. J'ai tourné les talons, j'ai marché vers la porte. Je suis sorti sur le perron de l'Assemblée. Je n'ai pas pensé aux cartes que j'avais abandonnées sur le sol de la « salle d'interrogatoire ».

J'ai appelé Silje, dont le son de la voix de l'autre côté de la ligne m'a rasséréné. Je lui ai demandé si je pouvais la rejoindre. Elle a eu un instant d'hésitation mais elle a accepté. Je connaissais le nom de l'arrêt de tramway. Je suis monté dans la rame. Le soir venu, j'ai fait la rencontre d'Ingrid et de Pontus et je suis tombé amoureux deux fois de plus ou, plutôt, l'amour que j'éprouvais s'est étendu à deux nouvelles personnes.

Février

L'après-midi, Ingrid et moi allions souvent nous asseoir sur la plage, sur le port ou simplement au bord d'une falaise. Nous transportions deux chaises pliantes, un chevalet et une toile, ainsi que tous les crayons, toutes les couleurs et les pinceaux qu'elle utilisait. Elle s'installait confortablement face à la mer. Peu importait que la marée fût haute ou basse. Elle restait de longs moments sans rien faire, parfois des heures sans dessiner un seul trait ou déposer la première touche de couleur. La plupart du temps, elle reprenait un travail qu'elle avait déjà commencé ailleurs. Que le paysage qu'elle observait fût différent de celui qu'elle avait commencé à peindre ne la troublait pas.

« Il y a toujours quelque chose d'ailleurs que je peux mettre ici. Ou l'inverse, je ne sais pas. »

Devant le chevalet, elle semblait se transformer en une tout autre personne. Elle n'était plus cette femme vive jusqu'à l'excès, incapable de s'asseoir une minute et dont les mains cherchaient perpétuellement un objet à manipuler pour s'occuper, au point parfois d'être prises de tremblements. Devant la toile, elle avait le geste lent et assuré. Le reste du temps, elle parlait quasi constamment, sans se soucier de la présence d'un interlocuteur ou non. Peignante, elle se taisait, n'ouvrait la bouche que si on lui adressait la parole. Ces heures passées près du rivage étaient un moment partagé de silence, ou presque. Nous ne cessions jamais d'entendre et d'écouter le rythme irrégulier du ressac, les canonnades des vagues contre la roche blanchâtre, le doux clapotis de l'eau sur la coque des bateaux à l'ancrage. Ces heures de silence étaient ce que nous partagions de plus précieux : des instants de calme intimité où, parfois, sa main saisissait la mienne pour en corriger le mouvement sur le carnet déchiré et raccommodé sur lequel je continuais de dessiner. Le plus beau cadeau qu'elle me fit fut de prendre une de ces esquisses – la plus réussie, ou la moins échouée – et de la mettre en couleur. En la voyant travailler et en contemplant le résultat final, je fondis en larmes. Nous avions quitté depuis plusieurs jours la crique où j'avais réalisé ce dessin et pourtant :

« C'est exactement comme ça que je m'en souviens ! »

Les bruyères et les chardons descendaient jusqu'aux rochers en un kaléidoscope aux couleurs passées, manteau d'Arlequin posé sur la falaise, tandis qu'au bleu marine de l'eau se mêlaient des traces anthracite qui annonçaient les nuages d'orage que l'on distinguait déjà au sud-ouest. Au sable gris et beige se mêlaient des éclats de granit clair. Ce n'était pas une œuvre d'art. Personne n'aurait jamais pensé à exposer ce petit format dans une galerie comme celle que tenait peut-être encore Budur à Pä. Il faudrait que j'aille vérifier quand nous y arriverions. Pourtant, c'était beau, peut-être la plus belle chose que j'avais vue depuis longtemps. Nous avons passé la nuit suivante ensemble, ce qui arrivait assez couramment, et nous avons fait l'amour, ce qui était beaucoup plus rare. Ingrid n'éprouvait pas beaucoup d'intérêt pour la sexualité partagée avec d'autres : tout y semblait aller trop lentement pour elle. Ses désirs se concrétisaient la plupart du temps par l'imagination et la masturbation. Je me souviens très bien de cette étreinte, pourtant. L'union de nos deux corps dans le lit fut l'écho, le reflet à retardement de celle de nos esprits et de nos sensibilités sur le papier épais et usé du carnet.

« C'est beau », dit Pontus quand nous lui montrâmes le résultat.

Il avait une élocution lente et parfois hachée que celles et ceux qui le connaissaient moins bien que nous prenaient quelquefois pour de l'hésitation. En vérité, il choisissait soigneusement tous les mots qu'il prononçait, éliminant systématiquement toutes les possibilités les unes après les autres jusqu'à ce qu'il n'en restât plus qu'une. Pour lui, la parole, comme toute autre activité, était une affaire de calcul, de probabilités et de conséquence. Silje avait une manière affectueuse de le taquiner qui consistait à répondre à chacune de ses affirmations par une interrogation très simple. Ainsi, dans ce cas-là, elle lui répondit :

« Pourquoi ? »

Le temps qu'il réponde, les tasses de thé devant nous avaient eu le temps de refroidir suffisamment pour être bues.

« C'est beau parce que c'est du travail. C'est beau parce que c'est de l'amour. Le travail c'est de l'amour. »

Cette sortie nous laissa tellement songeuses et songeur que même Silje ne trouva pas de question à lui retourner. Son esprit méthodique à l'extrême en faisait un redoutable joueur d'échecs et il n'y avait guère que Silje pour lui offrir un peu de compétition et parvenir, rarement, à remporter la victoire. Je n'avais jamais pris le temps jusque-là d'apprendre les règles de ce jeu et, si j'en compris rapidement les bases, j'allais trop lentement pour être un véritable adversaire. Silje me battait en quelques coups, toute en mouvement et en instinct. La vitesse avec laquelle elle bougeait les pièces qu'elle jouait me déstabilisait. Elle ne pensait pas. Elle jouait. Pontus était un peu moins rapide mais il avait toujours trois ou quatre coups d'avance. Le temps qu'il prenait avant de jouer n'était pas consacré à déterminer le mouvement à venir mais à vérifier l'adéquation de ses prévisions avec les mouvements de l'adversaire. Quoi que je fisse, j'avais perdu dès le premier mouvement, ce qui ne m'empêchait pas de prendre un certain plaisir esthétique au mouvement régulier des pions, des cavaliers et des tours, dansantes autour des rois et des reines. Silje m'offrit un livre sur le jeu, détaillant les mouvements et les combinaisons les plus courantes, qu'elle avait elle-même dévoré en quelques jours. Je dois avouer que je ne l'ai jamais terminé. Je n'avais simplement pas envie d'apprendre. Perdre ne me dérangeait pas. Jouer n'était qu'une manière parmi d'autres d'être lié à Pontus et Silje. Le jeu, comme le travail, était de l'amour. Ingrid ne jouait pas. Elle jetait parfois un regard par-dessus nos épaules et soupirait avant d'aller s'occuper ailleurs. Elle ne comprenait pas qu'on pût rester assis aussi longtemps devant un plateau de soixante-quatre cases noires et blanches.

« C'est idiot », pesta-t-elle même un soir que les parties duraient depuis trop longtemps pour elle.

Pontus releva alors la tête et je laissai échapper un soupir de soulagement : cela me faisait un peu de répit pour tenter de préparer le prochain coup.

« Comment ça ?

— Ça ne veut rien dire. Ces pièces. Ces mouvements. Les noms : rois, reines, fous… Ça n'existe plus. Pourquoi la pièce la plus importante serait un “ roi ” ? Et la plus puissante une “ reine ” ?

— Ce n'est qu'un jeu », intervint Silje, qui était assise à côté du plateau, entre Pontus et moi.

Comme toutes les fois où les mots n'allaient pas assez vite pour ce qu'elle essayait d'exprimer, Ingrid poussa un cri de frustration et leva les bras au plafond.

« Ce n'est pas *qu'un jeu*. Pourquoi est-ce qu'on laisse les enfants jouer à ça ? Est-ce qu'on a pensé à... à ce que ça fait à leur esprit ? Il n'y a pas de roi ! Il n'y a plus de roi ! C'est un jeu propriétariste, voilà tout !

— C'est abstrait, la contredit Pontus. Les noms et les formes des pièces ne représentent plus rien de concret. Ce sont juste des raccourcis pour signifier la possibilité d'un mouvement et d'une action.

— Mais vous les dites quand même ! protesta encore Ingrid. “ Échec ! ”, “ la tour prend le pion ”, et je ne sais pas quoi encore ! Si vous le dites, c'est que ça existe ! Et je ne suis pas d'accord. »

Ces paroles nous plongèrent tous trois dans la perplexité.

« Peut-être..., commençai-je.

— Peut-être quoi ? » me brusqua Ingrid.

J'éclatai de rire.

« Laisse-moi réfléchir ! »

Ingrid rougit et fit un pas en arrière.

« Pardon, Umo ! Je suis désolée !

— Ce n'est pas grave. Je suis lent, je sais.

— Je suis désolée ! » répéta-t-elle.

Elle porta les mains à la bouche dans un geste presque enfantin pour contenir les paroles qui risqueraient de s'en échapper. Silje s'était levée et s'avança pour la serrer contre elle. La tête d'Ingrid vint doucement se poser contre son épaule.

« Peut-être, repris-je, faudrait-il simplement changer le nom des pièces. »

Pontus secoua lentement la tête.

« C'est tout le jeu qui est construit autour de relations propriétaristes. Sans roi, sans reine, pas de jeu d'échecs.

— Mais tu as dit que ce qui comptait, ce n'était pas les noms, mais les mouvements, les relations qu'ils représentaient.

— Même si on l'appelle autrement, le roi restera quand même une pièce unique au centre du plateau et les pions seront toujours une multitude à sacrifier. Cette réalité matérielle là ne bougera pas.

— C'est pour ça qu'il faut arrêter de jouer à ça ! s'écrira de nouveau Ingrid avant de s'excuser encore une fois.

— Ce sont simplement des mathématiques, protesta Pontus, dont la voix s'était imperceptiblement élevée. Des probabilités.

— Je croyais qu'il s'agissait de relations », intervint Silje.

Pontus se tut. Dans le temps de silence, j'avançai la tour qui me restait de trois cases en avant, menaçant la reine blanche. D'un geste inhabituellement désinvolte, Pontus la déplaça, avalant au passage l'unique cavalier noir qui restait.

« Mat en trois coups », annonça-t-il ensuite, platement.

Son esprit était manifestement occupé ailleurs. Du bout de l'index, je renversai le roi sur le plateau sans chercher à vérifier la véracité de l'affirmation. J'avais l'habitude de perdre.

« Il ne faut pas avoir peur des représentations propriétaristes, dit finalement Pontus, victorieux. Elles ont existé. Elles existent toujours. Elles n'ont pas disparu et nous ne pouvons pas faire comme si c'était le cas. Excusez ce langage belliqueux, mais il faut connaître son ennemi. »

Ce qui me surprit le plus quand je décidai de vivre auprès non seulement de Silje, mais aussi de ces deux autres personnes, fut la facilité avec laquelle je tombai amoureux d'elles deux et de Pontus en particulier. Jamais jusque-là je n'étais tombé amoureux d'un individu de genre et de sexe masculin, à l'exception peut-être de la profonde amitié amoureuse qui m'unissait à Ulf depuis la plus tendre enfance. Je n'ai jamais désiré Ulf. J'ai presque tout de suite désiré Pontus physiquement. Peut-être cette attirance s'est-elle, dans les premiers temps, construite comme par procuration, à travers celle qu'éprouvait Silje pour lui, par les gestes de tendresse qu'elle manifestait à son égard et par l'odeur de Pontus que je sentais quelquefois sur sa peau en plus de la sienne lorsque je la touchais, si bien que je finis d'une certaine manière par associer l'une à l'autre. Puis l'attirance seconde se détacha de la première et finit par exister par elle-même. Je recherchai de plus en plus la compagnie de Pontus, seul, ainsi que la proximité physique avec lui. Je me mis à faire longuement la cuisine avec lui et, dans l'espace réduit de l'appartement que je n'occupais pas encore tout à fait avec les trois autres, les contacts, les frôlements étaient inévitables. Pontus, bien sûr, se rendait bien compte de ce qu'il était en train de se passer. Je sortais de ces moments le cœur battant irrégulièrement, le souffle un peu court et une sensation trouble et vaguement douloureuse au creux du bas-ventre que je n'avais pas éprouvée depuis les premières expérimentations sexuelles à Grévi. Je me sentais également réduit à la même impuissance ; de nouveau adolescent embarrassé par son propre corps et le désir qu'il ressentait.

« Tu te poses encore trop de questions, souffla Livia lorsque je lui racontai. Tu n'étais pas attiré par des hommes, très bien. Tu es attiré par un homme, très bien. S'il te rend la pareille, vas-y.

— Ce n'est pas si simple…, commençai-je.

— De quoi as-tu peur ? me coupa-t-elle. Tu sais ce que c'est que le désir. Tu sais ce que ça fait. Tu connais ton propre corps. Ça n'a rien de très différent d'apprendre à connaître celui d'une femme.

— Tout est toujours si *simple* avec toi ! m'agaçai-je.

— Pas tout, non », murmura-t-elle en détournant le regard.

Ulf n'avait pas reparu depuis maintenant près de trois ans. Livia n'en disait rien mais je savais la douleur que cette absence prolongée lui causait. Je savais aussi qu'aucune des amours qu'elle continuait de cultiver ne réussissait à le lui faire oublier tout à fait. Malgré toute l'affection et tout le désir que Livia pouvait ressentir pour les femmes et les hommes qu'elle fréquentait plus ou moins régulièrement - j'en rencontrais parfois certains -, elle gardait au cœur un creux qui ressemblait à Ulf et que le temps, loin d'en éroder les bords, ne faisait qu'approfondir. Cela m'attristait mais je ne pouvais rien y faire, d'autant que les tentatives que je faisais pour contacter Ulf restaient également lettre morte. Il ne publiait même plus des photographies des endroits qu'il visitait, comme il en avait eu l'habitude auparavant. Il finirait par revenir. C'était ce que nous répétions l'une comme l'autre, mais cela commençait à ressembler à un mantra davantage qu'à une certitude.

Je me décidai finalement à proposer à Pontus de m'accompagner voir un concert. Je ne me souviens plus quel groupe devait jouer. Je n'ai pas beaucoup écouté la musique ce soir-là, tout préoccupé que j'étais de la présence à mes côtés. Sentant mon angoisse, mon trac peut-être, les jours précédents, Silje me proposa de venir avec nous.

« Si cela t'aide, je peux rester avec vous et même après. »

Je la remerciai, mais je déclinai.

« Ça ne serait pas respectueux pour Pontus. »

Après le concert, alors que nous buvions de la bière en échangeant sur les travaux que l'un et l'autre menions en ce moment, il posa sa main sur la mienne, me regarda fixement dans les yeux et déclara, à sa manière explicite et réfléchie :

« Nous ne sommes pas obligés de faire l'amour ce soir, Umo, tu sais. Il n'y a aucune… urgence. Nous ne sommes pas forcés de faire l'amour du tout. »

Un frisson presque douloureux m'a parcouru du bas du dos jusqu'au haut du crâne. J'ai repensé à ce que Livia m'avait dit à propos du désir. Je connaissais. C'était aussi simple. J'ai hoché la tête.

« Je sais. »

Mais cette simple phrase avait réussi à lever le poids sur mes épaules qui semblait m'empêcher de bouger. J'ai terminé le verre en l'écoutant parler du programme qu'il était en train de concevoir. Pontus faisait partie d'un collectif assez informe, dont il n'avait jamais rencontré physiquement la majorité des membres, qui se chargeait de la maintenance logicielle des réseaux et de l'optimisation des terminaux aux capacités de calcul réduites depuis le démantèlement des infrastructures informatiques pré-Déclaration, bien trop consommatrices en énergie.

« Le problème, m'expliqua-t-il, c'était la vitesse. Puisque chacun voulait accéder à n'importe quelle donnée du réseau sans le moindre délai, il fallait qu'il y ait des serveurs absolument partout. La majorité des gens pensaient que la vitesse avait quelque chose à voir avec la qualité des liaisons alors que le problème majeur était celui de la distance. Pour réduire le 2IH, en accord avec la Déclaration et les recommandations de la GEG – je n'ai pas besoin de te les expliquer –, il a fallu démanteler une grande partie de ces centres de stockage et de calcul et repenser tout le système avec moins de matériel.

— Et moins de terminaux ? »

Pontus secoua à peine la tête. Il ne faisait jamais aucun geste ample. Tous les mouvements étaient mesurés, calculés.

« On le pense souvent mais c'est faux. En proportion, en tenant compte de la réduction de la population, il y a toujours autant de terminaux, disons *par personne*. Cependant, nous en fabriquons beaucoup moins et ils sont beaucoup plus durables. Toi, par exemple, as-tu déjà changé de terminal ? »

Il me fallut réfléchir.

« Une fois seulement. Je l'ai emmené chez une réparatrice et le délai qu'elle m'a annoncé était trop long. J'en avais besoin pour travailler, alors elle l'a échangé contre un autre. Ah non ! Deux fois ! Sans compter celui que j'ai perdu. »

En effet, une palette de briques s'était écroulée près de moi lors du chantier de la centrale d'Ast et, si je m'étais écarté à temps, le terminal, resté à terre près de l'endroit où je travaillais, n'y avait pas survécu.

« Avant la Déclaration d'Antonia, une personne changeait de terminal une fois tous les deux ans en moyenne et la conception des appareils était telle que le réemploi des pièces était malaisé, quand ce n'était pas tout à fait impossible. En même temps qu'il a fallu réorganiser les réseaux, il a fallu aussi concevoir de nouveaux terminaux, plus facilement réparables et plus adaptables selon les besoins pour étendre leur durée de " vie " et d'utilisation. Ainsi, aujourd'hui, dans des conditions d'usure habituelle et hors accident, une même personne n'utilise plus que trois terminaux en moyenne au cours de la vie.

— Et pour les réseaux ? »

J'avais tiré le terminal du sac à dos et je l'observais comme un objet nouveau, comme si je le tenais entre les mains pour la première fois. Comme toute chose qui paraissait fonctionner toute seule, j'avais eu tendance à considérer que c'était le cas. Une phrase qu'Alma n'avait pourtant cessé de répéter à Grévi me revint alors en mémoire : « Il n'y a rien qui fonctionne tout seul ; il y a toujours une personne qui le fait fonctionner. » À plus de trente années de distance, je ressentis un peu de honte de l'avoir oubliée.

« Puisque nous ne pouvions plus nous appuyer sur les structures matérielles extrêmement performantes mais très centralisées qui faisaient fonctionner les réseaux propriétaristes, quelqu'un a eu l'idée de réutiliser une technologie que le propriétarisme avait justement tenté d'éradiquer : le pair-à-pair.

— C'est à dire ?

— Plutôt que les capacités de calcul et de gestion de données soient centralisées et que tous les terminaux envoient les requêtes à un seul et même endroit (le plus proche), tous les appareils communiquent entre eux comme s'ils étaient tous des serveurs. Par exemple, si je cherche à afficher une photographie, le terminal va envoyer une requête à tous les terminaux à proximité immédiate et, si elle est stockée, en cache ou définitivement, dans la mémoire de celui que tu utilises, c'est celui-ci qui va lui envoyer. Si aucun des terminaux interrogés ne contient le fichier cible, ils vont répercuter la requête autour d'eux jusqu'à trouver un appareil où c'est le cas. Dans ce cas-là, le temps de chargement peut être ralenti mais les utilisateurs et utilisatrices sont désormais habitués à une latence plus importante.

— Comme un train qui n'arrive pas exactement à l'heure prévue. »

Pontus réfléchit un moment avant de hocher la tête.

« Exactement. Peu importe si le train arrive avec quelques minutes de retard ou si le trajet prend un peu plus de temps, puisqu'il n'y a pas d'urgence. Cette liaison directe des terminaux entre eux a d'autres avantages. Si nous avons besoin, par exemple, de diffuser une mise à jour logicielle, il nous suffit de la transmettre depuis un point unique et la propagation a lieu selon une échelle logarithmique : chaque terminal le transmet à tous les terminaux voisins, et ainsi de suite jusqu'à ce que l'ensemble du réseau soit touché.

— Mais, en cas de dysfonctionnement, est-ce que le problème ne se répand pas de la même façon ?

— C'est vrai. Mais une fois une solution trouvée, il suffit de l'appliquer depuis un appareil qui n'a pas été touché - nous gardons toujours des appareils à jour déconnectés du réseau, en cas de problème majeur - pour qu'elle se propage à son tour. Par ailleurs, quand nous avons besoin de beaucoup de puissance de calcul, nous pouvons employer celle de tous les terminaux connectés au réseau : la majorité des utilisateurs n'en emploient qu'une minuscule partie. Nous pouvons faire tourner des programmes en tâche de fond sans impacter les usages quotidiens. »

Je désignai l'appareil posé sur la table.

« Tu veux dire qu'en ce moment même il y a des processus masqués en cours dans ce terminal ?

— Pas masqués, non. »

Pontus saisit la tablette et, gardant l'écran orienté de manière à ce que je visse ce qu'il faisait, ouvrit le gestionnaire de processus : un programme que je n'avais, pour ma part, jamais utilisé. Il fit dérouler la liste, dans laquelle je reconnus les applications les plus courantes, pour désigner un nom qui ne signifiait rien pour moi et qui utilisait un pourcentage infime de la puissance des processeurs du terminal. Il en afficha les détails, les étudia un instant avant d'annoncer :

« En ce moment même, quelqu'un dans un village près d'Iliat a lancé le rendu d'un long film. Ce genre de travaux demande beaucoup de puissance. C'est pour cela que sa requête s'est répandue jusqu'ici, à Antonia : afin de n'handicaper aucun utilisateur, il a fallu diviser la puissance de nombreuses fois. Mais tu vois, rien n'est caché. À tout moment, chaque personne peut voir et, au besoin, désactiver les processus qui sont en cours dans le terminal qu'il utilise.

— Mais il faut savoir que ça fonctionne comme cela.

— C'est vrai. C'est un problème. La plupart des professeurs de secondaire sont méfiants quant aux terminaux et aux réseaux. Il y a de bonnes raisons à cela. L'éducation a été longtemps maltraitée par l'informatique propriétariste. Nous faisons régulièrement des propositions aux communes et à l'Assemblée pour réintroduire un enseignement aux usages avancés des terminaux au secondaire mais, pour l'instant, aucune n'a abouti. »

Il haussa les épaules.

« Ce n'est pas grave. Il n'y a pas d'urgence, répéta-t-il. Nous avons le temps. »

Pontus n'était jamais pressé, même quand il devait accélérer le mouvement ou quand un travail en particulier réclamait de la vitesse. Il agissait simplement plus rapidement sans pour autant rien changer à son attitude. Le *tempo* s'accélérait mais pas le rythme.

« Pontus, disait souvent Silje, est un mécanisme d'horlogerie.

— Moi, ajoutait Ingrid en riant, je suis une trotteuse foirée. »

En sortant du bar, nous nous sommes écartés pour laisser passer les musiciens qui transportaient en parlant doucement les lourdes caisses de matériel. J'ai pensé à Kaze dont je n'avais pas pris de nouvelles depuis les premiers mois passés à l'Assemblée.

« À quoi penses-tu ? » a demandé Pontus.

J'ai hésité.

« À une amie. Je me disais qu'il était difficile de garder vivants tous les liens que l'on tisse au cours d'une vie.

— Il est aussi difficile d'être présent ici et maintenant. »

Il m'a attiré vers lui, pour m'écarter de la trajectoire d'une contrebasse. Puis nous nous sommes embrassés. Sa peau avait une douceur inattendue. J'ai senti une chaleur familière se répandre en moi des genoux aux oreilles. Un baiser amoureux était un baiser amoureux. Il me faisait toujours le même effet. Nous nous sommes séparés puis nous avons pris le chemin de l'appartement. Cette nuit-là, Pontus et moi avons dormi ensemble pour la première fois et nous avons échangé des caresses longtemps, jusqu'à ce que le sommeil nous prît. Au matin, quand j'ai revu Silje, je l'ai embrassée avec autant de passion que la veille au soir, avant de partir. En aimant Pontus, je l'avais aimée aussi, et j'avais aimé Ingrid. Leur présence physique n'avait pas été nécessaire.

Il arrivait que nous fissions l'amour à trois, bien que rarement, ou à quatre en des occasions encore plus exceptionnelles, du fait de la distance physique d'Ingrid. J'en garde à jamais le souvenir d'un grand essoufflement, du poids et de la chaleur des corps familiers appuyés contre le mien, des souffles et des voix qui s'entremêlaient, l'une n'effaçant jamais les autres, en un chœur d'harmonie irrégulier. Les cœurs battaient, égrainaient une polyrythmie complexe qui n'allait pas en crescendo mais en vagues successives et chaotiques en apparence seulement. Nus, les uns contre les autres, trois ou quatre corps ne formaient plus une étreinte, mais un orchestre. Les intervalles n'étaient pas des dissonances ; les contre-temps étaient de nécessaires respirations. Il arrivait même que, au creux de ces moments fragiles, l'une ou l'un d'entre nous chantât.

Six ou huit mains touchaient, griffaient, saisissaient à tout instant. Trois ou quatre bouches effleuraient, embrassaient, mordaient parfois. Jamais l'une ou l'autre ne prenait l'ascendant. Jamais un désir ne s'imposait aux autres. La jouissance de l'une ou de l'autre était la jouissance de toutes et tous. C'était tant d'amour à la fois, en un instant, qu'il me semblait parfois que mon corps devait se fissurer, se briser en milliers de morceaux et que jamais plus je ne pourrais me relever. Cet immense sentiment semblait devoir s'échapper à tout prix de moi, se répandre par tous les pores de la peau, se mêler à la sueur, à la salive et au sang. C'était toujours presque et jamais trop : un tonnerre tambourinant au milieu de nuages colorés de centaines de teintes et striés de déflagrations aveuglantes.

Cela n'avait rien à voir avec les ombres rougeâtres des corps que j'avais frôlés dans l'obscure salle de la Nuit Blanche, à Télégie, où des corps s'unissaient brusquement, entraînés par la musique tonitruante, l'alcool et l'herbe, les uns à côté des autres, avant de se séparer pour ne plus jamais se revoir.

Ces rares moments d'union plurielle avec Ingrid, avec Pontus, avec Silje nous liaient indéfectiblement, formaient un nœud si étroit qu'il était difficilement imaginable qu'il pût se défaire. Pour autant, ce n'était pas simple, ni aisé. C'était le moment d'erreurs et de maladresses, de gestes trop brusques ou trop timorés, de douces protestations et d'excuses précipitées. Toutes ces choses, tous ces accidents, ne trouaient pas la page entre les notes. Ils s'inscrivaient, eux aussi, elles aussi, sur la partition et contribuaient à l'enchevêtrement inextricable des motifs et des thèmes qui allaient et venaient, se taisaient et se refaisaient entendre. La partition était complexe et en grande partie improvisée mais elle était belle, peut-être la plus belle chose à laquelle j'aie jamais participé.

« L'amour… », commençait souvent Pontus.

Nous finissions à sa place, par habitude, par réflexe, par jeu :

« … c'est du travail. »

Parfois, l'une ou l'un d'entre nous ajoutait :

« Le travail, c'est de l'amour. »

Comme le travail, l'amour était créatrice. Comme l'amour, le travail était affaire de rencontre et d'émotion. Comme le travail, l'amour était matérielle. Comme l'amour, le travail nécessitait une attention toujours renouvelée. Toute l'amour et tout le travail que nous faisions s'ajoutait à tout le travail et toute l'amour du monde. Chaque baiser était une gorgée de bière. Chaque caresse, chaque parole tendre valait le geste du brasseur.

Comment, en effet, ne pas voir de la tendresse dans la précision minutieuse de Pontus qui démontait un terminal pour y chercher une panne, changer un composant ou bien simplement le nettoyer de la poussière et des peaux mortes qui s'y accumulaient ? J'étais frappé à chaque fois par la simplicité et la clarté de la conception de ces appareils, révélées à chaque fois qu'il en ouvrait le cache. Je m'étais toujours figuré quelque chose d'une grande complexité. C'était en réalité une construction élégante dans son efficacité. Toutes les pièces étaient immédiatement et facilement accessibles. À côté de chacun des composants était un minuscule espace blanc effaçable sur lequel on inscrivait la date à laquelle la pièce avait été réparée ou changée : R ou C suivi du jour, du mois, de l'année. Les cas de changement pur et simple étaient extrêmement rares. La plupart du temps, refaire une soudure suffisait à rétablir le bon fonctionnement de l'appareil. Parfois, il fallait redresser la patte d'un connecteur, remplacer celle d'un condensateur, délicatement aplanir une broche pliée, redresser l'aiguille d'une mémoire mécanique. À force de regarder Pontus travailler, je finis par me sentir assez assuré pour démonter à mon tour des appareils défectueux et je ne saurais décrire la joie qui m'envahit quand je réussis à refaire fonctionner correctement un premier terminal défectueux.

Le travail était de l'amour. Comme l'amour, il n'attendait qu'une seule chose : se répandre.

Il y avait autant d'amour dans les délicates couleurs d'Ingrid que dans la minutie de Pontus. Ses gestes étaient aussi assurés et délicats un pinceau en main que lorsqu'elle tenait une pince et concevait, installait ou réparait des installations de plomberie. Elle fronçait les sourcils, serrait, vissait, dévissait, sertissait, soudait. Quand elle faisait une erreur, quand de grandes éclaboussures s'échappaient des tuyaux et s'élevaient jusqu'à lui gifler la figure, elle éclatait de rire et criait « Qu'est-ce que j'ai encore fichu ? » avant de retomber à genoux, son enthousiasme renouvelé par l'échec et la perspective d'y remédier. Elle revenait à l'appartement, encore trempée, souriante, et tenait absolument à nous serrer tous trois contre elle avant de consentir à se sécher.

« Le travail, insistait-elle, un sourire malicieux aux lèvres, c'est de l'amour. Venez ici que je vous aime ! »

Quand le service à l'Assemblée se termina, retourner occuper les postes que nous avions laissés fut difficile pour moi, presque impossible pour Silje. Après deux semaines de repos, je poussai à nouveau la porte de la GEG mais il fut rapidement évident que, si le cœur y était, l'esprit, lui, était absent. Je ne parvenais plus à me concentrer sur les tâches. Les années passées à l'Assemblée y étaient pour quelque chose, le changement dans la situation amoureuse que je vivais aussi. Les mots des rapports sur les chantiers se mélangeaient. Je me détournais des propositions des communes que j'étais censé examiner. Même la compagnie des camarades, que je retrouvais pourtant avec plaisir, ne me contentait plus autant qu'avant. Il me fallait me rendre à l'évidence : ces trois années de travail m'avaient profondément changé et, comme tout observateur trop près du sujet, je ne distinguais pas encore exactement en quoi ni à quel point. En tout cas, il ne me semblait respirer librement qu'auprès d'Ingrid, Pontus et Silje. Non pas que le travail à la GEG eût quoi que ce fût d'oppressant. Simplement, je m'y ennuyais. Stanley vint me chercher un midi et m'entraîna hors du centre. En partageant une assiette de falafels et une bouteille de bière rousse, il me dit :

« Ça ne sert à rien de rester si tu n'en as pas envie. Pars quelque temps si tu veux. Pars une semaine, deux, ou bien des années, ou même pour toujours. Ce n'est pas grave. La porte sera toujours ouverte si tu veux revenir travailler avec nous. »

Il mordit avec appétit dans une galette, mâcha lentement, puis ajouta, l'air songeur :

« Tu sais, tu n'es pas le premier que l'Assemblée chamboule. Moi-même, il m'a fallu dix ans pour revenir à la GEG.

— Tu as été tiré au sort aussi ? m'exclamai-je avec surprise. Pourquoi ne me l'as-tu pas dit ?

— Tu serais surpris, Umo, du nombre de personnes qui vivent des expériences très semblables à celles que tu as faites. Toutes les vies sont semblables, toutes les vies sont différentes. Quant à pourquoi je ne t'ai rien dit... Disons que je ne voulais pas prendre le risque que tu me demandes conseil.

— Pourquoi ?

— Parce que je ne voulais pas influer sur ton comportement à l'Assemblée. Et puis, quel conseil utile aurais-je pu te donner ? »

Je hochai la tête.

« Quelqu'un m'a dit : " Fais le travail. " »

Stanley termina son verre en une grande gorgée et le leva devant lui dans la direction imaginaire de Livia.

« Pas mieux. »

Silje, quant à elle, avait tout simplement quitté le magasin conventionné à Criat qu'elle supervisait lorsqu'elle avait appris qu'elle était tirée au sort pour le service. Le travail de Pontus ne nécessitait pas d'attache physique particulière et Ingrid savait qu'il y avait des travaux de plomberie à faire partout : toutes trois étaient parties ensemble pour Antonia sans regarder en arrière.

« Y retourner maintenant, m'avoua Silje, ça n'aurait pas beaucoup de sens. Il faut que je trouve autre chose. D'ici là... »

D'ici là, nous décidâmes tous les quatre de mettre à exécution le plan que Silje et moi avions eu de marcher le long de la côte sud jusqu'à Pä. Depuis plusieurs mois, je n'occupais déjà presque plus l'appartement où j'avais vécu seul. Je le vidai de tout ce que je pouvais, offris ou confiais les disques et la chaîne hi-fi à Livia et à quelques camarades de la GEG et de l'Assemblée. Je rendis les clefs au responsable communal du quartier, ne gardant avec moi qu'un sac à dos rempli de vêtements. J'en laissai la majorité dans les placards. L'occupant ou l'occupante suivante en aurait sans doute l'usage.

Lors de la dernière soirée que je passai seul avec elle, Livia me serra dans ses bras avec une force inhabituelle. Nous étions tous les deux étendus sur le canapé de l'appartement où elle vivait encore, ce même canapé sur lequel j'avais passé les premières nuits à mon arrivée à Antonia. Nous avions bu beaucoup de vin et de rhum et quelques débris de joints étaient posés à même la table, mais tout l'alcool et toute l'herbe du monde n'expliquaient pas l'intensité de l'émotion qu'elle ressentait.

« C'est parce que je pars aussi ? »

Elle hoqueta, tentante et échouante à ravaler un sanglot. Elle hocha la tête contre mon épaule.

« Je vais revenir.

— C'est ce qu'Ulf dit toujours. »

Et Ulf n'était pas revenu. Personne ne savait où il était.

« Je vais revenir, répétai-je.

— S'il te plaît. »

À ces mots, je sentis les larmes me monter aux yeux à mon tour et nous avons pleuré tous les deux, ensemble. J'allais lui manquer. Malgré toute l'amour que j'éprouvais et que je recevais de Pontus, Ingrid et Silje, elle allait me manquer aussi.

« Pourquoi tu ne viens pas avec nous ? »

Elle a secoué la tête.

« C'est ton voyage. Pas le mien. Je ne veux pas être la cinquième roue du carrosse. »

Jamais cette expression n'avait été employée avec plus d'à-propos.

Le lendemain matin, nous avons été réveillés par l'odeur du café noir que préparait Malika. Elle était entrée silencieusement, les bras chargés de pain et de chocolatines. Je ne l'avais pas vue depuis des mois. La veille, avant de me retrouver au café, Livia lui avait raconté mon futur départ. Même si je fus peiné de la quitter, la présence de Malika et de toutes les autres amours de Livia me rasséréna un peu.

De toutes les personnes que j'ai aimées, Livia est certainement celle que j'ai aimée le plus longtemps et avec le plus de constance. Avec autant de puissance que des années de travail, cette amour en actes m'a transformé et a transformé le monde autour de nous.

« L'amour, répétait Pontus, c'est du travail » et nous répondions « Le travail, c'est de l'amour ». Toutes les manières par lesquelles nous modifiions le milieu matériel et nous-mêmes étaient du travail. Toutes les manières dont nous nous aimions les uns les autres, les unes les autres, nous transformaient, transformaient le monde autour de nous. Le travail, oui, c'était de l'amour : une amour tournée vers le monde, vers tous les objets, tous les êtres, vivants ou non, qui le composaient pour en assurer la perpétuation et le bien-être. L'amour c'était du travail : un travail de gestes, de paroles, de pratiques qui faisaient exister, mettaient au jour les liens qui nous unissaient pour en assurer la perpétuation. J'aimais tous les sujets, tous les objets du travail, qu'il s'agît d'un rang d'oignons, d'un Héliotrope, d'une déclaration de l'Assemblée. Je travaillais à tout ce que j'aimais, toutes celles et ceux que j'avais aimés et que j'aimais. La liste en serait trop longue.

Je regardais la mer calme. Il faisait très chaud ce soir-là. J'avais cessé depuis plusieurs minutes de dessiner mais Ingrid profiterait des tout derniers rayons du soleil pour en capter les délicates teintes rosées. Elle n'aurait certainement pas le temps de les poser sur la toile avant l'obscurité mais elle était capable de les garder en mémoire pendant plusieurs jours.

« Les moments pendant lesquels je ne peins pas, disait-elle, sont au moins aussi importants que ceux où j'applique la couleur.

— Comme, en musique, le silence. »

Pontus était assis à la droite. Il était plongé dans le code d'un programme et ne regardait pas la mer. Il nous avait rejoints sans lever la tête du terminal et ne la relèverait que lorsque nous rangerions crayons, replierions chevalet et palette à couleurs. Silje arrivait. Je la reconnaissais au son des pas sur les galets. Elle sentait les œufs, la crème et les épices. De la farine restait sur la main qu'elle posa sur mon épaule droite et y déposa une légère marque blanche qui ne résista pas longtemps au vent venu d'en face. Elle se pencha et embrassa Ingrid dans le cou. Je ressentis moi aussi le contact de ses lèvres sur ma peau. Elle s'est assise quelques mètres en retrait. Elle a déplié une paire de lunettes de la poche de poitrine de la chemise et a ouvert le roman qu'elle lisait. Elle dévorait sans discontinuer des romans historiques, antiques, propriétaristes, mais aussi de la fiction contemporaine.

« À force de lire, lui demandai-je un jour, tu n'as jamais eu envie d'écrire à ton tour ? »

Elle a secoué la tête.

« Pourquoi ?

— Dans les romans, il y a des gens. Je n'ai pas toutes ces personnes en moi. »

Silje était une lectrice et l'amour qu'elle portait à ces livres répondait au travail de tous les auteurs et toutes les autrices qui les avaient écrits.

La marée montait doucement, luttant contre la pente. Le soleil, lui, descendait plus vite. Pourtant, dans une belle harmonie, le crépuscule orangé s'est mué en pénombre bleutée au moment précis où l'écume venait toucher nos pieds. Alors Ingrid a saisi la toile, refermé la palette, je l'ai aidée à replier le chevalet, Pontus a éteint l'écran du terminal et s'est redressé, Silje a corné la page où elle était parvenue. Nous avons fait demi-tour et nous sommes remontés jusqu'à la maison d'hôte où nous attendait le dîner que Silje avait préparé avant de nous rejoindre.

C'était bon.

Nous avons vécu ainsi tous quatre : allants de train en maison d'hôte communale, en chambre d'hôtel, de route cyclable en sentier côtier, nous attardants aux endroits que nous trouvions les plus beaux, occupants quatre lits d'un dortoir ou bien une, deux, trois ou quatre chambres différentes, portants sur le dos des sacs et des tentes. Nous allions d'ouest en est, vers Pä, sans carte, nous attendant au passage de chaque pointe, après chaque crique ou chaque plage, à voir apparaître la baie et la forme plate de la ville et du port qui marqueraient la fin du voyage. Cependant, toujours nous découvrions un paysage nouveau de falaise blanchâtre, de paresseux récifs et de bocage brûlé l'été, grisâtre l'hiver, d'odeur latente de lavande pas encore fleurie, de pétarade de la course des mammifères que nous dérangions, couvrante un instant le bourdonnement lascif des grillons nuit et jour. Nous n'avions pas, en amont, étudié la durée théorique du voyage depuis le cap Sibling et les trois rochers qui lui faisaient face, jaillis selon la légende après la noyade de trois frère et sœurs pourchassées par un seigneur auquel ils avaient dérobé de la nourriture ou de la richesse – « Ça revient au même », commenta Ingrid en haussant les épaules –, jusqu'à Pä. Le voyage prendrait le temps qu'il prendrait et la destination en elle-même importait peu.

Une après-midi, en dressant la tente pour le soir, je repensai au groupe près duquel j'avais dormi, l'été durant lequel j'avais rencontré Silje, et qui m'avait invité à les rejoindre. Je faisais maintenant partie d'un tel groupe. Il me semblait, depuis quelque temps, être entré dans un moment de la vie où toute situation, toute rencontre ne pouvait qu'en évoquer une précédente et faire revivre des souvenirs. Chaque village que nous traversions évoquait Nausis, chaque laverie celle où Silje avait fait la connaissance d'Umo. Chaque personne que nous rencontrions avait un équivalent inscrit quelque part dans ma mémoire. Dans la figure de tout voyageur solitaire sur le sentier côtier, je cherchais à reconnaître mon propre visage, plus jeune de dizaines d'années, ou bien espérais-je y voir la démarche d'Ulf, miraculeusement réapparu. Je ne ressentais pas de nostalgie. Ce sentiment n'était pas douloureux, quoique déstabilisant. Simplement, j'éprouvais la sensation d'exister tout à la fois dans le présent et dans une multitude d'autres époques, couchées les unes sur les autres.

« C'est très commun », murmura Silje à mon oreille, une nuit.

Nous parlions depuis une heure ou deux à voix très basse, à peine audible car les deux autres dormaient profondément. Nous nous interrompions au milieu d'une phrase quand un des ronflements sonores de Pontus nous coupait la parole. Si l'un d'entre nous s'en plaignait, il répliquait calmement : « Ça éloigne les bêtes. »

« La nouveauté est très violente pour le cerveau. Il cherche sans cesse à rapprocher ce qu'il perçoit de quelque chose qu'il connaît. Face à quelque chose d'aléatoire, il va tenter d'y mettre du sens. Ta mémoire fait de la paréidolie.

— C'est comme l'observation des nuages, alors.

— Exactement.

— Pourtant, je suis là, avec vous, et vous ne me rappelez personne d'autre. C'est précisément parce que je ne connais personne d'autre comme vous que je vous aime. »

Silje laissa échapper un petit rire étouffé.

« Quoi ?

— Tu as de la chance.

— Comment ça ?

— Vous me rappelez tous d'autres personnes.

— Ah bon ? »

Je sentis ses épaules se soulever dans le duvet. Elle pivota sur le côté et enfouit son visage contre ma poitrine.

« Je trouve ça beau, moi », dit-elle.

Je percevais ses paroles par les vibrations qu'elles transmettaient à ma poitrine plus que par l'ouïe.

« C'est comme si la réalité rimait. »

J'avais déjà vécu cet amour. J'avais déjà fait ces pas ou d'autres très semblables. J'en ferais d'autres. Passé, présent, futur se mêlaient inextricablement et la seule analogie que je trouvai me valut le rire de Silje, m'aurait valu celui de Gob, m'en vaudrait d'autres de personnes que je connaissais pas encore ; peut-être ceux des personnes qui liront ce texte. J'essayai de décrire cette expérience ainsi :

« La mémoire est comme un mille-feuilles. Chaque expérience est la cuiller qui, tranchante chacune des couches, fait exister tous les goûts, tous les souvenirs à la fois. »

Le paysage côtier était sans doute propice aux réflexions philosophiques puisque j'ajoutai, quelques jours plus tard :

« Les propriétaristes croyaient que le temps était linéaire et qu'il n'avait qu'une seule direction possible. Certaines religions pensaient qu'il allait en boucle, qu'il s'agissait d'un cycle qui revenait toujours à son point de départ. J'ai le sentiment que les deux propositions sont aussi fausses l'une que l'autre. Chaque instant, tout arrive. Tout arrive en même temps. Je suis ici, maintenant, mais je suis aussi à Antonia, à Pelagoya, à Grévi, à Pä. J'y suis hier, il y a dix ans, dans deux ans. Le temps n'est pas une flèche ou un cercle. Le temps est en commun. Puisque tout arrive en même temps, puisque tout est déjà arrivé et arrivera, puisque toutes les sensations et les souvenirs sont communs, on ne peut pas davantage les découper que le travail ou que l'amour. »

Je croyais parler tout seul, assis à quelques mètres au-dessus de l'eau transparente à travers laquelle il me semblait discerner l'ombre mouvante de poissons et de crustacés, les pieds dans le vide. À côté de moi, Ingrid déclara à ma grande surprise :

« Tu devrais écrire tout ça. »

J'étais si profondément plongé dans ces pensées que je n'avais pas remarqué sa présence. J'ai posé la main sur sa cuisse et je lui ai présenté mes excuses de ne pas l'avoir entendue. D'un vif geste de la main, elle me montra qu'elle s'en fichait.

« Peut-être plus tard », finis-je par répondre.

Il y a quelque ironie à penser que ce fût Ingrid, qui, pour autant que je le sache, n'ouvrit jamais un livre qui ne fût un manuel ou un catalogue de matériel, qui me suggéra pour la première fois de mettre une idée par écrit. L'amour est commune en ce qu'elle consiste à savoir ce que l'autre doit faire même si cela ne peut en rien nous profiter directement. Cela n'a pas d'importance puisque tout ce qui est commun, travail, amour, mémoire, profite à toutes et à tous. Ce n'est pas, comme ont pu l'écrire certains auteurs qui en cherchaient l'idée, en dépit de leur éducation propriétariste, le désintéressement individuel, mais au contraire, l'intéressement général. Voilà pourquoi Ingrid me suggérait de coucher sur le papier des lignes qu'elle ne lirait jamais.

« Je m'en fiche, ajouta-t-elle. J'ai tout entendu ! »

Il se passerait encore de nombreuses années avant que je ne trouve le courage et l'assurance d'oser prendre un stylo en main.

Cette vie-là dura presque deux ans, durant lesquels je dois dire que je travaillai fort peu, en dehors bien sûr des tâches d'entretien des logements temporaires que nous occupions, de la cuisine, du ravitaillement, des cultures lorsque nous restions assez longtemps dans un endroit muni d'un potager, sans parler des réparations auxquelles je me livrai ici et là, en fonction des demandes de celles et ceux qui nous hébergeaient, des communes que nous traversions ou simplement des dysfonctionnements que je constatais. Je réparais des prises, des lampes - dont quelques Héliotropes, la plupart déjà largement constitués de pièces de rechange -, je démontais des transformateurs, grimpais à des réverbères, je ressoudais les contacts défaillants de panneaux solaires ou la dynamo de quelques éoliennes, je discutais longuement autour de verres des problèmes qu'ils rencontraient avec celles et ceux qui travaillaient à l'entretien communal, je leur donnais les conseils que je pouvais, en fonction des souvenirs du temps passé à Télégie et à Antonia. À mon grand étonnement, lorsque nous arrivions dans une commune, il ne se passait pas longtemps avant que le terminal se mît à sonner. On cherchait à me contacter et à avoir mon avis. Je fus d'abord mal à l'aise de cette nouvelle « célébrité » et de la position d'autorité qui venait avec. Je ne mis pas longtemps à comprendre qu'elle avait pour cause les années de service à l'Assemblée, dont les débats étaient en majorité retransmis en direct sur les réseaux et qui attiraient toujours une large audience. À notre grand étonnement, bon nombre des gens que nous rencontrions cherchaient à obtenir l'avis de Silje et le mien sur un large éventail de sujets : organisation de la commune, méthodes d'enseignement, cultures à effectuer en priorité et pratiques de soin. Dans les premiers temps, nous fûmes mal à l'aise face à cet intérêt et nous cherchâmes à y échapper. Ce fut Pontus qui nous rassura :

« Ces gens vous ont vus parler et débattre. Elles vous ont regardés travailler pendant trois ans. Elles ont le sentiment de vous connaître et que vous pouvez leur apporter une aide spéciale.

— Mais, protesta Silje, l'Assemblée n'a pas fait de nous des travailleurs particuliers. Ce n'était qu'un travail comme les autres.

— Ce n'est pas tout à fait vrai. Que vous le vouliez ou non, par ce travail-ci, vous avez peut-être influé directement sur la vie de ces personnes. Et, surtout, elles vous ont vus le faire. Il faut répondre aux questions.

— Et si nous n'avons rien à dire ? m'interrogeai-je à haute voix. Et si nous n'avons pas la réponse ? »

Pontus haussa les épaules.

« L'autorité n'empêche pas l'honnêteté. Personne ne s'attend à ce que vous soyez devenus omniscients ou omnipotents. Si vous ne savez pas, dites-le. Ou, mieux, réfléchissez avec celle qui vous a posé la question. »

Ainsi, bien loin du sentiment de disparition et d'anonymat que j'avais éprouvé lors de la première marche le long du littoral nord-ouest, je ne pouvais échapper à qui j'étais et à tout le travail que j'avais fourni au cours de la vie. J'étais une personne qui avait travaillé aux Ateliers Lumière, particulièrement qualifiée pour en entretenir les productions qui ne manquaient pas. J'avais participé aux travaux municipaux de Télégie ; je pouvais donc quelque peu guider ceux des villages et villes que nous traversions. J'avais été membre de la GEG et de l'Assemblée : on cherchait mon avis sur des propositions à transmettre aux caisses d'investissement locales et générales, voire à l'Assemblée.

Je n'avais jamais désiré cette autorité qu'on me reconnaissait mais mes désirs n'avaient rien à voir là-dedans. L'autorité n'était pas quelque chose que l'on désire. Elle se tenait, tout comme l'amour, dans le regard et dans les gestes des autres. Je n'y étais, volontairement du moins, pour rien et, tout comme l'amour, elle semblait un sentiment relativement fragile ; peut-être même davantage encore car elle prenait sa source non pas dans la personne réelle, matérielle, que j'étais mais dans l'image qui s'en était construite dans l'esprit, dans la mémoire des autres. Cette autorité se fondait, en partie du moins, sur un fantasme. Quelquefois, je pouvais déceler de la déception dans le regard des gens quand les paroles que je prononçais, les actions que je réalisais s'écartaient de cette image préexistante. Et pourtant, là comme ailleurs, je faisais exactement ce que je pouvais, rien de plus, rien de moins.

« Imagine, me dit Ingrid un matin, alors que nous nous dirigions tous deux vers un immeuble en rénovation pour y passer la journée, imagine que tu sois tombé amoureux d'une personne uniquement via le terminal.

— Ce n'est pas possible ! »

Elle me jeta un regard contrarié et leva les bras au ciel.

« C'est déjà arrivé ! Et puis, même : imagine ! Imagine que tu sois tombé amoureux d'une personne simplement par des mots écrits, des photographies et des vidéos. Comment réagirais-tu en rencontrant cette personne en chair et en os ?

— Je serais sans doute déçu, d'une manière ou d'une autre.

— Peut-être, peut-être pas. Peut-être que tu te rendrais compte de tout ce que tu as raté jusque-là et tu serais rendu encore plus amoureux. Au fond, peu importe la réaction. C'est la situation qui compte. D'une certaine manière, toutes ces personnes sont tombées amoureuses de Silje et de toi. Forcément, elles sont surprises, au moins, de celui, de celle qu'elles rencontrent. Vous ne pouvez rien à faire. À part être vous-mêmes. C'est tout. »

Je hochai la tête, serrant de la main droite le poids concret, rassurant, de la sacoche à outils qui me battait le flanc. J'ai embrassé Ingrid et j'ai dit :

« Le travail, c'est de l'amour. »

Elle a soupiré.

« L'amour, c'est du travail. »

Devant l'immeuble, les gens avec qui nous devions travailler ce jour-là nous attendaient. Je ne pus m'empêcher de remarquer dans leurs yeux, au moment de me reconnaître, une lueur de désir.

Je ne m'y habituai jamais vraiment et Silje encore moins que moi, tant et si bien qu'elle fit le choix de se mettre pour quelque temps en retrait.

« Les gens finiront par m'oublier, dit-elle. Elles tomberont amoureuses de quelqu'un d'autre. D'ici là, je vais faire en sorte qu'elles me voient le moins possible. Loin des yeux, loin du cœur. »

Et, en effet, à partir de ce moment, Silje arrêta de travailler dans les communes que nous traversions. Elle restait à la maison d'hôte à explorer sur le terminal la filmographie de réalisateurs et réalisatrices dont les noms ne m'étaient vaguement familiers que grâce au temps passé à faire le ménage de la salle de cinéma à Antonia. Elle pouvait regarder jusqu'à trois ou quatre films par jour, ne s'arrêtant que pour déjeuner ou pour aller se promener au bord de l'eau, pour prendre des notes sur ce qu'elle venait de voir. Elle ne nous en parlait presque jamais.

« Est-ce qu'il y a une raison pour laquelle tu regardes ces films en particulier ? lui demanda un matin Pontus alors qu'elle allumait le terminal et cherchait déjà dans la liste un titre qu'elle y avait repéré la veille.

— Non, pourquoi ?

— J'ai pensé que, peut-être, tu voulais en dire, en écrire quelque chose. Faire un documentaire, faire un livre. »

Silje a secoué la tête.

« Pas du tout. Pourquoi cela devrait-il forcément mener à quelque chose ? Pourquoi toute activité devrait-elle être utile ? »

Elle regarda des dizaines de films, des centaines de films, plus que je n'aurais cru possible d'en voir au cours d'une vie. Quelquefois, nous en regardions un ou deux avec elle, au hasard, constatants qu'elle accordait autant d'attention aux chefs-d'œuvres qu'aux métrages les plus ratés, ceux qui ne suscitaient chez les spectateurs qu'embarras et malaise amusé. Elle pleurait avec la même intensité de tristesse que de rire ; elle manifestait le même enthousiasme pour les grands accomplissements esthétiques que pour les tentatives les plus étranges et les moins habiles ; elle s'absorbait autant dans les films spectaculaires propriétaristes que dans le cinéma antonien le plus radical. Elle me chargea d'une commande : aller lui acheter en librairie un manuel sur l'histoire de la technique, de la production et donc de l'esthétique du cinéma. C'était un livre que lisaient les étudiants en cinéma que j'avais un peu fréquentés à Iliat.

« Est-ce que tu voudrais t'inscrire à l'université ? » lui proposai-je.

Silje déclina.

« Je préfère apprendre toute seule. »

Elle se plongea entièrement dans le livre, souligna, commenta dans les marges, ratura, coloria, marqua les pages, les corna. Le carnet de notes se remplissait de plus en plus vite. Elle était si bien absorbée que Pontus, Ingrid et moi commençâmes à nous inquiéter. Un matin, Pontus, la trouvant à peine réveillée et déjà devant un film, lui apporta un café.

« Est-ce que tu veux venir faire quelque chose avec moi aujourd'hui ? »

Elle lui jeta un regard noir et, désignant le manuel ouvert sur le lit et le carnet sur lequel le stylo s'activait déjà, répliqua :

« Est-ce que j'ai l'air de ne rien faire, là ? »

Pontus n'insista pas, battit en retraite et emporta un terminal vers l'une des salles de travail de la commune. Silje avait raison. Elle ne faisait pas rien. Comme nous tous, nous toutes, elle travaillait. Simplement, le travail qu'elle menait n'avait pas de manifestation extérieure. Toutefois, le nier – même implicitement et involontairement – était comme nier la personne qu'était Silje tout entière.

« C'était l'une des plus grandes conquêtes de la Déclaration d'Antonia, me raconta Livia par le terminal, et c'était une idée ancienne qui, comme toutes les idées, a lutté pour s'imposer et subira toujours des contestations, même inconscientes : le simple fait de dire " Personne ne fait jamais rien. Personne n'est jamais inactif et la valeur d'une personne n'est pas liée à la valeur apparente de son activité. "

— Ça me semble étrange que quelqu'un ait pu penser le contraire.

— Tout comme cette idée semblait saugrenue à la majorité des personnes qui vivaient le propriétarisme, et même celles qui n'en bénéficiaient pas et qui en souffraient. Encore une fois, un pareil renversement ne s'est pas fait en un jour, ni même en un an. Peut-être que la Déclaration d'Antonia n'en est qu'une manifestation tardive et la plus apparente.

— C'est une des hypothèses que tu cherches à vérifier ? »

Il y eut un silence songeur de l'autre côté de la ligne.

« Peut-être bien, oui. »

Le voyage dura tant et si bien que je ne parvins jamais à Pä. Le temps était si mauvais que nous nous étions arrêtés depuis trois semaines à Vrebä, pelotonnés les unes contre les autres dans une chambre d'hôtel, attendant vainement que l'intensité de la pluie et du vent faiblît pour reprendre le chemin et, pour tout dire, nous commencions à nous impatienter lorsque je reçus un appel via le terminal. Je me souviens quc j'étais en train de dessiner, assis près de la fenêtre près d'Ingrid qui s'occupait à construire des figures fantastiques faites de tuyaux, toutes de joints et de coudes, lorsque le terminal a sonné. Le croquis de la chambre sur lequel je travaillais est pour toujours resté inachevé, tout comme les silhouettes de Pontus et Silje que j'y avais ébauchées : l'une assise à la table, le manuel ouvert devant elle, et l'autre allongé sur le lit, pianotant un programme sur un terminal, l'expression de son visage rendue absente par l'ennui. Tous ces détails, je ne les ai pas inscrits sur le carnet. Ils n'existent plus que dans ma mémoire. La sonnerie du terminal m'a tellement surpris que je l'ai cherché des yeux dans toute la chambre alors qu'il était posé tout près, entre Ingrid et moi. Je n'ai pas reconnu le visage ni le nom qui se sont affichés sur l'écran. J'ai tout de même accepté l'appel. La voix masculine, elle aussi, m'était inconnue.

« Umo ? a-t-elle demandé.

— C'est moi.

— Je suis Kristov. Je travaille à l'Assemblée. J'espère que je ne te dérange pas… »

Je ne sais pas pourquoi, à la seule mention de l'Assemblée, le rythme des battements de mon cœur s'était accéléré.

« Non. Tu ne me déranges pas.

— Bien... »

La voix de Kristov était pleine d'hésitation.

« Cet appel... Je t'appelle... je t'appelle au sujet de la proposition Amistad. »

Je n'y avais pas accordé une seule pensée depuis la fin du service.

« Les choses ont un peu... évolué depuis que tu ne fais plus partie de l'Assemblée.

— C'est-à-dire ? La proposition a-t-elle été acceptée ?

— Pas vraiment. C'est plus compliqué que ça. Disons qu'Amistad a décidé de... faire sans.

— Faire sans ?

— Il n'y a pas trente-six façons de le dire : la commune d'Amistad semble prête à renier son adhésion à la Déclaration d'Antonia. »

Il y eut un instant de flottement.

« Comment ça ?

— Les derniers délégués que l'Assemblée a reçus ont simplement déclaré que, puisque les autres communes de la Déclaration d'Antonia refusaient qu'ils vivent comme ils le désiraient, Amistad allait continuer seule.

— Mais, protestai-je, incrédule, c'est impossible !

— C'est ce que nous leur avons répondu, mais les délégués n'ont rien voulu savoir. »

Sous le coup de l'émotion et sans m'en rendre compte, je m'étais relevé et j'arpentais la chambre dans le sens de la longueur, le terminal collé à l'oreille, sous les regards des trois autres, inquiètes de mon émotion.

« C'est absurde !

— Je suis d'accord avec toi.

— Et qu'en dit Arkadia ?

— De ce que nous en avons compris, la commune est très... inquiète.

— Elle ne parle pas de... suivre le mouvement ?

— Pas pour l'instant. »

Mon cœur tambourinait pour de bon, comme réveillé d'un long sommeil, plus fort que jamais depuis le départ d'Antonia. Une énergie oubliée m'avait envahi : celle qui m'avait habité pendant trois ans à l'Assemblée et, auparavant, sur les chantiers de la centrale d'Ast et des éoliennes de Pä. Il y avait un problème, apparemment insoluble, je brûlais d'y trouver une solution.

« Avez-vous essayé de les contacter depuis ? Est-ce qu'ils répondent ? *Qu'est-ce* qu'ils répondent ?

— Bien sûr. Ils répondent qu'ils ne veulent plus venir, ni envoyer de nouvelles propositions.

— C'est tout ? Dans ce cas, il faut y aller ! »

J'entendis très distinctement Kristov laisser échapper un soupir. Je n'aurais su dire s'il s'agissait de peine ou de soulagement.

« C'est pour ça que je me suis permis de t'appeler, même si tu as terminé ton service. Nous avons bien réfléchi et nous avons pensé que tu pourrais y aller.

— Moi ? Pourquoi ?

— Eh bien, il y a plusieurs raisons à cela. La première est que tu ne fais plus partie de l'Assemblée, ce qui rendra peut-être la discussion plus facile. La deuxième, c'est ton étude des comportements des Amistadiens. Apparemment ils s'en souviennent très bien et ils en gardent un… un bon souvenir, si je puis dire. La troisième… »

Kristov marqua une pause et se détourna du terminal, audiblement gêné.

« La troisième, c'est l'identité de l'interlocutrice que nous gardons à la commune.

— Comment ça ?

— Il nous semble que tu la connais bien. Elle a publié plusieurs livres. Elle a grandi à Pelagoya aussi. »

Cessant de battre, mon cœur se serra et c'est à peine si j'entendis la conclusion de cette énumération.

« Elle s'appelle Gob. »

Je dus rester silencieux un long moment puisque je me souviens de la voix de Kristov, venant comme de très loin, qui m'appelait :

« Umo ? Est-ce que tu es toujours là ? Umo ? Est-ce que tu entends ? »

Je battis des paupières, secouai la tête, bredouillai.

« Je vais réfléchir et je te rappelle. »

Je raccrochai sans attendre de réponse. Je posai le terminal sur la surface la plus proche - table, étagère, sol, je ne m'en souviens plus - et je m'assis sur le bord du lit. Il serait faux de dire que j'étais plongé dans des pensées ou dans le trouble. La vérité, c'est que je ne pensais à rien du tout. Mon cerveau paraissait avoir cessé de fonctionner. J'entendais seulement, encore et encore, l'unique syllabe du nom : Gob. Je n'avais aucun souvenir d'elle suffisamment récent pour pouvoir me figurer son visage. Je m'étais, purement et simplement, arrêté de fonctionner, si bien que je finis par me laisser tomber sur le dos, la tête à quelques centimètres des jambes tendues de Pontus. Je laissai les paupières se fermer. Je n'entendais ni ne voyais plus rien. Seulement la présence inattendue de Gob qui faisait un poids sur la poitrine et me serrait la gorge.

Combien de temps se passa-t-il ainsi ? Impossible de le dire. Le mauvais temps était tel que l'obscurité de la journée n'avait rien à envier à celle de la nuit. Toute mesure temporelle était abolie par le crépitement constant, le bruit blanc de la pluie contre les fenêtres. Je sais seulement qu'Ingrid quitta le mur pour venir appuyer son dos contre le bord du lit et que Silje, sans se départir du manuel qu'elle lisait, rapprocha la chaise et posa les pieds sur le matelas. Ce mode d'action était courant parmi nous. Quand l'une ou l'un ressentait un moment de détresse, personne ne l'interrogeait directement. Le rapprochement physique, si possible sans interrompre les activités en cours, était une manière de signifier à la personne en difficulté que l'on était en position de l'écouter et, s'il ou elle le désirait, de l'aider. Cependant, la règle tacite était de ne pas poser de question avant qu'elle ou il n'ait pris la parole. Cela pouvait durer des heures, voire, parfois, des journées entières durant lesquelles la personne troublée n'était jamais seule, entourée toujours par au moins deux autres. Quand elle se décidait à parler, le ou la quatrième, en cas d'absence, faisait tout son possible pour revenir au plus vite.

Je demandai finalement :

« Qu'est-ce que je dois faire ? »

Pontus posa le terminal sur l'oreiller voisin. Silje referma le manuel. Ingrid termina d'assembler deux pièces et installa sa créature de laiton à côté d'elle, en équilibre précaire sur cinq pattes de longueurs inégales.

Silje parla la première.

« Est-ce que tu en as envie ? »

Ingrid secoua, leva la tête.

« Pourquoi irais-tu ? Quel bien cela apporterait ? »

Pontus fit doucement claquer ses lèvres entre elles, signe habituel qu'il était parvenu à prendre une décision.

« Cette femme, Gob. Est-ce que tu l'aimes ? »

C'était ainsi que nous réfléchissions : par salves de questions auxquelles l'interrogé tâchait de répondre du mieux qu'il ou elle le pouvait. J'ai réfléchi longtemps puis j'ai dit :

« Je n'ai pas vraiment envie d'y aller. Ou plutôt, je préférerais rester ici avec vous. Je n'ai pas envie de vous quitter. Mais une partie de moi est… curieuse.

« Peut-être qu'en y allant je pourrai aider à résoudre la situation, à dénouer directement la proposition Amistad, à régler ce problème une bonne fois. Je sais que c'est un peu idiot de penser cela. C'est un peu… héroïque. Mais voilà, peut-être, ce que je pourrais faire. Je pourrais trancher le nœud. Et puis, cela satisferait la curiosité que je ressens à présent.

« Je n'avais pas réellement pensé à Gob depuis si longtemps… Je ne l'avais pas oubliée, non, mais c'était presque comme si elle était devenue une légende du passé et non plus une personne réelle. Apprendre où elle est, ce qu'elle fait en ce moment même… C'est troublant. Est-ce que je l'aime ? Je l'aimais. Je l'ai aimée. Est-ce qu'on cesse d'aimer ? Volontairement ? Je l'aime, oui, ou plutôt j'aime l'idée que je me fais d'elle. J'aime le souvenir. Est-ce que cela veut dire que je l'aime ? Est-ce que ce n'est pas *faux* ? »

Ingrid a haussé les épaules.

« Les souvenirs existent. Ils sont vrais. À quoi bon aimer quelqu'un si c'est pour que cela s'arrête ? Tu l'aimes, c'est tout. »

Pontus a fait la moue.

« Je ne suis pas certain que tu puisses, à toi tout seul, régler le problème. Cependant, une action collective peut être une somme d'actions individuelles. Par ailleurs, tu porteras un mandat de l'Assemblée. Ça mérite d'être essayé. »

Enfin, les coins de la bouche de Silje se sont relevés en un petit sourire triste que je connaissais bien. J'ai su ce qu'elle allait dire avant qu'elle ne prononce les mots.

« De toute façon, tu n'es déjà plus ici, mais là-bas. Alors vas-y. »

J'ai simultanément eu envie de pleurer et de l'embrasser. Ce que j'ai fait. Je les ai embrassés tous les trois. Je ne voulais pas les quitter mais je voulais partir. Il ne servait à rien de chercher à leur cacher ou à me le dissimuler à moi-même. Leur amour m'avait appris cette chose essentielle : l'honnêteté, pleine et entière. Ce que je n'avais pas partagé avec Gob, avec Budur, avec Shauna, ni même avec Livia.

Avec elles trois, parfois, prononcer les mots n'était pas nécessaire ; ce qui ne signifiait pas que les entendre n'avait aucune valeur.

Je rappelai Kristov et j'acceptai la proposition. Puis je profitai tant que je le pouvais de la dernière soirée que je passerais avec Ingrid, Pontus et Silje avant un long moment. Je préparai un dîner chaud et copieux puis nous nous écroulâmes sur le canapé devant une vieille comédie propriétariste qu'avait découverte Silje, un film étrange et irrésistible dans lequel deux adultes vivaient avec leurs géniteurs et se conduisaient comme des enfants en bas âge. Les enjeux de l'histoire - l'union matrimoniale du père de l'un et de la mère de l'autre, la nécessité des deux personnages principaux de cohabiter - nous paraissaient étranges et même absurdes mais ce fut justement cette absurdité qui nous tira le plus d'éclats de rire. De nous quatre, ce fut Ingrid qui s'esclaffa le plus fort et le plus longtemps, si bien qu'il fallut à plusieurs reprises arrêter le déroulement du film pour lui permettre de reprendre haleine.

« C'est incroyable que quelqu'un ait travaillé pour filmer une chose pareille ! s'exclama-t-elle.

— C'est comme un film venu d'un autre monde ou d'une dimension parallèle. »

Nous hochâmes la tête. L'image était bien trouvée. Voilà, en définitive, ce qu'était pour nous le passé de la civilisation propriétariste : un autre monde, avec ses règles incompréhensibles, ses tabous violents et leurs subversions qui l'étaient tout autant, comme dans cette scène où l'un des personnages était forcé par une troupe d'enfants à ingérer des déjections canines. C'était ridicule, c'était dégoûtant, c'était d'une violence telle que nous avions la gorge nouée et que la nausée nous retournait l'estomac mais, pourtant, nous ne pouvions nous empêcher d'en rire, incapables de discerner si nous devions compatir au malheur du personnage principal ou, au contraire, nous réjouir de son humiliation comme ces gamins qui le torturaient.

« C'est à cause de la différence entre adultes et enfants, déclara soudain Silje, des heures plus tard, au milieu de la nuit. C'est une vengeance : celle des enfants sur les adultes.

— Pourquoi des enfants voudraient-ils se venger des adultes ? En quoi seraient-ils différents ?

— Je ne sais pas. Je ne suis pas experte dans la psychologie des sociétés propriétaristes. C'est une intuition, c'est tout. »

Y avait-il réellement une différence essentielle entre les enfants et les adultes ? La Déclaration d'Antonia ne reconnaissait rien de tel, à part la responsabilité des seconds quant à la sécurité matérielle et émotionnelle des premiers qui n'avaient, après tout, pas demandé à venir au monde. Je notai dans un recoin de mon esprit d'interroger Livia sur ce sujet.

Au matin, je me séparai sans regret mais avec précaution des autres, endormis ensemble dans le même lit. Je m'habillai en silence. Dehors, il pleuvait toujours. Au moment de fermer les derniers boutons de l'imperméable, je me retournai vers les trois. Pontus battit d'une paupière. Je crus qu'il se réveillait mais il se serra avec un grognement contre Silje. Il dormait encore. Je ne laissai pas de mot. J'ajustai les bretelles du sac à dos, verrouillai les sangles à la poitrine et au ventre. Je sortis. Je descendis l'étage et je me dirigeai vers la maison communale où je trouvai un vélo. Il n'y avait pas de gare à Vrebä. Il me fallut pédaler près de vingt kilomètres sous la pluie battante jusqu'à Donit où s'arrêtaient les rails. J'appuyai le vélo contre le mur de la maison communale où quelqu'un d'autre ne tarderait pas à le récupérer. Le ciel peinait à s'éclaircir, la lumière du soleil tardif retenue par l'épaisse couverture nuageuse. Le prochain train en direction d'Iliat ne partait pas avant plus d'une heure, alors je me rapprochai du poêle de la gare et je me déshabillai pour étendre et faire sécher les habits trempés. Il y avait une buvette. Je commandai un long thé brûlant et, pendant qu'il infusait, la tenancière me donna une couverture dans laquelle m'envelopper et commenta avec un laconique :

« Sale temps. »

Assis au creux d'un profond fauteuil, réchauffé de l'extérieur par la couverture et par le feu et de l'intérieur par le thé, je m'assoupis. Ce fut encore la tenancière de la buvette qui me réveilla en me secouant par l'épaule.

« Le train est là. Il vous attend. »

Je grommelai un remerciement, me secouai, lui tendis la couverture et la remerciai en grommelant. Les vêtements étaient encore humides mais très chauds. Sans prendre le temps de lacer les chaussures, je me précipitai vers le quai. Appuyé contre la fenêtre de la cabine, le conducteur me regarda arriver et poussa un « Ah ! » de satisfaction. Je jetai un rapide « Désolé ! » que je ne suis pas certain qu'il entendit. Le wagon était presque plein. Je me laissai tomber sur un des quelques sièges libres en bâillant. La vibration familière signala la mise en route des moteurs électriques. La gare de Donit s'éloigna. Ce n'est qu'une fois parti que je me rendis compte que j'avais emporté avec moi la haute tasse de thé, déjà presque froide. Quelques minutes plus tard, la voix amusée du conducteur se fit entendre dans le haut-parleur du wagon.

« Chers et chères camarades, nous sommes partis avec un léger retard dû aux difficultés de réveil d'un des passagers. »

Je sentis le rouge monter aux joues en voyant les autres sourire.

« Je vous annoncerais bien mon intention de rattraper ce retard en roulant un peu plus vite mais, au vu des conditions météorologiques et comme nous ne sommes pas pressés, je n'en ferai rien. Comme dirait un bon ami à moi, nous avons le temps. D'ici là, je vous souhaite un bon voyage. N'hésitez pas à venir me voir si vous avez des questions. »

On entendit le bruit du microphone que l'on éteignait puis des conversations à voix basse commencèrent. La personne assise à côté de moi posa la tête contre la fenêtre et s'endormit presque immédiatement, sans me dire un mot de plus que « Bonjour ». Pour ma part, parfaitement réveillé à présent, je passai la majorité de la première partie du voyage à écouter de longs morceaux de musique électronique qui se fondaient parfaitement avec le sourd bourdon du train, alors qu'au-dehors des rayons de soleil perçaient çà et là les nuages et dessinaient des formes lumineuses sur les villages, les rivières et les bois. Le train ralentit, emprunta un pont au-dessus de l'Aurauri puis bifurqua pour le suivre. Le cours d'eau était encore étroit et ponctué de rapides réguliers. Une heure se passa avant de voir apparaître les premiers ports fluviaux et les premières barges. Je sus alors que nous nous rapprochions d'Iliat. En descendant du train, je me rendis à la buvette de la gare et j'y déposai la tasse vide. Le cafetier n'eut pas l'air surpris.

« Ça arrive tout le temps. Je la donnerai à quelqu'un qui fera le trajet dans l'autre sens. »

Puis, comme le train pour Arkadia ne serait pas à quai avant une heure, je sortis sur l'avenue qui, je m'en souvenais, m'avait fait une si forte impression la première fois. Il devait tout juste s'être arrêté de pleuvoir car elle était presque vide : l'herbe, les bancs, les sièges étaient mouillés et personne ne s'y arrêtait. Des vélos allaient et venaient en faisant de hautes éclaboussures. Par nostalgie ou plus simplement car il m'avait laissé un bon souvenir, je cherchai le restaurant où j'avais partagé le premier déjeuner avec Merlin à mon arrivée de Pelagoya. Il n'existait plus. Je dus me contenter de naans au fromage garnis de galettes de purée de lentilles, de lamelles de chou, de carotte et d'oignon, le tout accompagné d'une sauce blanche à la ciboulette. Je mangeai seul, assis sur un banc humide en regardant les nuages s'effilocher et dériver, un peu surpris du peu d'émotion que suscitait ce bref retour. Trop de temps avait passé. Iliat n'était plus qu'un endroit parmi d'autres et non pas le lieu où j'avais passé les premières années de salariat. Je m'étais attendu à de la nostalgie, à une vague tristesse ou, au moins, à un léger pincement au cœur, mais je ne ressentis rien de tout cela.

Le repas terminé, j'embarquai dans le train, à l'heure cette fois-ci, sans regret. Je regardai défiler l'Aurauri, contemplant l'ombre de l'Iliat nouvelle sur l'autre rive avant que les voies ne bifurquassent en direction du nord. L'estomac rempli, je ne tardai pas à somnoler puis à m'endormir complètement. Je me réveillai une fois, lorsque le train s'arrêta et que la conductrice nous annonça que la raison en était une laie et des marcassins qui traversaient les rails dix kilomètres plus loin puis, la lumière déclinante déjà, je me rendormis mais cette fois-ci d'un sommeil léger et peuplé de fantômes vindicatifs au visage de Budur. J'ouvris les yeux pour de bon dans le crissement des freins alors que le train décrivait une large courbe vers la droite, passant à travers plusieurs tunnels que, dans la nuit, on ne distinguait du ciel qu'à la présence d'antiques éclairages au sodium dont je m'étonnai par réflexe qu'ils n'eussent pas été remplacés et qu'ils fonctionnassent encore. Puis le train accéléra de nouveau lorsqu'il fallut gravir une longue côte bordée de part et d'autre des ombres de maisons et d'immeubles avant, finalement parvenu en haut du plateau, de décélérer jusqu'au bord du quai de la gare en cul-de-sac.

Arkadia était vieille. Je n'avais pas – comme je l'avais imaginé – passé le temps du voyage à me documenter au sujet des villes jumelles mais je conservais des souvenirs de classe et de bribes de conversations avec Livia. Elles étaient parmi les plus anciennes cités du pays et, selon la plupart des historiens, le centre à partir duquel, dans une Antiquité reculée, avaient émané des ondes de conquêtes qui avaient conduit à l'unification du pays. De zone contestée, de frontière passant sans cesse d'une rive à l'autre du Basilio, Arkadia et Amistad étaient un temps devenues une capitale, puis lors de la dislocation de leur empire, seigneurie locale avant d'être réintégrées à un État plus large quand Iliat était montée en importance grâce au commerce sur l'Aurauri. Enfin, durant le Siècle des camps, les deux villes avaient été de nouveau séparées et la plupart des ponts au-dessus du fleuve détruits, n'en laissant qu'un seul, lourdement gardé par des groupes armés appartenant aux deux côtés. La barrière ne s'était réellement levée que lorsque les deux jumelles avaient ratifié la Déclaration d'Antonia, mais l'une comme l'autre avaient tenu à rester des communes séparées. Cette longue et complexe histoire avait conduit certains camarades de l'Assemblée à commenter qu'il n'était pas étonnant qu'Amistad pose « problème » ; elle avait toujours été séparée du reste du pays. En effet, elle occupait un mince triangle de terre pris entre le Basilio, dont les crues régulières avaient rendu la zone fertile et contribué à l'importance économique et politique de la région, et les contreforts septentrionaux des Aldères où, traçant une diagonale presque rectiligne vers le sud-est, le fleuve prenait sa source. Avant d'être une ville, puis une cité et enfin une commune, elle avait été la première colonie d'Arkadia, colonie agricole avant tout, sur laquelle les classes dominantes d'Arkadia exerçaient un contrôle sans merci. Petit à petit, la misère paysanne avait coagulé en résistance jusqu'à ce qu'une caste de marchands amistadiens prît lentement le dessus dans les derniers siècles de l'empire et après son délitement. Petit à petit, ce groupe social avait constitué une nouvelle noblesse, renversée à son tour par une révolte venue d'Arkadia qui avait réaffirmé son pouvoir, jusqu'à la sécession de l'autre jumelle, suivie d'une nouvelle réunion, puis d'une autre séparation, et ainsi de suite.

Bien qu'arrivant de nuit, je tombai immédiatement amoureux d'Arkadia. La ville entière me sembla une œuvre d'art. Aucun bâtiment pré-Déclaration n'avait été détruit. L'antique forteresse se dressait encore en plein cœur de la ville, entre la gare et le Basilio qu'elle avait surveillé, d'une manière ou d'une autre, plusieurs millénaires durant. Seulement, elle avait été entièrement repeinte d'une fresque aux couleurs vives, éclatantes même sous l'éclairage artificiel des lampadaires. Devant l'ampleur du travail, la commune avait décidé de ne pas attribuer ce travail à un seul artiste ni même à un unique collectif, mais à toutes celles et tous ceux qui désiraient y prendre part, fût-ce pour poser une seule pointe de couleur. Sur tout le pourtour des anciens remparts s'étalait donc une sorte de cadavre exquis pictural, alternaient sujets historiques et œuvres abstraites, paysages minutieux et éclats psychédéliques, trompe-l'œil et discrète mise en valeur de la pierre elle-même, du pied des murs jusqu'au faîte du donjon dont chaque ardoise du toit était colorée d'une teinte différente. Cependant, cet immense travail de couleur n'était pas limité à la forteresse : Arkadia tout entière était un festin pour le regard. Le béton et les parpaings des immeubles propriétaristes disparaissaient eux aussi sous des couleurs délirantes, des spirales bleues, vertes et rouges qui aspiraient le regard. Chaque rue, chaque avenue était une œuvre dont certaines ne prenaient toute leur signification qu'observées depuis un point en particulier où la perspective se dévoilait entière. Ces postes d'observation n'étaient ni marqués au sol ni indiqués par une plaque ou un panneau. Il fallait les découvrir par soi-même et, à toute heure du jour et de la nuit, on voyait des groupes ou des personnes seules chercher, riantes, plissantes les yeux, pliantes les genoux ou montantes sur une chaise. La ville entière était une œuvre d'art, oui, mais elle était aussi et surtout un jeu. Les pistes cyclables ne suivaient aucune ligne droite et serpentaient le long des boulevards entre les parterres de fleurs et les bosquets de résineux. Nul n'allait vite à Arkadia, encore moins qu'ailleurs.

La forteresse n'avait pas été transformée en musée, comme il en était advenu de la centrale d'Ast et de tant d'autres bâtiments antiques. En vérité, elle avait été un musée avant la ratification de la Déclaration. La commune l'avait réoccupée, réutilisée. Elle y avait installé les locaux des services communaux eux-mêmes, mais aussi des logements, une école, des ateliers de confection. La cour, autrefois couverte de gravillons, abritait à présent un potager, un verger, ainsi que du bétail, des poules et des moutons. Les caves fraîches du donjon étaient remplies de meules de fromage. Ce n'était finalement qu'une sorte de retour partiel à un état antérieur de la vie : habiter de nouveau des lieux qui avaient été désertés, et les habiter réellement, comme on vivrait dans un village ou dans n'importe quel autre quartier de la ville. Il en allait de même des ruines des anciennes fortifications et des portes monumentales qui avaient gardé la ville contre de potentiels agresseurs. Tout ce qui n'était pas peint était couvert de végétation. Tout ce qui n'était pas vert était du brun de la terre grasse et fertile.

Comme pour honorer l'homme dont elle portait le nom – elle en avait porté de nombreux autres au fil de sa longue existence –, qui en avait décrit les caractéristiques philosophiques et architecturales, la forme du cercle était omniprésente, dans les plus minuscules détails comme dans l'organisation générale. Les fenêtres étaient rondes sur les façades hémicycliques. Si Antonia était une spirale, Arkadia se développait en demi-cercles concentriques autour de la gare et de la forteresse, comme une onde propagée depuis la rive gauche du Basilio, et les rues transversales en formaient les rayons.

En marchant jusqu'à la maison d'hôte dont Kristov m'avait donné l'adresse, il me revint en mémoire un commentaire que Gob avait fait à propos des huit demi-cercles majeurs d'Arkadia, au-delà desquels elle se dissolvait dans la campagne, les champs, les forêts et les villages.

« Un cercle de plus que l'enfer » avait-elle dit, d'une voix acerbe. Avant que nous ne vécussions ensemble, Gob avait déjà visité les villes jumelles. J'en avais conclu qu'elle n'avait pas apprécié l'expérience.

Au centre de l'immense demi-cercle, face à la forteresse, le Pont enjambait le Basilio. On écrivait « le Pont » car il n'y en avait qu'un seul et, même s'il eût semblé logique de bâtir d'autres passerelles, les deux communes s'y étaient toujours refusées, dans une belle unanimité. C'était *le* Pont, le seul, l'unique et le dernier et toutes les gens s'accordaient à trouver cela très bien comme ça. Bien sûr, il y avait d'autres moyens de traverser : des bacs faisaient des allers-retours, on pouvait abandonner le vélo pour un canot, un kayak, un skiff ou des quatre barrés – les sports de rame étaient très appréciés d'un côté comme de l'autre de la rive –, nager ou bien même, lorsque l'eau était basse, marcher le long des bancs de sable découverts. Mais il n'y avait qu'un seul Pont. Même à l'oral, on pouvait entendre la majuscule sans savoir s'il s'agissait d'une majuscule de révérence ou de ressentiment, tout comme, dans des discussions enflammées, on invoquait la Déclaration ou encore le propriétarisme. C'était sur le Pont que l'on trouvait l'unique piste cyclable rectiligne d'Arkadia, ainsi que seulement deux rails de tramway, ce qui faisait qu'une seule rame à la fois pouvait circuler dessus. Maintes fois, des propositions d'habiter et de cultiver le Pont avaient été soumises des deux côtés du Basilio. Elles avaient toujours été repoussées. Seuls deux petits bâtiments subsistaient, à son exact milieu. Il s'agissait de postes de garde, datants du Siècle des camps, soit la dernière période de séparation arbitraire des deux villes. On avait fait sauter les barrières mais ces cabanons, dont la laideur grise et parallélépipédique jurait terriblement avec le reste d'Arkadia, restaient comme preuves de la rupture matérielle qui avait eu lieu et de sa fin théorique. Les plots de béton sur lesquels tournait l'axe des barrières escamotables restaient aussi. Comme toute chose, ils faisaient partie du paysage et il n'y avait plus guère que les visiteurs comme moi pour s'en étonner.

Depuis plusieurs mois, cependant, une autre barrière - invisible, celle-ci - s'était interposée entre Arkadia et Amistad. Presque plus personne ne traversait le Basilio, par le Pont ou autrement. Les tramways avaient cessé leur ballet d'arrêts et de priorités. Sur les quais d'Arkadia, on contemplait l'autre rive avec une expression préoccupée, les sourcils froncés, les bras croisés. La ville jumelle, sans pourtant avoir bougé, paraissait s'être éloignée.

La tension fut palpable dès le lendemain matin de mon arrivée, lorsque je quittai la chambre où j'avais dormi pour aller prendre le petit déjeuner. Un envoyé de la commune, dont j'ai oublié le nom, m'attendait à la table de la cuisine. Il ne prit pas le temps de me demander si j'avais fait bon voyage, ni même d'attendre que j'aie bu la première tasse de café.

« Tout le monde ici est perplexe. Pour ne pas dire démuni. »

Ici, bien sûr, ne signifiait plus « dans les villes jumelles » mais « à Arkadia ».

« La commune a essayé tout ce qu'elle pouvait pour communiquer, pour tenter de renouer les liens, mais Amistad ne veut rien savoir. Elle ne répond plus qu'à peine aux messages que nous lui envoyons. »

Une pause.

« Quand elle répond. »

Je hochai la tête. Si l'Assemblée avait échoué et la commune également, je ne savais pas bien ce que je pourrais faire de plus. L'homme de la commune continua, comme si je n'avais rien dit :

« Plus personne ne passe le Pont. Non pas qu'Amistad le garde mais, comme plus personne n'en vient, personne n'a envie d'y aller. C'est terrible à dire mais c'est aussi simple que ça : nous ne nous comprenons plus. Rien d'aussi grave n'est arrivé depuis...

— Depuis le Siècle des camps », complétai-je.

L'homme me fixa, le regard plein de détresse. Il acquiesça finalement.

« C'est ça. »

Puis, après un autre moment, tandis que je croquais dans une pomme racornie, de celles qui avaient passé l'hiver, il reprit :

« Peut-être que vous... Puisque... »

Je n'osai pas lui dire que je n'y croyais guère. À tout instant, je repoussai la pensée de Gob qui m'attendait, sans le savoir, sur l'autre rive du Basilio. Je ne voyais pas comment les paroles et les actes de deux personnes, si liées, si intimes fussent-elles, pourraient faire advenir un début de réconciliation entre les villes jumelles, entre Amistad et la Déclaration. Je n'avais pas grand espoir quant à la réussite de la mission que l'on m'avait confiée.

Je regrettai que Pontus, Silje et Ingrid ne m'eussent pas accompagné. Mais, à part me rassurer, quel effet leur présence aurait-elle pu avoir ? J'étais venu seul parce que c'était la seule manière de venir.

« Peut-être, oui », finis-je par répéter, avant de me lever et de jeter le trognon dans la poubelle à compost.

Le chien de la maison, une petite bête rousse et blanche aux longues oreilles arrondies et pendantes, me suivit, truffe levée, dans l'espoir que je lui offrisse une friandise. Puis, déçu mais pas rancunier, il m'accompagna sur le chemin du retour jusqu'à la table et s'allongea contre le pied de la chaise avec un soupir, qui lui valut une caresse sur le haut du crâne. Immédiatement, l'animal se retourna sur le dos, gueule ouverte et langue pendante, et tira de moi le premier sourire de la journée. L'homme de la commune continuait à parler mais je ne l'écoutais plus. J'étais concentré sur le contact de la main contre le poil rêche du chien, sur les coups de pattes arythmiques qu'il me donnait dans l'avant-bras. Dans l'entre-temps, l'homme de la commune m'avait servi une deuxième tasse de café que je bus lentement, en hochant la tête à intervalles réguliers. Il me racontait Arkadia et Amistad, telles qu'elles étaient quand il était enfant, telles qu'il s'en souvenait, telles qu'il eût voulu qu'elles restent toujours. Je n'osais pas lui dire ce que je savais, pour avoir longuement eu le temps de consulter les archives de l'Assemblée : vingt, trente ans auparavant, des versions de la proposition Amistad arrivaient déjà à Antonia, bien que la commune ne s'y fût pas encore rangée. L'époque qu'il me racontait, cette harmonie passée qui paraissait avoir volé en éclats sous le dernier choc, n'avait jamais existé. L'équilibre parfait entre les deux rives n'était qu'une construction de la mémoire. Ce souvenir était une fiction, conçue à partir d'une lecture partielle de la réalité. Non, je ne le détrompai pas, car à quoi cela aurait-il servi ?

Seulement à le blesser. Cela n'aurait rien changé à l'état présent des choses. Cet homme, cette fiction ; il avait besoin d'y croire pour continuer d'agir.

Je terminai le café et nous nous mîmes en route en silence dans les rues colorées d'Arkadia. Il n'y avait pas long à faire de la maison d'hôte au Pont mais je soupçonne le guide de la commune d'avoir volontairement fait quelques détours, emprunté quelques sections de courbes et de lignes droites en trop pour le double plaisir de me montrer la ville qu'il aimait tant et pour retarder le moment de parvenir au Pont.

Une fois arrivés sur la rive du Basilio, il s'arrêta. De part et d'autre du fleuve, on déchargeait des barges en jetant des coups d'œil par-dessus son épaule, vers celles et ceux qui en faisaient autant sur l'autre rive. On empruntait des canots qui ne traversaient plus mais ramaient vers l'amont ou bien se laissaient calmement porter en aval. D'ici quelques heures, au changement de marée, ce serait l'inverse. Plus aucun mouvement perpendiculaire. Tout était parallèle aux rives. Le milieu du fleuve, là où le courant était le plus fort, était étrangement inoccupé. Sur le Pont, à première vue, rien ne bougeait. L'homme de la commune porta un instant son regard de l'autre côté. Il m'adressa un maigre sourire.

« J'espère que cela servira à quelque chose, avoua-t-il. Je sais que ce n'est pas facile… pour vous non plus.

— Moi aussi. »

Puis il tourna les talons, se figea, hésita, se reprit, ouvrit la bouche une dernière fois.

« À bientôt. »

Enfin, il s'éloigna pour de bon, me laissant seul face au Pont. J'ai soupiré. J'ai fait un premier pas en avant. Puis un deuxième, de côté cette fois-ci, pour quitter la piste et marcher dans l'herbe. En dessous de moi, le Basilio continuait de couler. Comme en apnée, le temps figé, j'ai marché tout droit, refusant de regarder à droite ou à gauche en contrebas. Je fixais un point flou devant moi. Je ne distinguais pas encore Amistad. Arrivé au milieu du Pont, entre les deux bâtiments de la barrière, je me suis rendu compte que le chien de la maison d'hôte marchait à quelques pas derrière moi. Je me suis accroupi et je lui ai tendu la main. Il s'est approché, m'a reniflé.

« Qu'est-ce que tu fais là ? ai-je demandé. Tu ne devrais pas rester de l'autre côté ? »

Le chien a ignoré la question. Il m'a contourné, truffe au sol, et s'est engouffré dans l'un des anciens abris en béton. Je n'ai pas bougé. À l'intérieur, il a poussé quelques aboiements et deux ou trois oiseaux, dérangés dans leur nid, se sont envolés de sous l'ancienne toiture. Puis le chien est ressorti, la queue battante, a décrit une large courbe et s'en est allé visiter l'autre bâtiment. J'ai repris la traversée. Au bout de quelques pas, le petit chien m'a dépassé, suivant dans l'herbe haute que personne n'avait pris la peine de tondre depuis plusieurs mois une piste invisible et sinueuse. Nous avons avancé ainsi, non pas ensemble mais l'un à côté de l'autre, descendant la très légère pente vers Amistad. Une fois parvenu à l'extrémité du Pont, le chien s'est figé un instant. Il a tourné le museau vers Arkadia et a levé une patte. J'ai cru qu'il allait faire demi-tour mais, au contraire, il a filé à toute vitesse à travers la place, les passants, les cyclistes et les lignes croisées de tramway. Les chiens, malgré toutes les tentatives de leur apprendre, n'ont jamais eu que faire des barrières, des ponts, des propositions et des Déclarations. Ils vivent, c'est tout, et ils explorent le monde plus librement que les êtres humains ne pourront jamais le faire. Je l'ai remercié, pourtant, en pensée, de m'avoir aidé à traverser ce Pont.

De la foule qui circulait sur la place, une figure féminine se détacha et s'avança vers moi. Une sueur froide se mit à couler dans mon dos et, malgré moi, je serrai les poings. Ce n'était pas Gob. C'était une autre inconnue. Elle sourit et cette expression ne me sembla pas feinte.

« Vous êtes la personne de l'Assemblée ? »

Je ne sus si je devais acquiescer ou nier. Alors, j'ai simplement dit :

« Je suis Umo. »

Elle ouvrit la bouche, comme si le nom lui rappelait quelque chose.

« Ah, oui. Umo. C'est vrai. »

Puis elle ajouta :

« Bienvenue à Amistad. J'espère que les gens de l'autre côté ne vous ont pas donné une trop mauvaise impression de nous.

— Elles sont simplement inquiètes. »

La femme hocha la tête.

« Nous le sommes toutes, mais l'inquiétude peut parfois produire du meilleur. »

Elle attendait visiblement une réponse. Je dis seulement :

« Peut-être, oui. »

Tout comme l'homme de la commune d'Arkadia, elle écoutait mes paroles avec une concentration qui confinait à l'avidité. Je commençai à comprendre qu'en tant qu'envoyé de l'Assemblée, et sans doute à cause du travail que j'y avais effectué durant les trois années de service, ma voix avait de l'importance, bien plus qu'elle n'en avait jamais eu à l'Assemblée ou ailleurs. Je devais peser rigoureusement chacun des mots que je prononçais. Jusqu'à arriver à Amistad, je n'avais jamais parlé que pour moi et jamais au nom de personne d'autre. À l'Assemblée, j'étais une voix parmi d'autres, aussi valable, aussi importante. Cette fois-ci, j'étais un délégué, mandataire. Kristov ne m'avait pas dit quoi dire, je n'avais pas d'ordre de mission, mais je savais que mes actes *représentaient* la Déclaration d'Antonia tout entière. Avec cette représentation venait un pouvoir que je n'étais pas certain de désirer, que je ne comprenais même pas qu'on pût désirer. Je me sentais plus propriétariste que je ne l'avais jamais été. C'était certainement trop de pouvoir pour une seule personne.

L'envoyée d'Amistad me guida à son tour jusqu'à une maison d'hôte, assez similaire à celle que j'avais quittée une heure auparavant pour que les deux se confondent dans ma mémoire. Pourtant, malgré la proximité des deux cités, Amistad ne ressemblait que superficiellement à Arkadia. L'appellation « villes jumelles » me parut tout de suite largement usurpée. Elles n'étaient en rien le reflet l'une d'autre. L'architecture et l'organisation urbaine d'Amistad n'avait pas la rigueur circulaire d'Arkadia et la raison en était certainement son origine coloniale puis faubourienne. La ville avait poussé à la diable dans toutes les directions, en couches successives dont l'architecture antonienne n'était que la plus récente, au fur et à mesure des vagues de colons, des rivalités, des victoires et des défaites contre la sœur aînée dont des statues, des plaques et d'autres monuments rendaient compte un peu partout. Si les bâtiments étaient eux aussi décorés et peints, ils semblaient l'être avec moins de coordination et il n'y avait nulle part de grandes œuvres ludiques et d'avenues en trompe-l'œil. Les avenues n'étaient pas circulaires mais serpentines et les immeubles, loin d'être rectilignes et uniformes, avaient des allures bizarres et courbées, ressemblants à des arbres dont les branches poussaient en tous sens. Si j'étais tombé amoureux d'Arkadia tout de suite, c'est qu'elle était immédiatement séduisante. Amistad ne manquait pas de charme non plus. Seulement, celui-ci était irrégulier, tout de travers, voire carrément biscornu et irrationnel. Le déséquilibre et le chaos en faisaient toute la beauté et, en cela, c'était sans doute et à son corps défendant la ville la plus véritablement antonienne que j'avais visitée, davantage même qu'Antonia elle-même, avec son harmonie de spirale. Amistad était une explosion de vie au cours de siècles et de millénaires, dans toute la violence et toutes les contradictions dont elle était capable, et non la sorte de cité idéale que les Antoniens avaient bâtie sur les ruines du camp où ils avaient vécu enfermés, destinée à le recouvrir et l'effacer. À Amistad, au contraire, le temps de l'histoire était visible dans chaque immeuble où cohabitaient pierre de taille, parpaings de béton armé et brique antonienne, dans les pavés bruns âgés de plusieurs siècles, ceux, larges et gris, du Siècle des camps et les pelouses anarchiques qui finiraient par les recouvrir tous. L'unique endroit qui m'avait fait un effet semblable était le vieux centre de Pä, à la différence que celui-ci était une enclave, bien séparée du port et des quartiers antoniens. À Amistad, tout s'était mélangé et ce qui n'était pas encore mêlé se mêlerait bientôt, inévitablement. Pendant le travail à l'Assemblée, j'avais voulu comprendre les Amistadiens par leur manière de vivre. Cependant, je le comprenais alors, j'avais sous-estimé la force du lieu lui-même. Il n'y avait rien d'étonnant à ce que d'un endroit pareil, si expressif, si exubérant, naisse le désir irrépressible de le peupler de milliers de voix d'enfants. À leur tour, ceux-ci, celles-ci pourraient lire l'histoire de la ville à même les immeubles, à ces rues qui, du reste, abritaient la même agitation, les mêmes boutiques conventionnées ou non que partout ailleurs. Amistad était semblable tout en étant différente, autre bien que même, un troublant ici ainsi qu'un ailleurs. Cela, je le sus dès l'arrivée et rien dans le temps que je passai sur la rive droite du Basilio ne put jamais me prouver le contraire.

Lorsque je suis sorti du dortoir, au plafond duquel plusieurs milliers de discrètes étoiles étaient peintes, après avoir rangé dans une armoire les quelques habits de rechange que j'avais emmenés pour alléger le sac à dos, je m'attendais à retrouver la même guide. À sa place m'attendait Gob.

Je m'en souviens : je la vois à travers les vitres de la porte. Elle est appuyée contre le mur de la maison d'hôte, sur le perron, juste à distance suffisante pour que les battants s'ouvrent sans la déranger.

Sa tête est penchée et ses cheveux pendent et masquent les traits de son visage. D'une main, elle fume un joint. De l'autre, elle tient le livre dans lequel elle est plongée. Elle m'attend, oui, mais elle ne m'a pas encore remarqué. Je me fige à quelques mètres de la porte. Je l'observe et, dans le même temps, j'étudie la réaction de mon cœur et de mon esprit. Je m'avoue que je me suis attendu à fondre en larmes, mais cela n'arrive pas. À intervalles réguliers, Gob prend une bouffée puis tourne la tête en direction de la rue pour recracher la fumée. Sa tête pivote comme sur un axe ou une charnière, dans un mouvement mécanique. Réflexe. Moi qui la connais bien – mais la connais-je encore ce jour-là ? –, je sais qu'elle ne s'en rend pas compte : le texte qu'elle lit a toute son attention. Mon cœur se serre-t-il ? Non. Le matin même, je croyais que le souffle me manquerait, mais non. Je respire normalement. Pourtant je suis content, heureux de la voir. Je pense un instant que je pourrais faire demi-tour, sauter par la fenêtre et reprendre le chemin du Pont, de la gare, et j'aurais fait ici tout ce que je suis venu faire. Mais non. Je reste. Je n'attends pas qu'elle relève la tête, dérangée par un bruit ou la sensation de ma présence. Je m'avance. Je pose la main sur la porte.

Gob leva la tête et me sourit. C'est à ce moment-là que j'eus envie de pleurer. Le livre se referma dans un claquement. Elle le fourra dans la sacoche à son côté. Elle écrasa le joint contre le mur, le jeta dans le cendrier. Elle écarta les bras.

« Umo ! Je suis tellement contente de te voir ! »

Et c'était vrai. Je n'eus qu'un instant pour observer l'expression de son visage mais c'était bien elle. Beaucoup de temps avait passé et son visage était aussi marqué que le mien de rides nouvelles. Sa chevelure était plus courte et moins fournie, ses lèvres avaient foncé et ses yeux, au contraire, avaient pâli. Pour la première fois, ils n'évoquèrent pas en moi le souvenir de la petite fille qui m'avait terrifié autant qu'elle avait exercé sur l'enfant que j'étais un mystérieux pouvoir d'attraction. Jour après jour, je ne m'étais pas vu changer, vieillir. Le lendemain, dans le miroir de la salle de bains, je devais reconnaître sur mon propre visage tous les signes du vieillissement que je n'y avais pas vus auparavant. On ne sent jamais l'écoulement du temps. Un instant s'étire éternellement tandis que des semaines disparaissent sommairement. Comme dans un morceau de musique, l'esprit va de motif en motif, de refrain en refrain, saute d'un élément familier à un autre pour ensuite remarquer les différences. Il ne distingue pas le passage des minutes et des jours ou des années. Il ne peut que remarquer les changements, comme des notes, dirait un musicien, encadrant les plages de silence, et évaluer ainsi la durée des intervalles. Ce n'est qu'en redécouvrant le visage de Gob que je compris depuis combien de temps je ne l'avais pas vue.

« Gob. »

J'acceptai l'étreinte et je la lui rendis. Alors seulement mon cœur se mit à battre. Sa joue toucha la mienne et l'odeur familière de sa peau envahit mes narines. Je la serrai contre moi, peut-être avec plus de force que je ne l'aurais voulu, mais elle ne fit pas de remarque et se laissa faire. Comme cette sensation était différente de celle que j'éprouvais au contact de Silje, de Pontus ou d'Ingrid ou même de Livia ! Se pouvait-il que je n'ai jamais cessé de l'aimer, tout ce temps, et que la simple présence de Gob suffise à en faire ressurgir tous les signes ?

En cet instant, pourtant, je fus soulagé que des années eussent passé, de ne plus être un jeune homme de vingt ou trente ans et que ce simple contact ne déclenchât pas d'érection.

Quand nous nous séparâmes, elle répéta :

« Je suis tellement *heureuse* de te voir ! »

Il me fallut bien acquiescer :

« Moi aussi. »

Elle m'observa rapidement de la tête aux pieds, eut une moue appréciatrice que je lui connais bien, lorsqu'elle étudiait un objet ou une situation pour l'analyser entièrement. Cela ne me troubla pas. Elle avait toujours agi ainsi, avec toute personne et toute chose.

« Tu as changé. »

J'ai penché la tête sur le côté.

« Toi aussi. »

Elle eut alors un rire. Ce rire, lui, était réellement nouveau. Il n'était plus franc et claquant. Non, il grinçait, dénué d'humour, un rire triste et glaçant.

« C'est vrai, n'est-ce pas ? Je suis vieille, maintenant.

— Pas beaucoup plus que moi.

— C'est vrai. Nous sommes vieux tous les deux. »

Nous n'avions alors pas encore vécu cinquante ans. L'espérance de vie en bonne santé moyenne, je l'avais appris à l'Assemblée, était de soixante-quinze ou soixante-seize années. Autrement dit, nous n'étions pas si vieux que ça. Cependant, comme pour ponctuer nos lamentations, certainement exagérées, non dénuées d'ironie mais pas fausses pour autant, un groupe de jeunes hommes et de jeunes filles, visiblement dans les dernières années du secondaire ou dans les premières du salariat, passèrent près de nous dans la rue devant la maison d'hôte. Ils parlaient, riaient fort, comme font la plupart des gens de cet âge. Nous tournâmes la tête dans leur direction dans un même mouvement. Nous les regardâmes passer en silence puis, quand ils se furent éloignés, nous échangeâmes un sourire. Cette vision avait-elle suscité chez nous deux les mêmes souvenirs ? Il était tentant de le penser, même si ce n'était probablement pas le cas. Sur le moment, il me semble, je choisis de le croire.

« Allons boire un verre, proposa Gob. Tu me raconteras tout. »

Elle avait dit cela comme une évidence et elle avait raison. Attablé dans un café autour de grandes tasses de thé à la menthe, je lui racontai ce qu'il s'était passé depuis que j'étais parti de Pelagoya, Antonia, la GEG, Pä, les trois années de service à l'Assemblée et enfin Silje et Pontus et Ingrid. Je ne lui racontais pas tout, mais presque. Je ne passai sous silence que Wed, retenu par je ne sais quel malaise certainement dû à la raison de la séparation et aussi au sentiment de tristesse que je ressentais toujours en y repensant. Quand j'eus terminé le récit de cette grosse douzaine d'années de vie, midi était bien passé et nous avions faim. Le café servait du couscous et nous en commandâmes deux assiettes tandis quc Gob me racontait à son tour ce qu'elle voulait bien me raconter.

« Après que tu es parti, je suis restée quelque temps à Pelagoya. En partie parce que j'étais sous le choc, en partie parce que je ne savais pas quoi faire d'autre.

— Je suis désolé. »

Gob secoua la tête.

« Il n'y a pas de quoi. Cela m'a fait du bien. Cela m'a permis de me souvenir de ce que cela faisait de vivre toute seule. Toute seule au milieu des autres, bien sûr. Je ne suis pas restée à Pelagoya sans rien faire. Il y avait toujours du travail, toujours quelque chose à faire. Je sais que les gens de là-bas auraient bien aimé que je reste encore plus longtemps, peut-être même que j'enseigne dans l'école ou je ne sais quoi. Héléna, en particulier, a essayé de me retenir mais, après un an, j'avais besoin de changer d'air.

« Alors je suis partie. J'ai passé quelque temps à Pä. J'ai travaillé sur le port et sur des bateaux de pêche.

— Tu as pêché ? ne pus-je m'empêcher de m'exclamer. Désolé… »

Gob a souri, ri même et cette fois-ci avec chaleur.

« C'est dur à imaginer, je sais. Moi qui avais toujours refusé de faire quoi que ce soit d'autre qu'écrire... Quand tu es parti, je me suis rendu compte que je n'y arrivais plus. Je ne pouvais plus écrire une seule phrase valable. Alors, il a bien fallu que je trouve autre chose. Qui plus est, j'ai assez bien aimé ça : me lever avant le jour, la pluie, le vent, le travail physique, l'odeur des poissons dans le chalut, relever les cannes, trier les animaux trop jeunes ou les femelles qui étaient pleines, les rejeter à la mer, revenir au quai au matin, transporter toute la pêche au laboratoire, vider les poissons, préparer les filets. L'après-midi, lire. Je lisais beaucoup moins que quand nous vivions ensemble mais, d'une certaine façon, je lisais mieux. Plus attentivement. Je n'avais plus l'envie de dévorer des montagnes de texte en permanence. Quelquefois, rarement, je réussissais à inscrire quelque chose sur un carnet : une parole entendue, une image vue ou bien simplement une impression. Jamais rien de long. Le soir, je m'endormais comme une pierre. Je m'effondrais. Au bout d'un moment, je n'entendais même plus la sonnerie du réveil. Mes yeux s'ouvraient d'eux-mêmes à l'heure nécessaire. Je m'habillais. Je sortais. Je recommençais. J'aimais ça. Parfois, pendant les jours de repos, je sortais dans les bars. Sans les habits de travail, je ne me reconnaissais plus : j'avais le sentiment d'être une tout autre personne et que personne ne me reconnaîtrait plus jamais non plus, ni comme celle qui avait écrit les *Contes* ou *Ma famille*, ni comme celle qui partait en mer pour observer le lever du soleil au large entre deux filets. J'étais libre d'une nouvelle manière. Contrairement à Pelagoya, à Télégie, à Grévi, je n'étais sous le regard de personne. J'étais *irresponsable*. Ça ne veut pas dire que j'ai fait n'importe quoi mais j'ai osé des choses que je n'aurais pas imaginées auparavant. J'étais quelqu'un d'autre. J'étais moi, enfin. »

Elle dut voir que je faisais la moue car elle s'interrompit.

« Excuse-moi. Je ne veux pas dire que je n'étais pas moi quand nous vivions ensemble.

— Tu n'as pas à t'excuser. C'est la vie. Les gens changent.

— J'ai eu quelques amants, quelques amoureux. Parfois plusieurs en même temps. Parfois à terre, parfois en mer. Aucune de ces amours n'a duré très longtemps. Ce n'était pas qu'elles ne m'intéressaient pas. Au contraire... As-tu déjà fait l'amour en mer, dans une cabine, avec sous toi le rythme de la houle ? »

J'ai secoué la tête.

« C'est... intéressant. Je suis contente d'avoir essayé, au moins une fois. Par contre, je ne suis pas certaine que je recommencerais. Enfin, cette vie-là a duré deux ans, peut-être trois avant que je m'en lasse.

« Je n'ai pas compris tout de suite que j'en avais assez. C'est une drôle de sensation : comme si les gestes se décalaient, d'abord imperceptiblement, des pensées jusqu'à ce que toutes les actions soient à contretemps. Elles finissent par être tellement décalées que j'avais l'impression de me regarder de l'extérieur, de pouvoir prédire tout ce que je faisais ou, au contraire, d'en être surprise après coup. Je ne pensais à rien de particulier mais je n'étais déjà plus là. Un matin, au laboratoire, je me suis ouvert la main vidant un rouget. C'était un geste que j'avais fait des centaines, des milliers de fois, si bien que je ne me rendais même plus compte que je le faisais. Pourtant, ce matin-là, j'ai mal positionné ma main gauche et le couteau est entré dans ma paume. »

Elle a tendu la main vers moi pour me montrer la cicatrice. Une épaisse ligne blanche courait de la jointure du poignet jusqu'à la base de l'index.

« Est-ce que tu te souviens des planches anatomiques qu'on regardait à Pelagoya ? Les écorchés, avec tous les muscles et les nerfs visibles. Ma main ressemblait à ça. Je suis restée figée. Je n'avais même pas mal. Je crois que j'étais trop surprise. J'étais fascinée. Je n'avais jamais fait le lien entre ces dessins et la réalité concrète de ma main. Je pouvais voir les os et les muscles bouger à travers le sang et la peau ouverte. Il a fallu que la camarade qui travaillait à côté de moi me secoue pour que je comprenne ce qu'il venait d'arriver. Ils m'ont emmenée au dispensaire du port. La doctoresse a nettoyé la plaie. Je commençais tout juste à percevoir la douleur. Elle m'a fait boire une tisane à l'herbe, au beurre et au miel pour m'anesthésier avant de me recoudre la main. Même si j'étais ailleurs, je me souviens qu'elle m'a dit que j'avais eu de la chance, que la pointe n'était pas rentrée très profondément et n'avait rien coupé d'essentiel. Apparemment, ma main gauche s'était écartée d'elle-même, par réflexe. En tout cas, il n'était plus question de travailler pendant le temps de cicatrisation.

« Je l'ai assurée que j'étais capable de rentrer seule jusqu'à l'appartement. C'était plutôt une toute petite chambre, au premier étage d'un de ces très vieux immeubles de la vieille Pä, qui avancent au-dessus de la rue. L'intérieur, neuf, rénové, ne ressemblait pas à l'extérieur. Elle était confortable et chaude. Au rez-de-chaussée, il y avait un minuscule restaurant qu'un vieil homme tenait tout seul. J'y dînais quelquefois. Durant les semaines suivantes, j'ai attendu, sans savoir quoi. Je ne me déplaçais que pour aller au dispensaire pour qu'on change le pansement de ma main, pour chercher des provisions ou un livre. Malgré l'ennui, je n'ai pas senti passer les jours. Un matin, un autre docteur a retiré le pansement et ma main était guérie. Il m'a souri et il m'a dit : " Encore une semaine pour être sûre que la blessure ne se rouvre pas et vous pourrez reprendre le travail. " J'ai hoché la tête. Je me suis longuement promenée sur le port. Quand les bateaux de pêche sont revenus, j'ai salué les camarades. Ils m'ont demandé si la main allait mieux. Je leur ai montré la cicatrice. Certaines ont poussé des sifflements admiratifs. Je ne m'étais pas ratée. J'ai senti l'odeur du poisson, des crustacés et des coquillages. La semaine suivante, quand la doctoresse m'a jugée tout à fait apte, je n'y suis pas retournée.

« Ces jours-là, il y avait un long-courrier qui mouillait au large de Pä. Il s'appelait le *Guillibert*. Dans un café, plusieurs des futurs passagers m'ont expliqué qu'il allait bientôt partir vers l'ouest, contourner le cap Sibling et remonter le long de la côte avec Æolis comme destination finale. C'était une ligne régulière, financée par la Caisse d'investissement générale, par celle de Pä et des petites communes du nord-ouest. En tout état de cause, le train était plus rapide mais le transport maritime, à moteur solaire et à voile, restait le moyen au plus faible 2IH d'acheminer des marchandises et des personnes d'une extrémité du pays à l'autre. J'en avais terminé avec la pêche mais pas avec la mer. Je me suis embarquée. Le voyage dura près de deux mois. Le *Guillibert* était un navire imposant, un des plus gros qui circulaient à cause de sa double fonction : il faisait à la fois du fret et du transport de passagers. Pour ce que j'en ai compris, l'essentiel de la structure venait de la carcasse d'un vieux porte-conteneurs propriétariste, allégée et adaptée pour pouvoir circuler à l'aide de turbines solaires ou simplement poussée par le vent. Il avançait lentement, c'est vrai, mais personne n'était pressé. Il ne transportait rien de périssable, à part bien sûr les légumes qui poussaient sur le pont dans des serres et des bacs et des quelques poules qui couraient plus ou moins librement dans les coursives. Les marchandises n'étaient que des vêtements, des livres, des terminaux, des lampes, des meubles : c'était en majorité des biens conventionnés qui emplissaient les cales. Les cabines individuelles étaient, en règle générale, utilisées par l'équipage. Ces camarades-là devaient toujours être correctement reposés pour assurer une navigation sans encombre. Quant aux passagers dont je faisais partie, nous occupions plusieurs dortoirs comme on en trouve partout. Pour autant, les endroits où s'isoler ne manquaient pas. Il y avait une petite bibliothèque à bord et, même si la plupart des ouvrages disponibles n'étaient pas très intéressants, j'en ai tout de même lu quelques-uns. Il y avait des tables, des chaises et des fauteuils dans la salle commune qui était la seule pièce à l'exception de la cabine dotée de véritables fenêtres. Quand il faisait beau, il était toujours possible de s'installer sur le pont, mais le vent de la mer faisait tourner les pages des livres et des carnets et la lumière du soleil rendait la lecture d'un terminal difficile.

« Le *Guillibert* était bien trop gros pour jeter l'ancre dans les ports que nous rencontrions. De plus petits bateaux venaient jusqu'à lui depuis la côte, emportaient des marchandises, en amenaient d'autres et échangeaient des passagers. Certaines personnes en profitaient pour faire escale quelques heures ou quelques jours. Pas moi.

— Pas toi ? Pourquoi ? »

Gob battit des cils et je m'en voulus presque de l'avoir dérangée, si profondément plongée dans le souvenir.

« Je n'y voyais simplement pas d'intérêt. J'étais très bien à l'extérieur du monde. Il était plus confortable de l'observer depuis le large, de regarder la côte et les formes floues des villes et des villages et d'accepter de ne pas les connaître. Je m'étais si bien habituée au roulis, au lent balancement de la houle sous mes pieds qui le compensaient d'eux-mêmes que la terre ferme m'aurait à coup sûr donné mal au cœur. Je ne parlais presque à personne, à l'exception des moments de préparation des repas, de ménage du dortoir ou de la lessive. Cela ne choquait pas. On respectait mon mutisme, particulièrement les navigateurs. Peut-être ont-ils davantage l'habitude de se taire. La mer, il me semble, appelle le silence.

« Mon esprit aussi était silencieux, pour la première fois. Je ne l'avais pas éteint par une activité manuelle et répétitive comme durant les mois de pêche. Non. Il était simplement au repos. Cela avait sans doute quelque chose à voir avec la relative absence de lecture. Les mots qui avaient toujours tourné dans ma tête depuis que je savais lire et écrire s'étaient tus un moment. Au début, j'eus peur de cette absence. Où étaient-ils partis ? Et s'ils ne revenaient jamais ? Les notes que je prenais se firent de plus en plus rares jusqu'à s'arrêter complètement. Une fois passé la première angoisse, je me suis calmée et je n'ai pas cherché à les remplacer par autre chose : de la musique, des films, des jeux, des conversations. J'ai laissé le terminal déchargé au fond du sac accroché sous le lit.

« J'ai passé toute une semaine à parcourir le *Guillibert* en long et en large, jusqu'à en connaître toutes les coursives, les croisements, les entreponts où presque personne ne se rendait et où les chats embarqués à bord allaient se rouler en boule pour dormir tranquillement, confortablement installés contre les canalisations d'eau chaude. J'ai dit que la mer appelle le silence, mais c'est faux. La mer est un vacarme permanent. Il y a le ressac contre la coque, les mouettes qui suivent les navires non loin des côtes en piaillant et en battant des ailes, les bourrasques contre les hublots, parfois le caquètement des dauphins, mais il y a aussi tous les bruits du bateau lui-même : les pas dans les couloirs, les mots et les rires au loin, indistincts, le bourdonnement des turbines quand elles sont en marche, le claquement des voiles et le grincement des poulies, des mâts et des poutres, le choc sourd ou brillant d'un objet qui tombe, se brise, suivi d'un juron. »

Je hochai la tête, transporté à nouveau à bord du Scarabée.

« Le silence n'était qu'en moi. C'était moi qui le faisais. En me taisant. En cessant d'écrire. En écoutant. C'était étrange. »

Les assiettes terminées, Gob se tut le temps que le serveur les ramassât. Je n'avais plus réellement faim mais je la laissai commander deux pots de yaourt aux morceaux de fruits en dessert et, surtout, deux cafés.

« J'ai regardé de loin le cap Sibling. Je n'ai mis pied à terre qu'une fois arrivée à Æolis. Et encore, ajouta-t-elle avec un petit rire, il a fallu que l'équipage me pousse dehors. Si je m'étais laissé aller, je crois que j'aurais attendu que le *Guillibert* reparte et j'aurais fait le chemin en sens inverse. Es-tu déjà allé à Æolis ? »

Je secouai la tête.

« C'est très beau. Les collines couvertes de sapins s'arrêtent brusquement pour laisser la place à une immense plage, longue de plusieurs kilomètres à marée basse. Lorsque le *Guillibert* est arrivé, c'était le cas. Certains, pressés, ont demandé à descendre tout de suite et, depuis le pont, je les ai regardés nager quelques mètres jusqu'à trouver pied puis entamer la longue marche jusqu'aux buttes au sommet desquelles on pouvait distinguer la silhouette des palissades et des maisons de bois d'Æolis. Les autres - dont je faisais partie - ont attendu le lendemain matin en faisant la fête. Malgré les invitations des autres passagers et des navigatrices, je n'ai rien bu, rien fumé. Cela ne m'a pas empêché de rire aux plaisanteries et même de chanter avec les autres.

— Toi, tu as chanté ?

— C'est difficile à croire, pas vrai ? »

C'était un bel euphémisme.

« Quelque chose a profondément changé en moi pendant le voyage à bord du *Guillibert*. En vérité, je pense que le changement avait déjà commencé auparavant, à Pä, et l'attitude que j'ai eue à bord n'en était qu'un nouveau signe. Le lendemain matin, alors que le reste de l'équipage dormait encore, j'ai observé la marée qui montait. Au loin, sur la rive, les gens d'Æolis descendaient des canots et des barges et les mettaient à l'eau. Quelqu'un d'autre devait être éveillé puisque la cloche d'avertissement tinta. L'équipage se leva immédiatement. On ouvrit les portes d'accès à la cale pour en remonter les marchandises à débarquer. Les autres voyageurs et voyageuses descendirent au dortoir pour y chercher les affaires qu'ils y avaient laissées. L'échelle était restée pendue par-dessus le bastingage la veille. Les barques et les barges vinrent se ranger contre la coque et, une fois quelques salutations et quelques plaisanteries échangées à haute voix, le mouvement bien huilé du débarquement a commencé : les allées et venues des caisses sur le monte-charge, la descente précautionneuse des passagers malhabiles sur l'échelle de corde, inquiets malgré la ligne de sécurité à laquelle ils étaient accrochés. J'ai été une des dernières à débarquer. Les Æoliennes qui menaient le canot sur lequel j'avais posé le pied m'adressèrent un sourire poli mais guère chaleureux. Pour elles, tout cela était habituel, voire routinier. D'en bas, j'ai voulu saluer d'un geste de la main l'équipage du *Guillibert* mais il était trop occupé à accueillir les nouveaux passagers et à ranger le chargement pour Pä et les autres ports sur le chemin. Comme personne ne me répondait, ni même ne me remarquait, j'ai baissé la main, me sentante un peu idiote. »

Les ramequins de yaourt étaient vides ; les tasses de café aussi. Comme nous ne bougions pas, on nous amena une pleine carafe d'un chaï très fort et très épais.

« Au moment de débarquer sur la plage, en contrebas d'Æolis, j'ai eu l'impression de faire les premiers pas sur une terre inconnue. C'était un peu ridicule, je sais. Æolis n'est pas si loin d'Antonia. Elle n'a rien d'une *terra incognita*.

— Tu te préoccupes beaucoup de l'effet que tu fais. Avant, tu n'aurais pas eu peur d'être ridicule ou bien d'avoir l'air idiote. »

Gob acquiesça, fit la moue et il me semble même avoir vu ses joues se colorer légèrement, ce qui était encore plus inédit que tout le reste.

« Je te l'ai dit : j'ai changé. Et toi aussi, d'ailleurs.

— C'est vrai.

— J'ai lu tout le travail que tu as fait pendant que tu étais à l'Assemblée. Ton enquête. Le Umo que je connaissais n'aurait jamais eu l'idée de faire une chose pareille.

— Et ça t'a plu ?

— Je ne peux pas dire. J'ai trouvé ça très intéressant, en tout cas. Il me semble que tu as soulevé une vraie problématique dans notre rapport à la Déclaration d'Antonia. »

La haute tasse de chaï entre mes mains parut se refroidir soudain. J'eus le sentiment qu'une fenêtre s'était ouverte, laissant entrer l'air de l'extérieur et la raison de ma présence à Amistad. Pour me réchauffer, je changeai de sujet en posant une question :

« Et que s'est-il passé à Æolis ? »

Gob prit une gorgée de thé.

« À Æolis, j'ai réappris à écrire.

— Comment ça ? Je veux dire : comment as-tu fait ? Est-ce que tu avais réellement oublié ?

— Jusque-là, je n'avais fait qu'écrire sur moi, sur le passé, sur le futur ou sur ailleurs. À Æolis, j'ai appris à écrire sur le présent. Sur ici et maintenant. Longtemps, j'avais cru que les images, les sons, les personnages et les lieux que j'inventais étaient suffisants. Je veux dire par là qu'ils me suffisaient, qu'ils étaient tout ce que je devais et ce que je pouvais écrire. À Æolis, je me suis rendu compte que j'avais eu tort. Je n'avais pas vu. Je n'avais pas entendu. Non : je n'avais pas *regardé* ni *écouté*. J'avais toujours pensé que l'organe le plus important pour écrire était le cerveau. J'avais tort. Il s'agit des yeux, des oreilles, du nez, de la peau et de la langue.

« À Æolis, le vent de d'ouest passe à travers les planches des palissades et cela fait comme un concert de sifflements. Le soir, quand le soleil se couche, la lumière est découpée en lamelles, séparées les unes des autres par l'épaisseur d'une planche. Elles commencent penchées en direction du sol puis se relèvent jusqu'à l'horizontale et, se dissipantes et rougissantes, s'orientent presque jusqu'à la verticale. Au cours de la journée, les ombres des sapins et des cabanes pivotent comme sur un axe. Toute la ville sent la sève et les épines. Les gens assaisonnent les plats avec. Elles les font macérer aussi, pour lutter contre le mal de gorge. Ces choses-là, par exemple, je n'y avais jamais prêté attention auparavant. J'étais trop plongée dans les livres et les carnets… Es-tu déjà allé à Æolis ? » demanda-t-elle encore.

Je ne lui fis pas remarquer et répétai la réponse :

« Jamais.

— Il n'y a pas d'horloge là-bas. Aucune montre ni pendule. La place centrale est un cadran solaire. Chaque personne qui s'y installe pour une année ou plus peut graver son nom dans le style. C'est très beau. Il y a des milliers de noms, tant que les uns finissent par recouvrir les autres, à la manière d'un palimpseste. C'est une ville entièrement nouvelle, Æolis. Elle n'existait pas avant la Déclaration d'Antonia. Contrairement à la plupart des autres, elle n'a pas été bâtie sur des ruines ou reconstruite, réorganisée à partir d'une cité propriétariste. Pourtant, on m'a conduite jusqu'à un coin reculé, là où la ville cède peu à peu la place à la forêt. On m'a fait prendre un sentier, sans me dire où nous allions. Les guides m'ont fait marcher plus d'une heure pour me montrer un trou dans le sol. Je n'ai pas compris de quoi il s'agissait. On m'a expliqué qu'il s'agissait de la seule trace du village qui s'était dressé là, il y a des milliers d'années. Tout avait disparu : la pierre, le bois, les briques. Tout, sauf cette empreinte. Un trou de poteau. Je ne sais pas pourquoi, en voyant ça, je me suis mise à pleurer. Les guides n'ont pas eu l'air étonnés. Apparemment, c'était une réaction très courante de la part des nouveaux et nouvelles arrivantes à Æolis. L'évocation d'un passé si lointain suscite une émotion si forte qu'il est impossible de trouver les mots pour en dire quelque chose. Alors, on pleure. Quand nous sommes revenus au bourg, j'ai essayé d'écrire et d'en faire la description.

— Qu'est-ce que tu as écrit ? »

Gob sourit piteusement et secoua la tête. Elle s'est penchée vers la sacoche posée contre la chaise et elle en a tiré un carnet. J'eus le temps de voir que celle-ci était remplie de dizaines d'autres. Elle tourna quelques pages, sans hésiter. Elle savait exactement où se trouvait celle qu'elle cherchait. Elle lut :

« *C'est un trou de forme quasi circulaire. Il a un diamètre de soixante-dix centimètres environ et une profondeur de cinquante. Si personne ne me l'avait montré, je ne l'aurais certainement pas remarqué car l'herbe a poussé contre les parois et au fond. L'automne, des feuilles tombent dedans et forment en se décomposant une épaisse couche d'humus, si bien que des arbustes s'y enracinent régulièrement. Des Æoliens viennent les arracher pour préserver le trou, pour qu'il ne soit pas effacé. Le tracé du sentier fait une courbe pour l'éviter de plusieurs mètres. C'est autant pour le protéger que pour éviter que des personnes inattentives n'y tombent ou bien ne se blessent par inattention. C'est un trou, tout simplement. Je ne sais pas ce que je peux en dire de plus. Pourtant, en y repensant, je ne peux m'empêcher de recommencer à pleurer.* »

Gob posa le doigt sur la page.

« Ce n'est pas très bon et puis c'est un peu ridicule : l'encre a bavé à l'endroit où des larmes sont tombées.

— C'est la deuxième fois.

— La deuxième fois que quoi ?

— C'est la deuxième fois, répétai-je, que tu dis que tu es ridicule. »

Cette fois-ci, Gob rougit pour de bon. Elle referma le carnet et le posa sur le bord de la table, à l'écart.

« Je ne trouve pas ça ridicule, continuai-je. Il faut bien montrer, expliquer les choses pour celles et ceux qui ne les verront jamais. »

Je voulus boire une gorgée de chaï mais la tasse était vide.

« Ce n'est pas ridicule de pleurer non plus. »

Le visage de Gob s'éclaira. Une flamme longtemps éteinte se ralluma dans le creux de ma poitrine.

« À Télégie, dit-elle, tu n'aurais jamais dit une chose pareille. »

Je me levai brusquement, autant par envie soudaine d'uriner que pour tenter de distraire la chaleur entre mes poumons.

« Nous ne sommes plus à Télégie. »

Je poussai la porte du fond du restaurant et je traversai la cour jusqu'aux urinoirs dont émanait l'odeur acide de la sciure humide. Sur le mur, au fond, une personne avait inscrit, en grandes lettres élégantes et liées : « On ne pisse jamais deux fois la même bière. » Je pouffai, manquant d'éclabousser les chaussures. Sur le moment, je ne compris pas la référence mais je ris quand même.

Quand je me rassis à la table, les tasses de chaï avaient été remplacées par d'autres dont montait une puissante odeur d'herbe coupée.

« C'est une infusion d'herbe ? »

Gob hocha la tête. Je tournai la tête vers la fenêtre. La lumière déclinait déjà. Je ne m'en étais pas rendu compte. Je commençai à boire. Je gardai le liquide en bouche un long moment, savourant le goût de l'herbe. Sa forte amertume avait été compensée par une cuiller de miel.

« Et après ? demandai-je. Où es-tu allée ?

— Je suis allée à Antonia. Comme il n'y a pas de gare à Æolis, j'ai marché deux jours jusqu'à Passaca pour prendre le train. J'aurais pu aller plus vite mais je ne me sentais pas pressée et je m'arrêtais souvent pour écrire ce que je voyais. »

D'une main absente, sans cesser de parler, elle fit tourner les pages du carnet. J'aperçus des lignes et des lignes bleuies d'une écriture serrée, de la reliure au bord sans tenir compte des marges.

« Cela veut dire que tu étais à Antonia en même temps que moi. Pendant toutes ces années, nous ne nous y sommes jamais rencontrés.

— C'est une grande ville.

— Ça ne t'a pas fait trop bizarre ? D'y revenir, je veux dire. »

L'effet de la tisane commençait à se faire sentir. Je sentis mes épaules se détendre, une langueur envahir mes jambes et je me laissai aller en arrière contre le dossier de la chaise. Mon champ de vision se resserra, effaçant le reste du restaurant pour se focaliser uniquement sur le visage de Gob.

« Non. J'ai été la première surprise du peu d'effet que cela m'a fait. Je n'avais plus peur, je n'avais plus mal. Une fois ou deux, il m'a même semblé reconnaître Natacha dans la rue, mais je n'ai pas essayé de lui parler. J'ai relu *Ma famille*. Le livre m'a paru avoir été écrit par quelqu'une d'autre. Par une petite fille apeurée. Je n'étais décidément plus cette petite fille. »

La tisane faisait aussi son effet sur Gob dont le débit de paroles se faisait plus lent et la diction plus hachée.

« J'ai aimé vivre à Antonia. Le matin, j'écrivais. L'après-midi, je travaillais, dans une fabrique de chaussures. Il y avait un homme. Roman. C'était un amant. Nous sommes montés tout en haut du Peigne. Près de l'ancienne antenne. Là-haut, au soleil, il faisait chaud. On a fait l'amour, assis dans la pente. Toute la vie… toute la ville en contrebas. On était tout nus. Il y a des gens qui marchaient. Ils nous ont vus. Ils ont rigolé. On leur a fait coucou. Ils ont pris des photos. Je crois. Ils nous les ont envoyées après. C'était beau. Ça nous a fait rire encore. C'est un bon souvenir... »

Son regard s'est porté au-dessus de mon épaule, vers le mur et au-delà. Par mimétisme, je me suis tourné dans cette direction. Il n'y avait rien à voir, à part une photographie de plage, en noir et blanc. Je n'ai pas reconnu l'endroit. Ce pouvait être n'importe où. C'était juste une plage. Gob ne la regardait pas vraiment.

« Tu vois, Roman venait d'Amistad. C'est à cause... grâce... je ne sais pas. Les deux à la fois. C'est lui qui m'a parlé de la proposition. Forcément, ça m'a intéressée. »

Je n'ai pas pu retenir un bref éclat de rire.

« Forcément ! »

Gob a froncé les sourcils, renfrognée.

« Je ne suis pas cette personne, protesta-t-elle, montant le ton. Je ne suis pas celle qui est toujours *contre*. Je l'ai été. Est-ce que tu sais... non, tu ne sais pas. Comment tu pourrais savoir ce que ça fait d'être celle qui se sent à côté ? Celle qui n'accepte pas. Celle qui se sent mal alors que, toute la vie, on lui dit que tout va bien ! Toute une vie à me sentir *mal*. Pas différente. *Mal*. Parce que si tout est bien, si tout est bon, si tout le monde accepte tout ça comme normal, comme naturel, si ce n'est pas mon cas, alors je suis *mauvaise*, tu comprends ? »

Sa parole était devenue un cri contenu et contraint. Les mots crissaient, grinçaient dans sa gorge avant d'être retenus par le palais et les lèvres resserrées. Elle rugissait tout bas.

« Toute une vie : Gob est difficile. Gob est étrange. Gob ne *comprend pas*. Au contraire, Gob comprend trop bien. Gob est toute seule. Gob et les livres. Gob écrit. Gob ne veut rien faire comme tout le monde alors que c'est comme ça qu'il faut faire ! Puisque personne n'est propriétariste, puisque Gob n'est pas comme les autres, alors ça veut dire que Gob est propriétariste. Forcément. Forcément ! »

Elle leva haut le coude, terminante brusquement la tisane.

« Qu'est-ce qu'ils en savent ? Comme si c'était parfait ! Tu ne sais pas ce que ça fait ! Non, tu ne sais pas ce que c'est.

— Ce que c'est, *quoi* ? »

Gob me regarde dans les yeux. Ce n'est pas le vin qui parle. Ce n'est pas l'herbe de la tisane. C'est Gob, plus vraiment, plus réellement que jamais. Gob, seulement Gob. En cet instant, je la connais plus intimement que jamais auparavant. C'est elle ici, mais aussi la vérité trop longtemps dissimulée des deux yeux bleus aperçus dans le couloir, à Pelagoya.

« Tu ne sais pas ce que c'est, continue-t-elle, d'être la seule à sentir que quelque chose ne va pas. Tu ne sais pas ce que c'est d'en être la preuve vivante. L'intuition, la certitude, comme une aiguille plantée dans le cerveau. Tu ne sais pas ce que c'est que d'être seule. Toute une vie. À Pelagoya, à Télégie, à Grévi, à Antonia ou ailleurs. Complètement seule. »

Elle se tait. Je déglutis douloureusement.

« Seule avec moi aussi ? »

Elle hoche la tête.

« Je suis désolée. »

J'avance la main pour prendre la sienne. Malgré la tisane, elle est glacée. Ses ongles viennent se planter dans la peau de la paume. Cette minuscule douleur déclenche une cascade de souvenirs, bien trop nombreux et trop enchevêtrés les uns dans les autres pour les raconter un à un. Toute une vie. Ensemble. Trop proches. Trop loin.

Gob sanglote, renifle bruyamment. De sa main libre, elle extirpe un mouchoir rose pâle de la poche du pantalon. Elle se mouche, bruyamment encore. Elle me sourit encore une fois, différemment. Elle a les yeux mouillés, le dessus de la lèvre luisant. C'est un sourire que je ne lui ai jamais vu : celui de la vulnérabilité complète. C'est un sourire honnête. Je voudrais la serrer contre moi mais la table m'en empêche et je n'ose pas me lever. Alors je serre plus fort sa main dans la mienne. Elle dit :

« Tu m'as tellement manqué. Depuis que tu es parti. Tu m'as tellement manqué. Je me suis sentie tellement *idiote*. Tellement...

— Ridicule ? »

Elle a un petit rire, un bref éclat à contrecœur.

« Non, pas ridicule. Bête. Bête que tu sois parti.

— C'était ce que je voulais.

— Je sais. Mais ça n'empêche rien. »

Le silence s'installe une minute. Je saisis les deux tasses. Je me lève. Je m'avance vers le comptoir. À voix basse, le serveur me demande si tout va bien. Je réponds que oui ou, plutôt, que non, mais ce n'est pas grave. Je demande l'heure et puis, après réflexion, deux pintes de bière.

Quand je me suis rassis en posant un verre devant chacun d'entre nous, Gob s'était essuyé les yeux. Elle m'a remercié dans un souffle. Nous avons trinqué, avec un peu de gêne et de maladresse.

« C'est pour ça que j'ai commencé à m'intéresser à la proposition Amistad. Parce que, *pour une fois*, je ne me sentais plus la seule à penser que quelque chose n'allait pas. En vérité, les droits reproductifs ne m'intéressent pas vraiment mais... C'est le principe, tu comprends ?

— Je ne suis pas certain, non...

— Ce que je veux dire, c'est que les gens d'ici ont vu que quelque chose n'allait pas dans la Déclaration. Ils ont vu que quelque chose n'était pas en accord avec la manière dont ils voulaient vivre. Alors ils ont proposé un changement. Parce que c'était comme ça qu'il faut faire, selon les règles de la Déclaration, pas vrai ? »

Je hochai la tête.

« Je suis venue ici avec Roman, d'abord en visite, puis je suis restée. Tu sais ce que j'y ai trouvé de différent, de ce côté-ci du Pont par rapport à l'autre ? »

Je souris, devinant la réponse.

« Rien du tout, continua Gob. Seulement des gens qui veulent vivre libres, responsables, comme partout ailleurs. Exactement comme l'affirme la Déclaration. C'était la promesse, pas vrai ? C'était le plan ?

— Tu as raison.

— Mais pourtant, quand ils ont proposé d'inscrire le droit de faire un deuxième enfant par personne - le droit seulement, pas l'obligation ou l'impératif moral ou je ne sais quoi d'autre ! -, ils ont vu un mur se dresser contre eux.

— La réduction de la population est au cœur de la Déclaration. Sinon, le 2IH... »

Gob soupira bruyamment.

« Ne me fais pas le discours habituel ! Je le connais par cœur. Ces arguments-là n'ont convaincu personne ici.

— Les arguments d'Amistad n'ont pas convaincu à l'Assemblée non plus.

— Est-ce vraiment si important, ce que quelques centaines de personnes tirées au sort pensent de ce que des gens à plusieurs milliers de kilomètres font de leurs gamètes et de leurs utérus ?

— Faire un enfant n'est jamais un acte isolé. Il a des conséquences partout dans le pays et sur la biosphère. Et on ne parle pas d'un seul enfant supplémentaire ! Il s'agit de centaines, de milliers, voire de dizaines de milliers d'êtres humains en plus, au fil des années. C'est *ça* que l'Assemblée a essayé de vous dire. Il faut penser aux conséquences ! »

Le fond du verre que Gob venait de vider tapa brusquement contre la surface de la table.

« Nous ne sommes pas des enfants, Umo ! Tu crois que nous ne sommes pas capables de faire des calculs nous aussi ? De tracer des courbes ? Mais, si ratifier la Déclaration se résume à accepter de vivre en fonction de chiffres, de calculs et de projections alors, dis-moi, en quoi est-ce qu'elle est différente de n'importe quel texte de loi propriétariste ?

— Ce n'est pas comparable…

— Qui plus est, dans cette *même* Déclaration, il est écrit que chaque commune est indépendante, libre et responsable de son propre fonctionnement. Même si nous décidons de faire *ce que nous désirons*, sans rien demander à personne, nous n'attaquons aucun texte. Rien ni personne.

— " Nous " ? protestai-je. Je croyais que tu ne voulais pas d'enfant.

— Ne mélange pas tout. Ce n'est pas une question de ce que je veux personnellement…

— Excuse-moi, Gob, la coupai-je, mais c'est l'impression que tu donnes. Tu viens de me dire que, si tu avais décidé de soutenir la proposition Amistad, c'était *justement* parce que tu… parce que tu t'y retrouvais. Parce que tu avais le sentiment que les gens ici étaient comme toi.

— Ce n'est pas la question !

— C'est au moins autant la question que le reste. Tu ne peux pas balayer d'un revers de la main le travail de l'Assemblée…, le travail de toute une succession d'assemblées, et de la GEG, sous prétexte d'exprimer simplement un désir de vivre comme vous le voulez.

— Tu dis " vous ", remarqua Gob d'une voix blanche, je dis " nous ". »

Ce fut à mon tour de soupirer et de terminer la pinte de bière. Du coin de l'œil, je remarquai que le serveur, comme plusieurs autres personnes dans le café, tendaient l'oreille vers notre conversation. D'un geste, je commandai une deuxième tournée dont l'attente permit à la tension de redescendre un peu.

« Ce que j'essaie de dire…, repris-je.

— Ce qu'on t'a envoyé dire ? »

Je secouai la tête.

« Personne ne m'a dit quoi dire. On m'a demandé de venir te parler, vous parler, c'est tout. Alors c'est ce que je suis venu faire.

— La plupart des gens ici sont persuadés que tu n'es qu'un délégué de plus, une bouche et des oreilles fermées. »

Excédé, je me tournai vers le reste du café.

« C'est vrai ? demandai-je en cherchant le regard de tous les autres clients. C'est que vous pensez ? »

Personne ne détourna le regard.

« Les autres ont toujours agi comme ça, dit un homme.

— Et quand nous y allons, ajouta quelqu'une d'autre, on ne nous écoute pas non plus.

— Ce n'est pas vrai ! m'insurgeai-je. J'étais là ! Je vous ai écoutés et je sais que je ne suis pas le seul !

— Et qu'est-ce que ça a changé ? maugréa encore une autre personne.

— Rien du tout ! L'Assemblée ne bougera pas. Alors, nous faisons sans elle, c'est tout. Nous ne lui demandons rien de plus que de nous laisser faire. »

Je ressentis alors un profond découragement. Je levai les bras au ciel et je vidai la moitié du verre en une seule levée de coude. Je regrettai soudain d'être venu. Que voulait-on que je leur dise de plus qui n'avait pas été dit, à des dizaines et des dizaines de reprises ?

« La Déclaration d'Antonia…, commençai-je.

— Oui ? m'encouragea Gob, voyant que j'étais déstabilisé.

— La Déclaration, repris-je, n'a pas pour but d'imposer quoi que ce soit à quiconque. C'est un accord que les communes ont passé les unes avec les autres. Si Amistad rejette cet accord, elle en rejette aussi tout le reste du contenu et, qui plus est, elle le déstabilise entièrement.

— Cet accord, demanda doucement Gob, qui l'a passé ?

— Les communes, répétai-je, incertain du sens de la question. Amistad, Arkadia, Iliat, Pä… Et toutes les autres. »

Gob secoua la tête.

« Ce n'est pas ce que je veux dire.

— Quoi, alors ? »

D'un geste de la main, elle embrassa tout le café et, compris-je, tout Amistad.

« Qui, ici, a passé un accord ? Qui, ici, a ratifié la Déclaration d'Antonia ?

— Personne, dus-je bien admettre.

— Sous prétexte que nous sommes nés dans un endroit qui a, par le passé, ratifié la Déclaration d'Antonia, nous sommes censés l'admettre comme un état de fait. C'est ce que nous avons appris à l'école. Nous en avons appris des extraits par cœur. La Déclaration dit que l'être humain " ne se peut posséder par contrainte ou contrat ". Pourtant, elle nous possède avant même que nous ne comprenions ce qu'elle signifie. Que nous le voulions ou non, nous lui appartenons.

— On ne peut pas être possédé par un texte.

— Ah bon ? Comment appelles-tu le fait d'être contraint, limité dans les actions que tu as le droit de faire ou non, dans les déplacements et dans les choix biologiques ? Si ce n'est pas de la possession, je ne sais pas ce que c'est. »

À ce moment-là, je ne pourrais dire si la confusion que je ressentais était le fait de la tisane, de la bière ou simplement de la violence de l'attaque que Gob portait à la Déclaration.

« As-tu choisi ? T'a-t-on seulement proposé le choix ? Les adultes te l'ont-ils expliqué ?

— Non. Bien sûr que non. J'étais un enfant. Je ne pouvais pas choisir en connaissance de cause.

— Et pourtant, la Déclaration, elle, a considéré que tu étais d'accord. Tout se passe comme si elle avait décidé à ta place. Quand tu es né, elle a dit : " Cet enfant m'appartient. Il agira toute sa vie selon les règles que je promulgue. " Elle t'a même donné un numéro pour t'identifier.

— Mais la Déclaration d'Antonia n'est pas…

— … une personne ?

— … une créature dotée de raison ou de sentiment. Ce n'est qu'un texte ! Elle n'a pas de volonté ! »

Je me souviens avoir mordu ma lèvre inférieure pour réussir à me concentrer et à détourner mon attention de la chaleur sous mon front.

« Ce n'est qu'un texte que des personnes ont écrit !

— Alors c'est encore pire ! s'exclama Gob. Nous sommes possédés par des êtres venus du passé, qui exercent sur nous leur pouvoir à travers des mots que nous ne questionnons plus. Ce n'est pas un accord, ce n'est même pas un contrat. Si nous la remettons pas cent fois en question, la Déclaration d'Antonia n'est plus qu'une tradition. C'est une religion comme les autres ! Si l'on ne peut la contester, répéta Gob, elle ne vaut pas mieux que n'importe quelle constitution propriétariste !

— Mais ce n'est pas ce qui s'est passé ! protestai-je encore. Personne n'a refusé à Amistad le droit de contester la Déclaration ! Seulement, la proposition n'a pas convaincu ! C'est *tout* ce qu'il s'est passé. Cela ne veut pas dire qu'elle ne convaincra jamais. Si vous refusez les règles…, les règles de ce *jeu-là*, alors vous refusez tout le reste. Vous refusez tout entier un accord qui unit toutes les personnes du pays ! Vous vous mettez volontairement à l'écart du reste du monde !

— On ne peut pas refuser un accord auquel on n'a pas souscrit soi-même ou que l'on a accepté sous la contrainte. On ne peut que le contester. »

Je me levai et je commençai à faire les cent pas dans la pièce. Je devais être très rouge car le serveur posa sur le comptoir un verre d'eau à mon intention. Gob se retourna sur la chaise pour me suivre du regard.

« Que devrions-nous faire d'après toi ? Faudrait-il que nous revotions régulièrement toute la Déclaration ? »

Elle hocha la tête.

« Ce n'est pas une mauvaise idée. C'est un début.

— À quelle fréquence alors ? Tous les ans ? Tous les cinq, tous les dix ans ? Est-ce que ce n'est pas ce que nous faisons déjà, puisque n'importe quel groupe, n'importe quelle commune peut proposer une modification du texte ?

— Mais nous ne remettons jamais en question la pertinence de la Déclaration elle-même ! Umo, écoute-moi. Avant que tu arrives, j'ai regardé les enregistrements de toutes les prises de paroles que tu as faites quand tu étais à l'Assemblée.

— Et alors ? pestai-je, exaspéré.

— Et tu avais raison ! C'est toi qui l'as dit : le problème est dans la Déclaration ! Elle porte en elle la contradiction. Il faut donc la remettre en cause. La réécrire entièrement s'il le faut. Elle a été écrite par des gens traumatisées par des siècles de propriétarisme. Nous ne sommes plus ces personnes, et depuis longtemps ! Tout a changé. Pourquoi la Déclaration ne changerait-elle pas ? Pourquoi ne pourrait-on pas en faire une toute nouvelle ?

— Mais les principes qu'elle donne sont bons ! Elle n'est pas parfaite, c'est vrai. Il faut l'amender, continuellement, encore et encore.

— Alors, tu es d'accord avec moi. Avec nous. Au moins en partie.

— Non ! Oui ! Bien sûr ! Mais Amistad doit être patiente. Ne rompez pas les liens qui vous unissent au reste des communes. D'ailleurs, comment est-ce que vous le pourriez ? »

Je levai brusquement le bras en direction du sud-ouest.

« Il y a un pont au-dessus du fleuve, Gob. Qu'est-ce que vous allez faire ? Le faire sauter, par impatience ? »

Le silence s'était fait dans la salle du restaurant. Quelqu'un dit :

« Certains y ont pensé. »

Cette fois-ci, je n'y tins plus. Je laissai libre cours à la colère :

« Et qu'est-ce que cela accomplirait de bon ? Vous détruiriez simplement un ouvrage qui existe depuis des centaines d'années et on finirait un jour ou l'autre par en reconstruire un autre ! Voulez-vous retracer des frontières ? Vous retrancher sur *votre* rive du Basilio et y mener *votre* vie selon *vos* désirs ? Comment ferez-vous pour ne plus voir l'autre rive ? Porterez-vous des œillères ? Et si ce n'est pas suffisant, que ferez-vous ensuite ? Est-ce que vous bâtirez un mur pour bloquer les regards ? Et si vos enfants - vos deux enfants par personne ! - vous demandent ce qu'il y a de l'autre côté du mur que leur répondrez-vous ? Vous leur direz : " C'est un mur que nous avons bâti pour pouvoir vous *avoir*. " Vous *aurez*. Que dira-t-on de vous dans cinquante ans, dans cent ans, de l'autre côté de cette frontière ? On racontera " Il y a là une commune qui a voulu être seule ", avec de la tristesse dans la voix.

« Est-ce qu'on ne vous a pas enseigné l'histoire, à l'école ? Est-ce qu'on ne vous a pas raconté ce qui se passe quand on dessine des frontières et quand on érige des murs ? N'aurez-vous pas transformé votre commune en… »

J'hésitai, n'osant pas prononcer le mot suivant, tant il était énorme.

« Vous aurez fait de votre commune un *camp* ! Voilà ce que vous aurez fait ! Et d'un camp, on veut toujours s'échapper ! »

Je reposai le verre d'eau vide sur le comptoir avec trop de force. Il se brisa entre mes doigts. Toute la colère se dissipa d'un coup dans ce minuscule acte de violence.

« Je suis désolé, murmurai-je au serveur.

— Ce n'est pas grave, dit-il alors que j'écartai les doigts. Ce n'est qu'un verre. On en fabriquera d'autres. »

Gob se pencha vers moi.

« Ta main ? Tu n'as rien ? »

Je n'avais rien. Ma paume était vide et indemne.

« Je suis désolé, répétai-je, tourné cette fois-ci vers la salle. Je veux simplement dire… »

Sans m'en rendre compte, je portai mon regard sur Gob.

« Je veux simplement dire : ne partez pas. Ce désaccord n'est pas insoluble. Ayez confiance en nous. En nous toutes, en nous tous. Il n'y a pas de *vous*. Le Basilio ne nous sépare plus. S'il l'a jamais fait. S'il faut changer la Déclaration, nous la changerons et peu importe le temps que cela prendra. S'il faut la réécrire entièrement, nous la réécrirons. Ne partez pas. Vous ne *pouvez pas* partir. Amistad ne sera jamais plus un ailleurs. Elle est ici, pour toujours. Une. Avec Arkadia. Avec Antonia et toutes les autres. Ailleurs n'existe pas. »

Alors, le souffle me manqua et je m'écroulai sur la chaise légèrement décalée, de travers par rapport à la table. Gob ne dit rien. Un silence songeur régna longtemps dans le restaurant puis le bruissement des conversations reprit. Le serveur était venu poser un autre verre d'eau devant moi. Les verres de bière étaient vides. Il les remplaça par d'autres pleins. J'avais une telle soif que ni l'un ni l'autre ne suffirent à l'étancher. J'étais épuisé. J'avais faim alors que je n'avais pas bougé de cette chaise de la journée.

Gob, elle, souriait.

« Je suis fière de toi, dit-elle finalement.

— Je ne parierais pas sur l'efficacité de tout ce discours. »

Elle haussa les épaules.

« Peu importe. Tu as dit ce que tu étais venu dire. Les Amistadiens et les Amistadiennes l'entendront et l'écouteront peut-être.

— Les Amistadiens ? Il n'y a plus de " nous " ? »

Gob ne se départit pas de son sourire mais j'y distinguai désormais de la tristesse.

« Tu me connais. Je ne suis ni d'ici ni d'ailleurs. J'ai beau dire, je resterai toujours Gob et seulement Gob. C'est comme ça. Je ne sais pas faire autrement, de toute façon. »

Elle regarda tout autour d'elle, contemplant le restaurant dans lequel les conversations avaient repris sans se soucier de nous. Peut-être ces gens commentaient-elles ce que je venais de dire. Peut-être pas. Je pense que, depuis Antonia, l'Assemblée avait tendance à surestimer l'importance que le sujet de la proposition Amistad avait dans la vie quotidienne des habitants et habitantes de la ville. Là comme ailleurs, elle suivait un cours habituel.

Peut-être que là était la solution. Laisser couler.

Gob se retourna vers moi :

« Est-ce que tu veux aller ailleurs ? »

J'acquiesçai. Nous nous levâmes et nous nous dirigeâmes directement vers la porte, sans passer par le comptoir. Voyant mon expression interdite, Gob précéda la question :

« Je passerai régler la note plus tard. »

Puis, avec un sourire malicieux, elle ajouta :

« Nous avons le temps. »

Je la suivis près d'une demi-heure à travers Amistad, le long d'un itinéraire qui n'était pas, je le soupçonnais, le plus court mais une sorte de promenade touristique alternant les lieux et monuments historiques et les ruelles plus étroites dans lesquelles, de temps à autre, Gob m'indiquait de la main un détail de la décoration ou une particularité architecturale. Pour être honnête, je n'ai pas de souvenir très précis de cette balade. J'aimerais dire que c'était à cause de la tisane, de la bière ou de la fatigue, mais j'avais simplement trop froid. L'hiver était bien plus rigoureux à Amistad que sur la côte sud et si, à la maison d'hôte d'Arkadia, on m'avait fourni un épais manteau en laine, il ne couvrait pas mes mains et mes oreilles. Je serrai les premières au creux de mes aisselles, ne les en tirant que pour frotter brièvement mais vigoureusement les secondes. Les chaussures de toile que je portais laissaient passer tout le froid et toute l'humidité. Aussi, je fus particulièrement soulagé quand Gob s'arrêta devant une étroite vitrine qui laissait voir une salle à manger bien remplie. Elle poussa la porte et je m'engouffrai au chaud à la suite avec un soupir de contentement.

Un homme s'avança vers nous.

« Gob ! s'exclama-t-il. Ça fait longtemps ! »

Sans plus de manières, il l'étreignit et lui donna deux longs baisers, l'un sur la joue et l'autre sur le front. Gob tendit la main vers moi, encore tout grelottant.

« Roman, voici Umo !

— Ah, le fameux Umo ! »

Il écarta les bras pour me serrer aussi contre lui, si vite que je n'eus pas le temps de réagir. Néanmoins, je fus assez heureux d'échapper aux baisers.

« Gob m'a beaucoup parlé de toi !

— Est-ce qu'il vous reste de quoi dîner ? demanda celle-ci. Ou bien est-ce que c'est trop tard ? »

Je portai un œil curieux vers les deux grandes tablées. La plupart des assiettes étaient vides et les gens terminaient lentement des portions de dessert ou bien sirotaient de petits verres d'alcool et des tasses de café fumant dont l'odeur emplissait la pièce. Je me demandai soudain l'heure qu'il était et je regrettai de ne pas avoir pris de montre avec moi. Était-il si tard que ça ?

Roman parut réfléchir un instant, yeux levés dans le vague et lèvres serrées.

« On doit pouvoir vous bricoler quelque chose, dit-il finalement. Installez-vous ! »

Il restait deux places, contre le mur du fond, très loin des fenêtres et très près de la cheminée. Je retirai le manteau avec plaisir.

« Amistad dîne tôt, précisa Gob en retirant les moufles qu'elle portait. Particulièrement l'hiver. Les gens aiment profiter des longues soirées. »

Je hochai la tête, un peu rassuré. Le temps n'avait pas filé sans que je m'en rendisse compte. Si loin au nord, les journées d'hiver étaient particulièrement courtes.

Roman ne tarda pas à nous amener des assiettes fumantes de spaghettis aux carottes, aux noix et à l'ail, recouvertes de copeaux de fromage de chèvre très sec.

« Je suis désolé, dit-il en nous servant, j'ai accommodé les restes.

— Tu plaisantes, s'exclama Gob, ça a l'air délicieux ! »

Ça l'était. Surtout, c'était chaud. Nous mangeâmes en silence et, une fois les assiettes vides, Roman apporta une assiette de biscuits à la cannelle, deux tasses de café et, avec un sourire complice et un clin d'œil qui - je crois - m'était destiné, posa sur la table deux verres et une grande bouteille remplie d'un alcool jaunâtre. Quand je lui demandai ce que c'était, Roman me répondit :

« Une boisson d'ici. Fabrication maison. Les retrouvailles, ça se fête ! »

Puis il disparut en cuisine. Gob s'empara de la bouteille et nous servit. C'est un alcool de montagne, avec un fort goût de verdure, plutôt sucré. Le premier verre en appelait fortement un deuxième.

« Il a l'air gentil, dis-je.

— Roman ? Il est formidable.

— Je suis content pour toi. »

Gob se perdit un instant dans ses pensées, tournée vers la double porte de la cuisine, encore battante. À ce moment précis, j'eus l'impression d'être de retour à Télégie et que les années passées n'avaient pas eu lieu. L'illusion, fugace, se dissipa dès qu'elle tendit la main vers un biscuit pour le tremper dans le café.

« J'aimerais pouvoir les rencontrer, dit-elle d'un ton absent. Silje, Ingrid, Pontus. J'aimerais savoir ce qu'est ta vie, aujourd'hui.

— C'est possible. Il suffit que tu viennes. »

Gob secoua lentement la tête.

« Oh, non... Personne n'aime avoir un fantôme à table.

— Tu n'es pas un fantôme.

— Bien sûr que si. »

Brusquement, elle attrapa le verre d'alcool jaune et le termina cul sec.

« Si on allait danser ? »

Sa proposition me prit complètement de cours.

« Danser ? Toi, tu veux aller danser ? »

Elle sourit, déjà debout et commença à revêtir les vêtements chauds.

« Tu n'es pas le seul à avoir changé, tu sais. Et puis je suis un fantôme. Dans toute bonne histoire de fantôme, il y a un bal. »

Bien obligé, je me levai à mon tour.

« Un bal ? Qu'est-ce que tu racontes ? »

Elle effleura ma joue du dos de la main. Un frisson électrique me parcourut de la nuque aux chevilles en s'attardant particulièrement vers mon bas-ventre.

« Fais-moi confiance. »

Elle se lança vers la porte, en criant presque par-dessus son épaule :

« Merci Roman ! À demain peut-être ! »

La voix de l'intéressé nous parvint, étouffée, de la pièce voisine.

« À demain, Gob ! Ou bien après-demain ! »

La porte claqua derrière nous. Gob, souriante, se tourna vers moi.

« Je l'aime vraiment bien.

— Je comprends pourquoi. »

Puis elle m'attrapa la main et m'entraîna à nouveau dans les rues peintes jusqu'à un endroit qui simplement appelé la Piste.

Nulle part ailleurs les gens n'aiment-elles autant danser qu'à Amistad. La Piste était bondée et le resta la majorité de la nuit. Tout au fond de la pièce, près de l'étroit bar vers lequel Gob et moi commençâmes par nous frayer un chemin, il y avait une estrade assez basse sur laquelle étaient installés une multitude d'instruments ainsi que de hautes bibliothèques remplies à craquer de disques de toutes les tailles et de toutes les couleurs. Les gens montaient sur l'estrade, s'approchaient d'un micro pour chanter, saisissaient une guitare, une contrebasse, un violon ou un saxophone, jouaient les premières notes d'un morceau ou bien venaient s'ajouter à celui en cours, pendant quelques mesures ou bien toute la durée du morceau. Le silence ne retombait jamais et jamais les chants et les rires de la foule ne parvenaient à couvrir la musique. Lorsqu'il n'y avait plus de musiciens sur scène pendant quelques minutes, quelqu'une s'installait derrière la platine et choisissait un disque. Le système de diffusion était si bien réglé que, sans regarder la scène, il était presque impossible de faire la différence entre la musique déjà enregistrée et celle qui se jouait directement sur l'estrade. Ainsi, aux valses succédaient les polkas, que suivaient des rocks endiablés et des pistes électroniques langoureuses, perturbées à leur tour par l'irruption de chansons à boire et d'airs très populaires que toute la Piste reprenait en chœur. À tout moment, tout le monde bougeait, dansait d'une manière ou d'une autre, coude à coude, hanche à hanche. Gob cria quelque chose à la personne derrière le comptoir, que je ne compris pas, et deux cocktails à base d'alcool jaune amistadien se matérialisèrent devant nous. Elle leva le verre, ouvrit la bouche en proposant de trinquer à quelque chose que je ne compris pas non plus. Je m'exécutai tout de même et ne reposai le verre que quand il fut entièrement vide. La tête me tournait. Une violoniste sur scène, accompagnée de deux percussionnistes et d'un pianiste, joua les premières mesures de *Tam Lin*. Je me lançai dans la foule avec un cri d'enthousiasme et Gob sur les talons. À partir de là, la nuit ne fut plus qu'une confusion de notes, de rayons de lumière colorée à travers la fumée des joints qui planait au-dessus des danseurs, de corps collés contre le mien, de sourires et de voix, d'échanges de paroles intenses mais aussitôt oubliés. Nous étions saouls, bien sûr, mais la danse ne nous laissait pas nous éteindre. Elle nous emportait sans cesse dans une lente rotation autour de la Piste qui inexorablement nous ramenait vers le bar au fil des pas de groupe, de couple ou de trio et des changements de partenaires. Un nouveau morceau commençait. Je le reconnaissais ou non. Je me tournais vers la personne la plus proche de moi et nous dansions. Gob n'était jamais loin. Parfois, il n'y avait aucun mouvement spécifique à exécuter. Il suffisait simplement de se balancer au rythme du battement en sourdine de la grosse caisse tandis que l'air s'emplissait de complexes nappes de synthétiseurs et des harmonies étranges de cordes pincées, tapées, des fracas bizarres du piano de plus en plus préparé au fil des heures. Je dansais, je buvais, jaune, je buvais de l'eau, je dansais encore, je cherchais Gob du regard, je pensais que je l'aimais, je dansais encore avec elle ou avec une autre personne, je la cherchais encore, je buvais jaune. La musique était inépuisable. J'étais si serré de toutes parts que mes pieds, malhabiles mais peu importait, paraissaient ne toucher que rarement le sol. J'étais, nous étions, décidément, emportés, emportés par la foule, par la ronde, par la boucle que dessinait la rotation de nos corps au fur et à mesure de l'apparition, des silences ménagés et de la réapparition attendue des rythmes et des mélodies.

Je frissonnai, non plus de froid mais de la sueur qui me recouvrait.

La danse, comme je le disais, était très importante sur la rive droite du Basilio. Il y avait des explications historiques à cela, datantes des temps du premier impérialisme arkadien, durant lequel de telles réunions étaient les seules autorisées. La proximité sensuelle des corps et le bruit ambiant étaient propices non seulement aux rencontres, mais aussi à la tenue de réunions d'organisations politiques. La police arkadienne tentait autant qu'elle le pouvait de les infiltrer mais, en règle générale, ses espions n'avaient pas l'oreille assez fine pour distinguer quelque parole importante que ce fût et se laissaient à leur tour emporter par la musique. Le bal, tradition villageoise, était devenu outil révolutionnaire. Quand Amistad avait, à son tour, imposé sa supériorité à l'autre rive, ils s'étaient transformés en démonstration de pouvoir pour les classes dirigeantes amistadiennes qui rivalisèrent alors de richesse et de munificence dans des cérémonies très codifiées dont le caractère subversif s'effaça devant la démonstration et la recherche du pouvoir. Les différentes formes que prit le propriétarisme au fil des siècles en modifièrent le sens et les habitudes mais le geste de la danse collective resta toujours une particularité amistadienne. Certains historiens arguaient que, en conséquence de la Déclaration d'Antonia, celle-ci avait retrouvé une sorte de pureté primitive ou essentielle, une intransitivité de la danse pour la danse. Ils étaient la cible de violentes contradictions. La danse n'était certes plus le lieu d'une lutte pour le pouvoir propriétariste mais elle gardait les fonctions qu'elle avait toujours eues : le lieu de la joie et de la célébration, de la rencontre et du désir, du drame et des ruptures, des douleurs et des jalousies. Le souvenir ne m'en revint que des jours plus tard mais je vis, du coin de l'œil, plusieurs personnes s'extirper de la foule, en larmes, et je distinguai des visages déformés par la colère. Il en allait sur la Piste comme partout ailleurs. Là aussi, les gens vivaient.

La musique ne cessa pas brusquement. Non, elle se décomposa délicatement, une musicienne après l'autre déposante l'instrument comme un soldat d'antan rendait les armes. Le tempo ralentit, le rythme se simplifia, jusqu'à ce qu'il ne reste qu'une unique figure sur l'estrade, debout derrière un clavier, égrainante des accords mineurs, lentement, délicatement, jusqu'à leur résolution finale. Alors, il releva la tête, semblant prendre conscience de l'endroit où il était. Il pencha la tête, leva les deux mains et se mit à applaudir. Toute la Piste l'imita. Un instant, il sembla que quelqu'un se préparait à remonter et faire jouer un disque, mais il renonça.

Alors, après une ultime clameur, la Piste commença à se vider. Depuis plusieurs heures, déjà, le bar ne servait plus. Il n'y avait plus personne derrière et tous les verres étaient rangés. Au-dehors, une pâle clarté commençait de se répandre alors que l'intensité des lampadaires diminuait jusqu'à s'éteindre tout à fait au moment où Gob et moi sortirent. Les vêtements collaient à ma peau. J'avais tellement chaud que je ne refermai pas le manteau. Gob, échevelée, plus débraillée que je ne l'avais jamais vue, ne portait plus qu'un seul gant qui recouvrait celle de ses deux mains qui ne tenait pas la mienne. L'air était froid, oui, mais nous étions bouillants. Immobile, le courant de la foule se divisant de part et d'autre, je la serrai contre moi. J'étais heureux, oui : c'était le bonheur du corps, le bonheur de l'esprit et du cœur car comment le cœur et l'esprit pourraient-ils ne pas faire partie du corps ?

« Raccompagne-moi, si tu veux bien, demanda Gob. Je n'habite pas loin d'ici. »

Des années auparavant, elle n'aurait pas ajouté le « si tu veux bien ». Tout avait changé. Pourtant, elle restait Gob, je restais Umo. Nous restions, indéfiniment, Umo et Gob. Nous avons marché en silence, lentement et de travers, l'un contre l'autre. Nous sommes arrivés devant la porte d'un immeuble. Je ne crois pas que je serais capable de le retrouver, si je retournais à Amistad. Gob a poussé la porte. Elle est entrée. Je n'ai pas bougé. J'ai lâché sa main. Son regard s'est fait interrogateur. J'ai vacillé.

« Je te suivrais bien, dis-je, mais j'ai bien peur que, dans l'état où je suis… »

Gob a hoché la tête. Elle s'est avancée dans l'encadrement de la porte, jusqu'à la limite de l'immeuble et de la rue.

« Je comprends. »

Nous nous sommes penchés l'un vers l'autre. Nos bouches se sont rencontrées. Ce baiser goûtait jaune mais pas amer. Quand nos visages se sont séparés, j'ai pensé à Litros, à la plage. Rien, même pas la danse, ne ferait revivre cette nuit-là. Gob a posé la main sur la poignée intérieure de la porte.

« À bientôt, Umo. »

Quand le battant s'est refermé, j'étais déjà loin. J'étais déjà seul, dans une ville que je ne connaissais pas, au petit matin. Une odeur de café frais et de pain grillé s'échappait d'une fenêtre. Le cliquetis des vélos se faisait déjà entendre. À quelques rues de là, une rame de tramway a émis son tintement caractéristique. J'ai dû demander le chemin jusqu'à la maison d'hôte. La personne que j'ai interrogée, après m'avoir répondu, m'a demandé à son tour :

« Bien dansé ? »

J'ai hoché la tête et j'ai fait une volte sur moi-même. Elle a ri.

« Mieux que jamais ! »

Je suis rentré, j'ai dormi et, au réveil, n'ayant plus rien à faire là, j'ai traversé le Pont dans l'autre sens. Le courant du Basilio était imperturbable.

Je n'ai revu Gob qu'une seule fois.

Mars

Ce sont les enfants qui ont trouvé la carcasse. Je me souviens si bien d'avoir entendu appeler « Umo ! Umo ! Viens ! Vite ! » en découvrant la silhouette de Tenzin courant vers moi, hors d'haleine, qu'il s'est passé très longtemps avant que je mette ce souvenir en rapport avec l'autre. Encore une répétition, une rime dans le cours de l'existence. Il pleuvait, doucement mais constamment. Malgré l'imperméable, j'étais trempé jusqu'aux os.

J'ai laissé la bêche là où elle était et je suis descendu vers l'Osmuz à la suite de Tenzin. Les enfants dansaient près de la carcasse comme autour d'un feu de joie. Certains avaient même grimpé dessus et sautillaient au même rythme que les autres, à ceci près qu'ils faisaient un grand bruit creux et métallique à la retombée. En me voyant arriver, Kadhija a levé de grands yeux émerveillés.

« Elle était juste là ! a dit la petite fille. Elle était juste là quand on est arrivées !

— D'où est-ce qu'elle vient ? » a demandé Lorenz.

J'ai secoué la tête.

« Ce doit être la crue de la semaine dernière qui l'a déposée ici. »

Ce n'était pas vraiment répondre à sa question : c'était l'hypothèse la plus probable de *comment* elle était arrivée mais pas de son origine. Lorenz et plusieurs autres ont hoché la tête, pas dupes cependant. Les enfants savent quand les adultes biaisent, quand ils répondent légèrement à côté plutôt que d'avouer l'ignorance. À cette époque-là, il y avait trop longtemps que j'avais cessé d'être un enfant moi-même. Il m'a fallu faire un effort de mémoire, en écrivant, pour m'en souvenir.

J'ai considéré la couleur de la carcasse et j'ai demandé aux enfants qui étaient grimpés dessus de descendre et à toutes et tous d'aller se rincer les mains dans l'eau de la rivière pour en nettoyer la couleur brune. J'ai vérifié que personne ne s'était coupé ou égratigné. Pour ce que j'en savais, les enfants étaient vaccinés selon les recommandations du Comité général de santé, mais mieux valait prévenir que guérir. J'ai demandé que quelqu'un aille chercher un pain de savon au village et prévenir d'autres adultes si possible.

Ensuite, je me suis assis devant la carcasse pour l'observer et plusieurs enfants en ont fait de même, tandis que le reste s'en est détourné, le charme dissipé, et a couru le long de la rive vers d'autres jeux, indifférents à la pluie qui tombait toujours. Ce soir-là, il faudrait les sécher vigoureusement et les faire asseoir près du feu pour éviter qu'ils attrapent froid.

Il s'agissait visiblement de l'ossature métallique d'un véhicule automobile ; du moins, de ce qu'il en restait. Elle était à peu près entièrement gagnée par la rouille. En l'état, c'était un énorme pavé d'acier de plus de trois mètres de long et d'environ un mètre cinquante de large pour presque deux de hauteur. Difficile d'imaginer ce qu'une pareille machine avait pu avoir de commun avec la voiture que nous conservions au village en cas d'urgence, tout juste assez grande pour s'y asseoir à deux. Il n'y avait guère que les emplacements pour les roues.

« C'était une voiture propriétariste, marmonnai-je, pensant à voix haute. Mais de quelle époque ? »

Les enfants assis près de moi hochèrent la tête d'un air entendu.

« Le Siècle des camps, sans doute, continuai-je pour moi-même. La plupart des débris de cette sorte datent du Siècle des camps, forcément.

— Qu'est-ce que c'est, Umo, le Siècle des camps ? » demanda Kadhija.

Sa voix flûtée me tira brusquement des pensées. C'est une autre leçon de la vie avec des enfants : le temps de la profonde réflexion se fait rare et, au mieux, morcelé.

« Sofia ne vous en a pas parlé, encore ? »

Elle secoua la tête.

« C'était..., hésitai-je. C'était le temps avant la Déclaration d'Antonia. »

Les enfants hochèrent la tête, le temps de digérer ce morceau d'information et de le ranger dans leur mémoire à la place qui convenait, c'est-à-dire à celle qui leur allait le mieux. Les enfants qui étaient partis au village ne tardèrent pas à revenir, accompagnés d'Ingrid, de Rumi et de Per, qui poussa un sifflement appréciateur en découvrant la carcasse.

« Sacré morceau ! »

Tenzin se retourna vers eux :

« Umo dit que c'est d'avant la Déclaration d'Antonia.

— Umo a probablement raison, abonda Per en souriant.

— Qu'est-ce que nous allons faire de ce machin ? demanda Ingrid. On ne peut tout de même pas le laisser là.

— Pas question de ramener *ça* au village, fit Rumi à voix basse. C'est dangereux. Personne ne s'est blessé ? »

Les enfants présents lui montrèrent leurs paumes intactes et rincées. Il leur tendit une barre de savon noir et ils retournèrent à l'eau se frotter les mains et les bras.

« Il faudra les vérifier toutes et tous, ce soir, continua Rumi. On ne sait jamais. Ils sont vaccinés mais… »

Peu avant de venir s'installer avec nous, Rumi avait achevé un doctorat de médecine et il était un fervent partisan de la prévention plutôt que des soins curatifs. Il avait réalisé la majorité des injections aux enfants et dirigé celles qu'il n'avait pas effectuées lui-même pour une raison ou pour une autre. Qu'un médecin vécût avec nous était une grande aide et, même si les accidents et les blessures graves étaient très rares, réduisait le besoin de nous rendre à l'hôpital le plus proche.

Je hochai la tête.

« C'est ce que j'ai pensé aussi.

— Il faudrait en informer les autres communes, suggéra Per. Ce n'est peut-être pas un cas isolé. »

Ingrid secoua la tête.

« Ça m'étonnerait beaucoup qu'il y en ait plusieurs comme ça. »

Elle avait enfilé une paire de gants tirée de la poche arrière du pantalon et s'était glissée à l'intérieur de la carcasse. Elle en sortit en nous montrant l'épaisse couche de boue qui lui couvrait les mains.

« À mon avis, elle est restée longtemps enfouie sous le lit de la rivière. Et profondément.

— Ça expliquerait pourquoi elle a échappé à tous les nettoyages.

— Elle doit être vraiment très vieille alors.

— Plus vieille que le Siècle des camps. »

Kadhija, qui était revenue se glisser entre nous, intervint alors :

« Qu'est-ce qu'il y avait avant le Siècle des camps ? »

Nous échangeâmes des regards amusés et gênés.

« Je ne me souviens plus, finis-je par répondre. Si je l'ai vraiment su un jour. »

Per montra la carcasse du doigt.

« Sans doute de nombreuses automobiles. »

Kadhija fronça les sourcils, tentant de tirer un sens des deux vagues indices chronologiques qui lui avaient été donnés en peu de temps.

« Ça me fait penser…, continua Per. Umo, tu ne connaissais pas quelqu'un qui travaillait dans un musée, ou quelque chose comme ça ?

— Je ne sais pas si ça intéressera Livia mais *elle* connaît sûrement quelqu'un, oui. »

Je lui envoyai un message le soir même, lorsque, une fois les enfants endormis - il me semble qu'à ce moment-là Mathias et Kurt vivaient avec nous mais cela changeait tellement vite que je ne peux plus en être certain -, je me laissai enfin lourdement tomber dans le canapé auprès de Pontus. Ingrid et Silje étaient déjà couchées. Je ne sais pas combien de temps elle mit à me répondre. Ce qui est certain c'est qu'il se passa plusieurs jours avant que j'eusse le temps de lire sa réponse qui disait, en somme, que cela intéresserait peut-être le musée d'Ast et qu'elle les contactait. Entre autres échanges sur les vies quotidiennes et nos travaux respectifs, je lui demandai, en sus, si elle connaissait un bon ouvrage historique auquel une enfante comme Kadhija pourrait s'intéresser. Elle me donna une référence une semaine plus tard et il s'en écoula une autre avant que je ne passasse commande à la librairie d'Yggstadt, avant que je n'eusse l'occasion de faire à vélo les trente kilomètres qui nous en séparaient et que je n'offrisse le fameux ouvrage à Khadija qui passa plusieurs matinées d'école plongée dedans. Il me semble que, quelques jours après, elle voulut en faire un compte rendu aux autres enfants. Ils faisaient souvent cela quand ils avaient terminé un travail dont ils étaient particulièrement satisfaits. Les enfants lisaient ce qu'ils avaient écrit, expliquaient un calcul particulièrement ardu, décrivaient la géographie d'une région. Généralement, nous gardions de tels moments pour la fin de matinée, juste avant d'aller préparer le déjeuner, lorsque le groupe était fatigué de travailler, enfants comme adultes. Chaque personne, quel que soit son âge, aime transmettre, mettre en commun ce qu'elle connaît et ce qu'elle sait.

Ainsi le temps passait, passa, les mois et les années insoupçonnées, toujours plus rapidement semblait-il.

Ce fut Ingrid qui proposa d'appeler l'endroit Opera. Nous trois autres n'étions tout d'abord pas très convaincus. Ingrid, pourtant, secouait la tête. Nous savions que dans ces moments-là, il était impossible de la faire changer d'avis.

« Ce sera une œuvre. Le fruit du travail que nous ferons.

— Une œuvre d'art ? demanda Pontus. D'artisanat ? »

Ingrid pesta.

« Il n'y a pas de différence.

— Est-ce que tu en es bien certaine ? ajouta Silje.

— Si je n'étais pas sûre, je ne le proposerais pas. »

Ainsi, ce fut Opera et, au départ, Opera ne fut que nous quatre, mais pas très longtemps. Dans le train qui me ramenait d'Amistad, j'avais aperçu le bâtiment abandonné par la fenêtre, un peu caché par un bosquet de vieux chênes. L'image s'était profondément gravée dans ma mémoire. Pourquoi celle-ci, plus qu'une autre ? Pourquoi cet endroit-là ? Impossible de le savoir. C'était à moins de cent kilomètres au nord-ouest d'Iliat, dans un espace qui n'était pas habité mais à bonne distance de la zone rendue. Il me fallut absolument revenir le voir. Ingrid fut la première à m'accompagner, en partie par curiosité, en partie par lassitude de la côte sud.

« C'était un corps de ferme » commenta Ingrid quand, au bout de près de quatre difficiles heures de vélo par des sentiers non entretenus qui avaient dû, à un moment de leur histoire, être des routes, nous découvrîmes un grand bâtiment en brique rouge, doté de deux ailes de part et d'autre.

Il y avait un étage, en réalité des combles où je pouvais me tenir debout mais pas Ingrid. Les fenêtres étaient très anciennes et pour la plupart brisées. Le toit était effondré en plusieurs endroits, dont un à cause de la chute d'un chêne qui, par chance, avait été retenu par la poutre centrale et n'avait pas pu briser entièrement les murs. À l'intérieur, presque toute trace de vie humaine avait disparu, à l'exception de quelques restes de tapis dévorés et ombres de meubles qui s'effondraient en petit bois dès que nous les touchions. Les pièces étaient nombreuses, bien que certaines cloisons, de moins bonne qualité que les autres, antérieures, fussent percées et branlantes. La maison semblait avoir été construite, habitée, quittée, réhabitée, réhabilitée, réaménagée, quittée encore, en partie reconstruite, et ainsi de suite, plusieurs fois jusqu'à être abandonnée pour de bon ; probablement après l'établissement des zones rendues et la ratification de la Déclaration d'Antonia par les communes voisines.

« C'est beaucoup de travail, commentai-je. Il faut presque repartir de zéro. »

Ingrid me jeta un regard en coin et, malicieusement, proposa :

« Tabula Rasa ? »

Je ris et je pensai que je n'avais pas pris de nouvelles de Kaze depuis longtemps. Je me promis de le faire quand nous rejoindrions les autres. Je ne sais plus si je tins promesse.

C'était beaucoup de travail, oui, mais l'essentiel était là. La charpente semblait encore saine, quoique entourée par de multiples couches de lierre et de ronces. Les murs de brique, très épais, dégageaient une forte odeur de terre et de décomposition qui trahissait un solide cœur de torchis. Des tuyaux et les restes de vasques ainsi que de cabinets de toilette montraient que le bâtiment avait été équipé de l'eau courante.

C'était beaucoup de travail, oui, mais une bonne base.

Dehors, Ingrid s'accroupit parmi les herbes hautes pour toucher la terre. Celle-ci était humide et odorante.

« Il doit y avoir un cours d'eau près d'ici, grommela-t-elle. Par là ! »

Elle pointa une direction et, sans autre préambule, s'y dirigea, tout à fait indifférente aux fourrés et aux arbustes qui lui barraient le passage. Je savais que rien ne servait d'essayer de la retenir une fois la décision prise. Je marchai donc dans ses pas, l'avancée rendue tout de même plus aisée par le travail qu'elle faisait pour dégager un chemin. Il y a plus de trois-cents mètres en ligne droite de la maison à l'Osmuz et nous n'avançâmes pas en ligne droite ce jour-là, tant s'en faut. Les rives étaient si encombrées qu'Ingrid manqua de tomber à l'eau quand le sol se déroba brusquement sous ses pieds. Je la rattrapai *in extremis*.

« Le voilà, commenta-t-elle simplement après avoir retrouvé l'équilibre.

— C'est plus large que ce à quoi je m'attendais, répondis-je.

— C'est bon signe. Ça veut dire qu'il doit être sur les cartes. »

Nous rebroussâmes chemin jusqu'à l'endroit où nous avions déposé les vélos, contre l'extrémité de l'aile ouest du bâtiment.

« Ça paraît un bon endroit où vivre, non ? »

Ingrid hocha la tête et je me rendis alors compte que j'avais parlé à haute voix. Je l'embrassai dans le cou, au commencement de la nuque, comme pour sceller ce moment. Même si cette idée ne devait rien donner de plus, nous aurions au moins vu cela, vécu cette journée. Ce n'est que le lendemain, assis à un bureau dans la salle commune de la maison d'hôte où nous nous étions installés en attendant que Silje et Pontus nous rejoignissent, que je compris que j'étais tombé amoureux de l'endroit, tout comme je les aimais tous les trois, comme j'aimais Gob, Livia, Ulf, Kaze, Alma et tant d'autres. Il était devenu une part de moi, superficiellement d'abord, lors de ce premier coup d'œil par la fenêtre du train, puis plus profondément, plus matériellement durant la visite de la veille. Les deux autres sont arrivés deux ou trois jours plus tard et nous avons fait la route à nouveau depuis Yggstadt. Après avoir fait le tour du bâtiment principal et des deux ailes, de retour dans la cour centrale envahie de végétation et de terriers de lapins, Pontus croisa les bras et dit :

« Effectivement, c'est beaucoup de travail. »

D'une seule voix, Silje, Ingrid et moi avons répondu :

« Le travail, c'est de l'amour. »

Cette devise est toujours inscrite sur le fronton du corps du bâtiment, là où nous vivions tous les quatre. Elle y est écrite en latin, un peu par afféterie, un peu par souci historique. Le latin, répétait souvent Pontus, est après tout le langage de la science et de l'histoire. Elle tient en trois mots :

Modus operandi amandi.

Le travail, c'est de l'amour ; l'amour, c'est du travail.

À ce moment-là, je savais qu'il était convaincu, tout comme Ingrid l'était depuis qu'elle avait trouvé l'Osmuz. Étonnamment, la résistance vint de Silje.

« Est-ce vraiment une bonne idée ? a-t-elle demandé.

— Comment ça ?

— Il doit y avoir une raison pour laquelle cet endroit est abandonné.

— Il peut y en avoir plusieurs, a ajouté Pontus.

— Ce n'est pas une zone rendue, a protesté Ingrid. Personne ne vit là.

— Il n'y a rien dans la Déclaration d'Antonia, ai-je dit à mon tour, qui interdit de s'installer dans un endroit abandonné. Bien sûr, il faudra respecter un 2IH léger, mais la construction n'est pas si éloignée des principes de l'architecture antonienne. »

Silje a secoué la tête.

« Ce n'est pas parce qu'on peut le faire qu'on doit le faire. Y a-t-il vraiment besoin d'un nouvel endroit, d'un nouveau village, d'une nouvelle commune ? Est-ce que ce n'est pas le même problème que la proposition Amistad ?

— Nous ne le ferions pas simplement parce que nous le pouvons.

— Il s'agit de faire quelque chose de beau ! s'exclama Ingrid.

— La Déclaration d'Antonia ne vise pas seulement la satisfaction des besoins matériels. »

Il y a eu un long silence. Finalement, j'ai dit :

« Ce qui est certain, c'est que nous ne le ferons pas sans toi. »

Cette fois-ci, nous avions emporté un repas et un drap pour pique-niquer. Il faisait beau. Nous nous sommes installés sur une étendue d'herbe plus courte que les autres pour manger. Le vélo et la visite nous avaient mis en appétit. En me voyant vérifier plusieurs fois la présence de bêtes ou d'insectes avant d'installer le drap, Silje est revenue à la charge.

« Vous voyez. C'est un parfait exemple. Si nous nous installons ici... Il y a déjà de la vie ici : des plantes, des animaux. Même si nous faisons tout ce que nous pouvons pour ne pas les déranger, nous allons forcément les chasser.

— À t'entendre, répondit lentement Pontus, mâchonnant un quignon de pain, il faudrait rendre le monde entier. Il faudrait que l'être humain disparaisse entièrement. Il faudrait qu'il laisse la place. »

Silje a haussé les épaules.

« Ce n'est peut-être pas une si mauvaise idée que cela. Nous n'avons pas l'air de beaucoup manquer au tableau !

— Ce sont des êtres humains qui ont construit la maison, ai-je noté.

— Et le reste de la vie se chargera de la détruire. D'ici un siècle ou deux, elle ne sera plus là et ne manquera à personne. D'ailleurs, elle ne manque *déjà* à personne, puisque tout le monde a oublié qu'elle est là ! Pourquoi est-ce que nous ne la laisserions pas s'effacer doucement ? Pourquoi la maintenir en vie artificiellement ? Il y a bien assez de place pour vivre ailleurs. »

Alors, Ingrid a émis un soupir spectaculairement excédé.

« Ce n'est qu'un endroit ! Bien sûr qu'il existe sans nous. Ça ne veut pas dire qu'on ne peut pas s'y ajouter.

— Ce n'est pas ce que je veux dire...

— Je sais ce que tu veux dire ! Tu veux dire, comme toujours, que tu as peur de t'asseoir et de rester assise plus de cinq minutes, que ce soit ici ou ailleurs. »

Et c'était vrai. Déjà, la jambe de Silje tremblait d'impatience.

« On ne va pas passer toute la vie sur une falaise à regarder l'océan. Moi, je veux *faire* quelque chose. Umo a eu une bonne idée. C'est un bon endroit pour *faire*. Alors faisons. »

Pontus lui a posé la main sur l'épaule.

« Ingrid, il n'y a pas de raison de s'énerver… »

Elle s'est dégagée d'un mouvement brusque.

« Je ne suis pas énervée. Enfin si. Ce n'est pas en réparant une maison que nous allons faire monter le 2IH ou je ne sais quoi. Et puis, Silje, tu l'as dit : quand nous serons mortes, tout repoussera par-dessus et puis ça sera fini. Ou pas. La vie continuera. Ça n'a rien, rien à voir avec ce qu'ils trafiquent à Amistad. On n'est que quatre personnes, enfin !

— Nous sommes antoniens, ai-je dit à voix basse. Nous ne sommes pas des propriétaristes. Nous ferons les choses bien.

— Ce n'est pas toi, a répliqué Silje, qui expliquais à l'Assemblée que la Déclaration était faussée, que le défaut était dedans ? Et si, en nous installant ici, nous creusions justement ce défaut ? »

Pontus s'est allongé, un bras derrière la tête, une pomme dans l'autre main.

« Ingrid a raison. Ça peut être un bel endroit. »

En l'entendant, Ingrid s'est calmée immédiatement. Il était très rare que Pontus s'exprime dans le champ de l'esthétique. S'il le faisait, c'était qu'il éprouvait un intérêt véritable pour l'intérêt et qu'il ne se rangeait pas seulement du côté d'Ingrid et moi. Il était convaincu.

« Et qu'est-ce que nous y ferons ? » a demandé Silje, plus doucement.

J'ai haussé les épaules.

« La même chose que partout ailleurs. Nous serons très occupés. Dans un premier temps, nous ne pourrons sûrement pas produire assez de nourriture ou d'énergie pour nos besoins, mais Yggstadt n'est pas très loin. Je pense que nous devons pouvoir y arriver. Et puis je suppose que nous ne resterons pas quatre très longtemps. »

Sa bouche s'est crispée. Je lui ai pris la main.

« Est-ce que ça peut être suffisant pour toi ? D'être avec nous ? Ici ? De travailler à vivre.

— Cela ne veut pas dire que tu ne bougeras plus jamais, a ajouté Pontus.

— Regardez ! » a murmuré Ingrid en levant la main.

Quatre formes basses sont apparues de l'autre côté du bâtiment, à l'extrémité de l'aile ouest.

« C'est une laie », a reconnu Silje.

Une laie et trois marcassins qui marchaient derrière elle. Ils ont avancé jusqu'à disparaître presque dans les hautes herbes. Nous n'osions plus bouger. Une fois les trois petits dissimulés dans les fourrés, la laie est revenue sur ses pas. Elle a levé le museau vers nous. J'ai songé à la forêt, à Ulf. Puis, une fois assurée que nous ne représentions pas une menace, elle s'est détournée et nous avons suivi ses pas à l'oreille jusqu'à ce que la harde soit trop loin.

Alors seulement Silje a soufflé :

« Vous voyez ? C'est ce que je vous disais ? Il y a *déjà* du voisinage. »

Une pareille entreprise est de nature à occuper tout le temps d'une personne et à consommer toute l'énergie et toutes les ressources qu'elle est capable de mettre en œuvre. Plusieurs fois, durant les premières années de l'établissement d'Opera, je fus particulièrement heureux de ne pas réaliser un travail de la sorte seul mais avec trois personnes que j'aimais et qui m'étaient égales. Il n'aurait sans doute pas pu aboutir sans l'aide, physique ou morale, que nous apportèrent tous les proches et toutes les amies qui constellaient la vie.

Quand nous fîmes part de l'idée à la commune d'Yggstadt, dans les limites de laquelle le terrain était situé selon de très anciennes lignes cadastrales, elle n'émit pas d'objection. Cependant, c'était une petite commune elle-même, à peine plus grande que Pelagoya, et elle ne pouvait guère nous aider davantage. L'accord en poche, nous partîmes pour Iliat. Là, la présence de Merlin au sein de la commission décisionnelle de la caisse d'investissement régionale facilita l'obtention d'une subvention pour la réhabilitation d'Opera. Il insista, de notre part, pour que celle-ci fut versée en majeure partie en nature plutôt qu'en numéraire. L'aide de la commune d'Iliat fut donc essentiellement matérielle. Dans un premier temps, elle nous fournit des outils, des matériaux et pour les transporter une camionnette de la sorte de celles qui livraient les magasins conventionnés et que j'avais conduite durant les premières années de salaire quand je travaillais au centre logistique. Plus tard, elle nous offrit des semences et des animaux venus des jardins communaux. Avec son sourire malicieux habituel, Merlin nous fit également parvenir toute une série de luminaires fabriqués aux Ateliers Lumière où, pourtant, il ne travaillait plus depuis longtemps. Certains liens, bien que distendus, ne rompent jamais tout à fait. Il retrouva même quelques

Héliotropes qui nous furent – je dois le dire avec quelque fierté – d'une grande utilité.

Kaze et Tabula Rasa vinrent également nous aider ponctuellement, lorsqu'une tâche, pour être proprement réalisée, nécessitait plus de huit bras, comme par exemple le retrait de l'arbre effondré dans l'aile est, travail pour lequel l'aide d'une dizaine de camarades fut la bienvenue. Le tronc mort nous assura du bois de chauffage pendant le premier hiver à Opera. La première des priorités fut en effet la réfection des toitures ou plutôt, comme le dit Kaze de son ton critique et un peu moqueur, leur construction. Pour ce faire, nous engageâmes carrément Tabula Rasa ainsi qu'un autre collectif spécialisé dans les couvertures. Cela ne nous empêcha pas de participer mais il y a fort à parier que le travail fut mieux et plus rapidement fait que si nous nous en étions chargés seuls. Ensuite, il fallut déboucher et ramoner le conduit de la cheminée et complètement reconstruire un âtre en briques de terre glaise venue du lit de l'Osmuz. Ces urgences résolues nous permirent de passer le premier hiver sans trop souffrir du froid. Il nous arriva cependant de grelotter dans les tentes que nous avions dressées dans le grand salon, près de la cheminée, et il y eut des matins et des soirs où la perspective d'aller faire ses besoins au-dehors, dans le froid, fut décourageante. Logiquement, le travail suivant fut d'isoler correctement la partie centrale du bâtiment et de laisser les ailes pour plus tard.

L'organisation du travail n'était pas aisée. Ingrid et moi étions les plus rompus aux travaux de rénovation et ses connaissances en plomberie complétaient mes qualifications en électricité. Silje, une fois le travail engagé et les réserves initiales dissipées par la lenteur de l'avancement des travaux, se révéla infatigable et enthousiaste, quoique désordonnée. Elle se prenait d'intérêt pour une tâche spécifique et s'y lançait à corps perdu, même quand celle-ci n'était pas la plus pertinente à effectuer à ce moment précis, et il nous fallait beaucoup de diplomatie et de patience pour la dissuader lorsque c'était nécessaire. C'était pour Pontus que la situation était la plus pénible et, par conséquent, pour nous autres aussi. Il était si habitué à travailler à distance et sur des systèmes informatiques entièrement programmés et logiques que le travail de groupe, en personne, le troublait terriblement. Ce n'était pas qu'il rechignât au travail manuel. Au contraire. Il s'y attelait avec la même rigueur et la même logique que dans toutes les autres activités. Cependant, c'était l'objet du travail qui lui résistait. Les bâtiments, les briques, la terre, l'eau et le feu ne se laissaient pas manipuler aussi aisément que le code. Ils préexistaient. Nous devions nous en accommoder, faire avec, élaborer parfois des stratégies de contournement des problèmes plutôt que de passer toute une journée à les résoudre. Combien de fois l'avons-nous entendu râler, pester, jeter au sol les outils de frustration et d'incompréhension en s'exclamant : « Ça *devrait* fonctionner ! Pourquoi cela ne fonctionne pas ? » La plupart du temps, nous n'avions pas de réponse à lui donner. Dans les moments de planification du travail des jours à venir, il se montrait le plus actif, rassuré de revenir à une abstraction plus confortable à son esprit ; abstraction qui se brisait souvent douloureusement contre le mur de la réalisation matérielle.

Pour ma part, j'en étais venu à identifier en quelque sorte ce travail - je devrais dire « ces travaux » tant il était multiple, éclaté en mille pièces de toutes les proportions, chacune unique et indispensable au fonctionnement de la totalité - à de la cuisine. Nous étions munis des ingrédients, des outils, nous connaissions les procédures en théorie. Cependant, nous manquions toutes et tous à quelque degré de la maîtrise de certains gestes et d'habitudes capables de rendre notre action plus efficace. Les réussites pleines étaient rares et glorieuses. La plupart du temps, notre travail était fonctionnel mais guère élégant, comme une tarte dont les ingrédients n'ont pas correctement pris et qui, par conséquent, a le goût attendu mais non l'aspect ni la texture. D'autres fois, l'échec était total et tout, jusqu'à la pâte, s'effritait entre nos doigts, sablonneux et sans goût. Il était alors tentant de se laisser aller au désespoir et nous le faisions parfois, rendant les armes pour une soirée, une matinée, jusqu'à ce que l'un ou l'une d'entre nous saisît à nouveau les outils et relançât l'effort. Souvent, la deuxième tentative était plus aboutie que la première et, si elle n'était pas forcément la bonne, elle laissait le temps à nos muscles et à nos cerveaux d'apprendre pour, finalement, réussir avec une grande facilité. L'échec restait encore de loin le meilleur enseignant. Lui, et l'obstination. Plus que jamais, « nous avons le temps » nous servait de *leitmotiv*.

Ainsi, lorsque se termina la deuxième année de la fondation d'Opera, le bâtiment principal était non pas achevé mais au moins habitable. Il était loin d'être aussi beau que nous le souhaitions mais il était déjà chaud et sain. En ce qui nous concernait, nous avions entièrement perdu la notion de l'écoulement du temps et nous ne le retrouverions réellement que lorsque d'autres personnes viendraient s'installer à Opera.

Il n'y eut jamais plus d'une douzaine d'enfants en même temps dans le village. Le nombre variait, bien sûr, au rythme des arrivées et des départs d'adultes, des naissances et des entrées au secondaire dont le plus proche se trouvait à Nusila, à une demi-heure en train d'Yggstadt. Ce n'était pas beaucoup, comparé à certains quartiers d'Iliat ou d'Antonia, par exemple, mais c'était bien suffisant pour occuper et préoccuper tous les adultes.

Quand d'autres personnes que nous quatre s'étaient proposées de venir s'installer à Opera, le débat avait été long. Cette perspective avait fait ressurgir les inquiétudes de Silje quant à l'impact du lieu sur la flore et la faune environnante. Après d'âpres négociations, nous convînmes que nous pouvions accepter mais qu'il fallait imposer une limite de population. Nous la fixâmes à vingt-quatre adultes et donc, au maximum, moitié moins d'enfants. Trente-six personnes en tout, sans compter les animaux, nous semblaient convenir, au vu de la surface que nous étions prêts à défricher, à la capacité d'accueil des bâtiments et à ceux qu'il était donc envisageable de construire. En outre, au regard de la Déclaration d'Antonia, nous ne pouvions pas réellement refuser, même si nul ne se serait permis de venir vivre à Opera sans notre aval. En tant qu'habitants du lieu, nous en avions la propriété d'usage, certes, mais d'usage seulement. Quand nous acceptâmes finalement que quatre premières personnes vinssent dresser des tentes dans la cour dans le but de contribuer à la rénovation de l'aile est pour y vivre, Silje ne dormit pas de la nuit. Moi qui étais couché avec elle ce soir-là, je l'entendis soudainement dire, d'une voix plus grave et solennelle que de coutume :

« À partir de maintenant, c'est plus grand que nous. »

Je me redressai sur un coude.

« C'était plus grand que nous dès le départ. »

Après un moment, elle a fini par répondre :

« Peut-être. »

Puis elle m'a tourné le dos et n'a plus rien dit. Je suis resté silencieux aussi, jusqu'à m'endormir.

Les premiers qui nous ont rejoints étaient en majorité des camarades de Tabula Rasa ou de l'Assemblée ou des amis de Pontus. Petit à petit, lorsque la rénovation des deux ailes du bâtiment a été terminée, lorsque sont venues y vivre des personnes emmenantes avec elles des enfants - dont, soit dit en passant, l'avis avait été sollicité avant de les déplacer -, et lorsque nous nous sommes trouvés à l'étroit, il a fallu nous résoudre à entreprendre la construction de nouvelles maisons. Comme tout le reste, l'architecture de ces habitations fut l'objet d'un long débat et de multiples propositions. Cette discussion n'avait pas lieu à des moments particuliers, décidés à l'avance, où tous les habitants d'Opera se réunissaient autour de la table pour parler de ce sujet spécifiquement. C'était bien davantage une tâche de fond, une préoccupation qui ressurgissait toujours jusqu'à ce que la décision fût prise. Quelqu'une amenait un nouveau dessin ou bien une variation sur celui discuté quelques jours plus tôt, un autre remettait en question le principe même de construire, d'agrandir Opera, une troisième personne allait plus loin encore, évoquait l'idée de construire une ligne de chemin de fer ou un tramway mécanique pour relier le village à Yggstadt. Plus qu'un débat, c'était un lent processus de digestion durant lequel l'idée était remâchée, travaillée, détruite et reformée sans cesse. Comme les quelques vaches qui paissaient paisiblement et librement aux abords du village et nous fournissaient en lait, il me semblait parfois qu'Opera avait plusieurs estomacs et que toute décision allait et venait entre eux jusqu'à ce que tout le suc en eût été extrait.

Finalement, nous nous décidâmes pour la construction de sept maisons, disposées en arc de cercle en face du bâtiment principal. L'idée première était de n'en construire que six. Quatre personnes adultes vivaient dans chaque aile de l'ancien bâtiment. En comptant deux personnes par maison, nous arrivions à la limite de population fixée. Quelqu'un suggéra d'en construire une de plus. Tout d'abord, pour le simple plaisir esthétique de la symétrie. Ensuite, pour pouvoir accueillir confortablement des visiteurs et des visiteuses. Enfin, pour permettre à une personne qui le désirerait de s'isoler tant qu'elle le souhaiterait. Tous ces arguments étants très bons, l'idée n'eut pas de mal à faire l'unanimité. On établit ensuite que l'école serait placée entre ces maisons neuves et l'ancienne, au centre du village, dans un style antonien classique. Toutes ces nouvelles constructions auraient une forme circulaire et seraient faites autant que possible avec des matériaux trouvables à Opera : des briques en terre et du torchis. Nous ne disposions pas d'un fourneau suffisamment large et puissant pour fabriquer le verre des fenêtres. Celles-ci et l'ardoise des toitures devraient venir d'ailleurs. En prévision des arbres que nous devrions abattre pour fabriquer les charpentes et les meubles, nous soignâmes plusieurs pousses existantes et les plantâmes à leur place. Plusieurs camarades venaient des villes jumelles. Ils insistèrent pour tout décorer de couleurs vives et de motifs bariolés.

Tout ce travail dura près de dix ans. Cela aurait pu aller plus vite si nous avions été plus nombreux ou s'il n'avait pas fallu, dans le même temps, s'occuper des enfants mais, après tout, nous n'étions pas pressés. Nous avions le temps.

Je n'ai réellement savouré la solitude et le calme qu'à partir du moment où il m'a fallu prendre part à l'éducation d'enfants. À compter de ce moment, chaque minute de travail solitaire, chaque heure de promenade me devint précieuse. Si le temps m'avait été compté, sans doute en aurais-je conçu de la rancœur, mais il était toujours possible de demander à quelqu'un d'autre de me remplacer à l'école si j'avais réellement besoin de repos ou simplement de temps pour moi. Cela dit, même les jours dont je ne consacrais pas plus de la moitié à la classe, un ou deux enfants ou enfantes logeaient avec nous quatre et le soir leur était dédié.

Quelque part, sur les réseaux, j'ai un jour lu un très vieux proverbe propriétariste ou peut-être même antérieur tant aucun spécialiste ne semblait pouvoir dater et tracer son origine. Il disait : « Il faut un village pour élever un enfant. » Je dirais plutôt qu'il faut des enfants pour faire un village. Avant qu'il n'en abrite, Opera n'était pas réellement autre chose qu'un collectif de travail, produisant la majorité de l'énergie et de la nourriture qu'il consommait, certes, mais susceptible à tout instant de se dissoudre et de disparaître. Construire des maisons ne voulait rien dire. On pouvait les abandonner aussi facilement que les habitants du vieux bâtiment l'avaient quitté. La présence d'enfants, des bambins aux jeunes adolescents, liait tous les adultes entre elles et entre eux et inscrivait Opera dans un temps plus long que celui de nos propres vies. Je me rappelais souvent des paroles de Stanley : on ne travaillait pas pour le présent, mais pour le futur. C'était la perspective, la matérialité de ce futur que les enfants représentaient. Nous, tous les adultes, nous réunissions une à deux fois par semaine pour discuter de l'évolution des apprentissages, des émotions et de la santé de chaque enfant. En outre, ils nous forçaient à être davantage en contact avec les communes alentour que nous ne l'aurions été autrement. Rumi était peut-être médecin mais il ne s'était pas spécialisé dans la chirurgie : une crise d'appendicite, des dents de sagesse qui poussaient de travers ou bien simplement la découverte d'un défaut de vision nous forçaient à prendre le train en urgence. Les enfants, d'ailleurs, adoraient les voyages. Ils étaient aussi heureux de quitter Opera que d'y revenir et de retrouver le demi-cercle familier des maisons rondes, l'Osmuz, la forêt toute proche et les animaux, ainsi que la confortable routine de la classe du matin. Ils étaient à Opera *chez eux* d'une manière plus profonde que nous-mêmes qui l'avions pourtant bâtie. Le village était l'étalon selon lequel ils mesureraient inconsciemment le monde entier. Chaque autre lieu serait plus grand, beaucoup plus grand, aussi petit qu'Opera, tout comme j'avais toujours, malgré moi, comparé les endroits que je découvrais à Pelagoya. Devenus adultes, ils reviendraient et trouveraient le village minuscule. Ils s'étonneraient de l'exiguïté des chambres qu'ils avaient habitées, de l'étroitesse de la cour où ils jouaient au ballon, de la maigre distance qui séparait en réalité Opera de l'Osmuz et qui donnait toujours à notre temps de réaction d'adultes un vague air de surnaturel. En réalité, ils ne s'éloignaient jamais suffisamment pour que nous les perdions tout à fait de vue et d'ouïe. Là se trouve sans doute le changement le plus fondamental qu'introduisit dans le cours de ma vie la cohabitation avec des enfants : si je n'avais jamais réellement vécu *seul*, je n'avais jamais ressenti un pareil impératif de préoccupation et de soin, une semblable vigilance aux mouvements, aux paroles et à tous les moyens d'expression d'une autre personne humaine. Le soir, je me couchais et m'endormais dès que ma tête touchait l'oreiller et je me réveillais chaque matin quelques instants avant d'entendre Kadhija, Lorenz, Marcus, Hugo, Vlad ou Marieke bouger dans la chambre voisine. Je connaissais les habitudes de sommeil de chacun d'entre eux et il en était de même pour tous les adultes d'Opera. C'était en quelque sorte comme si une partie de ce qui constituait le centre de mon être s'était définitivement déplacé en dehors, se fixant non pas sur un individu en particulier mais sur le groupe de jeunes que j'avais le privilège de voir grandir et la responsabilité d'influencer et de guider.

Je ne m'étais jamais senti aucun goût ni aucune prédisposition à l'enseignement. Le premier matin où j'eus la charge de la classe, je me levai aux aurores et, sans déranger Pontus, je me glissai, café à la main, jusqu'à l'école. Rojo et Verde, deux des chiens du village qui y avaient particulièrement élu domicile, me regardèrent arriver sans se lever. C'est tout juste s'ils soulevèrent une paupière, frémirent d'une oreille, un peu surpris de mon arrivée matinale, mais sans plus. Eux aussi étaient perpétuellement entourés d'enfants et prenaient part, le plus souvent de bonne grâce, à tous leurs jeux. Plus rien ne les surprenait. Ou plutôt, comme les adultes d'Opera, il n'y avait plus grand-chose qui les dérangeât. Les enfants nous surprenaient continuellement.

Lorsqu'ils arrivèrent, j'étais déjà assis à une table, la tête penchée sur un livre que je ne lisais pas. Je ne pensais à rien. La tasse de café était presque vide, le fond qui restait froid. Une bûche rougeoyait doucement dans la cheminée. L'un des enfants a simplement dit : « Ah, c'est toi, Umo », puis ils se sont installés et ont continué le travail de la veille ou bien en ont commencé un autre. Pendant la première heure, je suis resté assis. Je ne savais pas quoi faire. Personne ne semblait avoir besoin de moi. Quelques-uns écrivaient silencieusement. D'autres lisaient. Certaines, encore, regardaient par la fenêtre la brume matinale s'accrocher au sol autour des maisons rondes. Je n'osais pas bouger ni rien dire. En réalité, je n'osais pas manifester ma présence de quelque manière que ce fût. Je regardais le livre sans le lire. Puis Lorenz s'est levé, a emporté le cahier de travail jusqu'au tableau sur lequel il a inscrit un problème de mathématiques. Il s'est figé, crayon en l'air. Au bout d'un moment, j'ai rassemblé le courage de me lever et de m'approcher.

« Est-ce que tu as besoin d'aide ? »

Il a hoché la tête.

C'était un problème composé de plusieurs divisions euclidiennes qui se succédaient. Tout d'abord, j'ai cherché à l'amener à la solution en employant le langage du problème tel qu'il était posé dans le manuel : une histoire assez confuse de nombres de livres dans une bibliothèque, en fonction de leur épaisseur et du nombre de tablettes. Voyant que cela restait sans effet, je finis par remarquer que Lorenz n'avait inscrit que des chiffres et des nombres au tableau. Je l'interrogeai à ce sujet.

« Je n'y comprends rien, moi, répondit-il, à toutes ces histoires de livres et de bibliothèques. Les chiffres sont plus faciles. »

Je lui proposai de compter sur ses doigts, par dizaines auxquelles soustraire les unes après les autres des quantités équivalentes à celle du diviseur. Il fit la grimace, essaya quand même, pour me faire plaisir. Après deux tentatives infructueuses, il s'écria :

« Ce sont des chiffres, pas des doigts ! Ça ne veut rien dire. »

Je voulus alors lui expliquer que les chiffres, les nombres, représentaient justement des quantités, mais non, il secoua la tête.

« Un chiffre, c'est un chiffre. C'est au tableau, c'est tout. »

Alors seulement compris-je que, pour Lorenz, les calculs mathématiques n'avaient pas de rapport direct avec la numération concrète. Les chiffres et les nombres n'étaient pas pour lui des signifiants dont les signifiés seraient des livres ou des doigts. Au contraire, il les envisageait directement comme des abstractions. Il fallut alors poser la division et c'était cela que Lorenz n'avait pas compris : le tracé des deux lignes de la division euclidienne, la cascade des quotients et des restes successifs.

Nous étions tous les deux si absorbés dans le travail que nous n'avons même pas remarqué que le reste de la classe s'était tourné dans la direction du tableau et nous regardait faire silencieusement.

Lorenz poussa un cri de triomphe.

« Quotient : huit. Reste : cinq. »

Je m'emparai d'un crayon et j'esquissai rapidement, à la gauche des colonnes de nombres qui allaient en se resserrant, une bibliothèque dotée de huit étagères et cinq livres posés à côté.

« Qu'est-ce qu'on doit faire avec les cinq livres qui restent ? » demanda alors Vlad.

Lorenz haussa les épaules. La question me prit de court.

« Je ne sais pas. »

Marieke, assise dans le coin opposé de la salle, pencha la tête sur le côté et fit la moue. Puis une lueur se mit à briller dans son regard et elle déclara, sur un ton très calme et très assuré :

« C'est facile. Il suffit de construire une autre bibliothèque.

— Mais il ne resterait pas assez de livres pour la remplir ! » protesta Hugo.

Devant la perplexité générale que suscitait la résolution du problème, je pensai alors que l'approche de Lorenz était peut-être la plus logique et la plus compréhensible. Peut-être, contrairement à ce que j'avais toujours cru jusque-là, les mathématiques n'étaient-elles pas, ou pas seulement, un langage de représentation. Le soir venu, avant de m'endormir, je me surpris à jouer avec de vieux souvenirs datant des études à l'université d'Iliat, durant lesquelles je m'étais heurté à un niveau de complexité mathématique qui, croyais-je à l'époque, me dépassait totalement. Peut-être l'état d'esprit de Lorenz était-il ce qui m'avait fait défaut à l'époque et m'étais-je trop vite réfugié dans l'illusion d'un concret.

« Qu'est-ce qu'il t'arrive ? me demanda Silje, sentante que j'étais préoccupé.

— Je ne sais pas exactement. Je me demande si je regrette.

— Quoi donc ?

— De ne pas avoir poursuivi les études de mathématiques.

— Il n'est pas trop tard. Tu peux encore apprendre.

— Vraiment ? »

Tout cela me paraissait tellement lointain. Entreprendre à nouveau des études me semblait une incongruité. Pourtant, quand j'y étais étudiant, j'avais côtoyé des personnes de tous âges, certaines bien plus vieilles que moi.

« Il n'est jamais trop tard pour apprendre », dit Silje.

Puis, sans autre forme de procès, comme si elle avait dit tout ce qu'il y avait à dire sur le sujet, elle s'endormit brusquement et se mit à ronfler.

Il n'était pas trop tard, c'est vrai. Simplement, je n'en avais pas réellement envie. Ce n'était pas que je me satisfaisais des domaines dans lesquels j'étais ignorant mais ils ne me gênaient pas, ou plus.

« Je ne sais pas. » Cette phrase que j'avais prononcée lors de la première matinée de classe me sembla rapidement la plus importante, celle sur laquelle se fondait toute la relation qui se nouait entre les enfants et moi entre les murs de l'école. Si j'étais capable de leur avouer mon ignorance sur un sujet ou sur un autre, de dévoiler la partialité du savoir, cela voulait dire que je n'étais en rien différent d'eux. Ils pouvaient me faire confiance dans l'école comme à l'extérieur, et même davantage. Le malaise que je ressentis les premiers temps se dissipa assez rapidement même si une partie de moi trouva toujours étrange de me retrouver ainsi de « l'autre côté », d'avoir laissé se produire cette inversion : que mon rôle fût devenu de faire apprendre plutôt que d'apprendre.

Dans la classe comme partout ailleurs, nous avions le temps. Ainsi, il était assez rare que les difficultés de l'un ou de l'une devinssent douloureuses ou problématiques. Quand l'une d'elles se manifestait et que je ne savais pas y remédier, j'en faisais part aux autres adultes et il s'en trouvait toujours un pour résoudre le problème mieux que je n'aurais pu le faire. Dans une matinée de classe, il n'y avait en réalité guère plus d'une heure ou deux durant lesquelles l'adulte faisait la leçon. La majorité du temps de classe, nous le passions à relire des travaux d'enfants ou à les guider dans des exercices difficiles, le plus souvent individuellement. Je prenais la parole face à tout le groupe quand je constatai qu'une notion gênait tous les enfants, lorsque je pensais qu'un exemple personnel les aiderait ou bien pour leur raconter un point d'histoire. Il n'était pas rare, d'ailleurs, qu'il y eût deux, voire trois adultes en même temps dans la classe durant une partie de la matinée au moins.

En grande majorité, les enfants grandis à Opera la quittaient pour le secondaire avec des savoir-faire et des connaissances conformes aux recommandations de la Déclaration d'Antonia et du Comité éducatif général. Il y avait, bien sûr, des exceptions et le savoir que nous leur délivrions n'était en aucun cas uniforme, pas davantage qu'il n'était exactement semblable à celui que recevaient les enfants grandis en ville ou dans d'autres communes. Toutes ces personnes se mélangeraient au secondaire et dans les premières années du salariat. Quand ils quittaient Opera, ils savaient lire et écrire correctement, bien que parfois sans goût ni intérêt, maîtrisaient les opérations de base des mathématiques et connaissaient les grands repères géographiques et chronologiques. Ils savaient aussi faire la cuisine et entretenir le lieu dans lequel ils vivaient et travaillaient. La plupart avaient pris goût au jardinage, aux travaux de construction ou de mécanique. Ils avaient l'habitude de vivre ensemble, de collaborer et de coopérer, de travailler et d'organiser leur travail en toute liberté et en toute responsabilité. Autant que nous le pouvions, nous les avions préparés.

Autant que nous-mêmes avions été préparés ? Autant que les adultes de Pelagoya l'avaient fait ? Impossible à dire. Il avait fallu que je me retrouvasse dans la même position qu'elles et eux pour me poser la question ; les mêmes questions. Avant cela, l'éducation et les enseignements que j'avais reçus durant l'enfance m'avaient paru évidents, incontestables : comme s'il s'était agi de faits dotés d'une existence propre et non d'actes de personnes intimement liés au déroulement de leurs propres vies et aux conditions matérielles de leur existence. Avant d'être seul dans une école avec un groupe d'enfantes et d'enfants, tout cela m'avait semblé *naturel*, pour autant qu'il existât une nature, ce dont la simple réalité de la diversité de l'enfance de tous les adultes d'Opera permettait de douter fortement. Selon la Déclaration d'Antonia, nous étions libres de leur transmettre et de leur enseigner ce que nous jugions bon, dans les limites des recommandations. Cependant, comme toujours – et il me semble avoir passé tout ce récit à le répéter –, cette liberté n'était rien d'autre qu'une responsabilité, vis-à-vis des enfants bien sûr mais aussi des autres adultes, partout ailleurs, vis-à-vis de la société tout entière qui plaçait sa confiance en nous pour mener à bien cette tâche, qui nous en estimait implicitement capables, estime que nous lui rendions évidemment en totalité.

À une ou deux occasions, nous reçûmes la visite d'envoyés du Comité éducatif général. Bien que nous sussions qu'ils n'étaient là qu'en observateurs, cela nous rendit un peu nerveux. Nous savions qu'ils venaient principalement par curiosité. Ils venaient pour nous regarder travailler avec les enfants parce qu'Opera était une commune nouvelle. Ils voulaient simplement savoir ce qu'il s'y passait. Ils ne portèrent aucun jugement sur la demi-journée à laquelle ils participèrent. Tout juste nous donnèrent-ils quelques conseils et des manuels fraîchement imprimés pour nous éviter un aller-retour jusqu'à Yggstadt ou Nusila.

« Le travail, dit l'une d'entre elles, c'est d'observer et de rendre compte. Partout, les méthodes sont différentes et il y a quelque chose à en retirer. »

Je lui racontai l'épisode du problème de mathématiques de Lorenz. Elle fit la moue.

« C'est exactement le genre de choses qui m'intéressent. Je vais en parler aux autrices du cahier. »

Cependant, ces visites, annoncées longtemps à l'avance, nous angoissaient tout de même. Les adultes d'abord puis les enfants qui ne tardaient jamais à deviner ce qu'il se passait quand nous étions préoccupés. Toutes bienveillantes qu'elles fussent, nous ne pouvions nous empêcher de les percevoir comme des intrusions.

« C'est pire dans les petites communes comme ici, me dit la même envoyée, mais ne vous inquiétez pas. Les gens sont nerveux en ville aussi. Nous n'avons pas le beau rôle. Personne, nulle part, n'aime qu'une inconnue vienne regarder ce qu'il fait. Surtout quand il s'agit d'enfants. C'est pourquoi nous essayons d'être les observateurs les plus discrets possible. »

Elle eut un petit sourire désolé avant d'ajouter :

« Toutefois, je sais bien que la simple présence d'une observatrice suffit à modifier ce qu'elle observe. »

Dans l'enclave d'Opera, il aurait été aisé de nous sentir hors du monde, mais la présence d'enfants qui devraient, eux, s'y rendre pour mener une vie satisfaisante, pour revenir un jour peut-être, empêchait cette coupure d'être effective. D'ici là, au sein du village, ils étaient libres, comme les adultes, de travail, d'apprentissage, de mouvement et de sentiment.

Bien sûr, ils n'étaient pas livrés à eux-mêmes. Nous étions toujours là pour les aider, pour leur proposer des directions vers lesquelles porter les efforts, pour guider leur main lorsqu'elle hésitait. Tout cela, nous le faisions sans précipitation. Nous avions le temps. Si un ou une enfante manifestait trop d'hésitation ou d'impréparation, il ou elle restait quelques mois, voire une année de plus à Opera avant de rejoindre le secondaire. Cela n'avait rien de grave. Les rares qui désiraient prendre un peu plus de temps restaient avec la majorité des camarades de la classe. À l'exception des premiers enfants nés ou venus à Opera qui avaient des âges rapprochés, il ne partait jamais plus de deux ou trois enfants à la fois. Au bout de quelques années, le rythme des naissances ralentit, à mesure que des adultes ayant déjà fait un enfant restaient ou bien venaient se fixer au village.

Une année, il ne resta plus que quatre enfants dans la classe. Ce fait, qui semblait s'être insinué à Opera sans que quiconque ne s'en rendît compte, jeta le trouble dans les réunions plus ou moins hebdomadaires.

« Que ferons-nous, demanda Per, avec un tremblement dans la voix, quand il n'y en aura plus *du tout* ? Est-ce qu'Opera est condamnée à se vider d'enfants ?

— Pour ça, il faudrait de nouveaux adultes, dit Pontus, et nous avons atteint la limite.

— Nous pourrions construire de nouvelles maisons, proposa Ingrid.

— Nous pourrions partir, la contredit Silje. Laisser la place. »

La consternation était palpable autour de la table de la grande salle commune, celle dans laquelle le village faisait la fête tous ensemble. Ce soir-là, personne n'avait le cœur à se réjouir. Pour qu'Opera vive, nous fallait-il réellement la quitter ?

« Nous allons bien finir par mourir, siffla Rumi entre ses dents. La place, d'autres viendront la prendre. »

Le problème resta sans solution. La classe finit par être vide, ou quasiment. D'enfants, il n'y eut plus que celles et ceux qui revenaient durant les trop courts mois d'été. Quelques adultes finirent par partir eux aussi. Certains furent remplacés, d'autres non. Après avoir atteint sa dimension maximale, Opera se contracta lentement sur elle-même. Il y eut des maisons vides et closes.

Pour Ingrid, Pontus, Silje et moi, les quatre à l'origine de la fondation du village, cette situation laissait un goût particulièrement amer, d'autant qu'elle était la conséquence matérielle logique des règles que nous nous étions fixées. C'était particulièrement douloureux pour Ingrid, à qui la présence des enfants était la plus agréable et pour qui la vision des portes closes de ces bâtiments qu'elle avait conçus et bâtis, désertés, était insupportable. Elle tournait en rond dans tout Opera, vérifiant toutes les pièces, à la recherche de choses à réparer, à reconstruire. Avec Silje, elle se mit à chanter très haut, surtout l'après-midi, durant les heures où l'absence des voix des enfants se faisait le plus sentir.

« Nous ne travaillons pas pour nous, tentai-je de la réconforter, mais pour ceux qui viennent après nous.

— Je sais bien, me répondit-elle, l'air terriblement abattue. C'est quand même difficile. Tout ça... »

Elle désigna tout le village, l'élégant demi-cercle de maisons, le potager à la taille réduite faute de personnes à nourrir et les deux chiens allongés dans l'encadrement de la porte de l'école, la mine mélancolique sous leurs oreilles tombantes.

« ... pour quoi ? Pour finir par être un village de vieux ? »

C'était vrai que nous vieillissions. Tant qu'il y avait eu des enfants à Opera, nous ne nous en étions pas rendu compte. Nous n'avions rien vu passer, emportés dans le tourbillon du travail. Tout d'un coup, le temps nous rattrapait. Certains soirs, en me brossant les dents, il me semblait contempler un étranger de l'autre côté du miroir, une sorte de caricature grotesque de l'adulte que j'avais été. C'était à peine si nous reconnaissions ces personnes dont les portraits décoraient les murs et le dessus des meubles. La fatigue se faisait sentir avec davantage d'intensité, aggravée encore par le soudain désœuvrement causé par la désertification d'Opera. Celle qui en souffrait le moins était Silje, peut-être la personne qui s'était le moins consacrée à l'éducation des enfants et à l'étude. Pontus n'avait jamais cessé le travail sur le réseau des terminaux.

« Peut-être, soupirai-je, avons-nous eu tort.

— En croyant travailler pour celles et ceux qui viennent après nous ?

— Non. En pensant que nous devions ajouter quelque chose. Peut-être que Silje avait raison, dès le début. Fonder une nouvelle commune n'était pas compatible avec les principes de la Déclaration d'Antonia. »

Pontus nous rejoignit, vint s'asseoir sur les marches de la grande maison, amenant avec lui trois verres et une bouteille de vin rouge.

« C'est mathématique, dit-il. Si la population continue à être divisée par deux à chaque génération, il finira par ne plus rester personne. Cela prendra beaucoup de temps encore, mais c'est inévitable. »

Nous bûmes en silence.

« Et tu penses que les gens vont accepter ça sans rien faire ? »

Il secoua la tête.

« Partout où il y a des règles, il y a des gens pour les briser. D'ailleurs, c'est déjà le cas.

— Alors peut-être qu'on avait besoin de la proposition Amistad, en fin de compte ! pesta Ingrid. Peut-être qu'il faut se reproduire comme des lapins, pour pas ne pas avoir travaillé pour rien !

— On ne travaille jamais pour rien, lui répondis-je. Même dans le pire des cas, il y au moins la subsistance.

— Bah ! »

Ingrid leva brusquement la tête en arrière et termina le verre de vin en deux gorgées bruyantes.

« Qui est intéressé par la subsistance ? »

Puis elle se leva et partit à grandes enjambées. Nous la vîmes contourner l'école et les maisons que nous continuions à appeler entre nous « neuves », bien qu'elles fussent vieilles de près de quinze ans pour les plus anciennes, puis elle disparut dans l'obscurité du soir. Le verre resta posé sur la marche en pierre.

« Il faut faire quelque chose, dis-je après un moment.

— Est-ce que nous n'avons pas déjà fait tout ce que nous pouvions faire ?

— On fait *toujours* tout ce qu'on peut faire. Tant que nous sommes vivants. »

Pontus médita ma réponse un moment et ajouta :

« Oui, mais pour combien de temps ?

— Ah ! m'exclamai-je en me relevant, feignant d'ignorer le craquement sonore de mes genoux et la raideur de plus en plus forte de mes hanches. Le temps, le temps… Nous avons le temps ! »

Ce n'est pas très longtemps après que j'ai appris la disparition d'Ulf. Il faudrait plutôt dire que ce n'est pas longtemps après que l'on perdit tout espoir de le voir réapparaître ou de le retrouver. Plus personne n'avait de nouvelles de lui depuis près de cinq ans. Deux promeneurs le long de l'Aurauri, à près de cinquante kilomètres au nord-est d'Iliat, avaient retrouvé, échoué sur la rive, un terminal dont Ulf avait été le dernier utilisateur. Il s'agit du dernier signe de vie qu'il a jamais donné. Quand la commune d'Antonia a eu l'information et la lui a transmise, Livia m'a immédiatement appelé. Je ne savais pas si les sanglots dans sa voix étaient de rage ou de détresse.

« Si tu savais où il est, me cria-t-elle, tu me le dirais, pas vrai ? Tu ne me le cacherais pas ? »

J'ai vainement tenté de la calmer et de la rassurer.

« Bien sûr que je te le dirais. Bien sûr que je ne sais pas où il est. »

Ce n'était pas tout à fait un mensonge mais ce n'était pas tout à fait la vérité. Peut-être Ulf s'était-il installé à Gaba, parmi les acrates, mais comment le savoir sans s'y rendre soi-même ? Peut-être s'était-il simplement dissout dans la zone rendue. Peut-être - c'était le plus probable et aussi le plus douloureux - avait-il glissé dans un ravin, peut-être une branche épaisse était-elle tombée sur la tente dans laquelle il dormait. Peut-être avait-il été attaqué par un animal sauvage. Dans tous les cas, il était improbable qu'on retrouvât jamais sa dépouille.

Il n'y avait rien à faire. Ulf avait disparu.

« Peut-être qu'il va finir par revenir », répéta longtemps Livia.

Je n'ai jamais osé la contredire, d'autant qu'elle ne semblait guère convaincue elle-même. Peu de temps après, elle est venue s'installer avec nous à Opera. Elle n'avait, selon ses dires, plus rien à faire à Antonia.

« Une vieille de plus, commenta Ingrid. Génial. »

Le trajet à vélo jusqu'à la gare d'Yggstadt me prenait alors près d'un tiers de temps en plus que lors de la fondation du village. J'ai accueilli Livia à la descente du train. Elle n'avait avec elle qu'un sac à dos de vêtements, un terminal et une très lourde valise à roulettes qui s'avéra entièrement remplie de livres.

« Tout ce dont j'ai besoin pour travailler. »

Nous avons passé une nuit dans l'unique gîte de la petite ville où, pour tenter de la distraire, j'ai commandé un copieux repas et j'ai tiré de la poche du manteau une pipe et de l'herbe poussée à Opera. Livia a mangé et elle a fumé, mais machinalement, comme par réflexe. Elle s'est endormie sans rien dire en travers de l'unique lit de la chambre. Je n'ai pas eu le cœur de la déranger. J'ai tiré la couverture pour lui tenir chaud et je me suis installé dans le fauteuil près de la fenêtre, emmitouflé dans deux manteaux. Le tuyau de la cheminé passait dans le mur de la chambre et nous n'avons pas eu froid de la nuit.

Au matin, la pâle lumière du jour de la fin de l'hiver est passée entre les rideaux pour faire battre les paupières de Livia. Je l'ai entendue bouger et je me suis réveillé à mon tour. Elle m'a fixé. D'une voix atone, elle a dit :

« Tu ne changeras jamais. Encore une fois, j'étais complètement cuite et tu n'en as pas profité pour faire l'amour avec moi. »

J'ai souri et j'ai dit :

« Je suis désolé. J'avais trop mal au dos. »

Nous nous sommes relevés lentement et en râlant. Livia n'a pas prononcé un mot de tout le trajet jusqu'à Opera. Ingrid avait eu beau protester ; elle avait tout de même été plus qu'heureuse de rouvrir une des maisons fermées et de la préparer à l'intention de la nouvelle venue. Livia s'y est installée directement, sans désirer prendre le temps de visiter le village. Elle a ouvert la valise à même le sol et a directement commencé à poser les livres sur la table de la cuisine. Elle en a ouvert plusieurs à des pages préalablement marquées. Elle s'est assise, a déplié le terminal et le clavier attenant.

« Tu ne veux pas voir la chambre ? ai-je demandé.

— Je trouverai.

— Est-ce que tu veux que je reste avec toi ce soir ? »

Elle a secoué la tête. Ses lèvres se sont étirées en un fantomatique sourire.

« C'est gentil, Umo, mais j'ai du travail. »

J'ai hoché la tête.

« Très bien. »

J'ai reculé, j'ai refermé la porte.

Je me suis assis à une table dans la cour, le regard fixé sur la maison. Au bout d'une heure, la lumière s'est allumée dans la chambre, pour s'éteindre après quelques minutes. La cheminée n'a pas cessé de fumer. Silje est sorti du grand bâtiment. Elle est venue s'asseoir à côté de moi et m'a embrassé sur la joue. Depuis un long moment, déjà, l'affection qui nous liait avec cessé d'être sexuelle ou simplement charnelle et s'était muée en une tendresse caressante. Elle m'a pris la main, très froide, et l'a serrée entre les siennes. Elle a dit :

« Tu es inquiet. »

J'ai hoché la tête.

« Pour qui ? Pour Livia ou pour Ulf ? »

J'ai soupiré. Il y avait longtemps, depuis le voyage dans la zone rendue au moins, que j'avais cessé d'être inquiet pour Ulf. Sa disparition ne m'avait pas surpris, ni même étonné. C'était l'aboutissement, la conclusion logique de la vie qu'il avait menée. S'il était mort, il avait vécu librement. S'il était vivant, il devait être heureux là où il était.

« Pour elle.

— À quoi est-ce qu'elle travaille ?

— Je ne sais pas exactement. Un livre, certainement. »

Silje a souri et a posé la tête contre mon épaule.

« Il y a décidément beaucoup de personnes autour de toi qui travaillent à des livres. Peut-être que tu devrais le faire aussi. Cela vous ferait un sujet de discussion.

— Un livre ? À propos de quoi ?

— Ça, il n'y a que toi qui peux le savoir. Si ça t'intéresse.

— Je ne saurais pas quoi raconter. Je ne saurais pas comment m'y prendre.

— Comment fais-tu pour dessiner ? Pour réparer une lampe ou une prise ? Pour casser un mur et le rebâtir différemment ? Pour jouer de la guitare ?

— Je n'y ai jamais réfléchi. Je le fais, c'est tout.

— Ça ne doit pas être bien différent. Pour écrire un livre, il faut faire ce qu'elle fait. »

C'est à ce moment que la lumière de la chambre s'est éteinte. À travers la porte de la maison neuve, il m'a semblé entendre la chaise racler sur le sol de la cuisine.

« Il faut s'asseoir devant un cahier, devant un terminal, a conclu Silje, et écrire. »

Livia n'est pas sortie de la maison pendant plusieurs jours. Personne, pas même moi, n'a osé aller frapper à la porte. Pourtant, un soir, alors que nous nous installions pour dîner tous ensemble dans la salle commune – ce devait être à une occasion particulière, un anniversaire ou simplement un sentiment d'accomplissement de l'une ou l'un d'entre nous dans le travail, mais je ne me souviens plus laquelle –, la silhouette de Livia est venue se découper dans le cadre obscur de la porte. Elle a prononcé un doux « Bonsoir ». Sans rien dire, Pontus a tiré la chaise inoccupée à côté de lui et quelqu'une d'autre a posé un couvert devant elle. Livia s'est assise. Les conversations ne s'étaient pas interrompues. Elle n'a rien dit pendant la majorité du repas, mangeante de bon appétit, se levante comme les autres pour desservir et amener le reste. Pourtant, au moment du dessert, lorsque quelqu'un se dressa pour porter un toast, elle but et saisit la bouteille de liqueur de sapin pour se servir un autre verre. Elle se leva à son tour et dit :

« Aux amis, aux amies, trop loin. »

Une fois que la bouteille eut fait le tour de la table, nous nous levâmes toutes et tous et nous répétâmes :

« Aux amis, aux amies, trop loin. »

Puis, dans un seul mouvement, nous bûmes. Il me sembla remarquer une larme s'accumuler au coin de l'œil de Livia. Cette nuit-là, une fois le repas terminé, la vaisselle nettoyée et la salle rangée, elle s'approcha de moi et me demanda :

« Est-ce que tu veux bien rester avec moi, ce soir ? »

J'acquiesçai.

« Bien sûr. »

Nous nous couchâmes dans le lit dont les draps, lavés par Ingrid juste avant l'arrivée de Livia, gardaient encore un reste d'odeur de savon. Lorsque nous éteignîmes la lumière, Livia se serra contre moi. Je la sentis trembler. Je compris qu'elle pleurait pour de bon.

« C'est le silence, le pire, tu comprends ? murmura-t-elle entre deux sanglots.

— Tu n'es pas obligée de rester ici, si ce n'est pas supportable. Tu peux retourner en ville.

— Je ne parle pas de ça. Je parle du silence dans ma tête. Depuis qu'il... depuis qu'il a disparu, c'est comme si une voix s'était éteinte. Avant, j'étais simplement incapable de l'entendre. Maintenant, elle s'est... elle s'est tue pour de bon. »

Je me tins coi aussi. Je ne savais pas quoi répondre à cela.

« Je ne pensais pas que ce serait si difficile. Depuis tout ce temps, je pensais que je serais prête. Je ne pensais pas que ça ferait si mal, mais c'est comme si une partie de moi s'était définitivement arrachée et je ne peux pas la retenir. »

Trop étreint par ma propre émotion, incapable de formuler une pensée claire, je finis tout de même par chuchoter, un peu malgré moi :

« Ce n'est jamais stupide.

— Quoi donc ?

— L'amour.

— Tu te souviens, a demandé Livia, à Ast ? »

Dans le noir, j'ai hoché la tête.

« Je pensais que c'était difficile. Je pensais que je souffrais de la distance. Je croyais qu'Ulf était indifférent et je lui en voulais. Ce n'était rien du tout comparé à… comparé à cette absence. Comparé à *toute* cette absence. »

Elle est restée silencieuse plusieurs longues minutes, pelotonnée, le visage collé contre ma poitrine. Je pouvais sentir l'humidité de ses yeux, de ses narines, la vibration des reniflements.

« Sois honnête avec moi. Je vais te le demander une dernière fois et puis je ne te le demanderai plus jamais. D'accord ?

— Oui.

— Est-ce que tu sais où il est ? »

J'ai secoué la tête de droite à gauche. Bruissement de l'oreiller.

« Je ne sais pas.

— Mais tu as des hypothèses.

— Oui. Est-ce que tu veux les entendre ? »

Livia s'est contractée. Sa main a comprimé la couverture. Elle a retenu un long et douloureux gémissement. Puis, finalement :

« Non. Je préfère l'absence à l'incertitude. »

Enfin, elle s'endormit et moi aussi.

Bien qu'elle fût sortie, Livia ne participa pas tout de suite pleinement à la vie d'Opera. Dans les premières semaines suivantes son arrivée, elle passa la majorité du temps à la table de la cuisine de la maison, plongée dans les livres et le terminal. Elle préparait et prenait la majorité des repas seule, ne sortante que lors des réunions hebdomadaires ou, plus rarement, nous rejoignante dans la grande maison pour dîner avec Silje, Pontus, Ingrid et moi. À table, elle restait inhabituellement silencieuse, ce qui m'attristait profondément. Son regard ne se fixait jamais réellement sur l'une ou l'un d'entre nous. Elle paraissait plongée dans des pensées insondables et éludait toutes les questions qu'on lui posait.

« Dis-moi, essaya plusieurs fois Silje, réellement curieuse, sur quoi porte le livre que tu écris ? À quoi travailles-tu ? »

Invariablement, elle s'attirait la même réponse.

« Je n'ai pas envie d'en parler. »

Et, comme épuisée par ces quelques mots, Livia plongeait dans un silence plus profond encore. À l'observer du coin de l'œil, je me demandai quelquefois si elle respirait encore.

« Je ne sais pas quoi faire, m'en ouvris-je aux autres. Je la reconnais, c'est bien elle mais c'est comme si elle n'était plus qu'une coquille vide. Comme si elle n'était plus qu'un corps, sans vie à l'intérieur. »

Pontus secoua la tête.

« Je ne crois pas que tu puisses y faire quelque chose. Il faut laisser du temps. Ça lui passera. Ou pas. C'est impossible à dire.

— Elle travaille, le contredit Silje. Ça veut dire qu'elle est vivante. Quand elle pourra en parler, alors elle ira mieux. »

Ingrid, après un temps, ajouta :

« Tu as raison, Umo. C'est son corps le problème. Il faut qu'elle réapprenne à s'en servir. »

En réalité, ils avaient raison tous les trois. Un soir, à la surprise générale, Livia répondit à la question que Silje lui posait rituellement.

« Au début, dit-elle, je voulais simplement faire le récit de la transition entre le Siècle des camps et la Déclaration d'Antonia. Essayer de décrire, en revenant aux archives, ce qui s'était passé. Mais je crois que le livre a pris une forme différente, maintenant. »

Silje osa pousser la curiosité.

« C'est-à-dire ?

— Le sujet n'est plus seulement ça.

— Quel est-il ?

— Tout. »

Puis elle se tut. Cependant, elle avait parlé. Pontus avait raison. Le temps, lentement et inexorablement, avait fait son œuvre. Silje, avec une grande délicatesse, commença à rejoindre Livia dans la maison neuve certains matins. Au début, elle la saluait simplement, puis elle resta prendre une tasse de café ou de thé avec elle. Ensuite, elle commença à s'installer à la table, emmenante avec elle un terminal et parfois des livres pour travailler à ses propres études. Enfin, après un long moment, Livia accepta de la laisser l'aider. De ce moment, il ne fut pas rare, pour qui passait devant la porte de la maison neuve, d'entendre des éclats de voix : autant de disputes que de rires.

« Alors ? demandai-je à Silje. Quel est le sujet du livre ? »

Elle me sourit mystérieusement et répondit :

« Tout. Du début à la fin. »

Ingrid s'esclaffa.

« Rien que ça ! »

Enfin, Livia commença de sortir l'après-midi et de prendre part aux travaux de subsistance et d'entretien d'Opera. Je fus tout particulièrement étonné de la voir se consacrer avec autant de plaisir au jardin et au potager. Elle accompagnait parfois Ingrid dans ses maraudes à travers le village pour s'assurer que tout fonctionnait correctement, des panneaux photovoltaïques aux batteries en passant par les composteurs et les recycleurs d'eaux usées. Toutefois, il était bien plus fréquent de la trouver derrière l'école, à genoux ou accroupie entre les rangs de pommes de terre, occupée à désherber, à pailler ou à tailler les feuilles et les pousses malades. Jusque-là, je ne lui avais jamais connu de réel goût pour ce travail, à part le minimum qui nous avait été enseigné à Pelagoya et à Grévi. Je ne tardai pas à comprendre. Je la découvris de plus en plus souvent accompagnée de Rumi, les mains pleines de terre et riants à gorge déployée ou pris dans d'interminables conversations qui couvraient tous les sujets possibles, passant nonchalamment de l'épidémiologie à la production énergétique, de la préservation des espèces de carottes à la philosophie de la science, de l'espace qu'il fallait dédier aux poireaux à l'architecture médiévale.

Alors, je sus que, puisqu'elle avait recommencé à travailler et à aimer, Livia allait mieux, et pour de bon. Toutefois, un matin alors que je dessinai à côté d'elle en silence, elle me demanda d'aller chercher un livre laissé dans la chambre. Je ne me souviens plus du titre mais il avait une épaisse reliure noire et il était posé sur table de chevet à côté d'un cadre en bois dans lequel était installé une photographie. C'était un portait d'Ulf et elle. Je ne l'avais jamais vu, même dans l'appartement d'Antonia où j'avais vécu avec elle. Sur le cliché, les deux ne devaient pas avoir beaucoup plus de vingt ans. En tout cas, ils étaient très jeunes. Des guirlandes lumineuses au plafond éclairait la scène. Serrés l'une contre l'autre, ils avaient tous deux une expression joyeuse et surprise. Ils regardaient vers l'objectif, un peu incertains, comme si le ou la photographe venait de les appeler. Tous deux souriaient largement et il y avait une brillance dans l'œil d'Ulf, un spectre de plein contentement que je lui avais rarement vu.

Ma gorge se serra et, saisi par je ne sais quelle pudeur, je réprimai des larmes. Tout cela était il y a si longtemps !

« Tu trouves ? » cria Livia dans la pièce voisine.

Alors, le charme se brisa. Je me penchai, saisis le livre et je sortis rapidement. Lorsque je me rassis, Livia dut remarquer le trouble que je ressentais.

« Qu'est-ce qu'il se passe ? » demanda-t-elle.

Je fis du mieux que je pouvais pour sourire.

« Rien. »

L'expression de Livia s'assombrit.

« C'est la photo, c'est ça ? Je savais que je n'aurais pas dû la sortir. »

Elle fit mine de se lever et je tendis le bras pour la retenir.

« Non. Il me manque aussi parfois, c'est tout. »

Une fois Livia rassise, je me penchai de nouveau sur le carnet. Je sentis un long moment son regard posé sur moi. Je fis de mon mieux pour ne penser à rien d'autre qu'au frottement des crayons sur le papier. Cependant, malgré moi, la mine ne tarda pas à dessiner l'ombre de l'image désormais inscrite dans ma mémoire. Ce cliché ne me quitterait plus jamais. C'était un souvenir nouveau, la copie d'une copie, la recréation par ma mémoire d'un instant de bonheur que je n'avais pas vécu mais dont, peut-être, je regrettai de ne pas avoir été le témoin.

Lorsque j'ai terminé le dessin, j'ai déchiré la page, je l'ai pliée et je l'ai glissée dans le portefeuille, avec les deux cartes, bleue et verte, dont je ne me servais plus guère depuis que nous nous étions installés à Opera. Elle y est encore.

Une fois Livia remise et bien installée à Opera, il me faut admettre que ce fut mon tour de ressentir un appauvrissement de l'humeur. L'inquiétude que j'avais éprouvée à son égard était parvenue à masquer un sentiment que je n'osais pas encore accepter et affronter pleinement : le désœuvrement. Dans Opera vide d'enfants ou presque, Opera accomplie et suffisante à elle-même, je m'ennuyais. Je tournais en rond, répétant mécaniquement les mêmes gestes, les mêmes tâches sans plus y trouver d'autre sens que leur seule réalisation. Ingrid partageait la même impression que moi. Nous passions des journées entières à la recherche de défauts dans l'architecture, dans l'installation électrique et dans la plomberie, sans rien trouver. Il fallait nous rendre à l'évidence : nous – et tous les autres qui avaient participé à la construction d'Opera – avions trop bien fait le travail. C'est une idiotie de le dire, je sais, mais il semblait ne rien rester à faire.

« Peut-être, proposa Ingrid un soir, que nous devrions aller construire autre chose, autre part. »

À son sourire, je compris qu'elle plaisantait, mais pas entièrement. Elle rongeait son frein, et moi aussi. Pour autant, il ne valait rien de partir en recherche d'un autre chantier, d'une autre entreprise, un autre objet sur lequel porter notre désir et notre force d'action. Je pensais souvent à Alma, dont j'avais appris le décès quelques mois plus tôt. Elle avait pu, oui, se contenter des années durant d'entretenir et de réparer le même bâtiment mais, au fond, j'ignorais complètement quelles avaient pu être ses pensées. Peut-être avait-elle eu la même impression, sans jamais rien en montrer, et puis elle travaillait dans un secondaire rempli d'enfants. Il est probable qu'elle n'ait jamais eu simplement le temps ou l'énergie d'avoir de telles idées. Rien ne servait, pourtant, de comparer les situations.

Le fait était là : j'avais les mains vides et je ne trouvais pas que saisir pour les remplir. J'en devins irritable. Opera même me paraissait, si ce n'était hostile, tout du moins désagréable. J'alternais les nuits d'insomnies et celles de trop long sommeil ; j'éprouvais une profonde lassitude sans pourtant que mon corps fût fatigué. Les murs mêmes de la grande maison semblaient se refermer sur moi et, un matin, en observant de la fenêtre de la chambre le soleil se lever sur Opera, elle me fit la même impression d'étroitesse que Pelagoya lorsque Gob et moi y étions retournés. Alors, le souffle me manqua soudain, un éclair de douleur passa à travers ma poitrine et je tombai assis au sol. Le bruit de la chute réveilla Silje qui vint à mon secours. Pontus, déjà réveillé, passa la tête par la porte et Silje lui cria d'aller chercher Rumi qui apparut à son tour quelques minutes plus tard, bientôt suivi de Livia. Je haletai toujours mais le pire de la crise était passée.

« Ça va, réussis-je à souffler. Vraiment, ça va.

— Il faudrait t'emmener à Yggstadt, dit Rumi, pour faire des examens. C'est peut-être le cœur. »

Je secouai la tête. Mon cœur allait très bien.

« Ça va, je te dis. »

Il grommela sur un ton désapprobateur mais n'insista pas. On m'aida à me relever et à m'étendre dans le lit. Ceci fait, il y eut un instant de flottement. Personne ne semblait certain de la marche à suivre ensuite.

« Vous n'allez pas rester là des heures à me regarder comme ça ! » râlai-je.

À contrecœur, tous et toutes finirent par sortir. Recouvert d'une sueur refroidissante, je sentis les battements de mon cœur se calmer et mes paupières s'alourdir, malgré les rideaux et les volets ouverts.

Lorsque je me réveillai, Silje était assise à côté du lit dans un des fauteuils jaune et bleu qu'Ingrid avait fabriqués, il y avait des années de cela.

« Est-ce que ça va mieux ? » demanda-t-elle.

Ma tête me paraissait tellement lourde que je ne parvins même pas à la tourner dans sa direction. Je me contentai de hausser un peu les épaules.

« Je suppose.

— Tu sais, commença-t-elle, un très vieux philosophe propriétariste a dit : “Tout le malheur des hommes vient d'une seule chose, qui est de ne savoir pas demeurer en repos, dans une chambre.”

— C'est exactement ce dont j'avais besoin, maugréai-je, de philosophie propriétariste.

— Depuis que les enfants sont partis, tu ne te sens plus toi-même. Tout le monde l'a remarqué. Cette crise, c'est un symptôme avancé de ce mal-être. Il faut que tu fasses quelque chose.

— Je fais des choses ! Je fais des tas de choses. Tous les jours. Je travaille. »

Silje a secoué la tête.

« Ce n'est pas ce que je veux dire et tu le sais très bien. Si tu dois t'en aller un moment, va-t-en. Nous serons là quand tu reviendras. Prends le temps de retrouver ce que tu as envie de faire. Tu ne vas pas passer les années qui te restent à vivre à attendre de mourir. »

Puis elle se leva et sortit après avoir m'avoir déposé un baiser sur le front.

Je passai les jours suivants au lit, incapable de me lever. Ce n'était pas que je m'en sentis physiquement empêché. Je pouvais parfaitement me figurer repoussant les couvertures, pivotant, balançant mes jambes hors du matelas et posant les pieds au sol. Je m'en sentais tout à fait capable. Cependant, je n'y voyais aucune raison valable.

Quand Rumi revint vérifier ma tension artérielle et mon rythme cardiaque, je lui demandai de tirer les rideaux. Je restai ainsi, dans la pénombre. Je ne bougeai pas. Je ne pensai à rien ou, plutôt, je contemplai dans mon esprit le défilement d'idées vagues, d'impressions approximatives et parfois assez lourdes pour empêcher à nouveau ma respiration. Fort heureusement, aucune ne s'attardait suffisamment. J'aurais voulu en attraper une, au moins une seule, pour l'observer, l'étudier et m'en servir de point de départ pour saisir et comprendre toutes les autres. Mes tentatives restaient vaines. Il me semblait être étendu sur le dos au fond d'une rivière et regarder au-dessus de moi s'écouler le courant. Chaque songerie se découpait à contre-jour devant les rayons du soleil et dessinait sur son passage des rides obscures.

Les tentatives de toutes et tous pour me tirer de la léthargie restèrent sans effet. Plus on me parlait, moins je répondais. Je n'avais plus la moindre parole en moi. Au fond, je croyais bien être persuadé que j'avais vécu tout ce que j'avais à vivre, réalisé tout ce qu'il m'était donné de faire. J'avais fait le travail. Je ne voyais rien d'autre. Comme Ulf, il ne me restait qu'à disparaître. Bien sûr, étant donné la différence de nos caractères, mon effacement serait moins spectaculaire que le sien. Je resterais là, sur ce lit à la fabrication duquel j'avais participé, longtemps auparavant, et je deviendrais de plus en plus fin, aussi ténu qu'un fil qu'il suffirait d'un filet de vent pour rompre. Alors j'aurais disparu pour de bon. Cette pensée ne m'inspirait aucune angoisse, aucune colère, ni même du désespoir ou de la résignation. C'était le cours qu'allaient suivre les évènements, ni plus ni moins. S'il s'était agi de mourir, alors peut-être aurais-je éprouvé quelque tristesse, mais c'était même moins que cela. J'allais cesser d'être, un point c'est tout. Je sentais tout de même au fond du cœur une vague indignation : devait-ce être tout cela pour cela ? De Pelagoya à Opera, tout ce travail, tous les menuisiers, les électriciens, les informaticiens, les plombiers, les professeurs, les comptables, les musiciens, les carreleurs, toutes et tous les camarades avec lesquels j'avais bâti cette vie ; tout cela devait-il être pour rien ? Elle était trop faible cependant, cette révolte. Je disparaissais, c'était un fait. C'était acté. Déjà mon corps paraissait perdre de sa consistance. C'était à peine si la prochaine personne qui rentrerait dans la chambre remarquerait la différence. Je laissais à Ulf l'absence. C'était le nul, mon propre néant, dont j'observais la venue.

Ce furent deux appels qui me tirèrent finalement de ce terrible et profond engourdissement. Le premier, je faillis bien le rater. De très loin, j'entendis la sonnerie du terminal mais je ne tendis pas le bras vers lui. À quoi bon ? Pourtant, quelqu'une - Ingrid, je crois, impatiemment assise au chevet - décrocha. Il y eut un moment de silence puis sa voix me parvint, comme assourdie : un écho venu de l'autre côté d'une épaisse paroi de pierre.

« Umo. C'est pour toi. »

D'autorité, elle serra mes doigts autour du terminal et, constant que je ne bougeais toujours pas, elle activa le haut-parleur. Puis elle se leva et sortit.

« Umo ? »

C'était la voix de Kaze. Étrangement, le timbre déformé par la connexion lointaine et les mauvais haut-parleurs du terminal me parut plus réel, plus *tangible* que celui de tous les habitants et habitantes d'Opera. Par sa voix, je retrouvai consistance. Je sentis à nouveau la cage thoracique que j'habitais, la gorge et la bouche qui la prolongeaient.

« Est-ce que ça va ? »

J'ai trouvé l'énergie de me redresser contre l'oreiller et de porter le terminal à l'oreille.

« J'ai entendu que tu avais eu un accident.

— J'ai eu de meilleurs jours.

— Si ce n'est pas un bon moment, a-t-elle dit, je peux rappeler plus tard. »

J'ai porté le regard sur la chambre, pleine de livres, de cadres, de photographies, de dessins de ma main ou de celle d'enfants. Les rideaux et les volets fermés ne laissaient entrer qu'une infime quantité de lumière grise mêlée de jaune.

« Non, ai-je répondu. Maintenant, c'est très bien.

— Parfait. »

Une fois les précautions écartées, Kaze retrouva instantanément le débit et l'énergie de parole coutumière.

« J'ai eu une idée. J'ai une proposition à te faire. À vous faire. À faire à Opera. Depuis un moment, je travaille sur un morceau de musique. Une pièce pour orchestre ou, en tout cas, pour beaucoup de musiciens. J'ai bientôt fini de l'arranger et nous allons commencer à le répéter. Je cherchais un endroit où le jouer et où l'enregistrer. Je voudrais faire ça en plein air. J'ai pensé à Opera. J'aimerais le faire là. Loin de tout, il n'y aura pas de bruits parasites : pas de ville, pas de train qui passe. Tu comprends ce que je veux dire. Si c'est possible. Si vous en avez envie. J'ai pensé que tu pourrais l'enregistrer, si ce genre de choses t'intéresse encore. Je sais que ça fait longtemps que tu ne l'as pas fait, mais ça ne s'oublie pas. Enfin, dis-moi ce que tu en penses. »

Alors, ce fut comme si on avait fait jouer un interrupteur en moi, refermé le circuit. Le courant se remit à circuler. L'énergie qui m'avait fait défaut, que j'avais cru perdue pour de bon, réapparut. Je n'ai pu retenir un soupir de soulagement, d'aise et de plaisir. Ma voix s'est élevée, pleine d'un enthousiasme que j'avais cru disparu à jamais.

« Bien sûr que ça nous intéresse ! m'exclamai-je. Bien sûr que ça m'intéresse, en tout cas ! Il faut que je demande aux autres ce qu'ils en pensent, mais je ne vois pas pourquoi. Je leur en parle et je te rappelle. »

La conversation se porta alors sur la longueur de la pièce, la composition de l'orchestre, le nombre de musiciens, les problèmes logistiques et acoustiques que posait la présence de tel ou tel instrument particulier. Les pensées, lointaines et floues jusque-là, redevinrent précises et concrètes. Je savourais leurs allées et venues, leurs entrechoquements, leur persistance ou, au contraire, leur effacement rapide devant une autre, plus adaptée, plus brillante. Je me sentais comme rajeuni, comme si j'étais à nouveau dans le train au milieu du groupe, en tournée, allant d'une salle à l'autre des semaines durant. Comme la musique m'avait manqué ! J'entendais déjà le timbre des clarinettes, le halètement plaintif de l'accordéon, le vrombissement des timbales et les frottements stridents des archets sur les cordes des violons. Rien que d'en parler, les couleurs de la chambre regagnaient en intensité et en vibrance.

Je me suis soudain rendu compte que je n'étais plus allongé mais assis sur le bord du matelas. Des vêtements étaient posés sur la chaise près du lit. Sans cesser de parler, je me suis levé et je les ai enfilés. J'ai tiré les rideaux. Le soleil était haut, aussi haut qu'il pouvait être en cette saison. J'ai ouvert la fenêtre, repoussé les volets. J'ai savouré la douce sensation de l'air frais sur ma peau trop longtemps enfermée, la caresse du courant d'air sur mes joues et sur mes avant-bras.

J'étais vivant. Mon corps était revenu, avec toutes ses douleurs et ses faiblesses mais aussi son souffle et son énergie.

Au moment de raccrocher, avant de sortir de la chambre, j'ai posé une dernière question.

« Cette pièce, comment s'appelle-t-elle ?

— *Eutopia*, a répondu Kaze. Ça signifie " le bon lieu ". L'endroit du bien. »

À travers le cadre de la fenêtre, j'ai contemplé Opera. Dehors, Ingrid allait et venait. La lumière de la cuisine où travaillait Livia était allumée. Per, Natasha, Pontus travaillaient au potager. Sam jouait avec les chiens qui ne paraissaient jamais se lasser d'aller chercher la même balle, le même bâton. Hitomi et Magali dessinaient de larges formes géométriques dans le sable de la cour pour mieux les effacer ensuite. Gallus et Zineb fendaient du bois en poussant après chaque coup des exclamations de joie exagérée, sans doute pour atténuer le caractère fastidieux du travail. Quelque part, une voix féminine qu'il me semblait avoir entendue toute ma vie s'accompagnait à la guitare, chantait l'enfante de la lune dansante dans les eaux peu profondes d'une rivière, rêvante à l'ombre d'un saule, l'adorable enfante de la lune dérivante avec les échos des heures. En cet instant, mon cœur se souleva d'une puissante amour pour ce lieu tout entier, dans sa globalité mais aussi dans le plus minuscule détail que je discernais : toutes les poignées de sable et de gravier, toutes les pelletées de terre remuées et tout ce qui y poussait, chaque brique, chaque pierre et le mortier qui les liait indéfectiblement. C'était la prime amour, celle qu'Ingrid et moi avions ressentie lorsque nous avions découvert l'ancienne maison abandonnée.

« *Eutopia*, répétai-je. C'est parfait. »

J'ai raccroché. Je suis sorti de la chambre. J'ai repris le travail.

Le soir même, je partageai avec les camarades la proposition de Kaze. Celle-ci, quoique soulevante quelques questions pratiques, suscita chez elles et chez eux le même enthousiasme que j'avais ressenti et il contribua aussi à la chaleur que je ressentais à nouveau.

« J'aimerais mettre une seule condition, intervint Silje.

— Laquelle ?

— Que nous participions aussi, bien sûr !

— Je ne sais jouer d'aucun instrument, moi.

— Tu peux chanter. Tout le monde peut chanter !

— Oui ! Soit c'est tout le monde, soit c'est personne.

— Et les enfants ! ajouta Per. Enfin, celles et ceux qui veulent.

— Il faudrait faire ça l'été, alors, renchérit Zineb. Comme ça, ils pourraient revenir plus facilement.

— Excellente idée ! »

D'ores et déjà, on se mit à tracer les plans des gradins qu'il faudrait construire, de l'estrade à bâtir.

« Et s'il pleut ? demanda quelqu'une. Les orages sont violents, l'été.

— S'il pleut, dit Pontus calmement, nous reporterons au lendemain...

— Nous avons le temps ! » s'écrièrent à sa place le reste des camarades avant d'éclater de rire.

Le lendemain, je transmis la décision et les conditions à Kaze. Elle les accepta en bloc et m'invita, puisque je devais travailler à l'enregistrement de la musique, à venir assister aux répétitions à Iliat. Je repartirais ensuite avec les valises pleines de matériel. Je me préparai donc à partir tandis qu'Opera se mettait au travail, à la manière coutumière, lentement, sûrement et joyeusement. On décida d'utiliser le bâtiment de l'école comme emplacement pour la table de mixage et les enregistreurs. Les gradins épouseraient la forme des maisons neuves pour former une sorte d'amphithéâtre. Ainsi, les spectateurs et spectatrices domineraient la scène et chacune entendrait correctement. Le corps des auditeurs et auditrices absorberait aussi les réflexions parasites. Dès le lancement du travail préparatoire, la nouvelle nous parvint qu'une subvention était prévue par la branche « Arts » de la caisse régionale d'investissement. Elle devait servir à acheter les matériaux, à engager des collectifs pour construire les gradins et assurer l'installation technique. Après concertation, la commune d'Opera décida d'en refuser la majorité, à l'exception d'une fraction destinée à l'acquisition de structures métalliques, de bois et de quincaillerie. La plupart d'entre nous avaient depuis longtemps atteint le plus haut niveau de qualification et, en vérité, nous ne dépensions pas la majorité de l'argent du salaire qui nous était versé. Pontus, qui gardait des contacts à la Caisse générale des salaires, demandait régulièrement la remise à niveau des montants versés sur les cartes bleues et vertes. En tout état de cause, Opera était trop bien autonome pour nécessiter beaucoup d'argent. Pour une fois que nous avions une véritable occasion de dépenser les salaires, nous n'allions pas nous en priver. Pendant plusieurs mois de suite, comme ce n'était pas arrivé depuis bien des années, les cartes vertes et bleues des camarades d'Opera furent vidées jusqu'à la dernière unité monétaire. Tout cet argent, nous l'investîmes dans la métamorphose de la commune en théâtre en plein air.

Un soir, après une éreintante journée passée à construire de la charpente, Rumi fronça les sourcils et commenta :

« Tout cet argent dépensé, et pour une seule nuit… »

Ce fut Livia qui le rabroua et avec une sécheresse étonnante.

« La quantité de monnaie n'a aucune importance. Il ne s'agit que d'un chiffre. Et puis ce n'est pas que pour une nuit. S'il est bien conservé, l'enregistrement durera pour toujours. »

L'énoncé était si définitif que personne ne souleva plus jamais le sujet.

Le jour arriva de partir pour Iliat. Une fois de plus, je pédalai jusqu'à Yggstadt dans le petit matin de l'été naissant. Il faisait déjà chaud et mes jambes n'avaient plus la même force qu'autrefois. Je dus m'arrêter plusieurs fois pour me reposer ou pousser le vélo pour gravir des côtes qui ne me posaient aucun problème quelques années plus tôt.

« Eh bien, Umo, soufflai-je, tu es officiellement vieux. »

Je ris tout seul. C'était une drôle d'idée, être vieux. Je n'avais pas senti le changement et pourtant il était arrivé. Dans mon esprit, je me figurais pourtant toujours comme l'être que j'avais été à Antonia ou à Télégie. Peut-être même à Iliat ou Grévi. À l'intérieur, je me paraissais identique mais il était impossible que je le fusse, puisque mon corps s'était, comme à mon insu, modifié, bien que j'ignorasse le changement tous les matins devant le miroir. Le regard que les autres portaient sur moi avait changé aussi. Ce matin-là, je croisai une camionnette de livraison de planches destinées à l'estrade. La conductrice, pour répondre au salut de la main que je lui adressais, s'arrêta pour me demander si j'avais besoin d'aide. Je la remerciai de l'offre mais je la déclinai. Elle ne pouvait me faire gagner que du temps et je n'étais pas pressé.

Je ratai le premier train et même le deuxième. En gare, je m'attablai une longue demi-heure, laissant partir le troisième sans moi, le temps de reprendre mon souffle, de boire plusieurs tasses de café léger et mousseux et de manger plusieurs tartines. Quand le quatrième train à destination d'Iliat fut annoncé à quai, j'étais enfin prêt.

Finalement, être vieux n'était pas si différent du reste de la vie. Il fallait simplement s'habituer à faire les mêmes choses plus lentement. J'entendais toutes les voix d'Opera clamer à l'unisson :

« Nous avons le temps. » Avec un sourire, je rajoutai pour moi-même : « Nous n'avons pas le choix. »

Je n'ai pas jusqu'ici suffisamment parlé des trains. Toute ma vie, j'ai profondément aimé les trains. J'ai savouré chaque minute du lent défilement du paysage par les fenêtres ou de la confortable obscurité des wagons traversant la nuit. Il n'existe pas deux trains semblables, même parmi ceux qui circulent sur les mêmes lignes, accomplissants les mêmes itinéraires. L'aménagement et la décoration des cabines sont la responsabilité – et donc la liberté – de ceux et celles qui les entretiennent et les conduisent. Je suis monté dans des trains entièrement remplis de couchettes. D'autres ressemblaient à l'intérieur de cafés et les passagers devaient, lors des accélérations ou des freinages, retenir les chaises pour ne pas qu'elles glissent ou basculent. Certaines rames encore avaient l'allure de confortables salons, pleines de canapés, de fauteuils et de bibliothèques, des rideaux pendants aux fenêtres. Dans certains trains, on dansait toute la nuit au rythme de la musique que jouaient les passagers eux-mêmes. Dans d'autres, il régnait le silence le plus absolu pour ne pas gêner le repos ou le travail de chacune. De nombreux trains, bien sûr, étaient simplement meublés de fauteuils alignés mais la housse de chacun était différente, couverte de motifs cousus et brodés à la main ou rapiécés de couleurs vives. Souvent, les plafonds étaient peints et, lors de courts trajets, il suffisait de lever les yeux et d'observer pour s'occuper toute la durée du voyage. Les trains, enfin, étaient comme n'importe quel autre endroit, des lieux de vie, des lieux où l'on se parlait, où l'on se rencontrait, où l'on s'aimait et on l'on se séparait, où l'on s'enivrait d'alcool ou d'herbe, où l'on mangeait et où l'on était malade, où l'on nourrissait et où l'on changeait les enfants, où l'on jouait et où l'on chantait pour passer le temps ou bien pour le simple plaisir de la chanson, des endroits où l'on lisait et où l'on passait des films, où l'on étudiait et où l'on ne faisait rien, des endroits à entretenir, à réparer, parfois en parfait état, parfois brinquebalants, tressautants, cahotants ; comme tous les lieux et les objets parmi lesquels j'ai eu l'heur de vivre, ils étaient une fin en soi et non simplement un moyen de transport.

Le quatrième train du matin, celui dans lequel je pris place ce jour-là, n'avait rien de particulier en ce qu'il correspondait à l'image que l'on se fait le plus souvent d'un train. Je m'assis près de la fenêtre, à la gauche d'un homme qu'accompagnaient deux jeunes gens en âge d'étudier au secondaire. Je me demandai un instant d'où ils venaient et où ils allaient mais la curiosité ne me poussa pas jusqu'à le leur demander et elle ne m'empêcha pas non plus de m'endormir presque tout de suite, sous l'effet conjugué du roulis, de la fatigue du trajet à vélo et de l'estomac plein de café chaud. Il ne s'était pas passé beaucoup plus d'une heure et le train était arrêté en pleine campagne quand je me réveillai. Le voisin de droite me secouait délicatement l'épaule.

« Excuse-moi, disait-il. Le terminal sonne. »

En effet, le tintement de l'appareil venait du sac posé à mes pieds. Je me levai et je sortis de l'espace de vie pour prendre l'appel. Je ne connaissais ni le nom ni le visage de la personne qui m'appelait. Je ne reconnus pas non plus la voix féminine qui demanda :

« Umo ? Est-ce que c'est bien toi, Umo ? »

Il s'agissait du second des deux appels qui devaient me tirer définitivement de l'engourdissement que j'avais ressenti durant les derniers mois à Opera.

« Oui, c'est moi.

— Je suis Alyona. J'appelle de la part de... »

Elle hésita, se reprit.

« J'appelle pour Gob. »

Le simple fait d'entendre prononcer ce prénom, conjugué au ton audiblement préoccupé de la voix de l'inconnue, suffit à dissiper les dernières volutes de sommeil qui m'étourdissaient encore.

« Que se passe-t-il ?

— Elle est malade. Très malade. En fait... »

Sa voix se brisa. Même à travers le terminal, je reconnus l'étranglement de quelqu'une qui réprimait un sanglot.

« En fait, elle n'en a plus pour très longtemps. Alors, comme je sais qu'elle compte beaucoup pour toi, et toi pour elle, j'ai pensé que je devais te le dire. »

Je me figeai. Je ne sais plus si le train rencontra à cet instant un cahot ou bien si je perdis l'équilibre tout seul mais il me fallut m'appuyer contre la paroi de la main gauche, la main que laissait libre le terminal.

« Est-ce qu'elle le sait ? »

Puis, comprenant que la question pouvait être interprétée de différentes manières, je précisai :

« Est-ce qu'elle sait que tu m'appelles ? »

Le silence d'Alyona fut éloquent.

« Est-ce qu'elle veut que je vienne ? insistai-je.

— Je ne sais pas. J'ai simplement pensé que... »

Elle s'interrompit là. Je terminai à sa place.

« Tu as pensé que je voudrais savoir. Que je voudrais la voir.

— C'est ça.

— Tu as eu raison, ajoutai-je, la gorge serrée. J'arrive. Dis-lui que j'arrive. »

En ce qui concernait Gob, avais-je jamais rien fait d'autre qu'arriver ?

« Très bien », dit Alyona.

Il ne semblait pas y avoir grand-chose de plus à dire. Tout de même, elle ajouta, avant de raccrocher :

« Merci. »

La communication se termina. Un moment, je crus sentir mon cœur se contracter à nouveau, tout comme il l'avait fait à Opera. Le souffle me manqua à nouveau et ma bouche s'ouvrit toute seule, à la recherche d'un air qu'elle n'arrivait pas à inspirer. Le terminal tomba au sol. L'écran se fendit. Je me courbai, la main gauche toujours appuyée au mur, la main droite crispée contre ma poitrine. Je sentis des larmes de douleur poindre au coin de mes yeux et couler le long de mes joues.

« Tout va bien ? Tu as besoin d'aide ? »

Je relevai la tête. C'était le voisin de siège. Je tendis la main droite dans sa direction, paume ouverte, l'agitant pour signifier que, non, je n'avais pas besoin d'aide. Sous le regard d'un autre, la douleur qui me perçait la poitrine sembla non pas disparaître, mais au moins s'atténuer suffisamment pour que je me redressasse. Je compris alors qu'elle ne me quitterait plus. Je devrais me ranger à l'avis de Rumi et aller passer des examens, à Yggstadt ou ailleurs. L'idée me vint d'aller me présenter dans un des hôpitaux d'Iliat mais, comme la douleur, elle reflua lentement. Je ne pouvais pas m'arrêter. Une fois encore, les voies de chemin de fer m'amenaient vers le nord-est, vers les villes jumelles, vers Amistad.

Le voisin tint à me ramener au fauteuil près de la vitre et il demanda aux jeunes gens qui l'accompagnaient de changer de place pour me laisser de l'air.

« S'il y a le moindre problème, insista-t-il, n'hésite pas à demander. »

Je le remerciai à voix basse et sifflante, une voix qui n'avait pas grand-chose à voir avec la mienne. Pourtant, la pointe qui s'était enfoncée dans ma cage thoracique quelques minutes plus tôt s'était presque entièrement retirée. Il n'en restait guère plus qu'une aiguille ou même moins : une écharde, quasi insensible au toucher mais dont la présence pouvait se rappeler à moi à tout instant.

Le voisin me ramena le terminal à l'écran fendu. Je n'ai jamais cherché à le faire changer. C'est toujours cet appareil que j'utilise et c'est sur celui-ci que j'écris. Plusieurs fois, Pontus a proposé de le réparer mais j'ai toujours refusé. Il a fini par cesser de demander. J'ai appelé Kaze.

« Umo ? Tout va bien ? » demanda-t-elle lorsqu'elle décrocha, par je ne sais quelle prescience ou instinct.

Je passai sous silence la nouvelle crise que je venais de subir et je me contentai de lui raconter l'appel d'Alyona.

« Il faut que j'y aille, dis-je. Je suis désolé, je vais manquer les répétitions. »

Kaze soupira.

« Je comprends. Enfin, non, je ne comprends pas mais je sais que tu fais ce qui te semble le mieux. On se retrouvera à Opera alors. »

Même si elle ne pouvait pas le voir, je hochai la tête.

« À Opera. À *Eutopia.* »

Je pus toutefois entendre le sourire dans la voix de Kaze quand elle répéta, avant de raccrocher.

« À *Eutopia.* »

Une fois la communication coupée, j'éteignis le terminal et je le rangeai dans le sac. Je ne me rendormis pas mais je somnolai douloureusement jusqu'à l'arrivée en gare d'Iliat où, décidément, je ne devais jamais vraiment retourner plus que quelques heures ou, dans ce cas, quelques minutes. Je ne posai le pied sur le quai, sous le regard préoccupé du voisin de siège qui – j'en étais conscient – ne m'avais pas quitté des yeux du trajet, que pour grimper dans le train d'en face à destination d'Arkadia.

Ce train-là était plein de jeunes gens qui faisaient la fête. C'était le début de l'été. Au ton et au contenu des conversations, je compris qu'elles fêtaient le premier salaire. Le train se vida d'un coup, je ne sais plus dans quelle gare, là où elles avaient choisi de se rendre pour célébrer ce moment de passage, de basculement dans leur courte vie. Plusieurs fois, elles me proposèrent à boire ou bien à fumer et je refusai poliment, en faisant du mieux que je pouvais pour sourire. Je ne pouvais leur en tenir rigueur mais leur attitude et la destination du train me rappelaient bien trop le voyage de Grévi à Litros que nous avions fait, les camarades et moi, toutes ces années auparavant, et aussi celle dont j'espérais alors l'apparition et le retour. Ce jour-là, pourtant, j'étais celui qui revenais et je ne savais pas si Gob espérait ou même attendait seulement ma venue.

Je n'eus guère le temps de visiter Arkadia davantage que lors de ma première venue. Je la trouvai cependant changée. À première vue, elle restait la même : colorée, joueuse et bruissante d'activité. Il semblait pourtant qu'un voile maussade s'était déposé sur elle. Les couleurs paraissaient avoir perdu de la vibrance et ce n'était pas seulement dû aux restes de brume qui s'accrochaient au sol dans les rues et les avenues lorsque je sortis de la gare. Les paroles, les discussions, les chants me semblèrent comme étouffés, atténués. Je marchai directement jusqu'au Pont. À ma grande surprise, je trouvai les deux cahutes médianes habitées. Deux agents de police m'arrêtèrent et me demandèrent ce que j'allais faire à Amistad.

J'étais tellement surpris que je restai interdit.

L'agente soupira et se gratta les cheveux à l'arrière du crâne.

« Tu n'es pas d'ici, pas vrai ? »

Je hochai la tête.

« Nous n'empêchons personne de passer, continua-t-elle, mais c'est une demande de la commune d'Amistad. Elle veut savoir combien de personnes entrent. Personne ne trouve ça très utile.

— Je vais voir une amie, finis-je par bredouiller. Elle est malade. »

L'agente opina.

« Je suis désolée. J'espère que ça va aller. »

Puis tous deux s'écartèrent et je pus terminer la traversée du Basilio. Je songeai qu'il y avait bien longtemps que je n'avais pas prêté attention aux débats de l'Assemblée ni à ce qu'il était advenu de la proposition Amistad et des cités jumelles. Pris dans l'activité continue et sereine d'Opera, j'avais fermé les oreilles au monde extérieur comme s'il ne me concernait pas, comme si je n'avais plus à y prendre part. D'une certaine manière, j'avais reproduit sans m'en rendre compte le geste de retrait et d'effacement des acrates de Gaba. Cependant, le temps ne s'était pas arrêté de passer ni les gens de vivre, de prendre des décisions et de s'y tenir. De toute évidence, la séparation qui menaçait d'advenir lors de ma première visite à la demande de l'Assemblée était arrivée ou presque.

Je ne compris que plusieurs heures plus tard, étendu dans le lit de la chambre d'hôtel où Alyona m'avait conduit, à quel point la rencontre avec les deux agents de police m'avait bouleversé. C'était la première fois de la vie que l'on s'interposait entre moi et la destination de mes pas pour me demander, même à contrecœur, où j'allais et pour quelle raison. Pendant que je ne regardais pas, quelque chose avait profondément changé. Était-ce réellement le premier signe que j'en décelais ou bien l'inattention m'en avait-elle fait rater d'autres ? Je me réveillai au milieu de la nuit, l'esprit plein de cette pensée, et je ne pus la chasser et me rendormir avant le tout petit jour. Ce jour-là, je traversai sans m'en rendre compte une frontière : une frontière hésitante et imparfaite, certes, mais une frontière tout de même ; une frontière bien réelle alors que j'avais toujours cru que pareille chose n'était qu'un mot dans les manuels d'histoire du secondaire ; une frontière qui, j'en gardai le pressentiment terrible, s'épaissirait, grossirait, se ferait tangible. Cette chose était arrivée durant le cours de mon existence et l'idée m'en remplissait d'un durable effroi. C'était arrivé, j'en avais senti les prémices, j'avais cru pouvoir l'empêcher en parlant et en écoutant, mais c'était arrivé.

Alyona m'attendait à l'extrémité nord-est du Pont. Elle me reconnut tout de suite.

« Merci d'être venu, Umo. »

J'ai opiné de la tête, sans rien trouver de pertinent à répondre.

« Il est trop tard pour voir Gob. Il faudra attendre demain. D'ici là, je t'ai réservé une chambre. Je me suis dit que tu serais fatigué et que tu y serais mieux que dans le dortoir de la maison d'hôte.

— Merci, répondis-je. C'est une bonne idée. »

Sans rien ajouter, elle tourna les talons et me guida jusqu'à l'hôtel non loin de là. J'eus cependant le temps de l'observer. Je n'avais jamais eu beaucoup de facilité à déterminer l'âge des personnes que je rencontrais, mais elle ne devait pas être plus vieille que trente ans. Je tentai de me souvenir où j'étais à cet âge : j'étais avec Gob, à Télégie, dans un appartement rempli de livres. Ses traits m'inspiraient un sentiment de familiarité mais c'était le cas de ceux de nombreuses personnes, tant j'avais rencontré de monde durant toutes ces années. Tout le monde ressemblait à quelqu'un et souvent, comme dans ce cas, il m'était impossible de savoir précisément à qui. Des visages et des noms, parfois associés les uns aux autres, défilaient dans ma mémoire comme animés d'une volonté propre pour tâcher d'associer Alyona à quelqu'un d'autre qu'elle-même. Autour de nous, la foule s'épanouissait. La chose qui me frappa particulièrement, surtout après les dernières années à Opera, fut le grand nombre d'enfants que nous croisions. Il était clair qu'Amistad avait mis la proposition à exécution sans attendre de convaincre l'Assemblée d'Antonia. Tout comme la présence des agents de police sur le Pont, ce fait me choqua profondément mais je dois avouer qu'une partie de moi savoura chaque éclat de voix et chaque bousculade enfantine. Pour la première fois depuis longtemps, avant même la fondation d'Opera, il me semblait que la proportion d'adultes était inférieure à celle des enfants et des adolescents. La Déclaration d'Antonia, profondément inscrite en moi comme n'importe quel autre trait de ma personnalité, se révolta et commença d'énumérer les problèmes qu'une telle situation risquait de provoquer, le risque propriétariste et celui de l'explosion du niveau de 2IH, sans parler des maltraitances involontaires et du manque de soin qu'elle susciterait nécessairement, quoique involontairement. Toutes ces gens se trouveraient dépassées et ne pourraient pas donner à ces enfants et ces enfantes l'attention et le temps dont elles avaient besoin. Je voulais hurler que c'était une catastrophe en formation ou bien, au moins, soupirer d'impuissance et d'incompréhension comme l'agente sur le pont mais, pourtant, je me taisais. Pire, ou mieux, je ne sais pas et le futur seul le dira, je profitais. Les enfants m'avaient manqué. Malgré moi, je souriais. Alyona ne put manquer de remarquer le plaisir que mon visage exprimait. Elle ne fit aucun commentaire mais je la soupçonne tout de même d'avoir volontairement fait quelques détours pour rallonger le chemin.

L'hôtel n'était annoncé que par un discret panneau sur la porte. En dehors de celui-ci, il était impossible à distinguer des autres immeubles chamarrés. Alyona me laissa devant. Elle parut hésiter.

« Est-ce que tu veux que nous dînions ensemble ? finit-elle par demander. Ou bien si tu veux des recommandations, de bons endroits. »

Si la présence de tous ces enfants avait dessiné un sourire sur mes lèvres, j'aspirais toutefois à un peu de repos et de solitude.

« C'est gentil, dis-je. Je peux me débrouiller tout seul. Tu as sûrement mieux à faire ce soir que de t'occuper d'un vieux dans mon genre. »

Elle masqua rapidement la déception sur son visage mais j'eus tout de même le temps de la voir. Je la mis sur le compte de la curiosité. De toute évidence, cette femme était proche de Gob et elle avait certainement envie d'entendre de ma bouche confirmer ou infirmer ce que celle-ci lui avait raconté. Cependant, je ne me sentais pas d'humeur à faire le récit de notre relation à une inconnue.

Alyona hocha la tête.

« Très bien. Je garde le terminal allumé et à portée de main. N'hésite pas si tu as besoin de quoi que ce soit. Je passerai te chercher demain matin. »

Puis elle tourna les talons et disparut dans la foule. Je pouvais, de là où j'étais, sentir des pensées désordonnées bouillonner sous son crâne avant qu'elle ne se perdît dans la confusion de la foule. Quelque part, au loin, peut-être dans une des rues attenantes, je pouvais entendre de la musique. Sans doute dansait-on. J'aurais peut-être aimé danser mais, une fois monté dans la chambre du premier étage, je m'assis sur le bord du lit. Ce n'est qu'en ouvrant les yeux, quelques heures plus tard, que je compris que je m'étais endormi. Je jetai un œil bouffi de mauvais sommeil par la fenêtre. Les rues s'étaient largement vidées. Une lumière mobile et multicolore montait jusqu'à la chambre depuis un café à quelques mètres sur la droite. J'hésitai à y descendre pour dîner. Finalement, je me rendis simplement à la cuisine de l'hôtel où je trouvai de quoi me confectionner un léger bouillon que je bus seul en écoutant le concert que diffusait le terminal posé sur le rebord de la fenêtre. Le bol terminé, je restai un long moment à dodeliner de la tête au rythme des percussions, tandis qu'une balalaïka et un oud enchevêtraient des arpèges sur le fond langoureux que peignaient les longues notes tenues par une flûte basse. Le ventre plein d'eau chaude, je sentis revenir un engourdissement cette fois-ci plus profond et plus agréable. Alors que le concert se terminait, je fis machinalement la vaisselle et je montai me coucher. Le craquement des marches de l'escalier me fit l'effet de coups de tonnerre dans l'hôtel silencieux. Au moment de basculer dans le sommeil, je tendis les bras pour étreindre quelqu'un mais il n'y avait personne d'autre que moi dans le lit. Mes mains serrèrent le vide.

Dehors, pourtant, on dansait. Où était Gob ? Était-elle seule aussi dans un lit qui n'était pas celui dans lequel elle dormait d'habitude ? Pour la première fois depuis des années, elle me manquait ; sans doute car je la savais proche.

Le lendemain matin, j'attendis longtemps dans la cuisine qu'Alyona vint me chercher. L'hôtel n'était pas très occupé. D'un geste rendu maladroit par le manque d'habitude, je sortis la carte bleue pour payer mais Alyona avait réglé par avance le prix du séjour. Peu de chambres étaient occupées et je fus soulagé de ne pas avoir à beaucoup faire la conversation avec les autres voyageurs.

Alyona toqua délicatement à la porte ouverte de la cuisine.

« Est-ce que tu es prêt ? »

Je fis de mon mieux pour ne pas réagir trop vivement. Par chance, j'étais généralement beaucoup moins vif que je ne l'avais été quand j'avais le même âge qu'elle. J'acquiesçai en me levant pour vider et nettoyer la tasse où je faisais depuis plusieurs dizaines de minutes semblant de boire un fond de café tiède. Je le versai avec soulagement dans le siphon.

La dernière fois que j'avais été dans un hôpital, c'était au petit dispensaire d'Yggstadt pour faire soigner la blessure d'un des enfants d'Opera. À part la fonction, il n'avait presque rien de comparable avec l'hôpital communal d'Amistad. Le premier n'était guère plus grand que la vieille maison d'Opera. Le second occupait non seulement tout un immeuble, mais presque tout un quartier. Au tout début du Siècle des camps, il avait déjà été un hôpital avant d'être démantelé et utilisé comme centre de loisirs quand l'établissement de soin avait été déplacé hors du cœur de la ville. La Déclaration d'Antonia avait ramené l'hôpital dans ses bâtiments originaux, après avoir subi de profondes modifications et une très longue rénovation. L'hôpital d'Amistad était en réalité presque une petite ville à lui tout seul, sans compter les différents dispensaires qui rayonnaient dans tous les quartiers de la ville. On y trouvait bien sûr des espaces pour les soins d'urgence mais aussi des lieux destinés au simple repos, des cabinets de suivi thérapeutique, des potagers comme partout ailleurs et des logements occupés pour partie par les soignants et soignantes, infirmiers et médecines, mais aussi par des personnes qui ne travaillaient pas à l'hôpital. Il y avait là une école et aussi un secondaire, une vaste bibliothèque ainsi que plusieurs ateliers de confection textile, de menuiserie comme d'électronique. Plusieurs collectifs de laboratoires y occupaient des locaux et travaillaient à la conception et à la production de médicaments dont, s'ils s'avéraient efficaces, la méthode de fabrication était ensuite partagée sur la section dédiée des réseaux participatifs. L'essentiel du travail de la rénovation antonienne avait consisté, comme dans beaucoup de cas concernant des bâtiments aussi vieux, à transformer des endroits qui avaient été conçus pour servir une seule fonction en lieux que des êtres humains et des animaux pourraient habiter. Il s'était agi de redonner de la vie à un endroit mort et stérile dans lequel, pourtant, on avait longtemps prétendu soigner. C'était un très bel endroit, assez comparable dans la confusion apparente qui s'en dégageait à l'université d'Iliat ou aux bâtiments de l'Assemblée à Antonia. Même si certains espaces étaient fermés et leur accès réglementé pour des raisons sanitaires, on y entrait et on en sortait comme on le désirait et, le plus souvent, on y venait pour une autre raison qu'une blessure ou que la maladie. On y trouvait même une salle de concert et plusieurs salles de cinéma. Pour le dire simplement, autant que n'importe quel autre endroit, l'architecture antonienne avait réclamé que l'hôpital devînt un endroit plaisant, un bel endroit. Il était en effet particulièrement absurde que la venue dans un lieu destiné à soigner fût douloureuse et angoissante en elle-même. Le repos, la maladie, la convalescence et la mort y étaient considérées comme partie intégrante de la vie et non des interruptions dans celle-ci. Les malades qui le pouvaient et le désiraient continuaient à travailler, pouvaient participer à l'entretien des locaux, aux cultures, à la préparation ou au service des repas, en se conformant aux recommandations des soignants.

En vérité, s'il n'y avait pas eu la raison pour laquelle je venais, j'aurais considéré cet endroit comme particulièrement agréable à visiter. Malheureusement, l'ombre de Gob portait sur tous les tableaux accrochés au mur, sur toutes les fresques et tous les ingénieux aménagements, et le silence d'Alyona me guidant à travers les couloirs et par les passerelles tendues au-dessus des cours et des jardins florissants assourdissait toutes les conversations, tous les rires et toutes les chansons qui s'échappaient des chambres et des lieux communs. Il me semblait porter sur moi la tristesse et la peine comme des accessoires visibles et les regards que lançaient les personnes, soignantes ou non, que nous croisions ne faisaient que douloureusement confirmer cette impression.

Tout le monde savait ce que nous faisions là et pas seulement parce qu'Alyona me guidait lentement à travers le labyrinthique hôpital en direction de l'espace dédié aux soins d'accompagnement à la mort. Les soignantes et soignants des hôpitaux antoniens n'avaient pas de goût pour les euphémismes. Ils avaient depuis longtemps abandonné le terme « soins palliatifs » pour afficher clairement de quoi il retournait. Je me souviens que Rumi m'avait expliqué pourquoi :

« Il vaut mieux accompagner et chercher à atténuer une angoisse légitime que la vérité elle-même. Ces gens vont mourir. Elles le savent. Il ne sert à rien de le cacher ; et mal en plus ! Nous sommes là pour les aider à l'accepter et atténuer leurs douleurs, si c'est possible et si elles le veulent. Quand il n'y a plus rien d'autre à faire, l'honnêteté vaut mieux que tout. »

Alyona s'est arrêtée devant une porte en bois. Les chambres n'étaient pas numérotées. Elles n'avaient pour signe distinctif qu'une fine ouverture destinée à y glisser les courriers reçus par les patients, surmontée d'une étiquette portant leur nom. Trois lettres étaient écrites au feutre bleu, en grandes lettres rondes et enfantines : Gob. Je me suis figé.

« Je pense que c'est mieux que tu attendes là, d'abord. »

Je n'ai rien répondu. Alyona a frappé contre le battant. De l'autre côté, très faible et très lointaine, après un temps, une voix a répondu « Entre ». Ce souffle fluet, exténué, sortait-il réellement de la bouche de Gob ? J'avais du mal à le croire. Alyona a appuyé sur la poignée puis elle est entrée. Elle n'a pas complètement refermé la porte derrière elle. Je me suis collé contre le mur. Depuis la chambre, j'ai entendu quelques murmures puis la voix de Gob, incontestablement reconnaissable, s'est élevée, un coup de fouet dans le calme du couloir.

« Tu l'as amené ici ? s'est-elle exclamée. Mais tu es complètement idiote ! Qu'est-ce que je t'avais dit ? Qu'est-ce que je t'avais dit ? »

L'éclat de voix a été coupé par une douloureuse quinte de toux. Alyona a chuchoté quelque chose en protestation.

« J'en ai rien à faire qu'il entende ! Ni que tout le monde entende ! Je t'avais dit que je ne voulais pas le voir ! Je te l'avais dit clairement et qu'est-ce que tu as fait ? Tu me le ramènes ! Ce n'est pas possible d'être aussi bête ! Pas possible d'être idiote à ce point ! »

La voix de Gob est retombée aussi vite qu'elle s'était élevée. Quelques paroles basses ont encore été échangées et puis les pas d'Alyona se sont rapprochés. Je me suis écarté pour la laisser sortir. Après avoir presque rabattu la porte, elle a attendu un instant avant de se retourner vers moi. Je l'ai vue essuyer des larmes au coin des yeux.

Elle m'a souri, autant que possible, et elle a dit :

« Gob veut bien que tu entres, finalement. »

J'ai hoché la tête, lentement. Alyona s'est écartée. J'ai mis la main sur le battant et j'ai poussé. Je suis entré. Finalement.

Contre les murs de la chambre s'élevaient de hautes piles de livres, signe de la durée du séjour que Gob avait passé dedans. De l'entrée, je ne voyais pas la totalité de la pièce. Sur la gauche, il y avait la porte de ce que je supposais être un cabinet de toilette. Je ne voyais qu'un bureau et un fauteuil installés contre le mur de droite, éclairés par la lumière du jour entrée par une fenêtre dissimulée par un coin de mur, dans la partie gauche de la chambre. Un terminal était posé dessus, entre des livres et des cahiers. Il me semblait voir qu'un logiciel de traitement de texte était ouvert.

Dans le coin, près du bureau, quelques plantes en pot. Leurs silhouettes pendantes me faisaient penser que personne ne s'occupait vraiment d'elles. Au milieu de toutes ces montagnes d'ouvrages, elles étaient, c'est vrai, un peu incongrues.

J'ai fait un pas.

« Non, a dit Gob. N'avance pas. »

Sur le mur de droite, j'ai vu son ombre bouger. De toute évidence, elle était collée contre celui du cabinet de toilette, dans le coin gauche de la pièce qui échappait à mon regard, près du lit dont je ne pouvais voir que les pieds du bas.

« N'avance pas, s'est-elle reprise, s'il te plaît. »

Je me suis arrêté.

« Je lui avais demandé de ne surtout pas t'appeler. Comme d'habitude, elle n'a fait que ce qu'elle voulait.

— Je suis désolé. »

Gob a soupiré.

« Ce n'est pas si grave. Elle a certainement eu raison, au fond.

— Peut-être que tu devrais le lui dire, alors », ai-je suggéré.

Elle a émis un bruit dont je n'ai pas réussi à savoir si c'était un rire, un reniflement ou un sanglot. Puis l'ombre sur le mur a relevé le menton.

« Comment ça va, Umo ? Comment ça va depuis le temps ? »

J'ai haussé les épaules. J'ai souri, même si elle ne me voyait pas.

« Je ne sais pas très bien, pour être honnête. Je me fais vieux, je suppose. »

Cette fois-ci, Gob a ri, incontestablement.

« Tu me raconteras comment c'est. »

Cette tentative d'humour m'a désarçonné. L'ombre s'est assise sur le lit. Il m'a semblé distinguer une mèche, longue et grise. Par réflexe, j'ai passé la main sur mon propre crâne sur lequel ne subsistait que quelques mèches fines et éparses. Je m'étais dégarni.

Je regarde l'ombre, de plus en plus nettement dessinée sur le mur de droite à mesure que le soleil se lève. Je me souviens d'une silhouette par une porte ouverte au bout d'un couloir. Toute une vie s'est écoulée. Il me semble que c'était hier. Tel est le privilège de la mémoire, et son arbitraire. Certaines expériences restent à jamais sensibles tandis que d'autres s'effacent d'elles-mêmes. Je voudrais avancer mais je ne le fais pas. Je respecte le désir de l'ombre. Contrairement à ce que dit la légende, elle ne me paraît pas moins réelle que le corps qui la projette sans le vouloir. J'ouvre la bouche. Il faut que je dise quelque chose. Je ne parviens qu'à chuchoter deux mots.

« Et toi ? »

Comme ils sont dérisoires ! Ridicules ! Cruels même. Face à la maladie, face à la mort, les mots n'ont plus de pouvoir. Plus d'existence. Impuissants. Il faudrait que je m'exprime par mon corps, peut-être, mais je ne dois pas avancer. Je ne dois faire que contempler l'ombre, qui baisse la tête, lève une main jusqu'à sa joue qu'elle frotte machinalement. Je voudrais connaître la raison de ce geste mais peut-être n'y en a-t-il pas. Peut-être s'agit-il d'un geste, tout simplement. L'ombre est trop loin – si loin de moi ! – pour que je sache.

« De toutes les questions que tu pouvais poser, dit-elle, c'est sans doute la plus idiote.

— Que se passe-t-il, alors ? »

L'ombre de Gob hausse les épaules.

« Le cancer, d'une sorte ou d'une autre. Je ne veux pas savoir. Ou, plutôt, ça ne m'intéresse pas vraiment. Je suis en train de mourir, c'est tout.

— Est-ce que tu suis un traitement ? »

L'ombre secoue la tête.

« Ça ne m'intéresse pas. »

Les jambes tremblent sous moi. Je ne sais pas si c'est d'impatience ou de terreur.

« Qu'est-ce que tu fais, alors ?

— Je fais ce que j'ai toujours fait.

— Tu écris un livre.

— Oui.

— Je peux savoir de quoi il parle ? »

Je ne pourrais pas l'affirmer avec certitude mais, à cet instant, il me semble discerner un sourire étirer quelque peu les lèvres de l'ombre.

« De la même chose que tous les autres. »

Je comprends que je n'en saurai pas davantage.

Une idée me vient soudain. Une manière de faire en sorte que ce voyage ne soit pas vain. Une dernière tentative.

« Est-ce que, demandé-je, tu voudrais venir avec moi ?

— Partir d'ici ?

— Oui.

— Pour aller où ?

— Où tu veux. Ou bien simplement à Opera. Il y a un médecin là-bas... et puis Livia aussi. Elle écrit un livre aussi.

— Ah bon ? De quoi parle-t-il ? »

Il y a dans la voix de Gob une note d'intérêt sincère.

« Je ne sais pas exactement. De tout. »

Elle hoche la tête.

« C'est un bon sujet. »

Puis, pour la première fois, elle rit, sincèrement. Alors, je ris avec elle, depuis l'entrée. Elle ajoute :

« Je serais curieuse de lire ça. »

J'insiste :

« Alors, viens avec moi. Viens à Opera. Kaze va y jouer un morceau de musique, dans les semaines qui viennent. C'est tout un chantier. Je suis certain que ça pourrait te plaire. »

Aussi soudainement qu'elle était apparue, la lueur de gaieté qui perçait à travers l'ombre vacille, puis disparaît, soufflée par le léger mouvement des rideaux.

« Non, je ne pense pas. Je pense que je vais rester ici.

— Tu es sûre ?

— C'est très loin, tout ça, Umo. C'est trop loin, tu sais.

— Qu'est-ce que je peux faire ? De quoi as-tu besoin ? »

L'ombre soupire.

« Je n'ai besoin de rien. Ou presque. Bientôt, je n'aurais plus besoin de rien du tout. Autant m'habituer tout de suite. Je suis bien là où je suis. Autant que possible. Je veux juste écrire tant que je peux. Écrire le plus possible. Écrire jusqu'au... jusqu'au dernier moment. C'est tout ce que j'aie jamais fait de bien. Tout ce que j'aie jamais su faire. Autant continuer. »

Peu convaincu, glacé d'effroi par le ton monocorde et atone de l'ombre, je répète la question :

« Tu es sûre ? Ce n'est pas si loin. Alyona et moi, nous pouvons t'aider.

— Laisse-la en dehors de ça, s'il te plaît. Elle est déjà bien trop préoccupée. »

L'ombre pivote. Je comprends que Gob tourne le dos à la pièce et porte son regard par la fenêtre.

« Est-ce que tu es certaine que je ne peux rien faire pour toi ?

— Tu as déjà fait tout ce que tu pouvais faire. »

Le silence se posa entre l'ombre et moi. Ma gorge était serrée, mon estomac tordu. Mes mains se crispaient sur la toile du pantalon, presque jusqu'à la déchirer. Un pas de plus et je la serrais dans les bras. Un pas de plus et je tenais Gob contre moi encore une fois. Une dernière fois. Contre moi, sa peau et son odeur, ce corps dont j'avais connu chaque détail, chaque courbe et chaque arête. Contre moi cette personne entière qui, tel un axe, avait traversé toute l'existence de celui que l'on avait appelé Umo ; un axe dont je découvrais l'affreuse extrémité. À partir de là, je tenais tout seul, véritablement tout seul.

J'ai reculé d'un pas. Les mots ont mis du temps à sortir.

« Au revoir, Gob. »

L'ombre, de dos, a répondu :

« Au revoir Umo. »

Je me suis retourné, j'ai saisi la poignée de la porte. Je n'ai pas entendu le glissement de pas derrière moi. Je n'ai senti que la main qui s'est posée sur mon épaule et le corps qui s'est serré contre mon dos. J'ai fait de mon mieux pour ne pas remarquer comme il était amaigri et anguleux ni comme l'odeur dont je gardais le souvenir avait été remplacée par celle, âcre et amère, de la maladie et de la souffrance. Une joue creusée s'est posée contre le côté gauche de mon visage. Des lèvres asséchées se sont ouvertes. Gob a répété, plus lentement :

« Au revoir, Umo. Tu m'as manqué. Tu vas me manquer. »

J'ai senti une larme couler, passer de sa joue à la mienne. Je n'osais pas bouger.

« Merci d'être venu me voir. J'espérais que tu viennes. »

Sa main, fragile et noueuse, est passée sous mon bras et s'est posée sur ma poitrine. Délicatement, j'ai posé la mienne par-dessus. Elle me paraissait tellement fragile que je n'osais pas la serrer. Elle ne m'a pas laissé le choix. Cinq doigts se sont entremêlés à cinq doigts, puis cinq autres et encore cinq autres. Aussi serrés que possible. Aussi proches l'un de l'autre que possible.

« Je t'aime, Umo.
— Je t'aime, Gob. »

Elle s'est écartée. Je n'ai entendu que le léger froissement des couvertures comme elle se rasseyait sur le lit. J'ai ouvert la porte.

Le couloir m'a paru immense. J'ai regardé Alyona. Je ne lui ai rien dit. La sensation de deux mains me brûlait la poitrine ; le tracé humide de la larme d'une autre dévorait ma joue. C'étaient les dernières traces de Gob. Sans avoir besoin de les tracer à l'encre, je ne cesserais jamais de distinguer leurs formes dessinées sur ma peau dans le miroir.

Derrière moi, le silence.

Je ne garde aucun souvenir précis du trajet en train qui me ramena jusqu'à Opera. Je me souviens simplement que je ne passai pas une seconde nuit à Amistad. J'embarquai dans le premier train. Je crois m'être arrêté à Iliat et avoir passé la nuit en compagnie de Kaze et de plusieurs des musiciens. Peut-être même ai-je assisté à quelques répétitions d'*Eutopia* le lendemain. Je ne me souviens plus. Tout ce que je sais, c'est que, de retour à Opera, j'ai passé plusieurs jours enfermé dans la vieille maison, serré en silence contre Silje, Ingrid et Pontus. Je n'acceptai de visite de personne, pas même de Livia. À celle-ci, j'ai présenté mes excuses quelque temps après. Elle m'a regardé comme elle l'avait toujours fait lorsque je posais une question idiote.

« Tu as fait ce dont tu avais besoin. Tu as fait ce qu'il fallait. »

Lors du premier repas collectif auquel je pris part, je levai un verre à mon tour et je répétai son hommage :

« Aux amies trop loin. »

Tout Opera répéta après moi.

Le cidre, pétillant et acide, évoquait à mes narines le corps malade de Gob. Cette même odeur, je croyais la sentir sur moi tous les matins, au réveil, avant la toilette. Pour ne pas teinter l'émotion sincère que ressentaient envers moi les camarades, je ne fis part de cette impression à personne.

Ensuite, tout parut s'accélérer. Les gradins furent bientôt achevés et la scène élevée. De puissants éclairages solaires avaient été installés sur tout le pourtour du toit de la vieille maison, pour suppléer la lumière du soleil, quand celui-ci se coucherait. Puis Kaze arriva et avec elle tous les autres musiciens et des dizaines d'instruments de musique de toutes tailles, de la plus minuscule clochette à la double contrebasse.

« Vous n'êtes pas assez pour jouer de tout ça » fit remarquer Per au moment où ils installèrent tout le matériel sur la scène, à l'abri de grandes bâches tendues.

Une des musiciennes, occupée à déballer une demi-douzaine de guitares, acoustiques, folk, électriques, à six ou douze cordes, lui répondit :

« Nous en jouons toutes plusieurs. Et puis, je croyais que vous vouliez participer ! »

Elle attrapa une guitare aux fines cordes de nylon et la lui tendit. Per protesta.

« Mais je ne sais pas en jouer !

— Tu vas apprendre ! »

Puis elle attrapa un instrument à son tour, s'assit face à lui et commença à lui expliquer comment jouer une série d'accords simples et la mélodie qu'elle viendrait poser dessus.

Comme promis, plusieurs enfants d'Opera revinrent pour l'occasion. Certaines d'entre elles et eux maîtrisaient déjà un instrument ou deux, ce qui facilita leur intégration dans l'orchestre. Quelques-uns choisirent de se contenter de chanter. Khadija en faisait partie. Je fus surpris de découvrir qu'elle entrait tout juste dans la première année de salaire. Ma mémoire l'avait figée dans une figure d'enfante. Elle parut hésitante durant les premières heures du retour mais elle ne tarda pas à s'engager dans une longue conversation avec Livia.

Pendant plusieurs jours, Opera fut un grand chaos apparent de petits groupes répétant des fragments de musique, de morceaux de chant faux, de cordes mal pincées, d'accords approximativement tenus et d'anches mal serrées, de couacs et de canards, d'éclats de rire et de grognements de frustration, de conseils patients et de brusques indications. Je ne saurais en vouloir à qui, observant une pareille scène, n'aurait pas cru possible l'enregistrement prévu. Avec Kaze, je parcourais la scène, entendant tout, indiquant à chacun et chacune la place à occuper, je disposais les microphones à des endroits provisoires, je vérifiais l'intégrité des câblages et des canaux de la table de mixage et de l'enregistreur. Lorsque je branchai le terminal et que je m'apprêtai à y raccorder toutes les voies de la table, Kaze secoua la tête et m'en empêcha :

« Je veux que tu joues aussi. Je veux que tu mixes en même temps que le concert. »

Je tentai de protester, saisi de sueurs froides devant l'ampleur de la tâche et le risque que nous prenions. Elle ne voulut rien savoir.

« Ce sera ce que ce sera. La perfection ne m'intéresse pas. Ce que je veux c'est que, tous ensemble, nous capturions un moment particulier dans un endroit précis. Je veux qu'écouter ça soit comme remonter dans le temps. »

Aussi, nous décidâmes de ne brancher à l'enregistreur que la sortie stéréophonique. Pour m'assurer les meilleures conditions de mixage possible, il nous fallut isoler la salle de classe dans laquelle j'étais installé, calfeutrer toutes les portes et toutes les fenêtres, à l'exception d'une seule par laquelle j'observerais le concert. De part et d'autre, nous accrochâmes les enceintes au mur et Kaze tint à installer un microphone pour moi.

« Si jamais tu veux chanter aussi. »

Il me semble qu'à un moment ou deux de l'enregistrement final on peut, en tendant l'oreille, distinguer ma voix. Cependant, comme beaucoup de gens, mon propre timbre m'est désagréable à l'oreille alors je crois bien l'avoir enfoui très profondément sous les autres voix et les autres instruments.

Si cette préparation était si difficile, c'était d'une part parce qu'il y avait bien longtemps que je n'avais pas fait ce genre de travail et d'autre part parce que Kaze tenait à maintenir le plus d'imprévisible possible, contrariante l'évidente nécessité d'anticipation et de précaution que je voulais faire valoir. Elle ne voulut rien savoir, bien que cela déclenchât plusieurs spectaculaires disputes entre nous.

« Il ne faudra pas que tu te plaignes si, à la fin, c'est simplement de la merde ! finis-je même par crier un soir.

— Eh bien, si c'est de la merde, tant pis ! Et puis, ça n'a aucune raison d'en être !

— Tu te paies ma tête, c'est ça ? Je ne sais pas ce que je vais entendre, la moitié – j'avoue que j'exagérais un peu – des gens sur scène n'ont jamais touché un instrument de leur vie, je place les microphones à la va-comme-je-te-pousse et tout ça devrait miraculeusement donner quelque chose d'écoutable ? C'est complètement idiot !

— Tout le monde ici sait ce qu'il a à faire et tout le monde fera de son mieux ! C'est ça le plus important !

— À quoi peut bien servir de faire autant d'efforts si le résultat n'est pas à la hauteur ! Laisse-moi au moins enregistrer une ou deux répétitions !

— Je ne peux pas t'empêcher de faire ce que tu veux mais je t'interdis d'essayer de me faire écouter quoi que ce soit avant le soir du concert ! La musique, c'est de la vie ! On se prépare au mieux et puis on se jette dans le vide ! Je ne veux pas de filet de sécurité !

— C'est complètement idiot !

— Je m'en fiche !

— Je ne sais même pas combien de cuivres vont jouer en même temps ! Comment veux-tu que je fasse ?

— Je n'en ai pas la moindre idée non plus ! Qu'est-ce que tu veux que je te dise ? »

Pourtant, il me faut bien lui rendre raison. Petit à petit, les groupes de musiciens et musiciennes épars commencèrent à se rassembler, à coaguler et à se mélanger. La forme grossière d'un orchestre commença de se dessiner, mais un orchestre qui n'avait rien avoir avec ceux que j'avais déjà eu l'occasion d'entendre jouer. Les instruments n'étaient pas rassemblés par nature ou par taille et les pupitres n'étaient pas tous tournés vers le public. L'image la plus proche que je peux donner est celle d'une galaxie ou d'un système planétaire constitué de petits groupes de musiciens, entraînés ou non, entourés d'instruments qu'ils saisiraient quand la partition le réclamerait ou quand ils en sentiraient le moment venu. Le programme établi par Kaze laissait, dans l'exécution comme partout ailleurs, une large part à l'improvisation. Elle-même ne se tenait pas face à l'orchestre comme les conducteurs avaient l'habitude de le faire.

« Je ne conduis rien du tout. »

Elle s'installa avec d'autres, debout, simplement à proximité d'un tabouret sur lequel elle monterait pour faire des gestes, donner des indications. Sur l'enregistrement, en prêtant attention, lors de moments de silence, on peut entendre le léger craquement du bois du tabouret et des planches de la scène lorsqu'elle monte et descend.

Finalement, j'abandonnai et j'enrôlai plusieurs enfants, adolescents et adultes qui ne voulaient ni jouer ni chanter pour se tenir près de la scène et être prêts à réagir pour déplacer ou carrément installer de nouveaux microphones, pour remplacer les éventuels câbles défectueux. Puisque je ne pouvais presque rien anticiper, je dus me satisfaire d'être prêt à réagir. Kaze fit jouer deux répétitions ou plutôt une et demi – la seconde fut interrompue par l'arrivée prématurée des premiers spectateurs. Elles me rassurèrent quelque peu même si la musique que l'orchestre y joua n'eut, en vérité, presque rien à voir avec l'*Eutopia* finale.

Peut-être l'avez-vous déjà entendu. L'enregistrement a rencontré un certain succès et, même si ce n'a jamais été un favori des disquaires ou des compilations en ligne, il est toujours régulièrement diffusé en radio et il se trouve toujours quelque personne venant de le découvrir pour partager ses impressions sur *Eutopia* sur les réseaux et relancer la discussion. Si vous ne l'avez jamais écouté, je vous encourage à interrompre la lecture pour une heure et à le faire. Ainsi, vous comprendrez mieux les lignes qui suivront.

Pas un moment de son n'a été modifié entre l'instant où j'ai lancé l'enregistrement et celui où je l'ai coupé. Dans les premiers instants, on peut entendre un membre du public tousser. Sur le moment, il m'a semblé reconnaître Livia, qui était malade ce soir-là, mais elle a toujours démenti. Puis deux craquements légers : Kaze se dresse sur le tabouret. Comme de très loin, répercutée en écho par tous les microphones ouverts qui écoutaient – comme je ne savais pas exactement ce qu'il allait arriver, j'avais laissé la plupart des commutateurs en position nominale –, on l'entend compter jusqu'à trois de la voix et, si on le sait, du bras.

Kaze commence toute seule, à l'accordéon. Moi qui m'étais attendu à une prise de parole ou un chant initial, j'ai dû réagir tout de suite. En une seconde, pour peu que l'on y prête attention au lieu de la mélodie, on entend le souffle diminuer à mesure que je baisse les faders des trente pistes, aidé en cela de quelqu'un dont je n'ai pas gardé le souvenir de l'identité, trop absorbé que j'étais par le travail en cours. Heureusement, Kaze avait refusé d'installer des haut-parleurs, ce qui prévenait tout risque de larsen. C'est une mélodie toute simple qu'elle joue, un air facile à retenir sans s'en rendre compte, de la sorte que l'on se surprend à siffloter bien qu'on ne se souvienne pas d'où il vient. Peu à peu, avec des hésitations dont certaines se font entendre, les musiciens viennent l'accompagner. Les percussions sont les premières à réagir. Les tambourins cherchent le rythme et le tempo exacts, puis des bongos et des toms, tandis qu'un violon choisit de reprendre le thème à la quinte. Au fond de la scène, tout à gauche du panoramique, un piano vient poser les accords qui sous-tendent cette mélodie pentatonique. Il y a trois ou quatre répétitions à l'identique avant que d'autres instruments ne se sentent assez en confiance pour entrer en jeu à leur tour : des bois et des cuivres, en harmonie et en contrepoint.

Soudain, Kaze cesse de jouer et descend du tabouret. Qu'à cela ne tienne : c'est un saxophoniste qui tient le thème pendant qu'elle saisit une guitare. Alors, dans un mouvement prémédité, les instruments à cordes pincées prennent le dessus sur tous les autres qui, en courte succession, cessent de jouer pour leur laisser toute la place. On entend cependant un flûtiste malhabile commencer de jouer la mélodie pour s'arrêter au bout de trois notes non résolues avant de s'excuser dans un chuchotement presque inaudible. Les auditeurs qui le distinguent croient peut-être entendre les sourires des voisins de pupitre qui le rassurent d'un regard ou d'un geste, s'ils ont les mains libres. Je profite alors du moindre nombre d'instruments en jeu pour rajuster les égalisations spécifiques et générale, tout en faisant au mieux pour me souvenir des caractéristiques et de la position de chaque microphone sans avoir besoin de me référer au plan collé contre la vitre. L'ensemble se réduit jusqu'à ne plus être composé que de trois musiciennes : une guitariste classique tenante les accords très doucement, du bout des doigts, une contrebasse qui parcourt la gamme en glissando et un koto faisant de discrètes et langoureuses interventions. Ensemble, ils décomposent et recomposent le thème, modulant et harmonisant sans effort.

Alors, dans ce moment où, rasséréné, je me laisse aller à simplement écouter la musique et même – on l'entend, le micro dans la cabine était ouvert – à fredonner, je ne remarque pas le geste de Kaze qui déclenche l'intervention brutale d'une batterie installée en plein milieu de la scène. C'est tout l'ensemble qui se remet alors en mouvement, abandonnant le rythme binaire pour un balancement ternaire : les timbales, les cymbales, les cordes frappées, la double basse et les guitares électriques martèlent les accords, en intervertissent l'ordre. Cela semble chaotique à l'oreille et c'est l'intention. Au cœur de tout cela, une basse électrique, extrêmement saturée, joue un solo atonal et dissonant. Malgré le bouleversement, je me sens déjà plus assuré et le changement ne me surprend pas autant que je m'y serais attendu. Mes doigts courent d'un potentiomètre à l'autre, font glisser d'eux-mêmes les commutateurs et basculer les interrupteurs. Il me semble que l'information descend directement de mes oreilles à mes doigts sans passer dans le cerveau. C'est bien simple : lorsque je réécoute l'enregistrement, je ne garde de ce passage électrique que des souvenirs paraissants reconstruits.

Au milieu de tout cela vient percer le timbre velouté d'une clarinette et je m'efforce de le mettre en valeur sans que cela paraisse artificiel, laissant aux musiciens la tâche qu'ils exécutent déjà, de lui laisser la place. Elle est bientôt rejointe par un violon, à l'unisson. À mesure que les instruments électriques reculent, je bascule délicatement chacun des deux instruments à gauche et à droite de l'image stéréophonique. Je lève réellement les yeux vers la scène pour la première fois depuis plusieurs minutes. Le clarinettiste et le violoniste sont debout de part et d'autre de la scène, s'écoutent, s'observent, se répondent. Petit à petit, la clarinette abandonne au violon la mélodie qu'elle a amenée pour faire ressurgir en contrepoint, presque méconnaissable dans une signature rythmique différente, le thème initial. Alors, une fois que l'on croirait la mélodie épuisée, toutes les cordes, les violons, les violoncelles, les pianos acoustiques et électriques comme les synthétiseurs la propulsent encore une fois, lui donnant, sous les coups de caisse claire et de carillon, des airs de valse. Quelque part, deux chiens aboient, dérangés dans le sommeil.

On distingue alors quelques applaudissements surpris, quelques glapissements de joie. Quelques chaises sont repoussées et il y a des bruits de pas : des gens enthousiastes se mettent à danser. Sur scène, plusieurs silhouettes se dressent et reprennent l'air à leur tour, comme mues par une force irrésistible, et ça fait de grands « La-la-lalala-laa-laa », un chœur improvisé rendu irrésistible de charme et d'inexacte grâce. Une deuxième fois, je me surprends à chanter. Le son de ma propre voix me ramène à mon corps et à mes autres sens.

C'est à ce moment-là, en voyant le public danser par couples, par trios et même en cercle, que la pensée de Gob s'est imposée à moi. J'ai senti comme si elle ne s'était jamais écartée la présence de son corps contre mon dos. En regardant les autres valser, les proches, les amis et les amants autant que les inconnus, je me suis souvenu de lorsque nous dansions, très mal, tous les deux, à Télégie. Ce souvenir a entraîné à la suite celui de la dernière nuit que nous avions passée ensemble, à la Piste à Amistad, avant Opera mais aussi celui de centaines d'autres soirées passées à écouter de la musique tandis qu'elle lisait, penché sur un établi un fer à souder à la main pendant que la sienne bleuissait des pages d'encre végétale, celui de matins où, dans l'odeur du café, je la réveillai, endormie sur le bureau posé contre la fenêtre de la chambre, mais aussi celui de l'époque où, présomption de la jeunesse ou déformation de la mémoire, à Grévi, elle ne m'avait jamais paru aussi lointaine, et celui du goût des pizzas au bord de l'Aurauri et de la bière légère à grandes pintes au Cercle Jaune, ainsi que le souvenir d'un stylo pris dans une chambre inoccupée, celui d'une petite fille de dos qui se retournait pour dévoiler un regard perçant et terrifiant, celui aussi d'un livre que j'avais lu à Ast, celui d'un esclandre public pour une insulte, celui des disputes et des réconciliations, des journées entières de distance irritée et de celles durantes lesquelles nous ne nous séparions pas d'un centimètre, le souvenir d'un baiser salé au bord de l'océan, accompagné de l'odeur de la marée ; tout cela en si courte succession, en désordre et en superposition telle qu'il semblait que c'était tout à la fois ; tout cela pour en revenir au souvenir d'une larme qui passait d'une joue à une autre, une larme dont je ne sentais plus la trace tant elle était recouverte par d'autres qui coulaient librement le long de mes joues. Mes mains étaient trop occupées pour avoir le loisir de les essuyer.

J'ai senti une main se poser sur mon épaule. On a demandé :

« Umo ? Tout va bien ? »

Alors, je me suis retourné. J'aimerais tellement me rappeler qui était là avec moi dans cette salle de classe transformée en cabine ce soir-là. Il m'est absolument impossible d'évoquer les traits de son visage.

« Non, ai-je répondu. Mais ce n'est pas grave. »

Alors, le silence se fait sur la scène avant que ne commence le quatrième et dernier mouvement de la pièce. Cette fois-ci, ce sont des choristes qui mènent le jeu, entraînant à la suite tous les autres instruments dans une reprise thématique triomphale et mélancolique à la fois : triomphale grâce aux cuivres tonitruants et mélancolique grâce aux lamentations des bois et les trilles en sourdine des guitares.

Sur scène, dans le public, ils chantent. En jouant, ils chantent. Enfin, celles et ceux dont l'instrument n'occupe pas la bouche. Assise sur une chaise, Livia chante. Cette fois-ci, je distingue nettement sa voix et, malgré ses protestations, je la reconnais sans le moindre doute. Son regard ne quitte pas Rumi qui donne de grands coups de mailloche sur une timbale et qui chante lui aussi. Debout sur le tabouret, hilare, exaltée, accompagnante le rythme à grands gestes des bras, Kaze chante et bat des mains. Khadija, dans un coin de la scène, accompagnée de jeunes gens de son âge, ivre et rigolarde comme seul l'est un jeune être qui découvre toute la liberté et toute la responsabilité, Khadija chante elle aussi. Pontus, Silje, Ingrid, trois visages rayonnants sur la scène : tous trois chantent. Seul dans la cabine, accompagné d'un inconnu et d'un souvenir, je chante aussi.

Nous chantons. Que chantons nous ?

Eutopia

Eutopia

Eutopia

Et, en point d'orgue, en hommage au lieu et à l'instant, à l'ici et au maintenant que Kaze tenait à capturer, à Opera et à tout le travail qui nous a rassemblés ici, libres et joyeux, nous chantons aussi, en un ultime contrepoint :

Modus operandi amandi

Modus operandi amandi

Eutopia

Modus operandi amandi

Avril

Livia avait des difficultés à travailler. Le phénomène s'était aggravé depuis la mort de Rumi mais il n'en datait pas. Au contraire, durant les premières semaines suivantes le décès, elle avait paru se plonger dans le travail avec encore plus d'obstination. Cependant, sa volonté n'était pas en cause. Comme nous tous et toutes, ceux que les gamins d'Opera appelaient « les vieux » et les adultes, plus hypocritement, « les anciens », l'énergie lui faisait parfois défaut, mais ce n'était pas le plus grand problème. En vérité, elle se perdait. Elle perdait la concentration. Elle levait les mains du terminal ou du carnet au milieu d'une phrase, son regard s'égarait dans le vide quelques instants et, lorsqu'elle reprenait ses esprits, elle se trouvait incapable de la terminer. Alors, elle pestait, effaçait ou rayait tout entier le dernier paragraphe et le recommençait depuis le début. La même chose lui arrivait dans n'importe quelle autre tâche. Elle pouvait rester plusieurs minutes, immobile, les mains dans l'évier ou bien fixer sans le lire un livre ouvert. Au potager, elle tombait soudainement assise sur ses talons, lâchait les outils dans la terre et il fallait que l'un ou l'une d'entre nous la touche délicatement à l'épaule pour la faire revenir à elle.

« À quoi penses-tu dans ces moments-là ? lui ai-je demandé un soir. Est-ce que tu penses à quelque chose ? »

Elle a ri jaune.

« Tu veux que je te dise, Umo ? Je n'en ai pas la moindre idée.

— Tu ne t'en souviens pas ? »

Livia a haussé les épaules.

« Je ne suis pas certaine qu'il y ait quoi que ce soit dont se souvenir. Je… »

Elle a froncé les sourcils, serré les deux mains l'une dans l'autre.

« Dans ces moments-là, c'est comme si je disparaissais, tu comprends ? Je ne suis plus là, c'est tout. Et ensuite, tout recommence comme si de rien n'était. »

Avant de mourir, Rumi avait remarqué les premiers signes de cette affliction et il avait insisté pour emmener Livia à l'hôpital d'Yggstadt, puis à celui d'Iliat. Elle avait passé plusieurs examens, machiniques comme pratiques, mais aucun trouble majeur n'avait été décelé.

« Ils ne savaient pas quoi me dire, nous avait-elle raconté. Je leur ai facilité le travail. J'ai dit : " Je suis vieille, c'est tout. " Pas la peine d'en faire toute une histoire.

— Il y a des manières de retarder le vieillissement, avait insisté Rumi. Des exercices, des médicaments. »

Livia avait repoussé cette option d'un geste dédaigneux.

« Pas la peine de se donner toute cette peine. Je suis vieille, je suis vieille, point à la ligne. La seule chose qui m'embête, c'est que je n'ai pas terminé le livre. »

Depuis plusieurs mois, plusieurs années, même, elle ne parlait que du livre. Elle y passait la majorité du temps. Elle s'était interrompue durant les derniers jours de Rumi, quand la douleur s'était faite insupportable, quand il n'avait plus été capable de se lever. Elle était restée assise au chevet, la main serrée dans la sienne, lui murmurante des paroles que nul autre qu'eux deux n'avaient à entendre. Puis, quand Rumi avait, aussi soudainement que doucement, cessé de vivre, quand les funérailles eurent été célébrées et ses cendres versées dans l'Osmuz, elle s'était de nouveau attablée dans la cuisine de la maison neuve et elle avait repris le travail.

Nous étions plusieurs à essayer de l'aider. Silje, bien sûr, quand elle était encore à Opera, moi, mais aussi Khadija lors de visites ponctuelles, et quelques-uns des enfants, qui connaissaient bien Livia puisqu'elle leur enseignait régulièrement. Pour eux, les interruptions de conscience régulières n'étaient pas si terribles. Ils attendaient seulement qu'elle revînt à elle. Les enfants peuvent parfois être beaucoup plus patients que les adultes. La patience était à vrai dire la principale qualité requise pour aider Livia. Il fallait être capable de rester de longues minutes silencieux, en attendant qu'elle demandât de lui passer tel ou tel livre, de lui lire tel mot écrit trop petit, de l'aider à soulever un volume trop lourd, de changer pour elle la cartouche d'encre du stylo, ce qu'elle ne parvenait plus à faire depuis que l'arthrose lui déformait les mains.

Il fallait aussi apprendre à repérer ces moments durant lesquels Livia sortait d'elle-même, se quittait et se projetait dans un endroit tellement lointain qu'elle-même ne parvenait pas à s'en souvenir et apprendre non pas à la ramener car c'était impossible, mais à l'aider à revenir. Une voix suffisait parfois ou bien le toucher était suffisant. D'autres fois encore, rien ne fonctionnait et seul le temps faisait son œuvre. Contrairement à ce à quoi je me serais attendu, Livia ne revenait pas de ces « absences » énervée ou frustrée. Elle n'éprouvait rien et c'était peut-être cela le plus déstabilisant. Elle se remettait au travail comme si de rien n'était. Il arrivait qu'elle reprît une conversation interrompue plusieurs minutes durant.

Un matin, pourtant, je la trouvai par terre sur le sol de la cuisine. Je dus appeler à l'aide pour la redresser - depuis longtemps, je ne me baissais plus sans courir le risque de ne pas me relever non plus - et, lorsqu'elle ouvrit les yeux, elle déclara ne se souvenir de rien. Le terminal était ouvert sur la table, encore allumé, près d'une tasse de thé refroidi. Les livres et les papiers étaient éparpillés, mélangés. C'est ce jour-là que, avec l'accord de Livia, nous décidâmes d'engager quelqu'un pour l'accompagner en permanence.

« Tant que c'est quelqu'un de beau et qu'il ou elle aime faire l'amour aux vieilles dames, faites venir qui vous voulez. »

En tout cas, ni l'âge ni l'accident ne lui avaient rien fait perdre de l'ironie acerbe qu'elle maniait depuis l'adolescence.

« Tu es certaine que ça ira ? demandai-je.

— Umo, ne fais pas comme si mon avis avait quelque chose à voir dans l'histoire. Ce n'est pas une question de choix. C'est une nécessité. À l'âge où nous sommes rendus, l'orgueil ne sert plus à grand-chose. Fais venir quelqu'un. Ce sera plus facile pour tout le monde. Et, ajouta-t-elle à contrecœur, pour moi aussi. »

Alors, je me suis connecté sur les réseaux commerciaux et plus particulièrement sur la boucle où des personnes proposaient leur travail dans le domaine de l'aide aux personnes dépendantes. Ne sachant pas exactement ce que je cherchais, je passai plusieurs appels infructueux. La principale difficulté tenait dans la nécessité de venir s'installer durablement à Opera, ce que la plupart des personnes ne désiraient pas faire. Je finis par rentrer en contact avec Solenn qui, quand je lui expliquai la situation, s'exclama :

« Ça a l'air amusant. »

Deux jours plus tard, elle posait un vélo contre le mur de la maisons neuve. C'était sans conteste la personne de plus haute taille que j'aie rencontrée. Elle ne passait aucune porte sans baisser la tête. La première rencontre avec Livia se passa étonnamment bien. Solenn ne perdit pas de temps et l'interrogea immédiatement sur le livre, sur le domaine de recherche du moment.

« J'ai étudié l'histoire pendant quelques mois à l'université d'Arkadia, annonça-t-elle. Je n'y ai pas pris suffisamment goût pour continuer mais je suis restée curieuse. Je serais très heureuse de travailler avec toi. »

Livia, qui, même si elle ne voulait pas l'admettre, gardait quelque méfiance, s'ouvrit un petit peu. Elle attrapa un livre sur la table. Je ne me souviens plus de ce que c'était mais il y avait tant de livres dans cette cuisine ! Elle le tendit à Solenn.

« Est-ce que tu as lu ça ? »

Solenn a secoué la tête.

« Eh bien, lis-le et tu me diras ce que tu en as pensé. »

J'ai souri. De la part de Livia, un tel geste valait acceptation. Étrangement, ce fut de la part du reste d'Opera - moi y compris - que l'arrivée de Solenn suscita, si ce n'est de la méfiance, tout au moins de l'interrogation. Elle s'installa dans la deuxième chambre de la maison neuve, inoccupée depuis longtemps et, bientôt, on la vit partout où allait Livia mais aussi, seule, prenante part à la vie du village comme n'importe laquelle de ses habitantes : prenante part aux tâches de subsistance et d'entretien, s'occupante des enfantes, faisantc la fête. Avant peu, on remarqua qu'elle s'était particulièrement rapprochée d'Iban et des allées et venues régulières eurent lieu entre les deux chambres. Tous les faits et gestes de Solenn, en dehors justement du travail qu'elle faisait auprès de Livia, étaient sujets à commentaire comme jamais aucune autre personne.

Elle haussait les épaules, ni surprise ni gênée.

« Je suis un greffon. C'est normal que ça coince un peu aux entournures pendant un temps. »

Avec Livia, en tout cas, rien ne coinçait et c'était sans le moindre doute le plus important. On pouvait dire que la greffe avait pris. Sans exagérer les liens qui se tissaient entre elles deux, elles partageaient une belle complicité. Solenn n'était jamais loin d'elle, toujours prête à réagir et à l'aider sans que sa présence ne fût jamais une imposition. Les relations entre elles deux n'étaient d'ailleurs pas dénuées de friction et il n'était pas rare d'entendre des éclats de voix à travers les fenêtres de la maison neuve. La gêne que suscitait Solenn venait peut-être du simple fait qu'il semblait justement qu'elle ne faisait rien de particulier que nous n'eussions fait à sa place.

« C'est exactement le même soin que l'on donne aux gens autour de soi. Seulement, le travail consiste à le tourner entièrement, ou en très grande partie, vers une seule personne. C'est un peu comme une histoire d'amour, en fait ! » ajouta-t-elle en riant.

Un soir que je ne trouvais pas le sommeil, je partais me promener à la lumière d'une lampe de poche – précaution presque inutile, comme mon souffle et mes jambes ne me permettaient plus réellement de m'éloigner du faible halo lumineux nocturne d'Opera – quand la lumière et le hard-rock qui émanaient de la maison neuve m'attirèrent. Je m'approchai et je frappai sur la porte.

« Entre ! » fit la voix de Livia, d'un ton que je n'avais pas entendu depuis longtemps.

Solenn et elle étaient attablées autour d'une bouteille de liqueur de pissenlit et des restes d'une salade de carottes, d'ail et de pousses de soja dans laquelle elles picoraient encore régulièrement. Le volume du terminal était poussé presque à fond et Solenn était obligée de se pencher vers Livia pour que celle-ci entendît ce qu'elle racontait. Un joint allait et venait entre les deux mais je remarquai que, quand Livia prenait deux ou trois bouffées, Solenn, elle, n'en prenait qu'une ou bien même tenait le joint entre les doigts sans y toucher. Ce simple détail suffit à me convaincre que nous avions fait venir la bonne personne.

Je tirai une chaise et je m'assis à côté d'elles. Livia me proposa le joint tandis que Solenn, après m'avoir interrogé du regard, me servait un petit verre de liqueur. Je pris une première bouffée, savourant le goût légèrement acide de l'herbe et l'immédiat étourdissement qui m'envahit. L'herbe remplacerait la promenade et je m'endormirais sans doute plus facilement.

« J'ai toujours aimé les hommes, s'exclama Livia, continuante comme si de rien n'était la conversation. Préféré même. Bien sûr, les femmes sont intéressantes aussi. Sexuellement. Les deux sont intéressants. Mais je préférais les hommes. Y a quelque chose. Parfois, ils sont si… *bêtes* ! C'en est attendrissant ! »

Solenn éclata de rire et bascula en arrière sur la chaise, manquante de se cogner contre le tuyau d'évacuation du fourneau. Livia me montra du doigt.

« C'est comme celui-ci !

— Moi, je suis attendrissant ? »

Solenn riait de plus belle.

« Non ! Bête ! »

Livia se pencha vers elle, posante la main sur son épaule.

« Laisse-moi te dire. Ce garçon-là ! Il se torturait la tête depuis des mois ! Ça se voyait comme le nez au milieu de la figure qu'il avait envie de faire l'amour mais alors, pas la moindre idée de comment s'y prendre ! Une poule avec un couteau ! »

Solenn haletait, incapable de s'arrêter de rire. Quant à moi, je tirai de plus belle sur le joint, souriant, pour tenter de bien me souvenir de ce que Livia racontait, même si c'était à mes dépends.

« On se connaît depuis qu'on est tout petits ! Quasi pas un souvenir sans sa figure dans le cadre ! C'est l'été. On crève de chaud et on s'ennuie comme pas possible. On va se baigner tous les deux et voilà qu'il se met à bander en me reluquant - mais quelque chose de bien ! Et le plus beau c'est qu'il croyait que je me rendais compte de rien !

— Stop ! la supplia Solenn, les larmes aux yeux. J'en peux plus ! »

Mais Livia était lancée et rien n'aurait pu l'arrêter.

« Alors qu'est-ce que je fais ? Le soir, je l'emmène en dehors du dortoir et on fait ce qu'il y a à faire. D'autant que - maintenant, c'est un croulant comme moi - mais il était plutôt pas mal dans son genre ! Bref, je lui prends le pucelage, je l'aide à se décoincer, je le tranquillise, on prend du bon temps, tout ce que tu veux. Et tu veux savoir le plus beau ? »

Solenn, à bout de souffle, secouait la tête mais, bien sûr, ses yeux pétillaient, hurlaient : « Oui, bien sûr ! » Je crois bien que ma vieille face ridée avait rougi.

« Le garçon-là, malgré toutes les perches que je lui ai tendues, n'a jamais daigné refaire l'amour avec moi ! Jamais ! Même quand j'aurais pas dit non à ce qu'il me rende un peu la pareille ! En bonne camaraderie ! Rien ! Même pas juste m'aider à jouir ! Qu'est-ce que tu veux faire avec des idiots pareils ? »

Alors, Solenn se plia en deux et s'écroula la tête la première sur la table.

« Attendrissants, je te dis ! Mais bêtes ! Mais bêtes ! Heureusement, je suis pas susceptible. Sinon j'aurais fini par le prendre pour moi ! »

Je finis par me mettre à rire aussi et j'écartai les mains, paumes vers le haut, de part et d'autre de la tête. L'hilarité de Solenn s'était transformée en un long et perçant gémissement à mesure que sa poitrine se soulevait à la recherche d'air.

« Je n'ai rien à dire pour me défendre.

— Je sais ! »

Je me penchai, douloureusement, par-dessus la table et j'embrassai longuement Livia. Quand je me reculai, Solenn en avait profité pour retrouver le souffle.

« Vous êtes beaux, tous les deux, parvint-elle à dire.

— Et encore ! s'exclama Livia. Tu aurais dû me voir quand j'étais encore capable d'aller aux toilettes toute seule ! D'ailleurs, en parlant de ça, donne-moi donc un coup de main. »

Ce soir-là, je ne suis pas rentré à la grande maison. Je me suis écroulé au-dessus des couvertures à côté de Livia et nous avons ronflé à pleins sinus de concert, serrés l'un contre l'autre, comme nous l'avions fait tant de fois. Au matin, Solenn avait déjà préparé du café et Livia me dit :

« Pour cette fois-ci, je ne te reproche rien. Je ne sais pas si tu aurais pu faire grand-chose, à ton âge, de toute façon.

— S'il te plaît, arrête ! protesta Solenn. J'ai encore mal aux côtes d'hier soir ! »

L'effet le plus visible de sa présence était, outre l'amélioration de l'humeur de Livia et la réduction de la fréquence comme de la durée de ce que nous appelions euphémiquement ses absences, la meilleure organisation de l'espace de travail. Les livres n'étaient plus jetés les uns à côté des autres au fur et à mesure des lectures mais organisés par thème et par auteur. Les brouillons qui, avant sa venue, s'entassaient en tas irréguliers sur la table et tous les autres meubles, Solenn les avait rangés et indexés si bien que, quand Livia se demandait où était passée telle page ou quand elle cherchait une citation en particulier, Solenn savait presque toujours retrouver rapidement l'une ou l'autre. Ainsi, s'il est certain que le livre est le résultat du travail de toute la vie de Livia, il est tout aussi incontestable que, sans Solenn et malgré tous les efforts que nous avions préalablement fournis pour lui venir en aide, il n'aurait pas atteint de forme définitive. Peut-être même serait-il resté à l'état de fragments épars, des ébauches de pensées côtoyantes des paragraphes et même des chapitres entiers plus construits. Si Livia en est l'autrice, elle est loin d'être la seule responsable de l'accomplissement du livre et de l'aboutissement du travail mené jusqu'à une forme compréhensible et, si possible, cohérente. Un matin, alors que je passais la chercher pour aller travailler tous les deux au potager, elle me tendit quelques pages, non pas couvertes de son écriture manuscrite en pattes de mouche mais proprement imprimées et agrafées.

« Qu'est-ce que c'est que ça ? lui demandai-je.

— C'est le début. Solenn m'a aidé à le taper et à le mettre en page. »

Voilà ce qu'elle avait écrit :

Ce livre n'est pas celui que je pensais écrire. Quand j'ai commencé le long travail de recherche et de documentation préalable, je pensais que j'allais écrire une « simple » synthèse sur la Déclaration d'Antonia, ses causes et ses conséquences ainsi que le processus de sa diffusion. Je pensais écrire un ouvrage dans la lignée de ceux de Johannes ou de Silvana, se contentant – si je puis dire – de réaliser une mise au goût du jour des savoirs en prenant en compte les dernières avancées de la recherche et de l'historiographie tout en les faisant entrer si possible en résonance avec les évènements des dernières années. Pour le dire nettement, j'avais l'ambition d'écrire une somme, un ouvrage de référence. J'avais pleinement confiance dans la capacité de travail que je pouvais mettre en œuvre et je ne pensais pas un seul instant pouvoir, si ce n'est échouer, tout au moins lutter.

Je prie donc la lectrice, le lecteur, de m'autoriser avant de commencer le récit quelques remarques générales sur le travail d'élaboration de cet ouvrage.

Comme toute historienne, je désirais travailler non pas pour plaquer sur le présent des catégories issues du passé, pas plus que pour faire le chemin inverse, mais pour créer des liens, déceler les ressemblances là où c'est possible et, modestement, pour essayer de construire à partir de là des explications et des suppositions sur les conduites à adopter.

Je pensais faire tout cela et – c'était là la première erreur – je pensais qu'il s'agissait d'un travail d'ampleur raisonnable. Je pensais qu'il m'était possible de travailler un tel sujet, d'étudier un tel objet puis d'en trouver un autre. Je me trompais lourdement et je me dois de présenter des excuses à toutes et tous les camarades qui m'ont prévenue des difficultés auxquelles je m'exposais et que je n'ai, par obstination ou par orgueil, pas voulu écouter.

Me voilà donc parvenue à un âge avancé. Le temps et l'honnêteté me forcent à admettre deux choses. La première est que le travail auquel je me suis consacrée n'est pas achevé. La seconde est qu'un tel travail ne pouvait connaître d'achèvement. Il était impossible, dès le départ, d'écrire l'ouvrage définitif sur le sujet, d'autant que le sujet de ce livre s'est rapidement avéré être bien plus large qu'initialement prévu.

Pourquoi cela ? Pour une raison extrêmement simple : la recherche de la succession logique des causes et d'effets ; la quête d'un sens qui n'ignore pas la complexité ; l'exploration de l'advenu pour faire le dessin des possibles.

Cela peut sembler une évidence, un truisme ou même une banalité que de dire que la Déclaration d'Antonia ne se peut étudier indépendamment des circonstances qui l'ont produite. Ces circonstances elles-mêmes sont également la conséquence d'autres circonstances et d'autres déterminismes, et ainsi de suite. Ce livre est très certainement un acte d'hybris : celui de se croire capable de parvenir à la cause initiale, au déterminisme principal, invariant à travers toute l'histoire de l'humanité. Toute histoire, tout récit – et a fortiori – toute tentative historique ne me semble être en vérité que ceci – je me répète : l'explication des causes et des conséquences.

On demandera alors, à bon droit, ce qui sépare le récit historique de la fiction. Quelle garantie une historienne comme moi peut-elle donner qu'elle n'affabule pas, qu'elle ne tord pas les faits pour soutenir un propos particulier ? La question contient la réponse. Les garanties de la scientificité de l'histoire sont les faits, la méthode et l'honnêteté. Les faits sont accessibles facilement. Les archives d'Antonia sont ouvertes. Encore faut-il prendre les précautions nécessaires dans la lecture des sources, les replacer dans leur contexte pour les comprendre et non les croire. C'est en cela que consiste la méthode : questionner toujours, recouper, déceler les non-dits, mettre au jour les omissions et, au besoin, pointer du doigt les mensonges dans les traces que nous ont laissées les êtres humains du passé ; mais aussi garder toujours la conviction que le réel et la vérité existent et qu'ils ont existé, indépendamment des perceptions que nous en avons et que d'autres ont eues avant nous. Enfin, l'honnêteté consiste bien évidemment à faciliter au lecteur ou à la lectrice la vérification de ce que l'on avance mais aussi et surtout à ne pas hésiter à avouer, le cas échéant, l'ignorance.

La tâche la plus difficile et la plus douloureuse pour une historienne comme celle qui écrit ce livre est, encore et toujours, de ravaler la bile amère de la frustration et d'avouer : « Je ne sais pas. »

Voici donc le résultat, nécessairement imparfait et inachevé, d'une vie de travail. Devenue vieille, c'est désormais ainsi que je voudrais qu'on le lise et qu'on le considère : le fruit d'une vie entière consacrée à la recherche. Ni plus, ni moins. Je laisse à d'autres, plus jeunes et aussi ambitieuses que je l'étais, la tâche d'écrire des sommes et d'affirmer définitivement. Vous qui lisez ces lignes et, je l'espère, les suivantes, voici la parole que je voudrais vous adresser :

« Voilà tout ce qu'en une vie j'ai pu faire. J'ai fait tout ce que j'ai pu. »

Quelques jours plus tard, Pontus décida de se donner la mort. Cela faisait plusieurs mois, déjà, que ses jambes lui faisaient défaut et qu'il n'était plus capable de se déplacer seul que dans un fauteuil roulant. Ingrid, Silje et moi, qui étions encore, malgré l'âge, en assez bonne forme, nous relayions pour prendre soin de lui, pour l'aider à faire sa propre toilette et le soulager autant que possible. Cependant, depuis quelques semaines, son bras droit refusait de se lever et il ne parvenait plus qu'irrégulièrement à utiliser sa main. Pontus était gaucher mais, bientôt, ce fut au tour de la main gauche de cesser d'obéir. C'est alors qu'il nous demanda de l'aider et de l'accompagner dans le suicide. Je me souviens très nettement de sa voix, rauque et réduite à un filet. Son rythme d'élocution n'avait toutefois rien perdu en netteté ni en précision.

« Je ne peux même plus tenir un terminal, dit-il. Je ne peux même plus aller uriner tout seul. Sous peu, je ne serai plus capable de me nourrir par moi-même.

— Mais c'est toujours toi, intervint Ingrid. Tu es toujours Pontus.

— Même si la situation ne dégénère pas plus que ça, même si mon esprit ne commence pas à se dégrader lui aussi, je refuse d'être une conscience en bouteille. Il n'est pas question que je finisse mes jours prisonnier dans mon propre corps.

— Comme dans la chanson, commenta Silje. Comme dans le film. »

Pontus hocha la tête.

« Peut-être. »

Ses lèvres s'écartèrent en un douloureux sourire.

« Je n'ai pas la moindre idée de quelle chanson ni de quel film tu parles, mais si tu le dis. »

Je me souviens que nous nous sommes tous quatre mis à pleurer. La décision était prise. Pontus ne changerait pas d'avis. Alors, Ingrid se chargea de contacter l'hôpital d'Yggstadt pour demander la venue d'un médecin chargé d'administrer le produit létal et de s'assurer que Pontus ne souffrît pas. Il arriva dix jours plus tard. Nous l'accueillîmes aussi chaleureusement que possible. Sans doute est-ce à cause du rôle qu'il joua dans la fin de vie de Pontus que l'aspect physique de cet homme me marqua durablement. C'était un petit personnage, particulièrement trapu et comme engoncé dans la blouse blanche qu'il enfila après avoir bu le café avec nous. Des cheveux frisés et blanchissants surmontaient deux yeux où pétillait une lueur de malice et d'humour. Il écoutait intensément chaque mot qui semblait posséder pour lui davantage de significations que pour la personne qui le prononçait. En discutant avec lui, nous avons appris qu'il avait longtemps travaillé en psychiatrie.

« Si cela ne vous dérange pas, demanda-t-il doucement mais fermement, je voudrais parler quelques minutes avec Pontus. »

Le sous-entendu était clair : seul avec Pontus.

Nous sommes restées, Silje, Ingrid et moi, assises à la table de la cuisine. Le café refroidissait dans les tasses. La fenêtre de la cuisine était ouverte et laissait entrer l'air frais de la fin de matinée. Personne ne s'est levé pour la fermer. Personne n'a dit mot. Il n'y avait rien à dire. Je sais que nous retenions des larmes. Près d'un quart d'heure plus tard, la porte du salon, que nous avions transformé en chambre pour Pontus depuis qu'il n'était plus capable de monter les escaliers, s'est ouverte et le médecin a dit :

« C'est bon. »

Pontus était allongé confortablement. Trois chaises étaient disposées de part et d'autre du lit. Ingrid s'est assise seule d'un côté, Silje et moi de l'autre. Le médecin s'est installé dans le coin opposé de la pièce, les mains croisées sur les genoux. Il n'a rien dit. J'ai cherché du regard une perfusion, une seringue ou même simplement la poussière blanche ou la marque d'humidité sur la table de chevet qui aurait trahi l'administration de ce je ne pouvais me résoudre à appeler « poison ». Il n'y avait rien. C'était bon. C'était fait. Il n'y avait qu'à attendre. Nous avons attendu.

Pontus a tendu les mains et nous les avons prises. Il a ouvert la bouche, a hésité, l'a refermée. Il cherchait ses mots. Ingrid a souri tendrement. Elle pleurait et les larmes suivaient le cours des rides de ses joues. Silje ne pouvait soutenir son regard. Elle avait baissé la tête. Elle pleurait aussi. Elle essuyait les larmes du dos de la main. Je me suis rendu compte que je pleurais aussi. Pontus seul ne pleurait pas.

Sa bouche s'est rouverte et il a dit :

« Je vous aime, tous les trois. Je t'aime, Ingrid. Je t'aime, Umo. Je t'aime, Silje. Je suis heureux d'avoir eu la chance de passer toutes ces années auprès de vous. Je suis fier de tout le travail que nous avons accompli. Je suis fier de toute l'amour que nous avons faite. »

Tous les trois, comme en chœur, nous avons murmuré :

« L'amour, c'est du travail. »

Pontus a eu un rire qui ressemblait davantage à un frisson. Il a, simplement, doucement dit :

« Oui. »

Puis il a bâillé et a frissonné pour de bon. La prise de ses mains sur les nôtres s'est relâchée. Derrière moi, je crois avoir senti le médecin d'Yggstadt se contracter et se pencher légèrement en avant. Les paupières de Pontus ont papillonné. Elles se sont refermées. Il a lâché les mains. Il s'est tourné sur le côté gauche, faisant face à Ingrid. D'un geste tremblant, celle-ci a tiré la couverture pour qu'il soit bien couvert. Puis nous trois n'avons plus bougé.

Peu à peu, la respiration de Pontus a ralenti. Jusqu'à s'arrêter. De là où j'étais, je ne voyais que l'arrière de sa tête. Nous n'avons pas bougé. Sans faire de bruit, le médecin s'est approché à côté d'Ingrid. Il a approché sa main de la bouche et du nez de Pontus puis il a saisi le poignet un long moment. Ensuite, enfin, il a répété :

« C'est bon. »

Je ne savais pas si c'était bon mais c'était fait. Pontus était mort. Son esprit avait été libéré d'un corps dans lequel il lui était insupportable de rester prisonnier.

Je ne saurais dire si ce qui faisait qu'il était lui, qu'il était Pontus, résidait dans cette partie qui avait cessé d'exister ou dans l'enveloppe de chair et d'os, vieillissante et malade, qui restait étendue dans le lit comme si de rien n'était. Je ne m'étais jamais posé la question.

Tous quatre, nous sommes sortis de la pièce. Nous avons invité le médecin à déjeuner avec nous puis il est reparti, sans plus de cérémonie, comme s'il était simplement venu soigner Pontus ou traiter une maladie courante. En un sens, c'était bien ce qu'il avait fait.

« Le travail de médecin ou de médecine, dit-il avant de s'en aller, consiste surtout à soulager la souffrance partout où c'est possible. Ni plus, ni moins. »

Nous n'avons pas bougé le corps de Pontus avant le lendemain. Nous n'avions plus la force, même à trois, de le soulever et il fallut demander de l'aide à des camarades plus jeunes. Conformément à ce qu'il avait toujours souhaité, nous enterrâmes Pontus, ce camarade, cet ami, cet amant, derrière la vieille maison, tout près du premier potager que nous eussions cultivé à Opera, qui, depuis longtemps devenu insuffisant, s'était peu à peu transformé en massif de buissons et de fleurs. Je ne sais plus qui creusa le trou. Il n'y eut pas de cercueil, pas de linceul. Nous déposâmes le corps de Pontus, nu, à même la terre avant de le recouvrir. Ainsi, son corps serait plus rapidement décomposé par les animaux et les plantes.

À l'endroit du trou, dans la terre meuble, on planta une pousse de noyer. L'arbre n'est pas encore haut et il faudra encore attendre des années avant qu'il ne donne des fruits mais, pour tous ceux et toutes celles qui l'ont connu – et même pour les autres qui ne font que répéter – il s'agit de « l'arbre de Pontus ». Parfois, en l'observant, je pense à la crique d'Hémon, l'endroit où Ulf avait enterré le chien de Pelagoya. Si la mémoire, parfois, fait défaut, il est peut-être rassurant de savoir que les morts restent partout autour de nous : ils donnent le nom de tous les lieux que nous habitons. Ce n'est peut-être qu'un effet de l'âge mais je me demande de plus en plus souvent à quel endroit ou à quelle chose on donnera le nom d'« Umo » quand je ne serai plus au monde.

Ce soir-là, on fit la fête à Opera. On raconta Pontus, on rit, on pleura. On ne laissa pas de chaise vide à la table. La joie, comme souvent, était sincère mais ne dissimulait pas la douleur.

La mort de Pontus eut des conséquences que je n'avais pas anticipées mais, à la réflexion, peu surprenantes. La première et sans doute la plus importante d'entre elles fut le départ de Silje. Elle nous l'annonça un soir, alors que nous étions tous trois assis en silence devant la cheminée. Depuis plusieurs minutes, déjà, elle ne lisait plus le livre qu'elle tenait entre les mains.

« Où est-ce que tu comptes aller ? » lui a demandé Ingrid.

Silje a haussé les épaules.

« Est-ce que c'est très important ? »

J'ai secoué la tête.

« Non. Je suppose que non. »

Des images me sont revenues : Silje au bord de la falaise, Silje marchante devant moi, Silje dans la cuisine de l'Assemblée. Je les ai repoussées et j'ai fait du mieux pour me concentrer sur le moment présent. À mon âge, ce n'était pas si facile. Le futur paraissait clos.

Le passé prenait toute la place. La nostalgie était la réaction la plus aisée.

« Simplement, a ajouté Silje, je ne peux pas être ici sans lui. »

Pontus et Silje étaient les deux qui s'étaient rencontrés en premier, même si Ingrid était arrivée peu de temps après. Elle ne s'est pas énervée mais sa voix a pris un ton glacial.

« Et nous ? On n'est pas importants ? On n'est pas assez ? Après tout ce temps, qu'est-ce que nous sommes ? Qu'est-ce qu'on a été ? De jolis meubles ?

— Ingrid..., ai-je tenté.

— Ce n'est pas ce que je veux dire.

— Tu ne sais pas ce que tu veux dire !

— Ce n'est pas juste !

— Pas juste ! Rien n'est *juste* ! Tu veux partir, pars, mais ne me rebat pas les oreilles avec la justice ! »

Elle s'est levée, a grimpé l'escalier à pas lents et sonores, puis la porte de la chambre a claqué. Assis dans un fauteuil, je me suis penché en avant. Silje détournait le regard.

« Ça va lui passer, dis-je.

— Peut-être pas.

— Elle est en colère. C'est normal. Pontus lui manque aussi.

— Pontus me manque aussi !

— Et à moi !

— Mais tu restes. Avec elle.

— Je reste. Avec elle, avec toi, ou sans. Je reste.

— Ça ne veut pas dire que nous ne sommes pas importantes.

— Non. Ça veut dire que je reste parce que je veux rester.

— Et si je pars...

— Ça ne veut pas dire que tu ne peux pas revenir.

— Tu en es certain ? »

Je soupirai. Je tentai de sourire mais j'avais trop mal au cœur. La douleur, cependant, n'avait rien à voir avec celle qui m'avait mis à terre, peu avant l'enregistrement d'*Eutopia*. Elle ressemblait plutôt au malaise après que Budur m'avait repoussé, après que Gob était partie. Le cœur cassé en plusieurs morceaux.

« Je crois que je suis trop vieux pour avoir des certitudes. »

Silje a penché la tête sur le côté.

« C'est une réponse facile.

— Aussi facile que partir ? »

Alors, elle a ri, tout en reniflant.

« Ah ! Si seulement… »

Ce soir, je dormis seul, conscient pourtant de chacune des deux autres personnes qui occupaient la maison, silencieuses dans leur douleur. Je ne pouvais en vouloir à Silje pour le départ, ni à Ingrid pour la colère. Il avait été tentant, et aisé, de l'oublier mais l'amour que nous avions fait tous les quatre n'avait jamais consisté en la fusion complète de quatre êtres en un seul, de quatre vies en une. Comme des cercles dans un diagramme logique, elle avait été constituée de la partie entrecroisée de quatre réalités distinctes. L'un des cercles du schéma venait de s'effacer et l'espace laissé vacant était trop important pour que le diagramme se réorganisât avec trois parties au lieu de quatre. Les cercles étaient condamnés à ne plus faire que se toucher, se frôler, jusqu'à se séparer tout à fait. Silje avait été la première à le voir et elle avait décidé d'agir sans attendre. Là était la vraie raison de la colère d'Ingrid : non pas la séparation en elle-même mais le fait que Silje ne nous avait pas fait part des réflexions qu'elle entretenait avant de nous annoncer la décision.

Les cercles, toutefois, s'étaient écartés. Peut-être les choses auraient-elles pu se passer autrement mais rien ne servait de s'attarder sur les possibles du passé. Déjà, les souvenirs occupaient trop de place dans mon esprit.

Alors Silje est partie. Comme elle n'avait plus la forme nécessaire pour rejoindre Yggstadt à vélo, nous appelâmes une voiture. Elle refusa que nous l'accompagnions. C'était sans doute pour le mieux. Elle était déjà ailleurs. C'est tout juste si elle hocha la tête quand Ingrid lui suggéra, d'un ton sec destiné sans doute à masquer la tristesse et la sollicitude :

« Si tu as besoin de quoi que ce soit, appelle-nous. »

Ingrid savait bien, et moi aussi, qu'elle n'en ferait rien. Une fois la voiture disparue au-delà du premier virage de la route cahoteuse, et avec elle la forme sombre de l'arrière de la tête de la passagère, nous ne revîmes jamais Silje.

Je me souviens qu'Ingrid tourna alors les talons et fit un pas vers la vieille maison. Soudain, saisie d'un étourdissement passager, elle chancela et s'accrocha à mon avant-bras pour se retenir. Une fois l'équilibre retrouvé, elle m'adressa un sourire mélancolique et dit :

« Il n'y a plus que nous deux. Comme au début. Tu te souviens comment c'était, quand nous sommes venus tous les deux ? »

J'ai opiné.

« Comment est-ce que je pourrais oublier ? »

Seulement, le « nous deux » dont elle parlait n'existait plus et elle le savait aussi bien que moi. Les deux derniers cercles enchevêtrés achevaient de se décrocher l'un de l'autre.

Pourtant, je me souvenais, bien sûr. J'avais même le sentiment de n'être plus que cela : un amas de souvenirs mélangés, chronique vivante de dizaines, centaines de changements attendante d'être construite, organisée ; en un mot : racontée.

Était-ce cela qu'avait ressenti Gob tout du long de la vie ? Était-ce cette pulsion, cette torsion du cœur qui l'avait fait se courber sur un carnet ou sur un terminal des heures durant pour raconter des histoires, malgré les dures réactions que celles-ci suscitaient ? Touchais-je du doigt, à la fin de l'existence, le rapport qu'elle avait entretenu avec le monde, à ceci près qu'elle l'avait toujours expérimenté et agi au présent tandis que je ne le découvrais qu'au passé ? Était-il possible de vivre tant d'années auprès de quelqu'une et de ne découvrir qu'après coup, bien trop tard, le cœur vivant du rapport au monde qu'elle avait entretenu ?

Nous avons quitté la grande maison. Il y avait des chambres libres dans les maisons neuves et nous nous sommes installés dans deux logements différents. Des camarades plus jeunes ont occupé les chambres dans lesquelles nous avions vécu toutes ces années. Au moment de déménager – si ce verbe était vraiment adapté au fait de marcher une vingtaine de mètres d'une chambre à une autre –, je fus surpris du peu d'effets que j'emportais avec moi. Tout tenait dans un seul sac, assez léger pour que je pusse le tenir d'une main. Il contenait des vêtements, des carnets à dessin, quelques cadres photographiques, un disque de l'enregistrement d'*Eutopia*. Une dernière fois, comme à Télégie, comme à Antonia, je laissais les biens matériels que j'avais assemblés plusieurs années durant pour les occupantes suivantes. De toute manière, je n'étais pas bien loin.

Je m'installai dans la maison immédiatement voisine de celle qu'occupaient Livia et Solenn, où je me mis à passer beaucoup de temps. Le plus souvent, je dessinais ou j'écoutais de la musique au casque pendant qu'elles travaillaient. Comme Gob, Livia avait consacré la majorité de la vie à une seule et unique chose, à un seul travail. L'existence que j'avais menée, quoique riche et dénuée de regret, me paraissait, par moments, particulièrement dispersée.

« Et moi, répondait Livia, je regrette parfois de ne pas avoir assez changé. »

Solenn, penchée sur une casserole d'où montait une délicieuse odeur de céleri et d'oignons rissolés au beurre, intervint :

« C'est à croire que l'être humain est naturellement et éternellement insatisfait.

— L'être humain n'est naturellement rien du tout, croassa Livia.

— Si l'être humain veut dîner, répliqua Solenn sans se laisser démonter, l'être humain a intérêt à se montrer un peu plus aimable. »

Livia se pencha vers moi au-dessus de la table.

« Tu as vu comment elle me traite ? Qui plus est, je l'entends forniquer tous les trois soirs à travers le mur de la chambre alors que personne ne veut plus s'occuper d'une vieille comme moi ! »

Je ne pus retenir un éclat de rire. Solenn, elle, haussa les épaules.

« Ça te fait travailler l'imagination ! Et puis, si ça te manque vraiment, je peux faire un tour sur les réseaux. Je suis certaine qu'on peut trouver quelqu'un que tu intéresses. »

Livia saisit un tas de papiers et, comme pour changer de sujet, me les tendit :

« Tiens, lis ça.

— Qu'est-ce que c'est ?

— Quelle importance ? Lis, je te dis ! »

Une telle affirmation peut sembler étrange, de notre point de vue déterminé et même circonscrit par la Déclaration d'Antonia et toutes les formes de socialisation qui en découlent, mais l'axe principal, le principe fondateur toutes les sociétés humaines, l'idée et le concept par rapport auxquels elles se sont toutes situées, cet invariant dont j'expliquais plus haut la recherche, se révèlent être la notion de propriété.

Un lecteur ou une lectrice antonienne sera certainement surprise, tant cette idée n'a que peu de place dans les relations que nous entretenons les unes avec les autres comme dans les structures matérielles de production établies depuis l'avènement hégémonique des idées portées par la Déclaration. Nous ne possédons rien en propre. L'évolution de l'usage linguistique elle-même traduit cette idée : à l'oral, la majorité des locuteurs et locutrices n'utilisent plus ou très peu de marqueurs de propriété (notamment les déterminants et les pronoms possessifs) et l'étude lexicographique des productions littéraires, journalistiques et universitaires sur la période des dernières cent-cinquante années écoulées montre le même recul [14]*. En* *tout état de cause, sur cent personnes interrogées, plus de quatre-vingt-sept répondent à la question : « Qu'est-ce que la propriété ? » par la simple phrase « Je ne comprends pas la question » ou encore « Ça n'existe pas [15] ». Le problème paraît résolu.*

Cependant, se satisfaire d'une telle réponse serait faire preuve de facilité et, surtout, passer sous silence la Déclaration d'Antonia elle-même et oublier que le premier article du préambule est consacré à la propriété et à la définition de celle-ci. « Il n'y a de propriété que d'usage », nous dit la Déclaration. Selon elle, l'usage, la mise en œuvre matérielle et concrète d'un bien – fût-ce d'un bien abstrait – est l'unique synonyme, l'unique forme possible de propriété.

Pour bien comprendre ce qu'une telle affirmation avait de bouleversant au moment où elle a été formulée, il faut la comparer avec d'autres définitions qui ont été données de la propriété au fil de l'histoire humaine.

L'opposition entre « propriété d'usage » et « propriété lucrative » (ainsi qu'avec la « propriété patrimoniale », qui a souvent servi de masque à cette dernière) semble dater du second mouvement capitaliste industriel [16]. Elle reprend à son compte la dichotomie entre les « valeurs d'usage » (l'utilité effective du bien, matériel ou non) et « valeur monétaire ». L'idée de « propriété lucrative » consiste donc en la capacité de jouir d'un bien, non pas en ce qu'il est utile, mais en ce qu'il permet d'accumuler des valeurs monétaires. La propriété, comprise ainsi, est donc une abstraction déconnectée de tout geste matériel, séparant l'usager et la possession. Un bon exemple en est la pratique de la « location ». Elle consistait, dans les dernières formes du propriétarisme capitaliste, pour l'occupant d'un logement, en l'obligation de verser une quantité monétaire au propriétaire du logement en question, ladite somme servante en théorie à rémunérer le travail investi par le propriétaire dans l'entretien matériel des locaux mais le plus souvent à rembourser un emprunt financier contracté auprès d'un créancier de nature institutionnelle : un établissement bancaire, par exemple.

J'interrompis la lecture.

« Qu'est-ce que c'est qu'un établissement bancaire ?

— Un endroit dans lequel on conservait la monnaie. Privé, le plus souvent.

— Je ne comprends pas, dit Solenn. Comme une caisse des salaires ? »

Livia secoua la tête.

« Oui et non. Imagine que le salaire ne soit pas versé par une caisse socialisée mais un propriétaire particulier. La somme est versée sur un compte bancaire. Tandis que le destinataire du salaire utilise ladite somme pour des consommations matérielles, la banque l'emploie dans le même temps pour réaliser des investissements.

— Je ne comprends toujours pas, insista Solenn.

— Comment la même quantité de monnaie pourrait-elle être utilisée pour deux choses à la fois ? Qui est la véritable destinataire du salaire, alors ? La banque ou la personne ? »

Livia sourit.

« Touché. »

Je me penchai à nouveau sur les pages alors que Solenn servait trois assiettes.

« Où sont les notes de bas de page ? » demandai-je.

Livia grimaça et fit mine, sans trop d'enthousiasme, de fouiller dans les papiers accumulés sur la table.

« Je ne sais pas où je les ai mises. »

La généralisation de ce système, loin de créer une société constituée d'une multitude de propriétaires individuels, aboutit au contraire à une telle concentration des quantités monétaires – et donc de la propriété lucrative elle-même – que certains ont émis l'hypothèse qu'elle constituait déjà une disparition effective de la notion de propriété. L'économiste Abdelah, de l'université d'Antonia, y voit une forme de cannibalisme hypocrite du propriétarisme, réduite à un tel niveau d'abstraction qu'elle a permis la conceptualisation d'une propriété qui ne serait que d'usage et nullement autre[17].

Revenons à notre idée initiale. Si nous appelons les sociétés pré-antoniennes « propriétaristes », c'est parce que leur valeur cardinale était la propriété. Celle-ci n'a pas été sans susciter des contestations.

La plus célèbre d'entre elles reste sans doute : « La propriété, c'est le vol[18]*. » L'idée sous-tendante cette phrase est que tout acte de propriété est, justement, l'appropriation de quelque bien appartenant à d'autres. Cette contestation est limitée – et on ne saurait en tenir rigueur à l'auteur, au regard de la société intensément propriétariste dans laquelle il vivait – en ce qu'en associant la propriété et le vol elle reconnaît implicitement l'existence d'une chose réelle qui serait la propriété. En effet, s'il peut y avoir « vol », appropriation illégitime d'une chose, c'est que la propriété existe en ce qu'on peut la déplacer, l'acquérir, la prendre ou la reprendre* *au même titre que, par exemple, une assiette ou n'importe quel autre objet.*

Cette tendance à voir la propriété comme, justement, une propriété, une caractéristique naturelle des êtres humains et des sociétés, est constitutive d'une vision particulière de l'être vivant humain comme intrinsèquement différent du reste de l'existence. Un philosophe vivant sous un régime monarchique a, par exemple, proposé la formule « maître et possesseur de la nature [19] ». Les sociétés propriétaristes ont, à de nombreuses reprises, inscrit dans des lois ou dans des textes constitutifs l'idée que la propriété était un « droit naturel » de l'être humain, au même titre que la liberté par exemple. Dans une période de moins de dix ans, en courte succession, on trouve ces deux définitions de la propriété : « droit de jouir et de disposer à son gré de ses biens, de ses revenus, du fruit de son travail et de son industrie », « droit de jouir et de disposer des choses de la manière la plus absolue, pourvu qu'on n'en fasse pas un usage prohibé par les lois et les règlements ». Deux siècles plus tard, on apprend dans une autre constitution que « toute personne, aussi bien seule qu'en collectivité, a droit à la propriété » et que « nul ne peut être arbitrairement privé de sa propriété ». La propriété serait un droit inaliénable de l'être humain : le pouvoir, selon des lois antiques, d'user et d'abuser d'une chose [20]. La propriété donne donc tout pouvoir et toute légitimité sur une chose. Il faut noter que, dans l'immense majorité des sociétés propriétaristes, des personnes elles-mêmes ont été réduites à l'état d'objet, de « biens meubles [21] » par le biais de quelque « loi » ou « règlement ». Il semble alors que le droit de propriété de certains eût été plus puissant que le droit de propriété sur soi-même d'autres, ce qui, en langage propriétariste, signifie l'intégrité.

Un autre auteur encore nous dit que « sans le droit de propriété, il n'eût jamais été possible de soumettre les hommes au joug salutaire de la loi [22] ». Cet axiome nous donne deux idées. Premièrement, la propriété est une contrainte. Secondement, cette contrainte est bénéfique, au final, au corps social. C'est la propriété même qui permet aux êtres humains de vivre en société car ceux-ci auraient, par nature, besoin de contrainte pour cohabiter.

C'est donc dans cette phrase que se révèle la vérité de toute philosophie propriétariste : la croyance dans une nature humaine pré-existante et, surtout, dans une nature humaine déficiente, voire mauvaise, et qui nécessite d'être tenue en fers. L'évolution des sociétés propriétaristes, que j'ai déjà évoquée au chapitre précédent, montre en quoi ce postulat a pour conséquence et même pour but de légitimer la propriété des uns sur les autres.

Qu'est-ce que c'était que la propriété ? Non pas le vol, mais le pouvoir, présenté comme droit naturel et inaliénable, d'employer une chose, seul et à l'exclusion de tous les autres utilisateurs potentiels. La propriété d'une chose ou d'un bien n'est rien d'autre que le désir de le soustraire au désir même des autres ; si bien que des études historiques et sociologiques montrent que ceux qui ne possédaient pas n'osaient pas réellement désirer ce que tenaient les propriétaires « légitimes », et ce alors même que toutes les institutions politiques et cultures du temps qu'ils habitaient les y poussaient [23]*.*

Qu'est-ce alors qu'une société propriétariste ? Pour le dire simplement, toute société dans laquelle tous les rapports sociaux sont fondés sur cette notion de propriété : le travail et la satisfaction des besoins biologiques, bien sûr, mais aussi les émotions, les liens intimes et la sexualité. Dans une société propriétariste, tout peut se posséder : tout, jusqu'aux personnes humaines, peut être approprié d'une manière ou d'une autre.

« Je n'ai pas lu le chapitre précédent ! » protestai-je.

Livia haussa les épaules.

« Ce n'est pas grave. Tu comprends quand même.

— C'est délicieux, Solenn. »

Celle-ci sourit.

« Merci. Je te retrouverai le chapitre avant que tu ne retournes à côté, pour que tu l'emportes avec toi. »

Les sociétés propriétaristes, enfin, reposaient sur un rapport particulier au temps. En effet, par essence, la propriété ne connaît pas de fin – à l'exception bien sûr de la consommation entière du bien approprié. La mort du propriétaire elle-même ne suffisait pas à la faire disparaître. Il existe de nombreux travaux sur l'héritage et les modalités de la transmission de la propriété [24]*, mais il me semble plus pertinent, pour illustrer ce point, de recourir à une phrase en circulation dans le milieu du Siècle des camps et cherchante à alerter les individus sur les dangers de l'exploitation infinies des « ressources naturelles ».*

Cette phrase, la voici : « La Terre n'est pas à nous, ce sont nos enfants qui nous la prêtent [25]*. »*

Loin d'être une dénonciation radicale des modes de production, cet aphorisme, destiné à devenir un véritable lieu commun, est révélateur de la manière dont la propriété est introduite dans tous les domaines de l'existence, comment elle existe comme une abstraction libre de se déplacer d'un individu aux autres ainsi que de la manière dont elle se présente comme la solution aux problèmes qu'elle cause elle-même. S'il faut préserver l'environnement naturel, ce n'est pas, dans une perspective propriétariste, pour les qualités intrinsèques de la biosphère elle-même ou même pour la simple utilité – comprendre : la survie de l'espèce humaine – mais parce que les individus ont une responsabilité morale de transmettre sans les dégrader les biens et les choses à celles et ceux qui leur succèdent. Loin d'être une réfutation de la propriété des êtres humains sur l'environnement dont ils sont une part, elle postule au contraire que la propriété est toujours destinée à se perpétuer. C'est même l'objectif principal de cette organisation sociale. Tout comme l'accusation « la propriété, c'est le vol », cet axiome est une tentative de retourner contre elle-même la notion même, tentative vouée à l'échec car on ne peut se battre contre un ordre idéologique en employant ses mots. Dire « la terre n'est à personne [25] » est peut-être plus proche d'une contestation valable, encore qu'elle laisse ouverte l'éventualité qu'elle puisse devenir « à quelqu'un ».

Si la propriété n'a pas de fin, les historiens et historiennes peinent également à lui trouver une naissance. Un moyen courant de conceptualiser cette naissance du propriétarisme aura été de recourir à la fable : celle, par exemple, du premier groupe humain a avoir mis fin au mode de vie nomade pour se sédentariser. En vérité, ce basculement théorique reste mal connu, pour d'évidentes raisons de difficulté d'étude. Il est probable que l'on ne connaîtra jamais les origines réelles de la propriété, l'identité de l'individu qu'évoque la phrase « le premier qui, ayant enclos un terrain [26] ».

Ce que les sources archéologiques et littéraires attestent c'est que des formes de propriétarisme ont existé, qu'il s'agisse d'un propriétarisme oligarchique de type républicain, communal ou bien féodal, patriarcal ou matriarcal, de « droit divin » ou soutenu par une idéologie séculière, atomisé en « petites propriétés » ou bien concentré. Ce qui a changé, au cours de l'histoire humaine, de son commencement – du moins, celui dont nous gardons la trace – à l'issue du Siècle des camps, ce n'est plus la répartition ou même simplement le principe moral présidant à l'organisation de la propriété, c'est son existence elle-même.

Contrairement à ce qui a été écrit jusque-là, il semble qu'avec la Déclaration d'Antonia la propriété a cessé de muter – au gré et avec et déclenchante parfois les basculements politiques – mais qu'elle a proprement disparu. Ou, plutôt, elle a été détruite.

Revenons au principe premier du préambule : « Il n'y a de propriété que d'usage. » J'ai dit plus haut que ce principe dessinait un rapport d'identité entre l'usage et la propriété ; l'un valant l'autre. En vérité, c'est faux. L'usage n'est pas la propriété. Le terme même de « propriété d'usage » est un oxymore. En effet, si la propriété est l'accaparement au profit d'un seul ou d'une seule, l'usage ne l'est pas. Tout juste pourrait-on argumenter que la propriété sous-entend le plus souvent l'usage mais ce ne serait que très partiellement juste. L'usage, le fait de consommer un bien – cette consommation le détruisant ou non –, de l'employer – comme un outil – ou d'en profiter – comme d'un service commun – n'est pas la propriété. La réalité, ce n'est pas que « la terre n'est à personne », c'est qu'elle ne peut appartenir à personne, et ce pour une raison tout à fait évidente. Contrairement à l'existence humaine, celle de la Terre n'est pas bornée. Elle ne naît ni ne meurt. C'est bel et bien la mort qui rend caduque toute propriété : à quoi sert de posséder une maison puisqu'elle nous échappera de toute façon quand la vie nous quittera ?

Cette objection est si puissante que les sociétés propriétaristes étaient, je l'ai dit, obsédées par les manières de faire en sorte que la propriété outrepasse la vie. Dans le domaine des arts ou de la science, elles ont inventé la notion de « propriété intellectuelle » : la possession d'un texte, d'une mélodie, d'un schéma ou même d'une simple idée. Rufus, de Télégie, constate dans son livre que la question de la perpétuation de cette forme immatérielle de propriété a était le sujet d'intenses luttes [27] entre les « ayants-droits » – comprendre : héritiers des défunts – et les entreprises capitalistes prenantes en charge la diffusion des œuvres. Sans surprise, ces luttes de propriétaires aboutissaient la plupart du temps à la concentration de masses de « propriétés intellectuelles » entre les mains d'un petit nombre.

Pour résumer rapidement mon propos : la Déclaration d'Antonia n'a pas redéfini la propriété. Elle y a mis fin en mettant au centre de ses idées que l'être humain ne possédait pas de nature différente du reste de l'existence, qui lui donnerait le droit de propriété. Elle s'en explique d'ailleurs immédiatement après. Le deuxième principe est : « Toute propriété s'arrête à la mort. » Autant dire toute propriété est morte, toute propriété est la mort ou encore, en réutilisant la formule d'un philosophe antique : « La propriété ne nous concerne pas. »

À cet endroit, le manuscrit s'interrompait et plusieurs pages semblaient manquer. Je l'ai fait remarquer à Livia qui m'a ordonné de ne pas y faire attention, que les passages manquants n'étaient pas prêts.

Que s'est-il alors réellement passé à Antonia ? Qu'avait de différent la contestation antonienne de toutes les autres pour se libérer du carcan mental propriétariste, pour s'en rendre compte et faire une proposition politique de nature à se répandre comme elle l'a fait ?

Paradoxalement, c'est une œuvre de fiction venue d'une époque radicalement différente dans les modalités du propriétarisme – mais une époque de bouleversement également : celui du long passage de la propriété de droit divin aux prémices de ce qui deviendrait le premier capitalisme – qui peut nous donner une clef de compréhension de la révolution antonienne. Presque six-cents ans plus tôt, Morus écrivait : « Quel est l'homme [comprendre : l'être humain] qui désire le plus vivement une révolution ? [...] Quel est l'homme qui aura le plus d'audace à bouleverser l'État ? N'est-ce pas celui qui ne peut qu'y gagner, parce qu'il n'a rien à perdre [56] ? »

Qui étaient les gens d'Antonia ? Des prisonniers. Antonia était un camp où le pouvoir des États avait entassé, au nom des frontières – donc au nom de la propriété –, des centaines puis des milliers de personnes. Ce qu'aucun des dirigeants propriétaristes n'aurait pu prévoir, c'est que ce camp, cette prison à ciel ouvert, encadrée par des montagnes et du fil barbelé, gardée nuit et jour, deviendrait un village puis une ville. On y avait mis les Antoniens pour les oublier et c'est ce qui se passa. À la faveur de spasmes économiques et environnementaux, le pouvoir qui les avait enfermés les oublia pour de bon. Les Antoniens se retrouvèrent alors dans une situation intensément paradoxale : enfermés mais libres. Plus personne ne se souciait de leurs faits et gestes tant qu'ils et elles ne sortaient pas, laissant la décomposition des structures propriétaristes s'accomplir.

C'est ainsi que d'un camp de prisonniers est née la première commune antonienne. Elle est née de la nécessité de la subsistance. Personne ne décidait pour les Antoniens et c'était un groupe extrêmement divers à qui on avait, des générations durant, retiré tout ce qui fondait la société qui les emprisonnait : on leur avait ôté toute forme de propriété. Ce faisant, on les avait libérés.

Si je peux me risquer à une personnification, l'erreur du propriétarisme aura été précisément de suivre jusqu'au bout la pente qui consistait à abstraire les réalités matérielles. Ceux et celles qui sont devenues les Antoniens et les Antoniennes n'étaient plus des personnes aux yeux des administrations qui les avaient parquées. Elles ne les voyaient plus que comme des corps dont il fallait circonscrire la capacité de mouvement. Or, dans ce camp immense – il occupait une surface plus de deux fois supérieure à celle de l'actuelle Antonia – vivaient toutes sortes de gens, possédantes toutes sortes de qualifications. Le camp d'Antonia a effectivement agi comme un accélérateur. Forcés de définir les conditions de la survie, les

Antoniens ont abouti à la Déclaration qui n'a d'abord, il faut le rappeler, franchi les barrières que clandestinement.

Pourquoi ces personnes ont-elles été capables de détruire, presque sans s'en rendre compte, le fondement de siècles de civilisation ? Parce qu'elles en avaient été chassées. Pourquoi la Déclaration déclare-t-elle l'abolition de la propriété, non seulement privée, mais de la propriété en général ? Parce que ce terme n'avait pas de sens dans l'espace qu'elle organisait. Antonia n'était pas alors une société : ce n'était encore qu'une enclave. Elle a cependant servi d'exemple et, une fois la Déclaration diffusée et reconnue par les contestations anti-propriétaristes de tous les États bâtisseurs de camps, la difficulté a été de l'adapter à une échelle bien plus grande. Cependant, l'essentiel du travail était déjà fait : pour détruire le propriétarisme, il fallait détruire dans les esprits la propriété. Pour renverser un ordre, il ne fallait plus se contenter de lui répondre sur le terrain que lui-même choisissait mais lui opposer systématiquement des idées contraires.

Là où les propriétaires disaient « propriété », les Antoniens répondaient « usage ». Là où les premiers disaient « travail », les seconds répondaient « asservissement ». Les uns disaient « liberté », les autres répondaient « arbitraire ». Contre « chaos », ils opposaient « liberté ». Ce que les propriétaires appelaient « amour », les Antoniens nommaient « chaînes ». Ce que l'ordre nommait « famille », les Antoniens l'appelaient « reproduction ». Ils disaient « débauche », Antonia répondait « amour ».

De la coercition, de la violence – et contre elles – sont nées la nécessité et l'altérité. C'est cette altérité radicale qu'ont créée les Antoniens. C'est elle, et non plus la propriété, qui forme l'épine dorsale de la société dans laquelle nous vivons.

Les Antoniens et les Antoniennes, les premières, ont été autres et nous le sommes aussi.

Je reposai les feuillets.

« Ça me rappelle une chose que Gob m'a dite, remarquai-je après avoir reposé les feuillets.

— Ah bon ? »

L'étonnement de Livia n'était pas feint. Il y avait longtemps que je n'avais pas pensé à Gob, et encore plus que je n'en avais parlé.

« Elle m'a dit – c'était après toute l'affaire avec l'insulte, et l'agression : “En vérité, les gens croient qu'elles veulent des histoires, mais pas vraiment. Elles croient qu'elles veulent qu'on leur raconte quelque chose mais ce n'est pas ce qu'elles désirent quand elles ouvrent un livre ou quand elles visionnent un film. Ce qu'elles veulent, c'est être vues. Elles veulent être *reconnues*. Elles veulent qu'on leur dise : « Je sais qui tu es. Je te vois et je t'observe. » Elles veulent s'y retrouver ; un miroir tendu. Ce qu'elles cherchent, c'est le même. La ressemblance. L'identité, encore et encore. Une histoire, c'est tout le contraire. C'est la différence. L'autre que soi. L'autre que moi. Sans différence, il n'y a pas d'histoire. " Elle a dit : " C'est tout ce que je fais, quand j'écris. Raconter quelque chose, quelques-uns, quelques-unes de différentes. C'est pour ça que les réactions sont si violentes à propos de *Ma famille* ou des *Contes*. Il y a les personnes qui s'y retrouvent et celles qui ne s'y retrouvent pas. C'est aussi simple que ça. " »

Livia a poussé un soupir.

« Gob me manque par moments.

— Ah bon ? »

Elle sourit. Solenn ne disait rien mais nous observait d'un air entendu. Je ne lui avais jamais parlé de Gob mais Livia l'avait certainement fait.

« Ce n'était pas exactement un rayon de soleil tous les jours, mais elle était drôle quelques fois. »

Je souris, j'ai secoué la tête.

« Elle était *souvent* drôle. Même si, parfois, elle ne le faisait pas exprès ou bien elle ne s'en rendait pas compte. »

Il y eut un silence. Solenn fit mine de se lever pour débarrasser.

« Laisse, dis-je. Je vais m'en occuper. »

Elle se rassit, se servit un fond de liqueur. Livia a ri soudainement, mais un rire un peu triste, un peu mélancolique, un rire qui riait quand même bien la chose dont il riait ne fût pas vraiment drôle.

« Regarde-nous. On dirait deux rescapés. »

Je hochai la tête. C'était bien ce que nous étions. Des camarades de Pelagoya, nous étions - à notre connaissance - les derniers en vie. D'un geste, je demandai à Solenn de nous servir aussi tous les deux, puis je levai le verre.

« Aux amis, trop loin ? » proposai-je.

Livia secoua la tête.

« Aux amis, tout court.

— Aux amis, répétai-je.

— Aux amants, ajouta Solenn.

— Quelle est la différence ? demanda Livia.

— Il doit bien y en avoir une, lui répondit Solenn, puisqu'il y a deux mots différents.

— Voilà encore quelque chose que Gob aurait pu dire. »

Alors, les verres s'entrechoquèrent, aux amis, aux amies, aux amants et aux amantes et à toutes les personnes que nous avions rencontrées au cours du long chemin qui nous avait amenés là où nous étions.

Le printemps est venu, apportant avec lui son lot de pousses, de corolles et de bourgeons. De la fenêtre de la chambre, je peux voir le potager où l'on replante les semis. Je n'y travaille plus guère. Toutefois, l'une des enfantes du village vient régulièrement installer des fleurs fraîches sur le bureau où je m'assieds pour dessiner. Elles transmettent l'odeur à toute la chambre. Les draps sentent la rose ou la jonquille, par-dessus l'arôme âcre du savon de cendre. Ma vue baisse, ces derniers temps. Je ne m'en suis pas rendu compte tout de suite mais cela m'a frappé tout d'un coup. Le motif des rideaux a perdu en netteté. Le souvenir du nom de la personne qui les a tissés aussi. Je sais pourtant qu'elle est partie d'Opera depuis plusieurs années et qu'elle avait des yeux vert sombre. Ma mémoire semble attacher davantage d'importance aux figures et aux évènements du passé lointain qu'aux récents. Pelagoya n'a rien perdu en vivacité. Iliat non plus. Je dois cependant faire un effort pour me souvenir de ce que j'ai fait hier.

De la fenêtre, il n'y a pas grand-chose à voir que je n'aie dessiné des dizaines de fois. Alors, je dessine des scènes et des visages du passé. Quand je le peux, j'essaie de noter une date, un lieu, un nom en dessous. Quelquefois, j'échoue. Pourtant, il y a dans un tiroir un carnet tout entier rempli de portraits de Gob, à différents moments de la vie. La première image de l'enfante aux yeux perçants dans le couloir. La figure lointaine à Grévi. Des lunettes au-dessus d'une bouche mordante à pleines dents dans une part de pizza. Assise dans le canapé de l'appartement de Télégie, plongée dans la lecture. Saisie dans un mouvement flou et rapide sur la Piste d'Amistad. Une ombre sur un mur. Tous ces instants, et bien d'autres encore, répétés de page en page. Il y a plusieurs centaines de feuilles reliées posées sur le coin du bureau. Je n'ose pas y toucher. Tous les matins, je tends la main puis je la retire. De cela, je me souviens le lendemain, au moment de reproduire le geste.

C'est en début d'après-midi. Je somnolais mal dans le fauteuil quand quelqu'un a frappé à la porte de la chambre.

« Umo ? Il y a quelqu'un pour toi. Est-ce qu'on peut entrer ? »

J'ai tendu la main vers les lunettes. J'ai cligné des yeux. Je me suis redressé et j'ai repoussé la couverture sur laquelle le casque était tombé de mes oreilles. Je reconnaissais le crescendo final de *Ki,* au moment où la guitare électrique se mêle aux synthétiseurs et la voix du chanteur s'élève en contrepoint : « *So we fall on warm silence. I know, yes, I know we all go away.* » J'ai dit :

« Oui, entrez. »

Tout d'abord, je n'ai pas reconnu la personne. Trop d'années ont passé. Elle s'est assise en face de moi. Je me suis penché en avant. Quelqu'une a amené un plateau sur lequel étaient posées deux tasses dépareillées et une théière qui sentait la menthe d'Opera. Je l'ai remerciée. C'était Adélie. Je savais que c'était elle car elle ressemblait, ou plutôt me faisait penser pour quelque raison, à Gloria qui elle-même ressemblait à Ingrid. Ma mémoire semble ne plus fonctionner qu'ainsi : par rebonds, d'un sujet à l'autre.

« Je suis désolée d'être venue sans appeler avant. J'ai agi sous le coup d'une impulsion. »

Elle s'est penchée à gauche du fauteuil. Elle a tiré un épais document du sac posé sur le parquet et l'a installé sur la table basse, à côté des tasses vides et de la théière fumante. Je ne savais toujours pas de qui il s'agissait.

« Je serais venue plus tôt mais... je n'osais pas, et puis il m'a fallu du temps pour tout rassembler et tout remettre dans l'ordre. Je ne savais pas vraiment quoi en faire et puis j'ai pensé à toi. J'ai pensé que c'est peut-être ce qu'elle aurait voulu. Je ne sais pas. En tout cas, voilà, je te l'ai amené. J'ai fait tout ce que je pouvais faire. Je ne veux pas prendre d'autre décision que ça. »

Malgré les lunettes, je n'arrivais pas à lire le titre inscrit sur la première page. J'ai saisi la théière, j'ai rempli les deux tasses. J'ai dit :

« Merci. Tiens. »

C'est en me redressant, l'anse de la tasse brûlante à la main, que j'ai reconnu la visiteuse. J'ai reconnu la tasse, aussi. Elle était presque aussi vieille qu'Opera. Je crois qu'elle était la dernière « survivante » d'une série que Silje avait fabriquée. L'argile venait du fond de l'Ozmuz. Ingrid et Pontus l'avaient ramenée. Alyona a pris l'autre tasse. Elle a soufflé sur le thé chaud et a trempé les lèvres précautionneusement.

Je n'avais plus besoin de voir nettement pour deviner le nom inscrit sur la page de couverture.

« Elle a écrit tant qu'elle a pu, a dit Alyona, même si à la fin ce n'étaient plus que des mots, des morceaux de phrases. En rangeant l'appartement – celui qu'elle avait quitté pour s'installer à l'hôpital –, j'ai trouvé ce manuscrit. Il était en désordre et il manquait plusieurs pages. Il en manque toujours mais il me semble que j'ai remis en ordre tout ce que je pouvais. »

J'ai hoché la tête.

« Je suis désolée, a-t-elle répété. Je serais venue plus tôt mais... » Elle n'a pas terminé la phrase.

« Est-ce qu'elle a souffert ? » ai-je demandé.

Alyona a secoué la tête.

« Quand elle... quand elle n'a plus été vraiment *là*, dès que c'est arrivé, les médecins l'ont endormie et... »

Malgré les années, j'ai senti que le souvenir était toujours douloureux pour elle. Je m'en suis un peu voulu de la curiosité.

« Et puis elle n'a plus été là du tout. »

Nous avons bu en silence un long moment. Le soleil d'avril chauffait les vitres et les croisillons de la fenêtre dessinaient des rayons de poussière entre nous.

« Est-ce que tu l'aimais ? a soudain demandé Alyona.

— Toujours.

— Bien. »

Elle a détourné le regard. Dans l'instant du mouvement, ses yeux m'ont soudain paru familiers et je crois que j'ai compris. Elle a posé la tasse sur le plateau.

« Fais-en ce que tu veux. »

Elle s'est relevée très vite, comme piquée par une peur incompréhensible. Elle a dit encore, comme pour se justifier :

« Elle aurait sans doute voulu que tu l'aies. Au revoir, Umo. »

J'ai voulu me lever pour la saluer mais elle ne m'en a pas laissé le temps. J'ai mal entendu quelques paroles dans l'entrée entre elle et Adélie puis la porte d'entrée a claqué. Des pas se sont rapprochés. Adélie a passé la tête dans l'entrebâillement.

« Umo ? Tout va bien ? »

J'ai hoché la tête.

« Oui, merci. »

Elle s'est rapprochée et elle a emporté le plateau et son contenu, à l'exception de la tasse que j'avais commencée à boire. Elle refroidissait déjà.

Je suis resté un long moment immobile. L'album s'était terminé. Le casque s'était tu. L'écran du terminal s'était éteint. J'ai tendu la main, j'ai attrapé le manuscrit. J'ai remonté les lunettes sur mon nez. Les lettres noires, imprimées en petits caractères sans empattement, sont devenues nettes alors que je rapprochais le lourd manuscrit de mon visage.

Sur la première de couverture, il était écrit :

Mémoires d'Antonia
Gob

J'ai posé le manuscrit sur le bureau. Il y est toujours. Livia m'a interrogé sur la venue d'Alyona. Je ne lui ai rien dit. Je sais que je ne l'ai pas trompée. Adélie ou quelqu'un d'autre lui a certainement dit la vérité. Elle lui a sûrement parlé du manuscrit posé sur le bureau, vers lequel je tends la main tous les matins sans le prendre. Peut-être devrais-je lui en parler moi-aussi. Elle saurait peut-être ce qui me retient de le saisir et de l'ouvrir. Est-ce de la peur ? Je l'entends déjà.

« N'est-ce pas un peu ridicule, Umo, pour un croulant comme toi, d'avoir peur de quelques feuilles de papier ? »

Solenn rirait et moi aussi, même si cela me ferait mal aux côtes, parce qu'elle aurait raison.

Est-ce de la pudeur ?

« Si elle avait voulu que personne ne le lise, elle ne l'aurait pas laissé à la portée de la première venue, avec un titre dessus.

— Mais Alyona l'a rassemblé après qu'elle est morte, et elle était malade. On ne peut pas savoir ce qu'elle aurait voulu. »

Livia hausserait les épaules.

« Elle est morte, Umo. Quoi qu'il arrive à ce texte, que tu le lises ou non, cela ne lui fait plus rien. »

Alors, je me tairais et personne ne rirait, parce qu'elle aurait raison.

Est-ce de la mauvaise conscience? Est-ce le sentiment d'une curiosité déplacée ou encore la peur d'y lire quelque chose qui me blesserait ?

Alors, Livia lèverait les yeux au ciel mais je sais qu'elle ressentirait plus d'affection que de réelle irritation.

« Toute une vie et tu n'as toujours pas changé. Tu es toujours un garçon qui se pose trop de questions. Si tu veux le lire, lis-le. Si tu ne le veux pas, ne le lis pas. »

Comme à chaque fois, je lui répondrais que tout lui semble toujours simple et peut-être, après un instant de songerie, secouerait-elle la tête avant d'ajouter :

« Pas tout le temps, non. Seulement quand c'est important. »

Pourquoi, alors, n'osé-je pas ouvrir la couverture ?

Je sais pourquoi. En vérité, je le sais depuis que j'ai reconnu Alyona, depuis que j'ai lu le titre du texte qu'elle avait traversé le pays pour m'amener en personne, quand un courrier aurait suffi.

La raison est très simple. Tant que je n'ai pas ouvert ce manuscrit, tant que je ne l'aurai pas lu, il me restera quelque chose à découvrir de Gob. Tant que je n'aurai pas lu ce texte inespéré, ce sera un peu comme si elle n'était pas morte depuis longtemps, comme si je ne m'asseyais pas à ce bureau tous les matins, seul, comme si elle ne manquait pas.

« Il y a des livres qu'on n'a pas envie de lire, m'a-t-elle dit un jour, non pas parce qu'ils ne nous intéressent pas ou parce que l'on n'aime pas le travail de l'autrice. Il y a des livres que l'on ne veut pas lire parce qu'on sait qu'après celui-ci il n'y en aura plus d'autre ou parce qu'on sait qu'on ne pourra le lire qu'une seule fois. Il y a des livres qu'on ne veut pas lire parce qu'on sait qu'ils ont une fin. »

Tous les matins, je lève la main pour ouvrir *Mémoires d'Antonia*. Tous les matins, je la retire car je sais que, comme tous les livres, il a une fin.

Pourtant, ce matin, je ne saurais dire exactement pourquoi, mais je ne retire pas la main. La lumière a peut-être une certaine couleur, la brume qui se dissipe doucement sur Opera a peut-être une épaisseur particulière, le café une amertume subtile et le reste d'odeur de pain qui se dégage du four une saveur unique. Peut-être qu'il n'y a pas de raison et que toutes les choses n'arrivent pas pour une raison. Peut-être surtout, comme dirait Livia, qu'il n'y a pas toujours besoin de les connaître. Ce matin, je pose la main sur le manuscrit et je le tire vers l'avant du bureau. Le papier est rugueux et un peu jauni. Mon œil s'en détourne un ultime instant, attiré par le mouvement dans le vent d'une branche de cerisier dont les fleurs se détachent déjà et tourbillonnent jusqu'au sol.

Je fais pivoter la page de couverture sur la reliure de fil de chanvre. Je lis.

Quand je repense aux années que j'ai passées à Pelagoya, à compter du moment où l'on a considéré que je ne pouvais rester à Antonia ; quand je repense à ces secondes premières années, au bord de l'eau tiède de la Lina, dans cette minuscule commune, allante d'une maison à l'autre avec, toujours, comme point central la salle de classe où je m'asseyais pour lire parfois jusqu'à m'endormir les bras croisés sur la table ; quand je repense à la cerisaie, aux traces de bave que laissait en me saluant l'énorme chien Hémon qui passait la plus grande partie du temps à dormir roulé en boule sur mes pieds ou sur les pieds de quelque autre camarade ; quand j'évoque l'image des couvertures de tous les livres que j'y ai lus, la saveur de tous les plats que j'y ai mangés et de toutes les boissons que j'y ai prises, bref, tout ce qui dans cette prime enfance que je prenais alors pour un exil a contribué à façonner durablement la personne que je serais, celle que j'ai été et que je suis encore, pour quelque temps du moins ; quand j'y repense, à ce petit monde qui contenait pour nous les germes de tout le reste : les étés languissants passés en baignades et en jeux, les automnes de travail, accompagnés du goût des pommes et des noix, les hivers pelotonnés près de la cheminée dès que le soleil se couchait ou serrés à plusieurs dans un seul lit pour se tenir chaud, les printemps gris, vert et bleu, et rouge aussi du jus des cerises qui nous coulait sur le menton ; quand je repense à Pelagoya, je me souviens de tout cela mais, quand je repense à Pelagoya, je me souviens surtout d'Umo.

Concernant la féminisation

Comme le note Livia au dernier chapitre, les usages linguistiques d'une société guidée par la Déclaration d'Antonia seraient nécessairement différents de ceux que nous faisons depuis notre XXIe siècle propriétariste.

Par conséquent, j'ai fait le choix de féminiser le plus de noms possibles lorsque cela s'appliquait (les noms de métiers, notamment). J'ai également choisi de pratiquer l'accord en genre et en nombre des participes présents, ainsi que l'accord de proximité, ce qui tient moins de la prospective linguistique que du retour à un usage de la langue française antérieur au XVIIe siècle.

Ces décisions ont été informées par la lecture - entre autres - de *Non, le masculin ne l'emporte pas sur le féminin !* d'Éliane Viennot (aux éditions Ixe, 2014), un ouvrage qui a bouleversé bien des a priori que je gardais concernant les écritures non exclusives.

Remerciements

Avant tout, je tiens à rendre hommage au sociologue et historien de la Sécurité sociale Bernard Friot, ainsi qu'aux membres de l'association d'éducation populaire Réseau Salariat, dont l'élaboration et le développement du concept de salaire à la qualification personnelle, ou « salaire à vie », constituent la colonne vertébrale de ce roman. Sans cette porte grande ouverte dans mon imaginaire, *Eutopia* n'aurait pu exister.

Je voudrais remercier toustes les camarades qui, de près ou de loin, le sachantes ou non, ont contribué à l'écriture de ce texte. Ielles sont trop nombreux·ses. pour les citer un·es par un·es ; j'espère qu'ielles se reconnaîtront. Merci à vous toustes, les rouges, les noir·es, les vert·es et toutes les couleurs de l'arc-en-ciel ; vous toustes dont les luttes, les paroles, les écrits et le privilège de la fréquentation ont infusé dans ce roman pour en faire ce qu'il est.

Mes remerciements vont également à toute l'équipe d'Argyll : Simon qui n'a pas désespéré en voyant le manuscrit s'étendre encore et encore, Xavier qui m'a un jour dit d'écrire ce que je désirais, Frédéric dont j'essaie tant bien que mal de faciliter le travail de conception de la version numérique du texte, et enfin Xavier Collette qui a mis en image le gris, le vert et le bleu. Sans oublier Camille, pour ses remarques, ses conseils et son attentive relecture.

Merci aussi à vous, celleux qui êtes parvenu·es au bout de ce long roman. J'espère que vous aurez pris autant de plaisir à le lire que moi à l'écrire et qu'il vous aura apporté quelque force et une conviction : « il y a d'autres mondes que celui-ci ». Ce livre n'est qu'un seul des infinis possibles qu'il est en notre pouvoir d'imaginer et de faire advenir.

Enfin, je voudrais remercier Hélène, sans qui je n'aurais simplement pas pu écrire ce livre.

Aux éditions Argyll :

Paru :
Luce Basseterre, *Les Enfants du passé*, roman numérique.
Richard Cowper, *Le Crépuscule de Briareus*, roman.
Lionel Davoust, *Comment écrire de la fiction ?*, essai.
Carol Emshwiller, *La Monture*, roman.
Margaret Killjoy, *Un pays de fantômes*, roman.
Damon Knight, *Comment écrire de la fiction ? volume 2*, essai.
Camille Leboulanger, *Eutopia*, roman.
Camille Leboulanger, *Le Chien du Forgeron*, roman.
Christian Léourier, *Sous le vent de la liberté*, intégrale.
Christophe Nicolas, *Trackés*, roman.
Christophe Nicolas, *Projet Harmonie*, roman numérique.
Sofia Samatar, *Un étranger en Olondre*, roman.
Robert Sheckley, *Le Temps des retrouvailles*, recueil.

À paraître :
Emmanuel Chastellière, *Himilce*, roman.
Richard Cowper, *L'Oiseau blanc de la fraternité*, intégrale.
Anne Fakhouri, *Trois battements, un silence*, roman.
Anouck Faure, *La Cité diaphane*, roman.

PRINTTEAM

Fabriqué à Nîmes, 3ème trimestre 2022
www.print-team.fr
Imprimé en France,
sur du papier certifié « Ecolabel UE »,
dont la fibre provient de forêts suédoises gérées durablement.